모든 실패는
나를 강하게
만들었다!

모든 실패는 나를 강하게 만들었다!

초판 1쇄	2017년 12월 10일
지은이	권영찬
발행인	최우진
편집진행	전동제
디자인	이근공
마케팅	현석호
재무관리	남영애
발행처	스쿱(SKOOB)
등록일자	2013년 3월 3일
등록번호	제2013-000236호
주소	서울시 마포구 동교로 13길 34(04003)
전화	02)333-3705
팩스	02)333-3748
ISBN	979-11-956798-7-4-03810

스쿱(SKOOB)은 (주)태림스코어의 취미, 실용 분야 브랜드입니다.

이 도서의 국립중앙도서관 출판예정도서목록(CIP)은 서지정보유통지원시스템 홈페이지(http://seoji.nl.go.kr)와
국가자료공동목록시스템(http://www.nl.go.kr/kolisnet)에서 이용하실 수 있습니다.
(CIP제어번호: CIP2017032199)

모든 실패는 나를 강하게 만들었다!

권영찬 지음

스쿱

추천의 글

2005년, 억울한 일을 통해 세상과 대중에게서 외면당하고 진실공방을 벌여야 했던 장본인 권영찬 교수. 이 책은 인생에 연달아 불어 닥친 세 번의 거대한 쓰나미를 잘 견뎌낸 그의 고백서이자 세상과 나누는 건강한 회복서이다.
연세대학교 상담코칭센터 권수영 소장

이 책에는 파란만장한 권영찬 교수의 인생사가 담겨 있다. 행복전도사로서 그의 아픔과 치부를 솔직하게 드러내고 어떻게 극복했는지를 소개한다. 권영찬이 겪은 아팠던 이야기에 많은 사람이 공감할 것이라 믿는다.
꿈의교회 김학중 목사

그동안 전국을 돌며 대중에게 행복을 전해온 그가 마흔 중반이 넘은 지금 첫 책을 냈다. 늦었지만, 우여곡절 많은 권영찬 교수의 '기적 이야기'를 담은 소중한 책을 이제라도 만나보게 되어 반갑다. 방송과 강연에서 미처 못 다한 고난과 행복의 뒷이야기, 이제 그 행복한 투어가 시작된다.
연세대학교 상담코칭대학원 정석환 원장

억울하게 손가락질을 당하고, 신용불량자가 되고 세상 많은 사람이 그의 곁을 떠났다. 그럼에도 그는 포기하지 않고 다시 우뚝 일어섰다. 세 번의 죽음을 경험할 만큼 깊이 아파본 그는 현재 사회 곳곳에서 나눔 대사로도 왕성하게 활동하고 있다. 내가 생각하기에 나눔과 봉사는 그에게 생활을 넘어 인생의 목표이며 행복의 목적이 아닌가 싶다.

(재)청소년폭력예방재단 김종기 단장

한마디로 이 책은 성공담이라기보다는 고난을 경험했던 한 남자의 실패담이자 당신을 향한 위로의 글이다. 지금 어려움을 겪고 있는 분들, 실패했다고 삶을 포기한 분들에게 그의 글이 진심으로 용기와 위로가 되었으면 한다.

다일공동체 대표 최일도 목사

아파본 사람만이 진짜 위로자가 될 수 있다. 웃기는 인생에서, 이제는 아프고 불행했던 고백의 시간을 통해 대중을 치유하는 유머스피치 강사이자 행복을 전하는 행복재테크 전도사로 변신한 권영찬 교수. 행복전도사로서 그의 미소가 오늘 더욱 빛나는 이유다.

MC 겸 개그우먼 박미선

보통 사람이라면, 한 가지 일만 겪어도 이겨내기 힘든데, 그는 세 가지 위기를 통해 사람들을 이해하는 소통의 도구가 되었다. 어려움을 극복해 낸 경제재테크와 마케팅 전문가, 상담 전문가로 거듭나는 행복전도사 권영찬 교수의 말 한마디는 좌절하거나 삶을 포기한 이들 혹은 새롭게 창업하려는 예비 창업자에게 큰 힘과 도전이 될 것이다.

영화배우 박성웅

프롤로그

"당신의 인생 내비게이션은 지금, 어디를 가리키고 있는가?"

마흔아홉 살의 개그맨 출신인 방송인 권영찬 교수가 홀딱 벗었다! 그것도 온몸에 실오라기 하나 걸치지 않고.

이건 무슨 황당한 엽기 개그에 낯부끄러운 이야기인가? 설마 마흔 후반줄의 아이 아빠가 흉측하게 누드집이라도 내겠다는 것인가? 물론, 아니다. 그럴 일은 없으니 걱정하지 않으셔도 좋다. 하지만 어쩌면 누드 화보집보다 더 적나라하고 부끄러운, 나의 치부와 먼지 하나까지도 솔직히 까발린 권영찬 교수의 인생 이야기가 되지 않을까 싶다. 그것을 이 책 〈모든 실패는 나를 강하게 만들었다!〉

속에 담았다. 한마디로 이 책은 "세상에서 10년을 남들보다 잘나가다가, 어느 날 갑자기 인생에서 바닥을 치다가, 다시 찬란하게 회복해가는, 영화보다 더 영화 같은 나 '권영찬 교수'의 실화"이다. 이 책을 읽는 사람 중에는 아마도 "이거 뭐야? 드라마야, 3류 소설이야?"라고 할 누군가가 있을지도 모르겠다. 나도 그분의 말에 공감한다. 내가 생각해도 정말 말도 안 되는 영화 같은 일들이 나에게 벌어졌으니까. 내가 이 말도 안 되는 고난의 스토리를 이곳에 푸는 이유는 '나 같은 사람도 이겨냈다'는 사실을 강조하고 싶어서다.

강의장에 설 기회만 있으면 내가 청중을 향해 늘 외치는 말(레퍼토리)이 있다.

"혹시 여러분 중에서 아무 죄도 없이 구치소에서 억울하게 2년 6개월의 실형을 받은 분이 계신가요? (방송 촬영 중에) 멀쩡해 보이던 무대 세트가 갑자기 무너져서 하필이면 당신만 왼쪽 발목과 뒤꿈치가 복합골절되고 척추 3, 4번이 골절되어서 병원에 6개월 이상 누워 있어 본 적은 있으세요? 아니면, 모아 놓은 전 재산 12억 원과 지인들의 돈 18억 원을 합쳐 30억 원이라는 거금을 순식간에 날려본 적은요? 그런데요, 그렇게 돈이 궁해진 와중에도 어떻게든 아내와 한 집에 살아보겠다고 법적으로 원치 않는 이혼을 한 적은요? 혹시 저처럼 이런 일을 모두 겪으신 분도 계신가요? 계시면 손 한번 들어보실래요?"

사람들은 남의 불행은 쉽게 잊는다. 하지만 당사자는 그 일을 잊기가 어렵다. 나 또한 그렇다. 나의 억울한 사건은 아마 사람들의 기억 속에서 이미 잊혔을 것이다. 12년 전 일이지만, 나에게는 어제 일처럼 아직도 너무 또렷하다.

강원도 영월 촌놈이 고학해서 어렵게 방송국에 들어가고 30대 중반에 이미, 내 나이 대의 친구들보다도 10년은 앞서 성공을 향해 달려가고 있었다. 그런데 딱 3년 만에 내 인생은 초전박살이 났고, 한순간에 막장 드라마의 주인공이 되어버렸다. 2005년부터 2007년까지 3년에 걸쳐 불어온 세 번의 커다란 풍랑으로, 세 번의 죽을 고비를 넘겼다. 2005년에 억울한 사건으로 1심에서 실형을 받았고, 2007년 12월 24일에는 촬영 세트장이 무너지는 사고를 당하는 바람에 왼쪽 발목과 3, 4번 척추가 부러져서 6개월이나 병원 신세를 져야만 했다. 또한 30억 원에 가까운 돈을 날리기까지 온갖 굵직한 일을 겪었다. 그 과정에서 죽음의 위기에도 직면했지만, 그럼에도 나는 자살하지 않고 안간힘을 쓰며 버텼다. 수도 없이 울고 몇 번을 까무러치면서도 어떻게든 살려고 노력했다. 한 점 희망도 보이지 않아서 죽을 것만 같았다. 그럼에도 나는 정말 살고 싶었고, 행복하고 싶었고, 웃고 싶었다. 그런데 살기로 마음먹으니 희망이 보이고, 길이 생겼다. 죽자고 결심하면 죽을 길만 보이고, 살자고 결단하면 살 길이 보인다. 산전수전 공중전에 파란만장 평지풍파와 우여곡절을 겪은 끝에 12년이 흐른 지금, 나는 그때 나의 바람대로 행복하게 웃으며 살고 있고, 이웃에게 삶의 희망을 전하는 행복전도사가 되어 두 번째 인생을 살고 있다.

　나의 별난 인생이야기를 책으로 담기까지 많은 주변 사람과 청강생들, 그리고 여러 출판사에서 책의 출간을 권유해왔다. 그렇게 시작된 책 쓰기 과정에서, 파란만장했던 나의 인생이 바로 어제 일처럼 모두 생생하게 떠올랐다. 지나간 아픔에 다시 깊이 직면하자, 정말 고통스러웠다. 애써 짓눌러왔던 감정이 폭포수처럼 살아났다. 그래서 책을 쓰는 내내 몇 번이고 눈이 부을 정도로 꺼이꺼이 울음을 삼켜야 했다. 칠흑 같은 고통의 터널을 지나고, 이제는 진정으로 행복하게 살고 싶다. 조금 늦은 감이 있지만 이제라도 뒤늦게 책을 내는 진짜 이유는, 인생 저 밑바닥까지 갔던 권영찬이 재기에 성공해서 행복한 모습으로 살아가는 것처럼 당신 또한 행복할 이유가 있고, 당신도 성공할 수 있다는 사실을 말하고 싶어서이다. 파란만장 권영찬의 우여곡절 인생고백서 〈모든 실패는 나를 강하게 만들었다!〉를 통해 당신의 인생 또한 회복되기를 진심으로 바란다. 그것이 바로 내가 이 책을 쓰게 된 동기이다.

　우리는 인생에서 끊임없이 파도를 만난다. 이때, 풍랑을 '이겨내는 사람'은 풍랑이 찾아온 이유를 자신에게서 찾고, 풍랑을 뚫고 나갈 돌파구를 찾으려고 한다. 그는 겸허한 사람이다. 반면, 또 어떤 이는 풍랑을 만나면 세상을 원망하면서 삶은 물론이고, 생명까지도 포기한다. 인생이 얼마나 소중한지도 모르고 쉽게 자신을 포기한다면, 어떤 측면에서 보자면 그는 교만한 사람일지도 모른다. 풍랑을 만났을 때 당신은 어떻게 대처하는 사람인가? 아무리 세찬 풍랑이라고 해도 이겨내기로 마음먹자. 그리고 풍랑과 맞서 싸워보자. 이겨내려고 보면 우리에게는 살아야 할 이유가 훨씬 더 많다. 무엇보다 우리에게 주어진 삶은 단 한 번뿐이고, 당신에게 주어진 소중한 생명 또한 단 한 번뿐이지 않은가! 사실 나는 요즘도 과거에 겪은 일들의 후유증으로 멀쩡하게 서 있다가도 가끔은 바닥이 내려앉는 생각을 하는 등의 피해망상증에 사로잡히고는 한다. 그러나 걱정하지 않는다. 언젠가는 이러한 상처마저도 모두 완전히 회복될 것을 믿기 때문이다. 당신 또한 그렇게 될 것이다. 나는 행복재테크 강사로서 행복의 아이콘으로서, 희망을 잃어가는 이 세대에 행복을 이야기하고 싶고 기적을 말하고 싶다.

기적의 주인공은 누구인가? 100억 원대의 연봉을 받는 류현진 선수일까? 아니면 80억 원대에 가까운 연봉을 받았던 박지성 선수일까? 그도 아니면 우리나라 19대 대통령으로 새롭게 뽑힌 문재인 대통령이 그 기적의 주인공일까?

인생의 주인공은 당신이고, 당신의 삶은 이제, "불행 끝, 행복 시작이다!" 당신이 겪는 불행은 끝이 아니라, 진정한 행복의 시작이기 때문이다. 당신도 다른 이들이나 나처럼 행복한 기적의 주인공이 될 수 있다! 오늘, 바로 당신이 기적이 주인공이다.

2017년 여름이 오는 길목에서, 친절한 영찬 씨

연봉 5억의 성공 비법, 당신도 받으실래요?

20대에 바라본 40대 중년의 모습은 내 눈에는 인생을 살 만큼 다 산 아저씨처럼 보였다. 그분들에게도 꿈이나 희망이라는 것이 도대체 있을까 싶었다. 어느덧 마흔 후반, 나는 그 꼰대의 나이가 되고 말았다. 막상 나 또한 그 중년이 되고 보니 마음은 늘 청춘이라고 하시던 어르신들의 말씀을 세월이 갈수록 가슴으로 이해한다. 어린 시절부터 나는 남들보다 유독 삶에 애착이 많은 편이었다. 지나치게 로맨티스트였던 나는 늘 영화 같은 삶을 꿈꾸며 자랐다. 스릴 넘치는 인생을 너무 기대했던 탓일까? 나는 스펙터클하게도 또래의 다른 사람들이 한 가지도 겪기 어려운 고난을 세 번이나 연거푸 겪었다. 세 번의 고난세트는 서른여섯 살을 시작으로 3년 안에 그렇게 무지막지하게 나에게 찾아왔다. 그때의 심정을 무엇이라고 표현할 수 있을까?

인생이라는 절벽을 오르다가 낭떠러지 아래로 뚝 떨어져 며칠을 기절했다. 겨우 정신 차리고 깨어보니, 그곳은 우글거리는 독사의 소굴 같았다고나 할까? 깜짝 놀라 뱀을 피해 달아난 외진 곳에서 나는 외나무다리를 만났다. 이제는 살았구나 생각하고 다리를 건너는데, 아 어쩌면 좋은가? 뒤로 넘어져도 코가 깨진다고 하더니 그건 밟아서는 안 되는 썩은 나무로 된 다리였다. 그것도 모르고 발을 내디뎠다가 아차 하는 사이에 아득한 벼랑 아래로 끝도 없이 추락하는 것만 같았다. 도무지 끝이 보이지 않는 깊은 암흑 속, 그때에서야 그것이 바로 인생이라는 것을 깨달았다. 전체 골격이 어느 정도인지 깨달음이 오니 인생이란 놈이 조금은 만만하게 보이기 시작했다. 떨어진 곳이 높으면 그만큼 높이 올라가면 되고, 가다가 뱀을 만나면 물러서지 말고 뱀을 때려잡으면 그만이다. 자기 돈을 내면서까지 번지 점프도 하는 세상인데, 썩은 다리는 스카이다이빙쯤으로 생각하고 인생을 즐겨보자.

현재, 12년 전처럼 다시 연봉 5억 원 이상을 벌며 행복재테크 전도사로 거듭나기까지 권영찬은 왜, 어떻게 재기에 성공하게 되었을까? 권영찬 교수의 천기누설 비법은 다음에 소개하는 3종 고난세트, 아니 3종 감사세트이다.

'구치소에 가서 감사합니다. 6개월 동안 병원에 누워 있어서 감사합니다. 30억 원을 몽땅 날려서 감사합니다!'

3종 고난세트는 나에게 3종 행복 또는 감사세트가 되었고, 그것을 계기로 나의 인생관은 완전히 바뀌었다. 나는 그 혹독한 시간을 통해 인생과 나눔과 겸손을 배웠다. 당신이라면 이러한 상황에서 감사할 수 있겠는가? 만일 내가 받은 이러한 종류의 '3종 고난세트'를 당신 또한 기꺼이 받을 자세가 되어 있다면 당신에게도 성공과 기적은 가능한 이야기다. 갖은 풍랑에 암초를 만나 인생이 발칵 뒤집히다 못해 완전히 바다 저 깊이까지 잠수한 남자 권영찬. 나는 바다 위에 표류하는 난파된 배처럼, 한 조각의 파편도 남김없이 산산이 부서진 인생에서 이제는 대학원에서 상담코칭학을 전공하며 석사학위를 마쳤고, 현재는 문화심리사회학 박사과정을 밟으며, 나처럼 고통스러운 시간을 지나는 사람들을 돕는 상담 전문가로 교수로 거듭났다. 엄청난 시련과 고난을 이겨낸 한 사람으로서, 솔직한 고백을 통해 그동안 내가 방송인으로 살아오면서 받은 고마움을 대중과 나누고 싶다.

누구에게나 인생에 위기가 있고 고난이 찾아온다. 나는 이 책에 내가 어떻게 인생의 바닥까지 내려갔고, 어떻게 다시 시작했는지, 그래서 지금은 어떻게 회복해가고 있는지, 그 회복의 이야기를 중심으로 권영찬의 인생 파노라마를 네 가지 챕터로 구성했다. 권영찬 사건으로 알려진 30대 중반의 풍랑 인생 3.5막을 시작으로, 10대와 20대에 겪은 달달 씁쓸한 인생 1, 2막을 또 한 장으로, 30대에 한창 잘나가던 마케팅의 달인 시기를 화려한 인생 3막으로, 그리고 재기에 성공하고 행복재테크 스타강연자이자 상담가의 길 또한 걸으며 회복하는 40대 후반 현재의 과정을 찬란한 인생 4막에 풀어나가고자 한다. 당신의 인생에도 기적이 있기를 소망하며, 권영찬의 행복 드라마 〈모든 실패는 나를 강하게 만들었다!〉의 막을 올린다.

달콤 쌉쌀한 인생 1, 2막
뭘 해도 이기는 올인 인생 · 172

풍랑 인생 3.5막

권총찬의 실화소설, 그때 그 사건

30대 중반에 세 번의 죽을 고비를 겪다

인생에는 공짜가 없다. 총찬은 그 쓰디쓴 세 가지 경험을 이겨내고 지금의 성공을 일궈냈다. 실패를 딛고 이겨내려는 의지만 있다면 생각하기에 따라서 독약도 명약이 될 수 있고, 불행도 행복이 될 수 있다. 2005년 명예를 잃고 세상에서 존재의 거세를 당하며 첫 죽음을 경험하고, 가진 돈 전부와 건강을 잃기까지… 그 후로도 오랫동안 그에게 도대체 무슨 일이 있었던 것일까? 권총을 차지 않고는 도저히 맨 정신으로 살아가기 어려웠던 권총찬의 그때 그 시절, 소설보다 더 소설 같은 막장 드라마, 기막힌 그의 이야기가 시작된다.

글을 읽기 전에

　　나 권영찬이 겪은 실화소설의 주인공 이름은 '권총찬'이다. '풍랑 인생 3.5막'에서 소개하는 권총찬이라는 주인공은 나 자신을 투영시킨 인물이다. 또한 어쩌면 당신의 모습이거나 오늘 우리의 모습일 수도 있다. 권총찬이라는 주인공을 통하여 나는 내가 겪었던 일과 때로는 제3자가 되어서 하고 싶었던 이야기 등을 소설적 기법을 이용하여 객관적인 시각에서 전하고 싶었다. 그때 있었던 그 사건들을 소개하기 위해 '풍랑 인생 3.5막'에서만 총찬이라는 이름을 잠시 빌어본다.

속고 속이는 '편견'이라는
인생의 아이러니

우리는 남에게는 물론이고 심지어 우리 자신(의 판단이나 양심, 감정)에게도 속아서 살 때가 많다. 더 기막히고 문제가 되는 건 사람들이 자신이 속으며 산다는 사실 자체도 모르며 산다는 것이다. 판단은 판단에서 그쳐야 하는데, 자신의 판단을 진실인 줄로 착각하며 살기 때문이다. 내가 믿고 싶은 대로 믿는 것, 그것이 편견이다. 이곳에 일상에서 일어날 수 있는 오해와 관련된 사례를 두 가지만 소개한다. 당신 또한 이러한 시선으로 세상을 바라보고 있지는 않은가? 한번쯤 생각해볼 일이다.

인생의 편견 하나

올해로 열아홉 살이 되는 영숙이는 다른 친구들처럼 대학에 가고 싶었다. 하지만 지병으로 누워 계신 부모님과 뒷바라지를 해야 할 두 동생을 생각하면 그건 꿈조차 꿀 수 없었다. 얼마 전에는 집도 달동네로 옮길 정도로 살림은 점점 기울었고, 혼자 벌이로는 생활고조차 면할 수 없었다. 한 푼이라도 더 벌어야겠다는 생각에 며칠째 대리운전을 하며 야근했다. 오늘도 몇 건의 대리운전을 하느라고 새벽에야 집에 들어왔다. 영숙이네 집 속사정을 모르는 동네 사람들은 그런 영숙이를 보고 이렇게 쏙닥거렸다.

"아휴, 요즘 것들은 정말 문제야 열심히 일할 생각은 안 하고 너무 쉽게 돈을 벌려고 한다니깐. 세상에 일할 곳이 얼마나 많아? 그런데 하고 많은 곳 놔두고 하필 술집이 뭐야 술집이!"

회사원인 영미는 밀린 카드값 때문에 얼마 전부터 룸살롱에 나갔다. 그놈의 명품에 눈이 멀어 몇 달째 카드값을 연체하고 말았다. 카드빚을 갚아보겠다고 시작한 룸살롱을 통한 벌이는 의외로 짭짤했다. 빚을 다 갚고도 끊어내기가 쉽지 않았다. 탐욕에 중독되어 어느새 압구정동에 작은 월세방을 얻을 정도로 돈을 벌었다. 오늘도 2차를 원하는 손님을 상대하는 일을 세 탕이나 뛰고 새벽이 되어서야 술에 취해 집으로 향했다. 동네 어귀가 보이자 영미는 정신을 바짝 차렸다. 단아한 차림과 몸짓으로 걸어오는 영미는 얼핏 보기에도 누구보다 정숙하고 우아해 보였다. 정말 감쪽같았다. 대학생 딸을 기다리던 옆집 아주머니는 그런 영미를 보고, 본인이 믿고 싶은 대로 믿어버린다. 이렇게 말이다.

"쯧쯧쯧. 요즘 경기가 안 좋긴 많이 안 좋은가보네. 저렇게 참하게 생긴 아가씨가 위험할 텐데 이 야심한 시각까지 야근하다 오는 걸 보면 말이야. 일도 좋지만, 저러다 취객이라도 만나면 어쩌려고…. 근데 대체 지금이 몇 시야? 딸인지 웬수인지 분간이 안 가는 이 년은 어디에서 뭐하느라고, 여태 코빼기도 안 보이는 거야? 들어오기만 해봐라! 내가 그냥 이 딸년을….

인생의 편견 둘

　　　　　　준욱의 얼굴에는 오늘도 미소가 환했다. 삐까번쩍하게 잘 빠진 세단 안에는 먹거리와 새 옷을 가득 실었다. 그는 어디로 가는 중일까? 결혼생활 20년차인데도 아직까지 자식이 없는 그였다. 몇 년 전부터 보육원 아이들을 후원하면서 수십 명의 자식이 한꺼번에 생겼다. 보육원 아이들과의 만남을 통해 그는 인생의 참 의미와 기쁨을 깨달아가는 중이다. 연봉이 많이 오르자 이참에 새롭게 고아원 한 곳을 더 돕기로 했다. 오늘은 준욱이 그곳을 처음 방문하는 날이다. 고아원은 달동네에 있었다. 더군다나 초행길이다보니 찾아가는 데 어려움이 많았다. 그때 마침, 번쩍이는 준욱의 고급 승용차가 들어오는 모습을 본 달동네 할아버지가 눈살을 찌푸리며 한마디 하신다.

"쯧쯧, 길도 좁은데 생각도 없지. 없는 동네에 저런 큰 차를 꼭 몰고 와야겠어?"

혁민은 외제차인 BMW를 타고 압구정동의 고급 주택가를 두리번거렸다. 그는 전과 3범의 자동차 전문 털이범이다. 마음을 잡아보려고 했지만, 배운 게 도둑질이다보니 오늘도 훔친 외제차로

'고급 주택가'를 누빈다. 집집마다 주차장과 CCTV(감시용 카메라)가 딸려 있기는 하지만, 남의 일에 신경을 거의 쓰지 않는 고급 주택가만큼 차를 털기에 좋은 장소는 없었다. 가끔은 운 좋게도 집 밖에 세워둔 차가 있었다. 그 차가 바로 혁민의 표적이다. 훔칠 차량을 물색하기 위해 두리번거리는 혁민을 보고 그 동네 할아버지가 한마디 한다.

"젊은 사람이 일찍 성공했나봐. 저런 사람이 우리 손녀사위가 되면 얼마나 좋누."

누구도 안 좋은 소문으로 사람들의 입방아에 오르기를 좋아하는 사람은 없을 것이다. 설사 아무리 좋은 내용이라고 해도 진실과 다르다면 그 또한 말조심을 해야 한다. 남의 이야기를 하려면, 적어도 사실을 정확하게 확인하고 진실에 근거해서 말해야 한다. 진실이 아니라면 그 때문에 제3자가 피해를 볼 수도 있고, 무심코 던진 돌에 개구리는 맞아 죽을 수 있기 때문이다. 언젠가 당신이 그 개구리가 되지 말라는 법이 어디에 있는가?

오늘도 우리는 이렇게 속고 속이며 사는지도 모른다. 드라마나 영화로도 많이 제작된 영국 작가 제인 오스틴의 명작 소설 〈오만과 편견〉에서처럼, 또 위의 사례에서처럼, 자기의 눈에 보이는 모습이나 우리가 믿고 싶은 대로 믿은 그것이 진실인 줄로 굳게 믿고 상대에 대하여 오해하거나 착각하며 사는 경우가 생각보다 많다. 이것이 인생의 아이러니다. 진실을 보려고 애쓰며 살면 좋겠다. 이 사례를 생각해내며 총찬은 생각보다 세상에 억울한 일을 겪는 사람이 많지 않을까 하는 상상을 해봤다. 그 또한 잘못 알려진 '진실' 때문에 오랜 시간 동안 많은 고난을 겪어야 했다.

3종 고난세트 하나

총찬,
명예를 잃다

2005년 6월 16일
그건, 기막힌 소설의 시작이었다

이미 30대 중반에 성공가도를 달리던 그의 삶이 무너지기 시작한 건 2005년 6월 16일, 소설 같은 권총찬의 이야기가 현실로 일어나면서부터였다. 긴급체포, 수감, 유죄판결, 다시 무죄판결로 이어지는 드라마 같은 일련의 사건! 그것은 하룻밤의 꿈같았다.

아뿔싸! 달콤하게 곤하게 잠든 총찬을 깨운 건 새벽 5시를 알리는 요란한 휴대폰 알람이 아니라, 촬영 현장에서 걸어온 다급한 전화벨 소리였다. 마포에서 정 PD를 만나기로 한 바로 그 시각에 전화를 받고서야 눈을 뜨다니…. 결국 일이 터지고 말았다. 주차장에는 또 다른 복병이 기다리고 있었다. 그의 차 앞을 가로막은 차의 주인을 찾아 깨우는 일 등을 거친 뒤 마포로 황급히 차를 몰았다. 가는 내내 속을 태웠다. 촬영팀은 총찬을 기다리다 못해 다른 장면부터 촬영 중이었다.

아, 요즘 들어 왜 이럴까? 10개 방송 프로그램에, PC방 프랜차이즈 문의 또한 많아서 하루에 겨우 3~4시간 자는 게 고작이긴 했다. 그런데 하필 오늘 같은 날 지각이라니…. 오후에는 다른 촬영도 겹쳐 있었다.

한 달 전, K본부 〈카네이션 기행〉 프로그램의 제작사 대표에게서 전화가 왔다. 리포터로 봉사 정신을 가진 살가운 진행자가 필요하다며 다시 도움을 청해왔다. 넉넉하지 않은 형편에도 주변의 어르신들과 독거노인 등을 위해 봉사하는 단체 등을 소개하는 의미 있는 프로그램이었다. 총찬은 새벽부터 밤늦게까지 하루 종일 촬영 겸 봉사에 참여할 때가 많았다. 무더위가 막 시작할 무렵이던 6월 16일의 아이템은 '사랑의 전화'라는 자선단체와 함께 무료 점심식사를 제공하는 60~70세로 구성된 독수리 5자매 이야기였다. 10년 이상 매일 새벽 5시면 어김없이 부식을 받아 바쁘게 준비해서 마포의 무연고 노인 200명에게 무료 점심을 드려온 분들이었다. 회당 60~70만 원의 방송 출연료를 받던 총찬이지만, 〈카네이션 기행〉에서는 2년 전 출연료인 40만 원을 흔쾌히 수락하고 출연에 응했다. 봉사 차원에서였다.

총찬이 지각만 하지 않았다면 부식이 실린 트럭 문을 열고 나오면서, "와~, 할머니. 이 새벽부터 무슨 일이래요? 오늘의 주인공은 마포의 독수리 5자매입니다!"라고 소개했어야 했다.

뒤늦게 도착한 총찬은, 봉사자 할머니들과 제작팀에게 미안한 마음에 발바닥에서 땀이 날 정도로 정신없이 움직이며 촬영에 임했다. 오후 2시에는 목동에서 한 시간짜리 홈쇼핑 촬영이 잡혀 있었다. 짭짤한 출연료와 함께 잊지 않고 자신을 불러주는 제작진에 대한 고마움으로 다소 무리를 하더라도 불러줄 때 달려가야 했다. 어느덧 점심이었다. 사전에 작가에게 양해를 구해둔 대로 시간 안에 촬영장으로 돌아오기로 하고 부리나케 목동으로 질주했다. 다행히 홈쇼핑 방송은 시간 안에 잘 마쳤다. 이렇게 늘 바쁘다보니 주변에서, 좀 쉬어가며 하라며 핀잔 아닌 핀잔을 듣기도 했다. 총찬에게 일은 살아 있는 이유였고, 존재 그 자체였다. 마포로 돌아와 나머지 촬영분을 열심히 찍는데, 총찬의 PC방 체인점에 관심을 보이던 남자에게서 다시 전화가 왔다. 며칠 전 오후 4시경이었다. 전라도 사투리를 약간 섞어 쓰는 40대 초반의 남자는 용산 전자랜드에서 PC방을 운영하는 사람이라며 전화로 자신을 소개했었다. 용산에 개그개그PC방을 차려보고 싶다며 그쪽에서 전화를 걸어온 날, 당장 만나서 체인점 개설 여부를 결정하고 싶다는 걸 촬영 중이니 안 된다며 총찬이 약속을 며칠 미룬 것이 그날이었다. 이번 계약이 성사되어서 다른 곳도 아니고 용산에 PC방 지점이 하나 더 생긴다면, 드디어 손익분기점을 넘기는 건 물론이고 잘만 하면 전국에 지점이 몇 개가 더 생길지도 모를 절호의 기회였다. 지금껏 PC방 사업에는 투자만 해오던 차였다. 방송 일만으로도 몸이 열 개여도 모자랄 지경인데, 이제 사업도 장밋빛인 것 같았다. 절로 콧노래가 나왔다. 총찬은 〈카네이션 기행〉의 제작팀에게, '2차 회식에는 합류해서 아침에 늦은 벌로 회식비를 쏘겠다'는 말을 남기고 들뜬 마음으로 촬영장을 떠났다.

의뢰인의 뜻에 따라, 약속 장소는 여의도에 위치한 총찬의 회사에서 옆 건물의 1층 커피숍으로 바뀌었다. 총찬은 동업자인 작은형에게도 커피숍으로 오라고 전화를 해두었다. 차에서 회사 소개서며 PC방 홍보물과 명함을 챙겨 오후 6시경, 테이블이 여섯 개 남짓인 작은 커피숍 안으로 들어갔다.

"유 사장님이세요? 반갑습니다."

"일단 앉으시죠."

"나이보다 훨씬 젊어 보이시네요. 하하하. 어떤 게 궁금하세요?"

그런데 남자의 태도가 이상했다. 실은 총찬에게 다른 용건이 있다는 듯이 신분증을 꺼냈다.

"용산경찰서 강력6반의 도철종(가명. 이하 D) 경사입니다."

경찰이 PC방을 운영할 일은 없을 텐데, 도대체 무슨 일이지? 총찬은 몇 년 전에 겪은 서초경찰서에서의 일이 불현듯 떠올랐다. 첩보가 입수되었다며 경찰은 그때 총찬을 경찰서로 불렀다. 그러더니 협조를 구한다며 연예인 중에 마약하는 사람들 명단을 불라며 유도심문(신문. a leading question)을 했다. 이번에도 그런 일인 걸까? 그런 문제라면 총찬은 할 이야기가 없었다. 이번에도 역시 마약의 '마' 자도 모르고, 그런 거라면 아는 바가 없으니까. 만일 그게 아니라면…, 대체 무슨 용건으로 날 보자고 한 걸까? 도무지 감을 잡을 수가 없었다. 무슨 일일까 싶어 내심 마음이 안 편했지만, 그럼에도 총찬은 웃으며 반문했다.

"뭘 도와드릴까요…?"

형사는 굳은 표정으로 유정은(가명)을 아는지 물었다. 모르는 사람 같았다.

"그럼, Y양(가명. 이하 3.5막에서만 소설적인 재미를 위해 Y양으로 표기. 다른 장에서는 Y로 통칭)은요!"

Y양이라면 총찬의 PC방 프랜차이즈 숙대 지점의 알바생 중에 하나였다. 당시에 총찬은 모든 지점의 직원과 알바생을 면접한 터라 그들 모두를 알고 있었다. 그 친구에게 무슨 일이라도 생긴 걸까? 다음 순간, 총찬은 D경사의 청천벽력 같은 소리에 자기 귀를 의심했다.

"Y양이 권총찬 씨를 '강간'으로 고소했습니다! 당신은 변호사를 선임할 권리가…."

지금 이 사람이 뭐라는 거지? 도대체 뭐가 어디서부터 잘못된 거야?! 급한 마음에 총찬은 작은형에게 전화를 걸었다.

"형! 어디야? 아까 온 사람이 PC방 사장이 아니라 형사래, 아르바이트생이 나를 강간으로 고소했대!"

또한 아는 변호사와도 통화했다. 통화가 끝나자 D경사는 덤덤한 말투로 총찬을 위협했다.

"권총찬 씨, 제가 누군지 아십니까! 주병민 씨 아시죠? 바로 제가 처넣었습니다.(실제로 당시에 그 형사는 이렇게 말했다) 일단 서(경찰서)

로 가시죠. 한 가지 충고 드릴까요? 제가 연예인들 사건을 많이 담당해봐서 아는데요, 언론사가 기사를 터뜨리는 걸 경찰이 아무리 막아주려고 해도, 당신처럼 그렇게 주위에 전화하면 그놈들(변호사 등 주변 사람)이 기자들한테서 돈 받고, 오히려 내용을 다 붑니다. 그러니까 전화를 안 하시는 편이 오히려 당신에게 도움이 될 겁니다."

"죄가 없는데 뭘 어쩌라구요!"

임의동행을 하지 않으면 수갑을 채워서 간다며 형사는 으름장을 놓았다.

이게 도대체 무슨 일인가? 총찬은 Y양과 문제가 될 만한 내용이 있었는지에 대하여 용산경찰서로 가는 내내 기억을 되짚어나갔다. 그리고 D경사에게 물었다.

"정말 그 여성이 저를 강간으로 신고했습니까! 관계를 맺은 적도 없는데요?"

총찬은 〈사건 25시〉 프로그램을 진행하느라고 경찰서에 여러 차례 출입해 와서 '임의동행'이 무엇인지를 잘 알고 있었다. 48시간 동안 경찰서에 꼼짝 없이 갇혀 조사를 받아야 한다는 뜻이었다. 무슨 일 때문인지도 문제지만, 당장 내일과 모레 이틀 연속 잡혀 있는 생방송 또한 마음에 걸렸다. 사전 연락이나 예고도 없이 닥친 일에 총찬은 형사에게 불만을 터뜨리며, 생방송만 끝내고 자진출두를 할 테니 하루 이틀만 시간을 달라고 사정했다. 현장에서 이미 촬영한 분량 중에는 총찬이 다시 스튜디오에 출연해서 촬영 현장을 소개해야만 완성되는 프로그램이 있었다. 방송이 펑크 나거나 총찬 대신 다른 출연자를 데리고라도 재촬영을 나가야 했다. 프로답게 우선은 방송을 책임감 있게 마치고 싶었다. 그 다음에는 최대한 경찰에 협조하겠다는 뜻이었다. 하지만, 돌아오는 건 수갑을 안 채우는 것만도 감사하라는 쓴 소리뿐이었다. 죄가 없으니 서에서 금방 나오게 될 거라고 스스로 위로했지만, 어느새 눈에는 그렁그렁 눈물이 고였다. 이유 없는 두려움이 엄습하며 가슴을 조여왔다. 방송 일을 시작하고 15년 동안 방송을 하느라고 눈코 뜰 새 없이 살아왔는데, 15년 만에 찾아온 총찬의 생애 첫 휴가(?)는 이렇게 갑자기 들이닥쳤다. 총찬이 전혀 원하지 않던 시기에, 뜻하지 않던 방법으로.

억울해요 억울해!

　총찬을 고소한 Y양의 신고로 총찬은 용산경찰서에서 조사를 받았다. Y양의 일방적인 주장-서울의 한 호텔에서 3시간 동안 여섯 차례 성폭행을 당했다고 하는-에 따라 Y양(고소인)을 강간했다는 혐의가 언론에 소개되면서, 총찬은 과거 항간에 떠들썩했던 제2의 주병민 사건으로 구설수에 올랐다. 용산경찰서 강력3반에서 보도자료를 언론에 뿌린 탓이었다. 그러나 사실은 달랐다. 총찬은 Y를 성폭행한 적이 없었다. 강간은커녕 성관계도 갖지 않았다. 집에 잘 들어갔다며 통화까지 한 상대가, 그것도 며칠이 지난 뒤에 자신을 '강간치상'이라는 불명예스러운 죄명으로 고소하리라고는 생각지도 못했다. 누가 진실을 말하는 것일까? 대중의 시선은 두 사람의 사건에 꽂혔다. 진실 게임의 치열한 공방전은 이제 막 시작되었다.

　사건이 있기 직전까지도 총찬이 주로 진행하던 방송은 우리 시대를 살아가는 소시민의 이야기를 다루는 내용이거나 혹은 정보 프로그램이었다. 그중에 하나가 벌써 5년째 진행하는, 장애인 처우 개선과 어려운 장애인을 돕는 봉사 성격이 강한 프로그램이었다. 또한 독거노인이나 여건이 어려운 저소득층의 집을 수리하고 지원해

주는 방송을 봉사하는 마음으로 진심으로 맡아 하던 그였다. 그러한 사람이 어떻게 성폭력을 저지르며, 범죄를 저질러놓고도 태연할 수 있을까….

성폭행 혐의 기사가 언론에 나가면서 순식간에 총찬은 인기 포털 사이트에서 1주일 동안이나 실시간 검색어 1위를 차지하는 비운의 스타가 되었다. 총찬의 인생에서 기념비적인 첫 기록이었다. 이런 사건에 연루되니 공인으로서 한 회사의 대표로서 가족과 지인은 물론, 모두에게 송구스럽고 죄송했다. 그 주 토요일 저녁에는 용산경찰서 유치장에 있으면서 TV를 지켜보았다. 정동욱 당시 통일부 장관의 방북 소식이 9시 뉴스를 장식하고 있었다. 정동욱이라면 과거 총찬이 선거 유세를 위해 연예인 선거팀장을 맡아 뛸 때 총찬을 자주 격려하던 분이었다. 그때였다. 당직 경찰관이 TV 채널을 돌리자마자 K본부의 〈연예가중계〉에 총찬 자신의 사건이 소개되고 있었다. 좀 전 뉴스의 축제(?) 분위기인 방북 장면과는 대조적인 모습으로, 총찬이 연예인 지망생을 성폭행했다는 씁쓸한 보도가 첫 화면을 장식했다. 여론은 총찬을 이미 공론화된 범인으로 몰아가고 있었다. 이럴 수는 없는 일이었다. 아직 영장이 떨어지기 전이어서 범죄자가 아닌 피의자 신분이었다. 그런데 총찬은 알려진 공인이라는 이유만으로 이미 피의자로서 언론에 '공표'되고 말았다. 피의자가 검찰에 송치되기 전이나, 법원에서 사건에 대한 결론을 내리기 전에 경찰이 언론에 보도자료를 뿌리다니, 그것은 엄연한 불법수사였다! 그럼에도 경찰은 당시에 연예인 관련 사건이 생기면 공공연하게 보도자료를 뿌렸다. 총찬의 사건도 그중에 하나였다. 모든 게 꿈이고 장난 같았다. TV 모니터를 지켜보다가 총찬은 또 한 번 깜짝 놀랐다. Y양이 연예인 지망생이라니? 이게 도대체 무슨 말인가? 몰래 카메라치고는 너무 황당했다. 도대체 어디서부터 잘못된 것일까? 누가 어디서부터 이 사건을 조정하는 것일까? 일이 완전히 꼬인 것만 같아 머리가 깨질 듯이 아팠다.

총찬의 PC방 체인점에서 알바를 하던 Y양은 경찰서에서, 자신을 캐나다에서 온 교포 대학생이라고 진술했다. 그런데 당시 총찬을 체포하고 취조하던 담당형사인 D는 Y양이 고등학생이라며 당신은 이제 빼도 박도 못하게 생겼다면서 총찬에게 겁을 주었다(물론, D형사의 거짓말이었다). D형사는 총찬을 아예 전문 성폭행범으로 단정하고, 겁을 주면서 빨리 자백하라고 부추겼다. 그런데 엎친 데 덮친 격으로 총찬의 사건 담당인 강력반의 여자순경 B는 방송 인터뷰를 통해 Y양 언니의 직업이 메이크업 아티스트 겸 코디네이터이고, Y양은 연예인 지망생이라고 밝혔다. 그리고 총찬과 Y양은 이미 알고 지내던 사이로 마치 총찬이 선량한 연예인 지망생을 꾀어 호텔로 유인하고 성폭행한 것처럼, 있지도 않은 내용까지 보태어 인터뷰를 했다. 그 사건이 빵 하고 터지면서 법정에 서보기도 전에 이미 언론은 용산경찰서 강력3반이 짜낸 탄탄한 시나리오로 총찬 죽이기 식의 마녀 사냥을 시작했다. 총찬은 B여경에게 강력하게 항의했다. B

여경은 자신은 여자 측 언니의 직업을 언급했을 뿐인데, 방송 제작자가 그렇게 내용을 편집해 내보낸 것이라며 책임을 방송사에 떠넘겼다. 총찬이 묻자 제작팀은 총찬에게, 편집할 시간조차 없어서 인터뷰를 그대로 내보냈다며 변명했다(나중의 일이지만, 총찬은 일 처리 과정에서 잘못된 내용을 바로 잡으려고 해당 여경(B)을 인권위원회와 서부지검에 고소했다. 총찬이 그 여경을 상대로 고소장을 내자, 이번에는 그 여경 쪽에서 방송국에 전화를 걸어 문제의 내용을 인터뷰한 VJ를 고소하겠다며 방송국을 상대로 으름장을 놓았다. VJ는 방송국 직원도 아니고 계약직 직원에 불과한 프리랜서였다. 일이 커지자 여경은 방송국의 프로그램 담당 부장도 함께 고소하겠다고 협박했던 모양이다. 그 담당 부장은 마침 총찬과는 친한 사이였다. 그래서 총찬에게 자기를 봐서라도 여경의 고소를 취하해달라고 하면서 이 신세는 나중에 꼭 갚겠다며 부탁 아닌 부탁을 해왔다. 그저 답답할 노릇이었다. 하지만 따지고 보면 그들은 또 무슨 죄가 있단 말인가…. 동료들에게 피해를 주고 싶지는 않았다. 두 사람을 살리자면 여경의 고소 건을 취하해야 했다. 하는 수 없이 총찬은 울며 겨자 먹기로 부장의 부탁을 들어주었다. 그리고 부장은 그때의 일을 새까맣게 잊었는지 지금까지 신세를 갚지 않고 있다).

또 하나의 코미디 같은 일이 벌어졌다. 경찰서에서 총찬의 휴대폰이 울릴 때마다, 총찬의 앞에서 총찬을 조사 중이던 D형사의 휴대폰 벨소리가 매번 동시에 울리는 것이 아닌가! 정말 이상한 일이었다. D형사는 총찬에게 전화가 정말 많이 온다며 폰을 꺼내 보여주기까지 했다. 그것은 다름 아닌, D형사가 만들어둔 총찬의 복제

폰이었다! 어쩐지, 동시에 벨이 울리는 것도 그렇고 D형사가 총찬의 휴대폰 사용 내역을 훤히 꿰고 있는 것도 수상했었다. 총찬은 화가 났다. 내가 무슨 국제적인 범죄자나 조직 폭력배라도 된다는 말인가…. 땅이 꺼져라 한숨을 내쉬었다.

총찬은 나중에야 그 사실을 알고 그 내용 또한 고소했지만, 경찰은 모르쇠로 일관했다. D형사는 또 총찬의 휴대폰 내역을 뽑아 '증거 인멸과 도주 우려가 있다'는 이유로 6월 19일 오전 1시 20분경에 총찬에게 구속영장을 발부한 것이다! 주민등록상 주소지가 따로 있지만, 총찬이 주거지를 전라, 충청, 제주 등지를 하루가 다르게 돌며 지낸 것은 사실이다. 그러나 그 연유는 1주일 내내 10개 프로그램의 MC를 맡아 하는 과정에서 촬영장과 함께 총찬의 전국 PC방 지점을 돌며 운영을 돕다보니 생긴 자연스러운 일정이었다. 서울 서초구에 본인 명의로 9년 동안이나 집을 소유해왔고, 그 지역 예비군과 민방위 훈련도 받아온 총찬이었다. 동사무소에만 확인해도 알 수 있는 일이었다. 게다가 방송국으로 찾아오면 언제든지 만날 수 있는 총찬이 주거부정자에 도주의 위험이 있다니…, 강간치상 혐의도 억울한데, 억지도 그런 억지가 없었다. D형사는 그렇게 총찬을 주거부정자로 만드는 데 혁혁한 공을 세웠다. 그럼에도 총찬은 스스로 아무 죄가 없으니 조사만 받으면 진실은 곧 밝혀지리라고 믿었다. 자신이 옳기만 하면, 모든 일이 그렇게 쉽게 풀릴 줄만 알았다.

그런데 한 술 더 떠 수사 과정에서 마약 검사까지 받아야 했다. Y양의 진술대로 3시간 동안에 여섯 차례나 강간한 것이 사실이라면 그것은 마약을 하지 않고는 도저히 불가능한 성폭행 횟수라며 총찬을 마약범으로 추정했다. 소변 검사 결과, 총찬의 마약 테스트는 음성이었다. 총찬은 이제는 진실을 믿어달라고 하소연했다. 하지만 D형사는 막무가내였다. 소변에서 검출이 안 되면 두발을 통해서도 확인이 가능하다며 마약을 복용한 것으로 애초부터 단정지었다. 그 후로도 다행히 마약 복용 흔적은 안 나타났지만, 총찬은 그들이 친 덫에 단단히 걸려든 느낌이 들었다. 사건이 언론에 터졌을 때, 강남의 마담들 사이에서 총찬 같은 변강쇠라면 얼마든지 돈을 주겠다며 총찬을 긴급 수배하라는 이야기까지 떠돌았다고 했다. 그들의 기막힌 우스갯소리를 나중에 전해 듣고 총찬은 마음이 너무 아팠다. D형사는 합의를 계속 강요했지만, 총찬은 조금도 합의할 마음이 없었다. 하지도 않은 성관계를 어떻게 인정하라는 말인가? 억울한 마음에 총찬은 고함을 질렀다.

"내가 당신한테 뭐 그리 큰 죄를 지었다고 나한테 이래!"

목청을 높일수록 총찬만 더욱더 파렴치한이 되어가는 분위기였다. 처참한 심정을 억지로 달래며 용산경찰서에서의 3일을 보냈다. 그런데 심한 스트레스 때문인지 머리 앞쪽에서부터 두피가 한 꺼풀 벗겨지기 시작했다. 너무 기가 막혀 눈물이 나는 걸 애써 참고 웃었다. 그랬더니 조금은 살 것 같았다. 어떻게든 살아나가야 했다. '이

위기는 내가 잘 되기 위해 거쳐 가는 한 과정일 뿐이야. 언제 또 이런 일을 겪어보겠어? 너는 지금 단지 '권총찬'이 주연인 영화, 그중에서도 첫 씬(scene)을 찍고 있는 거라고' 하는 긍정적인 마음이 총찬의 깊은 곳에서부터 올라왔다.

그런데 나 말고 저들은 또, 무슨 이유로 별천지가 같은 이곳(유치장)에 왔을까…?

낮에는 천사,
밤에는 성폭행범

　방송생활을 하는 동안에 그저 자존심 하나로 버텨온 총찬이었다. 방송 6년차로 잘나가던 시절, K본부 희극인실에서였다. 그런 총찬에게 코미디 CP(칩 프로듀서)는 연기 문제로 인신공격을 했다. 더러워서 더는 못하겠다며 CP가 보는 앞에서 바닥에 침을 탁 뱉고 희극인실 문을 발로 뻥 걷어차고 나왔다. 당연히 그건 국장급 PD를 향해, 자를 테면 잘라라 하는 도전으로밖에 보이지 않을 것이었다. 물론 믿는 구석이 조금은 있었다. 당시에 케이블 TV가 생겨나며 지상파의 많은 PD와 카메라 감독이 케이블 TV인 현대방송으로 이직할 무렵이었다. 케이블 TV의 채널이 엄청나게 생기면서 MC 기근 현상이 벌어졌고, 총찬은 선생님 같은 이미지에 학벌이 괜찮다는 이유로 케이블 TV의 신생 프로그램 MC를 6개나 맡게 되었다. 그리고 날이 갈수록 정말 승승장구하고 있었다.

　2005년 5월, 그때 그 사건이 빵 하고 터지기 전까지만 해도 총찬은 대한민국에서 또래에 비해 10년 이상은 앞질러 가던, 아주 잘나가는 30대 중반이었다. 그 무렵에 지상파 방송 6개 프로그램의 MC와 고정 리포터 그리고 홈쇼핑 방송에서는 한경희 스팀청소기, 엔유

씨전자의 주서기 등 1시간당 150만 원의 출연료를 받는 방송을 무려 3개나 하고 있던 그는 홈쇼핑계에서 미다스의 손으로 통했다. 거기에다가 방송과 함께 부업으로 '개그개그PC방'(80~100평 규모로 총찬의 캐릭터를 앞세운 브랜드. 전국에 18개 지점이 있었음)을 운영하는 사업가로서 대표이사였다. 그뿐 아니라 서울시와 경기도 지역 창업센터의 창업 강사로서도 자리매김을 하던 차였다. 당대의 스포츠 스타나 장동건 같은 연예인이 부럽지 않을 만큼의 연봉을 벌어들였다. 방송 출연료만으로 5억 원대가 넘었고, 누구보다 바쁘고 행복한 나날을 보내고 있었다. 37일간의 구치소 수감으로 법정소송에 휘말리면서 총찬은 자연스럽게 방송활동을 모두 중단할 수밖에 없었다.

방송인으로 사업가로 한창 잘나가던 총찬은 인맥이 좋았다. 그러나 총찬에 대한 언론의 마녀 사냥 이후, 휴대폰에 저장된 2,000여 명이 한 순간에 등을 돌리면서 인간적인 거세마저 당했다. 당시에는 그들에게 참 섭섭했다. 그나마, 총찬이 봉사를 해오던 장애인단체와 보육원단체에서 총찬을 위해 탄원서를 내주었다. 반면, 피해자라고 주장하던 Y양을 지지하던 한 여성단체에서는 총찬을, '지킬박사와 하이드', '낮에는 천사, 밤에는 성폭행범(악마)'이라고 부르며 두 얼굴을 가진 이중인격자로 매도했다. 언론사 종사자이건 네티즌이건, 남의 일이니까 우선 특종부터 터뜨리고 보자는 경향이 지금도 크다. 특종을 노리는 그들에게 진실은 늘 뒷전이다. 방송인 중에는 경쟁상대이든 아니든 주변의 스타 한 사람이 엎어지면 속으로는 쾌재를 부르는 사람도 더러 있다. 몇 차례 진실공방까지 갔던 가수 T의 사건 때도 그랬고, 인기 배우에서 하루아침에 성폭행범으로 도마 위에 오르며 장안을 떠들썩하게 했던 P의 사건 때도 그랬다.

사건이나 사고는 단지 현상(결과)만이 아니라 배경(과정)까지 보아야 한다. 인권을 유린당한 사람이라면 보호를 받아야 하고, 상대방은 처벌받아야 마땅하다. 하지만 모든 사건에는 진실이 있고, 진실이 밝혀지기 전까지는 오해가 생길 수 있고 억울한 누군가가 있을 수 있다. 섣불리 판단해서 상대를 공격하지 말고 일이 되어가는 과정을 지켜보고, 뒤늦게 돌을 던지든 쓴 소리를 하든지 해도 되지 않을까?

혐의자로 피의자로 언론에 보도된 것만으로도 그는 이미 죄인으로 낙인이 찍혀버렸다. 주거부정자인데다 Y양과의 합의를 거부했다는 이유로 총찬은 사건이 나고 며칠 후 긴급체포를 당했고, 그대로 구속되어 구치소 생활을 시작했다. 구치소에 가기까지 소위 민중의 지팡이라는 경찰이 행한 부당한 조사와 검찰의 구속 사유에 억울하고 화가 났다. 그러나 누구도 총찬의 말에 귀 기울이지 않았다. 평소 그가 알고 있던 상식과는 다르게 그의 운명은 끗발 좋은 윗사람들이 아니라, 당장 눈앞에 보이는 현장 근무자 한 사람에게 달려 있음을 배우기까지는 그리 오랜 시간이 걸리지 않았다. 그 사건의 칼자루를 쥔 사람은 그 누구도 아니고 현장 근무자라는 사실을 총찬은 성폭행 혐의 사건을 통해 뼈저리게 깨달았고, 그것은 그의 인생에 두고두고 산 공부가 되었다.

도대체 어디서부터,
뭐가 잘못된 거야?

    총찬은 당시 인생의 황금기를 보내고 있었다. 구속된 사실 자체도 문제지만, 하고 있던 방송과 사업은 또 어떻게 한단 말인가…! 그리고 그의 앞날은 또 어떻게 될 것인가…? 갑자기 눈앞이 캄캄했다. 그의 앞에 닥친 현실이 도저히 믿기지가 않았다. 꿈이라면 좋겠다. 아니, 영화 속의 주인공이라면 좋겠다. 총찬이 꿈꾸던 영화는 이러한 유의 폭력·공포영화(적어도 그가 느끼기에는 그러한 장르임에 분명했다)가 아니었다. 빠져나가지 못할 몇 겹의 덫에 걸려든 것만 같았다. 왜 이런 엄청난 일이 나에게 생긴 것일까? 아무리 진실을 입증해도 증거가 충분하지 않다면 어쩌지? 총찬은 생각하고 또 생각했다. 마구 헝클어진 기억의 실타래를 풀며 흩어진 사건의 퍼즐조각을 하나씩 맞추기 시작했다. 한마디로 그것은 사건의 재구성이었다.

    6월 4일 밤, 총찬은 친한 기자와 PD들 및 사업가들과 함께 1차로 여의도에 있는 한 일식집에서 만나 친목을 도모했다. 그런 다음에 당시 개그맨 후배들이 운영하던 신촌의 개그클럽에 방문했다. 오지랖 넓은 총찬은, 고생 끝에 개그 프로그램에서 뒤늦게 큰 인기를 얻다가 얼마 전(그 당시 기준)부터 방송을 쉬던 후배 L을 위로하려고 그 클럽에 들렸다. 공교롭게도 후배 L은 성폭행 사건에 휘말려 방송활동을 중단한 상태였다(삶의 아이러니다. 총찬 자신이 이 일을 겪게 될 줄은 정말 꿈에도 몰랐으니까). 안타까운 마음은 있지만, 사건 당시에는 어떻게 도와주어야 할지 몰랐다. 총찬은 후배 L의 개그클럽 오픈 응원차 그곳에서 양주 한 병을 주문했다. 그때만 해도 그 후배의 사건이 곧 자신에게 닥칠 일이 될 거라고는 정말 꿈에도 몰랐다. 3차를 가기 위해 일행과 이태원의 보보스(호텔 나이트클럽)에 가려고 차를 기다리는데, PC방 지점의 알바생으로 안 지 3~4개월 된 Y양에게서 전화가 걸려왔다. 전화상으로, Y양은 총찬의 일행과 어울리고 싶다고 말했다. 안 그래도 평소 총찬에게 교포여서 '한국의 다양한 문화를 알고 싶고, 다양한 사람들을 만나보고 싶다'며 부탁 아닌 부탁을 하고 전화를 걸어와서 총찬의 모임에 종종 합류한 적이 있었다. Y양의 아버지는 돈을 많이 버는 사업가로서 캐나다와 한국을 오가며 무역업을 한다고 들었다. 그런 아버지를 두고 왜 PC방에서 알바를 하는지가 의문이었는데, 캐나다에서는 대학에 가면 자신이 학비를 모두 벌어야 한다고 해서 그런 줄로만 알았다. 총찬은 영어 방송을 하면서 레즈비언 동료를 많이 보았는데, 그들 중에는 Y양처럼 얼굴과 혀에 다양한 피어싱을 한 사람이 많아서 Y양 역시 레즈비언인 줄로만 알았다.

3차까지 폭탄주 70~80잔에 줄담배를 피운 총찬은 무척 피곤했다. 회식이 있는 날이면 부천의 작은형네 집에 도저히 갈 수가 없었다. 너무 늦은 시각에 함께 사는 형수를 깨우기가 미안해서였다. 그래서 방송국 근처인 여의도의 호텔이나 여자 친구가 사는 집에서 종종 자고는 했다. 승무원인 여자 친구는 그날 비행을 가고 없어서 총찬은 평상시처럼 나이트클럽이 있는 그 호텔에 방을 잡으려고 했다. 술을 많이 먹으면 그 자리에서 그대로 잠드는 버릇이 있던 총찬은 그런 이유 때문에 단골로 찾는 클럽이 아니면 좀처럼 클럽에 가지 않았다.

5일 새벽 3시쯤에 술값을 계산하고, 지인들과 헤어져 혼자 룸으로 돌아와 술기운에 잠깐 잠이 들었다. 나간 줄 알았던 Y양이 10분쯤 뒤에 다시 들어왔다. Y는 앉자마자 섭섭하다며 총찬에게 자기가 싫은지를 물었다. 여자 친구가 있는데다 Y양에게 매력을 느낀 적도 없고, 굳이 불필요한 오해를 받고 싶지 않아서 거리를 둔 것뿐이었다. Y양이 자신의 인생이야기를 한 지 1시간가량이 지났다. 어느새 총찬의 옆으로 와서 몇 분 이야기를 하더니 갑자기 총찬의 무릎에 얼굴을 묻고는 힘들다며 안아달라고 했다. 순간 총찬은 당황했다. 그런데 갑자기 Y양이 총찬을 안더니, 아버지에게는 친구 집에서 자고 갈 거라며 말해두었다고 했다. 총찬은 친한 웨이터 동생을 불러 사업 모임이 있으면 주로 애용하는 C호텔에 방을 잡아달라고 했다. 호텔의 부사장과는 잘 알고 지내는 사이였다. 그런데 생각해보니 오전에 여의도에서 미팅이 있었다. 그래서 C호텔의 방을 취소하고, 여의도의 H호텔로 향했다.

술과 줄담배의 영향 탓인지 H호텔에서 샤워를 하고 나서도 몸이 도무지 말을 듣지 않았다. Y양과 이야기를 조금 더 나누다가 탈모치료제인 작은 알약 프로페시아(나중에 안 사실이지만, Y양은 그것을 당시에 홍대에서 유명했던 그 마약으로 착각한 모양이었다)를 한 알 먹고 잠이 들었다. 총찬은 성적인 행위를 할 수 없을 만큼 이미 술에 취해 있어서 그대로 곯아 떨어졌었다. 그럼에도 세상은, 젊은 남녀가 모텔에 갔는데 정말 아무 일이 없었다고? 그걸 믿으라고? 하면서 일단 색안경부터 끼고 곱지 않은 시선으로 총찬을 의심했다. 총찬의 진실 따위는 중요하지 않았다. 그들이 믿는 시선이 진실처럼 포장된다는 사실에 총찬은 몸서리쳤다. 총찬의 선행을 악으로 갚은 Y양에게도 문제가 있지만 결과적으로, 함께 호텔에 가지 말았어야 했다고 총찬은 생각했다. 만일 Y양을 알바생으로 보지 않고 권력가의 딸쯤으로 생각했다면 그렇게 쉽게 호텔로 데리고 갔을까? 총찬은 자신이 교만했음을 인정했다.

방송 일 때문에 아침 8시 30분에 호텔에서 함께 나왔다. 일정이나 동선 등은 다행히 카드 기록에 남아서 증거자료가 되었다. 그런데 호텔에 머문 3시간 동안의 상황을 어떻게 증명한다는 말인가? 그 문제는 그가 풀어야 할 과제로 남았다. 호텔에서 나온 뒤에도 총찬이 함께 아침을 먹자고 했지만, 배가 고프지 않다고 하기에 Y양의 하숙집이 있다는 숙대역 앞의 파출소 앞에서 내려주었다. 도대체 무엇이 문제가 되어서 Y양이 고소했을까? 생각해보니 총찬이 차로 데려다준 곳은 어느 파출소 앞이었다. 양심에 걸리거나 범죄를 저질렀다면, 왜 그곳이 파출소라는 것을 총찬이 깨닫지 못했을까? 어디에서부터 잘못된 것일까? 어쩌다 이런 상황에까지 왔을까? 아무리 생각해도 의문투성이였다. 잘못한 게 있다면 호의를 베푼 것이 잘못이었다. 이럴 줄 알았으면 호의를 베풀지 않는 건데, 처음부터 Y양에게 왜 정확하게 선을 긋지 못했는지 총찬은 후회가 되었다. 그리고 왜 왜 왜를 외치며 울부짖었다.

Y양은 '개그개그PC방' 숙대 지점의 알바생이었다. 캐나다에서 한국문화를 배우러 온 대학생이라며 자신을 소개했다. 외대 영어과를 졸업한 총찬은 외국인 친구가 많았는데, 외국 생활에 익숙한 Y양 역시 그녀들처럼 자유분방해 보였다. '개그개그PC방' 본사의 사장인 총찬이 개그맨이라는 사실을 이미 알고는 파티나 모임이 있으면 자주 초청해 달라고 총찬에게 부탁했다(나중에야 안 사실이지만, Y양은 알바를 시작할 때부터 개그맨인 총찬의 PC방 지점임을 확인하고 의도적으로 접근했다. 그 사실을 총찬의 PC방에서 Y양과 함께 일하는 남자 알바생이 진술했다). 번번이 부탁을 거절하기도 미안했다. 마침 모임이 있을 때 연락해 와서 사건 당일을 포함해 Y양을 총찬 일행의 모임에 세 차례 초대했다. 그는 처음부터 선한 의도로 도우려고 했다. 사건 이후, 언론이 Y양을 방송 코디네이터와 연예인 지망생으로 보도했을 때 총찬은 당황했다. 그는 처음 듣는 이야기였다. '연예인을 시켜주겠다'며 알바생을 유인한 건 아닌지 오해받기 딱 좋은 상황이었다. 그런데 재판정에서 진술하는 과정에서 남자 알바생은 Y양이, 하필이면 "연예인 지망생"이라는 거짓 내용을 끼워 넣었다. 천만다행으로 휴

대전화 통화 내역서에는 매번 Y양 쪽에서 먼저 총찬에게 전화를 건 사실이 기록돼 있었다. 그것은 총찬에게 유리한, 의외의 증거자료가 되었다. 남자 알바생은 평소에 '같은 알바생인데 누구는 술을 안 사주고, 누구는 자주 사주느냐'며 총찬의 불공평한 처사에 불만이 많았던 모양이었다(총찬은 그 사실을 듣고 많이 후회했다). 그러다가 결국 Y양의 설득에 넘어가서 총찬에게 불리한 거짓 증언으로 총찬을 수렁에 빠뜨리고, 종국에 가서는 위증죄로 벌금형을 받은 것이다.

　Y양의 학력이 모두 거짓이며 위증이라는 사실은 당시 캐나다에 거주하던 개그우먼 이성미 선배의 도움으로 백일하에 드러났다. 그것은 거짓말을 잘 하는 Y양의 습성을 여실히 보여주는 증거자료가 되었다. 재판 과정에서, Y양은 중학교 때 부모님을 따라 캐나다로 투자이민을 갔다가 아버지의 사업 실패와 함께 현지 부적응으로 고등학교를 중퇴한 사실이 밝혀졌다. 그리고 Y양의 아버지는 투자 실패로 부부가 별거를 하고, 남대문의 작은 점포에서 일하고 있는 것으로 드러났다. 캐나다에서는 고등학교를 졸업했다는 졸업장이나 최소한 수료증이라도 있어야 취업할 수 있다는 사실도 뒤늦게 알게 되었다. 고등학교 수료증조차도 없던 Y양은 한국의 PC방에서 알바를 하면서 네일학원과 미용학원에 다녔던 것이다. 캐나다 현지의 해당 고등학교 행정 담당자와 통화를 하면서 총찬은 사건이 어디서부터 꼬이고 잘못되었는지를 짐작할 수 있었다. 머리가 아팠다. 총찬은 당시에 새로운 지점을 오픈하면, 손님을 확보하기 위

해 후배 연예인들에게 도움을 청했다. 한 번에 몇 백만 원인 일반 행사비에는 못 미치지만, 선배로서 그들에게 수고비로 조금의 거마비를 주고는 했다. Y양은 정말 궁금해 하며 그 비용이 얼마인지를 캐물었다. 차비만 50만 원은 되고, 클럽에서 저녁에 술도 한 잔 사주는 정도라는 총찬의 말에 Y양은 무척 당황한 듯 보였다. 하지만 총찬은 그런 Y양의 표정 변화를 전혀 읽지 못했다. 캐나다 교포로 자신을 소개하고 아버지가 캐나다와 한국을 오가던 사업가라고 했던 Y양. 그녀가 오후에 몇 시간씩 일을 하며 버는 알바 급여는 한 달에 50만 원가량이 고작이었다. 그런데 어느 날, 후배에게 차비라며 50만 원을 안겨주는 사람을 보았다. 저녁에 클럽에서는 80만 원을 술값으로 턱 하니 냈다. 물론, 그는 연예인이라는 특수 계층이기는 했다. 그렇게, 일행을 위해 나름대로 최선을 다하느라고 돈을 지불한 총찬의 모습에서 Y양은 어린 나이에 삶의 괴리를 맛본 것이다. 나중에 Y양의 경제상황을 알고 나서 총찬은 그때 거마비에 대한 말을 듣고 Y양이 겪었을 상처를 생각하니 미안했다. 누군가에게는 한낱 차비로 주어지는 돈이 누군가에게는 한 달 동안 번 생활비의 전부라는 사실에 비참한 마음이 들 법도 했다. 그래서 총찬 및 총찬의 일행이라는 그 부류에서 어울리고 싶었는지도 모르겠다. 아마도 그때 갖게 된 사회적 약자에 대한 미안함 때문이었던 것 같다. 나중에(3종 고난세트 이후 다시 돈을 벌게 되면서부터) 총찬이 자신의 수입에서 3분의 1을 떼어 어려운 이웃에게 기부하는 계기가 된 것은….

성폭행범으로 오해받는 남친,
그 믿음은 어디에서 생긴 걸까?

　　사건 초기에, 총찬은 고소를 해온 Y양에게 적극적으로 대응하지 않았다. 아니, 도저히 그럴 수가 없었다. 한 사람이 마음에 너무 걸리고 그녀에게 미안해서였다. 그녀는 외국 출장 중이어서 이런 상황에 대하여 아무 것도 몰랐다. 정말 부끄럽지만 사건 당시 그에게는 3년 동안 사귄 여자 친구가 있었다. 부모님에게는 인사를 드렸지만, 당시 총찬은 결혼에 대해 자신이 없었다. 두 번의 이별을 통해 얻은 큰 상처로 결혼에 대한 두려움이 컸기 때문이다. 그때 그 사건으로 총찬이 가장 힘든 시기에 곁을 지켜준 그녀는 바로 항공사에 근무하는 일곱 살 연하의 승무원, 김영심이었다.

　　그녀를 만난 건 사건이 터지기 3년 전인, 2002년 11월이었다. 2001년, 아버지가 췌장암으로 돌아가시고 여전히 많이 힘들어 하던 시기였다. 각자 다른 모임에 갔다가 한 건물 안에 있다보니 우연히 합석할 기회가 있었다. 커다란 눈망울에 선한 얼굴의 그녀를 처음 본 순간, 총찬은 본능적으로 알았다. 그가 그토록 찾던 반쪽이 바로 그녀라는 사실을. 그녀를 놓치고 싶지 않았다. 그런데 고맙게도 그녀 쪽에서 총찬에게 "여자 친구 있으세요? 인상이 좋으신데!"라고 물어왔다. 총찬은 일이 바쁘다보니 아직은 없다고 답했다. 그러자 다음에 자기 동기를 소개해주겠다며 그녀는 자신의 명함을 총찬에게 건넸다. 그 이후 총찬은 영심에게 데이트를 신청했고, 영심과 만나기로 한 그날만을 목 빠지게 기다린 총찬에게 영심은 약속이 있어 미안하다며 만나기로 한 당일에 약속을 거듭 취소했다. 그럴수록 총찬은 오기가 생겨 마침내는 뛰어난 언변으로 강하게 쐐기를 박았다.

"승무원이신 분이 두 번이나 약속을 어기시면 어떻게 해요! 저는 영심 씨와 밥 먹으려고 두 번이나 일정을 모두 비웠는데, 이러시면 안 되는 겁니다!"

그 말이 그녀의 마음을 움직였던 것일까? 드디어 그녀와의 첫 식사 자리를 갖게 되었다. 자신의 연인은 김영심, 그녀라야만 했다. 하지만 영심은 총찬이 장난을 치는 건 아닌가 하는 생각도 들고 연예인인 총찬이 부담스러웠다.

오랜만에 총찬은 사랑에 빠졌다. 전라남도 영광이 고향인 영심은 굴비아가씨 출신이었다. 그녀는 중학교 시절에 이모가 계시는 광주로 유학 와서 고등학교와 대학교를 광주에서 다니며 부모님과 떨어져 지냈었다. 영심은 그리움에 주말이면 학교가 끝나는 대로 교복을 입은 채 부모를 만나러 영광으로 내려갔었다. 그 또한 촌놈 출신인 총찬은 예쁘고 차분한 외모와는 다르게 구수한 사투리를 섞어 쓰는 촌년인 영심이 왠지 더 정이 가고 좋았다. 그리고 가끔은 전라도 욕까지 섞어서 하는 영심에게 왠지 모르게 끌렸고, 뭔지 모를 매력이 참 많은 여자였다. 연애 초기에 총찬은 만날 때마다 그녀에게 편지를 건넸다. 보기와는 다르게 성격이 아주 털털한 영심은, 총찬의 러브레터를 받고도 별로 감동하지도 않을뿐더러 총찬이 밤새워 쓴 편지를 되는대로 쑤셔 넣고 다니는 등 반응이 늘 시큰둥했다. 그럼에도 그들은 조심스럽게 교제를 시작했다. 총찬은 몹시 서운했다. '어떻게 하면 그녀가 나의 사랑을 영원히 간직할 수 있을까?' 하고 생각한 총찬은 편지를 건네기 전에 매번 한 장씩 더 복사를 해두었다. 그렇게 두 달이 지났다.

2002년 12월 24일 크리스마스 이브였다. 행사 스케줄이 있던 안면도에 영심을 초대한 총찬은 그녀를 위해 이벤트를 준비했다. 평소 알고 지내던 디자이너에게 총찬이 직접 고안한 디자인을 부탁해서 만든, 세상에 하나뿐인 목걸이와 귀걸이 세트였다. 당시 가격으로 100만 원이 넘었다. 그만큼 총찬이 아주 크게 마음먹고 작정하고 준비한 선물이라는 뜻이다. 행사장에 미리 와 있던 가족들에게 그녀를 소개하고, 그 자리에서 프러포즈를 했다. 영심은 앞으로 총찬의 태도에 달렸다며 답변을 보류했다. 총찬은 실망했다. 하지만 아직 기회는 있었다. 만난 지 100일이 되는 날이었다. 총찬은 비장의 카드를 꺼내어 들었다. 그가 그동안 백업용으로 프린트해 둔 편지를 모아 '총찬의 마음'이라는 제목으로 제본까지 한 편지집을 그녀에게 전달했다. 그것은 영심을 향한 총찬의 사랑 고백이었다. 이번에는 영심이 감동하겠지? 착각은 자유라고 했던가! 애써 편지를 쓰고 편지집을 만들어 선물한 총찬을 칭찬하는 것이 아니라, "야! 이런 걸 제본하는 집도 있구나." 하며 엉뚱한 것에 감탄했다. 그게 바로 그녀의 무덤덤한 성격이었다. 그녀는 또, 고마워도 고맙다는 표현을 잘 못했다. 덤덤하게 반응하는 영심을 보고 총찬은 절망했다. 그렇게 무딘 그녀와 총찬은 3년 동안 교제해왔다. 그리고 주위에 있던 남자 오빠들과 마치 형과 동생처럼 지내는 영심을 보며 그 점에서 늘 부딪혀 몇 번이나 헤어질 위기를 겪었지만, 그런 채로 3년을 만나온 한 상황이었다. 결혼에 대한 부담감으로 결혼 이야기는 못하고 있었지만, 누구보다 사랑한 그녀 앞에서 총찬은 그 문제로 더욱 난감했고, 정말 이 세상에서 사라지고 싶었다.

이 사실을 어떻게 전하지? 이 사태에 대하여 그녀에게 뭐라고 하지? 변명의 여지가 없었다. 총찬은 마음이 아팠다. 더욱이 총찬은 구치소 안에 갇혀 있지 않은가? 틈만 나면 영심에게 사랑의 고백을 문자로 남기던 그였다. 비행을 갈 때면 매번 '잘 다녀오세요! 비행소녀!'라는 문자를 남기고 공항에 태워다주었고, 그녀가 비행을 마치고 돌아온 날이면 지방 촬영이나 출장을 가고 전날 제아무리 술을 많이 먹었다고 해도 '당신이 대한민국 최고의 승무원입니다! 비행 수고하셨어요!'라고 먼저 문자를 남겨놓던 총찬이었다. 그런데 그런 그에게서 한 통의 전화도 문자도 없었다. 이상한 일이었다. 무슨 일이 생긴 걸까? 영심은 총찬에게서 연락이 오기만을 기다렸다. 구치소 철창 안에 갇힌 총찬을 대신해 둘째 형수에게서 전화가 걸려왔다. 영심은 휴대폰 너머에서 무슨 말이 나올지 두려워하다가 조심스럽게 먼저 말을 꺼냈다.

"설마… 오빠가 죽은 건 아니죠?"

"아니에요…."

영심은 수화기를 놓으며 최악의 경우, 총찬이 식물인간이 된 건 아닌지 걱정스러웠다. 권총찬! 대체 무슨 일이 생긴 거니? 제발 살아 있어다오, 제발….

형수와 만나 사건의 자세한 내막을 듣고 나서 영심은 온몸에 맥이 탁 풀렸다. 심장이 마구 뛰었다. 다른 것도 아니고 성폭행이라니…, 그 때문에 구치소에 수감되어 있다니…, 너무 뜻밖이었다. 도무지 믿기지가 않았다. 영심이 보아온 권총찬은 요술램프의 요정처럼 영심이 원하는 것은 무엇이든지 해결해주는 해결사였고, 무엇보다 정의감에 넘치고 월급을 받으면 10분의 1은 좋은 일에 쓰라고 이야기해주던 윤리적인 사람이었다. 3년을 만나오며 지켜보는 동안 모든 것에 대하여 늘 솔직한 사람이었다. 심지어는 술자리 이야기도 모두 들려주던 사람이었다. 사랑 표현은 잘 못하던 영심이지만, 존경하는 마음에 신처럼 떠받들며 따르던 남자가 아니던가! 그런데 한순간에 모든 게 무너져 내렸다. 그에 대한 신뢰가 깨지면서 영심은 혼동스러웠다. 정말 그게 사실이라면, 내가 알던 권총찬은 누구지? 그럴 리가 없다며 영심은 도리질을 했다. 미칠 것 같았지만, 남자 친구가 공인인데다 성폭행 혐의 죄목이다보니 누구 하나

툭 터놓고 하소연을 할 사람이 없었다. 어떻게 온지도 모르게 집으로 돌아온 영심은 혼자 대성통곡하며 하얗게 날을 지새웠다.

용산경찰서 유치장에서 총찬은 절규했다. 총찬은 늘 그녀에게 본이 되려고 했고, 삶으로 가르치려고 애썼다. 그녀의 친구들이 마치 큰언니에게 하듯 총찬에게 고민을 상담해오기까지 할 정도였다. 아무리 오해라고는 하지만, 언론에 오르내리는 불미스러운 사건으로 지금 누구보다, 어쩌면 총찬 자신보다도 마음고생이 심한 건 배신감에 몸서리칠 그의 여자 친구인 영심이 아니겠는가. 면회를 오지 말라고 형을 통해 그녀에게 신신당부했다. 고통 받을 영심을 생각하니 달리 어찌할 방법이 없었다. 앞으로 어떻게 영심을 쳐다본다는 말인가. 그녀가 떠난다고 해도 붙잡을 수가 없었다. 결혼은커녕 당장 그녀를 볼 면목조차 없었다. 총찬은 윤기 없이 푸석해진 얼굴과 머리를 무릎에 파묻으며 숨죽여 울었다.

총찬의 기사는 방송과 신문에 연일 떠들썩했다. 영심은 애써 회사로 출근했다. 주변의 따가운 시선을 더러 느꼈지만, 태연한 척 못본 척 눈감아버리기로 했다. 창피하고 화도 났지만, 그렇다고 집에 가만 처박혀 있을 김영심은 아니었다. 그럴수록 더욱 침착해야 했다. 누가 뭐라고 하든 자신만이라도 총찬의 편이 되어야 했다. 그동안 총찬이 자신을 사랑하고 지켜준 만큼 이번에는 자신의 차례라고 생각해서 총찬이 최소한 무죄를 받을 때까지만이라도 그를 지켜주고 싶었다. 헤어지고 만나고는 그 다음 일이라고 생각했다. 상대 여성이 3시간 동안 여섯 번이나 폭행당했다는 이야기를 들었을 때는 의심스러웠다. 영심이 아는 총찬은 여자가 싫다면 손도 안 대는 자존심이 센 고집쟁이였다. 그와 함께 여행을 가끔 다녀본 그녀는 총찬의 스타일을 잘 알았다. 그래서 사건이 무언가 잘못 흘러가고 있다는 건 알 수 있었다. 오히려 상대 여성이 성폭행을 한 번만 당했다면 총찬이 술에 취해서 그럴 수도 있겠지 하며 이해하겠지만, 3시간 동안 여섯 번이라니… 누군가는 분명 거짓말을 하고 있는 것이리라. 그렇게 영심은, 총찬을 일단 믿어주고 지켜주기로 했다. 그것이 그동안 그녀에게 최선을 다한 권총찬에 대한 최소한의 예의라고 생각했다. 적어도 영심은 그런 의리는 있는 여자였다.

영심과의 이별을 생각하니 총찬의 마음은 천 갈래 만 갈래 찢어지는 것같이 아팠지만, 이미 그녀와의 이별을 결심했다. 총찬의 우려와 만류에도 영심은 경찰서로 찾아왔다. 총찬의 어머니, 그리고 작은형과 함께였다. 두 남녀는 마치 영화 〈너는 내 운명〉 속의 배우, 전도연과 황정민이 되어 쇠창살을 사이에 두고 마주 앉았다. 막상 당사자가 되어 이런 상황에 놓이고 보니 영화를 볼 때와는 다르게 전혀 낭만적이지 않았다. 마음고생을 많이 한 듯 총찬은 그 사이 많이 야위었고 피부는 까칠했다. 반면 영심은 의외로 담담해 보였다. 영심이 눈을 마주치려고 했지만, 총찬은 눈길을 피했다. 그 모습에 영심은 억장이 무너져 내렸다.

'오빠, 괜찮아. 나야 영심이. 나 좀 보란 말이야. 나 기다린 거 아

니었어?'

영심은 한동안 말을 꺼내지 못했다. 1cm쯤 될까 싶은 쇠창살이 그들의 사이를 가로막았다. 손가락 한마디면 닿을 그 거리가 천년 만 년이나 되는 것처럼 너무 멀게 느껴졌다. 사실상 그들에게 장벽이 된 건 어쩌면 눈앞에 보이는 쇠창살이라기보다는, Y양일 수도 있고 둘 사이에 깨어진 신뢰일 수도 있었다. 총찬은 자신을 걱정하는 영심의 눈을 아주 간신히 가까스로 마주쳤다. 영심을 보자 애써 참았던 눈물이 주르륵 흘렀다. 면도를 못해 생긴 거뭇한 수염을 보자 영심 또한 마음이 아팠다. 영심은 애써 웃으며 첫 마디를 꺼냈다.

"오빠, 나 여기 올 줄 알았지?"

총찬의 눈에 영심은 절대 울지 않기로 다짐한 사람처럼 보였다. 막상 얼굴을 보니 아무 말도 떠오르지 않았다. 결혼 이야기는 꺼내지 않았지만, 언젠가는 결혼하지 않을까 라는 생각으로 기다려왔는데, 어쩌다 이 지경까지 왔을까! 애써 참은 눈물이 두 사람의 뺨을 적셨다. 그녀와의 이별을 결심했던 총찬은 영심을 본 그날, 자신에게 되새겼다. 평생 이 여자만 사랑하리라, 그리고 이곳에서 나가기만 하면 늘 웃게 하리라.

총찬의 마음을 담은
편지집 중에서

권총찬은 씩씩하고 남자다운 외모와는 다르게 늘 낭만적인 연애를 꿈꾼 남자였다. 섬세한 면도 있고 삼형제 중 막내라 그런지 유독 여성에게는 마음이 여린 편이었다. 그는 또, 몇 번의 연애와 이별을 통해 여자에 대한 상처가 많았다. 물론 상처를 주기도 했다. 다시는 연애를 할 수 없을 거라고 생각할 만큼 많이 아파한 끝에 2년이라는 연애 공백기를 거쳐 영심을 만났다.그녀를 본 순간, 그녀만큼은 영원한 총찬의 여자로 남기를 바랐다. 그때가 3년 전이었다. 총찬은 그녀에게 푹 빠졌을 때 건넨 편지를 떠올리며 허전하고 외로운 마음을 구치소에서 달랬다.

그녀와 만난 지 12일째에 보낸 편지

　그녀의 이름은 만화 주인공 영심입니다. 실제로는 만화 속 주인공보다 더 귀엽고 착하고 사랑스러운 여인이 그녀 김영심입니다. 그녀를 만나고 나서 나에게는 변화가 많이 생겼습니다. 아침에 눈을 뜨면 그녀가 가장 먼저 떠오릅니다. 비행은 잘 했는지, 아픈 곳은 없는지, 잠은 잘 잤는지, 밥은 먹었는지… 자꾸만 자꾸만 신경이 쓰입니다.

　그녀를 만나고 나서 저는 아이가 되었습니다. 그녀에게 어리광을 부려봅니다. 무릎에 누워 손만 잡고 있어도 그저 좋아서 웃음이 떠나지를 않습니다. 마치 어린 시절에 읽던 그림동화 속의 공주님을 만나는 것 같다면 믿어지시나요? 그녀를 만나고 나서 저는 천사가 되었답니다. 사람들을 만나면 항상 해맑게 밝고 환하게 웃으니까요. 이런 저의 모습에 샘이 나는 걸까요? 초겨울 부는 바람도 속삭입니다.

　"사랑하니까 그렇게 좋으니?"

　"그럼!"

　그녀와 함께 하는 하루는 왜 이렇게 짧은 걸까요? 그녀가 곁에 없는 1시간은 이렇게도 더디 가는데. 1,000년을 살아도 그녀와 살고 싶습니다. 영심이만 좋아하고 잘 해주기에도 왜 이리 세월은 짧은 건지요. 당신을 사랑합니다. 그리고 존경합니다. 오늘은 우리 영심이가 무지무지 보고 싶은 날입니다. 아마 영심이도 그럴걸요?

11월 26일 낮 2시

그녀와 만난 지 24일째 되던 날

그녀는 비행소녀입니다. 보통 승무원이라고들 하지요? 그녀는 겉과 속이 참 다른 사람입니다. 얼굴이랑 몸매는 엄청 예쁘고 단아하고 여성스러운데, 알고 보면 왈가닥에 장난꾸러기인데다가 성격은 또 얼마나 털털한지요. 조금은 꼼꼼한 성격인 저랑 반대인 그녀가 한편으론 부럽기도 합니다. 가끔은 비행시간도 헷갈려 하고 오빠인 저를 강아지 부르듯이 부를 때도 있지요. 도무지 어디로 튈지 모르는 럭비공 같은 그녀에게 저는 두 손 두 발 다 들었습니다. 그런데 그 모습마저도 어쩌면 그리도 귀여울까요? 그러고 보면 우리는 참 잘 맞는 것 같아요. 그녀를 만나고 나서는 몸짱이 되고 싶어 더 열심히 운동을 하는 중입니다. 권총찬을 남자로 만들고 부지런쟁이 성실이로 만들고 천사로 만드는, 매일 매일 권총찬을 긴장시키는 그녀가 좋습니다. 나를 통제하는 그녀가 참 좋습니다. 정말이에요! 아무리 오랫동안 함께 있어도 호기심 천국인 권총찬을 절대로 지루하지 않게 만드는 당신, 그래서 우리는 천생배필 아닐까요?

12월 11일 영심이가 굉장히 보고 싶은 밤 11시

그녀를 만나고 한 달이 지났다

당신과 나 사이의 거리가 100m라면 99m를 가겠습니다. 1m

는 당신의 몫으로 남겨둘게요. 나에게 오기에 설마 너무 먼 거리는 아니겠지요? 당신이 나를 향해 오는 1m까지의 시간이 내가 99m를 당신께로 다가가는 시간보다 어쩌면 더 오래 걸릴지도 모릅니다. 그래도 괜찮습니다. 99m를 0.1cm 남겨두고 그곳에서 당신이 오기까지 계속 기다리겠습니다. 당신이 마지막 사랑이면 좋겠습니다. 당신이 제 인생의 마지막 기다림이라면 정말 좋겠습니다. 이대로 당신 주위에 서성이고 있겠습니다. 가라고 떠밀지만 마세요. 그러다 마음 편해질 때 똑똑 노크해주세요. 천천히 다가오고 일단 제 안으로 들어온 이상은 웬만하면 평생토록 같이 있어주세요.

영심은 기도하는 마음으로 총찬에게서 받은 편지집을 꺼내들었다. 한 글자씩 눈으로 보며 총찬의 마음을 읽었다. 페이지를 넘길수록 구치소에 수감된 그가 한마디로 짠하게 느껴졌다. 3년이란 시간을 만나왔기에, 일이 잘못 꼬였다고 하더라도 한편으로는 사고를 친 애인 권총찬을 도저히 용서하기가 어려웠다. 총찬에 대한 원망과 분노가 생겨 신세한탄을 하기도 했다. 그렇다고 관계를 끝내거나 포기할 수는 없었다. 영심은 총찬을 사랑했다. 영심의 마음은 두 가지 감정 사이에서 널뛰기를 했지만, 이겨내려고 안간힘을 쓰며 자신과 싸웠다. 구치소 수감 기간은 물론이고, 나중에 두 사람이 결혼해 살면서까지도 영심을 버티게 한 건 다름 아닌, 그들의 만남을 기념하며 총찬이 100일 선물로 전했던, 편지집 '총찬의 마음'이었다. 편지집을 펼치면 총찬의 진실한 마음이 그대로 전해져왔다. 총찬이 그립거나 총찬에게 미운 마음이 들려고 할 때마다 영심은 편지집을 꺼내어 읽으며 자신을 달랬다.

총찬이 구치소에 있다는 사실을 누구보다 못 견뎌 한 건 영심이었다. 사건이 빨리 해결되려면 총찬이 직접 뛰는 편이 빠를 것이라는 판단도 들었다. Y양에게 돈을 주고서라도 빨리 문제를 해결하는 편이 지혜로울지도 모른다고 총찬에게 이야기도 꺼내봤지만, 총찬은 극구 반대했다. 물론 그런 이야기를 하기까지 쉽지 않았다. 영심 또한 그녀가 할 수 있는 최선을 다하고 있었다. 구치소 안에서 아무 것도 할 수 없는 총찬을 대신해 변호사를 선임하고, 고소인에 대한 정보와 거짓을 알아내기 위해 인터넷을 샅샅이 뒤지며 중요한 정보를 캐내고 다녔다. 총찬의 무죄를 입증할 결정적인 단서와 증거자료를 찾기 위해 총찬 자신의 일처럼 백방으로 수소문하고 발로 뛰어주었다. 그 덕분에 몇 백 명을 찾아본 끝에 해당 여성의 미니 홈피를 찾아 실명(그 전까지는 가명인 줄도 몰랐다)도 알아내고, 무죄를 증명할 결정적인 단서도 찾아냈다. 총찬에 대한 굳건한 믿음이 있어서 가능한 일이었다. 도무지 끝이 보이지 않던 그 긴 암흑의 터널을, 영심은 그렇게 지나왔다.

'영심이는 왜 나를 만나서, 이런 일에 엮여 고생을 할까?' 총찬은 그녀에게 짠한 마음이 들었다. 그 사이에 그녀에게서 편지가 왔다. 영심의 편지를 받던 날, 총찬은 아침 10시부터 저녁 12시까지 하루 종일 아무 것도 하지 못했다. 내내 우느라고 눈이 퉁퉁 부어서 앞이 보이지 않았다.

이곳이 지옥이었다.
그것도 생지옥

용산경찰서 유치장에서 영등포구치소로 수감이 되는 날이었다. 아주 짧은 거리였지만, 쇠창살이 있는 수송차를 타고 거리를 이동해 다니는 것이 창피하기도 했고, 억울해 죽을 것만 같았다. 그런데 그 정도는 아무 것도 아니었다.

어느 날 문득 눈을 떠보니 말로만 듣던 바로 그 지옥에 와 있었다. 그것도 생지옥에. 그 사이 둥지는 경찰서 유치장을 거쳐 영등포구치소로 바뀌어 있었다. 막상 구치소에 도착하고 보니 총찬의 자존심을 바닥까지 떨어뜨리는 일이 기다리고 있었다. 총찬이 구치소에 들어가서 제일 먼저 한 일은 다름 아니라 세상의 신분을 철저하게 벗는 일이었다. 사회에서 입었던 바지와 옷, 그것도 팬티까지 모조리 벗어야 했다. 그나마 거기까진 좋았다. 더 기막힌 건 검사자인 담당 간수가 보는 앞에서 뒤로 돌아서서 양쪽 다리를 벌리고 허리를 구부린 자세로 한동안 있어야 했다. 그러면 간수들 시선에는 자연히, 구치소에 끌려온 이들의 항문이 보였다. 그런 자세로 모두가 보는 앞에서 항문에 아무 것도 숨기지 않았다는 사실을 송치되어 온 각자가 증명해야 했다. 그러한 조사에는 연예인이고 사업가고 유명인이고 열외가 없었다. 구치소에 자주 들락거리는 사람 중에는 담배나 마약을 항문에 숨겨 가지고 들어오는 사람이 있기 때문에 생긴, 아주 치욕스러운 검열이었다. 그나마 총찬의 얼굴을 알아본 교도관이 연예인인 총찬을 배려해 제일 나중에 검사를 받도록 해주었지만, 그 일 때문에 재소자복을 챙겨 입는 과정에서 오히려 불이익을 당하는 불상사가 생겼다.

그곳도 사람 사는 곳이라고 미결수들이 저마다 조금 더 깨끗한 상태의 재소자복을 챙기려고 달려드는 모양인데, 선착순으로 옷을 갈아입다 보니 제일 늦게 도착한 총찬의 손에 들린 마지막 재소자복은 비위가 아무리 좋은 총찬이라지만, 구역질이 날 정도로 냄새가 역했다. 불행하게도 그것만이 총찬의 몫이었다. 재판을 받으면서 스트레스를 엄청나게 받다보니 그 과정에서 미결수에게 있던 지병이 드러나는 경우가 많은데, 심한 경우 간질 환자는 거품과 함께 똥오줌을 실례하는 일이 종종 있다고 한다. 총찬은 나중에 그 사실을 듣게 되었다. 선택의 여지가 없이 총찬이 걸친 옷은 그러한 미결수의 옷이었고, 그것도 모자라 신발이라며 제공된 고무신은 같은 짝도 없어서 한쪽은 검정색, 한쪽은 흰색 고무신을 신어야 했다. 권총찬의 억울한 구치소 생활은 이렇게 파란만장하게 시작되었다.

총찬은 황금 같은 토요일에 구치소에서의 첫날을 맞이했다. 구치소에 들어가면서부터 스트레스 때문에 머리카락이 많이 뽑히고, 백발이 되었다. 까짓 백발이 되는 것쯤이야 염색하면 될 일이니 별로 신경 쓰이지 않았다. 모든 것을 잃은 총찬에게 구치소 안에서 가장 서럽고 그리운 건 짓밟힌 권총찬의 인권과 자유, 그리고 자유 의지였다. 자신의 뜻대로 어디든지 마음대로 마음껏 활보하며 다니고 싶었다. 자유가 있다면 그곳이 어디든 구치소보다는 훨씬 나을 것 같았다. 구치소를 가지 않았더라면 그는 인생에서 '자유'라는 가치의 소중함을 아마 깨닫지 못했을 것이다. 죽는 순간까지도 37일 동안의 구치소 생활만큼은 잊을 수가 없을 것 같았다. 그리고 그의 삶을 완전히 옥죄어버린 그곳에서 탈출한다면, 잠깐의 시간도 헛되이 사용하고 싶지 않았다.

　구치소 안에서의 생활은 모든 것이 평등했다. 아침 6시에 기상해서 밤이면 9시에 소등하고 10시에는 취침이었다. 누가 됐든 1.2평 되는 공간에서 먹고 자고 TV 보고 책 읽고 운동하는 정도가 고작이었다. 각 방마다 TV가 있었고 녹화 방송을 구치소 측에서 틀어주었다. 장소가 구치소인지라 폭력성 있는 프로그램은 애초에 송출을 차단했고, 가장 인기 프로그램은 일요일에 재방송되는 KBS의 〈전국 노래자랑〉이었다. 그 시간이면 구치소 전체가 떠들썩했다. 사회자 송해 선배가 "전국~"이라고 외치면, 모든 감방동에서는 기다렸다는 듯이 "노래자랑~!" 하면서 합창했다. 그 소리가 굉장히 컸다. 방의 다른 동료들(수감자)이 TV를 볼 때면, TV 보기를 즐기지 않는 총찬은 주로 잠을 청했다. 막상 그 공간에서 직면해보니 구치소에서 권총찬이라는 존재는 없었다. 그곳에서 그는 연예인도 사업가도 아니고 이름 석 자마저도 잃었다. 총찬의 수인번호인 '2042'가 총찬을 나타내는 유일한 이름일 뿐이었다. 건달들과도 많이 어울려보고 별의별 일을 다 겪어본 총찬이었지만, 당분간 그가 살아가야 할 보금자리(?)는 강력범죄자들의 소굴이었다. 1.2평 되는 비좁은 공간에 법정에서 아직 형을 확정 받지 않은 미결수들이 많게는 12명이나 함께 생활했다. 마치 군대에 와 있는 느낌도 들었다. 지내면서 가장 걱정이 되는 건 어릴 적 장롱에 갇히면서 생긴 폐쇄공포증이었다.

이곳에 온 지 4일째, 처음 며칠 동안은 숨이 막혀 미칠 것만 같았다. 구속 사건으로 세상은 이미 총찬을 끝난 인생으로 몰아가고 있었다. 이대로 죽어야 할까를 고민하게 되었다. 그런데 참 희한했다. 벼랑 끝이라고 해서 죽으라는 법은 없는지, 닥치면 못해낼 게 없는지 외부와 단절되고 사방으로 막힌 공간 안에서 몸을 세워 칼잠을 자면서도 다행히 폐쇄공포증을 경험하지는 않았다. 총찬에게 그 사실은 새로운 발견이었다.

무죄 선고를 받으려면 먼저 가석방을 받고 이 지옥 같은 곳에서 일단 벗어나야 했다. 사건의 당사자인 총찬 자신이 일단 밖으로 나가야 자신의 무죄를 입증할 증거자료를 수집하고 반박하기가 훨씬 수월하기 때문이다. 총찬은 구치소 안에서 매일 자신을 다독이고 견딜 요량으로 그곳에서 노트를 사서 일기를 써내려갔다. 오늘 하루를 열심히 살지 않으면 내일은 없다는 마음으로 노트의 첫 장에 '내 인생은 행복할 거야!'라고 적었다. 총찬은 일기를 쓰면서 전세계적으로 감동을 준 유명한 베스트셀러, 〈안네의 일기〉의 주인공 안네도 이런 심정이었을까를 상상해보았다.

1942년 6월 12일, 13세 유대인 소녀 안네는 아버지에게서 생일 선물로 받은 일기장에, 첫 일기를 써내려갔다. 도무지 희망이란 것을 갖기가 어려운 구치소 안에서 총찬 또한, 히틀러 시대 당시에 가족과 함께 은신하며 나는 내일 죽더라도 살아서 나간다는 꿈을 갖고 일기를 쓴 안네의 심정으로 억울하고 속상한 마음을 일기를 쓰며 달랬다. 안네의 가족은 유대인 말살정책을 실시한 나치 정권을 피해 1933년 네덜란드로 망명한 후, 2차 세계대전 발발 2년 후인 1941년에 다른 유대인 4명과 함께 세상과 단절된 채 네덜란드의 좁은 창고에서 숨죽이며 살았다. 음지에 숨어 살면서 햇빛을 쏘이며 자유롭게 걷게 될 그날을 꿈꾸던 안네는 누군가의 밀고로 1944년 8월 4일, 집단학살을 자행하던 '아우슈비츠(Auschwitz)' 수용소로 끌려가 짧은 생을 마감한다. 언제 수용소로 끌려갈지 모른다는 두려움에 떨었던 안네에게 '일기장'은 유일한 소통의 창구이자 마음의 안식처였다. 그 소녀가 2년 조금 넘게 기록한 '일기장'에는 유대인을 탄압하는 나치에 대하여 안네가 느낀 공포, 안타까움과 슬픔, 불안감 등이 고스란히 담겨 있다. 총찬 또한 언젠가는 예전의 명예와 성공을 되찾을 권총찬의 시절이 다시 올 거야 하는 희망으로 구치소 안에서 억울한 내용의 일기를 차곡차곡 써 나아갔다.

일기를 쓰면서 자신을 돌아보고 낳아주신 어머니를 생각했다. 한 번뿐인 인생이고 어떻게 태어난 인생인데라고 생각하니 구치소에서 지내는 시간이 너무 아까웠다. 여전히 마음은 무겁지만 인생을 포기한 게 아니라면 이미 저질러둔 주식 투자 관리에도 신경 써야 했다. 총찬은 모든 일이 잘 될 거라고 마음을 다지며 "하하하하하" 하고 웃기 시작했다.

또 하루가 시작되었고 그날은 두 명의 변호사를 더 접견했다. 구치소에 온 지 11일째로 일요일이었다. 자유는 없고 단조로운 구치소에서의 삶에 총찬은 벌써부터 답답함을 느꼈다. 세상에서는 365일 중에 360일 이상을 일만 하며 숨 돌릴 틈 없이 바쁘게 살아온 총찬이었다. 아픈 적도 없고 촬영 외에는 딱히 어딘가를 다녀본 적도 없을 만큼 일에 대하여 총찬이 가진 최고의 장점은 부지런함과 성실함이었다. 15년이라는 세월을 무엇 때문에 앞만 보고 달리며 조금의 쉼도 없이 살았던 것일까? 방전이 되다 못해 재충전(회복)이 어려워진 상황까지 오다보니, 욕심 좀 버리고 살 걸 그랬다는 후회가 자꾸 들었다. 어차피 이곳에서 보내야 한다면 '수행자'가 아닌, '여행자'의 마음으로 삶을 재충전하기로 했다. 안에 있다보니 무엇보다 자유가 그립고 사람이 그리웠다. 밖에 있는 비둘기와 대화를 하거나 벽과 이야기를 나누는 수감자도 있었다. 어느새 총찬도 비둘기와 친구가 되다 못해 벽과도 이야기를 나누기 시작했다.

가족들은 하루도 빠지지 않고 면회를 왔다. 자신은 잘 지내니 걱정 말라며 그들 앞에서는 늘 웃는 총찬이었지만, 면회가 끝난 뒤 쇠문이 '쿵' 하고 닫히고 돌아서면 혼자서 닭똥 같은 눈물을 뚝뚝 흘렸다. 그리고 큰 소리로 엉엉 울었다. 아무리 매몰찬 교도관이라고 해도 수감자를 그때만큼은 건드리지 않았다. 행여 잘못 건드렸다가 까딱하면 더 큰 사고를 낼지도 모르기 때문이다. 총찬의 결백을 입증하기 위해 자신을 대신해 백방으로 뛰어다닐 가족과 영심을 생각하니 미안한 마음뿐이었다. 영심이가 그리웠지만, 이를 악물고 참았다. 정말 보고 싶었지만, 부디 영심이만큼은 면회를 오지 않았으면 했다. 사랑하는 그녀에게 구치소 안에 있는 약하고 볼품없는 자신의 모습을 보여주기가 미안하고 민망해서였다. 부끄러운 일을 겪고 있지만, 그럼에도 자신을 믿어달라는 말밖에는 할 수 없었다. 구치소 수감은, Y양에 대하여는 결백하다고 해도 어쩌면 영심을 속상하고 괴롭게 한 죄로 받는, 벌일지도 몰랐다. 구치소 안에서 총찬은 뼈저리게 깨달았다. 총찬이 열심히 살아온 이유는 영심과 가족 때문이었고 그들을 사랑해서였음을. 정말로 힘들 때는 믿고 의지할 대상이 애인과 가족, 그리고 신뿐이라는 사실을. 그리고 또 한 가지, 사랑은 간직하는 것이 아니라 고백하는 것임을….

　법정 싸움이 생각보다 길어질 것 같은 불길한 예감이 들었다. 기간이 얼마나 걸릴지가 미지수였다. 하루에 30분을 빼고는 1.2평이라는 이 비좁은 공간에서 모든 생활을 해야만 했다. 시간이라는 지루한 놈과의 싸움이 시작되었다. 앞으로 이 일을 어떻게 이겨내고 밖에 나가서는 어떻게 살아야 할까? 총찬은 살고 싶었다. 무죄임을 입증하려면 더욱 힘을 내야 했고, 우선 건강부터 챙겨야 했다. 그래서 하루에 팔 굽혀펴기 운동을 300회, 누워서 팔 뻗으며 발차기는 1,000번씩이나 했다. 불면증에 시달릴 때는 팔굽혀펴기를 지칠 때까지 해가며 구치소에 있는 동안 몸무게를 5kg이나 빼며 체력을 길렀다. 혼란스럽고 억울하다는 생각에서 벗어나기 위해 부지런히 메모도 하고, 성경에서부터 시작해서 법정 스님의 책은 기본이고 구치소 안에 몰래 돌아다니는 만화책 등 책이란 책은 손에 잡히는 대로 읽어나갔다(구치소 안에는 '소지'라고 해서 잡심부름을 하는 모범수들이 있다. 그들에게 잘 보이면 구치소 안에 돌아다니는 책을 모두 빌려 볼 수가 있었다. 그들과 가장 빨리 친해지는 방법은 구치소에서 가장 인기 있는 음식인 닭다리 훈제를 하나씩 사서 집어주는 것이었다. 물론, 총찬 또한 여러 차례 그들의 손에 닭다리 훈제를 집어주었다). 그리고 곧이어 있을 재판을 생각하며 어디에서 어떻게 잘못되었는지, 하나하나 짚어가며 생각을 정리했다. 지옥 같은 구치소를 탈출하기 위해서.

다행히 무혐의 처리가 된다고 해도, 일을 하자며 찾는 사람도 없을 것이기에 당분간 방송은 무작정 쉬고 싶었다. 할 일은 태산인데 왜 이곳에서 시간만 죽이고 있는지, 그런 자신을 보며 화가 났다. 공은 공이고 사는 사였다. 정신을 차려야만 했다. 약 1억 원을 투자한 주식의 정보를 알기 위해 총찬은 하루 늦게 들어오는 신문 위에 그가 산 주식과 그의 관심 종목에 빨간 줄을 긋고, 주식시세도 들여다보기 시작했다. 그러는 중에도 내내 하루라도 빨리 나가고 싶었다. 밖에는 장맛비가 추적추적 내리는 것 같았다. 행복이 곁에 와 있어도 누구나 눈치 채고 누릴 수 있는 건 아닌가보았다. 긍정적인 사람만이 행복을 누릴 수 있으리라. 삶의 '여유'를 배워가는 총찬의 마음에도 어느덧 비가 내렸다.

15년 만의
화려한 첫 휴가

　인생은 시소게임이다. 마이너스가 있으면 플러스가 있다. 이별을 하면서 사랑의 소중함을 깨닫고 인생을 배웠다. 아버지를 잃으면서는 형제애를 확인했다. 유치장도 그렇고, 구치소 사건도 그랬다. 30대 중반이 되도록까지 부지런히 열심히 발품을 팔며 사느라고 살면서 변변한 휴가 한 번 제대로 가지 못한 나는 그때 그 사건 덕분에(?) 생각지도 못한 37일의 긴 휴가를 다녀왔다. 그것도 쉴 새 없이 달리며 살아온 나의 인생에 찾아온, 첫 휴가였다. 한 달이 조금 넘는 긴 휴가는 오래도록 내 인생에 커다란 후유증을 남겼다. 솔직히 지금도 깨끗하게 완치되었다고는 할 수 없다. 구치소에서 보낸 생활을 생각하면 그때 생긴 트라우마 때문에 지금도 가끔은 고통스럽다. 하지만 잃은 것이 많은 것 이상으로 얻은 것도 많다. 삶에 대한 의지가 없었더라면, 오늘 이 순간까지 오지 못했을 것이다. 나는 나의 삶을 누구에게도 짓밟히지 않기로 결심했다. 손때 묻은 그 37일간의 비망록 중에서 인생에서 다시는 오지 않을 날들의 기록을 몇 페이지 찾아 읽었다.

<15년 만의 화려한 첫 휴가, 37일간의 비망록> 중에서

2005년 6월 14일 화요일

내가 경찰서 유치장에 들어와 있다니…. 마음을 가다듬고, 누워 있는 사람들을 바라보았다. 유치장 3방에는 네 사람이 자고 있었다. 유치장에 있다는 사실 자체가 너무 싫고 두려웠다. 열심히 살아온 지난 37년의 세월을 한 여자의 거짓말 때문에 한순간에 망가뜨릴 수는 없었다. 왜 내가 이 지경이 되었을까? 도대체, 왜, 무엇 때문에 나를 강간치상으로 고소한 걸까? 사건의 실마리를 찾기 위해 기억의 조각을 맞추려고 하다보면 어느새 여자 친구와 가족이 떠올라 머릿속에서 뒤죽박죽이 되었다. 악몽을 꾸는 것만 같았다. 안 그래도 잠이 오지 않는 판국에 코를 찌를 듯이 역겨운 철창 안의 담요 냄새가 잠자리를 더욱 방해했다. 환경도 더럽고 상황도 더럽고 기분도 더러웠다. 도무지 잠을 이룰 수 없었다.

"아! 저에게 왜 이렇게 어려운 숙제를 던져주신 겁니까? 어떻게 헤쳐 나가야 합니까?" 몸을 뒤척이고 눈물을 훔치며 밤을 지새웠다. 찌를 듯이 두 눈이 아파왔다. 어느새 흐르던 눈물도 말랐다. 그렇게 나는 유치장에서의 첫 새벽을 맞았다.

6월 16일 목요일

긴급체포. 마약을 했는지 여부를 검사(두발, 소변)받던 중이던 10시 30분경, D회사 변호사 두 명이 왔다. 변호사들의 말을 들으니 형사 쪽에서 고의로 나를 주거지 부정자로 몰아갔다고 했다. 나는 강력하게 항의했다. 유치장 수감 후에 도통 잠이 오지 않는다.

6월 17일 금요일

D경사가 아침부터 찾아와 사람들 앞에서 내 이름을 불렀다. 기분이 나빴다. 마약 전과가 없느냐며 캐어물었다. 본인이 마치 판사인 양 나를 범인으로 자꾸 몰고 갔다. 10시에는 D회사의 서 변호사가 와서 조사했다. D경사는 진술서 내용을 변경해주지 않으려고 했지만, 서 변호사가 항의하자 어쩔 수 없이 수정해주었다(그런데 나는 한 가지, 결정적으로 실수를 했다. 서 변호사는 경제 M&A 전문 변호사였다. 큰형의 부탁으로 나를 찾아오기는 했지만, 한 번도 이런 사건을 접해보지 못해서 나의 사건을 어떻게 처리해야 하는지에 대해서는 솔직히 아는 것이 별로 없었다. 혹시라도 다음에 또 억울한 일이 생긴다면 그때는 꼭 해당 분야의 일을 한 전문 변호사인지 확인해봐야겠다). 대질 신문(심문)에서도 D경사는 Y양이 유리한 쪽으로 상황을 몰아갔다. 오늘 우리 방 식구가 여섯 명이나 늘었다. 컴퓨터를 훔쳐서 들어온 사람도 있고, 음악을 하는 동생도 있고, 술에 취해 아리랑 치기를 하다가 붙들려온 동생 등도 있었다. 나이가 나보다 위인 정신지체 3급의 장애인 형님도 오셨다. 사람이 늘어서 덜 외롭긴 한데, 좁기도 하고 이곳이 구치소인 이상 절대 반가워할 일은 아니다.

6월 18일 토요일

영장실질심사 서부지원 10시 30분.

D경사는 문서상에 '주거부정자로서 도주 위험이 있다'는 내용을 나에게 구속영장이 필요한 이유라며 기록한 모양(나중에 변호사를

통해 알게 된 사실)이다. 〈연예가중계〉 제작팀 측에서 나에게 인터뷰를 요청해왔지만 거절했다. 내 사건 담당 B여경의 인터뷰 내용을 방송에서 보고 무척 화가 났다. 1차 보도자료를 강력반에서 악의로 뿌린 사실을 나는 확인했다. 그럼에도 아직 희망은 있었다. 영장 실질심사가 남아 있으니까. 사랑하는 영심이가 다녀갔다. '오빠 믿어!' 하는 말에 용기가 조금 생겨 인터뷰를 할까 말까 고민했다.

새벽 2시, 벨소리가 울려 선잠을 자다가 깨었다. 이대로 영장이 기각될 줄 알았는데….

경장의 손에는 서류 하나가 들려 있었다. "그거 제 영장인가요?" 경장은 말없이 고개를 끄덕거렸다. 엎드려 눈물만 흘렸다. 억울함과 분노, 슬픔 때문에 새벽 4시까지 잠들지 못하다가 어느새 잠들었다.

6월 19일 일요일

하루 종일 TV를 보았다. 뒤숭숭했다. 가족들과 선후배들이 면회를 왔다.

6월 20일 월요일

큰형과 어머니가 오셨다. 큰형이 중립 수사를 원하자 반장 이하 놈들이 우리 가족을 무식한 양반들이라며 쏘아 붙였다. 영장이 떨어졌는데도 3차 조사가 또 있다. 보도자료 2차분을 악의적으로 뿌려 기자들이 몰려왔다. 몰래 나의 뒷모습을 찍게 하려던 사실을 알고는 기자회견을 자청해서 몰려든 방송사와 신문사의 기자 등을 대상으로 인터뷰했다. 그들은 나를 범죄자로 생각하고 추궁했다. 그런 와중에 마약 검사 결과가 나오지 않는다며 머리카락을 더 뽑아달라고 한다. 탈모 때문에 괴로운 사람에게 한 술 더 떠 또 뽑아달라니. 그것도 하지도 않은 마약 검사 따위를 하기 위해서. 이런 조사를 자꾸 하면 묵비권을 행사한다고 했더니 그때에서야 조사를 마쳤다. 기자회견 후에는 괴롭히는 일이 줄어들었다.

6월 21일 화요일

신 변호사 접견. 검찰로 송치해달라고 요청했다. 여자 친구가 면회를 온다고 하니까 수갑을 찬 채로 면회하라고 강요한다. 나는 거부했다. 여자 친구에게 수갑을 찬 모습을 보여주기 싫었다. 누가 그것을 지시했겠는가? 당연히, 치졸한 강력반 담당자였다.

6월 22일 수요일

검찰로 이송되었다. 여자 친구를 강간하려던 선배를 때려서 들어오게 된 20대 소년수 등을 만났다. 나도 나지만, 그 아이의 사연도 참 짠했다. 영등포구치소로 넘어왔다. 1시간 만에 조사가 끝나고 신입 방으로 갔다. 그곳에는 사장도 있고 건설회사에 다니는 동생도 있었다.

6월 23일 목요일

오늘은 신입 방에서 하루를 보냈다. 나는 면도를 하고 신입이라며 인터뷰도 당했다. 물건을 훔친 간질 환자도 있고 인테리어를 하다가 들어온 사람도 있었다. 공인으로서 사업가로서 내가 왜 이곳에 들어와 있을까? 남 탓하지 말자. 다 내가 못난 탓이다. 어머니가 주신 짧은 편지를 읽으며 많은 눈물을 소리 없이 흘렸다.

6월 24일 금요일. 철장 안에서 AM 5시 30분

아…. 벌써 9일째다. 구속적부심을 기대했건만…. 낙담이 되었다. 이대로 포기하고 합의를 할까 하는 마음이 들어 고민했다. 그러나 진짜 싸움은 이제부터 시작이다. 결백을 입증받자!

7下6방으로 방을 옮겼다. 형이 확정되지 않은 사람들이 재판을 기다리는 미결수 방이었다. 상황에 끌려가지 않기 위해서 나는 일부러 자꾸 웃었다. 당장에라도 이곳을 빠져나가고 싶지만, 싫든 좋든 이곳에서 지내는 동안에는 적응해야만 했다. 적응하지 못하면 숨이 막혀 죽거나 억울해서 죽을 것 같았다. 나는 하루라도 빨리 이 몹쓸 공간에 적응하기 위해 밥도 푸고 설거지도 먼저 하면서 구치소 생활을 해나갔다. 그래야 시간이 빨리 지나갔다. 달리 할 일이 없기 때문이다. 그래서 틈나는 대로 책을 읽으며 마음을 비우고 최대한 마음을 편하게 가지려고 했다. 경제적으로 여유가 없거나 술에 취해 우발적으로 범죄를 저지르고 온 젊은 친구들을 볼 때면 정말 마음이 아팠다. 내 코도 석 자이긴 하지만, 이곳에서 나가거든 다시는 죄를 지을 만한 환경이나 상황 자체에 가지 말자는 말

로 용기를 주며 동생들을 위로했다. 나는 이곳에 온 다른 이를 위해서도 기도하고 함께 아파했다. 그들도 앞으로는 떳떳하게 살아야 할 것 아닌가.

7월 6일 수요일. 구치소 감방의 24시간 쳇바퀴 인생

오늘도 6시에 눈을 떴다. 풀풀 날리는 이불 먼지를 행여 먹지는 않을까 싶어 다들 입을 꾹 다문 채 말없이 이불을 개어 한쪽에 올리며 하루를 시작했다. 그나마 여유가 있는 사람들은 구치소에서 파는 마스크를 쓰고 청소한다. 갑자기 나도 모르게 웃음이 나왔다. 여기도 사람 사는 곳이구나? 나쁜 먼지를 먹지 않겠다고 마스크를 써가면서까지 청소하는 미결수들의 모습은 아무리 봐도 우스웠다. 유치소에서 구치소의 신입 방을 거쳐 강력초범방(이하 강초방)으로 배정받은 뒤에 어느새 서열은 하나가 올라갔다. 청소 레시피에 따라 내가 쓰레기통을 철문 앞으로 옮기면, 당분간 한 방에서 지내게 된 스님은 방을 청소하는 식으로 함께 며칠을 지내다보니 이제는 손발이 척척 맞았다. 그런데 스님이라는 분이 무슨 사연으로 여기까지 오게 된 것일까? 총찬은 궁금했다. 놀랍게도 스님의 죄명은 살인미수였다. 엘리트 직장인이던 동생이 도박에 빠져 전 재산과 가정을 풍비박산내고 이혼까지 하더니, 동생 대신 조카를 데려다 키우는 형(스님)이 교통사고를 당하자 그 보상금마저 들고 가서 또 도박으로 날렸던 모양이었다. 스님은 대화를 해보려고 동생이 좋아하는 술을 사 들고 동생을 찾아갔고, 결국은 대화 중에 스님도 홧김에 술을 드시고 술에 취해 목소리가 커지다 못해 참다 못한 스님이 마침내는 동생을 향해 부엌칼을 휘둘렀다고 했다. 가족들의 만류에도 손가락 한 마디도 채 안 되는 작은 상처를 입은 동생은 스님을 경찰에 신고하고, 1심과 2심 모두에서 밖으로 내보내지 말아달라는 탄원서를 쓰는 바람에 옥에 갇히게 된 것이 그분의 사연이었다.

우리 두 사람이 청소를 하는 동안에 신입으로 들어온 A군은 그 상황을 물끄러미 지켜보았다. 입방해서 2일 동안은 청소도 열외이고 오직 방이 돌아가는 분위기를 익히는 시간이었다. 어찌 보면 군대와 비슷했다. 방 쓸기가 끝나고 먼지가 한곳에 모이면 다른 한 명이 재빠르게 플라스틱 물병의 마개를 반쯤 돌려 먼지가 날리지 않도록 물을 몇 방울 떨어뜨렸다. 휴지를 들고 있던 사람이 먼지뭉치를 훔쳐내면 청소가 끝났다.

첫 식사는 아침 7시에 시작되었다. 밥에 세 가지 반찬이 세트로 딸려 나오는 1식 3찬이었다. 식사 후 역할 분담도 구치소 입소일 순으로 공정하게 승진했다. 제일 편한 밥 담기는 방장의 몫이었고, 국은 뼁끼통 담당이 펐다. 반찬은 식기 세척 담당을 겸한 내가 국자로 펐다. 그러면 신입은 지켜보며 그 과정을 눈으로 익히고, 아침밥을 기다리던 스님은 옆에서 입맛을 다셨다. 방에서 넘버 3가 된 나는 국 담당에서 반찬 담당 배식으로, 또한 뼁끼통에서 이제는 세정제를 이용해 그릇을 닦는 업무(?)로 한 단계씩 업그레이드되었다. 손에만 익으면 뼁끼통(이곳에서는 반 평도 안 되는 화장실에서 대소변을 보고, 몸도 씻고 그릇도 씻는다. 그때 사용하는 용기)도 사용할 만하지만, 그것 하나로 빨래도 하고 그릇도 씻고 목욕도 해결해야 하기에 가능하면 삥끼통 담당에서 벗어나고 싶었다. 그것만으로도 지금보다 훨씬 생활이 즐거우리라. 이곳에서 어떻게든 살아남자! 여기에서 빨리 빠져나가야 한다는 마음을 굳게 먹고, 이를 악물고는 웃으면서 버티어 갔다.

오늘은 특별히 검찰로 조사를 받으러 가는 출정이 있는 날이었다. 오후 2시의 출정 예정자는 구치소에서 알고 지내던 A형님이었다. 형을 줄이고 싶은 게 인지상정이고 서로 미운 정, 고운 정이 들다보니 따로 말을 꺼내지는 않아도 방원들끼리 무죄나 최소한의 형량을 받기를 빌어주는 건 암묵적 자세였다. 또 한 가지, 구치소의 전통상 출정(법정 출두)이 있는 날에는 특별한 식사 원칙이 있다. 출정 나가는 사람은 아예 국 자체를 먹지 않는 것은 물론이고 방원 중에 누구도 미역국이든 어떤 국이든 절대로 국에 밥을 "말아먹으면" 안 된다. 출정을 나간 미결수가 혹 구형을 세게 받거나 유죄를 받아 오기라도 하면 방원들 모두 신경이 예민해진다. 급기야는 "재수 없게, 네가 아침에 국에 밥을 말아서 그렇잖아" 하는 등의 시비가 오가는 사태로까지 번질 수도 있다. 말아먹었다는 소리(일을 그르쳤다는 뜻)다. 다행히 조용히 점심시간을 넘겼다. 식사 후 풍경은, 잠을 자거나 책을 읽는다.

오후 1시쯤, 작은형과 어머니가 접견을 오셨다. 주어진 10분 동안에 대화를 실속 있게 나누어야 했다. 어머니는 오늘도 기도와 성경 읽기를 당부하셨다. 작은형과는 바깥에서 일이 돌아가는 진행상황이며 사업, 주식 매매에 대하여 이야기했다. 구치소에 있는 동안에도 8,000만 원의 투자수익을 올리다니…. 구치소에 들어와서 하루가 지난 신문을 보고 투자하는데도 그놈의 재테크 기술은 죽지 않았다. 조금은 위로가 되었다. 운동장에서 주어진 단 30분의 운동시간에 나에게 주식에 대해 물어보고 배우는 사람이 많았다. 나도 모르게 '아! 구치소에 가면 상대의 전문 영역까지 배우고 나와서, 도리어 더 큰 도둑이 되는가보구나?' 하고 쓴웃음을 지었다.

운동을 마치고는 밀린 일기를 쓰며 이곳에 있던 일들을 정리하는데, 당시에 한창 날렸던 인기 드라마 〈삼순이〉를 보면서는 눈물이 핑 돌았다. 세상에는 시민들을 위해 정말 열심히 발로 뛰는 경찰도 있다. 또 한편에는 피의자의 인권이야 어쩌되든 무고한 시민을 구속시키고 자신들 진급에만 급급한 무리가 있었다. 서류에 나를 주거부정자로만 올리지 않았어도 구속되지 않고 수사를 받는 건데, 법원 소환장을 보자 강력반 D경사에게 다시 원망이 들었다. 법을 아는 지식으로 치자면 나는 시민운동도 하고, 코스닥에 등록되어 있던 두 회사 대표를 기소시킨 경험이 있는 소액주주 대표였다.

세상 모두에게 오해받는 사람의 억울한 심정을 당신은 아는가. 가까운 사이일수록 상대방에게 하는 말과 행동과 글을 더욱 조심해야 한다. 한 사람의 인생을 망치는 사람이 바로 당신일 수도 있다. 남에 대해 이야기를 쉽게 하는 사람은 그 세 치도 안 되는 혀에서 나온 칼날이 언젠가는 자신의 목으로 돌아온다'는 진리를 명심해야 할 것이다. 주변에 억울한 일을 겪거나 어려움에 처한 친구나 동료가 있다면 잠시 곁에 있어주는 것만으로도 크게 힘이 된다. 개그맨 낙지 윤석주가 나에게는 어려울 때 힘이 되어준 그런 존재였다. 주변 사람들이 썰물처럼 순식간에 빠져나간 빈자리에 낙지로 불리는 개그맨 윤석주만 면회를 왔다. 총찬은 가석방을 받았을 때 고마운 마음에, 용돈이나 하라며 후배인 낙지에게 남은 영치금 20만 원가량을 건넸다. 나중에까지도 석주에게 결혼할 여성도 소개해주고, 결혼식을 진행해주며 큰 선물도 주면서 낙지를 향한 고마운 마음을 갚아나갔다. 그때의 일로 낙지 윤석주는 나에게, 무슨 잘못을 한다고 해도 70번씩 7번은 용서해줄 수 있는 소중한 동생이 되었다. 악플보다 무서운 것이 무플이라고 하더니 막상 내가 구속되자 대중은 나의 사건에 별로 관심을 두지 않았고, 사건과 함께 나는 대중에게서 금세 잊혀갔다.

누구도 내가 겪은 억울한 일을 당하지 않게 하리라 하는 각오로 주어진 하루를 마감했다. 이때만 해도 모든 일이 쉽게 끝날 것만 같았다. 그리고 그러한 희망을 가지고 나는 버티고 버티었다.

'그놈의 술 때문에' 빚어진
1.2평 구치소 풍경

어느덧 이곳 생활도 익숙해졌다. 하루는 참 더디 갔고 빨리 다시 밤이 되기를 기다렸지만, 총찬은 밤 12시가 넘어서야 겨우 잠이 드는 불면의 날이 반복되었다.

아침식사를 하고 나서 방 식구 중에서 스님은 형량이 줄어들거나 집행유예가 되기를 바라며 항소를 한 고등법원으로 출발했고, 24세라는 어린 나이에 결혼하고 아내의 출산이 오늘 내일 한다는 젊은 서 서방은 재판을 받기 위해 출정을 나갔다.

눈가에 장난기가 가득한 50대 중반의 스님은 신입이 들어오면 편지를 보여주는 것이 일이었다. 이 방을 거쳐 간 동료들이 스님에게 남기고 간 편지였다. 스님에게 편지는 구치소 인생에 얻은 재산이자 기념물 같았다.

술 때문에 사건에 휘말린 스님의 사연처럼, 구치소에 온 사람들 대부분은 술이 동기가 되어 사고를 치고 들어왔다. 총찬 또한 엄밀히 따지면 술 때문에 결국 문제가 터진 것 아닌가. 그놈의 술이 웬수다. 한번은 용산경찰서 유치장에서 머리카락을 길게 기른 작곡가를 만났다. 1년 전 사건이 뒤늦게 들통 나는 바람에 잡혀온 경우였다.

1년 전, 작곡가는 술집에서 술을 먹다가 앞자리에 놓인 남의 가방을 슬쩍 들고 나갔다. 가방 안에 있던 MP3 플레이어는 본인이 사용하고 디지털 카메라는 온라인상으로 팔았다. 그것이 화근이 되어 1년 후 덜미가 잡혔다. 바로 그 장물 디카를 산 사람(1차 구매자)이 1년을 사용하고 되팔려고 다시 온라인 시장에 내놓았다. 그런데 바로 그 물건을 사려던 사람(2차 구매 예정자)이 해당 디카의 일련번호를 조회하다가 깜짝 놀랐다. 장물이었던 것이다. 역추적한 끝에 음악 연습실의 컴퓨터에 입력된 IP 주소(인터넷상에서 각각의 컴퓨터를 고유하게 확인할 수 있도록 부여한 번호. 인터넷 규약 주소)가 드러나는 바람에 잡혀왔다. 또 한 번은, 술 때문에 강도상해죄로 들어온 미결수가 있었다. 아는 사람 이름과 너무 비슷해서 농담으로 너희 형이 방송인 ○○인가 하고 물었더니 6촌 형이라고 해서 깜짝 놀란 적이 있다. 세상은 참 좁다!

그동안 방 사람 중에 많은 수가 집행유예나 벌금형으로 나갔다. 강초방치고는 성적(?)이 꽤 좋은 편이었다. 이곳에서 총찬은 목사로 통했다. 출정을 갈 때만 되면 같은 방에 있는 사람들이 총찬에게 기도해달라고 부탁할 정도였다. 잘하지 못 하는 기도지만, 너무 불안해하는 그들을 격려하기 위해 총찬은 기도해주었다. 그런데 운(?)이 좋게도 그들 대부분이 형량이 줄거나 집행유예로 풀려났다. 그런 식으로 총찬은 그곳에서 그가 할 수 있는 최선을 다하려고 노력하고 웃으며 지냈다.

두 사람이 출정한 뒤인 오전 10시쯤 총찬과 7동 방 식구 전원은 철창 밖으로 나왔다. 하루 30분 동안 7동 방 식구들에게 허락된 운동시간이었다. 몸을 움직일 수 있는 시간은 그때밖에 없었다. 마치 닭장 안에서 닭 몰이를 하며 몰려다니는 닭처럼 20평 남짓한 운동장 공간에서 알아서 한쪽 방향으로 원을 그리며 도는 것이 운동의 전부였다. 운동을 하고 싶지 않아도 혼자 방에 남는 건 허락되지 않았다. 사고나 자살할 위험이 있기 때문이었다. 구치소 안에서의 30분 외출은 모두에게 황금 같은 시간이었다. 면회(접견)시간을 빼고는 하루 중 유일하게 햇빛을 쐬며 바깥 공기를 마실 수 있기 때문이다.

하필 금쪽같은 운동시간 중에 변호인을 접견했다. 변호인 접견실로 들어가려면 검신기를 통과해야 했다. 구속적부심이 통과될 줄 알았는데, 이번에도 기대에 어긋났다. 담당 판사들도 합의부로 여성 판사가 한 명 끼었으니 아무리 총찬이 진실하다고 해도 상대 여성이 울면서 연극을 하면 여성의 말에 더 귀를 기울이기 마련이었다. 모든 상황이 더욱더 암담한 모양새로 총찬의 목을 죄어 들어오는 형국이었다. 하루라도 빨리 구치소에서 벗어나고 싶은데 합의하면 강간을 인정하는 꼴이니 그것만은 죽기보다 싫었다. 그렇다고 계속 무죄를 주장하며 지내기에는 구치소 생활은 정말로 힘들었다. 어떻게 하는 것이 현명한 결정일까? 총찬은 혼란스러웠다. 딱히 결론이 나지 않는 변호사 접견을 마치고 방으로 돌아와 보니 보험사기로 들어온 젊은 서 서방 역시 재판에서 집행유예를 받고 인사도 없이 이미 구치소에서 나가고 없었다. 사회에서 만났더라면 좋은 인연이 되었을 텐데···. 그 사이에 정이 들었는지 서운하고 한편으로는 부러웠다.

서 서방과는 다르게 스님에 대한 이야기는 아직 없는 것으로 보아 아마 재판 결과가 좋지 않은 모양이었다. 오후가 되자 스님이 돌아왔다. 한눈에도 표정이 어둡고 지쳐 보였다. 미결수들은, 재판정에만 다녀오면 파김치가 되어 돌아왔다. 법정에 서는 일 자체도 피곤한데 판결에 따라 인생이 좌지우지되다보니 출정 전과 다르게 초주검인 모습은 구치소 안에서는 흔한 풍경이었다. 미결수가 마지막 형을 확정 받는 날은 한바탕 난리가 나거나 방 분위기가 그야말로 살벌했다. 총찬 또한 첫 재판을 받고 나서는 거의 쓰러졌었다. 그때 스님은 지압과 안마를 해주며 긴장하느라 뭉친 총찬의 어깨근육을 풀어주었다. 아니나 다를까 스님의 재판 결과는 기각이었고 살인미수죄로 4년 형을 확정 받은 상황이었다. 총찬은 무슨 말로 위로를 해야 할지 몰랐다. 스님은 체념한 듯 나직하게 한마디 했다.

"어찌하겠습니까? 다 저의 부덕이니 부처님의 뜻에 따라 살아야지!"

아, 이 지긋지긋한 구치소 생활이 언제쯤이나 마감이 될까? 총찬은 한숨만 나왔다.

구치소에 온 지도 벌써 23일이나 지났다.

매일 아침 일어나 성경책을 읽으며 눈물로 기도했다. 달라진 것이 있다면 그 사이 공인중개사 공부도 시작했다. 딱히 할 일이라고는 없는 구치소에서의 시간은 정말 길고도 길었다. 아까운 시간을 낭비할 수는 없어서 어머니에게 공인중개사 책을 넣어달라고 했었다. 천자문도 다시 보았다. 오늘이 수감 며칠째인가를 세는 것으로 하루를 시작하는 일도 이제는 지쳤다. 막막한 가운데 매일 잠 못 드는 불면의 밤의 연속이었다. 빨리 나가서 영심이와 가족들과 밥 한 끼 먹는 게 소원이었다. 영심이가 자신을 군대나 해외 촬영을 보낸 것으로 생각하며 잘 견뎌주기를 바랐다.

삼발이, 그리고
'자유'라는 두 글자는

　　시간을 낭비하지 않으려고, 총찬은 그동안 미루어 두었던 영어 공부와 한자 공부를 다시 시작했다. 휙휙 획을 갈기며 한자 공부도 하는데, 가장 먼저 떠오르는 단어는 감옥 '옥(獄)'이라는 글자다. 이곳은 진짜로 옥(獄)이었다. 한자 '옥(獄)'을 분석해보면 [개사슴록변, 말씀 언, 개 견]이 어우러진 단어다. 스님은 나중에 방송에서 개그 소재로 쓰라며 한자 풀이를 해주었다. 개 같은 말이 오고가는 그런 곳이 바로 옥이라고 하셨다. 그럴듯했다. 스님 말대로 짐승처럼 말하고 짐승처럼 대하는 이곳은 정말 생지옥과도 같았다. 이 안에서는 종종 싸움도 했다. 당연히 욕지거리가 빠질 리 없다. 세상에 욕이란 욕은 다 이곳에 집합한 것일까? 어떻게 저런 육두문자를 상대에게 날릴까 싶어 혀를 내두른 적도 있었다. '초록은 동색'이라고, 총찬은 그런 그들과 한 공간 안에 함께 있는 자신이 너무 한심하게 느껴졌다.

　　운동시간에나 마음껏 밟을 수 있는 구치소 울타리 안의 조그만 마당은 불과 몇 발자국 거리인데도, 숨이 턱하고 막히던 건물의 철창 안과는 공기가 확연히 달랐다. 마당의 공기는 상쾌하고 활력을 주었다. 높푸른 하늘, 구름마저 저렇게 아름다웠던가. 탁 트인 하늘을 보며 걸으니 조금 살맛이 났다. '영심이는 지금쯤 어디에 있을까?' 총찬은 지나가는 비행기나 비행기가 지나간 두 줄의 하얀 구름 흔적이 보이면 반가운 마음에 손을 흔들며 "영심아, 비행 잘 다녀와. 사랑해, 영심아."를 외쳐보고는 했다. 그동안 세상에서 당연하게 생각하고 누려온 좋은 환경도 무척 그리웠다. 생각해보면 굉장히 자유롭고 풍요롭고 화려한 생활이었다. 이곳에 오기 전까지 총찬은 10개 프로그램의 MC를 맡으며 정말 잘나갔다. 그런데 일을 하면서 어느 시점부터인가는 방송에 집중하고 그 일을 즐기기보다는, 그냥 출연료를 찍어내는 기계처럼 방송 일을 하지 않았나 하는 후회가 들었다. 일이 힘들기도 했지만, 일에 대한 열정이 서서히 식어가는 것을 느꼈다. 하지만 이곳만 나가면, 정말 신인 개그맨의 마음으로 방송에 임하리라 마음먹었다. 교만한 과거를 청산하고 겸손해지리라. 고난이 깊을수록 사람다운 사람이 되어가는 것 같았다. 총찬은 다시 방송 일을 할 날이 오기만을 학수고대하며, 어떠한 상황에도 악을 품지 말고 긍정적으로 반응하자고 마음먹었다.

구치소 주위에는 해충은 물론 곤충도 거의 없었다. 과자나 음식물도 보기 어려웠다. '비둘기'가 싹쓸이를 하기 때문에 따로 청소할 필요가 없었다. 떨어진 휴지는 묘하게도 '비둘기 색'의 옷을 입은 기결수들이 치웠다. 우연인 걸까? 이곳 구치소 주위에는 어느 동을 막론하고 비둘기가 참 많았다. 먹이를 찾아 감방(빵)에 난 창문으로 곧잘 날아들었다. 희한하게도 방마다 마스코트처럼 날아오는 비둘기가 매일 한두 마리 씩은 꼭 있었다. 구치소 건물과 세상 밖을 넘나들며 자유롭게 날아다니는 비둘기 쪽으로 다들 모여들어 과자 부스러기와 땅콩을 주며 비둘기 무리를 더 불러들였다. 미결수들은 비둘기가 자신의 분신이라도 되는 양 먹이를 챙겨주며 한참을 넋 놓고 그 모습을 즐겁게 바라보며 위로를 얻었다. 좁은 평수에 늘 갇혀 있다보니 자유가 몹시 그리웠던 탓이었으리라. 구치소는 자연스럽게 비둘기의 집이자 천국이 되었다.

총찬의 방에도 때가 되면 날아오는 녀석이 있었다. 녀석의 이름은 '삼발이'였다. 비둘기의 발가락은 보통 4개인데, 이 녀석은 발가락이 2개였다. 그럼에도 이발이나 양발이가 아닌 삼발이로 통하는 이유는 간단했다. 그가 있는 숙소는 전통과 기강이 있는, 강짜초방, 강초방이 아니던가. 영화 〈넘버 3〉에서도 보면 송강호가 하늘이 노랗다고 하면 노란 것처럼, 까라면 까야 하는 강짜방에서 누군가 그렇게 부른 이상 한번 삼발이는 영원한 삼발이었다. 그게 이 방의 규칙이었다.

삼발이 녀석도 처음에는 멀쩡한 네발이었다고 했다. 그런데 방 사람들이 말 못하는 새에게 엉뚱하게 화풀이를 한 것인지 창문틀에 묶어 놓거나 발가락을 부러뜨리거나 잘라버렸다고 한다. 그럼에도 삼발이는 매일 아침, 점심, 저녁에 때를 맞추어 땅콩을 먹으러 왔다. 다른 과자는 절대 먹지 않았다. 총찬도 용기를 내어 조심스럽게 손바닥을 펼쳤다. 마파람에 게눈 감추듯이 와서 먹어치우는 모습을 보니 즐거웠다. 총찬은 잠시 생각에 잠겼다. '땅콩이 뭐가 그렇게 맛있다고 상처도 잊고 찾아온다는 말인가. 나도 놈처럼 빨리 툭툭 털고 아무 일 없었다는 듯 일어나야 하는 거겠지?'

때로는 구치소 비둘기들도 계모임을 했다. 삼발이를 따라 20~30마리가 한꺼번에 총찬의 방 창가로 날아오면 총찬과 일행은 간식으로 나오는 건빵을 부셔주고는 했다.

"구구 구구 구 구 구구!"

그러면 그 달콤한 감상을 시기라도 하는 양 누군가가 욕지거리를 섞어 꼭 재를 뿌렸다.

"어이, 6방(7下6방)! 비둘기 때문에 먼지 나잖아요. 그만 줘요!"

그들은 모르는 것 같았다. 비둘기들이 구치소에 파송된 세상의 소식통이라는 사실을.

"이봐요, 부인이 면회 온대요. 영식이네 집은 둘째 낳았어요. 어쩌죠, 애인이 도망갔는데?"

총찬의 귀에는 모스 신호 같은 비둘기의 애처로운 항변이, 들렸다.

"구구 구구 구 구 구구. 다 같이 먹고 살자고 그러는 건데 정말 너무들 하시네. 당신은 구형 세게 받고, 땅콩 먹여주는 형씨들은 무죄나 집행유예 받으세요!"

그놈 참, 기특하고 고마운 녀석이다.

후두둑 소리가 들리더니 어느새 장대비가 쏟아졌다. 갈 곳 잃은 다정한 비둘기 한 쌍이 내리는 비를 맞고 잠깐 사이에 흠뻑 젖었다.

'미안하다, 얘들아. 지켜주지 못해서…. 미안해요 엄마, 이런 모습 보여드려서. 미안하다 영심아, 사랑하기에도 아까운 나날을 나 때문에 속상하게 만들어서.'

며칠이 지났다. 그런데 이상하게 삼발이의 모습이 보이지 않았다. 한 기결수의 말에 의하면 심술 고약한 한 미결수가 땅콩으로 삼발이를 유혹해서는 발에 무거운 주스 팩을 몇 개 달아 끈으로 묶어 놓았단다. 몸이 무거워진 삼발이는 날지 못하다가 그만 도둑고양이에게 잡혀 먹혔다고 했다. 총찬은 그 소식을 듣고 소리 없이 눈물만 흘렸다. 그가 지금 서 있는 곳이 그런 인간들이 있는 공간이라는 생각에 몸서리가 쳐졌다.

나 당신 믿어

캄캄한 밤이었다. 방에서 단 한 사람, 총찬만이 잠을 이루지 못하고 그리운 사람들을 떠올렸다. 오늘은 강아지 땡이(영심이가 키우는 코커스패니얼. 12세 고령의 할머니가 된 지금도 키우고 있다)도 보고 싶을 만큼 행복한 마음이 들었다. 구치소에 들어오지 않았더라면 영심이와 가족과 예비 장인·장모가 자신을 그처럼 많이 사랑하고 믿어주는지 확인할 길이 없었을 텐데…. 그들만 곁에 있어준다면 험난한 가시밭길이라도 달려갈 수 있을 것 같았다.

가까이에서 총찬을 믿어준 사람이 또 있었다. 총찬이 한참 낙심해 있을 때, 나지막한 목소리로 누군가가 말을 걸어왔다. 구치소에서 사역하는 교도관이자 목회자 공부를 한 김재중 목사였다.

"김재중 목사입니다. 권총찬 씨 사건에 대해 대충 들었습니다. 총찬 씨가 그런 짓 할 사람이 아니라는 것 알아요. 이곳에서 평생 재소자들과 미결수들을 만나봤거든요. 사람들을 많이 겪어봐서 딱 보면 알죠, 이제는. 괜찮으시면 잠깐 좀 봅시다."

총찬은 말없이 따라나섰다. 덥지만 햇살이 참 따뜻한, 화창한 날이었다. 미결수에게 가능한 면담 시간은 보통 30분이었다.

"면담이랄 게 뭐 있어요? 교정이나 걸으면서 돌아가신 아버지

이야기나 해봅시다."

"힘드시죠? 좀 쉽시다."

"꼭 누명을 벗고 무죄를 받으실 겁니다."

그 말이 전부였다. 조언이나 충고가 아닌, 이야기를 들어줄 사람이 필요했다. 총찬은 그때까지 형사든 검사든 교도관이든 국가의 녹을 먹는 사람은 전부 개**라고 생각하고 말을 섞지도 않았다. 하지만 그때 처음으로 닫았던 마음의 벽을 허물기 시작했다.

"사실 저, 기도 많이 했어요. 어떤 기도를 한 줄 아세요? 아마 깜짝 놀랄걸요? 마케팅이나 방송하는 사람 한 명만 보내달라고 기도했어요. 그런데 그때 마침 권총찬 씨가 왔어요. 이게 단지 우연일까요?"

총찬은 그 한마디에 도무지 꼼짝할 수가 없었다. 교도관이자 목사인 김재중 교도관은 그렇게, 총찬에게 작은 희망과 용기를 주었다.

그 뒤로도 김 목사는 상담한다는 핑계로 총찬을 상담소로 종종 불러서 30분에서 1시간 정도의 자유 시간을 만들어주었다. 당시에 교도관이기도 한 김재중 목사는 며칠이고 총찬을 관찰했다. 그대로 두었다가는 총찬이 자살할지도 모르겠다는 생각에 총찬에게 뒤돌아볼 시간을 주고 싶었던 모양이다. 총찬을 향해 베푼 그의 배려와 사랑은 그 시절, 총찬에게 한없는 희망이고 감사거리가 되었다. 총찬은 그렇게 선물 받은 시간이 무척 소중했다. 그때마다 구치소 앞마당을 걸었다. 이름 모를 들꽃도 잡초마저도 예쁘고 생명력 있어 보였다. 들꽃 사이로 돌아가신 아버지가 총찬을 향해 활짝 웃고 계셨다.

삶의 근원이요
힘의 원천은 어머니

"총찬아, 정말 네가 그런 일을 했니? 언론에서 이야기하는 게 사실인 거니?"

"엄마, 내 성격을 알면서 그런 질문을 해?"

그렇게 시작된 모자의 대화 이후 어느덧 구치소에서 37일을 보냈다. 이대로 끝나는 건가. 엄마를 지켜주겠다던 씩씩한 꼬마 권총찬은 온데 간데없고, 나이 마흔을 바라보는 덩치만 큰 나약한 어른 총찬이 자신을 구치소에서 빼내줄 슈퍼맨을, 아니 어머니의 손길을 간절하게 기다리고 있었다.

실로 어머니는 위대했다. 아들을 위해 변호사 앞에서 무릎을 꿇고 비수를 날리셨다.

"당신 직업이 변호사 아니야? 우리 아들이 너무 억울하다고 하잖아요. 그럼 최선을 다해야 할 거 아니야. 안 보여요? 나도 당신한테 이렇게 무릎 꿇는데, 왜 당신은 판사한테 가서 무릎을 못 꿇어요?"

어머니는 총찬의 담당 변호인에게 변호사 본연의 업무인 변호 업무를 몸으로 보여주었다. 미안해진 변호사는 무릎 꿇은 어머니의 진실을 알리기 위해 판사를 다시 찾아가서는 이 사람이 정말 억울한 것 같다고 하소연하며 총찬의 사건 해결에 박차를 가했다. 합의금을 주고 사건을 쉽게 해결할 수도 있었지만, 합의가 아닌 법정 싸움으로 가겠다는 고집불통의 총찬을 믿어주고 아들을 응원하며 무릎 꿇은 어머니를 통해 총찬은 기적적으로 가석방이 되었다. 판사가 합의하지 않으면 도저히 불가능하다고 했던 가석방은, 총찬의 한결같은 무죄 주장과 함께, 변호사 앞에서 무릎 꿇은 어머니의 이야기가 판사에게 전해지면서 그 기적이 눈앞에서 이루어졌다. 저렇게 억울해하는 사람에게 최소한 변명이라도 할 기회를 주자는 것이 판사의 마음인 것 같았다. 어머니가 발동을 걸자 변호사 또한 달렸기 때문에 가능한 일이었다. 하늘이 무너져도 긍정적으로 생각하고 행동한다면, 솟아날 구멍은 정말 있었다. 우선은 말로 씨를 뿌려야 한다. 말이 씨가 되고 말한 대로 거두듯이 생각한 대로 행동한 대로 인생은 열매 맺게 되어 있다. 만약에 그때 어머니가 변호사에게 무릎 꿇고 진실 어린 협박을 하지 않았다면, 지금의 권영찬(소설에서의 총찬)은 없을지도 모른다. 그리고 만약에 이 사건을 쉽게 해결해보겠다고 합의했더라면 더 큰 덫이 총찬을 기다리고 있었을지도 모른다.

37일 만의 보석,
그 후

구속을 당하고 영등포구치소에 구속(수감)된 지 37일 만인 2005년 7월 22일에 보석으로 풀려났다! 구치소 문을 빠져나오는데 총찬의 다리가 후들거렸다. 이제 구속에서는 자유로운 몸이 되었다. 그 사실만으로도 일단은 위안이 되었다. 37일 만에 맛보는 바깥세상은 공기도 다르고 하늘빛도 다르고 너무 낯설었다. 또 한 가지, 총찬의 형편과 처지도 너무 달라져 있었다. "그동안 힘들었지!" 하는 한마디에 구치소에서의 시간이 필름처럼 지나갔다. 회복하기에는 잃은 것이 너무 많았다. 15년을 쌓아온 공든 탑이 하루의 사건으로 모두 무너지고 이제는 잿더미만 남은 것인지도 몰랐다.

할 일이 많이 쌓여 있었지만, 보석 후에 총찬은 일단 쉬고 싶었다. 쉬면서 어디에서부터 잘못되었는지 잘못된 사실을 바로 잡아야만 했다. 자유를 얻었지만, 총찬이 원하는 대로 인생은 흘러가주지 않았다. 37일 동안의 구치소 생활은 총찬에게 씻을 수 없는 상처인 트라우마가 되고 말았다. 바깥세상을 그리워하며 구치소에서 나갈 날만 기다릴 때는 언제고, 막상 집에 돌아온 뒤로도 줄곧 집에 갇혀 지냈다. 사람들의 손가락질도 두려웠지만, 무엇보다 총찬을 괴롭히는 건 아파트 주위에서 하루에도 서너 차례 들려오던 경찰차의 사이런 소리였다. 그때마다 총찬은 경기(경련)를 일으키며 또 자신을 잡으러 오는 것 같아 바로 숨기도 했다. 가만히 있어도 무엇엔가 쫓기며 늘 불안했다. 그 때문에 공황장애와 대인기피증, 피해망상증이 생겼다. 고등학교 시절, 총찬은 롤러장에서 DJ를 하며 들은 인신매매 이야기 때문에 이 세상에서 제일 혐오하는 단어가 인신매매, 강간, 마약 이 세 가지였다. 이것들 모두가 한 사람의 인생을 '송두리째 뺏는' 범죄이기 때문이다. 그런데 가석방이 되고 나서 집에 와서 처음으로 자신의 이름을 검색한 순간, 많은 언론에서 총찬을 언급할 때 강간 사범에 마약까지 언급하며 그를 파렴치한으로 매도해 버렸다. 그 사실만으로도 치가 떨리고 견딜 수 없을 만큼 싫었다. 총찬은 자신이 사는 아파트 16층의 아래를 내려다보았다. 그냥 이대로 편안하게 인생을 접자고 생각한 적이 한두 번이 아니었다. 그런 총찬을 잘 알기에 어머니와 영심은 총찬이 아파트에서 뛰어내리기라도 할까봐 총찬을 교대로 지키며 다른 짓을 할 틈을 주지 않았다. 그렇게 총찬은 첫 번째 자살 위기를 모면했다. 사실 총찬은 죽고 싶은 마음이 없었다. 오히려 살고 싶었다. 사실 따지고 보면 자살을 결심하고 실제로 자살한 사람들은 정말로 죽고 싶었던 사람들이 아니다. 오히려 살고자 했던 마음이 그들의 진심이다. 그러나 아무도 그들의 소리에 귀 기울여 듣지 않기에 자살을 선택하고야 마는 것이다. 그래서 총찬은 그때 자신을 붙들어준 어머니와 영심에게 무척 감사한 마음이 들었다.

보석이 되고 몸이 풀려나서 좋은 것도 잠시, 조서를 직접 두 눈으로 열람하고 나서 총찬은 바보가 된 것만 같았다. 구속수사 과정에서 경찰은 강압 수사를 했고 총찬은 유도신문을 당했다. 구속영상 청구사유부터 말이 안 되는데다 있지도 않은 증거를 마치 있는 것인 양 조장했었던 것이다! 게다가 베테랑 강력계 형사였기에 총찬을 협박하고, 사건을 조작한 내용은 어디에서도 드러나지 않도록 모조리 빼버렸다. 참으로 황당했다. 사건 당사자임에도 사건조서 전부를 모두 본 것이 처음인데다가 심지어 조작된 내용을 보고 너무 억울하고 답답하고 괘씸하고 자존심이 상해 견딜 수가 없었다. 그 때문에 불면증에 심하게 시달렸다.

　새벽 기도회에 같이 가자고 하신 어머니와의 약속은 오늘도 지키지 못했다. 번번이 불면증으로 잠 못 이루며 새벽을 놓치다가 하루는 6시쯤에 눈이 떠졌다. 어머니는 벌써 집 근처의 교회로 나가셨는지 안 계셨다. 죄송한 마음에 어머니를 맞기라도 하자는 마음에 어머니를 찾아 나섰다. 그런데 교회 밖에서 아무리 기다려도 어머니가 나오지 않자 총찬은 문을 열고 어두컴컴한 교회 안으로 들어갔다. 갑자기 온몸이 굳으면서 숨이 멈추는 듯한 고통이 총찬의 가슴 깊이 파고들었다. 담대하게 견디라고 그렇게 그에게 용기를 주시던 어머니가, 그렇게 환한 미소로 총찬에게 웃으며 긍정적으로 버티라고 한 어머니가 많은 어머니들 틈에 숨죽여 기도하고 계셨다. 그런데 어머니의 울음이 마침내 통곡으로 바뀌는 것이 아닌가!

사건이 터진 이후, 총찬에게 단 한 번도 눈물을 보이지 않은 어머니였다. 보통 때 같으면 기도를 마치고 밖에서 운동할 시간이 훨씬 지났는데도 어머니는 여전히 그곳에 계셨다. 어머니는 아들이 보지 않는 곳에서는 늘 이렇게 목 놓아 우셨던 것일까….

'내가 억울한 건 둘째치고 저 여인은 또 무슨 죄가 있어서, 왜 나 때문에 저 고생을 한단 말인가…. 불쌍한 우리 엄마…. 미안해! 정말 미안해! 엄마가 그렇게 힘든지는 몰랐어. 기운 내고 꼭 내 진실을 밝힐게! 내 옆에 있어줘서 고마워, 엄마.'

어머니의 기도가 끝나기를 기다렸다가 함께 집으로 가며 걷던 길에 우수수 떨어지는 은행나무 잎이 무척 예뻤다. 이렇게 예뻤구나, 은행나무 잎이…. 총찬은 혼잣말을 했다. 집에 가는 내내 주르륵하고 눈물이 흘렀다.

실형 2년 6개월,
땅땅땅!

　누군가가, 살면서 어려운 길과 쉬운 길 중에 하나를 고르라고 하면 총찬은 언제나, '진실한 길'만을 선택해서 살겠다는 사람이었다. 진실을 외면당하고 보니 보석을 받고 나서도 집에만 계속 있었다. 집이라고는 하지만, 말 그대로 쇠창살 없는 감옥이었다. 그러한 총찬이 안 되어 보였는지 영심은 비행을 다녀오자마자 박찬욱 감독의 2005년 작품, 영화 〈친절한 금자 씨〉를 함께 보러 가자고 했다. 영화 속의 주인공 금자처럼 총찬 또한 착하게 살고 싶었다. 스크린 속의 철창 장면이 그의 마음을 짓눌렀다. 철창 속에 갇힌 그때가 떠오르며 영화를 보는 순간 총찬은 자신도 모르게 눈물이 주르륵 흘렀다. 억울함에 또 눈물이 났다. 세상은 때로 억울한 누명을 씌우며 한 사람을 바보로 만든다. 구치소에 온 사람들 중에도 총찬처럼 억울한 사건이 굉장히 많았다. 자유를 잃었던 그 시간, 그 파노라마 같은 장면들이 하나하나 떠오르며 그의 마음을 송곳으로 푹푹 찌르는 것처럼 그의 마음을 쿡쿡 찌르며 뒤흔들었다.

　사건 후 벌써 2개월이 훨씬 지났다. 구치소에서 나왔다고는 하지만, 무죄판결을 받기 전까지는 죄인이었고 폭행범으로 보일 테니 무엇을 해도 자유롭지 않고 하는 행동마다 제약이 따랐다. 구치소에서 집으로 장소만 바꾼 채로 하루 종일 갇혀 지내야 하는 감옥 생활을 다시 시작했다. 드디어 9월 5일, 1심에서 Y양은 여러 차례 거짓말을 하다 못해 진술을 번복하며 증언이 오락가락했다. 횡설수설하는 Y양의 태도에 총찬은 법정 싸움이 1심으로 끝날 것이라고 확신하며 쾌재를 불렀다.

드디어 판결 결과가 나왔다. 꿈인가, 생시인가! 결과는 참담했다. 서울 서부지원 1심에서 내린 총찬에 대한 판결 결과는 죄 있음, 유죄였다. 거기에다 아무 관계도 하지 않았다는 권총찬의 주장 때문에 Y양 측과 합의마저 없었기에 실형 2년 6개월 형이 언도되었다. 1t의 쇠망치로 머리를 얻어맞고 불지옥에 떨어진 느낌이었다. 희망을 버리지 않았던 총찬의 꿈이 산산조각나고 말았다. 총찬의 작은형은 막막함 때문인지 눈을 감았다. 어머니는 또 어떠했던가! 법정에서 나온 총찬은 한동안 꼼짝도 할 수 없었다. 그는 가족들에게 또 다시 죄인이 된 기분이었다. 착잡했다. 재판부에 따르면 합의를 안 한 상태에서 Y양은 강력하게 처벌을 원하고 있다고 했다. 그 사이 Y양은 성상담센터 등 여러 곳에 도움을 청한 상태였다. 늪에 빠진 것만 같았다. 벼랑 끝에 내몰린 기분이었다. 누구를 원망할 수도 없었다. 자신의 무죄를 입증할 자료를 충분히 찾아놓고도 재판에 진 이유는, 판사 출신 변호사가 자신만만하게 "어떻게 이런 사건으로 구속이 됐는지 도저히 이해가 안 갑니다! 내가 판사라면

100% 무죄예요. 무죄."라면서 호언장담했던 그의 말을 너무 믿었던 탓이리라. 그리고 총찬 또한 스스로 진실하니까 괜찮다며 자신의 진실성과 지혜를 너무 믿었고, 번복되는 여자의 법정 증언에 승리를 자신하고 방심한 탓이었다.

총찬은 차근히 사건의 전말과 법정 다툼 과정을 되짚어보았다. Y양은 아무런 성폭행 피해 증거를 갖고 있지 않은 상태였음을 총찬은 1심 재판이 끝난 다음에서야 알게 되었다. 관계 자체를 맺지도 않았는데, 형사는 상대 여성에게서 총찬의 정액을 채취했다며 있지도 않은 거짓 증거자료를 들이밀었다. 말도 안 되는 소리에 진단서를 보여달라고 요청했지만, 거부당했었다. 병원 검진 등 조사 결과, 본인의 피해 사실을 입증하기 위해 DNA 검사에 적극적으로 협조했어야 할 Y는 검사를 거부했고, 산부인과 측은 Y에게서 강간으로 생긴 상처가 있다는 소견 발급을 거부했다고 한다. 외견상 아무 이상이 없으며 성폭력으로 보기에는 어렵다는 산부인과와 피부과 의사들의 소견서만 있을 뿐이고, 조서 어디를 보아도 채취된 정액에 대한 언급도 성폭력과 관련된 진단서도 없었다. 총찬에게 폭행을 당해서 생긴 타박상이라고 Y양이 주장한 목의 상처는 알레르기성 피부염으로 진단을 받고 이미 약 처방을 받은 것으로 드러났다. 큰 소리를 치며 들이민 그 자료들(성 진단카드, 강간 진단서, 피부과 및 산부인과 의사들의 소견서)이 애초에 있지도 않은 증거였으며 모두 거짓이었다니…! 만일 Y양의 주장이 모두 사실이라면 왜 피해자라는 여성이 자신이 보호받기 위해 기본적으로 받아야 할 성 진단 카드 등의 모든 조사를 받지 않았겠는가. 형사는 도대체 무엇을 감싸려고 했던 것일까? 그런데 그렇게 Y양 측이 피해 관련 입증 서류를 제대로 갖추지 않았는데도 어째서 그 중요한 사실을 변호사도 총찬도 가족도 영심이도 세 명의 담당 판사조차도 그 누구도 발견하지 못했던 것일까? 무엇이 모두의 눈을 가린 것일까? 따지고 보면 총찬도 바보인 셈이다. 조사서 어디에도 증빙 자료 등 증거가 될 만한 자료가 없었는데도, 오직 구치소에서 빨리 나와야겠다는 일념으로 똘똘 뭉쳐 그러한 사실을 놓치고 말았던 것이다! D라는 놈은 정말, 자기가 짠 시나리오대로 일을 잘 끌고 가는, 치밀한 베테랑 형사였다.

입증 서류가 사실은 당시에 없었음을, 그것이 거짓이었음을 알았더라면 1심에서 총찬이 유죄를 받을 일도 없고, 사태가 이렇게 커지고 복잡해지지는 않았을 것이다. 고등법원 재판에서, 이미 재판 기록부에 그러한 내용들이 다 나와 있었음을 나중에야 알았다.

불행 중 다행으로, 총찬이 법정에서 계속 억울함을 호소하자 판사가 총찬을 법정구속하지 않겠다고 선언했다. 그나마도 천만다행이었다. 그것은, 총찬 측에서 고등법원에 가서 다시 한 번 제대로 준비할 기회를 준다는 뜻이었다. 총찬은 재판이 확정판결이 나기 전까지 그나마도 법정구속이 아닌 것에 감사할 따름이었다. 진짜 싸움은 1심 유죄판결을 받은 뒤부터 시작되었다.

1심 판결 결과, 총찬은 아무 말이 없었다. 숨만 쉴 뿐 죽은 사람 같았다. 딸린 사람이 아무도 없이 혼자라면 얼마나 좋을까 하는 자괴감이 불시에 찾아들었다. 이러다 끝끝내 유죄를 벗지 못하면 모두 홀홀 털어버리고 죽어야 할까? 총찬은 허공에 대고 조용히 읊조렸다. 권총찬, 너 그거밖에 안 되는 인간이었어? 꼼짝도 못한 채 그대로 3, 4일을 집에서 시체처럼 누워 지냈다. 영심과 가족 모두는 녹다운 되었고, 집안은 적막감마저 흘렀다. 가족들은 총찬이 스스로 생각을 정리하고 추스를 시간을 주었다. 그러면서도 행여 총찬이 자살하지는 않을까 해서 총찬의 기색을 조심스럽게 살폈다. 그런 중에도 어머니는 애써 웃으며 담담한 어투로 총찬을 격려했다.

좋은 게
좋은 거라고?

　1심에서 받은 유죄판결은 생각보다 훨씬 치명타였다. 명예를 잃는 건 물론 금전적으로도 크게 손해를 보았다. 연봉 5억 원에서 졸지에, 아무도 찾지 않는 무명급 연예인으로 전락했다. 어디 그것 뿐인가? 무명급도 모자라 범죄인, 그것도 죄명도 지저분한 강간치상범이었다. 세상과 철저하게 단절된 느낌이었다. 방송인으로서 다시 살아갈 수 있는 것일까? 고등법원에서까지 유죄판결을 받으면 법정구속이 될 위기였다. 이러다가 결국 유죄로 끝나면 어떻게 할 것인가?

　아무리 생각해도 구속을 당한 상태로 조사를 받아야 할 이유는 없었다. 구속수사가 아니었다면 영찬이 당해야 할 여러 가지 피해를 좀 더 막을 수도 있었다. 더 억울한 소식은 담당형사를 고소하려고 고소장을 넣으며 서부지검에 들렀을 때 조사관에게서 들었다. 한 조사관이 총찬을 조용한 곳으로 데리고 갔다. 그는 다짜고짜, 자신이 검찰을 대신해 총찬에게 사과한다고 했다. 법이 명명한 총찬의 죄명은 강간치상이었다. 그런데 단순히 강간 사건이라면 몰라도, 총찬의 사건은 '강간치상'이라는 죄명으로는 도저히 구속수사를 할 수 없다는 이야기였다. '치상'이란 강간을 통해 상처를 입혔다는 의미이다. 좀 더 구체적으로 말하면, 성폭행을 원인으로 상대 여성의 몸이 아프다는 병원의 진단서가 있어야지만 강간치상이라는 죄명이 성립되고, 구속이 된다는 것이다. 그런데 총찬의 사건에는 그 사실을 입증한 병원의 진단서가 한 장도 없다고 했다. 정말 기가 막혀서 미치고 팔짝 뛸 노릇이었다. 하지만 조사관 자신도 검찰청에서 밥을 먹고 있는 사람으로서 정말 미안하다며 부디 무죄를 받기 바라고, 용기를 내라며 총찬의 손을 잡아주었다. 이러한 사실을 총찬에게 고백하기까지, 조사관은 어쩌면 진실을 누설했다는 이유로 자신이 몸담고 있는 검찰로부터 도리어 불이익을 당할지도 모른다는 사실에 공연한 짓을 하는 건 아닌가 싶어 고뇌했을 것이고, 그럼에도 정의가 이기기를 바라는 마음에 찾아와 진실을 전하느라고 정말 용기가 크게 필요했을 것이다. 조사관의 그 고백은 총찬에게 한편으로는 이길 힘을 주는 응원의 메시지이기도 했지만, 그 말을 듣고 오히려 기분은 더 상했다. 총찬에게도 다른 길은 없었다. 정말 미안하지만, 용기를 내서 어려운 이야기를 꺼낸 그 조사관을 물고 늘어질 수밖에 없었다. 그는 더 말을 이어갔다.

"법을 잘 아는 저로서는 총찬 씨를 구속시킨 형사나 검사를 둘 다 때려죽이고 싶은 심정입니다. 그런 사람들이 우리 검찰과 형사라는 사실이 죄송할 뿐입니다. 이번 고소가 쉽지는 않을 겁니다. 담당형사 구속이나 처벌은 거의 어려울 겁니다!"

총찬 자신을 구속시킨 이놈이나 저놈이나 따지고 보니 한 패였다. 총찬은 나름 정의감 있는 조사관의 진솔한 이야기를 들으며 그저 멍하니 서 있을 수밖에 없었다. 조사관이 자리에서 떠나고 나서도 그 말이 귓전에 맴돌았다. 귀찮고 번거로웠을 텐데 그나마도 용기를 내어 진실을 말해준 그 조사관을 생각하면 두고두고 참 고마웠다. 총찬 자신도 그런 한 사람이 되고 싶다고 생각했다.

이런 복잡한 마음에 누군들 만나고 싶겠는가. 그럼에도, 선후배들은 총찬에게 구치소에서 나왔는데 얼마나 바쁘기에 술 한 잔도 못하느냐며 핀잔을 주었다. 반면, 총찬의 든든한 지원군도 있었다. 자기 딸과 헤어지라고 해도 모자랄 판에 영심의 아버지는 총찬을 믿는다며 오히려 영심과 결혼식을 올리고 그 뒤에 더 힘을 합쳐 법정투쟁을 하라며 격려했다. 돌아가신 사진 속의 아버지도, 두 형과 형수 또한 아무 말 없이 그를 응원해주었다. 분발해서 당장에라도 2심을 준비해야 했다.

이 또한
지나가리라

　째깍 째깍⋯. 시간은 참 잘도 갔다. 사건 발생 이후, 벌써 6개월이 지났다. 여기저기에서 안타까운 비보만이 들려왔다. 어릴 때부터 친하게 지냈던, 작은형의 절친한 친구가 공사 중에 감전사로 죽었다는 소식이었다. 엎친 데 덮친 격으로 총찬의 사건 말고도 영심에게도 충격적인 사건이 또 터졌다. 그녀의 제일 친한 친구 중에 한 명인 승무원 지영이가 교통사고로 죽었다는 소식이었다. 세상살이가 쉽지 않다는 사실을 알고는 있었지만, 이런 식으로 슬픔이 겹쳐 오다니 너무하다는 생각이 들었다. 인생의 깊은 수렁 속에서 총찬은 묵직하게 때를 기다리는 인내를 배웠다. 고난도 고통도 슬픔도 언젠가는 모두 다 지나갈 것이었다. 언제까지 화려한 과거를 붙들고 있을 수만은 없었다. 인생의 바닥을 친 자신의 상황 또한 다 지나가리라. 열심히 살다보면 진실도 밝혀지고 방송가에서도 다시 연락이 올 것이었다. 조급해하지 말자. 화려했던 과거는 잊고 현실을 직시하고 현실에 충실하자. 반 년 사이에 총찬은 많이 겸손해졌다. 겸손하려고 애쓸 필요도 없었다. 불러주는 곳이 없다보니 자연히 겸손한 사람이 되었다. 총찬은 이때부터 웃어보겠다고 기를 썼고, 감사하는 마음으로 세상을 바라보려고 노력했다. 그렇게 부정을 긍정으로, 사태를 전화위복 시켜나갔다.

그 사이에 놀라운 일이 생겼다. 억울함을 호소한 간절한 기도가 통한 것일까? 무슨 일인지 그동안 꽁꽁 감춰진 채 숨어 있던 증거가 여기저기에서 봇물처럼 터져 나오기 시작했다. 감사와 기쁨의 눈물이 흘렀다.

Y양은 1심 재판을 진행하며 민사 소송으로 1억 원의 위자료를 배상하라며 총찬에게 고소장을 냈었다. 총찬은 반발했다. 그러자 Y는 기다렸다는 듯이 재판부에 자신의 통장 내역서를 고소장과 함께 제출했었다.

그런데 바로 그 일로 사건은 역전이 되었다! 그것은 Y양과 Y양의 변호사가 저지른 최대의 실수였다. 총찬은 통장의 내역을 보면서 속으로 쾌재를 불렀다!(함성을 질렀다) 통장에는, 총찬에게 3시간 동안 여섯 번이나 성폭행을 당하는 바람에 몸이 너무 아파 집에서 꼼짝 않고 며칠을 누워 있었다고 법원에서 진술한 Y가, 진술대로라면 집에 있어야 할 3일 동안에 남대문과 동대문을 돌아다니며 쇼핑한 체크카드 결제 내역이 빠짐없이 기록되어 있었다. Y는 자기 꾀에 자기가 넘어가고 말았다.

Y의 실수는 거기서 끝나지 않았다. 성폭행은 성폭행을 당한 후에 1차 증인의 역할이 굉장히 중요했다. 사건이 나고 바로 성폭력 상담소에 전화를 걸었다는 내용을 확인해준다며 Y가 제출한 지난

한 달 동안의 휴대폰 통화 내역에는 Y의 증인으로 나선 남성이 Y와 30분 동안 통화한 내역과 정확한 시간대가 고스란히 기록되어 있었다. 휴대폰 통화 내역서를 꼼꼼히 살피던 총찬의 눈이 갑자기 커졌다. 무언가를 발견한 모양이었다. 총찬이 보기에 이상한 점 한 가지가 눈에 띄었다. Y 측이 제시한 진술서에 따르면, 그 시각(통화 내역서에 적힌 시각)은 Y가 그 증인 남성과 한강 둔치에서 만나 총찬에게 강간당한 사실을 고백한 순간이라야 했다. 그것도 차 안에서 1시간 넘게 울며 호소했다고 했다. 그렇다면 이건 말도 안 되는 억지임이 분명했다. 한강에서 만났다는 그 시각에 두 사람은 전화로 통화를 한 것이다. 통화 내역에 따르면 그것도 30분 넘게 말이다. 시간상 앞뒤 알리바이가 성립하려면 두 사람이 차 안에서 옆 자리에 앉아 서로 마주 보며, 상대방과 휴대폰으로 대화를 나눴다는 뜻이다. 바로 옆에 앉아서, 그것도 30분도 넘게 옆 사람과 통화를 하는 행위가 말이나 되는 소리인가! 결국 두 사람은 그 시각에 만나지도 않았다는 의미이고, 전화로 상황을 짜 맞춘 것밖에는 되지 않았다. 그렇다면 증거자료로 채택된 진술서와 통화 내역서 둘 중에 하나는 거짓이었다. 그러니 그것 또한 Y가 저지른 엄청난 실수가 되고 말았다. 내역서는 거짓말을 할 수 없다면, 당연히 진술서가 거짓이란 뜻이 아니겠는가! 거짓말은 또 다른 거짓말을 낳는다는 옛말도 있듯이, 애초부터 돈도 없고 성폭행도 당하지 않은 Y가 자신이 돈이 부족하지 않다는 내용과 성폭행 사건 후 바로 성폭력 상담소에 전화했다는 내용을 통장 잔고와 통화 내역서로 증명하려다가 오히려 자신의 계략만 모두 들통이 나고 말았다. 그런데 그 결정적인 두 가지 내용을 꼼꼼한 총찬이 영심의 도움을 받아 이 잡듯이 모두 잡아냈다. 이렇듯 여러 가지 상황이 총찬에게 유리한 쪽으로 진척되는데도 총찬은 무죄를 받지 못하면 어떻게 하나 하는 두려움에 좀처럼 잠을 이루지 못했다. 자고 일어나면 눈물과 땀으로 이불이 매번 젖어 있을 정도였다.

오빠,
나도 한번 가보고 싶어

해가 바뀌고 2006년이 되었다. 1월 12일, 벌써 세 번째 항소 공판이 열렸다. 안 그래도 조마조마했는데 드디어 올 것이 오고야 말았다. 보석 후에도 의리의 여인 김영심은 총찬의 무죄 입증을 위해 바쁘게 돌아다니며 생각보다 씩씩하게 잘 견뎌주었다. 심지어 영심을 걱정하며 눈치를 보는 가족들에게도 오히려 밝은 얼굴로 그들을 위로하는 여유를 부렸다. 재판을 앞두고 영심은 총찬이 우려하던 말을 불쑥 꺼냈다.

"오빠, 오늘 재판은 나도 가도 되지 않아? 가보고 싶어."

재판정에 와서 응원하겠다는 방송국 후배들에게 나중에 결과나 들으라며 참석을 만류하던 그였다. 그런 중에도 피붙이 같은 동생인 개그맨 윤석주(낙지)는 총찬의 재판에 매번 참석하도록 허락했다. Y양을 만나던 자리에 다른 일행보다 먼저 와서 함께 했던 사람 중 하나가 증인으로 출석하는 재판이어서 이번에는 쉽게 끝날 것 같기는 했다. 사건의 모든 내용을 샅샅이 파헤치고서도 영심은 총찬을 이해하려고 노력했다. 출장을 갈 때를 빼고는 구치소에 내내 면회를 온 그녀였다. 함께 가지 못할 이유는 없었다. 다만, 재판정에

선 나약한 자신의 모습을 영심에게 보이고 싶지 않았다. 선뜻 같이 가도 좋다는 말이 나오지가 않았다.

심판대에 서야 하는 일은 늘 피가 말랐다. 총찬이 법정에 설 때마다 어머니는 긴장을 달래라며 우황청심환을 준비해오셨다. 그것은 어머니 당신의 것이 아니라, 법정에 서야 하는 아들 총찬을 위한 것이었다. 그럼에도 이번만큼은 어머니는 청심환을 준비하지 않았다. 아마도 몇 차례 동행하며 이제는 법정 흐름에 대하여 대략의 상황 파악을 한 탓인 모양이었다. 총찬이 생각하기에도 오늘 재판은 비교적 수월하게 끝날 것 같았다. 오늘이라면 영심이 함께 해도 괜찮을 거라는 판단이 들었다. 그래서 영심의 뜻대로 함께 서울고등법원으로 향했다.

영심이가 참석한 첫 재판이 시작되었다. 총찬은 다른 때보다 긴장했다. 검사의 신문이 시작되고 검사는 총찬을 몇 번이나 제지했다. 흥분한 총찬은 자신도 모르게 이렇게 반문했다.

"오늘 재판에는 여자 친구도 같이 와 있는데 제가 왜 거짓말을 하겠습니까!"

재판정 문을 나서는데 영심이 미안하다며 입을 뗐다.

"괜히 따라와서 오빠한테 부담을 준 것 같아. 재판이 이렇게 힘든 줄 몰랐어. 그동안 나만 힘들다고 괴롭혀서 미안해."

"걱정 마, 오빠는 정말 하나도 힘 안 들어."

마음을 너무 많이 쓴 탓인지, 영심은 결국 집에 돌아와서 몸살이 났다. 그날 저녁, 두 사람은 와인을 마셨다. 영심은 조심스럽게 말문을 열었다.

"오빠, 대단해! 어떻게 그렇게 힘든 재판을 몇 번이나 한 거야…."

진실이 꼭 밝혀지기를 바라지만, 총찬을 믿기에 법이 설령 유죄를 선고하더라도 결혼 결심에는 변함이 없다고 하면서 그녀는 울고 있었다. 그들은 미안하고 고마운 마음에 서로 부여잡고 엉엉 울었다. '사랑하는 여자 친구 영심이, 나의 그녀를 위해서도 진실이 꼭 밝혀지면 좋겠다. 아니, 꼭 그래야만 한다.' 총찬은 그날, 자신을 향한 영심의 사랑과 진심을 확인하고 마음이 벅찼다. 그날, 몸도 마음도 많이 부대꼈는지 영심은 울다가 먼저 잠이 들어버렸다. 잠든 영심을 내려다보며 총찬은 '영심아 정말 미안하다. 무죄를 받고 나서 너를 평생 행복하게 해줄게'라고 애써 다짐하며 총찬은 소리 없이 흐느껴 울었다.

꺼림칙한 무죄 선고를 통해 배운
"진실의 기준은, 세상의 잣대였다!"

재판부는 피를 말리는 결심 공판을 2주 뒤로 연기했다. 사건의 정황을 좀 더 자세히 살펴야 할 것 같다는 이유였다. 그들도 일말의 양심은 있는 모양인가보다라고 총찬은 생각했다. 이번엔 재판이 제대로 진행되는 듯 싶었다. 막상 법정에 서자 검사가 피의자인 총찬을 죄인처럼 계속 추궁했다. 한두 번 당하는 일도 아니었지만, 참다 못한 총찬은 진실을 주장하기 위해 말대꾸를 했다. 어쩐 일인지 오늘 따라 판사는 오히려 총찬의 편을 들어주는 듯 억울한 것이 있으면 하나도 빼먹지 말고 이야기해서 바로 잡으라며 총찬을 제지하지 않았다. 총찬은 이번이 진실을 토로할 마지막 기회라는 심정으로 그동안 1차 법정에 설 때마다 판사가 막아서 말하지 못했던 것을 다 쏟아냈다.

첫 고소를 한 지 1년이 지나간 시점인 2006년 6월 8일 오전, 서초동 서울고등법원에서 열린 2심 마지막 재판의 항소심에서 원심인 1심을 파기하고, 계속되는 Y의 거짓 증언으로 보아 Y는 진실성이 떨어지며 '유죄로 입증할 만한 증거가 없다'는 이유로 총찬은 꿈에도 그리던 무죄를 선고받았다! 눈물겨운 여정 끝에 얻은 값진 승리였다. 그나마 법정구속을 당하지 않은 상태에서 재판을 진행한 덕분에 햇수로 2년 만에 오명을 벗을 수 있었다. 서로 짜고 재판정에서 위증한 사실이 발각된 Y양 측 증인들은 벌금형을 받았다. 판결이 끝나고 법원 직원은 정말로 좋은 판사를 만나신 거라며 총찬에게 귀띔해주었다. 재판정 문을 나서자마자, 총찬은 감격하여 무릎을 꿇고 감사의 기도를 드렸다. 총찬을 믿고 지지하며 응원해준 개그맨 후배와 동료들, 방송인과 PD들, 방송인과 복지재단 선생 등 지인들이 적어준 600여 장의 탄원서는 총찬의 인생에서 무엇보다 가장 값진 선물이었다. '떳떳하다면 항상 자신감을 가지라'고 하신, 돌아가신 아버지의 말씀도 오늘의 승리를 이끄는 데 큰 힘이 되었다.

총찬은 법정이라는 게임(?)에서 이기고도 허탈했다. 총찬은 당시의 사건으로 큰 교훈을 얻었다. 고등법원에서 무죄를 받기는 했지만, 무죄라고 다 같은 무죄가 아니었다. 변 사또에게 마지못해 술을 따라야 하는 억지 춘향 격으로 혹은 화장실에서 큰일을 보고 나서 미처 뒤를 다 닦지 못하고 나온 사람처럼 무죄를 받고도 어딘지 개운치 않은, '꺼림칙한 무죄'라는 생각이 들었다. 그도 그럴 것이 재판 기록지에는, '남성은 몇 차에 걸친 술자리와 피로로 인해 여성과 관계를 갖지 못했다고 주장했지만, 통례상 30대 중반의 남자가 그러한 일로 관계를 못 가졌다고는 믿어지지 않는다. 하지만 상대 여성의 계속되는 거짓 진술과 사건의 정황이 앞뒤가 맞지 않는 것으로 볼 때 두 사람은 관계를 가진 것은 맞으나 여러 가지 증거와 정황상 강제관계는 아닌 것으로 본다. 그렇기에 1심을 파기하고 무죄를 선고한다……'는 어딘지 찜찜하고 구린 판결문의 내용에 미련 같은 여운이 남았다. 그것은 총찬에게는 성폭행 혐의에 대한 여전한 흔적으로, 영원히 지워지지 않는 '주홍 글씨' 같았다. 무죄판결을 받고 나서 총찬은 자신의 사건을 맡아 2심을 치러낸 이재만 변호사에게, "아니, 아무 관계도 하지 않은 사람을 관계를 했다니요! 이건 처음부터 말도 안 되는 이야기예요!"라며 항소할 것을 강력하게 요구했다. 하지만 변호사의 의견은 달랐다. 그는 무죄를 받고도 여전히 분노하는 총찬을 말리며, 이제 그만 마음을 털고 세상으로 나갈 준비를 하라고 충고했다.

법원이 총찬의 손을 들어주면서 오랜 마음고생도 끝나는 것만 같았다. 그런데 무죄판결을 받았다고 문제가 모두 해결된 것은 아니었다. 요리조리 따져보니 조사 과정이나 재판 과정에서 아쉽고 억울한 게 한두 가지가 아니었다. 사실 어린 시절부터 총찬은 굉장한 고집쟁이에 똑 부러지는 성격을 가진 아이였다. 분명하지 않은 것이나 진실하지 못한 상황에 대하여 도저히 참지 못했다. 그것은 총찬 식의 인생철학이었다. 일례로, 자신이 벌지 않은 돈에 대해서는 어떤 일이 있어도 눈도 마주치지 않았고, 누가 뭐라고 하든지 이 세상은 진실해야 하고 진실이 반드시 승리하는 사회여야 한다고 고집하며 살아왔다. 그런 고집쟁이 총찬이다보니 그동안 거짓과 싸우려고 합의도 하지 않았고 눈물겨운 노력 끝에 무죄 선고도 받았지만, 일련의 과정도 판결 내용도 찜찜한 무죄 선고는 여전히 마음 한 구석에 해결되지 않는 문제로 남았다.

무죄판결을 받은 지 열흘이 더 지난 6월 21일 오전, 총찬은 고소 측 상대 여성인 Y양을 서울중앙지검에 위증죄로 고소장을 접수했다. Y는 학력, 나이, 생활환경 등 여러 가지 면에서 거짓을 일삼았고 사건과 관련해서도 병원 검진 결과 등 1심과 2심의 법정 증언에서 진술을 번복했다. Y의 거짓 증언은 총찬의 인격에도 직접적으로 손해를 끼쳐서 Y양을 고소할 수밖에 없었다. 서울중앙지방법원은 총찬이 위증죄로 고소한 여성 Y양에 대해 검찰이 기소한 위증죄 혐의를 인정하여 2006년 9월 1일 체포영장을 발부했다. 열흘 뒤인 9월 11일에는 몇몇 언론이 "서울중앙지법, 개그맨 권총찬 '성폭행 위증' 여성에 체포영장 발부"란 제목의 기사를 써서 총찬이 법적으로 결백함을 보도했다. 총찬은 Y양의 해외 도주 가능성을 예견하고 검찰에 Y양의 해외 출국금지명령을 부탁했지만, 보란 듯이 거절당했다. 검찰 측은 오히려 총찬의 유죄를 대법원에 항소해서라도 꼭 잡아낼 것이라고 호언장담하며 대법원에 상고를 넣었다. 확정판결을 받기까지 또 다시 3개월을 기다려야 할 모양이었다. 총찬은 상고가 제발 들어가지 않게 해달라고 기도하는 중이었다. 재판에서 질 것으로 판단했는지 총찬을 고소한 Y양은 (무고죄와 위증죄로 검찰의 조사를 받던 중에) 주소지를 정리하고 휴대폰을 없애고, 총찬이 보석을 받기 위해 걸어두었던 공탁금을 챙겨 2심 재판이 끝난 다음날에 캐나다로 도주했다. Y양의 도주를 방관한 검찰은 뒤늦게 Y양에 대하여 해외 출국정지와 수배령을 내렸다. 그렇게 총찬을 다시 구속시키겠다던 검찰이 이미 한국을 떠나 캐나다로 도주한 Y양을 상대로 부랴부랴 전국에 지명수배를 하는 모양새를 보니 그런 코미디가 따로 없었다. 코미디이긴 한데, 도저히 웃을 수는 없는 내용이었다.

2005년 사건에 대하여 무죄 확정판결을 받은 2006년 11월 24일, 그날은 총찬의 두 번째 생일인 셈이었다. 세상을 향하여 범죄자라는 누명을 벗고, 총찬은 다시 태어났다. 그동안 머리가 하얗게 셌을 정도로 스트레스를 많이 받았고 바깥 활동도 전혀 하지 못했다. 우선 당장은 마음을 짓누르던 커다란 짐 하나가 떨어져 나가는 것 같았다. 그렇게 몸과 마음이 모두 가벼워질 줄만 알았는데, 그 마음도 생각보다 오래가지 못했다. 무죄판결을 받아내고서도 상처가 너무 큰 나머지 억울한 마음은 어떻게 해도 풀리지가 않았던 것이다! Y에 대하여는 총찬이 할 수 있는 선에서는 법적으로 모두 정리가 되었고, 이번에는 사건에 관여했던 나머지 사람들인 담당 경찰관, 형사과장, 경찰서장에 대하여 고소장을 내지 않고는 도무지 견디기 어려웠다. 형사의 처분 문제를 떠나서 소위 법이라는 이름으로 자행하는 부당한 대응에 대하여 피해자는 자신만으로 충분했다. 8월 4일로 잡힌 2차 공판을 앞두고, 총찬은 부당한 처사를 사유로 자신을 조사했던 경찰 관계자를 국가인권위원회에 제소했었다. 그 건 때문에 참고인으로서 검찰이며 경찰청에 불려 다니며 인권위의 조사를 받겠지만, 신중한 수사를 해달라는 것이 총찬의 뜻이었다. 이미 구치소에서도 총찬은 그의 억울함을 풀어달라고 청와대와 법무부에 진정서를 보내며 법에 간곡히 호소했었다. 진성서는 청와대를 거쳐 사건 담당인 용산경찰서 감찰반으로 다행히 넘어갔다고 했다. 그런데 자기 식구의 허물을 감싸느라 그런지 사건 진행 과정에 대하여 쉬쉬 하며 총찬에게 전혀 알려주지 않았다. 다시 용기를 내어 청와대 신문고와 중앙지검 감찰반에도 진정서를 넣었다. 경찰 조사 과정에서 보여준 권력 남용에 대한 울분이었다.

얼마나 시간이 흘렀을까…? 마침내 인권위에서 강력반 형사에 대한 조사에 들어갔다는 소식을 들었다. 그리고 이러한 고소 내용이 언론을 통해 알려졌다. 총찬은 사건을 맡았던 담당자에게 전화를 걸었다. 기자를 통해 전해들은 이야기로는 총찬이 고소한 담당형사가 감봉당하고, 강력계 형사에서 파출소의 경찰로 전근 발령이 났다고 했다.

"안녕하세요! 권총찬입니다!"

"권총찬요? 누구시죠?"

어이없게도 담당형사는 이미 총찬의 이름을 잊은 듯했다. 총찬은 하루 한시도 잊지 못하고 이를 갈아온 상대였는데 말이다.

"개그맨이자 사업가! 당신이 억울하게 구속시켰던 권총찬 모릅니까?"

총찬이 뚝 떨어지는 소리로 신원을 밝히자 그때에서야 그는 마지못해 아는 척했다.

"아이고, 난 또, 누구시라고. 그런데 어쩐 일이십니까?"

"당신 나한테 왜 그랬어! 엄연히 집이 있는 사람을 주거부정자로 만들어놓고, 아무 죄도 없는 사람을 강간범으로 만들어놓고! 당신 나랑 무슨 원수진 일 있어? 아니면 그 여자(Y)한테 돈 받은 거 아냐?", "아휴! 왜 그러십니까? 귀하신 분이, 원하신 대로 사건의 전말이 밝혀졌고, 이제 일도 다 끝난 마당에 좋은 게 좋은 거 아닙니까? 뭐, 사람이 살다보면 오해도 받을 수 있잖아요! 끊겠습니다! 제가 파출소라 바빠서요!"

좋은 게 좋은 거라고! 좋은 게 좋은 거라고? 주거부정자로 낙인 찍고, 없는 증거를 있는 것처럼 꾸며 성폭행범으로 유도심문하고, 엉뚱한 마약 조사도 두 차례까지 한 태도가 좋은 게 좋은 것이라며 넘어갈 일인가! 한 사람의 인생을 완전히 망쳐놓고, 그것이 입 가진 짐승이라고 할 소리인가?

총찬은 이제 가족과 영심을 빼고는 아무도 믿기가 어려웠다. 법정 싸움을 하는 과정에서 총찬은 세상의 진리란 옳고 그름의 명확한 기준이 있기보다는, 판단하는 사람들의 잣대에 따라 같은 사실을 놓고도 얼마든지 진실이 되거나 거짓이 될 수도 있다는 사실을 새롭게 발견했다. 당사자인 총찬의 진실이나 주장 따위보다는 다수가 인정한 시선이 진실을 판단하는 기준이 되는 세상이었다. 공정

할 것이라고 믿었던 법은 그처럼 진실과는 거리가 멀어 보였다. 더욱 기막힌 것은 법이 총찬의 무죄를 입증해주어도 세상은 여전히 총찬을 별로 믿어주지 않았고 냉담했다. 한번 낙인이 찍힌 이상 사람들은 진실을 알려고 하기보다는 이슈화된 사실만 기억했다. 왜 세상은 진실을 보려 하지 않고, 그들이 생각하고 싶은 대로 그를 판단하려 드는 것일까? 무죄판결을 받고도 총찬은 패배감 속에 자신이 정말 보잘 것 없는 사람이라고 느꼈다. 잔상을 지우려고 해도, 방송이나 영화에서 범인 수송차 장면만 보아도 등골이 오싹하고 서늘했다. 그런 총찬을 영심은 대형 마트, 음식점 등으로 데리고 나가 보란 듯이 손을 꼭 붙잡고 다니며 용기를 주었다.

구속과 함께 총찬은 명예와 가진 돈 모두를 날렸다. 억울한 일로 1심에서 2년 6개월의 실형을 받고 진실공방을 위해 무려 2년 가까운 시간을 보냈다. 지나고 나니 모두 꿈만 같았다. 재판을 통해 총찬은 잃은 것도 많지만, 얻은 것(배운 것)도 있었다. 세상에는 바라는 대로 안 되는 것도 많다는 사실이다. 인생무상을 경험한 시간이기도 했다. 그렇게 천상천하 유아독존 독불장군 권총찬은 그 사건을 계기로 굉장히 겸손해졌다. 아픔을 치료하고 회복하기까지 엄청나게 큰 노력과 시간이 필요했다. 꽤 오랫동안 총찬은 안정을 찾지 못하고 방황했다. 그러다가 총찬의 사건에 연루되거나 직접 관여했던 사람들이 이런저런 형태로 징계 처분을 당하는 소식을 듣게 되었다. 속이 시원할 줄로만 알았는데, 한편으로는 그들 또한 참 안됐다는 생각이 들었다. 그들을 용서하지 않고 미워하는 마음을 품고 산다고 해서 총찬에게 이로울 것이 아무 것도 없었다. 총찬은 모든 것을 자신의 탓으로 인정하고, 이제 그만 그들을 향한 미움을 놓아주기로 결단했다. 주변에 어려운 상황을 겪는 이웃이 있다면, 상대를 그저 판단하려고만 하지 말고 일단 자초지종부터 들어주자. 한 번쯤은 그 사람의 그 심장 뛰는 고백에 귀를 기울여주자. 그 다음에 상대의 '상황'을 판단해도 늦지 않다.

우리는 인생 가운데서 다양한 계절을 맛보며 살아간다. 한국에서 태어나고 자란 사람이라면 누구나 봄 여름 가을 겨울을 겪게 마련이다. 만일 지금 인생에서 겨울을 겪는 사람이 있다면 겨울이라는 계절이 더 길게 느껴질 것이다. 하지만 염려하지 말자. 겨울이 길다고 느낄수록 인생의 봄은 훨씬 따뜻하게 느껴질 테니까. 또한 우리는 누구나 삶의 여정에서 무수히 많은, 다양한 날을 경험하며 산다. 맑은 날이 있으면 비가 오는 날도 있고, 햇빛이 쨍쨍 비치는 날도 있고 벼락이 치는 날도 있고 풍랑이 부는 날도 있다. 살려는 의지만 있다면, 누구도 당신의 인생을 짓밟을 수 없다. 지나간 과거는 과거일 뿐이다. 과거에 매이면 마음에 병이 되어 암 등 각종 질병에만 걸릴 뿐이다. 현재에 충실하고 감사하자. 자유가 있다는 사실만으로도 충분히 행복한 인생이 아닌가.

첫 번째 맞은 인생의 위기를 통해 총찬은 세상을 향해 인생들을 향해 관대한 마음을 가져보기로 했다.

총찬,
돈(전 재산)을
잃다

물거품이 되어버린 30억

　2007년 3월 24일 오후 3시, 총찬은 영심과 드디어 결혼식을 치렀다. 2002년 11월 2일에 만나 기간으로 4년이 넘는 연애 끝에 맺은 결실이었다(두 사람이 결혼하기까지는 총찬을 변함없이 믿어준 영심의 도움이 컸다). 사실 두 사람은 양가 부모의 성화에 떠밀려 예비부부로서 본의 아니게 이미 동거 아닌 동거를 하고 있었고, 옆에서 그를 믿고 응원해준 사랑하는 영심과 2심에서 무죄를 받은 뒤인 2006년 말에는 서류상으로 혼인신고를 한 상태였다. 법정 싸움을 하는 과정에서 혹시나 총찬이 자살을 하게 되지 않을까를 염려한 가족들의 결정에 따른 것이었다. 그런 뒤에 맞은 결혼식이라 더욱 특별했고, 총찬은 그 어려운 시기를 잘 견디고 격려해준 영심과 장인, 장모에게 가장 감사했다. 장인, 장모는 예비 사위인 총찬의 불미스러운 사건 때문에 딸 가진 부모로서 마음고생이 무척 심했을 텐데도 끝까지 그를 믿어준 분들이었다.

　결혼식을 올리고 총찬과 영심 부부는 한동안 행복했다. 그 험한 세월을 이겨내고 한 결혼이기에 두 사람은 더욱 각별한 마음으로 신혼을 보냈다.

신혼의 단꿈도 잠시, 그 이전에 겪은 성폭행 혐의 건으로 법정소송에 휘말려서 명예와 일자리까지 잃고 겨우 재기하나 싶었는데, 이번에는 더 큰 위기 아니, 그의 인생에서 가장 큰 위기를 맞고 말았다. 총찬은 구치소에서 시장정보가 하루나 뒤진 신문을 보면서도 100%에 가까운 투자수익을 낼 만큼 재테크 실력이 탁월한 사람이었다. 무죄를 선고받고 막상 사회에 나왔지만, 무죄를 선고받았음에도 방송 일은 좀처럼 들어올 기미가 보이지 않았다. 총찬이 성폭행 혐의 건으로 법적으로 구속 수감되면서, 그가 대표로서 운영하던 프랜차이즈 사업은 사건 이후 얼마 지나지 않아 부도처리가 되고, 덜렁 본사 한 군데만 남았다. 공인으로서 이미 명예를 잃고 보니 방송인으로서나 사업가로서도 설 자리가 없었다. 총찬이 선택할 수 있는 것이라고는 어떤 것도 없어 보였다. 무얼 해도 손해 보는 실적을 낸 적이 없을 만큼 구치소에서도 뛰어난 실력을 보였던 주식투자가, 아무래도 이 시기에 총찬에게 가장 적합한 돈벌이라고 스스로도 생각하게 되었다. 아마 신(God)도 15년 동안 휴가 한 번 못 가고 개미처럼 부지런히 살던 총찬을 불쌍히 보시고, 구치소에서의 주식 실적을 통해 투자의 귀재라는 사실을 알려준 것만 같았다. 정말 그런 사인(sign)인 줄만 알았다. 그래서 총찬은 그때부터 주식 투자에 열을 올렸다. 법정소송을 하느라고 잃어버린 세월까지 보상받고 싶은 심정에 그것도 거액을 투자했다. 그런데 총찬이 잃어버린 시간을 만회할 목적으로 거액을 투자한 회사가 그만 (증권)거래소에서 퇴출되며 완전히 사라지는 낭패를 당하고 만 것이다. 그것도 결혼식 축의금까지 싹 긁어모아서 거의 가진 돈 전부를 투자한 회사가 말이다.

더러 투자에 실패할 때도 있었지만, 승률은 물론 수익도 좋았다. 인맥을 다시 한 번 넓혀 어떻게든지 사업에 뛰어들려고 노력했다. 그러던 중에 대학의 동문 모임에 종종 나갔고, 그 모임들 중에 사업가들이 모이는 한 소모임에서 외대 최고경영자과정 출신의 사람 몇을 만났다. 그중에서 기업 인수합병을 진행하는 한 선배와 특별히 가깝게 사귀게 되어 다양한 상황과 정보 등을 교류했다. 미안한 이야기지만, 가끔은 그 선배가 혹시 사기꾼은 아닌지 그리고 실력이 정말 좋기는 한 것인지를 의심하며 일거수일투족을 지켜보기도 했다. 그러나 의심했던 것과는 반대로 그는 기업 인수합병 분야에서 알아주는 사람이었다. 2006년의 어느 날, 바로 그 능력자인 W 선배가 총찬에게 기업 인수합병(M&A)에 돈을 투자해보라고 권유했다. 총찬은 거래소에 등록된 W의 회사에 투자할 만한 가치가 있는지를 다양하게 검토했고, 또 그 선배를 믿었다. 무리하지 말고 여유가 되는 만큼만 투자하라는 말에 선배에게 더욱 믿음이 갔다. 더군다나, 거래소에 등록된 회사를 인수합병하는 것이어서 총찬이 원하면 언제든지 현금화할 수가 있다는 점도 매력적이었다.

처음에는 1억 원만 투자하려다가 투자가치가 높고 수익이 날 것이 확실하다는 생각이 들자, 워낙에 통이 큰 총찬은 가진 현금 전

체인 3억 원에 보태어 아파트를 담보로 대출까지 받아 8억 원을 더 투자하고 말았다. 총 11억 원이라는 거액을 모두 걸다니, 아무리 확실하다고 해도 그것은 바보 같은 짓이었다. 그럼에도 투자한 이유는 순전히 재판을 하느라고 손해 본 돈과 모든 것을 모두 보상받고 싶은 억울한 심리 때문이었다. 거액의 투자를 통해서라도 그동안 잃어버린 시간과 돈까지 한 번에 만회하고 싶었다. 이번 기회가 신이 주신 절호의 찬스라고 생각했다. 그런데 그것은 총찬의 엄청난 오판이었다. 엎친 데 덮친 격으로 일은 눈덩이처럼 커지고 말았다. 투자와 재테크의 귀재로서 평소에도 주식 투자로 가깝게 알고 지내던 지인들의 돈을 벌어준 전적이 많았던 믿을 만한 투자처인 총찬이 현금 10억 원을 동원하는 모습을 보자, 지인들은 자신들도 한몫 챙기고 싶다는 뜻으로 너도 나도 투자를 부탁해왔다. 지금은 프리랜서가 된 후배인 K본부 출신의 한 아나운서도 1억 원가량을 투자해달라고 했다. 총찬에게 투자를 부탁한 지인들 모두 과거에 총찬이 해준 주식 투자 덕분에 3개월 만에 15% 이상 수익을 내며 재미를 본 경험이 있는 사람들이었다. 좋은 정보가 있으면 나누기를 좋아하는 총찬에게 이번에도 역시 그들이 믿고 맡기니 그들의 부탁을 안 들어줄 수도 없었다. 그렇게 지인들의 돈 2억여 원까지 모두 13억 원가량을 W가 참여한 기업 인수합병 회사에 투자했다.

자기도 이 판에 끼고 싶다며 뛰어든 마지막 투자 주자는 알고 지내던 K회장이었다. 제대로 된 '건'에 자신은 초청을 안 해 섭섭하다는 말까지 건네며 무려 17억 원을 끌어들이는 것이 아닌가. 그러나 그때 거절했어야 했다. 그렇게 해서 투자 금액은 모두 30억 원으로 판이 커졌다. 실패로 끝나더라도 정보만 정확하면 언제든지 현금화할 수 있다는 것이 주식시장의 장점인 만큼 별로 걱정하지 않았다. 그런데 몇 달이 지나고도 생각했던 시점에 주가가 오르지 않았다. 아니, 뜻밖에도 오히려 20% 이상 빠져 있었다. 30억 원으로 시작한 돈이 언제 얼마나 자취를 감출지 몰라 총찬은 그저 속이 시커멓게 타 들어갔다. 총찬 자신도 문제지만, 지인들이 끼어 더 문제였다. 주식 현황과 투자비 회수 때문에 다들 하루에도 몇 번이나 총찬에게 전화를 하는 통에 도저히 아무 것도 하지 못할 정도였다. 그런 와중에 주주총회가 다가왔다. W선배의 팀에 주식 물량이 필요했다. 총찬은 자신이 가진 주식을 선배에게 밀어주기로 했다. 그런데 K회장이 가진 주식 수가 만만치 않았다. 총찬은 주식이 필요한 W에게 K를 소개해주어 두 사람의 만남이 이루어졌다.

"주식을 매수한 시점보다 20%나 빠졌습니다. 원금을 드릴 테니 주식을 양도해주십시오!" "주식은 내가 빌려드리지요. 하지만 양도는 안 하겠습니다."

회장은 원금을 주고 주식을 양수하겠다는 W선배의 말에 꿈쩍하지 않고, 도리어 총찬에게 큰소리를 쳤다.

"총찬아, 너는 이제 빠져라. 돈을 잃든 벌든 내가 알아서 할게. 나중에 잘 되면 용돈이나 두둑하게 챙겨줄게."

손실이 크게 발생한 마당에 그 말을 그대로 믿어도 좋은 것일까? 자신이 투자한 돈 11억 원과 지인들의 돈 2억 원까지 합쳐 모두 13억 원이었다. 그중에서 당장 손해 본 금액이 20%라면 현재로서는 2억 4,000만 원 이상이 공중으로 날아간 셈이었다. 만일 회장의 돈에 대한 손해액 3억 4,000만 원까지 책임져야 했다면 5억 원에 가까운 돈이 총찬의 눈앞에서 공중분해될 뻔했다. 잠도 못 잘 정도로 초조하던 총찬은 다행히 회장이 본인 투자금은 본인이 알아서 하겠다(책임지겠다)는 말에 안도의 한숨을 쉬었다. 총찬을 짓누르던 커다란 산 하나가 사라지는 것 같았다. 비록 아직 또 하나의 산이 남아 있지만, 그래도 회장이 큰 짐 하나를 덜어주어 다행이었다. 더군다나 돌아가는 정황으로 볼 때 인수합병만 잘 되면 주가는 당연히 조만간 지금의 몇 배가 될 거라는 W의 말에 더욱 안심했다. 그런데, 아뿔싸! 무언가 잘못되어가던 일은 그 정도에서 끝나지 않았다. 인수합병한 회사의 대표인 W선배가 배임횡령에 휘말리고, 퇴출이 결정되었다. 그러자 거래가 정지되었고, 거래정지 후에 정리 매매가 들어가면서 30억 원의 지폐는 쓸모없는 휴지와 다름없이 되어버렸다! K의 17억 원은 물론이고, 총찬의 11억 원도 지인들의 돈 2억 원도 인수합병기업에 계속 투자하던 시점에 결혼식을 올렸기에 총찬 앞으로 들어온 축의금 전부와 아내에게 들어온 축의금 몇 백만 원마저도 전부 투자한 상태였다. 법정 사건이 터진 지가 얼마나 되었다고 이번에는 또 빚더미에 앉는 사건이란 말인가! 가족과 아내 모두에게 미안해서 얼굴을 둘 곳이 없었다.

　선배와 M&A가 진행된 회사에 뛰어들어 30억 원을 주식에 투자했다. 그런데 회사가 상폐되면서 총찬은 30억 원이라는 거금을 고스란히 날리고 쫄딱 망했다(그 선배는 2014년 가을에 출소했다). 땀 흘려 버는 건 어려워도 잃는 건 순간이었다. 평생에 그런 손해를 그것도 한순간에 볼 것이라고는 생각해보지 못했다. 집이 가난해서 대학을 다니며 어렵게 돈을 벌어 학비와 생활비를 조달한 총찬이었다. 방학이면 과외는 기본이고 한 달에 알바 3~5개씩을 해가며 살았다. 정말 똥구멍이 찢어지게 가난한 한 청년이 방송국에서 열심히 발로 뛰며 땀 흘려 번 돈이었다. 그런데 다른 사람의 빚 20여 억 원까지 끌어들여 지켜보던 30억 원을 잃는 순간이었다. 그 많은 돈이, 몇 달 만에 허공 속에 날아가다니. 회장이 본인 돈인 투자금 17억 원을 감해주지 않았다면, 총찬 자신이 투자한 11억 원을 빼고도 지인들에게 갚아야 할 돈만도 20억 원 가까이 될 뻔했다. 15년 동안 일궈온 재산은 물론이고, 앞으로 가야 할 총찬의 꿈 또한 산산이 부서지며 물거품이 되었다. 총찬은 인생에서 최고의 쓴맛을 보게 되었다. 도저히 회생이 불가능할 것 같았다.

　자신이 알아서 할 테니 빠져 있으라던 K는 그래도 양심이 있어 이미 뱉은 말을 주워 담을 수는 없었는지, 술에 취해서는 2주 정도 새벽 시간에 전화에 대고 욕설만 퍼부었다. 그래도 직성이 안 풀리는지 가끔 건달 후배들을 시켜서는 온 세상에 있는 욕이란 욕은 총찬에게 다 퍼부었다. 총찬이 회장에게서 2주 동안 온갖 욕 세례를 받는 것으로 회장의 투자금 17억 원 건에 대해서는 그렇게 수습되었다. 그 다음 문제가 되는 것은 총찬의 11억 원이 아니었다. 어쨌거나 총찬은 직접 투자를 한 당사자이다보니 누구에게도 하소연할 곳이 없었다. 지인들에게서 십시일반 모인 2억 원을 어찌한단 말인가. 한창 잘나갈 때 같으면 그 돈을 갚는 건 아무 문제가 될 것이 없었다. 그런데 지금 총찬은 몇 년째 수입은 없이 돈만 까먹고 있는 상황이 아니던가! 다행히 총찬은 큰일을 겪어도 크게 당황하거나 넋을 놓는 사람이 아니었다.

총찬은 지인들에게 '이번 투자는 크게 실패해서 정말 미안하고, 방송을 하든지 아니면 다른 무엇을 해서라도 돈을 꼭 갚을 테니 1년만 기다려 달라'고 솔직하게 말했다. 하지만 마지못해 총찬을 기다려주던 그들의 믿음은 3주 만에 바닥이 났다. 하나같이 여윳돈이라며 투자해달라고 할 때는 언제고, 이제 와서는 얼굴을 바꾸어 아주 급한 돈이라며 돌려달라고들 했다. 화장실에 들어가고 나올 때 마음이 다르다고 하더니, 재촉하지 말고 좀 기다려달라며 이번에는 오히려 총찬 쪽에서 사정했다.

"정말 그 돈 해주는 거지! 해줄 수 있지?"

"그래. 내 돈 11억은 깨져도 네 돈은 어떻게 해서든 갚아줄게!"

일을 해결하는 과정에서 지인들은 K와 다를 바가 없었다. 술만 들어가면 그들 또한 빚을 갚으라며 총찬을 재촉했고, 총찬은 같은 답을 몇 번이고 하느라 지쳐버렸다. 그러나 그러한 유순한(?) 대화마저도 오래가지 못했다. 아주 친한 지인 한 명을 빼고 나머지는 모두, 술만 취하면 전화로 쌍욕을 하고 본색을 드러내며 소위 사채업자들처럼 변해갔다. 총찬은 모욕감과 함께 배신감마저 느꼈다. 각자 죄명은 달랐지만, 구치소에 들어온 사람들이 한결같이 술 때문에 범죄를 저지른 것처럼, 총찬을 믿고 빚을 갚을 때까지 기다려준다고 했던 지인들에게도 그놈의 술이 웬수인 모양이었다. 술 술 술, 아무래도 술이 들어가면 일이 술술술 하고 풀리기보다는 이름 같지 않게 술 때문에 망하는 일이 '전부'인 것 같다. 술을 끊는 것이 능사인 줄 알면서도 총찬 자신도 그렇고 다른 사람도 그렇고, 사람들은 도대체 왜 그 해롭기만 한 술을 못 끊는 것일까…? 그것이 늘 의문이었다. 술을 포함해서 삶에서 무엇이든 중독까지는 가지 않았으면 한다. 물론, 그 전에 시작도 안 한다면 더욱 좋을 것이다. 그리고 과유불급이라는 말도 있듯이 지나치면 아니 간 것(시작도 하지 않는 것)만 못하다. 총찬은 그 순간, 아무리 좋은 것이라도 해도 지나치면 모두 해로운 것이라는 생각을 해본다. 그것이 중독의 함정이다.

그럼에도
살고 싶었다!

투자 실패로 30억 원을 날리고, 순식간에 빚더미에 오르면서 그는 늘 빚쟁이들에게 쫓겨 다녔다. 투자한 지 6개월 만에 다른 사람도 아니고 총찬이 제일 아끼던 후배들에게까지 다른 일 때문도 아니고 돈 때문에 마침내 쌍욕을 듣는 상황까지 되었다. 총찬은 지인들의 투자금까지 빚으로 떠안은 채 그렇게 지옥으로 가는 급행열차를 타고 아주 빠르게 바닥으로 질주하고 있었다. 2005년의 사건과 37일의 구치소 생활, 1심에서 2년 6개월의 실형이 떨어져도 진실은 언젠가는 밝혀지리라는 생각으로 버티고 버티던 총찬이었다. 하지만 본인이 자청한 일도 아니고 그저 그들의 간곡한 부탁을 들어주었을 뿐인데, 지인들이 안면을 바꾸고 이런 식으로 위협해온다면 더는 버틸 수가 없을 것만 같았다. 그 사이에 투자금은 빚더미가 되었고, 지인들은 빚쟁이를 넘어 사채업자가 되어 있었고, 자신은 완전히 궁지에 몰려 있었다. 그야말로 처량한 신세였다. 삶에 대한 의지도 살고 싶은 욕망도 세상에 대한 희망도 없어 보였다. 살고 싶었지만, 이런 꼴을 당하며 사느니 차라리 죽는 게 나을지도 몰랐다. 사람들 때문에 마음에 이미 크게 상처를 입은 총찬은 이제 더는 버틸 여력이 없었다.

성폭행 의혹 사건으로 명예를 잃다 못해 이제는 졸지에 엄청난 빚더미에 앉으면서 그가 선택할 유일한 길은 자살밖에 없었다. 평생에 그가 만져보지도 못한 돈을 다 잃고, 총찬은 매일 자살이라는 단어를 하루에도 몇 번이고 떠올렸다. 하지만 총찬의 진심은 달랐다. 총찬은 살고 싶었고 누구보다 행복하게 살고 싶었다. 로맨틱 영화처럼 사랑하는 아내 영심이와 알콩 달콩 사랑하며 토끼 같은 자식도 낳아서 자녀를 기르는 재미도 맛보고 싶었다. 아이를 결혼시키고 나면, 함께 오랜 세월을 보내온 노년의 아내와 서로 의지하면서 아름다운 노인으로 늙고 싶었다. 그런데 당장 눈앞에 닥친 현실을 보면 온통 장벽뿐이었다. 사방이 모두 막힌 것처럼 캄캄했다. 죽는 것 외에는 길이 없다고 생각하면서도 총찬은 살고 싶었다. 그런데 그 순간, 총찬의 눈에 자기가 살고 있는 아파트의 베란다가 자꾸 눈에 들어왔다. 모든 의욕을 잃고 여전히 눈물을 흘린 채 16층 아파트의 베란다로 나갔다. 아파트로 들어서는 바닥을 내려다보자 현기증이 났지만, 눈을 질끈 감았다. 죽음을 결심해서인지 잠그다만 수도꼭지처럼 눈에서 하염없이 새어나오던 눈물이 그대로 뚝 하고 멈추는 것 같았다. 그때였다. 총찬이 베란다에 매달린 모습을 뒤늦게 발견한 총찬의 어머니가 깜짝 놀라서 베란다로 달려와서는 총찬을 있는 힘껏 끌어올리며 이렇게 외쳤다.

"억울할수록 더 힘을 내야지! 돈이 뭔데! 돈이 목숨보다 더 소중하다든? 다시 시작하면 되잖아…. 이놈아, 이러려고 그 모진 재판 과정을 다 이겨냈니? 이러려고? 영심이한테 미안하지도 않니! 그럴 수록 더 살려고 해야지, 이놈아. 흑흑흑."

어머니는 총찬을 부여잡고 몇 시간이나 함께 울었다. 그런 줄도 모르고 아랫집에서는 시끄러워 못살겠으니 제발 조용히 좀 해달라 며 아우성이었다. 남을 신경 써줄 겨를이 없던 총찬은 그런 이웃의 언성에도 주변에서 뭐라고 하는지조차 귀에 들리지가 않았다. 그렇 게 8시간 넘게 베란다에서 어머니와 울다가 지쳐서야 잠이 들었다. 그리고 총찬은 꿈을 꾸었다.

꿈속에서 한 남자가 서성이고 있었다. 간이역에서, 삶에 너무 지친 모습으로 막차를 기다리고 있는 한 남자의 모습이 희미하게 보였다. 장면이 줌인해서 좀 더 가까이 그 사람을 조명해서 보니 꿈 속의 그 남자는 바로 총찬 자신이었다. 남들이 부러워할 만큼 멋진 생활을 누리던 그였는데, 이렇게 한순간에 인생의 막차를 타게 될 줄이야! 아직 오지 않은 죽음이라는 막차를 기다리며 남자는 술로 마음을 달래며 쓴웃음을 지었다. 막차를 탄다는 건 세상과의 완전 한 단절, 이별을 의미했다. 30대 중반에 이렇게 일찍 떠날 줄 알았 다면 그처럼 아등바등 살지는 않았을 텐데. 결국 죽음과 마주할 수 밖에 없다니…. 누가 뭐라고 해도 이미 주사위를 던진 상태였다. 행 여 술에서 깰까봐, 깨면 막차를 타려던 마음이 바뀔까봐 쉬지 않고 독한 술을 입안으로 콸콸 쏟아 넣었다. 그동안 살아온 짧은 인생의 파노라마가 눈앞에 한 편의 영화처럼 펼쳐졌다. 해맑게 웃는 가족의 모습이 보였다. 어려운 시간을 지켜봐준 어머니와 영심에게 미안한 마음이 들었지만, 떠날 자에게는 이제 이 땅의 일 따위는 자신의 마지막 선택보다 소중하지 않았다. 못난이라고 손가락질을 해도 상관없었다. 신도 버린 인간이라는 생각이 마음을 더 짓눌렀다. 그런데 왜 하필 나여야만 하는가를 따져 묻다가 울다 지쳐 쓰러졌다. 아직 마지막 기차는 오지 않았는데….

아, 얼마가 지났을까. 습하고 찬 기운이 목 언저리를 감싸고 돌았다. 나는 지금 어디에 와 있는가? 그는 눈을 뜨기가 두려웠다. 죽음을 선택했으니 올 곳은 한 군데였다. 잔기침 소리에 살포시 눈을 떴다. 이런 젠장, 신은 총찬의 죽음을 인정하지 않았다. 그가 선택한 막차마저 그를 저버렸다. 죽음의 그림자는 걷히고 없었다. 독한 외로움과 인생에 대한 처절함에 총찬은 마음이 풀릴 때까지 꺼이꺼이 울기로 했다. 얼마를 울었을까?

울어서 부은 눈 때문에 겨우 보이는 시야 사이로 가느다란 빛이 비쳐오기 시작했다. 눈을 뜨기에는 빛이 너무 환했다. 단지 몇 시간 전만해도 세상을 등지려 했던 그였다.

"아, 아름답다!"

새벽 여명의 아름다움에 눈이 부셔서 총찬은 외마디 비명을 질렀다. 때마침 첫차를 알리는 기적 소리가 울려 퍼졌다. 총찬은 생각했다. '나는 신을 버리려고 했다. 하지만, 신은 나를 버리지 않았다.'

다시 새벽을 맞게 하신 이가 그분이라는 확신이 왔다. 자신을 그렇게 살려주셨다면 분명 어딘가에 길도 있음을 알려주실 것이라는 생각이 들었다. 다시는 맞지 못할 것이라고 생각했던 새벽의 여명을 맞으면서 이상한 희열에 총찬은 가슴이 벅차올랐다. 그것은 생에 대한 애착이었다. 새벽 공기가 상쾌했다. 총찬은 자신을 살려주고 다시 기회를 준 운명 앞에서 이기는 인생을 다시 살기로 결심했다. 그리고 새벽 첫차가 들어오기만을 설레는 마음으로 기다렸다. 기적소리와 기찻길을 지나는 덜컹이는 소리가 커지더니 첫 기차가 그의 앞에서 멈추어 섰다. 열차에 올라타기 위해 서 있던 총찬은 희망으로 가득 찬 얼굴로 망설임 없이 한 걸음을 떼었다.

눈물 쏙 뽑은
두 번의 혼인신고

30억 원의 투자 실패로 결국-서류상으로 결혼한 지 몇 달 되지 않은 시기에-총찬은 아내와 법적으로 이혼을 해야만 했다. 총찬이 원해서가 아니었다. 전세금 대출을 연장하기 위해서였다. 총찬은 자신 명의로 된 집을 이미 담보물로 잡힌 터라 승무원인 아내가 건설교통부에서 대출을 받아 당시 3,000만 원 하는 전셋집으로 옮긴 뒤였다. 어느덧 대출 만기일이 돌아왔다. 그런데 은행 측은 총찬과 영심 가정에 '아파트 소유주가 총찬의 명의로 되어 있어서 '결혼과 함께' 명목상으로는 총찬이 집을 소유한 시민으로 드러나서 대출을 더는 연기하지 못 한다'는 사실을 통보했다. 주식을 하느라고 이미 집을 통한 담보 대출을 가능한 선까지 전부 받아 썼다. 살고 있는 전셋집을 빼고 나가던지, 어떻게 해서라도 대출금을 갚아야 했다. 총찬은 전셋돈 3,000만 원이 없어서 크게 고민했다. 하지만 주변에서 돈을 구하지도 못했다. 그는 늘 베풀고 살았는데, 정작 자신이 도움이 필요한 상황에서 총찬을 도와줄 사람은 아무도 없었다. 사람들이 너무 무심하다는 생각밖에는 들지 않았다. 어찌됐든, 대출 말고는 달리 해결 방법이 없었다. 총찬은 은행에 사정을 이야기하고 대출을 연장 받으려고 했다.

"죄송한데요, 정 이 집에서 사실 거면 두 분이 법적으로 이혼하시고, 대출 기간을 연장한 뒤에 다시 합쳐서 사세요."

대출을 연장하려면 법적으로 이혼하는 방법밖에 없었다. 경제적으로 너무 힘들어 아내와 서류상의 이혼, 소위 '위장이혼'이라도 해야 했다. 최소한 연봉 5억 원을 벌던 권총찬이, 수중에 3,000만 원이 없어서 이혼하게 생기다니 도무지 믿기지가 않았다. 1997년 한국의 IMF 사태 이후 친동생같이 아끼던 개그맨 낙지 윤석주의 아버지 회사가 어려워지더니 급기야 2002년에는 회사를 부도처리하는 사태까지 되었다. 그 일로 낙지 윤석주는 지하 월세방으로 이사해야만 했다. 이사한 집에서 자주 가위에 눌린 석주는 견디다 못해 집을 옮기려고 몇 달 후, 전셋돈을 구하러 다녔다. 주위에 아는 사람은 물론이고 소속사에 이야기를 했지만, 누구도 도움을 주지 않았다. 이미 체념한 윤석주는 혹시나 하는 마음에 마지막으로, 총찬에게 전화를 걸어 급하게 부탁했다.

"형, 제가 어떻게든 갚을 테니 죄송한데 집 좀 구하게 3,000만 원만 빌려주시면 안 돼요?"

"미안한데, 석주야. 형은 돈 거래는 안 해. 아버지가 돌아가시면서 남기신 유언도 있어서 미안해. 대신 형이 3,000만 원 그냥 줄 테니까, 통장 번호 문자로 보내봐."

당시에는 돈을 좀 가졌다고는 해도 총찬에게도 3,000만 원은 작은 돈이 아니었다. 하지만 친동생 같은 석주의 부탁을 안 들어줄 수가 없었고, 총찬이 정한 돈에 대한 철칙 때문에는 돈을 빌려줄 수도 없었다. 그래서 그 돈을 그냥 줄 테니 알아서 사용하라고 했다. 총찬의 말과 행동에 무척 감격했는지, 윤석주는 밤에도 죽어라고 일을 뛰더니 석 달 만에 그 돈 3,000만 원을 바로 갚았다.

그랬던 총찬이, 3,000만 원 하는 전세 대출을 연장하지 못해서 살고 있던 전셋집에서조차 당장 나가야만 했다. 그것도 모자라 급기야 지금은 수중에 그 돈 3,000만 원이 없어서 법적으로 이혼해야 하는, 이혼서류를 내야만 하는 극한 상황에까지 온 것이다. 그것도 다른 사람도 아니고 2005년에 억울한 사건으로 구치소에 있던 총찬을 지켜주던 지금의 아내와 말이다.

그동안은 돈 때문이든 다른 무엇 때문이든지 누구에게 아쉬운 소리 한 번 해본 적이 없는 총찬이었다. 변호사 비용으로도 이미 많은 돈이 들어간 상태였다. 가슴이 답답하고 너무 처량했지만, 그럼에도 전셋돈을 구할 다른 길은 없었다.

총찬은 현실을 직시했다. 그런데 이혼을 신청해도 실제로 이혼하기까지 걸리는 이혼 숙려 기간은 4주나 되었다. 총찬은 아내에게 미안하고 속상해서 눈물을 펑펑 쏟았다. 그런데 영심의 반응은 대찼다. 그녀는 걸쭉한 전라도 사투리로

"아따, 남자가 울고 지랄이여. 서류상 이혼일 뿐인디"라고 하며 오히려 총찬에게 용기를 주었다. 아마도 그녀도 속으로는 울고 있

을 거라고 총찬은 생각했다. 어머니와 장인, 장모님께 임시로 법적으로 이혼하게 되었다는 사연을 전했다. 숙려 기간은 물론이고 서로 이혼 도장을 찍고 법원에서 돌아 나오는 길에도 총찬은 마음 한쪽에서 무언가 떨어져 나가는 것 같아 공허하고 허탈했다. 이혼을 선택한 대신 대출금 만기일의 연장으로 쫓겨나는 신세는 겨우 면했지만, 빚은 여전히 남아 있었다. 이혼 사실에 대해 처음엔 담담한 것도 같았다. 시간이 지날수록, 뭔지 모를 서글픔이 밀려왔다. 남들처럼 자신 또한 경제적인 이유로 이혼할 수 있다는 사실에 자존심이 너무 상했다. 그때 총찬은 자신의 한계를 느꼈다. 8개월 후, 그들 부부는 다시 혼인신고를 했다. 대출기한을 연장하고 바로 혼인신고(서류상의 재결합)를 할 수도 있었지만, 총찬은 경제적으로 최소한의 준비가 될 때까지 기다리기로 했다. 그러느라 재결합 시기가 조금 늦어진 것이었다. 비록 서류상의 이별이지만, 그 8개월은 아내가 얼마나 귀한 존재인지를 경험하는 시간이 되었다. 짧은 시간이지만 지옥 같은 나날이었고 이혼 가정의 아픔을 조금은 맛볼 수 있었다. 그렇게 해서 총찬은, 영심과 두 번 혼인신고한 남자가 되었다. 남들의 눈에는 사소하게 보일지 몰라도 총찬에게는 아픈 사건이었다. 그 아픔을 알기에 지금은 한 부모 가정 지도사가 되었고, 한 부모 가정 운영위원으로 활동하며 작지만 매월 적은 금액을 한 부모 가정에 후원하며 재능기부를 하고 있다.

우리가 원하지 않아도 삶은 행복과 함께 불행에 따른 고통을 수반한다. 실패는 성공으로 가기 위한 잠시의 과정이다. 우리는 나약한 인간이어서 당장 내일 일을 모르고 살아간다. 당신이 삶을 포기하고 좌절해서 세상을 떠난 바로 그 다음날이 신이 당신을 위해 기가 막힌 선물을 준비해둔 바로 그날이라면, 너무 슬프고 억울하지 않은가? 한 걸음만 더 걸으면 마라톤을 완주하는 기쁨을 누릴 텐데 삶이 보이지 않는 경주라고 해서 그대로 주저 앉고 포기한다면 너무 안타깝지 않은가? 여명이 밝아오기 직전은 하루 중 가장 칠흑 같은 어둠이 머무르는 시간이다. 희망을 갖고 조금만 견디자. 세상으로 나아가려는 한 걸음, 그 한 걸음이 희망이다. 매일 매 순간 행복과 마주하고 인사를 나누어라. 행복은 저 멀리 있는 것이 아니라 지금, 당신 곁에 있다.

연봉 5억 원에서
월 28만 8,000원의 부도난 인생으로

2005년 구치소에 수감된 후, 총찬의 뒤를 이어 한경희 스팀청소기의 스타마케팅을 선보인 건 개그우먼 장미화였다. 엔유씨전자의 녹즙기와 주서기는 H홈쇼핑 쇼호스트를 했던 총찬의 친한 선배가 맡아서 했다. 나머지 7개 프로그램은 다른 연예인과 리포터들이 나누어 했다. 단지 총찬 한 사람이 일을 놓았을 뿐인데 그 때문에 여러 사람이 일감을 얻는 모습을 보면서, 총찬은 그동안 방송인으로서 그의 역할과 자리가 얼마나 폭넓었는지를 실감했고, 비록 간접적인 루트지만 자신의 자리를 여러 사람에게 나누어줄 수 있다는 사실에 위안을 얻었다.

연봉이 5억 원을 넘을 때도 주식에 투자하며 분기마다 100% 이상의 수익을 올릴 때에도 돈 귀한 줄 몰랐다. 그는 이제 1,000원 한 장도 소중한 처지가 되었다. 하루는 선배에게 돈을 빌리려고 압구정동의 모 일식집으로 가던 길이었다. 발레파킹(valet parking. 음식점이나 호텔 등의 주차장에서 주차 요원이 손님의 차를 대신 주차하여주는 일) 비용 2,000원을 아끼려고(돈이 없었다) 주차할 장소를 찾다가 주차관리인(발레파킹 담당자) 모르게 아무 건물에나 몰래 주차하고 가려는 데 눈치가 보였다. 하는 수 없이 차를 약속 장소에서 한참이나 먼 거리에 다시 대고 오느라고 40분 늦게 도착했다. 선배는 약속 시간을 잘 지키는 녀석이 얼마나 날 우습게 봤으면 이 시간에 오느냐며 총찬을 문전박대하더니 총찬을 외면하며 그대로 돌아섰다. 그런 선배를 붙들고 사정을 솔직히 들려주었다. 선배가 이해하고 넘어가줄 줄 알았다. 그런데 그 선배는 맛있는 것을 사 먹으라며 10만 원짜리 수표 한 장을 주고는 총찬만 남겨두고 그 자리를 떠났다. 그날 총찬은 단돈 1,000원의 가치를 새삼 느꼈다. 태어나서 아주 작은 돈에 대해서까지 그렇게 절실히 느끼기는 처음이었다. 돈의 소중한 가치를 진심으로 깨달았기에 다시 일어선다면 수입의 10%는 같이 일하는 사람들을 위해 사용하고, 수입의 최소 20% 이상으로는 다른 사람을 위해 봉사하리라고 다짐했다.

투자 실패 사건 때문인지, 무죄판결로 재판이 끝났는데도 아무리 기다려도 총찬을 불러주는 곳이 없었다. 15년을 일군 모든 기반이 명성과 함께 한순간에 물거품으로 사라진 뒤였다. 당장 먹고 살 일부터 걱정이었다. 방송은 더는 못하게 될 것 같다는 생각이 들었다. 무엇을 어떻게 시작해야 하나 막막해할 무렵, 평소 알고 지내던 이브 누나(개그우먼 이희구, KBS 선배로 총찬과는 아주 친한 사이)에게서 연락이 왔다.

"총찬아, 라디오 게스트 하지 않을래? 출연료는 1시간에 8만 원밖에 안 되긴 하는데, 그만 쉬고 일 시작해야지…."

일반인이 듣기에는 물론 큰 액수였다. 총찬이 출연하는 방송이라고 해봐야 1주일에 고작 그것 한 편뿐이라는 것이 문제였다. 그 프로마저 놓친다면 언제 또 일을 시작하게 될지 짐작할 수 없었다. 당장 코가 석 자여서 자존심이나 체면을 지키자고 거절할 수는 없었다. 계속해서 빚에 끌려 다닐 것인가? 아니면 상황을 이끌어 빚에서 자유로워질 것인가? '2005년에 연봉 5억을 받고 방송 프로그램 10여 개를 하던 권총찬을 생각하지 말자. 2007년 1월의 너는 그저 무명의 월 28만 8,000원짜리(월 4주 방송분에서 세금을 뗀 금액) 라디오 게스트일 뿐이야.' 고정출연을 하자면 연봉이라고 해봐야 400만 원도 채 되지 않는 돈이었다. 자존심은 정말 상했지만, 새롭게 도약할 값진 기회였다. 신인 개그맨의 마음으로 바닥부터 시작하기로 했다. 그렇게, 2년 만에 방송활동에 복귀했다. 일을 할 수 있고, 방송을 다시 할 수 있다는 사실만으로도 너무 기쁘고 벅찼다. 총찬에게, 오랜만에 돌아간 방송국은 기댈 언덕이요, 시집온 여자들의 친정 같았다. 생각해보면 자신을 공인으로 만든 곳도 방송국이고 자신을 버린 곳 또한 방송국이었다. 언론은 양날의 칼로 그를 살렸다 죽였다 하는 무섭고 힘 있는 도구임을 다시 실감했다. 방송을 하다보니 살아 있다는 느낌이 들었다. 복귀 후 첫 방송을 마친 총찬은 떨리고 설레서 긴장했다. 2년 만에 복귀한 방송을 마치고 나서 오랜만에 제대로 숨을 쉬는 것 같은 느낌이 들었다. 방송은 그에게 호흡이었던 것이다.

재판 이후 첫 출연료로 받은 단돈 28만 8,000원에 굉장히 자존심이 상할 줄 알았다. 그런데 참 이상한 일이었다. 28만 8,000원의 월급을 손에 쥐고도 그는 마음에 무엇인지 모를 기쁨이 넘쳤다. 연봉 5억을 벌 때는 고마움을 몰랐던 총찬이었다. 그런데 새 출발을 하며 용돈도 안 되는 돈 몇 푼을 받고 그는 한참이나 울었다. 감사와 희망의 눈물이었다. 그 사건 이후로 눈물이 많아진 것 같지만, 사실은 눈물이 많아졌다기보다는 인생의 참맛을 알게 된 것뿐이다. 지금 당장은 월 28만 8,000원의 인생일지 몰라도, 감사하며 기쁘게 이 길을 걸어가면 머지않아 288만 원, 2,880만 원짜리 인생도 될 수 있다는 생각이 들었다. 소중한 첫 마음을 잊지 않기 위해 재판 이후에 받은 첫 월급인 28만 8,000원이 적힌 출연료 영수증을 코팅한 채로 보관해두었다. 동시에 그의 마음에도 영원토록 코팅해두었다.

어렵게 방송 복귀에 성공하고, 항상 긍정적인 자세로 늘 웃으며 살려고 애쓰다보니 복귀한 지 1년도 채 안 되어서 전처럼 다시 4개 프로그램의 MC를 맡게 되었다. 2005년 그 사건 이후로는 무려 2년의 시간이 흐른 뒤였다. 모든 것을 잃어버렸지만, 2년 동안 고초를 겪은 뒤 보란 듯이 재기에 성공했다. 세월이 한참 흐른 지금에 와서도 생각하면 할수록, 일을 다시 시작하는 과정에서 그에게 기회와 용기를 준 이브 누나 이희구에게 정말 고마웠다. 총찬이 그녀에게 도움을 받았던 것처럼, 요즘 들어 희구 누나를 위해 방송 일을 연결해주려고 많이 노력하는데도 쉽지가 않았다. 방송마다 원하는 출연자의 스타일이 다 제각각이기 때문이다.

　'희구 누나, 그때 정말 고마웠어요! 작지만, 나도 누나에게 꼭
필요한 동생이 될게.'

3종 고난세트 셋

총찬,
건강을 잃다

끝나지 않은 악몽,
추락의 도미노

하지만 상황이 회복되어가는 기쁨도 잠시, 시련은 법정 공방전과 전 재산을 날린, 두 번의 큰 고난으로 끝나지 않았다. 1년도 안 되어 불행이 그를 또 기다리고 있었다. 총찬의 인생에 더는 추락할 곳이 없는 3종 세트 악재에 종지부를 찍은 사건이었다.

늘 그렇듯이 나쁜 일에는 항상 예감이 있고 전조 증상이 있다. 2007년 12월 24일, 전라북도 부안에서였다. 부안에 있는 관광지를 소개하기 위해 부안의 한 야외세트장에서 KBS 2TV 〈세상의 아침〉 코너 '권총찬의 구석구석 보고 보고'의 마무리 촬영을 하던 중이었다. 영화 〈왕의 남자〉에서 배우 이준기가 엉덩이를 살랑 살랑 흔들면서 밧줄을 탔던 바로 그 밧줄 세트장이었다. 양쪽에 쇠기둥이 박혀 있었지만, 사다리를 대고 세트장으로 올라가려는데 이상하게 몸이 부르르 떨렸다. 동물들이 큰 지진이나 해일 등의 자연재해를 앞두고 예민하게 반응하는 것처럼, 세상에서 큰일을 겪어본 사람은 동물적인 촉이 그만큼 더 발달하게 되고, 위험인자가 오게 되면 그런 사람(큰일에 예민하고 민감한 사람)에게는 몸이 바로 사인을 보내는 일이 많다. 총찬 또한 그랬다. 어쩐지 예감이 좋지 않았다.

"김 PD, 이거 무너지겠다. 형 안 올라간다."

"형, 이거 안 무너져요. 왜 이렇게 겁이 많아졌어요? 옛날에는 안 그러더니."

덩치 큰 김 PD가 시범 삼아 올라갔다. 아무 일도 생기지 않았다. 총찬은 다시 시도했다. 그런데 두 번째인 이번에도 몸이 부르르 떨렸다. 뭔지 모르게 기분이 나빴다. 총찬은 정말 세트가 무너질 것 같다며 다른 장소에서 촬영을 하자고 제안했다. 하지만 웬만하면 이대로 그냥 진행해서 촬영을 빨리 끝내자는 분위기였다. 얼마 전에 강호동도 찍었는데 아무 이상 없었고, 오늘은 크리스마스 이브이니만큼 서둘러 집에 가서 아이들과 같이 식사도 해야 한다는 것이 더 큰 이유였다. 다소 걱정스러웠지만, 프로 방송인으로서 이쯤이면 촬영을 그냥 진행하는 수밖에 없었다. 총찬은 사다리를 밟고 세트로 올라서서 "시청자 여러분 새해 복" 많이 받으시라고 하려는 중에 갑자기 카메라맨의 화면에서 사라졌다. 그 순간, 그가 서 있던 2m 30cm 높이의 세트장이 갑자기 무너져 내린 것이다. 두 다리로 서 있던 것이 아니라, 한 다리는 든 상태로 다리를 짝짝이로 하고 서 있던 180cm나 되는 총찬이 그대로 한발로 콘크리트 바닥에 떨어졌다. 다행히 총찬은 유도와 태권도를 해서 운동으로 단련된 몸이었다. 그럼에도 한겨울의 몹시 추운 날이어서 옷을 몇 겹이나 껴입고 촬영하던 총찬은 추락하는 순간에 온몸에 심한 충격과 함께 뇌 또한 쿵 하는 충격(안타깝게도 이때의 사고로 실제로 기억력이 크게 줄었다)

을 받았다. 다행히 목숨은 건졌지만, 한 발로 서 있던 상태에서 왼쪽 뒤꿈치부터 땅에 닿으며 그대로 뚝 떨어지는 바람에 그다지 높지 않은 높이에도 그는 추락으로 중상을 당했다. 70kg이 넘는 온 몸의 무게가 왼발 뒤꿈치에 모두 실렸으니 발목이 남아날 리가 없었다. 한순간에 변을 당하면서 전혀 몸을 움직일 수가 없었다. 갑작스러운 사고에 촬영 현장은 난리가 났다. 세트가 무너질 것 같다며 평소와 다르게 몸을 사린 출연자를 그것도 두 번이나 종용하며 강행을 시켰으니 큰일이었다.

스태프들이 돕겠다며 총찬의 곁으로 와서 총찬을 들어 움직이려고 했다. 그때였다! 총찬은 그들에게 만일 자신의 몸에 손을 댔다가 자신이 장애인이라도 되는 날에는 소송을 걸 것이라며, 당신들이 평생 책임지라고 으름장을 놓았다. 하는 수 없이 그들은 꼼짝하지 못하고 총찬이 시키는 대로 119에 신고했다. 사실 총찬이 그렇게 말한 데는 이유가 있었다. 그날의 추락사고는, 과거 K본부의 〈무엇이든 물어보세요〉에 9년 동안 게스트로 출연하면서 얻은 지식(정보)이 그의 인생에 크게 도움이 된 사건이었다. 높이에 상관없이 등산 등을 하다가 일단 낙상하거나 추락하게 되면 가장 먼저 확인할 일은 '발가락 테스트'이다. 추락한 상태에서 발가락을 움직여봤는데 아무 감각이 없다면 '무조건 그대로 꼼짝하지 말아야' 한다! 만일 추락자의 척추뼈에 손상이 간 경우라면, 그러한 상식이 없어 몸을 움직일 경우 그 순간에 허리의 신경 부분이 다칠 확률이 굉장히 크다고 배웠다. 아직 정확하게 확인은 못했지만, 조금이라도 움직였다가는 허리에 크게 이상이 올지도 모를 일이었다. 정보통인 그는 그때 배운 지식을 절대 포기할 수 없었다. 그나마도 시멘트 바닥에서 목을 다치거나 뇌진탕을 당하지 않은 것만도 천만다행이었다. 중학교 때 유도 선수로 뛰며 낙법을 했던 경험 또한 총찬을 살렸다. 그처럼 그의 추락사고가 더 큰 사태가 되지 않은 이유는 총찬이 과거에 익힌 지적, 신체적 경험 덕분이었다.

세트장까지는 거리가 꽤 멀었다. 앰뷸런스가 시내에서 올 때까지 40분을 기다렸다. 앰뷸런스에 실려 부안의 어느 작은 병원으로 갔다. 의사는 K본부 마크가 붙은 카메라와 연예인을 번갈아 보며 흥분한 것 같았다. 총찬의 CT 촬영을 마치고는 가볍게 말을 꺼냈다.

"권총찬 씨, 즐거운 소식을 먼저 알려드릴까요, 슬픈 소식 먼저 알려 드릴까요?"

총찬은 웃으며 물었다.

"선생님, 즐거운 소식은 뭡니까?"

"사진 보이죠? CT를 보면 당신 뒤꿈치가 작살이 났어요, 으스러졌다고요."

엑스레이와 CT 촬영 결과, 3번과 4번 척추가 부러졌다. 그리고 왼쪽 발뒤꿈치가 가루처럼 으스러지는 복합분쇄골절로 일곱 조각이 나 있는 상태였다.

"그게 무슨 좋은 소식이에요?"

"그 충격의 여파로 3, 4번 척추뼈도 부서진 것 보이죠? 만약에 누군가가 당신을 업고 왔더라면! 부러진 척추뼈가 신경을 건드려서 하반신 마비가 될 확률이 65% 아니, 75%가 넘어요. 그러니 이만한 것도 얼마나 다행인가요!"

총찬은 휴우 하는 안도의 숨을 내쉬며 가슴을 쓸어내렸다.

"아, 그래요? 그러면 슬픈 소식은 뭡니까?"

"이런 상태면 부안에서는 못 고쳐요. 어서 서울로 올라가세요."

빨리 수술하지 않으면 심각한 장애가 오고 평생 고생할 수 있다는 이야기를 듣자 정신이 번쩍 들었다. 두세 시간이면 갈 거리를 크리스마스 이브여서 그런지 앰뷸런스를 타고 갓길로 가는데도 무려 일곱 시간인가 걸렸다. 들것에 실린 채로 차 안에 누워 있던 총찬은 오한으로 너무 추워 오들오들 떨었다. 함께 차에 탄 119 대원에게 히터를 틀어달라고 부탁했다. 환자인 총찬을 위해 제일 높은 온도인 42도에 맞춰주고는, 대원들은 더운지 땀을 뻘뻘 흘리며 겉옷을 벗었다. 그런데도 총찬은 여전히 오한으로 떨고 있었다. 북극에 온 것처럼 온몸을 칼로 도려내는 듯이 극심한 추위였다. 당장 자신이 죽게 생기다보니 대원들을 생각해서 히터 온도를 낮춰도 좋다고 할 수가 없었다. 상태가 많이 좋지 않은 걸까? 행복을 채 경험해 보기도 전에 총찬은 또 좌절을 맛보는 상황에 놓였다. 설마 이것이 그에게 약속된 제2의 인생이라는 말인가? 그는 제발 이쯤에서 나쁜 일이 멈추었으면 했다. 갑작스러운 사고에 누구보다 아내 영심에게 또 미안했다. 총찬은 마른 아침에 날벼락을 당한 것처럼, 멀쩡히 나가서는 하루 사이에 크게 부상을 당해 꼼짝 못하는 신세가 된 자신의 모습을 보고 엄청 놀랄 영심을 생각했다. 그리고 비행을 가는 영심에게 전화를 걸었다.

"자기야, 비행 잘 갔다 와. 오빠가 촬영하다가 다리가 약간 비끗해서 지금 병원 가는 중이야. 갔다 와서 봐."

이왕 다친 거, 비행을 가는 영심에게까지 굳이 걱정을 떠안겨주고 싶지는 않았다.

입원 치료를 받은 후에 주변의 도움으로 일사천리로 일이 진행되어 이틀 후, 한 대학병원에서 수술을 받았다. 무려 5시간에 걸친 대수술이었다. 한 시간이면 끝나는 정강이나 팔뚝 수술과 다르게, 뒤꿈치와 발바닥은 미세 근육들이 모두 모여 있는 곳이어서 수술이 까다로운 데다 수술 과정에서 함부로 헤집었다가는 나중에 장애인이 되기에 조심스러웠다. 양쪽에 네 개의 텅스텐을 박아 모두 8개의 텅스텐을 이용해 부러진 뼈를 일일이 끼워 맞추어가며, ㄱ(기역) 자 모양으로 피부를 걷어내고 수술했다. 다리 수술은 했지만, 허리는 수술로 해결할 상황이 아니라고 했다. 허리는 어긋나게 부러지지 않는 이상은 수술 대신 두꺼운 플라스틱 갑옷을 총찬의 몸에 맞추어 입고 몸이 교정되도록 했다. 하루 종일 갑옷을 입고 있자니, 꼼짝을 못해 죽을 맛이었다. 그러한 소식이 알려지자 '권총찬 하반신 마비될 확률 높아'라는 기사 제목으로 총찬은 다시 포털 사이트의 실시간 검색어 1위를 1주일 동안 차지하며 연예 프로그램의 취재 대상이 되었다. 다행히 목숨은 건졌지만 병원에서 6개월을 입원해야 했다.

병실에서 지내면서 식사 때가 되면 고문이었다. 갑옷을 입고 왼쪽 다리는 무릎 위까지 깁스를 하고 묶어놓은 채로 밥을 먹으려니 영 불편했다. 신체에서 움직일 수 있는 부위라고는 고개뿐이었다. 하는 수 없이 그나마 가능한 방법을 택한다고 옆으로 누워서 밥을 먹다보니 밥을 먹는 중에도 입가로 국물이 다 새며 주르륵 흘렀다. 창피한 생각도 들었다. 뇌졸중이나 다른 질병 때문에 식사 중에 국물을 흘리는 장애인들이 생각났다. 장애인 봉사를 여러 차례 다녀온 그였지만, 그분들이 왜 국물을 흘리며 식사를 하는지는 솔직히 잘 공감은 하지 못했다. 그런데 막상 자신이 겪어보니 그들의 아픔이 고스란히 느껴졌다. 봉사를 한다면서도 미처 그분들의 아픔을 바라보지도 이해하지도 못한 상태로 그들에게 다가갔던 자신의 모습이 떠올라 그들에게 너무 미안한 마음이 들었다.

수술 직후, 2005년 사건이 다시 악몽처럼 떠오르고 사업이 망한 것도 모자라 이제는 건강까지 빼앗나 싶어 너무 억울하고 원망스러웠다. 병원에 꼼짝 없이 한 달 이상을 누워 있었다. 방송활동을 다시 시작한 지도, 결혼을 한 지도 채 1년이 되지 않아 일어난 사고였다. 웨딩업체 엔블리스웨딩 이사로도 활발하게 활동하던 중이었다. 왜 나에게 또 이러한 시련이 찾아오는 것일까? 남들은 평생에 한 번도 겪기 어려운 일인데…. 다행히 발목관절 수술은 성공적이었고, 경과가 좋아서 수술은 한 차례로 끝났다. 물리치료를 받으며 한동안은 쩔뚝거리며 걸었다. 병원에 3주 동안 누워 있는 내내 병간호를 해준 어머니와 아내가 침대에서 대소변을 받아내야 해서 너무 미안하고 감사했다. 이미 큰 사건을 겪다보니 원망보다는 감사한 마음을 갖게 되었다. 교만한 자신이 다시 낮아질 기회라고 생각했다.

왼쪽 발뒤꿈치는 으스러지고, 척추가 부러져 입원해서 누워 있으면서 재활치료를 받았다. 추락사고로 총찬은 제일 낮은 장애등급인 6급을 받았다. 그때 당한 사고의 충격으로 왼쪽 발뒤꿈치에는 아직도 8개의 텅스텐(쇠) 핀이 있다. 장애인에게는 국가에서 제공하는 혜택이 많다는 사실을 알고 있었다. 하지만 총찬은 장애등급을 받고도 장애인 신청을 하지는 않았다. 자기보다 형편이 좋지 않은 다른 장애인에게 그가 받을 혜택을 양보하고 싶어서 신청하지 않은 것이다. 비록 사고 이후에 그렇게 몸에 쇠를 박은 채 살고 있지만, 허리 신경을 다치지 않은 것만으로도 그만한 다행이 없었고, 빠른 진단과 성공적인 수술도 감사했다. 만약 정말로 국가의 도움이 필요한 중증 장애인이 있다고 치자. 그런데 총찬과 같은 장애 정도에 그래도 벌이가 가능한 경제적 배경을 가진 사람 때문에 생활이 정말 어려운 중증 장애인 한 사람이 도움을 못 받게 된다면 그런 상황이야말로 총찬이 바라지도 않고, 도저히 용납할 수 없기 때문이었다. 그래서 자신에게 온 기회를 형편이 어려운 누군가에게 양보하며 흘려보내기로 했다. 그것이 그가 세상에 할 수 있는 나눔이요, 감사의 마음이었다. 죽지 않고 살아서 큰 장애 없이 일상생활을 하는 것만도 어디인가! 그나마 자신은 밥값은 별 정도의 장애를 입어서 다행이라며 총찬은 스스로 위로했다. 사실, 처음에 법정 사건이 터졌을 때도 그렇고 추락사고를 당했을 때에도 "왜 하필 나야?"라는 생각을 많이 했다. 시간이 지나고 보니 그때는 저주라고 생각했던 불행이 진정한 행복과 감사를 배우는 계기가 되었다.

총찬이 큰일을 겪는 과정에서 또 다른 식구도 건강에 이상이 왔다. 인공관절 수술에 간경화에 자궁도 들어냈다. 그 또한 3중 고난을 겪었다. 바로 우리 집 강아지인 땡(심)이였다. 사실 '땡심이'는 아내가 어린 시절에 살던 동네인 전남 영광에서 불리던 이름이었다. 워낙에는 총찬에게 개나 고양이는 가족이라기보다는 반려동물에 지나지 않았다. 그런데 땡심이는 총찬에게도 특별할 수밖에 없었다 (그 이야기는 이 글 끝에 하기로 한다). 전통적인 족보를 자랑하는 코커스패니얼 종인 땡이가 어느 날부터인지 배가 불러오기 시작했다. 복수가 조금씩 차더니만 이제는 배가 한순간에 빵 하고 터질 것만 같았다. 안쓰러운 마음에 집 근처에 있는 동네 병원에 데려갔더니 자궁암일지도 모른다면서 처녀 멍멍이인 땡이의 자궁을 들어냈다. 자궁을 들어내고 복수에 찬 물을 빼냈는데도 이상하게 계속 복수가 차올랐다. 수의사는 땡이를 이대로 두면 복수가 장기를 손상시켜 결국에는 죽을 거라고 했다. 자궁을 들어내서 새끼를 낳지도 못하게 생겼는데, 또 다른 병까지 있다니···. 대략 난감이었다. 아무리 말 못하는 동물이라지만, 그렇다고 그대로 두면 안 될 것 같았다. 다른 동물병원에 땡이를 데려가 보였더니 땡이의 병명이 코커스패니얼 종에게 있는 간경화의 일종인 것 같다며 서울대학교 동물병원을 추천해주었다. 그러더니 메모지에 자신이 아는 교수의 성함을 적어주었다. 세상에! 우리나라 최고의 상아탑인 서울대학의 동물병원에 가려면 사람만이 아니라, 하물며 '반려견조차도' 그놈의 빽이라는 것이 필요하다니. 머리털 나고 처음 알았다. 그게 다 땡이를 둔 덕에 알게 된 별난(?) 정보였다. 짠한 마음이 들어 이번에는 총찬 자신의 병으로도 가보지 않은 서울대학 병원으로 찾아갔다. 그런데 총찬이 강조하며 정말 이야기하고 싶은 내용은 바로 이 점이다. 무엇인가 하면, 총찬이 땡이를 고치는 데 들어간 병원비(간경화 치료비)가 자그마치 700만 원이나 되었다! 땡심이를 데리고 찾은 곳은 사람들이 가는 종합병원만큼이나 큰, 대학의 동물병원이었다. 서울대학 동물병원에는 전국에서 찾아온 별의별 개들이 다 와 있었다. 사람의 인생처럼, 개들 또한 사연이 많고 아픈 데도 많았다. 게다가 개를 수술시키기 위해 병원을 찾아가는 데도 인맥이 필요하다는 사실에 또 한 번 놀랐다. 그곳에 찾아온 각종 개들의 모습을 보고 웃음이 났다. 땡심이는 정말 운이 좋은 녀석이었다. 만일 2007년에 병이 걸리기만 했어도 땡심이는 유명을 달리하고 이미 세상에 없을지도 모를 일이다. 그때는 아무리 땡이를 고쳐주고 싶어도 사람도 당장 먹고 살기도 어려운 환경이니 도저히 고쳐줄 수 없었다. 때마침 정신적, 경제적으로 회복할 때여서 땡이는 치료받을 수 있었다. 나와는 다르게 참 운이 좋은 녀석이다 땡이는.

문득 어린 시절의 추억 하나가 생각난다. 어린 시절에 총찬은 고양이를 무척 좋아했다. 총찬은 세상에서 고양이가 새끼를 낳는 장면을 두 번씩이나 지켜본 운 좋은(?) 사나이(어린 시절의 총찬은 그래도 운이 좋았던 모양이다)였다. 고양이는 아주 친밀한 사이가 아니면, 원래는 숨어서 몰래 새끼를 낳는 동물이었다. 고양이는 소중한 새끼를 보호하기 위해서라면 심지어 자신의 새끼를 물어 죽이기까지 하는 습성이 있을 정도로 모성애가 뛰어나다. 그런 고양이가 어떻게 어린 총찬의 겨드랑이와 사타구니 아래에서 새끼를 두 번씩이나 낳았을까. 당시에 초등학생이던 총찬은 고양이가 새끼를 낳는 모습을 처음 보았을 때 깜짝 놀랐다. 그런 총찬이 어쩌다가 각별한 사이인 고양이가 아닌 강아지를 키우게 되었을까?

총찬이 강아지 땡심이와 만나게 된 사연도 참 별났다. 한마디로 이야기하자면 다 그놈의 돈 때문이었다. 장인의 친구분이 아버님께 50만 원을 빌리고는 갚지 못했다. 또 그 친구분은 개 농장을 하는 땡심이의 원래 주인에게 못 받은 돈이 물려 있었다. 세 사람 사이에 빚이 꼬리에 꼬리를 물고 있는 셈이었다. 그래서 장인은 땡심이를 받는 조건으로 빚 50만 원을 퉁 치기로 했다(법적인 용어로는 상계, 영어로는 same same). 그렇게 건너 건너서 총찬에게 온 강아지가 땡심이었다. 소위 말해 땡심이는 빚잔치를 통해 얻은 결과물(선물이라는 표현을 하기에는 맞지 않는 것 같아서)이었다. 50만 원 값으로 총찬의 식구가 된 땡심이는 등치는 자그마해도, 수술비만으로 무려 700만 원을 꿀꺽 삼킨 엄청난 녀석이었다. 돈 때문에 돌고 도는 세상이다. 그 놈의 돈이라는 녀석, 고놈 참.

언젠가는 돌아온다는
선행의 부메랑 원리

극한 상황에도 사람이 죽으라는 법은 없는지 명예도 돈도 잃고 일이 없어 방황하고 고민할 때는 희구 누나가 도움을 주더니, 두 번의 고난을 이겨내고 재기하는 과정에서 이번에는 건강을 잃고 애써 얻은 일마저 못하게 될 정도로 상황이 다시 어려워지자 또 다시 총찬을 돕는 손길이 '짠' 하고 나타났다. 가족이 아닌 사람 중에서는 석주, 희구 누나에 이어 세 번째 천사인 셈이었다.

2007년 12월에 생긴 세트장에서의 추락사고로 총찬이 병원에서 6개월을 누워 있을 때였다. 어렵게 방송에 복귀한 지가 얼마나 되었다고 총찬은 그 사고로 또 다시 방송을 쉬어야만 하는 기막힌 상황이 되었다. 그렇다고 해도 겨우 재기하려는 마당에 모든 일을 다 놓을 수는 없었다. 다는 못하게 되더라도 방송의 끈을 놓지 않아야 했다. 라디오 방송만이라도 붙들고 있어야 제작팀이고 대중이고 간에 총찬을 기억해줄 것이었다. 그리고 방송국에 얼굴을 자꾸 비추어야 그나마 안 들어오려던 일도 기회가 주어질 것이었다. 사고로 큰 수술을 한 지 2개월이 지나고 나서 총찬은 라디오 방송으로 다시 재기를 노렸다. 당장 생활도 어려워서 물론 출연료도 필요했지만, 출연료가 중요한 것은 아니었다. 그보다는 방송을 하고 있다는 사실이 총찬에게 무엇보다 소중한 사실일 만큼, 당시에 총찬에게 그 일은 도저히 그만두어서는 안 되는 상징적인 일이었다. 물론 작은 시작이기는 하지만, 그 일까지 그만둔다면 그는 방송인으로서 존재감이 완전히 잊히고, 다시는 재기할 수 없을뿐더러 살아가는 용기마저 모두 잃을지도 몰랐다. 그것은 단순한 방송이 아니라, 방송인으로 살아갈 길을 열어줄 유일한 '끈', 그러니까 다시 말하면 생명줄인 셈이고 제2의 인생을 설계하는 그에게 발판이 되었다. TV 방송에는 깁스에 목발을 잡고 출연할 수는 없지만, 당시에 라디오는 목소리만 나오던 시절인 만큼 총찬이 치료중인 상황을 대중에게 보여주지 않을 수 있었다. 다행히 총찬은 부러진 다리를 의자에 올려놓고, 의자에 허리를 꼿꼿이 편 채로 앉아서 방송을 했다.

그런데 방송국까지 갈 일이 문제였다. 그가 타고 갈 만한 마땅한 운송 수단이 없었다. 발목과 허리를 다쳤으니 차를 몰고 다닐 수도 없는 상황이고, 택시를 타고 다니기에는 라디오 방송의 출연료가 턱없이 적었다. 그런데 궁하면 통한다고, 당시에 총찬이 방송 일을 하는 과정에서 자신의 손발이 되어준 사람은 ING생명보험회사(지금은 동부생명의 팀장)에 다니는 형, 오세훈 선배였다. 세훈이 형은 마치 총찬의 보호자나 매니저라도 되는 것처럼, 깁스를 하고 라디오 방송을 하러 다니는 총찬을 한동안 기꺼이 픽업해서 총찬을 태우고 방송국까지 오갔다. 오지랖은 넓지만 남에게 부탁하거나 싫은 소리 듣는 것을 원하지 않아 살면서 웬만해서는 부탁이라는 것을 해본 적이 없는 것이 총찬의 성격이었다. 그런 총찬이다보니 더더욱, 알아서 나서서 챙기며 도움을 주는 세훈이 형이 진심으로 고마웠다. 그러한 형을 위해 무엇으로든지 돕고 싶었다. 총찬은 형에게 작은 도움이라도 되기 위해 지인들에게 보험 가입을 부탁해서 10개의 계약 건을 체결해주고, 보험 일을 따냈으면 하는 마음으로 200명의 사람을 더 소개해주었다. 아무 대가를 바라지 않고 진심으로 자신을 염려하며 도움 준 형이 그저 잘 되길 바라서였다. 이렇게, 총찬에게 친절을 베푼 형처럼 당장 자신에게 유익이 없다고 해서 도움이 필요한 상대를 모른 척 외면하며 쌩 까지 마시기를 권유한다. 당신은 기대하지 않을지도 모르지만(그리고 사실은 기대하지 않는 것이 당신의 신상에 더 이롭기는 하다), 언젠가 그 사람이 숨통이 트이게 되는 날에는 아마도 당신을 마음으로 가장 먼저 생각하고, 생각지도 않은 방식으로 당신을 챙겨주고 싶을지도 모른다. 그렇다고 보답을 받기 위해 선행을 하자는 말은 절대 아니다. 진심으로 마음에서 우러나서 선을 행하면, 생각지도 않은 날에 당신에게 뜻밖의 행운이 되어 돌아올 수도 있다는 뜻이다.

이러한 한 예로서, 외국에서는 한 사람에게 베푼 친절 때문에 어떤 일이 벌어진 줄 아는가? 1910년대 후반, 비가 몹시 오던 어느 겨울날 미국 피츠버그에서 있었던 일이다. 한 가구점 처마 밑에, 다리가 불편해 보이는 할머니 한 분이 서 있었다. 잠시 비를 피하기 위해서였다. 평범해 보이는 그 노인을 다들 지나쳐 갈 뿐 아무도 돌아보지 않았다. 그때, 가구 회사 점원인 클리멘트 스톤이 밖으로 나가 할머니를 정중하게 안으로 모시고 들어왔다. 그리고 할머니가 난로 옆 의자에 앉도록 자리를 내드리고, 따뜻한 차를 대접했다. 비가 그칠 때까지 편안하게 앉아 계시다 비가 그치면 가시라고 이야기했다. 친절에 감동한 할머니는 고맙다며 점원의 이름을 물었다. 그리고 며칠이 흘렀을까? 클리멘트 앞으로 한 통의 편지가 배달되었다. 발신자는 철강왕 카네기였다. 편지의 내용은 이러했다.

"며칠 전 비 오던 날, 제 어머니(마가렛 모리슨)께 베풀어주신 호의와 친절에 감사드립니다. 제가 지금 짓고 있는 저택과 회사에 쓸 가구 전부를 당신을 통해 구입하기를 원합니다. 거절하지 마시고 견적을 내주시기 바랍니다." 그렇게 해서 엄청난 양의 가구 주문이 들어왔다.

그 할머니는 바로 철강왕 앤드류 카네기의 어머니였고, 어머니에게 베푼 친절에 고마웠던 카네기는, 점원인 클리멘트의 이름으로 주문해 준 것이다. 이처럼, 베풀면 돌아온다. 당신이나 당신 주변 사람에게, 언젠가 어떤 형태로든. 그러니 누군가를 만나거든 그 사람이 철강왕 카네기라는 생각으로 항상 상대에게 겸손하고, 친절을 베풀어라. 행운의 여신은 당신이 바라는 모습으로 당신을 찾아오는 것이 아니라, 때로는 생각지도 못한 방법이나 모습으로, 심지어 때로는 당신이 생각하는 반대의 모습으로 당신에게 행운을 주기 위해

불쑥 나타날지도 모르기 때문이다. 행운을 얻기 위해서가 아니라, 당신과, 또 당신을 통해 섬김을 받은 상대가 행복하기 위해서 누구를 만나든지 평소에도 늘 상대에게 잘 하고 살자.

달콤 쌉쌀한 인생 1, 2막

뭘 해도 이기는 올인 인생

　　나는 어려서부터 호기심으로 똘똘 뭉친 성격이었다. 호기심과 함께 근면 성실한 성격이 내가 이기는 삶을 살도록 이끌어주었다. 가난을 부끄러워한 적이 없던 나는 돈 버는 요령을 어려서부터 스스로 터득했다. 그래서 돈 버는 일이 세상에서 가장 쉬웠다. 그러한 삶의 뿌리가 된 건 '일하지 않으면 먹지도 말라'는 아버지의 교훈이었다. 그리고 어머니는 나에게 여자는 늘 보호해야 할 대상임을 가르쳐주신 분이었다. 넉넉지 않은 살림에도 나는 어떻게 20대에 벌써 강남에 아파트를 살 정도로 승승장구했을까? 인생 1, 2막에서는, 일단 뭐든지 부딪히고 보는 승부 근성이 있으면서도 모두에게 친절해야 마음이 편한 착한 사람 증후군을 가진, 나 권영찬의 20대까지의 아기자기하고 스릴 넘치고 달콤 쌉쌀한 인생 이야기를 소개한다.

일하기 싫으면
먹지도 말라고?

여자여,
제발 울지 마요

하마터면 나는 이 세상에 태어나지 못할 뻔했다. 내가 태어나게
된 건 순전히 아버지 친구분의 따님 덕분이다. 나는 지금도 그분께
깊이 감사드린다.

산 깊고 인심 좋은 강원도 영월. 나는 그 깡촌에서 경상도 영주
와 봉화를 고향으로 두신 부모님의 슬하에서 삼형제 중 막내로 태
어났다. 가정 형편이 좋지 않았던 아버지는 고향에서 농고를 어렵
게 졸업하시고는 결혼과 함께 일자리를 찾아서 낯선 영월에서 삶의
터전을 일구셨다.

아버지가 근무하시던 대한중석은 대표적인 국가기간산업으로
故 박정희 대통령 이하 다양한 정부 공기관의 사람들이 방문했다.
아버지는 광부로서 갱도에 들어가 석탄 캐는 일을 하셨다. 타지에
서의 부푼 꿈도 잠시, 일은 너무 고되었다. 탄광 작업 중에 사고를
몇 번 목격하신 아버지는 다치는 일 없이 우리 3형제를 어떻게든지
대학에 보내겠다는 일념 하나로 공보부로 부서를 옮기려고 그 틈을
엿보고 계셨던 모양이다. 어디를 가시든 아버지는 막내인 나를 잘
데리고 다니셨는데, 어느 날엔가 나는 너무 낯선 아버지의 모습을

보았다. 집에서는 그렇게 권위 있던 아버지가 무엇 때문인지는 몰라도 윗사람들에게 잘 보이려고 무척 애를 쓰시는 것 같았다. 막내인 나를 소개하며 이놈을 대학에 보내는 것이 꿈이라고 하셨다. 상황 파악이 빨랐던 나는 어른들 사이에서 애교를 부렸다. 말보다는 행동으로 자식들에게 늘 모범을 보이셨던 성실하신 아버지는 착실한 가장답게 그 사이에 틈틈이 아마추어 사진 기술을 배워두셨다. 로비와 철저한 준비성 덕분에 아버지는 갱도를 벗어나 공보실의 말단인 실장(혹은 공보부 계장)으로 어렵게 들어가셨다. 비록 말단 직책이었지만, 아버지는 무척 기뻐하시며 어린 나를 곧잘 붙드시고는 이런 말씀을 하시고는 하셨다.

"영찬아, 너 말이야… 아버지가 얼마나 고생해서 계장이 된 줄 아니?"

막내였던 나는 유독 부모님께 귀여움을 많이 받고 자랐다. 그런 내가 하마터면 태어나지 못할 뻔하다니…. 부모님은 애초에 아들 둘(큰형과 작은형)을 낳고 더는 자식을 낳을 생각이 없으셨다고 한다. 그런데 친구분의 댁에서 만난 친구의 네다섯 살 난 딸의 재롱떠는 모습이 무척 귀여워서 딸을 낳고 싶은 마음에 셋째를 낳기로 계획하셨다는 것이다. 임신하신 어머니는 당연히 귀염둥이 딸인 줄로 아시고 태교를 지극정성으로 하셨다고 한다. 그런데 두 분의 기대와 바람과 예상을 뒤엎고 그만 겁도 없이(?) 고추를 단 '나'라는 녀석이 태어나고 만 것이다.

그래서인가? 깊은 산골의 기운을 받고 자라서 배포도 큰 반면에 형들 틈에서 자란 막내치고는 너무 꼼꼼하고 여자아이처럼 꽤 세심한 아이었다. 아버지는 털털하고 유쾌한 성격이었고, 친정에서 막내였던 어머니는 꼼꼼하셨다. 어릴 때부터 공부를 잘한 큰형은 일찍부터 부모님 곁을 떠나 서울로 유학 갔다. 작은형은 조금 내성적이었고, 나는 3형제 중에 부모님을 가장 많이 닮았다. 부모님 곁은 늘 막내인 나의 차지였다. 나는 그중에서도 특히 어머니 옆에서 어린 시절을 많이 보냈다. 그래서인지 나는 지금도 유달리 어머니에게 애착이 강한 편이다. 어머니를 떠올리면 내가 네다섯 살쯤에 겪은 슬픈 기억이 지금도 또렷하다. 한번은 아버지와 어머니(이하 엄마. 나는 쉰 줄을 바라보는 나이에도 여전히 '엄마'라고 부르는 게 사실 편하고 좋다)가 크게 싸우고 나서 엄마가 더 이상은 못살겠다며 뛰쳐나갔다. 늦은 밤인데도 엄마는 동네에 있던 높은 골두산으로 울면서 뛰어갔다. 가족 중에서 엄마와 가장 애착 관계가 많았던 나는, 죽겠다며 산의 절벽을 향해 걸어가는 엄마의 뒤를 울면서 졸졸 따라가며 어린 나이에 한 가지 다짐 아닌 다짐을 했다.

　　"엄마, 울지 마. 내가 지켜줄게! 그냥 가면 어떡해. 영찬이도 같이 가. 죽지 마, 엄마"라며 어린 나이에도 슬퍼하는 엄마를 달래는 동시에 나 자신을 위로했던 것 같다. 엄마는 나를 안고는 "내가 너 때문에 산다"하며 또 엉엉 울었다. 내 인생의 첫 번째 기억으로 남은 그때 그 장면은 나에게 커다란 충격이었고 나만의 상처, 트라우마가 되었다. 40년이 지난 지금에도 그 장면만 떠올리면 마음이 좋지 않다. 그날 엄마는 너무 속상해서 하신 행동이리라. 이후로도 나는 엄마가 눈물 흘리는 모습을 몇 차례 더 지켜보게 되기는 했다. 어린 권영찬의 눈에는 엄마의 슬픔이 나의 슬픔 같았고, 그런 엄마의 모습에서 여자는 지켜주고 보호해야 할 존재로 받아들이게 되었다(그때의 영향으로 성장해서도 나는, 여자가 눈물을 흘리거나 도움을 청하면 거절을 잘 못하는 성격이 되었다). 어린 시절 경험한 엄마의 슬픔과 눈물은, 나의 유별난 습성인 '착한 사람 증후군'을 갖게 한 절대적인 동기였다.

떼쟁이 영찬이의
보내줘요 보내줘

어린 시절의 나는 무척 개구쟁이였다. 산을 타고 놀며 동네방네를 뛰어다니다가 밤늦게 집에 들어가기 일쑤였다. 냇가에서 놀다가 깨진 병을 밟아 발이 찢어져서 피를 철철 흘리면서도 거의 울지 않은 기억도 여러 번이다. 그렇게, 별나게도 참 씩씩한 아이였다.

강원도 깡촌의 촌놈이라지만, 이래봬도 나는 강원도 영월의 안당 유치원 출신이다. 해가 바뀌고, 동네에는 나보다 한 살 많은 여섯 살 친구가 대부분이던 시절이었다. 친구들이 모두 유치원에 입학할 나이가 되니 그들이 유치원에 가고 나면 나는 놀 사람이 없었다. 며칠을 마구 울며 떼를 써서 결국 유치원에 입학했다. 적령기도 아닌 다섯 살 나이에 부모님을 졸라서 그 당시에 시골에는 그리 흔하지 않던 유치원이라는 곳을 다녔다. 마을 안에 있던 교회 부설 유치원이었다. 나는 떼를 쓴 덕분에 6~7세인 다른 아이들보다 1~2년 빠른 나이에 유치원생이 되었다. 그런데 유치원을 졸업하고 나니 또 문제였다. 다음 단계는 초등학교 입학이었다. 정부 규정상 일곱 살은 넘어야 초등학교에 입학이 가능했다. 나는 이번에도, "초등학교 보내줘, 초등학교 보내줘"라고 노래를 부르며 막무가내였다. 형들 또한 초등학교를 다니고 있었는데, 교육열이 높으셨던 아버지는 없는 살림에도 육성회 임원으로 계셨다. 덕분에 친분이 있는 선생님이 많았다. 아버지는 1학년 담임을 맡은 친한 신희식 선생님께 나의 사정을 말씀드렸다. 아마도 그런 유례가 없었을 테니 선생님께 간곡하게 부탁하셨지 싶다. 다행히 나는 선생님의 배려로 반에 책걸상을 하나씩 더 두어 수업을 듣기는 했으나, 정식 입학은 아니었다. 그렇다고 하더라도 코흘리개 아이가 무얼 알겠는가. 나는 마냥 좋기만 했다. 공교롭게도 나와 이름 두 자가 같은 '주영찬'이라는 친구와 유치원부터 가짜 1학년 시기 동안에 아주 친하게 지냈다. 그렇게 1년이 흘렀다.

아, 이번에는 더 큰 문제가 생겼다. 정식으로 입학한 다른 친구들은 당연히, 그리고 자연스럽게 모두 2학년이 되었다. 하지만 나는 또 다시 1학년 생활을 해야 했다. '2학년으로 안 올라가면 어때? 새로운 친구들과 다니면 되지.' 나는 까짓 거, 별로 문제 될 것이 없었다. 1학년 과정을 다시 하다보니 당연히 나는 이해력이 다른 아이들에 비해 훨씬 앞섰다. 강원도 대표로 전국 암산 대회에 나가기도 했다. 그 이후, 앞뒤 사정도 모르시는 담임선생님은 그런 나를 입에 침이 마르게 칭찬하셨다. 그 바람에 졸지에 영재(?)에 가까운 아이로 인정받은 나는, 2학년이 되면서 평범한 아이가 되었다. 아무 영문도 모르시던 선생님은 1년 동안은 그렇게 잘 하던 아이가 왜 망가졌느냐고 하셨지만, 사실 그것은 자연스러운 현상이었다. 초등학교 1학

년을 두 번 다닌 경험은 나만의 독특한 추억이 되었다. 돌아보면, 그
것은 별난 아들을 향한 아버지의 사랑이고 선물이었다. 그 생각을
하니 코끝이 찡해온다.

호기심 많은
강원도 깡촌 깡다구의 상경기

전교 1등을 도맡아 하던 큰형은 연탄가게를 부업으로 하던 고모네 집이 있던 후암동에서 중학교에 다니고 있었다. 직장인의 퇴직금 제도가 연금제로 바뀌던 시기에 작은형과 나도 엄마를 따라 서울로 전학 가게 되었다. 노후에 걱정 없이 지내실 수 있는 연금을 포기하고, 대신 자녀교육을 선택하신 아버지의 교육열 덕분이었다. 그래서 한동안 아버지는 혼자 강원도에 남아서 소위 기러기 아빠가 되어 외롭게 지내셔야 했다.

내가 초등학교 2학년으로 올라갈 때였다. 강원도에서 서울로 전학 오기 직전, 아버지는 초등학교의 선생님들을 초대해 성대한 잔치를 벌이셨다. 아버지가 선생님들께 베푸신 이별의 선물은 실은 나 권영찬의 코 묻은 돈이었다. 나는 어린 시절부터 10원 한 개를 받아도 무조건 저축하던 버릇이 있었다. 아끼고 아껴서 모은 피 같은 남의 저금통장으로 생색을 내시다니, 어린 마음에도 무척 서운하고 억울했던 것 같다.

강원도를 떠나 우리는 일단 서울의 후암동으로 올라왔다. 이미 그 시절부터 경제관이 밝으셨던 부모님은 영월의 집을 판 돈으로

서울 강동구 성내동에 집을 한 채 계약하셨다. 은행 대출에 전세를 낀 상태였다. 계약한 집의 잔금을 치르기 위해 두 분은 맞벌이를 하시며 2~3개월에 한 번을 만나는 부부로 지내야 했다. 아버지는 강원도 영월의 대한중석 사택에서 기러기 아빠로 몇 년을 사셨고, 어머니는 3형제를 데리고 서울에서 잔일 등을 마다 않고 하셨다.

　서울에 온 엄마는 자동차 운전대를 감싸는 수출용 핸들 커버인 가죽 끈을 엮는 일, 일명 '꽈배기' 만들기를 하셨다. 그것 말고는 낯선 서울 생활에서 엄마가 딱히 할 수 있는 일감이라고는 없었다. 30개의 줄을 붙잡고 코바늘을 이용해 이리저리 엮으면 2분이면 가죽 끈(즉, 핸들 커버) 한 개를 엮고, 그 대가로 개당 2원씩 받는 일이었다. 돈벌이가 되려면 어머니는 하루에도 적어도 수천 장을 쌓아놓고 마음 놓고 허리 한 번 펼 사이 없이 하루 종일 그 일을 하셨다. 저녁이면 꽈배기를 수거하러 오는 사람들에게 완성된 꽈배기를 넘기면서 개수에 맞추어 일당을 받으셨다. 나를 조금 희생해서라도 엄마를 돕고 싶었던 나는 학교에서 돌아와 책가방을 내려놓기가 무섭게 엄마를 도와 고사리 손으로 몇 달 동안 매일 그 일을 했다. 하지만 조금도 힘들거나 짜증이 나지 않았다. 바깥에 나가서 뛰어노는 일보다 도리어 엄마 옆에서 하루에 몇 백 장이나 되는 꽈배기 작업을 돕는 일이 더욱 즐겁고 신이 났다. 즐기니까 행복했다. 그러나 형들은 나와 달랐다. 엄마가 무엇을 하든지 신경 쓰지 않고 그저 자기 일 하기에 바빴다.

두 분이 밤낮없이 그렇게 땀 흘려 일하신 덕분일까? 후암동에서 지내는 동안에 부모님은 성내동 집의 잔금을 무사히 치르셨다. 그렇게 해서, 비록 삐까번쩍하지는 않지만 서울에 드디어 우리 집이 생겼다. 나는 집이 생긴 사실보다 부모님이 좋아하시는 모습을 보고 마음이 더 기뻤다.

후암초등학교로 막 전학 갔을 때(그때가 내가 3학년이 되던 시기였다), 아이들은 나를 시골 아이라며 놀리거나 무시하지 못했다. 무엇에든 좀처럼 겁 없이 들이대는 깡촌 출신인데다 승부욕이 강하고 한번 시작하면 끝장을 봐야 하고 웬만해서는 기죽지 않는 성격 때문이었다. 당시에 학교에서 주먹 꽤나 쓴다는 근처 고아원의 또래 학생들과 자주 다투며 부딪혔다. 실력은 막상 막하였다.

또한 나는 새로 사귄 학교 친구들과는 우표 따먹기를 즐겼다. 한번은 그동안 모은 우표를 한꺼번에 잃어버리는 일이 생겼다. 그대로 물러설 수는 없었다. 잃어버린 우표를 몽땅 돌려받기 전까지는…. 그 길로 나는 고모 집에 갔다. 당시에 고모 딸인 사촌(치경이 누나)은 고등학생이었다. 나는 누나의 우표를 잠시 빌려 쓰고 돌려줄 속셈으로 누나가 아끼는 육영수 여사 우표를 몰래 슬쩍 할 요량으로 작전을 짰다. 작은형은 나를 도와 신문을 보는 척하고 나는 그 틈에 재빨리 물건을 챙겨 밖으로 나왔다. 시간이 얼마나 지났을까? 석달이 지나고 눈치를 챈 치경이 누나가 우리 엄마에게 전화를 걸었다. 결국 책상 밑에 감춰둔 누나의 우표집을 엄마에게 들키고 말았다. 누나가 우표집을 받아들고 다녀간 뒤에 작은형과 나는 엄마에게 죽도록 맞았다. 믿든 안 믿든 사실 당시에 나의 본심은 '빌린 것'이었다. 하지만, 주인에게 허락받지 않은 이상 그것은 훔친 물건이라는 당연한 진리를 나는 그 사건을 통해 배웠다.

초등학교 3학년의 2학기가 되면서 우리 가족은 성내동으로 이사했다. 그러면서 이번에는 자동으로 성내초등학교로 전학을 갔다. 후암 초등학교에 채 적응도 하기 전에 한 또 한 번의 전학이었다. 어린 나이에 그건 받아들이기에 그다지 쉽지 않은 경험이었던 것 같다. 그 때문에 아이들의 눈치를 보기 시작하면서 내 성격은 그때부터 조금 내성적이 되어갔다. 그럼에도 타고난 호기심만큼은 사라지지 않았다. 호기심 천국인 나는 궁금한 것이 있으면 어떻게든 꼭 알아내거나 문제를 해결해야 잠이 오는 성격이었다. 덕분에 남보다 다양한 것을 경험하고 깨닫고 배운 것도 많았다. 그렇게 호기심은 나의 인생을 주도해왔다. 만일 아버지가 선물하신 '근면 성실함' 없이 그저 호기심만 많은 아이였다면 지금쯤 문제가 있는 인생으로 살고 있지 않을까 싶다. 아마도 새로운 것만 보면 시도해보느라고 이 일 저 일 건드리기만 하다가 한 가지 일도 제대로 못 끝냈을 테니까….

다행히 나에게 호기심은 긍정적으로 작용했다. 어린 아이치고 별난 구석이 있는데다 못 말리는 호기심 덕분에 나는 어린 나이부터 재테크에 일찍 눈을 뜨고, 유달리 재테크 실력도 뛰어났다. 그 말은 곧, 어려서부터 돈에 대한 관심이 남 달랐다는 뜻이다. 돈 때문에 고생하시는 부모님의 모습을 지켜보며 어린 나이에도 스스로 벌어서 돈을 해결해야겠다는 생각했던 것 같다. 그래서 어린 아이답지 않게 유독 참을성도 많았다.

고모,
병원 가면 돈 많이 들지?

　그런 가정적인 배경 때문인지 어려서부터 나는 나이에 비해 조금 성숙한 편이었다. 3형제 중에 막내임에도 어떻게 하면 부모님의 돈 걱정을 조금이라도 덜어드릴까 하는 생각에 형들과는 다르게 유달리 경제 개념에 밝았다. 심지어 한번은 다리를 크게 다치는 일이 있었는데도 돈 걱정부터 먼저 할 정도였다. 고생하시는 부모님을 떠올리면 도저히 남들처럼 '그냥 엄마한테 이야기'라는 걸 할 수가 없었다. 강원도에서도 작은 잡화점을 운영하시던 엄마는 서울에 와서도 일손을 한 번도 놓지 않으셨다. 꽈배기 일을 거쳐 사촌형을 따라 다니며 힘든 도배 기술 등을 배워 돈을 벌고 계셨다.

　서울에 올라와서 후암동에 살 때의 어느 날에 생긴 일이다. 우리 3형제는 저녁이면 어울려 별을 보며 노래를 부르고는 했다. '나의 살던 고향은'이나 '날 저무는 하늘에 별이 삼형제'로 시작하는 조금은 구슬픈 동요가 우리의 18번이었다. 노래를 부르다보면 우리도 모르게 눈물이 그렁그렁 맺혔다. 나는 뛰어놀던 내 고향 강원도가 그리워 매일 밤 울고는 했다. 눈물 때문에 목이 메고 볼 전체가 쓰렸다. 그리움은 짜디짠 눈물이 되어 내 마음에 고스란히 맺혔다.

내가 이런 추억을 이야기하니까 우리 3형제의 신세가 처량하게 들릴지도 모르지만, 여러분도 이미 아시는 것처럼 우리 곁에는 엄마가 늘 함께 계셨다. 아마도 그때 우리의 눈물은 고향에 대한 그리움이었으리라.

그러던 어느 날, 내 인생에 잊지 못할 큰 사고 하나가 터졌다. 하루만 더 잘 지내면 아빠를 만나러 강원도에 잠시 내려가셨던 엄마가 돌아오실 예정이었다. 그 하루를 참지 못하고 대형 사고를 치고 말았다. 우리 3형제는 집안에서 숨바꼭질을 하며 놀았다. 큰형과 나는 술래인 작은형을 피해 좁은 집안 여기저기를 찾아다니며 숨었다. 나는 하고 많은 곳 중에서 하필이면 큰 유리창 밑에 누워, 들키지 않으려고 숨죽이고 있었다. 그런데 술래인 작은형이 나에게 다가오는 과정에서 문제가 생겼다. 형이 작은 책에 걸려 넘어지면서 온몸의 힘을 실어 내 위로 놓인 유리창을 양손으로 세차게 짚어버린 것이다! 다행히 작은형은 다치지 않았다. 그 여파로 갑자기 유리창이 산산이 부서지더니 여러 파편들과 함께 대형 유리조각이 뾰족한 날을 드러내며 누워 있던 나에게로 튀었다. 그 때문에 내 몸의 여기저기에 피가 살짝 묻어나는 작은 상처가 났다. 그런데 한 군데가 어쩐지 수상해 보였다. 날선 대형 유리 조각이 '쉬익' 하며 지나간 오른쪽 허벅지였다. 아…, 도대체 무슨 일이 벌어진 걸까? 확인하려니까 살짝 겁이 났다. 아픔은 아직 느껴지지 않았다. 나에게 달려온 큰형과 작은형이 놀라움과 미안함에 울음을 터뜨렸다. 지금과는 다르게 나의 '작은' 체구에 허벅지의 3분의 1 정도 되는 길이로, 족히 5cm가량은 살이 쭉 찢겨져 있었다. 살이 벌어져 속에 있던 핏줄이며 속살이 훤히 드러났다. 호스에서 콸콸거리며 물줄기를 쏟아내듯 내 몸에서는 피가 마구 쏟아져 흘렀고, 입고 있던 바지는 물론이고 마룻바닥까지 금세 붉은 색의 피로 흥건하게 적셨다. 이까짓 상처라고 치부하기에는 상처 부위가 꽤 컸다. 강원도에서 골짜기를 뛰놀다 찢어진 상처와는 비교할 수가 없이 깊었다. 그럼에도 나는 울지 않았다. 나는 괜찮았다. 그저, 이 사태를 어떻게 수습해야 할지 다음 차례로는 무엇을 해야 할지를 생각하며 흉물스럽게 찢어진 다리만 물끄러미 보고 있었다.

그 사이에, 놀란 큰형은 가까이에 살던 고모에게 부리나케 달려갔고, 작은형은 겁이 나서 옆에서 계속 울기만 했다. 기겁하며 고모가 금세 허겁지겁 뛰어와서 급한 대로 일단 수건으로 나의 찢어진 허벅지를 동여매는 응급 처치를 하고서는 나를 들쳐 업고 동네에 있는 작은 의원으로 뛰어갔다. 등에 업혀 가는 도중에도 나는 고모에게 이런 말을 했다.

"고모, 이거 꿰매는 데 돈 많이 들지? 나 이제, 엄마한테 혼났다!"

"지금 그게 중요하니! 다리가 이렇게 심하게 찢어졌는데. 아이고, 이놈아. 안 아파?"

"응, 참을 만한데."

고모는 아프다는 소리 대신에 돈 걱정부터 하는 조카를 보며 속상하셨는지 말하는 내내 울먹이는 것 같았다. 병원에 도착할 때까지 나는 오직 이 한 가지 사실에만 신경이 쓰였다. '치료하려면 돈이 얼마나 들까?'

2층에 사택이 딸린 의원이다 보니 병원에는 다행히 원장님이 있었다. 당시에 대부분의 병의원은 그런 형태였다. 돋보기를 쓴 50대 정도로 기억하는 할아버지 원장님은 나이 때문인지 힘에 부쳐서인지 떨리는 손으로 찢어진 내 허벅지를 고작 다섯 바늘을 꿰매고는 수술을 마쳤다. 누가 보더라도 열 바늘 이상은 꿰맸어야 할 것 같은 상처가 분명해 보였는데도 말이다. 수술 자국을 바라보니 무엇보다 실이 살을 버텨낼까 싶었다. 다른 집 같으면 다음날 병원 문 열기가 무섭게 큰 병원으로 가서 수술 부위를 다시 촘촘하게 꿰맸을 텐데, 우리 집 형편도 그렇고 강원도에서도 개울에서 놀다가 깨진 유리에 발을 베여 피를 철철 흘린 전적이 여러 차례 있다 보니 굳이 큰 병원까지 다시 가야 할 이유는 없었다. 어쨌든 응급 처치를 했으니 별 탈이 없을 거라고 생각했다. 그렇게 생각해야 마음도 편했다.

그런데 생각보다 상처는 심각했고 수술 상태가 좋지 않았다. 상처가 워낙 깊다 보니 할아버지 의원에라도 계속 찾아가서 치료를 받아야 했다. 안 그래도 상황이 나쁜데, 찢어진 부위가 '아물면서' 더 큰 문제가 드러났다. 엉성한 바느질 사이사이로 새살이 틈을 비집고 물방울이 올라오듯 여기저기로 삐져 올라왔다. 어린 내 눈에도 문제가 될 것 같은데도 원장님의 치료는 아주 싱겁고도 이상했다.

반창고를 붙이는 것을 끝으로 수술사태를 깔끔하게(?) 마무리하는 것이 아닌가.

그런데 내 추측이 맞았다. 그날 이후, 나는 살을 비집고 물방울처럼 삐져나온 새살을, 매번 대나무 코바늘로 쿡쿡 찔러 넣어야만 했다. 그렇게 나의 허벅지 살들을 정렬 아닌 정렬을 하고 나서야 반창고를 붙일 수 있었다. 참을성이 많은 나였지만, 고통이 이만저만 심한 것이 아니었다. 그런 말도 안 되는 치료 과정 때문에 몇 번이나 살이 곪아서 마침내는 고름이 나오기도 했다.

30년이 지났는데 지금도 오른쪽 허벅지에는 그때의 깊은 상처가 흉물스럽게 남아 있다. 하지만 뭐 어때라. 마음에 상처가 되었다면 모를까 몸에 난 이 정도 상처쯤이야 별 일 아니라는 듯 웃어넘길 수 있다. 한편으로 나는 그렇게 쿨 하고 배포도 큰 아이였다. 그 사건 이후로 고모는 나를 전과는 다른 눈으로 보았다. 아무래도 나중에도 뭐가 되도 될 놈이라고 생각한 듯 가끔 엄마에게 이렇게 말했다.

"영찬이 저놈, 보통 놈은 아니야! 세상에 다리가 그렇게 찢어졌는데도, 무슨 애가 울기보다는 저희 부모한테 돈 많이 들어갈까봐 걱정부터 하더라니까는!"

난 어릴 때부터 그렇게, 지독히 특·별·한 놈이었다.

내 인생의 첫 보물이 되어준
고마운 '고물'

두 번의 전학 이후 3학년 생활을 시작으로 졸업할 때까지 4년 동안은 내내 성내초등학교를 다녔다. 그 사이 강원도 산골 소년은 서울 친구들의 기에 눌려 어느덧 내성적인 성격으로 변했다. 성내동에 장미아파트가 생긴 지 얼마 되지 않았을 때였다. 강동구 성내동에 있던 우리 집은 1층에 대폿집과 함께 두 개의 가게가 딸린 2층 주택이었다. 1층은 세를 주고, 우리 가족은 2층에 살았다. 재테크에 선견지명이 있으셨던 부모님은 일부러 가게가 딸린 건물을 사서는 그 건물 2층에 살면서 1층에서 받는 월세로 주택 마련을 위해 빌린 대출금을 갚아나가셨다.

학급에 잘 사는 아파트촌 아이는 몇 명 없고, 대부분은 가정 형편이 어려운 못사는 동네 아이들이었다. 주로 아파트에 사는 친구들이 소지한 학용품 중에 유독 내 눈에 들어오는 물건이 있었다. 바로 '샤프'라는 것이었다. 지금은 흔하디흔한 제품이지만, 당시(약 40년 전) 영월에서는 연필에 침을 묻혀 사용하던 나에게는 도시에서 처음 본 샤프라고 하는 물건이 신기하고 대단해 보였다. 후암동에 살 때도 갖고 싶었지만, 이곳 성내동에서보다는 좀 더 드물고 귀해서 그래도 참을 만했다. 그런데 아파트촌 아이들이 제법 있는 성내동에서는 사정이 달랐다. 생각보다 많은 친구들이 샤프를 사용하는 모습을 보니 나 역시 탐이 났다. 그럼에도 샤프를 갖고 싶다고 엄마에게 감히 입도 뻥긋할 수가 없었다. 내가 너무 일찍 철이 든 것일까…. 그때만 해도 일자리 때문에 아버지는 한 달에 한 번 정도 강원도에서 주말에 올라오셨다. 생이별까지 감수하며 빚값과 생활비를 벌기 위해 고생하시는 부모님을 생각하면 샤프를 탐내는 마음은 나에게 사치였다. 두말하면 잔소리다. 정말로 그랬다. 당시 가격으로 한 개에 100원 정도였으니까 사실 샤프 자체가 그리 값비싼 물건은 아니었다. 우습게 들릴지도 모르지만 당시에 나에게 샤프는 요즘 시대의 된장녀들이 선호하는 루이비똥이나 샤넬과 같은 명품 브랜드 그 이상으로 갖고 싶은 물건이었다. 진심으로 그랬다. 게다가 나는 갖고 싶은 것은 어떻게든 갖고 마는 성미였다. 무슨 좋은 방법이 없을까…?

그날 이후, 방과 후면 동네 어귀에 앉아서 '어떻게 하면 샤프를 살 수 있을까?'를 몇 날 며칠 고민했다. 그러다가 하루는 희한한 장면을 포착했다. 허름한 옷에 낡은 신발을 신은 아저씨 주변에 이상하게 아이들이 몰려 있었다. 얼핏 보니 아저씨의 리어카(손수레) 안에는 동네에서 수거한 듯 보이는 쓸모없는 고물이 잔뜩 들어 있었다. 어라, 그런데 코미디도 아니고 이건 또 무슨 시츄에이션인가? 옷 입은 모양새로 보아서는 아저씨의 형편은 분명히 좋아 보이지 않았다. 그런데 아이들이 손에 든 고물을 아저씨에게 드리면 대신에 아저씨는 아이들에게 강냉이와 뻥튀기류의 과자를 주는 것이 아닌가! 아이들과 물건을 맞교환 한다고 하기에는 아저씨가 훨씬 불리해 보였다. 별 일이다 싶었다. 집에 있는 처치 곤란한 고물을 처리해주는 것만도 고마운데 저렇게 과자까지 듬뿍 주시다니…. 어디로 봐도 산타일 리가 없어 보이는데, 대체 어찌된 일일까? 아저씨가 도대체 그 고물들을 끌고 어디에 가서 무엇에 쓰시려고 하는지가 몹시 궁금했다. 호기심이 발동한 나는, 몰래 아저씨의 뒤를 밟았다. 아저씨는 리어카를 2km쯤 끌고 가더니 동네 끝, 공터에 있는 고물상으로 들어갔다. 나는 당시 인기를 끈 명탐정 셜록 홈즈가 된 것처럼 숨을 죽이고 그 모습을 숨어서 지켜보았다. 그런데 세상에, 아저씨는 그곳에서 고물들을 몽땅 넘겨주고는 '돈'이라는 것을 받는 것이 아닌가! 고철값은 1kg당 20원이었다. '어라? 저 쓸모없는 고철이 돈이 된단 말이야?' 10kg이면 200원, 100kg이면 2,000원이네? 나는 눈을 번뜩이며 쾌재를 불렀다. 바로 저거야, 내가 샤프를 살 방법은! 고물을 주워 파는 아저씨는 하루아침에 나의 구세주로 신분이 급상승했다.

　돈에 대한 관심과 갖고 싶은 것에 대한 간절함, 내 인생의 그 첫 시작은 '보물찾기'가 아닌 '고물 찾기'였다. 나는 그 다음날부터 학교가 끝나기만 하면 동네를 돌아다니며 눈에 띄는 대로 고물을 주웠다. 무게가 적게 나가는 고물은 우리 집 1층 마당에 몰래 쌓아놓

앉다. 제법 덩치가 큰 고철은 나보다 세 살 많은 작은형의 도움을 빌려 운반할 생각으로 다니다가 눈에 띄는 대로 일단 고물이 있는 장소를 표시해둔 '고물 지도'를 그려나갔다. '고물'이라고는 했지만, 나에게는 '보물'이 담긴 지도나 마찬가지였다. 날을 기다렸다가 작은형을 이끌고 고물 지도를 따라 돌며 준비해간 마대자루에 큰 고물들을 덥석 주워 담았다. 그렇게 해서 보름이 지나 고물상에 고물을 팔면 둘이서 1,000원을 벌었다. 체구가 작아 주로 머리를 써야 했던 나와 동생인 나를 도와 힘을 쓴 작은형은 번 돈을 똑같이 반씩 나눠 가졌다. 그 결과, 내 손에는 500원짜리 지폐가 들려 있었다. 이게 꿈인가, 생시인가. 샤프를 한 개도 아니고, 무려 5개는 살 수 있는 돈이었다! 나는 뛸 듯이 기뻤다. 그날 톡톡히 돈맛을 본 덕분에 돈 버는 재미에 빠진 나는 틈만 나면 고물을 주우러 다녔다. 혹시 아는 친구들이 그런 내 모습을 보게 된다고 해도, 돈을 번다는데 손톱만큼도 창피하거나 부끄럽지 않았다. 나는 작은형이 학교에서 오기만을 기다렸다가 1주일 만에 함께 고물상으로 향했다. 요령이 생겨서 그 다음부터는 고물의 양이 웬만큼 찼다 싶으면 동네 슈퍼에서 작은 손수레를 빌려 고물을 담아 고물상에 가서 팔았다. 작은형과 나는 손발이 척척 맞았다. 그렇게 6개월 동안은 보름에 2,000원이상이 생길 정도로 돈 버는 재미가 짭짤했고, 당연히 수중에는 용돈이 늘 두둑해서 꼬마 재벌까지는 아니어도 내가 사고 싶은 것 정도는 충분히 사고도 남을 정도로 경제력이 있었다.

하지만 무슨 일이든 꼬리가 길면 밟히게 되어 있다. 그러면 그렇지, 그 사이에 나는 동네 아줌마들 사이에서 '어린 양아치(당시에 고물을 줍거나 휴지를 줍는 넝마주이 아저씨를 부르던 호칭)'로 소문이 났다. 이러한 소문은 마침내 엄마의 귀에까지 들어갔다. 엄마는 이사를 온 뒤에 이제 막 동네 아줌마들과 친해지려던 차에 내가 산통을 깬 것이다. 누가 엄마에게 나의 이야기를 고자질했을까? 자기 일을 침범당한 고물상 아저씨가 아닐까? 아저씨 입장에서 생각하면 어느 날부터 갑자기 동네에서 고물이 사라졌으니 이상할 법도 했다. 밥줄마저 끊어지게 생긴 아저씨는 범인을 찾아 나섰고 고물을 줍는 우리 형제를 발견하고 괘씸했을 것이다. 그런데 막상 범인을 발견하고보니 어린 아이들이어서 혼내지도 못하고, 동네 아줌마들에게 내가 어느 집 아이인지 떠봤을 것이다. 물론, 우리 형제에 대하여 이렇게 흉을 봤을 것이다.

"쯧쯧쯧, 어린 나이에 벌써부터 양아치 흉내나 내다니. 부모가 누군지 참…. 저러고 다니면 저 같은 양아치밖에 더 되겠어요?"

창밖엔 시원스럽게 비가 내리고 있었다. 쏟아지는 빗소리를 들으며 엄마는 사랑의 매를 드셨다. 생각만 해도 낯부끄럽고 속상하고 앞날이 걱정이 되셨는지 엉엉 우셨다. 엄마의 울음소리가 빗소리에 묻혔다.

"이놈들아. 고물 줍는 양아치나 하라고 너희 아버지가 너희를 서울 보낸 줄 알아? 아버지 고생하는 생각은 안 하니?"

발가벗은 몸으로 우리는 그날도 흠씬 두들겨 맞았다. 그러고 나서 엄마는 그렇게 살려면 차라리 집에서 나가라고 호통을 치셨다

며칠이 지났을까? 나의 예리한 촉은 살아 있는 게 맞았다. 내 짐작대로 나에 대한 소문을 낸 범인은 아저씨였다. 아저씨는 고물을 팔아 자녀의 학비와 생활비를 버신 가장이었다. 그 사실을 알고 나는 아저씨에게 너무 미안했다. 가장으로서 당시에 먹고 살려고 몸부림쳤을 아저씨 생각을 하면, 30년이 훨씬 지난 지금도 죄송한 마음에 가슴이 먹먹하다. 아저씨는 나에게 특별한 추억을 선물하셨고, 또한 내가 어린 나이에 일찍 재테크를 하도록 길을 열어주신 내 인생의 '인도자' 같은 분이기도 하다. 미안하고 고마운 아저씨에게 또 다시 사과드린다.

"아저씨, 그때는 정말 몰라서 그랬어요. 용서해주실 거죠?"

초심을 지켜야 한다. 무엇을 하든 원래의 계획이나 목적, 그 이상이라면 욕심일 가능성이 크다. 나는 나에게 필요한 샤프 한두 개만 사는 것으로 만족했어야 했다. 선을 긋고 딱 거기에서 멈추었어야 했다. 돈이 생기니까 '필요한 것'이 아니라, '원하는 것'의 목록이 마구 늘어났다. 돈 맛을 알고 나서 내 목적은 샤프가 아니라, 어느새 '돈'이 되어 있었다. 돈이란 놈은 중독 현상이 아주 강해서 자꾸 욕심을 부리게 만들었다. 무엇보다, 사람의 욕심이란 끝이 없다는 것이 문제다. 나의 쓸데없는 욕심 때문에 (학생 신분으로서 몸에 맞지 않는 옷을 입고) 어려운 형편에 있는 아저씨의 밥벌이를 내가 독차지하며

가로챈 셈이었다. 재테크에서도 마찬가지이다. 나는 항상 강연장에서 목표 수익률을 정확히 세우고, 그 수익이 달성되면 뒤도 돌아보지 말고 매도하라고 강조한다. 또한 조금은 비껴가는 이야기이지만, 기업의 상생 원리도 이와 다르지 않다고 본다. 우리의 일상생활 요소를 대기업이 모두 독점해버린다면 중소기업이나 중소 규모의 상인들이 어떻게 밥벌이를 하며 살 수 있겠는가. 어릴 적 나의 호기심은 이렇게 '욕심'을 불러왔다.

고물장수 일을 시작으로 나는 물건이 필요하거나 하고 싶은 것이 있으면 직접 돈을 벌어 용돈으로 사용하는 습관이 들었다. 미안한 마음에 도저히 엄마에게서 돈을 받아 쓸 수는 없었던 것이 솔직한 나의 고백이다. 고철 줍기를 끝내고 그 다음부터는 돈이 필요하면 초등학생 신분으로 찌라시(광고지)를 돌렸다. 한 장을 돌리면 그 대가로 2원을 받았는데, 항상 반 친구들 몇 명을 데리고 가서 팀을 짜서 돌렸더니 그 수입도 제법 짭짤했다. 중학교 때는 딱히 사고 싶은 것이 없어서 따로 알바를 하지는 않았다. 아, 생각해보니 한 가지가 있기는 하다. 이건 아버지의 도움을 조금 받았다고 해야 할 것 같다. 서울에 올라오시느라고 대한중석을 그만두신 아버지는 후암동의 해방촌에서 꽤 오랫동안 사진관을 운영하셨다. 중학교 2학년 때인가는 졸업식과 입학식에 맞추어 아버지를 따라 주변 학교를 돌며 필름을 팔았다. 목에 '필름'이란 팻말을 걸고, 필름 사세요 하고 외치면 하루에 30개에서 많게는 50개도 넘게 팔았다. 아버지가 사진관을 운영하신 뒤로는 졸업식과 입학식 시즌이면 매번, 아버지에게 도매로 필름을 사서는 큰형과 함께 현장에서 팔아 생긴 수익을 둘이 반씩 나누어 가졌다. 1980년대 초중반이었는데도 그렇게 팔고 난 수익금이 적어도 20만 원 이상은 되었으니 나는 꽤나 돈을 많이 벌었다. 집은 가난했지만, 용돈 벌이를 위한 필름 판매 수익금 덕분에 나는 나이에 비해 용돈이 아주 넉넉한 아이였다.

내가 생각해도 나는 돈 버는 일은 정말 잘 했다. 어린 나이에도 내가 벌고 싶은 만큼은 얼마든지 벌 수 있었으니까. 청년이 되어 사업을 할 때까지 그런 식으로 다양한 알바를 하면서 돈 버는 일에 잔뼈가 굵었다. 어려서부터 나는 가진 게 없어도 불평을 하거나 불만을 갖지 않았다. 욕심이 많은 타입은 아니고, 있는 것에 만족할 줄 알았다. 그러나 '필요한 것'이 있으면 내 힘으로 벌어서 사려고 했다. 경제적으로 어려운 환경 덕분에 어려서부터 경제에 눈을 뜨고, 부모님에게서 일찍부터 경제적으로 독립할 수 있었다. 그때의 경험을 토대로 한마디 덧붙이자면, 없는 상황도 감사할 줄 알면 반드시 그곳에 길이 보인다는 사실이다.

인생을 가르쳐준
롤러장 사건과 '여인숙'

중학교 때부터는 유난히 음악을 좋아했다. 옆에서 늘 흥얼거리며 듣던 큰형의 영향이 컸다. 호기심과 끼가 많던 나는 고교 시절에는 방송반에 들어가서 아나운서가 되었다. 그러면서 세운상가에서 해적판(일명 빽판) 앨범을 사 모으며 음악에 더욱 푹 빠져 살았다. 알바를 해서 생긴 돈의 대부분을 음반을 살 정도였다. 그렇게 나는 무언가에 꽂히면 끝장을 보는 성격이었다.

그 시절, 논밭을 빼면 허허벌판뿐인, 학교와 집 근처에 있던 산에서 나는 삐라도 주워 모았다. 당시만 해도 북한에서 선전용으로 사용하던 삐라(선전이나 광고를 하기 위해 글 따위를 적어 사람이 많이 다니는 곳에 뿌리거나 붙이는 종이)가 남한에 제법 뿌려지던 시절이었다. 지금의 올림픽 공원이 삐라를 줍던 바로 그 자리였다. 땅에 워낙에 많이 떨어져 있다보니 삐라를 줍는 건 일도 아니었다. 모은 삐라는 경찰서에서 학용품으로 바꿔주었다. 공책이나 책받침이 필요하면 나는 무조건 산으로 올라가서 여기저기 흩뿌려진 삐라를 잔뜩 주워 모아 경찰서로 달려갔다. 삐라와 바꾸어 모은 몇 백 개의 책받침으로 친구들과 당시에 유행한 책받침 깨기 놀이를 하기도 했다.

방송반 활동도 모자라 음악에 심취한데다 삐라를 줍기에 바쁘다 보니 학급 성적은 중간 정도에 그쳤다. 당시에는 가수 김승진의 노래 '스잔'과 함께 또래의 라이벌 고등학생 가수인 박혜성이 '경아'로 인기를 크게 끌었다. 박혜성 형은 내가 다니던 고등학교의 1년 선배로 연극반 소속이었다. 지금은 흔한 일지만, 그 시절에는 혜성처럼 등장한 학생 가수들의 출연은 파격이요, 신선하기까지 했다. 두 사람은 대한민국 사상 학생 가수로서 크게 인기를 끌었던 양대 산맥이지 않았나 싶다. 그들이 첫 테이프를 끊은 이후로 소위 요즘의 아이돌 스타라고 하는 학생 가수들이 줄을 이었다.

그때는 또 롤러장이 젊은 층의 문화로서 선풍적인 인기였다. 유행하는 가요와 팝송 등 다양한 음악도 듣고 롤러도 타고, 롤러를 타며 손잡고 넘어지고 붙들어주는 과정에서 친해질 수도 있어서 친구들과 어울려 놀거나 연인들의 데이트 장소로서도 롤러장만한 곳이 없었다. 하지만 그에 따른 부작용도 있기 마련이어서 롤러장에 대한 인식이 대중에게 그다지 좋지는 않았다. 그래서 주로 찾아오는 사람만 계속 왔다. 롤러장의 DJ는 주로 학교에서 퇴학당한, 어른들이 보기에는 소위 질이 좋지 않은 형이 대부분이었다. 아마도 그런 이유로 롤러장 문화가 인기를 오래 끌지 못한 것 아닌가 싶다.

어쨌거나 한창 비트 음에 빠졌던 나는 학교가 아닌 전문 음악을 들을 수 있는 곳에서 DJ를 하고 싶었다. 나의 관심사는 온통 음악이었다. RPM에 맞춰 1분에도 몇 번이고 심장이 쿵쿵 떨렸다. 학생인 나에게는 현장에서 음악도 공부하고 돈도 벌고 하니 롤러장만한 곳이 없었다. 단지 음악이 무척 좋아서 롤러장은 물론이고, 할 수만 있다면 어른이 되어서도 음악을 트는 DJ가 되고 싶었다. 1학년 겨울방학 때 선생님과 아버지에게 허락을 받고, 길동에 위치한 샤파 롤러장에서 알바로 DJ를 보았다. 그동안 내가 사서 모은 판 400장을 롤러장에서 틀어주는 조건이었다. 순진하게 뛰어든 나의 생각과는 다르게 주변의 형들은 사장에게 이용당하지 말라며 주의를 주었다. 당시에 롤러장 DJ의 월급은 30만 원 정도였는데, 나에게는 기껏해야 10만 원도 안 줄 것이라고 했다.

설마 자식 같은 나에게 사장이 돈을 떼먹을까 싶어서 그들의 말을 한 귀로 흘려듣고 늘 음악을 가까이 할 수 있을 거라는 생각에 즐거운 마음으로 일했다. 드디어 첫 월급을 받는 날, 내가 받은 돈은 형들의 경고 금액보다 못한 반 토막으로 단돈 5만 원이었다. 나는 사장에게 따지고 들었다.

"사장님, 판도 제 판을 사용하고 선곡도 제가 알아서 잘 하는데, 이 돈이 말이나 됩니까?"

"학생 놈의 새끼가 어디서 감히" 하더니 동시에 불이 번쩍했다. 그때 태어나서 처음으로 뺨이란 걸 맞았는데 화상을 입은 것처럼 볼이 얼얼했다. 뺨을 얼마나 세게 맞았던지 그대로 3미터 정도 뒤로 밀려 구석으로 나가떨어졌다. 그때 나는 깡마른 고 1 학생이었고, 그분은 40대 초중반은 되어 보이는 어른이었다. 아프다는 생각보다는 너무 분하고 억울했다. '이런 게 세상이구나…' 형들의 이야기가 맞았다. 그때 나는 값진 사실 한 가지를 배웠다. 상대를 믿는 것도 중요하지만, 작은 거래조차도 계약서를 써야 한다는 사실을…. 비즈니스가 무엇인지를 그렇게 고등학생 때 몸소 체험했다(나는 이미 고등학생 때 배운 진리인데, 30년이 지난 지금도 보면 많은 사람이 비즈니스를 하거나 동업을 할 때, 문서상의 정확한 증거자료 없이 애매하게 일을 시작한다. 사업이든 창업이든 돈 문제든 모든 일(심지어 남녀관계라고 해도)은 서로 계약(합의)하에 시작하는 것을 절대 나쁘게 보거나 너무 삭막하다고 할 것이 아니다. 연예인 중에서도 출연료가 얼마인지를 묻거나, 혹은 출연료가 부당하다거나 더 올려달라고 이야기하는 것을 불편해하는 사람들이 꽤 많다. 나의 능력에 맞는 급여를 요구하는 것은 당연한 일이다. 물론, 내가 그 일을 하기에 능력이 부족한 사람이라면 당연히 덜 받아야 한다. 자신의 가치(여기에서는 몸값)는 자신이 안다. 남들이 책정하기 전에 내 쪽에서, 제대로 된 몸값을 요구할 실력을 갖추어야 한다).

그때는 뒷머리를 기르는 것이 유행이었다. 하지만 우리 학교에서는 장발을 금지했다. 방학이 끝나면 나는 다시 학생의 신분으로 돌아갔다가 방학이면 다시 롤러장 DJ로 지내기를 반복했다. 그래서 방학을 앞둔 시점이면 나는 몰래 머리를 기르고는 했다. 방학 중에는 머리카락이 자란데다 누가 봐도 성숙한 외모여서 아무도 내가 고등학생인 걸 눈치 채지 못했다. 롤러장이라는 바닥은 학교 중퇴자나 나이트클럽에서 일하는 사람, 아니면 건달들과 섞여 놀기에 좋은 환경이었다. 롤러장의 한 형이, DJ로서 여학생들에게 무시당하지 않고 인기를 얻으려면 재수생이라고 소개하라며 미리 귀띔해 주었다. 그 형이 시킨 대로 나는 롤러장에서 재수생 오빠로 통하며 여학생들에게 제법 인기를 끌었다. 그러나 다행히도 나는 여자란 존재에는 관심이 없었다. 만일 여자에게까지 관심이 있었다면 공부를 멀리하기에 딱 좋은 환경이니 말이다. 그 시절에 엄마는 음악을 하고 싶으면 공부부터 하라고 나에게 야단이셨다.

학생 신분으로 DJ까지 지내던 나의 고교 시절 학업 성적은 그리 좋다고는 할 수 없었다. 고 2 때까지는 방송반 활동에 빠져 제일 좋은 성적이라고 해봐야 반에서 12등이었던 것 같다. 그랬던 내가 고 3이 되어서 학교 성적이 좋은 우수생(성적으로 사람을 판단하는 한국에서는, 아직도 이런 사람을 우등생 내지는 모범생이라고 한다)이 된 건, 내 평생 절대 잊지 못할 이름 석 자를 가진 '여인숙' 영어 선생님과의 운명적인 만남 덕분이었다. '귀여운 아기 고릴라'라는 별명을 가진 선생님은 사람을 보면 늘 칭찬을 하는 분이셨다. 어느 날, 교무실에 불려간 나는 선생님에게서 내 인생을 바꾸는 한마디를 들었다.

"영찬아, 왜 그렇게 공부를 안 하니! 아무리 봐도 우리 영찬이는 공부를 정말 좋아할 것 같은 아이인데. 선생님은 너를 믿어. 영찬이 너라면 할 수 있을 거야. 그렇지?"

그때 해주신 선생님의 격려와 따끔한 가르침 덕분에 나는 대입 시험 전까지 1년 내내 반에서 2~3등의 성적을 유지할 수 있었다.

졸업을 하고 나서 '너, 학교 다닐 때 공부 좀 했나보다' 하는 소리를 지금도 종종 듣는 건 모두 여인숙 선생님 덕분이다. 나는 누군가의 칭찬 한마디가 한 사람의 인생을 정말로 바꿀 수 있다는 사실을 그때 처음 깨달았다. 생각해보라. 칭찬은 고래도 춤추게 한다는 제목의 책도 있을 정도인데, 칭찬을 듣는 사람인들 오죽하랴. 칭찬을 싫어하는 사람은 세상에 단 한 명도 없을 것이다. 말은 아껴도 칭찬만큼은 아끼지 말자!

까딱 잘못하면 얼마든지 나쁜 길로 빠질 수도 있었는데, 나는 연애는 물론 술 담배도 끝까지 하지 않았다. 천만다행으로 졸업할 때까지, 호기심 천국 권영찬의 관심사와 사랑의 대상은 오직 음악 한 가지였다. 거기에 더하여 엄마가 그토록 바라던 학업 성적 우수자까지 되었다. 롤러장에서 DJ를 하기는 했지만, 고교생 권영찬은 그렇게 한없이 순수했다. 하지만, 세상은 그런 나에 대하여 편견을 가질 수 있음을 충분히 이해한다. 주변 인물들을 무시할 수는 없는 안 좋은 환경이었으니까.

대입학력고사(지금의 대입수능시험)를 치르고 나서 내가 본격적으로 나이트클럽 DJ를 하고 싶어 할 때였다. 큰형은 시험을 마친 나를 데리고 잘나가는 개그맨이었던 서세원 씨가 일하는 신촌의 한 밤업소에 찾아갔다. 그러고는 형도 그날 처음 보는 서세원 씨에게 다짜고짜 나를 인사시켜주었다. 큰형도 약간은 나와 같은 무대뽕 정신이 있는 사람이어서 가능한 일이었다. 그 이후에 대학 합격자를 발표했다. 엄마의 간절한 바람대로 나는 외대 영어학과에 당당히 합격했다. 하지만 나는 음악을 하고 싶은 마음뿐이었다. 엄마의 등쌀에 못 이겨 마지못해 시험을 치렀을 뿐 대학에 다녀야겠다는 생각은 추호도 없었다. 공부하는 모습을 보여드렸고 합격도 했으니 그만하면 나는 엄마와의 약속을 충실히 이행한 셈이었다. 이제 마음껏 자유롭게 음악을 할 참이었다. 합격은 엄마를 안심시키기 위한 견제책이었을 뿐 합격하더라도 사실 나는 대학에 다니지 않으려고 했다. 그런데 그것도 쉬운 일이 아니었다. 대학에 다니면 똥차라도 사주겠다고 약속한 엄마를 믿고 나는 생각지도 못했던 대학생이 되고야 말았다(뒷이야기를 좀 더 하자면, 내가 대학생이 되어서도 엄마는 결국 약속을 지키지 못했다. 그 일로 나는 상처를 받았다. "엄마는 왜 안 되는 걸 해준다고 하셨을까? 약속은 지키라고 있는 것인데…." 나도 안다. 적어도 엄마의 마음만은 자식에게 가장 좋은 것으로 주시고 싶었을 것이다. 하지만 그놈의 돈이 그 마음을 막았다. 돈이란 그런 것이다. 나는 원하는 삶을 살고 싶었고, 내가 갖고 싶고 하고 싶은 삶을 살아야겠다고 다짐했다)!

책이 나오면 나는 이 책을 들고 나의 고등학교 은사이신 여인숙 선생님을 찾아뵐 생각이다. 그리고 선생님께, 월요일 조회 때마다 교장 선생님께서 전체 교사와 전교생을 모아놓고 하시던 훈시 내용을 들려 드리려고 한다. 그러면 아마도 선생님은 크게 웃으실지도 모른다.

"아쭈! 너희들, 여기가 여인숙인 줄 알아? 앞으로 학교에 와서

206   모든 실패는 나를 강하게 만들었다!

자다 걸리면 혼날 줄 알아."

물론, 교장선생님은 여인숙 선생님이 곤란하실 것까지를 미처 떠올리지도 못하고 하신 말씀이다. 하지만 그때마다, 여인숙이라는 같은 이름을 가진 것 빼고는 아무 죄도 없는 여인숙 선생님의 얼굴은 빨개지고는 하셨다. 그 모습이 무척 인상적이었다. 아주 많이 늦었지만, 선생님께 꼭 드리고 싶은 말이 있다.

"고맙습니다. 선생님!"

뭘 하든 전부를 거는, 달인으로 살다

단지(?) 알바를 하더라도
'사장 마인드'로 승부하라!

쓸 때 쓰고, 써야 할 곳에는 내 돈을 팍팍 써서 그런가? 많은 사람이 나를 부잣집 출신으로 오해하고는 한다. 이런, 내가 부잣집 아들이라고! 그건 나를 몰라도 한참은 몰라서 하는 소리다. 그렇다. 나에 대한 진실은 이것과는 완전히 딴 판이다.

내가 대학입시를 치를 때만 해도 영어의 활용도가 가장 높았던 시절이었다. 그런 이유로 가고 싶던 중문과를 포기하고 외국어대학교의 영어과를 선택해서 진학했다. 그리고 방학과 함께 나의 장기인 알바를 시작했다. 사실 내가 중고등학교에 다니던 시절에는 고학생이 별로 없었다. 그리고 지금의 청소년처럼 알바를 하던 사람도 없던 시절이었다. 그럼에도 나는 어려서부터 고철을 줍던 학생이고, 고등학교 때는 DJ를 하면서 돈을 벌었고, 가끔은 방송반 장학금을 받아서 학교에 다녔고, 대학에서도 등록금이며 용돈이며 내가 벌어 공부한 고학생이었다. 그리고 개그맨으로 데뷔하기 전인 대학 1, 2학년 때에는 성적이 좋아서 반액 장학금을 세 번이나 받은 기록도 있었다(나도 몰랐던 사실인데, 대학원 입학을 위해 대학 성적표를 제출하려고 보니 그 내용이 고스란히 기록되어 있어서 잊었던 기억이 되살아났다).

1988년, 대학교 1학년 때였다. 첫 일터는 여름방학 들어 시작한 잠실 롯데월드 민속관의 한 주점이었다. 아침 9시부터 꼬박 12시간을 그릇 한 개에 3kg이 족히 넘는 서빙 일을 하면서 너무 힘이 들었다. 한복을 입고 서빙을 하려니, 창피하기도 하고 실내이긴 하지만 찌는 듯한 더위 때문에도 한복 옷차림이 견디기가 쉽지 않았다. 그래서 일을 할 만한 환경이면서도 돈이 되는 알바가 없을까를 계속 찾았다. 그러던 중에 어머니 친구분의 아드님의 소개로 방학 중에 영동백화점의 신용판매과에서 알바를 했다. 내가 맡은 업무는 해당 백화점 카드 사용자(고객) 중에서 카드 사용료를 3개월 이상 밀린 연체자의 실제 거주지를 추적하여 백화점 신용판매과에 알려주는 어찌 보면 단순한 일이었다. 그리고 나면 회사 측에서는 내가 알려준 정보로 연체자에게 채권추심을 하는 방식이었다. 합법적 절차에 따른 일이어서 거리낄 게 없었다. 나는 카드회사에서 기존에 등록된 연체자의 주소지만 건네받고, 연락처도 없이 단서 하나만으로 그 사람이 이사 간 집이며 어디에 숨어 사는지를 찾아냈다. 물론 연체자의 실제 거주지를 어떻게 찾는지에 대해서는 사전에 노하우를 전수받은 뒤였다. 당시에는 내가 주소지를 확인하는 이용 목적과 신원을 밝히면, 동사무소에서는 그 주소에 연체자가 살고 있는지의 여부를 확인해서 나에게 알려주었다. 그러면 나는 그 집 주소로 찾아가서 우편물 등을 확인하는 방식으로 실제로 그 사람이 살고 있는지를 알아냈다. 연체자가 이사를 간 사례여도 역시 그러한 과정을 거쳤다. 그런 다음에 내가 확인한 연체자의 새 주소지를 백화점 측에 넘겨주는 식이었다. 사람들은 일반적으로 해결 방법은 알려주지 않고 과제만 던져주면 그 일을 성취해내기를 어려워한다. 그런데 나는 어떤 사건이나 과제를 보면 어떻게 해야 할지, 그 해결책이 보였다. 남들은 골치 아파할지 모르는 일이지만, 어린 시절부터 셜록홈즈의 추리소설을 즐겨 읽은 데다 집요하고 형사 콜롬보의 기질이 있는 나의 적성에는 그 일(추적 알바)이 아주 잘 맞았다(나중에 개그맨이 되어서도 나는 형사 콜롬보처럼, 정보나 사건의 정황 등을 잘 추적하여 주변의 지인들이 궁금해 한 숙제를 해결해주었다. 미국 드라마 〈맥가이버〉가 인기를 끌던 때였는데, 방송국 사람들이 나더러 뭐든지 해결하는 척척 해결사라며 맥가이버, 귄가이버라고 불렀다. 이런 식으로 살면서 얻은 다양한 경험을 바탕으로 한 통찰력은 나중에 컨설팅을 하는 데 무척 쓸모가 있었다).

백화점의 신용판매과에서 일하면서는 동사무소 업무가 무엇인지도 자연스럽게 알게 되었다(비록 두 달밖에 일하지 않았지만, 그 경험은 나중에 영화제에서 마케팅 담당자로서 일할 때 협찬을 따내거나 후원을 이끌어내는 노하우를 깨닫는 기반이 되었다. 대기업에서 협찬이나 후원을 받으려면 어떻게 접근-접촉-하고 처음부터 어떻게 일을 세팅해야 하는지를 터득하는 데 크게 역할을 했다. 마케팅 담당자로서 일할 때 그 과정이 한 눈에 딱 보였다. 나는 그 결정적인 기술을 거창한 곳에서나 대단한 일을 하면서 터득하지 않았다. 바로, 방학을 이용해 알바생으로 잠깐 뛰어든 신용 판매과에서 그 기술을 모두 배웠다).

그리고 한겨울이 되었다. 매서운 추위에 새벽 4시부터 8시까지 강남의 반포동 한 아파트촌에서 추위와 싸워가며 세차를 했다. 그때는 아파트 주차장이 모두 지상에만 있었다. 선배 형 밑에서 짧은 시간에 세차를 잘 하는 노하우를 익히며 하루 4시간 동안 차를 스무 대 이상 닦으며 벌어들인 알바 급여는 한 달에 40만 원이었다. 문과대학의 등록금이 100만 원도 안 되던 시절이었다. 그나마 여름에는 물세차가 가능해 할 만했지만, 한겨울에는 차가 얼지 않도록 왁스로 세차해야 했다. 아무리 고무장갑을 끼고 세차를 해도 손톱에는 기름때가 늘 끼어 있었다. 하지만 힘들었던 와중에도 그 시절에 나는 항상 이렇게 생각했다. '오우 아파트 좋은데. 나도 나중에 여기에서 살면 좋겠다!'(그렇게 꿈꾸던 한 청년은 10여 년 뒤, 그가 세차를 했던 동네인 바로 그곳 서초구 잠원동의 아파트에 살고 있다. 물론 소유주는 나 권영찬이다). 가진 것은 없었지만 나는 마음으로 바랐고, 목표를 위해 실천했고, 결국은 원하던 것을 얻었다. 그러니 당신 또한 할 수 있다. 그런데 놀랍고도 기막힌 것은 물가가 올라도 몇 배는 올랐을 25년이나 지난 지금까지도 우리 아파트 단지의 세차비는 여전히 그 시절과 똑같은 월 5만 원이라는 사실이다. 그 때문에, 세차하시는 분들을 생각하면 가슴이 아프고 가끔은 한숨도 나온다. 가끔은 세차하시는 아주머니 사장님이 나더러 '차를 바깥에 주차해두어 너무 추워 세차를 못했다'고 말씀하신다. 그러면 나는 괜찮으니 쉬시라며 오히려 격려해드렸다. 나도 경험해봐서 알기 때문이다. 아파트에서 불어오는 한겨울 국지풍의 추위가 얼마나 매서운지를.

나는 오전 일찍 세차 알바를 끝내고 나서 오전 10시부터 오후 1시까지는 당시에 인기를 끌던 패스트푸드점 참새방앗간으로 장소를 옮겨 또 알바를 뛰었다. 반포에서 잠실행 버스를 타고 가면서 혹시나 승객들이 내 손톱에 때가 낀 것으로 오해할까봐 검은 기름으로 얼룩진 손톱을 감추느라 애썼다. 잠실의 음식점에 도착하면 손(기름때)을 빡빡 씻고는 양념장 만드는 일을 했다. 그때 쌓은 실력 덕분에 지금도 쫄면 양념은 기막히게 잘 만든다. 나는 대학 시절 내내 으레 방학이면 새벽에 세차부터 시작해서 기본으로 하던 과외를 포함해서 적어도 3개 이상의 알바를 꾸준히 쉬지 않고 했다. 롯데월드 주점 서빙에서부터 시작해서 백화점 신용판매과에서의 채권추심, 패스트푸드점에서 분식 만들기와 서빙, 압구정동 웨이터, 세차, 백화점 카드 아르바이트 등 대학생치고 안 해본 알바가 거의 없었다. 별의별 알바를 하면서도 시간당 얼마인지 알바 급여에 초점을 맞추기보다는, 어떤 일을 하든 '어떻게 하면 좀 더 효율적으로 일할까'를 늘 고민했다. 비록 남이 보기에는 단순히 알바생 중에 한 사람일 뿐이었지만, 무슨 일을 하든지 나는 사장 마인드로 승부하려고 했다.

군대에 가기 직전에는 좀 더 쉬운 알바를 선택했다. 강남이란 곳을 경험해보고 싶어서 강남의 중심지인 압구정동에서도 제일 인기 있던 카페 몽끌라프('나만의 어린 왕자'라는 뜻)에서 친구와 함께 서빙 일을 했다. 몇 백 평이나 되던 카페를 나는 정신없이 바쁘게 뛰어다녔다. 시간을 때우는 마음으로 일하고 싶지 않아서 정말 내 일처럼, 즐기며 최선을 다했다. 그러다보면 시간도 정말 잘 갔다. 그런 내 모습을 사장님은 좋게 눈여겨보셨다. 늘 그런 자세로 일하다 보니 군대에서 제대하고 나서 1990년대 초반에는 나만의 전략으로 백화점 카드 발급 건수를 높여 월 300만 원이라는 큰돈을 벌었다. 내 기억으로는 당시에 대기업 초임 월급의 두 배가 넘고 대기업 과장급 이상의 월급(당시 연봉 3,000만 원 정도)이었다.

그 일을 시작하게 된 건 순전히 나의 호기심 때문이었다. 그날도 늘 해오던 다른 알바를 끝내놓고 성내동에 있는 집으로 가려고 길을 나섰다. 그런데 대형 백화점과 연결된 전철역 통로에서 '가입비 면제, 연회비 면제. ○○백화점 카드 발급해드립니다'라는 벽보가 눈에 띄었다. 신용카드는 보통, 가입비와 연회비가 있었다. 도대체 무슨 카드이기에 연회비와 가입비를 면제해줄까? 호기심이 발동했다. 발걸음을 돌려 그 길로 해당 백화점 신용판매과를 찾아갔다.

사무실 안에서는 내 또래의 젊은 친구들이 1만 원짜리를 기계에 잔뜩 넣고 추르륵 하며 돈을 세고 있었다. 그 소리가 무척 경쾌하게 들렸다. 대기업 초봉이 월 130만 원 정도일 때였는데, 많이 버는 사람은 한 달에 200만 원도 번다고 했다. 이게 웬 떡인가? 정말 그 돈을 주는 거란 말이지? 사무실 한쪽에는 해당 백화점의 신용카드 가입 신청 서류가 쌓여 있었다. 신청서 한 장에 한 사람을 가입시키고 받아오면(한 장의 카드를 발급하면) 5,000원을 준다고 했다. 돈벌이로 괜찮은 아이템이라는 생각이 들었다. 그래서 당시에 하고 있던 알바를 당장 그만두고 카드 신청 알바에 뛰어들었다.

어쩌면 다른 사람의 눈에는 가망이 없어 보이는 아르바이트일지도 몰랐다. 그 정도 규모의 대형 백화점이라면 이미 사람들이 그곳의 신용카드 한 장쯤은 갖고 있지 않겠느냐고 반문하면서. 그러나 긍정 마인드 권영찬은 시도해보지 않고는 포기하지 않는 사람이었고, 그 틈에서 나는 되는 이유를 찾았다. 분명 다른 출구가 있을 것이다.

백화점 신용카드를 발급받을 정도라면 신용도가 높은 사람이어야 했다. 가입비와 연회비마저 없는데다 카드 사용료 연체는 물론이고 사용한 뒤에 도망갈 여지도 있기 때문이다. 신분과 신용이 확실한 사람, 즉 상장한 회사의 직원을 대상으로만 카드 발급이 가능했다. 그렇다면, 대학을 갓 졸업한 신입 사원을 대상으로 카드 발급 신청서를 작성한다면 몇 십만 인구는 될 테니까 내 눈에는 충분히 승산이 있어 보였다.

그 다음날부터 하루에 다섯 시간씩 회사가 가장 많은 강남의 빌딩을 모두 다녔다. 300장의 카드 가입 신청서가 든 가방을 메고 매일 출퇴근하다시피 했다. 대기업을 출입할 때는 운이 없으면 수위 아저씨에게 걸려 쫓겨나기도 했다. 작전을 바꿔 다음날부터는 형의 양복과 가방을 착용하고 신입 사원 행세를 하며 건물을 출입했다.

하루에 6~8시간은 족히 돌아다녔다.

요령껏 수위 아저씨의 눈을 피해 대기업 건물의 사무실 안으로 들어가는 데는 성공했다. 40~50명의 직원이 업무를 보는 중이었다. 대기업 세일즈는 처음이었다. 무식하면 용감하다고 나는 용기를 내어 우렁차게 외쳤다.

"안녕하세요, 외대 영어과 권영찬이라고 합니다. 이것 좀 알바 하려고 왔습니다."

반응은 대체로 비슷했다. 입구에서부터 어서 나가라며 젊은 직원들에게 몇 차례 저지당하는 일이 다반사였다. 사무실을 몇 번 출입하다 보니 해당 부서에서 최고참 상사는 건물의 안쪽에 있다는 사실을 육감으로 알았다. 그 다음부터는 문 입구 쪽의 아랫사람들을 지나쳐 그대로 상사에게 곧장 가는 정면 돌파를 시도했다.

"안녕하십니까. 한국외국어대학교 영어과 학생 권영찬입니다. 제대하고 복학하려는데 등록금을 벌어야 합니다. 신청서 한 장을 써주시면 5,000원을 법니다. 도와주십시오."

"학생, 내가 이거 100장 도와주면 나도 이익금에서 반을 줄 거야?"

"당연하죠. 저를 도와주신 만큼 드리겠습니다. 저야 한 장이라도 더 하는 게 낫죠."

야호! 일단 성공이었다. 그 회사의 상사는 200장을 놓고 가라며 1주일 후쯤에 오라고 했다. 1주일이 지났다. 어떻게 되었을까?

"학생 솔직해서 좋았어. 인상도 나쁘지 않고. 자, 여기 있네."

그분은 서류 중에 100장가량 책임을 완수하고 나에게 카드 발급 신청서를 돌려주셨다. 100장이면 50만 원이었다. 나는 감사하다고 말씀 드린 뒤, 약속대로 수익의 반값인 25만 원을 수고비로 드리겠다며 통장 번호를 알려달라고 했다. 그 직장 상사는 농담이라고 웃으며 유흥비 말고 꼭 학비에 보태어 쓰라며 격려하셨다. 나는 수고 하나 하지 않고 말 몇 마디로 순식간에 50만 원을 벌었다. 솔직함이 통했다. 만일 당신이 나와 같은 상황에 놓였는데 상대방이 25만 원을 요구한다면 흔쾌히 주어라. 그분의 도움이 없었다면 그렇게 쉽게 돈을 벌 수도 없고, 나누어준다고 해도 당신에게도 25만 원이라는 공돈이 주어지지 않는가. 사람과의 관계에서 절대로 잃을 것은 생각하지 말고, 얻는 것만을 생각하면 좋겠다.

사람들에게 신용카드 가입을 권유하며 6개월 이상 부지런히 발품을 팔다보니 그 사이에 기능성 평발이 되었지만, 신경 쓰지 않았다. 돈 버는 재미에 새로운 대상을 또 뚫기로 하고 대상 물색에 나섰다. 생각해보니 동네마다 생명보험회사 지점이 여러 개였다. 당시에는 일명 '보험아줌마'는 카드 발급 대상에서 제외했다. 누구를 설득해서 카드 발급 신청을 받지? 옳거니, 정직원인 보험사 지점장과 경리면 가능하지 싶었다. 보험회사 직원도 카드 발급 대상으로 뚫기로 하고, 하루 종일 버스를 타고 돌아다니며 그들에게서 신청서를 받아냈다(방송국에 들어가서도 한동안 카드 발급 신청을 따내는 알바를 병행했다. 월 18만 원의 출연료로는 생활이 어려워서였다). 혹시 독자 여러분이 이와 비슷한 일을 한다면, 업무 과정에서 행여 상대가 '당신의 부탁을 못 들어준다'고 해도 넉넉한 마음으로 상대를 이해해주시기를 부탁드린다. 그 사람도 먹고 사는 일로 이래저래 치여서가 아닌가.

　나는 이처럼 대학에 가서도 쉴 새 없이 알바를 통해 학비와 용돈을 벌었다. 그러면서 짧은 시간 동안 여러 인생을 살아보았다. 그때는 별 생각 없이 했던 작은 일 하나하나가 나에게는 정말 소중한 경험이요, 몇 푼의 돈과도 바꿀 수 없는 자산이 되었다. 살면 살수록 더욱 느끼는 건 내가 겪은 과거의 어떤 경험 하나도 버릴 것이 없다는 사실이다. 언제 어떤 식으로 그 힘을 발휘할지는 모르지만, 매사에 충실하게 배우고 익히다보면 반드시 빛을 발할 때가 온다. 혹시롤 모델로서 본인이 닮고 싶은 모습의 멘토가 있는가? 그렇다면 그 멘토가 걸어온 길을 유심히 추적해보아라. 그가 당신의 멘토가 되기까지, 그가 당신이 원하는 지위나 부, 혹은 명성을 얻기까지, 어떠한 수고와 대가와 희생을 치르고 그것들을 얻었다고 생각하는가? 그리고 당신이 관찰한 대로 당신의 멘토가 걸었던 발자취를 조금이라도 따라가보려고 애써라. 그러면 당신이 생각지도 못한 어느 순간에 당신 또한 그러한 모습으로 닮아 있고 성공해 있을 것이다.

　1988년 겨울에 세차 기술을 이미 연마한 덕분에, 나는 지금도 대한민국 누구보다 내 차만큼은 세차를 잘한다. 그리고 주방에서 일한 경험으로는 아내를 위해, 또 친구네 집들이에 가서 요리 솜씨를 뽐낸다. IMF 사태를 전후해서 벌써 15년 넘게 일자리가 없어 취업이 안 된다고들 한다. 국가에서 주 5일제를 시행한 이후로 시간은 많고 돈벌이는 더 필요해서 그런지, 요즘은 1인 투잡을 넘어 쓰리잡까지 갖는 시대다. 일하는 사람들 중에는 정직원이 아닌 비정규직(알바)도 많다. 물론 일자리 환경이 지금보다 개선되면 좋겠지만, 언제까지 마냥 넋 놓고 도움의 손길이 오기만을 기다릴 것인가? 급한 당신이 솔선해서 뛰어라. 혹시 비정규직으로 일하고 계신가? 알바 한 가지를 하더라도 돈을 받는 만큼만 일하지 말자. 지금 당신이 종사하는 형태가 알바이거나 계약직이라고 하더라도 정직원인 것처럼, 나아가 사장인 것처럼, 열심을 다해보아라. 그 안의 누구보다도 최선을 다하다보면 어느 날엔가 당신은 정직원이 될 것이고, 웃을 일이 더 많이 생길 것이다. 그것이 누구나 알지만 누구나 실천하기는 어려운, 인생에서 성공하는 비결이다.

세상에서 가장 값진 땀의 결정체는 '막걸리'다

아무리 강하고 책임감 있고 성실한 권영찬이라고 해도 도저히 견디기 어려운 아르바이트가 있었다. 내가 해본 수많은 알바 중에 정말 고된 일을 꼽으라면 나는 망설이지 않고 막걸리 공장에서 막걸리를 만드는 일이었노라고 말한다. 그 일을 시작하게 된 건 순전히 지인의 추천 때문이었다. 오전에 여섯 시간만 일하고도 50만 원을 주는, 제법 짭짤한 일이 있다는 군대 동기의 추천만 믿고 나는 겁도 없이 그 고된 막걸리 공장에 출근했다. 공장은 엄청나게 컸다. 내가 그곳에서 무슨 일을 했을지 혹시 상상이 되는가?

나는 막걸리의 원료가 되는 정부미(쌀) 20kg을 하루에 300포대씩 옮겨야 했다. 내가 일하겠다고 뛰어들자 그곳에서 일하던 어른이 측은해하며 시작도 하기 전에 나를 뜯어 말렸다.

"젊은이, 웬만한 노가다를 한 사람도 여기서는 못 버텨."

"학생이면 다른 일도 할 거 많잖아? 뭐 하러 이런 데를 오누⋯."

하루에 쌀 300포대라⋯. 인생의 막장까지 갈 데까지 간 사람이 더는 갈 곳 없어 오는 곳이 막걸리 공장이라며, 재차 단념시키셨다.

하지만 칼을 뽑은 이상은 일단 도전하기로 하고, 깜깜한 새벽 4

시에 첫 출근을 했다. 막상 일하고보니 공장 안의 궂은일은 모두 신입 알바생의 차지였다. 군대 동기가 나에게 왜 굳이 그 일을 추천했는지 그 속셈(?)을 알 만했다. 새로운 사람이 들어와야 자기도 직급이 올라가고 조금 더 편한 일을 맡게 되는 이유 때문이어서인 것도 같다. 초보인데다 알바생이다보니 대우가 더욱 박했다. 나는 먼저, 큰 용광로(말하자면 밥솥)에 쌀을 붓고 물로 깨끗이 씻어낸 뒤에 밥을 지었다. 집에서 하던 방법대로지만, 규모 면에서는 어마어마하게 차이가 있었다. 53t짜리 용광로 안에 몇 십 포대나 되는 양의 쌀을 넣어 밥을 지으면 용광로 안은 엄청난 온도로 펄펄 끓었다. 그 속이 얼마나 뜨거울지 상상이 되는가? 다 된 밥을 퍼내려고 나는 우비에 장화로 무장하고는 김이 막 끓어오르는 용광로 안으로 용감하게 들어갔다. 뜨거운 김이 발끝에서부터 머리끝까지 치고 올라왔다. 우비를 입고 있어도 몸이 불에 데는 것같이 용광로 속의 열기는 뜨거웠다. 이제 막 지어서 김이 모락모락 나는 밥 위에 올라서서 밥을 푼다고 한번 상상해보아라! 그 속에서 숨 쉬는 것마저 곤란해 나는 헉헉댔다. 소나기 같은 땀줄기가 몸 곳곳에서 쏟아져 나와 온몸을 적셨다. 가만히 서 있기도 벅찬데, 나는 그 안에서 삽질까지 하며 뜨거운 김을 더욱 뒤집어썼다. 용광로 안의 밥알을 삽으로 수도 없이 떠서 마루까지 퍼 날랐다. 이미 그것만으로도 땀으로 뒤범벅되다 못해 아주 뜨거운 찜질방에서 사우나를 하고 나온 기분이었다. 밥이 다 되면 마룻바닥에 밥알을 쏟아 붓고 펼쳐서 말리는데, 그 위에 효

모균을 골고루 뿌리고 발효가 될 때까지 기다려야 했다. 그러고 나서, 이번에는 전날에 미리 발효시켜둔 꼬들꼬들한 밥을 삽으로 퍼서 쌀 포대에 담아 공사장에서 쓰는 들것에 메고, 다시 막걸리 발효기에 붓는다. 그리고 그것이 발효되기를 기다렸다가 모두 발효되면 막걸리 기계에 연결한다. 거기까지가 초보 알바생이 겪는 막걸리 공장에서의 애환, 일명 **뺑뺑이 돌리기**였다. 그 궂은 과정이 모두 끝나고 막걸리가 만들어지면 그때에서야 경력이 오래된 분들은 몸 풀기를 하듯이 막걸리를 막걸리 용기 안에 부어 담는 일만 반복해서 담당했다.

알바생으로서 내가 할 일은 거기에서 끝나지 않았다. 5t 정도 되는 트럭이 또 왔다. 공포 그 자체였다. 트럭에 실린 주인공은 정부미 300포대였다. 차에서 정부미를 일일이 옮겨 공장 안의 작업장으로 들여놓아야 했다. 이미 허리가 휘어지고도 남을 지경인데 매일 6시간에 월 50만 원이라고 하더니 작업강도가 억수로 셌다. 일명 막걸리 공장 알바 사건을 통하여, 나는 세상에서 50만 원을 벌기가 절대 쉽지 않다는 사실을 뼈저리게 느꼈다. 그리고 무슨 일이든지 초짜는, 초보는, 처음에는, 다 힘든 것임을 또 한 번 체험했다. 그때까지 내가 알던 범위 안에서는 6시간 일하고 그만한 돈을 주는 일은 어디에도 없었다. 일이 너무 고되어서 일이 끝나면 그 즉시 집으로 가서 오후에는 종일 잠만 잤다. 금쪽같은 시간을 잠으로 축내기는 싫었다. 공장에서 행여 더 붙잡을까봐 나는 군대 동기인 친구에게 이야기도 하지 않은 채 2개월 만에 줄행랑을 치듯 막걸리 공장을 그만두었다. 그때의 경험을 통해 세상에 쉬운 일이 없음을 아주 '뜨겁게' 맛보았다. 그 뒤로는 어떤 어려운 일을 하든지 막걸리 공장 알바의 뜨거운 추억을 떠올리며 모두 이겨냈다. 막걸리 공장 알바 사건의 추억은 두고두고 나에게 참 좋은 훈련의 시간이 되었다. 나이 마흔 중반이 넘다보니 이제는 무척 고생했던 그 시절마저도 그리울 뿐이다. 아무리 그렇다고 해도 막걸리 알바라면 다시는 못할 것 같다. 만일 그 시절로 돌아갈 수 있다면, 말도 없이 일자리를 박차고 도망쳐 나온 나 때문에 곤란했을 법한 그 친구와 막걸리 한잔 진하게 걸치고 싶다. 어쩌면 그 친구도 나에게 이렇게 이야기할지도 모른다.

"영찬아. 실은 나도 도망가려던 참이었어. 그런데 네가 도망가는 바람에 눈치 보느라고 도망을 못 갔지. 그런데 말이지, 네가 도망간 다음날 용기를 내어 나도 도망갔단다. 하하!"

50년 가까운 인생을 살면서 내가 느끼기에는, 세상에 공짜는 없다는 말이 가장 와 닿는 일터가 바로 그곳, 막걸리 공장에서의 막일이다. 아무리 생각해도 내가 해본 노동 중에 최고봉, 정말 고된 노동이었다. 군대 동기가 말한 시간당 알바비가 제법 짭짤한 데는 그만한 이유가 있었다. 막걸리 제조 과정을 몸소 체험한 이후부터 막걸리를 대하는 태도가 완전히 달라졌다. 술자리에 가서 막걸리를 마주해도 막걸리와 삶이 주는 무게감에 그저 경건한 마음이 드는 때가 많았다. 심지어 한동안은 막걸리를 마실 때마다 눈물을 흘릴 정도였다. 아마도 모르는 사람의 눈에는 내가 막걸리를 들이켜며 신세한탄이나 하는 사람쯤으로 보였을지도 모르겠다. 그 일을 해보고 난 뒤에 나는 막걸리만 마주하면, 그때의 힘든 기억과 감사한 마음이 교차했다. 얼마나 힘든 과정을 거쳐 막걸리가 탄생하는지도 배웠고, 고생하며 힘겹게 일하는 분들의 모습이 떠올라서였다. 물론, 그때의 기억이나 감정이 많이 퇴색해버리긴 했지만 지금도 뚜렷하게 나에게 각인된 한 가지 사실은, 이 땅에서 육체노동이 얼마나 값진 일인지에 대한 확실한 교훈을 얻었다는 점이다. 이열치열을 경험하며 땀 흘려 일하는 분들의 노고가 더욱 생각나는 오늘이다.

사랑으로 눈물 쏙 뽑고,
웃기는 개그맨이 되다

저녁에도 나는 알바를 멈추지 않았다. 이유는 단 한 가지였다. 나에게 드디어 첫사랑이 생겼기 때문이었다. 아니, 두 사람에게 서로가 첫사랑이었다. 하나부터 100까지 나는 나의 그녀인 L이 원하는 것은 무엇이든 모두 해줄 수 있는 완벽한 남자가 되어주고 싶었다.

양육 과정에서 엄마는 아들만 셋을 키우느라고 몹시 힘들어 하셨다. 그런 엄마가 안쓰러웠다. 무엇보다 어린 시절에 경험한 골두산 절벽에서 울던 엄마의 모습 때문에 '여자는 남자에게 보호의 대상일 뿐 어떤 일이 있어도 울리면 안 된다'는 생각이 나의 뇌리에 뿌리 깊이 박혀 있었다. 그날 가슴에 새겨진 엄마의 슬픔을 통해 나에게 여성이란 존재는 언제나 내가 지켜야 할 보호 대상이었다. 아마도 그래서인 것 같다. 나는 유독 여성에게 약했고, 잘해주었다. 내가 생각해도 유별나다 싶게 여자에게 참 잘했다. 그리고 내가 필요한 여자보다는 나를 필요로 하는 여성에게 마음이 더욱 끌렸다. 심리학적으로 따져보면 이 또한 건강하다고만은 볼 수 없는 일종의 상처요, 병이었다. 그 때문에 나는 성장해서까지도 내내 착한 사람(남자) 증후군을 앓았다. 마음에도 없는 여자인데도 친절하게 대했다가 공연히 플레이보이라는 오해를 많이 받은 이유도 그 때문이었다. 착한 남자 증후군과 함께, 모태신앙인인 탓에 나는 어린 시절부터 오직 한 여자만 바라보는 지고지순한 사랑을 꿈꾸며 자랐다. 평생 한 여자를 만나서 사랑을 나누고, 결혼하고 아이를 낳고 늙어서는 정답게 손을 잡고 다니는 인생은 얼마나 낭만적인가를 늘 꿈꾸었다. 아주 어려서부터 나에게는 그 모습이 당연해 보였다(나중에 개그맨이 되고 방송인이 되어서도 나의 이런 이야기를 들려주면 연예인들 중에는 "에이 형, 세상에 그런 사람이 어디 있어요?" 하면서 대부분 내 말을 믿지 않았다). 누가 뭐라고 하든 그런 삶을 나는 낭만적이라고 생각했고, 어렸을 때부터 내 꿈은 영화의 주인공처럼 사는 것이었다.

그처럼 순수하던 청년 권영찬은 대학생이던 1988년 겨울에 첫사랑 L을 만나 연애를 시작했다. 정말 내 인생의 일대 사건이었다. 나의 첫사랑이자 동시에 당연히 마지막 사랑이 될 그녀에게라면 아까울 것이 없었다. 무엇이든지 다 해주고 싶었다. 가정 형편은 여전히 넉넉하지 않았지만, 가난해도 알바를 많이 해서 그 시절 내 수중에는 대체로 돈이 많았다. 어느 날에는 옥상에서 데이트를 하던 중에, 내가 그녀와 같이 있고 싶다고 말하자 "아버지가 살아 계셨다면 이렇게 밤늦게까지 데이트를 할 수 있었을까?"라며 여운을 남겼다. 그때 처음으로 암으로 돌아가신 아버지에 대해 고백하고 회상하며 울기에 나 또한 마음이 아팠다. 착한 사람 증후군이 발동한 나는 그녀에게 남자 친구만이 아니라, 아버지 역할까지 해주고 싶었다. 사랑하는 엄지에게, 난 네가 기뻐하는 일이라면 뭐든지 할 수 있다던 만화 주인공 까치처럼 희생과 사랑은 연인으로서 당연히 해야할 일이었다. 그녀의 집에 욕조나 수세식 변기가 고장 나면 고쳐주고 그녀네 집안의 대소사에 신경을 쓰는 등 그 집안의 머슴이 되기를 자처해서 집안일을 도맡아 처리했다. 고등학생이던 남동생의 영어과외도 지극정성으로 도맡아 해주어서 성적이 많이 올랐다. 내가 모은 앨범 중에 골라서 레코드판에 손수 그림을 그리고 시를 적어 코팅해서 건네주었다. 길을 지나가다가 우연찮게 발견한 보석을 그녀가 마음에 들어 하는 눈치면 눈여겨두었다가 값비싼 물건이면 알바를 해서라도 선물할 만큼 진심으로 그녀를 챙겨주었다. 시시콜콜 모든 걸 L의 입장에서 배려하다보니 우리는 애틋한 사이로 아주 잘 지냈다. 혼자되신 그녀의 어머니는 우리가 연애하고 얼마 되지 않아서부터 나를 데릴사위로 생각하실 정도로 아끼셨다. 나는 결혼할 마음으로 L을 우리 가족에게도 인사시켰다. 그녀는 나의 첫사랑이었고, 당연히 마지막 사랑이 될 줄 알았다.

순탄하기만 할 줄 알았던 연애 전선에 이상이 생겼다. 군 입대 문제였다. 나는 12월 군번으로 경기도 금곡에 있는 부대로 발령을 받았다. 방위병임에도 희한하게 팀스피리트 훈련에 참가하고 철원까지 100km 행군을 하는 등 훈련이 너무 드셌다. 그 때문에, 나는 힘들다며 평소와는 다르게 여자 친구에게 응석을 부렸다. 그런데 여자 친구의 반응은 뜻밖이었다.

"네가 힘들다니까 우리 며칠만 보지 말자. 헤어지자는 게 아니라, 며칠만 떨어져 지내자고."

"…………."

가끔은 튕겼어야 하는데 모든 걸 척척 알아서 해주는 내가 매력이 없게 느껴졌거나 하도 붙어 있다보니 지겹고 숨이 막혔을지도 모르겠다. 그 말은 그녀의 진심 같았다. 그러나 나는 그 잠깐의 시간조차도 떨어진다는 사실이 도저히 용납이 되지 않았다. 나는 그녀가 미웠다. 그저 눈물만 뚝뚝 흘렸다.

갈기갈기 찢어지는 심장을 부여잡고는 너무 답답한 나머지 소집해제를 얼마 남기지 않은 상병 때 난생 처음으로 담배를 찾아 물었고, 부대에서 나오면 소주를 몇 병이고 들이켰다. 그때부터 거의 매일 술과 담배에 찌들어 살며 방황했다. 그녀는 나의 마지막 사랑이어야 했다. 꼭 그래야만 했다. 고통에 시달리다 못한 나는 가끔 자해도 했다. 그녀를 떠나보내며 이제는 '착한 사람 증후군'에서 자유로워져야겠다는 생각을 하게 되었다. 그것은 내 인생의 정말 커다란 전환점이 되었다. 나는 한 여자 때문에 완전히 다른 인생을 살게 되었다.

L과 헤어지고 나서 엄청 방황했다. L에게 복수하는 심정으로 방송국에 원서를 내고 개그맨 공채시험을 보았다. L 때문이 아니라면 방송인은 꿈도 꾸지 않았다. 그러니까 내가 개그맨이 된 계기는, 우습게도, 이별의 아픔과 상처 때문이었다. L과 헤어지면서 반항심에

속에 있던 무의식과 끼가 나를 방송판으로 불러들인 것이다. 내 인생에 찾아온 첫사랑 그녀, 그 단 한 번의 사랑과 치른 혹독한 이별이 내가 완전히 다른 인생을 살도록 나를 이끌었다. 탤런트든 뭐든 닥치는 대로 방송국에 시험을 보려고 했는데 1992년, KBS 대학 개그제에서 동상을 타면서 개그맨으로 활동을 시작하게 되었다. 그렇게 생각지도 않게, 정말 졸지에, 연예인이라는 존재가 되었다. 아니나 다를까, 방송 프로그램에 출연한 지 얼마 안 되어 헤어진 L에게서 연락이 왔다. 아무래도 헤어진 내가 TV에 자꾸 출연해서 눈에 띄는 게 영 불편했던 모양이다.

"어쩌자고 개그맨이 된 거야? 너에게는 안 맞아. 그만두고 공부를 더하면 안 되겠니?"

L은 내가 개그맨이 된 사실에 탐탁지 않아 했다. 상처가 너무 컸던 탓에 만나자고 말을 꺼내놓고도 정작 내 쪽에서 L을 다시 볼 자신이 없었다. 내 쪽에서 약속을 정해놓고도 방송을 핑계로 약속을 일부러 펑크 내기를 몇 차례 반복했다. 한 번만 만나달라고 애원해서 하는 수 없이 한 차례 L을 만났다. 그녀는 울먹이며 말했다.

"너, 지금 나한테 복수하는 거니!"

"복수라니? 내가 너 때문에 얼마나 아팠는지, 내가 너를 얼마나 사랑했는지를 보여주고 싶었을 뿐이야. 나는 너 때문에 인생 전체가 바뀐 사람이야."

그날의 마지막 재회 이후로 우리는 각자의 길을 갈 수밖에 없었다. 다시 인연이 되기에는 L 때문에 생긴 나의 상처가 너무 컸다면 이유가 될까.

그렇게 여자에게 완전히 데고 나서도 나의 '착한 남자 증후군'은 계속되었다. 상대가 여성이면 여전히, 더욱 그랬다. 평생 동안에 6개월 이상 만난 여성이라고 해봐야 지금의 아내를 포함해서 4명 뿐이고, 그중에서 가장 오래 만난 여성이 지금의 아내다. 사실 살면서 나 또한 내가 필요한 여성을 만날 자유와 권리가 있는데, 이상하게도 그 못난(?) 증후군 때문에 나는 내가 필요한 여성보다, 나(나의 도움)를 필요로 하는 여성에게 자꾸 시선이 갔다. 이 증후군의 극치로, 심지어 한 번은 강간을 당해 상처받은 사실을 고백한 여성과도 연인으로 깊게 교제하기도 했다. 그녀의 상처를 위로하면서까지….

어려서부터 긍정 마인드로 점철된 나는 부정적인 말을 하는 사람을 별로 좋아하지 않았다. 안타깝게도 하필 내가 품으려고 했던 나의 두 번째 그녀는 부정적인 언어를 자주 사용하는 사람이었다. 게다가 씀씀이 등 서로 다른 가치관 때문에 우리는 결국 헤어졌다. 두 번째 실연이었다. 그 이후로 나도 모르게 결혼에 대하여 두려움이 생겼다. 그때부터 술과 유흥에 깊이 빠져 살았다. 연애는 해도 두려움 때문에 결혼할 마음은 없었다. 연애는 하더라도 내 평생 여자랑 결혼 따위는 절대 하지 않겠다고 상대 여성에게 미리 으름장을 놓으며 그 이후 만난 몇몇 여성들에게 상처를 준 것 같다. 덕분에 나의 '착한 사람 증후군'은 고쳐진 것처럼 보였다. 하지만 그것은 아주 잠시였고, 단지 그렇게 보였을 뿐이다.

그렇게 나는 사랑을 할 때 목숨을 걸었고, 여자에게 한 번 정을 주면 내가 가진 전부를 아낌없이 주었다. 그래서 이별을 하면 남들보다 훨씬 지독하게 앓았다. 그 이후로는 절대 결혼하고 싶은 마음이 들 만한 여자가 평생 없을 거라고 단념인지 체념인지를 하고 살았는데, 그런 나에게도 다시 사랑이란 녀석이 찾아왔다. 그러니 지금 나와 살고 있는 김영심의 합격점은 아내로서 세상의 다른 어떤 아내들과 견줄 수 없을 정도로 꽤나 높은 편이다. 지금은 그때 헤어진 L에게 정말 감사한 마음뿐이다. 만일 그때 L과 헤어지지 않았다면 지금처럼 이웃을 위해 봉사하며 살지도 못할 테고, 영심이는 물론이고 뒤늦은 나이에 어렵게 얻은 아들 도연이와 둘째도 내 곁에 없을 것이기 때문이다. 무엇보다 20년 넘게 방송인으로서 살지 않았을 것이다. 어쩌면 아이들을 가르치는 영어 선생님이나 보험 FC나 FP, 혹은 자동차 세일즈맨으로서 많은 사람을 상대하며 내가 일한 만큼 수익을 올리는 업종에서 빛을 발하고 있을지도 모를 일이다. 그 옛날, 기억 저편의 그녀인 첫사랑과 이별하지 않았더라면….

방송의
달인

　방송인으로 살아온 지 어느덧 20년도 넘었다. 내가 살아온 인생의 반 이상을 방송인으로 산 셈이다. 방송은 내가 최고로 잘하는 일이라기보다는 좋아하고 즐기는 일이다. 나는 방송인으로 살아가는 삶에 만족한다. 거기에 더하여 나만의 개똥철학이라면 나는 스타급이 아니라, 지금 이 모습대로가 좋다. 사람들이 친근하게 다가올 수 있는 소탈한 연예인의 모습 말이다.

　그동안 정말 숱한 출연자와 제작진과 프로그램을 만났다. 힘들고 슬픈 일, 기쁘고 보람 있는 일, 너무 춥거나 너무 더운 날씨에 고생했던 기억, 생방송에 펑크가 날까봐 전전했던 기억, 실수하지 않으려고 무던히도 신경 썼던 순간들, 슬픈 일을 겪고 있지만 방송용 얼굴을 하고 겉으로는 활짝 웃었던 기억, 숱한 만남과 헤어짐의 순간들, 시청률이 낮아 죽을 쒔던 기억, 쇼핑몰에서 판매율이 고공 상승해 기쁨으로 충만했던 기억 등 떠오르는 한 컷 한 컷 어느 하나 버릴 것이 없다. 방송이란 권영찬의 발자취이고, 내가 살아가는 이유이고 동시에 우리네 인생이기 때문이다. 공인으로서 대중과 함께 울고 웃었던 그 시간이 나에겐 참 소중한 기록이다. 당신의 삶 속에도 권영찬이 출연한 방송을 통해 다만 행복했던 순간이 한 컷이라도 기억됐으면 하는 것이 나의 솔직한 바람이다.

방송에는 각 분야의 달인이 참 많이 출연한다. 아예 달인을 소재로 한 프로그램까지 등장해 인기를 끌 정도였다. 그렇다면, 방송인으로서 '달인의 기준'은 무얼까? 나에게 묻는다면, 대중을 바라보는 따뜻한 마음과 행복한 세상을 꿈꾸는 마음이 아닌가 싶다. 방송생활에 굳은살이 박인 채 20여 년을 살아온 방송의 달인으로서 달인이 되기 위한 기준을 나는 딱 세 가지로 압축해서 이야기하고 싶다.

첫째, 전문가답게 늘 새롭게 시도하며 최초가 되어라.

둘째, 방송 현장에서 따뜻한 마음으로 이웃을 바라보고, 삶과 행복을 나누며 살아라.

셋째, 어떤 방송 일이나 방송 프로그램을 하든지 분명한 목적을 가지고 일하라.

첫째, 전문가답게 늘 새롭게 시도하며 최초가 되어라.

신입 개그맨으로서 나는 방송 출연과 함께 방송사의 주목을 받았다. 당시만 해도 개그맨으로서는 최고의 학력이라고 할 수 있는 외대 영어학과 학생이라는 학력 때문이었다. 데뷔하고 얼마 후에는 K본부의 〈한바탕 웃음으로〉에 출연해 유재석보다 먼저 인기를 얻으며 부러움을 사던 시절도 있었다. 특유의 타고난 입담 덕분이었다. 사실 당시에 나는 학력 덕을 제법 보았다. 개그맨 출신임에도 학력이 좋다는 이유로 여기저기에서 MC 제의를 받았고, 실제로 개그맨을 넘어서서 방송 프로그램의 사회자로서 나의 방송활동 무대를 넓히며 나름 승승장구했다. 나를 필요로 하는 곳이 많으니 물론 수입도 크게 늘었다.

그런데 얼마 지나지 않아 내가 개그맨의 길에 회의를 느끼는 사건이 생겼다. 우선은 큰형의 어린 쌍둥이 자녀(나에게는 조카들)가 갑작스럽게 죽음을 맞이한 것이 간접적인 계기였다. 조카들을 잃은 마음이 정말 뼈에 사무치도록 슬펐다. 아무리 프로 정신으로 연기를 한다고 해도 웃으면서 개그를 하기란 도저히 불가능할 것 같았다. 깊은 슬픔 속에서도 웃어야 하는, 그 아이러니한 상황이 정말 눈물겨웠다. 그런데 내 상황을 알지 못하는 주변 동료들이 나를 대하는 모습은 너무 장난스럽다 못해 도가 지나치다는 생각이 들었다. 개그를 하는 자체는 좋았지만, 아무 때고 상황에 관계없이 하는 주변의 장난스러운 태도에 소위 '쇼'나 '딴따라'라는 세계에 환멸을 느꼈다. 아마도 당시에 내가 겪은 슬픔이 너무 커서 더욱 그렇게 느껴졌을 것이다. 아무튼 조카들의 죽음을 계기로 나는 개그맨이라는 직업이 나와 맞지 않다는 사실을 깨달았다. 게다가 바른 소리를 하기 좋아하는 나의 눈에는 방송사의 내부적인 문제가 많이 드러나 보였다. 쇼·오락 PD에게 주는 촌지 문제라든가, 니냐시, 니마이, 쌈마이 등의 빈번한 일본어 사용 문제, 카메라 앵글 등 고정화된 틀을 고집하는 문제 등이 마음에 걸렸다. 시대를 읽는 트렌드가 다른 사람에 비해 빠른 나는 방송 프로그램을 통해 늘 새로운 것을 시도해보고 싶었다. 하지만, 방송사는 기존의 틀을 고집하면서 천상천하 유아독존인 나와 자꾸 부딪혔다. 나는 여러모로 당시에 지상파(구 공중파) 방송사의 여러 제도가 나와는 맞지 않는다는 생각이 들었다.

김영삼 정권이 들어서면서 때마침 케이블 TV가 생기기 시작했다. 그 무렵 나는 여러 채널에서 MC로서 섭외 요청을 받고 동아TV, 교통TV, C채널 등 6개 채널의 프로그램 MC를 맡아 진행하면서 지상파 방송국의 세 배나 되는 회당 60만 원의 출연료를 받기도 했다.

당시만 해도 방송 3사는 '스테디 캠'이라고 해서 카메라를 트라이포드(카메라 몸체를 고정하는 삼발 다리)에 연결해서 사용하며 카메라의 앵글(각도)을 고정시키는 카메라 기법을 이용해서 방송했다. 리포터의 모습이 스크린에서 사라졌다가 다시 나타나는(아웃-인-아웃-인) 식으로 드라마 기법을 사용했다. 한마디로 출연자는 움직여도 카메라는 고정 불변이라는 말이다. 나는 답답한 고정 컷에서 탈피해 ENG 카메라의 생동감을 살려냈으면 했다. 그래서 연출자는 아니지만, 촬영 현장의 방송 스태프에게 제안했다가 까불지 말고 시키는 대로나 하라는 식으로 욕만 먹었다. 내가 케이블 TV로 이동하던 시기에 때마침 출연자뿐만이 아니고, 지상파에서 실력 있다는 카메라 감독 또한 많이 스카웃되었다. 내가 바라던 방송 감각을 살릴 수 있는 절호의 기회가 열렸다. 케이블 TV로 옮겨가서는, 그동안 가슴에 품어온 한풀이를 그곳에서 모두 할 작정으로 정형화된 틀 말고, 카메라 감독에게 새로운 기법을 떠오르는 대로 제안했다.

"맛집이나 의상을 소개할 때, 제가 '야 저 여자 너무 섹시하지 않아요?'라고 하면 카메라가 제 말에 반응하는 식은 어때요? 그러니까, 카메라가 마치 사람인 것처럼 반응하는 거죠. MC인 제 말이 맞으면 감독님이 카메라를 끄덕끄덕하고 아니면 좌우로 움직여서 의사표현을 하는 식으로요."

"이야, 권영찬 씨. 그거 재밌겠는데?"

"패션 현장, 이제 동대문에서는 모두 마쳤고요, 이번에는 저와 함께 남대문으로 한번 날아가도록 하겠습니다"

"자, 궁금하시죠? 그러면 따라오세요"

설명하자면, 우선은 카메라를 의인화시켰다. 두 번째로는 리포터나 출연자가 화면 안에서 어디론가 점프하는 시늉을 하고는 다음 컷에서는 순간 이동을 한 것처럼 다른 장소에 갑자기 슝 하고 나타나는 기법을 선보였다. 다른 장르라면 몰라도 일반 구성 프로그램(정보, 쇼 오락 등)에서는 사용하지 않던 방법이었다. 또 카메라가 시청자의 시선으로 MC나 리포터인 나를 따라오는 방식도 선보였다. 그때는 정말 신선한 시도였고 시청자의 반응이 아주 좋았다. 반응도 좋고, 의견이 받아들여지자 나는 신이 났다. 일하는 사람으로서의 행복감, 만족감이란 게 바로 그런 것이 아니겠는가. 이후로도 지금껏 방송사에서 사용 중인 이 세 가지 새로운 방송기법을 고안한 제안자가 바로 권영찬이라는 이야기다. 그런 식으로 해서 나는 한낱 개그맨에서 머물지 않고 늘 유행을 선도하며 앞서가려고 노력했다.

그때 그 일이 되어져가는 과정을 통해 깨달은 사실은, 일터의 규모를 떠나 나의 아이디어나 의견을 존중하고 받아주는 회사와 상사를 만나는 것이 중요하다는 점과, 상대방의 이야기를 무시하지 말고 들어주는 사람이 되자는 것이다.

방송가에서 한창 잘나가며 내 인생에서 가장 바쁜 나날을 보내던 김영삼 정권 말기에, 나는 또 다시 새로운 일을 시도했다. 홈쇼핑 방송으로 나의 활동 무대를 서서히 옮겨간 것이다. 그곳에 출연하기를 꺼려하는 젊은 연예인이 더러 있던 홈쇼핑 시장에 혜성처럼 진출해서, 그때까지만 해도 주로 과거에 인기를 누렸던 노년의 탤런트나 코미디언 선배들이 진행하던 역할을 맡아 하며 뉴 페이스인 홈쇼핑채널에 젊은 피를 수혈했다. 그러니 판매율은 따 놓은 당상이었다. 나는 '미다스(마이다스. 만지는 것마다 황금으로 변하게 하는 그리스 신화에 나오는 임금)의 손'이라는 별명을 그때 얻었다.

둘째, 방송 현장에서 따뜻한 마음으로 이웃을 바라보고, 삶과 행복을 나누며 살아라.

사람들은 몇 차례 커다란 시련을 겪고 나면 인생을 바라보는 삶의 시각과 깊이가 달라진다. 40대에 들어서 삶에 좀 더 여유를 갖게 된 나는, 다시 찾아온 행복을 나보다 어려운 이웃과 나누고 싶었다. 그래서 여러 가지 나눔과 봉사를 실천하고 있는데, 1990년대 중반의 어느 여름이었다. 나는 방송 일을 하던 중에 내 식습관을 단번에 바꾸어버린 평생 잊지 못할 충격적인 체험을 했다. 그것은 두고두고 나를 나눔의 인생으로 아름다운 결실을 맺어가도록 이끌었다.

그 당시 나는 KBS 지상파와 기독교TV MC 등 방송인으로서 한창 왕성하게 활동하고 있었다. 출연료를 받으며 봉사까지 하는 프로그램이어서 무엇보다 기독교TV MC를 하면서는 정말 행복했다. 그중에서도 특히, 당시에 잘나가던 한홍비 씨와 함께 MC를 맡아 하던 봉사자 소개 프로그램은 참 인상적이었다. 그날의 촬영지는 봉천동의 언덕에 자리한 한 판자촌이었다. 촬영 때문에 이미 여러 현장을 다녀본 나로서는 새삼스러울 것도 없는 풍경이었다. 그런데 주인공 봉사자가 반찬을 나누어주기 위해 찾아간 집은 그동안 내가 보아온 여느 판자촌만도 훨씬 못했다. 수혜자는 봉천동 꼭대기에다 허물어져가는 한 슬레이트 지붕 아래 여러 이웃과 동고동락하며 살아가고 있었다. 내 눈에 펼쳐진 건 한 평 남짓한 아주 허름한 쪽방이었다. 감옥보다 나을 게 전혀 없어 보였다. 나를 더욱 당혹스럽게 한 건, 그곳에 사는 50대쯤 되어 보이는 전쟁 상이군인의 모습이었다. 그의 몸이라고는 양쪽 팔꿈치와 무릎까지가 전부였다. 손과 발이 없는 몸을 하고서는 제대로 씻지 못해 코를 찌를 듯한 땀 냄새를 풍겼다. 쪽방 살림도 기가 막힌데, 막상 그 방의 주인을 보니 더 처참했다. 난생 처음 보는 극도의 가난함과 저런 모습으로도 살아질까 싶을 만큼 너무 초라해 보이는 한 사람의 인생에 나는 가슴이 너무 아팠다. 나는 눈물을 삼키며 촬영에 임했고, 가까스로 인터뷰를 무사히 마쳤다.

그런데 그렇게 애써 참았건만 급기야 눈물을 훔쳐야 하는 순간이 오고야 말았다. 성우가 더빙하게 될 내레이션용 영상(화면)을 위해 식사 장면을 찍을 때였다. 몸도 성하지 않은데 하필이면 의지할 사람 하나 없는 독거인이어서, 저 불편한 몸으로 식사는 어떻게 하실까? 그분은 양쪽 팔꿈치를 이용해 숟가락을 들어 힘겹게 밥 한 술을 떴다. 그러면 반찬은 어떻게 드실까…?

　나는 그곳에서, 젊은 날 나라를 위해 청춘을 불사르고, 이제는 장애인으로 겨우 입에 풀칠하며 생존을 위한 한 끼 식사에 몸부림치는 한 사나이를 마주했다. 한 송이 꽃을 피우기 위해 봄부터 소쩍새가 그렇게 울었던 것처럼, 그 한 끼 식사를 치르기 위해 아저씨는 오랜 시간 비지땀을 뻘뻘 흘렸다. 마치 살기 위해 치열한 전투를 치르는 사람처럼 보였다. 그의 상 위에 놓인 볼품없이 초라한 반찬, 그런데 그것을 소중한 보물을 다루듯 아끼고 또 아껴서 드시다니…! 그 모습에 나는 심하게 충격을 받았다. 게다가 냉장고도 없는 집에, 혹시라도 먹다 남긴 반찬이 상할까봐 양쪽 팔꿈치로 그나마 바람이 드는 곳을 찾아 반찬통을 옮기는 모습에 코끝이 아려왔다. 옆집 누님의 도움이 없으면 맨밥을 드시거나 그나마도 끼니를 거를 때가 더 많다는 아저씨…! 그날 본 반찬은 아저씨가 가진 먹거리의 전부였다. 사실 우리 주변에는 먹는 재미를 빼면 무슨 재미로 사느냐는 미식가도 많고, 입맛이 까다로운 이들이나 반찬 투정하는 사람들도 얼마나 많은가! 게다가 한쪽에서는 먹을 것이 없어 굶어 죽어가는데, 먹거리의 소중함도 모른 채 너무나도 쉽게 버리는 엄청난 양의 음식물 쓰레기는 또 얼마나 많은가! 또 누군가는 이 순간에도 민생고에 시달리다 못해 도둑질을 하거나 자살하는 사람이 또 얼마나 많은가?

살기 위해 꿈틀거리는 아저씨의 절규에 가까운 몸짓에 쪽방촌에서 나는 삶의 비애를 느꼈다. 그날의 촬영을 계기로 나는 밥알 한 톨도 남김없이 끝까지 먹는 버릇이 생겼다. 또한 나는 그들을 돕고 싶고 그들과 나누고 싶었다. 그래서 그때의 일을 계기로 작은 봉사도 시작했다.

그때가 혈기 많은 20대였지만, 적게 가진 그들과 소소한 삶의 이야기를 나누면서 나는 인생에서 많은 것을 느끼며 진지한 시간을 보낼 수 있었다. 마음의 눈을 열고 보면 나보다 어려운 사람은 주변에 늘 있게 마련이다. 아직도 많이 가져야만 나눌 수 있다고 생각하는가? 가진 것이 별로 없어도 나눌 수 있다. 당신도 알듯이 나눔은 소유의 문제가 아니라, 마음의 문제가 아닌가.

셋째, 어떤 방송 일이나 방송 프로그램을 하든지 분명한 목적을 가지고 일하라.

연예인은 늦게 자고 늦게 일어난다? 만만의 콩떡, 천만의 말씀이다. 물론 아티스트적인 기질을 가진 사람들 중에 상당수가 낮밤이 바뀌어 부엉이처럼 살아가기는 한다. 예전의 나도 한때는 그랬다. 하지만 강사 일과 방송 일에, 사업까지 병행하는 지금의 나는 다르다. 나는 연예인치고는 일찍 일어나는 아침형 인간이다. 잠이 없는 타입으로 늦게 잠들어도 일찍 일어난다. 어쩌면 어린 시절부터 몸에 밴 부지런한 습관 덕분일 수도 있다. 보통 알람을 6시 30분으로 맞추어놓고 그때면 일어나서 총괄마케팅이사직을 맡고 있는 회사에 대한 홍보와 마케팅 방향을 세우고 아이디어를 쥐어짠다. 오전에 방송 스케줄이 잡히지 않으면 나 자신과의 씨름은 점심 전까지 계속 이어진다.

미리 잡힌 방송 일정과 강의 스케줄을 모두 소화하고 나면 저녁부터는 사람들과 만남의 자리를 갖는다. 평소 사람 만나기를 즐겨하고, 딱히 나를 밀어줄 별 다른 빽(배경)도 없는 집안에서 자라서 스스로 많은 인맥을 쌓아나갔다(그 덕분에 지금 나의 휴대폰에는 소중한 사람들의 전화번호가 무려 6,000개가량이나 저장되어 있다. 방송국 인맥부터 시작해서 회사 일까지 하루 종일 참으로 다양한 사람들을 많이 만나는데, 약방의 감초처럼 회식 자리며 술자리 등 어디를 가도 내 모습이 보이니 '감초 영감'으로 통한다).

만나는 사람들 가운데 간혹 내가 사업을 하는 이유를 궁금해 하는 이들이 있다. 방송인에서 사업가의 길에까지 뛰어들게 된 이유는 개그와 쇼 프로그램이 나와 잘 맞지 않는다는 사실을 점점 더 깨닫게 되면서였다. 그래서 방송 장르 또한, 개그와 쇼 프로그램에 비하면 돈도 되지 않고 인기도 더 없는, 교양과 다큐 프로그램으로 갈아탔다. 장르를 옮긴 후에도 시청률에 연연하지 않고 오직 목적을 따라서만 일했다. 그러느라고 〈사랑의 가족〉이라는 장애인을 위한 프로그램과 아침 방송 중에서도 지방을 소개하는 코너, 저녁 방송인 〈6시 내고향〉 등 탤런트나 가수를 하다가 별로 주목받지 못한 연예인들이 가던 길을 나는 스스로 선택해서 걸었다. 하지만 최근에는 방송 환경이 바뀌어서 아침방송이나 〈6시 내고향〉 등의 전국 방영 프로그램의 출연 경쟁이 아주 치열하다. 고정시청률 덕분에 아침 방송에는 CF가 많이 붙고, 〈6시 내고향〉과 같은 전국 방송은 출연을 계기로 '행사가 많이 들어오기 때문'이다. 나는 무엇보다, 농어촌 어르신들의 1년 경제를 살리는 일에 동참하는 마음과 한 차례 방송에도 한 해 농산물 6개월~1년분이 모두 팔리는 방송의 위력을 지켜보아서 농어촌 관련 방송을 계속했다. 그분들이 신나는 일이 있으면 나 또한 신나고 보람 있었다. 젊은이들이여, 사람들이여! 어떤 일을 하든 기죽지 말자. 예를 들어, 리포터라는 직업이 그저 MC가 되기 위해 지나쳐가는 과정이기만 할까? 미국이나 다른 나라에서 보면 리포터는 거의 앵커 수준이다. 나는 후배들에게 늘 그 점을 조언한다. 방송인으로 그렇게 개미처럼 일하고 재테크에 관심을 두다 보니, 스물일곱이라는 젊은 나이에 지금 내가 살고 있는 강남의 아파트를 사게 되었다.

무일푼에서 20대에
강남에 아파트를 거머쥐다

　대학 시절, 한겨울에 강남의 반포동에서 세차 알바를 하면서 꼭 이루고 싶은 꿈이자 목표가 한 가지 생겼다. 그 겨울 내내, 나는 평생에 한 번은 꼬옥, 강남의 반포동에서 살고 싶다는 꿈을 꾸었다. 그리고 그 꿈을 이루기 위해 부단히도 노력했다. 그런 야무진 꿈 덕분이었는지 공채개그맨으로 들어간 지 6년 만인 1997년에, 20년이 다 되도록 지금까지도 살고 있는 강남에 아파트를 샀다. 당시에 최고의 인기를 얻던 비슷한 또래의 개그맨들, 예를 들어 김국진이나 김용만, 유재석 등 젊은 개그맨들 중에서 가장 빨리 강남에 집을 산 사람이 나였다. 아마도 또래 개그맨 중에서는 유일했다. 더욱 가슴이 벅찬 이유는 부모님의 도움 없이 내가 세차를 하며 언젠가는 살기를 꿈꾸던 바로 그 동네의 주민이 된 것이다. 그것도 몇 년 만에. 집을 살 때도 감격스러웠지만, 그 집에서 살게 된 날에는 정말 행복했다. 얼마나 행복한 일인가? 강원도 영월 촌놈이 내가 꿈꾸던 강남에 27세라는 아주 젊은 나이에 29평의 아파트를 사놓았으니 말이다. 그토록 원하던 집을 장만하니 모든 것을 다 얻은 것만 같았다.

　강남에 아파트를 사기까지 나의 노력도 있었지만, 사실 운도 좋았다. 당시에 부동산에 밝은 큰형의 장모님이 좋은 정보라며 큰형에게 아파트를 사두라고 권유했다. 그때만 해도 대학병원에서 인턴을 밟고 있던 큰형은 집을 살 만한 돈이 없었다. 그래서 꿩 대신 닭이라고 '핏줄'이라는 이유로, 그 고급 정보는 고스란히 내 차지가 되어 대출을 끼고 그 집을 형 대신 사게 되었다. 인생에서 좋은 기회가 와도 준비되지 않으면 안타깝게도 눈앞에서 놓칠 수밖에 없다. 그것이 세상의 원리다. 그렇게 해서 나는 방송 6년차인 27세라는 젊은 나이에, 내 힘으로 강남에 집을 장만한 연예인이 되었다.

그런 속도로 보자면 지금쯤 권영찬의 소유로 아파트 몇 채는 있어야 하는 게 이론상 맞다. 하지만 지나치게 최선을 다해 살아서일까? 결과적으로 아파트 평수는 예나 지금이나 늘어나지 않고 그대로이다. 이후로도 돈은 계속 많이 벌었지만, 사업에 눈을 돌리기 시작하면서 돈을 버는 족족 사업에 투자해야 하는 상황과 함께 주식투자를 잘못하는 바람에 한꺼번에 모두 잃어서이다. 그 과정에서 K은행, S은행, W은행에 차례로 4년, 2년, 4년 정도 우리 집을 담보물로 맡기고 찾기를 반복했다. 사업을 한답시고 지금껏 몇 번이나 담보물로 잡히고, 여전히 우리 집은 W은행에 담보물로 잡혀 있는 상태이지만, 나와 함께 애환을 많이 겪은 집이어서 여전히 내가 제일 아끼는 애장품이기도 하다. 물론 투자를 하면서 수십 억 하는 큰돈을 날리지 않았다면, 주위 사람들에게 술자리를 베풀지 않았다면, 나누고 살지 않았다면, 지금쯤 아마도 강남에서도 아주 큰 집에 살

것이다. 하지만, 이 정도로도 만족하고 감사한다. 우리 주위에는 전세와 월세로 사는 이웃과 선후배들이 있고, 또 살 집은커녕 한 끼 식사도 어려워 전전긍긍하며 사는 사람들도 있지 않은가. 나는 사랑하는 가족과 함께 한 집에서, 그것도 내 이름으로 되어 있는 집에 살고 있으니 그 사실만으로도 얼마나 행복한 사람인가!

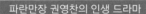

화려한 인생 3막

마케팅 전문가 권영찬의 인생비법 노트

　　30대에 나는 방송인에 마케터로서 사업가로서 또한 창업 강사로서도 초청되어 바쁘게 뛰어다녔다. 무엇보다 마케팅 전문가로 거듭나면서 승승장구했다. 선거판에 뛰어들어 마케팅을 돕기도 했지만, 정치는 나의 관심사 밖이다보니 다시 나에게 선거를 위한 마케팅 요청이 왔을 때 나는 뒤도 돌아보지 않았다. 30대의 청년 권영찬은 잘나가는 박지성 선수의 유일한 국내 CF 총괄마케팅이사를 지냈고, 이름 없던 한경희 스팀청소기가 대박을 치도록 도왔고, 그 실력을 인정받아 대종상 영화제에서도 네 차례(2009~2012년)나 홍보와 마케팅을 총괄했었다. 이 장에서는 마케터로서 사업가로서 무엇을 하든지 손만 대면 대박이 터지는 '미다스의 손'을 가진 남자 권영찬의 화려한 인생 3막이 펼쳐진다.

인생 3막

마케팅 전문가
인생비법 노트

막내인 제가
이 집 머슴인가요?

"네가 슈퍼맨인 줄 알아?", "대체 돈 벌어서 누굴 주려고 그래? 좀 쉬엄쉬엄 일해"

나는 연예인 같다는 말보다는 성실하고 부지런하다는 말을 곧 잘 들으며 살았다. 사업은 물론 방송을 할 때에도 부지런하다는 이야기를 무척 많이 들었다. 또래에 비해 철이 비교적 일찍 든 내가 사실 어려서부터 지금까지 유별나게 부지런한 이유는 어린 시절에 나에게, "일하기 싫으면 먹지도 마라!"고 하신 아버지의 가르침이 아주 크게 작용했기 때문이다.

2005년의 사건을 겪기 전에 나의 유일한 멘토였던 아버지는 어린 시절부터 귀에 굳은살이 박일 정도로 나에게 누누이 일 안 할 거면 먹지도 말라는 그 한 말씀을 하시며 몸소 근면 성실한 삶을 보여 주셨다. 나는 가나안농군학교의 슬로건인 일하기 싫으면 먹지도 마라의 의미를 매일 최선을 다해라, 오늘 최선을 다해야 꿈을 이룰 수 있다는 뜻으로 가슴에 새겼다. 가나안농군학교라는 곳에 한 번도 가본 적은 없지만, 어린 시절 내내 듣고 자라며 그것은 곧 나의 인생 철학이 되었다. 그래서 아버지께 배운 가르침을 마음에 늘 새기고 좋아하는 일이면 무엇이든, 즐거운 마음으로 목숨 걸고 일했다. 덕분에 지금까지 돈을 버는 일에 대하여 어렵게 생각해본 적이 없고, 지금도 일하기를 좋아하고 즐긴다.

그날도 나는 매일경제TV에서 〈증권와이드쇼〉를 진행하며 바쁜 하루를 보냈다. 마치고 나니 오후 4시였다. 아버지가 문득 보고 싶어서 후배와의 선약도 깨고 그 길로 오산으로 향했다. 아버지는 서울에서 췌장암 수술을 잘 마치고, 형이 근무하는 오산의 병원 근처 요양원에서 요양 중이셨다. 체격이 건장하셨던 아버지는 췌장암을 앓으면서 왜소해지셨다. 췌장과 함께 위, 간 등 그(췌장) 주위에 생긴 암 덩어리를 30kg이나 떼어 내면서 체중이 50kg으로 급격히 줄어들었다. 큰형은 수술이 잘 되었다고 했고, 다행히 장기는 다시 살아났고, 아버지는 방사선 치료를 계속 받으셨다. 병상에 계시는 아버지와 별 다른 추억을 만들지 못한 채 시간은 덧없이 흘러갔다. 말하자면 그날은 겨우 시간을 내어 아버지를 뵈러 요양원으로 가는 길이었다. 오산을 찍어둔 내비게이션의 안내에도 어쩐 일인지 잠시 한눈을 팔다가 그만 길을 지나쳐버렸다. 평상시대로라면 한 시간이면 도착할 거리였다. 그날 따라 길을 놓치고 헤맨데다 오산에 도착해서도 아버지가 계신 요양원을 찾지 못해 이리저리 돌고 돌아 입구에 겨우 도착했을 때 전화벨이 울렸다. 큰형이었다. 그리고 나는 청천벽력 같은 소리를 들었다.

"막내야, 놀라지 마라. 아버지가 하늘나라로 가셨다."

2001년 3월 20일 저녁 6시, 그날, 내 인생의 멘토였던 아버지는 돌아가셨다. 임종하실 때 곁에는 어머니만 계셨다고 한다. 어느 날 갑자기 예고도 없이, 췌장암으로 아버지가 그렇게 가시게 될 줄은 꿈에도 몰랐다. 나는 그날을 앞으로 기념하려고 휴대폰에 날짜를 입력해놓았다. 도연이를 갖기 전만 해도 아버지가 사셨던 나이(아버지는 1937년생이셨다)까지만 살고 싶다고 생각할 만큼 아버지는 나에게 소중하고 의미 있는 분이셨다. 낯선 할머니가 시장에서 팔다 남긴 물건을 전부 사주실 만큼 아버지는 정이 많으셨다. 내가 대학을 졸업한 뒤에 교사가 되기를 바라셨는데, 개그맨이 되고 술을 많이 마시고 집에 늦게 들어가자 왜 하필 딴따라냐고 하시면서 많이 반대하셨다. 그럼에도 결국에는 아들이 출연한 모든 방송을 녹화하고 기사를 모두 스크랩하며 아들의 방송을 모두 지켜봐주셨다. 사실 나는 아버지와 닮은 구석이 많다. 정이 많은 점도 그렇지만 체격도 비슷해서, 내가 군대에 갔을 때의 모습이 어쩌면 그렇게 아버지의 젊을 때 모습과 똑같은지 정말 깜짝 놀랐다.

아버지는 가족을 위해 평생을 동분서주하며 열심히 발로 뛰셨다. 우리 3형제를 책임지려고 기술도 배우고, 당신을 굽히며 술자리에서의 로비도 마다 않고 자신을 희생하셨다. 그런 아버지의 모습을 떠올리면 지금도 마음이 찡해온다. 오죽하면 어린 권영찬이, 앞으로 빨리 돈을 벌어 고생하시는 부모님을 조금이나마 도와드리고 싶다는 생각을 했을까. 그래서였을까…? 나는 어른이 되고 나서 우리 집안의 가정 경제를 도맡아 하는 책임자가 되었다. 큰돈이 들어가야 하는 일이 생기면 두 형을 제치고 3형제 중에 막내인 내가 매번 그 돈을 떠안는 식이었다. 큰형이 의대를 다니며 대학원을 다니던 시절에는 대학원 등록금의 일부를 보탰다. 형들이 결혼할 때에도 형의 결혼비용으로 쓰시라며 부모님께 얼마간의 돈을 해드렸다. 그때만 해도 방송 일을 하면서 큰돈을 번 것도 아니었고, 사실 나에게 두 형을 도와야 할 책임은 더더군다나 없었다. 단지, 자식들이 학교에 가고 결혼을 할 때마다 부모님께서 대출을 받고 계신다는 사실을 알고는 부모님의 짐을 조금이나마 덜어드리고자 하는 마음에서였다. 그렇게 살다보니 나라는 존재는 가족에게 자랑스러운 막내가 되어 있었다. 어릴 때부터 형성된 구원자적인 나의 성격은 사실 이따금 나 자신에게 아주 무거운 짐이 되기도 한다. 한번은 어머니에게

"내가 이 집 머슴도 아니고, 도대체 무슨 잘못을 했다고 고생스럽게 형들을 도와야 하는지 모르겠어!"라며 불평을 하기도 했다. 이런 내 마음을 아버지는 아시는지, 모르시는지, 돌아가시기 이틀 전에 어머니와 통화 중에 나를 바꾸라고 하시더니 쉰 목소리로,

"지금껏 잘해왔다 막내야. 네가 형들을 잘 보필해서 형제간에 우애가 있으면 좋겠다. 앞으로도 형들이랑 가족들한테 도움을 많이 주었으면 한다. 막내야, 네가 형들 잘 건사할 수 있지?"

라는 말씀을 남기셨다. '노인네가 돌아가시려나? 왜 갑자기 이

런 말을 하시지?'라고 생각했지 유언이 될 줄은 몰랐다. 가족들은 아무도 아버지의 죽음을 눈치 채지 못했다. 나중에 보니 아버지는 유언을 나에게만 하고 가셨다. 큰형은 일 벌이기를 좋아하고 정이 많아서 남에게 퍼주는 타입이다보니 의사임에도 주머니 사정이 생각보다 좋지 않았다. 작은형은 워낙 말이 없고 좀 내성적이었다. 두 형과는 다르게 나는 진두지휘하기를 좋아하는 골목대장 타입인데다 의리도 있고 일찍부터 돈을 벌던 사람이었다. 아버지는, 비록 막내이기는 해도 경제적으로 제일 여건이 좋은 내가 듬직해 보이셨는지 형들을 부탁하고 가셨다.

아버지의 유언을 따라 나는 가정 경제에 대한 부담을 짊어져야 했다. 살아 계시는 동안에 아버지의 암 수술비인 1,200만 원은 제작팀에 사정을 이야기하고 이례적으로 선불로 받은 40회 분량의 EBS 프로그램 출연료로 감당했다. 큰형은 레지던트에서 막 전문의가 된 시기였고, 작은형은 IMF의 여파로 다니던 대기업에 용감하게 사표를 던지고 나온 때였다. 부하직원을 살리는 조건으로 자신을 희생한 작은형은 퇴사를 계기로 나의 매니저가 되어 일을 도왔다. 상황이 그렇다보니 수술비를 3형제 중에 내가 해드려야만 했다. 아버지가 돌아가실 것을 미처 생각해보지 못해 산소도 준비하지 않은 상황이었다. 아버지가 돌아가셨을 때, 영안실로 조문하러 온 지인들의 부조금과 MBN 증권 방송을 하며 이제 막 친하게 된 거래소 및 코스닥에 상장한 기업의 홍보실 직원들이 보내준 부조금을 합쳐 3,500만 원 하는 아버지의 산소를 천안 공원 묘지에 만들어드렸다. 큰형과 나는 싸울 일이 생기면 "야, 이 딴따라야", "야, 이 돌팔이야" 하며 서로의 약점을 공격하며 싸우고는 했는데, 장례를 치르고 나서 형은 나에게 "영찬아, 나는 너를 동생이라고 우습게 봤다. 솔직히 네 조문객이 그렇게 많을 줄은 몰랐어. 아버지가 외롭지 않으셨을 거야. 네가 우리 형제가 할 일을 대부분 다 했다. 고맙다"라고 했다. 형이 나에게 고마워한 것처럼 나 또한 조문을 와주시고 위로해주신 그분들께 지금도 무척 감사하다. 내가 사람들에게 잘 대해줄 수밖에 없는 이유는 힘들고 외로울 때, 그들이 나에게 베푼 인정을 기억해서이다.

상을 치르고 나서 우리 삼형제는 함께 목욕탕에 갔다. 어머니와 두 며느리도 그들끼리 여탕으로 향했다. 성인이 된 후에 처음이자 마지막이 되지 싶은 우리 형제와 고부간의 목욕은 아버지가 돌아가시면서 우리 가족에게 주신 마지막 선물이었다. 그리고 우리 형제가 함께 목욕탕에 가게 된 이유는 아마도 아버지가 돌아가실 무렵, 목욕탕에서 네 부자가 함께 한 추억 때문이었는지도 모르겠다.

끈끈한 형제애와 가족애, 그리고 가족을 위한 조건 없는 희생과 사랑, 그것은 아버지가 나에게 당부하신 '유산'이 되었다. 아버지가 돌아가시면서 나는 한동안 두려움에 휩싸였다. 이미 성인이 되고 다들 결혼을 했지만, 이제는 내가 우리 집안의 경제를 책임져야 한다는 생각에 나는 한참 동안 어려워했다. 어린 시절부터 '가족의 중요성'을 막내인 나에게 누누이 이야기하신 아버지의 영향으로, 그리고 아버지의 유언 때문에도 나는 '가족을 위해서라면' 가족에게 없어서는 안 되는 희생적인 구원자가 되려고 나도 모르게 애써왔고, 10년이 훨씬 지나도록 아버지의 유언을 가슴에 품고 살면서 그 습관은 지금껏 이어지고 있다. 그런 나의 모습을 생각할 때면 1998년에 미국에서 제작한 실화를 바탕으로 만들어진 톰 행크스, 맷 데이먼 주연의 전쟁 영화 〈라이언 일병 구하기〉가 떠오른다. 라이언의 목숨을 구하라는 특별한 임무를 명령으로 받고 라이언을 구하기 위해 죽음도 마다 않고 적진을 뚫고 온 상사들을 향해 라이언이 경례를 하면서 하던, 지금도 잊지 못하는 라이언 일병의 명대사가 있다.

"당신들이 목숨을 걸고 살려야 할 만큼 '나'는 가치 있는 삶을 산 사람입니까?"

라이언 일병을 구하려고 자기 목숨도 마다하지 않은 상사들처럼, 나 또한 전쟁 통의 그러한 병사들의 심정으로 가족을 위해서라면 내가 조금 덜 입고, 덜 먹고, 덜 누리고, 좀 더 적게 가지고 조금 더 손해를 보더라도 모두 함께 누려야 한다는 마음으로 내가 조금 더 희생하며 살아야 한다고 생각하게 되었다. 그래서 지금껏 그렇게 살려고 노력했다.

나는 평생 누군가를 도와야만 하는 운명인지, 결혼 후에는 돌아가신 아버지의 자리를 대신하는 마음으로 장인의 빚까지 갚아드려왔다. 아직도 내가 갚아나가야 할 남은 나의 빚 또한 많지만, 그것을 나는 억지로 해야 하는 의무감이나 어려움, 혹은 불행이라고 생각하지 않기로 했다. 이왕 해야 하는 일이라면 재미난 거리라고 생각하고 즐겁게 할 참이다.

"일하기 싫으면 먹지도 마라!"고 하시던 아버지는 돌아가신 지금에도 그리고 앞으로도 영원히 나의 멘토로 남을 것이고, 어린 시절 아버지에게서 말과 삶을 통해 배운 근면과 성실은 내 인생 최대의 무기가 되어줄 것이다.

허세는 금물! 잘하는 것만 하고, 나머지는 쿨 하게 전문가에게 맡겨라

무슨 일이 되었든 내가 절대 끼어들지 말아야 할 일에는 애초에 관심을 두지 않아야 한다. 삶에서 낭비하는 시행착오를 줄이고 싶다면 공연히 여기저기 기웃거리며 기운 빼지 말고, 내가 할 수 있는 영역을 정확히 판단하고 그 일에 전심을 다해 뛰어들어라. 2년 동안 세 번의 죽을 고비를 겪은 내가 어떻게 일어섰는지 짐작하는가? 가족의 도움과 나의 의지 다음으로 내가 재기할 수 있었던 가장 큰 이유는 어떤 일에서든지 각 분야 전문가들의 도움을 기꺼이 받으려고 했기 때문이다. 그 원칙이 분명해진 시점이 2005년 사건 이후부터이다. 나는 허세를 부리거나 헛물을 켜지 않는 성격이다. 내가 잘하는 것만 찾아서 하고 내 일이 아니라고 생각하면 절대 손을 대지 않는 것이 내 삶의 원칙 중 하나다. 재테크나 사업을 할 때도 그렇고, 사람과의 관계에서도 그렇고, 일을 선택할 때도 마찬가지다. 세상에는 수많은 전문가가 있다. 그중에서 나는 단지 방송, 마케팅, 투자에 소질이 있다. 나는 '내가 잘하는 것만 하자는 주의'다. 한마디로 싫고 좋은 것이, 맞고 아닌 것이 분명한 성격으로 취할 것은 과감하게 취하고, 버릴 건 과감하게 버린다.

마케팅을 할 때도 마찬가지다. 한때는 선거판에 뛰어들어 마케팅을 돕기도 했지만, 비단 마케팅 일로만 참여한다고 해도 나는 정치와는 맞지 않았다. 그래서 마케팅을 하자며 그쪽에서 요청이 또 왔지만, 미련 없이 거절했다. 그리고 한번은 1억을 줄 테니 건강식품을 마케팅 해달라는 부탁을 받았는데, 정중히 거절했다. 식약청의 까다로운 합격기준에 통과한 제품이어야 하고 건강과 직접 관련된 문제여서 늘 위험부담이 따라서였다. 합격 기준에 미달하면 어떠한 비용을 준다고 해도 마케팅을 거절하는 것이 나의 노하우다. 그리고 상품이나 제품군이 아무리 좋아도 다단계 형태의 판매 방식이라면 그러한 일에도 뛰어들지 않는다. 다단계 사업은 영업력이 없는 누군가는 손해를 보아야 하는 구조이기 때문이다. 방송 현장은 물론이고 세상의 사회 현장에서, 나는 10명이 잘 되게 만든 누군가를 단 한 사람이 순식간에, 그것도 아주 쉽게 망가뜨리는 모습을 자주 목격했다. 그래서 더욱 그건 나의 영역이 아니다.

나는 다만, 내가 잘 할 수 있다고 생각하는 일을 시작하고, 그 일에 매진한다. 사업을 할 때도 마찬가지다. 나에게 맞지 않거나 내가 할 일은 아니라고 판단하면 아무리 좋아 보여도, 주변에서 등을 떠밀어도 절대 참여하지 않았다. 그 분야의 전문가에게 아웃소싱을 맡기거나, 상대에게 그 분야의 적임자라고 생각하는 전문가를 소개해주었다. 지금도 역시 마찬가지다. 소개의 대가를 바라지 않을뿐더러 설령 떡 고물이 떨어지지 않는다고 해도, 누군가가 잘 되는 것만으로도 마음이 기쁘지 않은가.

그런데 대다수의 한국인은 허세 부리기를 정말 좋아한다. 나는 그런 사람들에게, 상대도 못할 전문가를 만나게 해준다. 누군가가 만약에 나와 싸우고 싶다고 하면 "당신 정말 싸움 좋아해? 그럼 내가 아는 건달 형님 있는데 불러줄게"라며 건달을 불러주겠다고 하고, 금융에 대하여 따져보자고 하면 내가 아는 금융 전문가를 불러준다. 시빗거리 하며 시간과 감정을 낭비할 필요 없이 매사에 그런 식으로 대응한다. 그러면 아무도 감히 나에게 찍소리도 하지 않는다. 어쨌거나 나는 정말로 아무와도 싸울 마음이 없다. 그런데 지렁이도 밟으면 꿈틀한다고, 한번은 나에게도 싸울 일이 생겼다. 잠자는 사자의 코털을 건드린 사건이었다.

2013년에 봄과 가을에 나는 차량 접촉 사고를 두 차례 경험했다. 그 해 봄에 일어난 일이다. 함께 일한 방송 스태프들과 술을 마시고 대리운전을 해서 집으로 가고 있는데, 접촉 사고가 났다. 상대방의 일방 과실이었다. 1주일 정도밖에 안 된 아우디 새 차를 몰고 나온 운전자는 술을 잔뜩 먹은 여자였다. 차의 주인은 따로 있었다. 운전자의 남자 친구였다. 술이 잔뜩 취한 그 여자 운전자는 사과하기는커녕 잘못을 나에게 떠넘겼다. 나는 웬만하면 일을 좋게 마무리하고 싶어서 사고처리는 보험회사에서 할 테니 과실에 대해서만 인정하라고 했다. 그런데 곱게 가려던 나를 건드린 사람이 있었다. 차 안에서 내린 한 남자가 나더러 방송하는 놈이 아니냐고 하면서 다짜고짜 욕지거리를 했다. 나는 단지 방송인이라는 사실 때문에 그에게서 욕을 들을 이유가 전혀 없었다.

"제가 왜 그런 말을 들어야 할까요? 분명히 욕을 하셨죠, 방금?"하며 따져 물었다.

내 차를 받아도 이해하고 그냥 봐주려고 했는데, 적반하장도 유분수지…, 100% 그쪽 과실이라 괘씸하던 차에 나는 검증을 받아야겠다고 나섰다. 아무런 잘못도 없는 내가 세게 나가자 그들은 "선생님, 죄송합니다"라고 하면서 갑자기 꼬리를 내렸다. 내가 병원에 가면 인사 사고로 커질 판이었다. 상대측 보험사에서는 나에게 미안하다며 연신 사과했다. 그때 당했던 아우디 접촉 사건 말고는 누군가가 내 차를 들이받는 일이 또 있어도 화를 내지 않으려고 했다. 사고가 날 때면 나는 받히고도 상대에게 "안 다치셨어요?"부터 물으며 신사적으로 대하던 사람이다. 잘잘못을 따지며 서로 마음 상해가며 인생을 복잡하게 살 필요가 있을까? 판정은 사고담당인 보험회사에서 알아서 모두 해줄 텐데 말이다.

한번은 방송인 신동엽, 이봉원 형 등 여덟 명의 출연자들과 함께 식사를 하는 자리에서도 사건이 터졌다. 음식점 안에서 한참 즐겁게 밥을 먹고 있을 때였다. 밖에서 누군가가 내 차를 들이받았다는 안 좋은 소식을 식사 중에 들었다. 나가서 확인해보니 내 차를 쫙 긁어놓았다. 나는 씩씩대지 않고 바로 휴대폰을 꺼냈다. 그 사이 휴대폰에 문자 하나가 들어와 있었다. 아마도 사고를 낸 차주가 차에 남겨둔 내 휴대폰 번호를 보고, 내 차를 보험사에 접수해둔 모양이었다.

"○○화재죠? 제 차가 사고 접수가 됐다는데, 맞아요?", "네 그러면 됐어요."

법적인 보험 처리는 보험회사가 알아서 할 일이었다. 나는 그렇게 쿨 하게 사건을 정리했다.

똑같은 사고를 당하고서도 누군가는 이렇게 반응할지도 모른다.

"이게 어떤 차인데… 게다가 외제차여서 수리하려면 1주일도 더 걸릴 텐데, 아, 나 참!" 하면서 화를 내거나 그 사건에 매여서 전전긍긍할 수 있다. 그러나 그렇게 한다고 해서 상황이 달라질 것도 아닌데 공연히 열 받아하며 신경 쓸 필요가 없다. 나는 어떤 식으로 보험 처리가 될지를 알기에 그 문제에 대하여 더는 스트레스를 받지 않고 마음에서 툭 털었다.

내 이야기가 끝나자 신동엽이 옛날에 자신이 겪었던 일을 들려주었다. 그가 〈남자 셋 여자 셋〉 프로그램으로 한창 주목을 받을 때였는데, 그날 동엽이는 한강에 있었다고 한다. 사람들이 신동엽을 발견하고는 "와, 신동엽이다" 하면서 다가오는데, 팬 중에는 차 안에서 운전 중이던 운전자도 있었다. 그런데 그 운전자가 차를 몰고 오다가 그만 벽에 차를 꽝 하고 들이받았다. 동엽이를 보겠다는 마음에 미처 앞에 벽이 있는 걸 못 보고 운전했던 모양이다. 그런데 잘못은 본인이 해놓고 운전자가 동엽이에게 막 욕을 하더란다. 내 차가 사고 피해를 입었음에도 나는 쿨 하게 넘어갔고, 덕분에 들뜬 식사 분위기는 계속 유지되었다. 더군다나 신동엽의 에피소드까지 덤으로 듣게 되어 식사 자리는 한바탕 웃음바다가 되었다.

차량 접촉 사고가 나면 무엇 때문에 삿대질을 해가며 싸우는가? 보험회사는 차량 사고에 대한 나의 위탁 대리인이다. 스트레스를 받지 말고 전문가에게 맡겨라.

어떤 분야에서 정말 이름을 날리는 전문가가 되고 싶은가? 그렇다면 어떠한 일을 하든지, 그 일을 시작하기 전에 '정말 내가 최고가 될 수 있을까? 최선을 다할 수 있을까?'를 한번 고민해보았으면 한다. 그리고 사회가 정한 높낮이나 사람들의 눈을 의식하지 말고, 자신이 좋아하는 일에 뛰어들어 즐기라고 말씀드리고 싶다. 세상에 하찮은 일은 없다. 단지 주위의 시선을 의식하고, 남의 시선을 중요하게 여기는 사람들이 있을 뿐이다. 시대가 달라지면서 예전에는 중요했던 일도 지금은 별 볼일 없는 일이 되기도 하고, 예전에는 하찮게 생각하던 일이 지금은 굉장한 산업으로 급부상할 수도 있다. 단적인 예로, 옛날에는 우리가 천하게 생각했던 똥을 푸는 똥차 일이 이제는 제3의 영역, 블루오션으로서 메탄가스를 추출하는 환경 바이오산업으로 각광받고 있는 것만 보아도 알 수 있다. 험난한 인생을 살아온 한 사람으로서 이야기하자면, 즐기는 사람을 세상은 감당할 수 없다는 사실이다.

마케팅의 시작은
자신의 단점을 장점으로

　어떤 일을 하든지 나는 늘 미리 전략을 짠다. 개그맨으로서 방송인으로서 살아온 시간은 '될 만한 아이템'을 찾고 아이디어를 구상하는 능력을 키우는 발판이 되었다. 무엇보다 새로운 것에 대한 끊임없는 호기심과 도전 정신이 나를 발전시켰다. 사업을 시작할 때는 방송인이라는 이유로 덕을 보았다. 방송 현장에 가면 궁금한 내용을 모두 묻고 거기서 많은 정보를 얻는다. 그렇게 삶의 현장에서 경험을 통해 얻은 정보는 쉽게 잊어버리지 않는다. MC와 리포터로서 교양 프로그램을 20년도 넘게 이상 진행하면서 나도 모르는 사이에 조금씩 전문성을 쌓아갔다. 주로 인터뷰를 많이 하는 방송인으로서 살아온 지난 20여 년을 돌아보니, 상담자로서 내담자의 깊은 슬픔을 끄집어내고 그들의 아픔을 폭넓게 이해하는 도구가 되었고, 촬영을 하는 과정에서 얻은 정보는 내가 창업을 하거나 행복재테크 강연을 하는 밑거름이 되었다. 만일 내가 교양 정보 프로그램이 아닌 쇼 오락 분야를 즐겨했다면 사업이나 강연을 하는 데는 아마도 그리 도움이 되지 않았을 것이다. 가끔 20대 청년들에게 강연할 기회가 오면 나는 그들을 향해 이렇게 조언한다. 단지 알바

한 가지를 하더라도 자신이 이루고 싶은 미래의 꿈과 관련된 일을 해보라고, 또 어떤 알바를 하더라도 그 일에 푹 **빠져** 하다보면 10년 후에는 그 분야의 전문가가 되어 있을지도 모른다고 말이다.

　나에게는 몇 가지 장점이 있다. 자존심은 세지만, 가난이 부끄럽다거나 크게 불편하지도 않았다. 단지 갖고 싶은 것이 있으면 어떤 노력을 해서라도 내 것으로 만들었다. 한마디로 나는 호기심이 많은데다 도전 정신과 승부욕 또한 무척 강한 사람이다. 나 같은 사람은 어디로 보나 기질상 천부적인 자수성가형이어서 곧 죽어도 스스로 벌어서 먹고 살아야 하는 타입이다. 강한 성격 탓에 편한 길을 외면하는 나 자신이 어떤 때는 참 안타깝다는 생각이 들기도 한다.

　나의 여러 가지 장점 중에서도 가장 손꼽을 만한 장점은 무엇일까? 권영찬을 대표하는 키워드는 절대 긍정, 타고난 긍정이다. 내가 원하는 것은 언젠가는 꼭 이루어질 것이라는 믿음으로 그것을 얻을 때까지 끝장을 보는 긍정이다. 나의 끝장은 '열정'을 의미한다. 어차피 장마와 혹독한 겨울을 지내야만 하는 농부라면, 굳이 얼굴을 찡그리며 그 시간을 보낼 필요는 없지 않은가? 그런 마음으로, 언제 또 이런 곳에 와볼까 하는 생각에 2005년에는 구치소에서 억울한 중에도 일기를 쓰기도 했다. 무엇이 되었든 긍정적인 자세로 받아들이면 실제로 같은 일이라고 해도 훨씬 재미있고, 시간이 **빠르게** 지나가는 것처럼 느껴진다. 나의 경우를 보면 무엇이든 즐기며 하다보면 항상 조금씩 성장해 있었다.

사람들을 워낙 좋아하고 많은 사람을 만나는 나로서는, 주변에서 어느 날 갑자기 성공했다는 사람을 한 번도 본 적이 없다. 로또 인생치고 잘 사는 사람은 아무도 못 봤다. 게다가 땀 흘려 얻지 않은 부를 절대 행복이라고 생각하지 않는다. '대박'의 이면에는 언제나 '쪽박'이 기다리고 있음을 보아야 한다. 사업을 하든지 강의를 하든지 주식을 하든지 부동산에 투자를 하든지 아니면 다른 무엇을 하든지, 노력해서 얻어야 한다.

당신이 정말 부자로 성공하고 싶다면, 팔아야 할 대상물을 객관적인 눈으로 평가하라. 이것이 권영찬이 생각하는 마케팅의 시작이다. 당신이 팔아야 하는 것이 당신 자신이거나 브랜드이거나 제품이거나 어떤 회사이거나 이미지이거나 특정 기술일 수도 있다. 만일 팔아야 할 대상물이 나 자신, 권영찬이라고 가정하자. 그러면 판매를 하기 전에, 상품인 나의 가치 즉 장단점을 체크해보아야 한다. 세일즈 대상물을 바라보면서 이런 점이 있네, 저런 점도 있었네?, 이 점은 좀 아니지, 이 점은 이런 점에서 잘못됐구나, 이 점은 이렇게 보완하면 해결되겠네 하는 식의 장단점을 쭉 기록해보아라. 목록을 작성하다보면 자기도 몰랐던 자신의 장단점이 보인다. 그렇게 얻은 평가 결과가 제품의 가치다. 내가 홈쇼핑계에서 미다스의 손이 될 수 있는 이유는 특별한 비법이 있어서가 아니다. 단지 제품에 대하여 연구를 많이 하기 때문이다. 나는 판매를 앞두고 제품을 몇 십 번씩 사용해보고, 소비자의 입장에서 나의 생각을 정리한다.

나의 주관적인 생각보다는 다른 사람은 어떻게 생각하는지, 그들의 의견에 귀 기울인다. 가깝게는 아내에게도 제품의 장단점에 대하여 묻고 또 물어본다.

그 다음 단계로, 장점은 더 부각시키고 단점은 보완해 나가려고 한다. 실제보다 가치가 낮게 평가되었다면 장점을 부각시켜 가치를 올리면 된다. 만일 실제보다 가치가 높게 평가되고 있다면 거기에 맞춰 대상물을 업그레이드시키면 된다. 대상물이 사람이라면 그 사람의 그릇을 키우고 실력을 갖추면 된다. 무엇인가를 품을 수 있는 크기가 그 사람의 가치. 30대의 권영찬을 예로 들면, 나는 방송인이자 사업가이자 마케팅의 달인이었다. 그것이 그 당시에 나 권영찬의 가치인 셈이다.

어떻게 하면 나 자신을 가장 잘 보여줄까? 또, 어떻게 해야 일을 더 효율적이고 능률적으로 할까? 나는 그 해답을 일찍이 스스로 터득했다. 그것을 하나의 상품으로 볼 때, 당신이 상대에게 팔려고 하는 그 대상물의 장점은 무엇이고, 단점은 무엇인지를 스스로 물어보아라. 객관적으로 볼 때 '제3자의 입장'에서 과연 사고 싶은 대상인지 아닌지를 예측하는 것이 마케팅 포인트이다. 만일 당신이 고객이라면 그 대상물을 원하겠는가? 어떤 이유 때문인가? 만일 대상물이 매력이 없다고 생각한다면 또 어떤 이유인가? 그것을 분석해 보아라. 그러면 어떤 장점을 부각시켜야 할지, 또 단점에 대하여는 앞으로 어떻게 보완해나가고 그럼에도 어떻게 고객을 설득할 수 있을지가 눈에 보인다. 1회성이 아니라면, 일단 팔고 보자는 자세는 일을 망치는 지름길이다.

나는 인공수정 두 번을 통해서 도연이를 얻었다. 그리고 둘째아들도 인공수정 네 번 만에 어렵게 얻어서 2014년 4월 15일에 낳았다(이번에는 자연 분만이라 더욱 감사하다). 나는 난임이란 나의 단점을 장점으로 만들어 난임 부부에게는 희망을 주는 강연을 진행하며 대한민국을 대표하는 난임 홍보대사가 되었다. 이 사실만 보더라도 나의 단점을 어떻게 생각하느냐에 따라서 단점은 충분히 장점이 될 수 있지 않은가.

상대의 가능성을 찾아내는
명쾌한 승부사

    나는 통찰력, 소위 말하는 사람을 보는 안목이 있다. 사람을 서너 번만 만나보면 상대의 가능성과 스케일이 한 눈에 들어온다. 될성 부른 나무는 떡잎부터 알아본다고 내 눈에는 상대방의 가능성이 잘 보인다. 웨딩업 관계자이자 행복재테크 강사이자 마케팅 전문가로서 나는 결혼 상대로서 가장 어울리는 남녀를 물색해서 다리 놓는 일은 물론이고, 가능성 있는 강사나 제품(혹은 브랜드)을 발굴하여 옥돌과 명검으로 만들어 그들을 마케팅하는 역할도 한다. 나는 소위 '스타강사 제조기'로서 강사가 될 만한 인물을 물색해서 재능을 발굴하고 길러내는 인큐베이팅이 정말 즐겁다. 내가 전문강의, 행사진행 및 MC, 그리고 광고, 홍보, 마케팅까지 토털서비스를 제공하는 '권영찬닷컴'을 통해 스타급 강사를 발굴하게 된 건, 재능이 있는 사람이 소속사를 잘못 만나서 재능을 썩히고 있으면 그렇게 안타까울 수가 없어서였다. 그런 사람을 찾아서 스타일을 만들어주고 이미지 메이킹을 하고 장점을 부각시키면 그럴싸하게 돋보이는 강사가 된다. 인물의 포인트를 딱 집어내기 때문이다. 돈 몇 푼을 벌기 위해 상대를 이용할 생각은 추호도 없다. 강사 예비자를 선택할

때 나는 한 가지 원칙을 따른다. 나와 직접 인연이 있는 사람이어야
만 함께 한다. 상대의 장점과 단점을 알아야 하기 때문이다. 상대가
인기를 잃었건 한 물이 갔건, 그런 사실은 문제가 되지 않는다. 또
한, 친한 사람이 마케팅을 부탁하면 기꺼이 '의리 마케팅'을 해준다.

내 눈에 띄어 발굴한 권영찬닷컴(http://www.kweonyoungchan.
com 연예인전문 강의 사이트)의 소속 스타강사에는 이호선 박사, 금메
달리스트 김동성 위원, 낙지 윤석주와 국내에서 '잉글리시 코칭' 1
호 강사로 유명한 영어 강사 앤디황(황인식) 등이 있다.

한 기독교 방송사에 출연했을 때였다. 그대로 두기에는 굉장히
아까울 정도로 말을 무척 잘 하는 한 여성이 눈에 띄었다. 요즘 아
이들의 성(性)에 대하여 부모들이 가진 궁금증을 유쾌하고 명확하
게 풀어나가는 그녀는 EBS의 교육 프로그램에도 출연한 적이 있
는 이호선 박사였다. 그녀는 '자녀들이 초등학교 4학년이면 야동
을 보고, 중학생이 되면 영역별로 섭렵하고, 고등학생이면 야동계
의 원로가 된다'며 거침없는 입담을 자랑했다. 방송인으로 대학 교
수로 활동하던 그녀를 회사로 스카웃해서 소속 강사로서 8개월을
함께 일했다. 그 사이에 그녀는 지상파를 장악하는 인물로 성장했
다. 한국노인상담센터장으로 방송과 강연장에서 최고의 주가를 올
리기도 했다.

또 한 사람, 미국 동부 뉴저지 Rahway공립학교를 졸업한 앤디
는 커뮤니케이션학과로 가장 유명한 뉴욕공대에서 커뮤니케이션

아트(Communication Art) 전공으로 학부를 졸업하고 뉴욕대학교 대학원에서 커뮤니케이션 영화학과 석사학위를 받은 인재다. 대학원 시절에는 미국의 고등학교에서 영어 교사로 지냈으며, 박사과정을 공부하던 중에는 국제 금융 시장을 주도하는 대표적인 투자은행 겸 증권회사인 골드만삭스 본사의 매니저로 5년 동안 활동했다. 그러다 보니 비즈니스 영어에 능통한 실력자가 되었다. 무엇보다 청소년 시절을 한국에서 보내다가 미국으로 갔기 때문에 한국과 미국의 양쪽 문화를 잘 이해하는 특별한 장점이 있었다. 그래서 한국인이 자주 실수하거나 실수하기 쉬운 영어 표현들을 정확하고 쉽게 가르치는 능력이 탁월했다. 나는 그 점을 눈여겨보았다. 또, 일본에서 3년 동안 봉사활동을 마치고 2010년에 한국으로 돌아와서는 연세대학교 대학원 상담학 석사에 이어 상담코칭학 박사과정에 재학 중이어서 사람에 대한 이해의 폭도 넓을 것 같았다. 대중에게 노출이 되기만 한다면 승승장구할 재목이었다. 우리 회사의 소속 강사로서 나와 함께 일하고 나서 앤디는 본인이 가진 뛰어난 실력을 바탕으로 현재 여러 기업과 대기업에서 비즈니스 영어와 비즈니스 회화를 가르치는 명강사로 큰 인기를 얻고 있고, 서울의 한 대학에서는 영어 관련 과정을 가르치는 교수로도 활동하고 있다. 영어는 자신감과 함께 현지인의 발음을 얼마나 정확히 구사하는지가 관건이라는 앤디는 어려운 아이들을 위한 영어 재능기부 수업도 함께 진행하고 있다. 미국인보다 더 좋은 발음의 소유자로 권영찬의 과외 선생이

기도 한 앤디는 강사로서 자신을 인큐베이팅해준 나에게 고마움을 표현했다.

"형이 그렇게 영향력이 있을 줄 몰랐어요. 형, 정말 고마워요."

"앤디야, 네가 잘해서 그런 거야. 나랑 2년만 일해봐."

한편, 개그맨 윤석주는 2000년 KBS 개그콘테스트에서 대상으로 입상했다. 하지만 무대 뒤의 허무함에 심한 스트레스를 받고서는 건강을 찾기 위해 몸만들기에 관심을 두게 되었고, 몸만들기 프로젝트를 통하여 개그맨 박준형, 정종철, 오지헌의 다이어트를 성공시켰다. 그 일을 계기로 못난이 전문 건강 트레이너로도 유명해졌다. 석주가 진행하는 건강하고 날씬한 몸만들기는 연예인을 넘어 일반인들에게 더욱 크게 호응을 끌었다. 그는 이제 건강관리와 심뇌혈관질환 예방의 홍보대사이자 유머 건강 강사로서 '스트레스와 건강'이라는 주제로 끊임없이 강의를 통해 러브콜을 받고 있다. 석주는 '운동을 하니 몸이 변하고, 몸이 변하니 인상이 변하고, 인상이 변하니 인생이 변하더라'는 명언을 말하고 다닌다. 인생의 변화를 원하는가? 오늘, 지금 당장 운동을 하라. 그것이 그가 전하는 메시지다.

사실은 옥석이거나 백조인데도 자신을 자갈이나 미운 오리 정도로 생각하며 자신의 가치를 잘 모르고 살아가는 사람이 외외로 많다. 나는 스타강사로서 이미 충분한 자격을 갖추고 있던 이호선 박사와 앤디를 발굴하고 그들을 인큐베이팅하는 과정에서 그러한 사실을 발견했다. 세상에서 제대로 평가 받으려면 우선 자신의 가치를 알아야 한다. 아무도 당신에 대하여 알아주지 않는다고 해도 나는 잘 될 것이라는 자아존중감을 가져라. 당신의 잠재력을 일깨워줄 대상을 만나기만 한다면 당신 또한 연필깎이용 칼이 아니라, 명검이 될 수 있다. 다이아몬드가 될 수 있다. 지상파에도 시청률이 높은 황금시간대가 있는 것처럼 제품 판매에도 죽은 시간이 있기 때문에 마케팅 또한 시간대가 중요하다. 이렇게, 가능성은 있으나 대중에게 알려지지 않거나 인기가 없는 숨은 상품과 그러한 인재들을 찾아서 그들의 잠재력을 발굴해줌으로써 명검으로 다듬어내는 나는, 상대의 가능성을 읽어내는 이 시대의 명쾌한 승부사라고 생각한다.

협상의 실력은
밀당의 여유에서

사람들은, 처음부터 얻기 쉬운 대상에는 별로 매력을 느끼지 못하는 이상한 심리를 갖고 있다. 그래서 튕기는 게 매력이라는 말도 있고 연애든 사업이든 밀고 당기는 감정을 이용해 협상하려는 '밀당'이라는 것도 하지 않는가. 일반적인 심리로 치자면 또 한 가지, 고객들은 사람들이 찾지 않는 제품이나 장소에 별로 매력을 느끼지 않는다. 낯선 장소에 가더라도 사람이 많은 음식점에 사람이 또 든다. 사람이 많은 것으로 보아 맛있는 집이겠거니 하는 편견 때문이다. 그것이 대중의 묘한 심리인데, 그러한 심리를 잘 이용한 맛집이 있다. 강남에서 잘나가는 H맛집은 고객의 심리를 잘 이용해 성공한 대표적인 사례이다. 그 집은 손님이 아무리 일찍 음식점에 가더라도 정한 시간 전에는 절대 가게 문을 열지 않고, 손님을 줄 서서 기다리게 한다. 그리고 오픈 시간인 7시에 정확히 맞추어 그때부터 손님을 받는다. 또 다른 유명 맛집은 하루에 300인분 정도의 음식재료만 준비한다. 그러고는 그날 준비해둔 재료가 모두 떨어지면 아무리 손님이 줄을 서고, 한창 영업해야 할 대낮이라고 해도 과감하게 문을 닫는다. 그러한 마케팅 전략을 통해 손님 스스로 음식점을 갑으로 인정하고, 정해진 분들만을 위한 최고의 식사라는 인상을 강하게 받으며 갑의 서비스에 손님들은 만족해한다. 연인들의 밀당처럼, 이 또한 비즈니스의 밀당 사례라고 하겠다.

이처럼 협상에서 이기려면, 상대가 스스로 인정해주는 갑이 되려면 밀당을 잘 해야 하고, 미리 전략을 짜야 한다. 예를 들면, 일감이나 제품에 대한 주문이 전혀 없다가 연락이 오면 반가운 마음에 덥석 수락부터 하면 안 된다. 조금은 바쁜 척 잠시 뜸을 들이다가 승낙하는 것이 좋다. 모든 거래는 감정싸움이다. 내가 아쉬운 쪽이라기보다는, 나를 놓치거나 나와 거래를 하지 않으면 마치 상대방이 손해를 보는 듯한 아쉬운 느낌을 받도록 주도권을 쥐고 대화를 이끌어가야 한다. 상대방에게 끌려가면 협상에서 지게 되어 있다.

성공적인 대화법이란 어떤 것일까? 좀 전의 그 상황으로 돌아가서 예를 들어보겠다.

당신은 공장 대표이다. 요즘 들어 주문이 거의 없었다. 그런 중에 한 통의 전화를 받았다. 그러면 보통은 심리적으로 당신은 끌려가게 되어 있다. 고객이 찾아준 것만으로도 무척 고맙기 때문이다. 그러면 상대방이 생각할 때는 당신의 공장에서 생산한 제품이 질이 떨어지거나, 혹은 제품의 가격이 제품의 실제 가치보다 높게 평가된 평가절상이 된 건 아닌가 하고 생각하기 쉽다. 그러면 이미 당신의 협상은 한 수 아래로 밀린 상황이다. 상대는 일정이 한가해 보이는 당신을 떠보며 가격을 흥정하려 들 것이다. 원래는 개당 100

원을 주려던 것도 90원으로 깎으려고 든다. 그 잠깐 사이에 상대가 끌려올 당신의 상황을 읽은 것이다. 그때 당신은 어떻게 할 것인가? 이때 당신은 당당하고 도도해질 필요가 있다.

"네, 원래는 그렇게 드리면 안 되는데, 첫 거래니까 이번에는 해 드릴게요. 그런데 우리 제품을 어떻게 아셨어요?"

상대방의 물음에 공손하고 친절하게 반응은 하되 이번은 첫 거래라 특별한 경우여서 혜택을 준다는 것을 주지시켜야 한다. 나아가서 고객이 어떤 루트를 통해 제품을 알거나 소개받았는지를 확인하는 것이 중요하다. 이러한 핵심을 짚어 말하고 질문해야 한다. 이것이 마케팅의 포인트다. 상대가 "인터넷을 통해서 알았는데요, 지인한테 들었어요" 등등 답변을 하고 대화를 끝내면 그 다음에는 어떻게 대응해야 할까?

"몇 개가 필요하십니까? 어디로 보내드리면 될까요? 연락처는요? 가능한 일정은 나중에 전화 드릴게요. 공장 일정을 확인해봐야 해서요" 하고 여운을 남기고서는 일단 전화를 끊어 한 템포 쉬어 간다. 그러면 상대는 '어? 이 사람, 아쉬운 게 없나? 뭐 그리 바빠? 주문이 많은가? 일을 잘 하나 보지? 제품이 좋은가보네' 하고 긍정적으로 생각할 수도 있고 때에 따라서는 '뭐 그리 잘났어? 그래, 얼마나 좋은지 어디 한번 보자고…!' 하면서 이유가 궁금해지고 제품에 대하여 호기심이 생기는 방향으로 한 번쯤은 생각해보게 된다. 상대방이 제시하는 조건이 제아무리 좋아도, 혹시 이러다 놓치는 건 아닌가 싶어 조바심을 내면 안 된다. 여유를 보여야 한다. 정중하되 당신과 거래하지 않더라도 내 쪽에서 크게 아쉬울 것 없다는 자세로 나가면 상대 쪽에서 일단은 도전해보고 싶어진다. 그것이 사람의 심리다. 그러기 위해서는 당신이 그 분야의 최고라는 자신감을 갖고 최고가 되려고 노력해야 한다.

만일 이후에 상대에게서 연락이 없다거나 일이 성사가 안 된다고 하면 어떻게 해야 할까? 당신이 아쉬워할 필요는 없다. 나의 일이 되려고 하면 연락이 다시 오게 마련이다. 오랜 방송 경험(다양한 부류의 사람을 엄청나게 많이 만나온 노하우)을 토대로 얻은 통찰력(통밥)을 갖춘, 눈치와 판단력이 빠른 권영찬이 마케팅의 달인으로 성장하기까지 터득한 마케팅 기법 가운데 기본 중에도 기본이다. 그런데 성미가 급하고 욕심이 많은 사람들은 이러한 종류의 밀당을 잘 하지 못한다. 당장 눈에 보이는 것만 생각하고 옳다구나 하고 앞뒤 재지 않고 무조건 그 일을 잡고 본다. 그러면 통화하는 상대방이 당신에게 어떤 느낌을 갖게 될까? '어? 이 사람 일이 없나보네. 나 말고는 주문이 없는 건가? 한가한가보네. 상품이 별로인가? 혹시 이 사람 일을 잘 못하는 거 아냐? 실력 없는 사람이면 어쩌지?' 하는 등 기대했던 것보다 부정적인 생각이 들기가 쉽다. 자연히 당신을 평가절하할 가능성이 높다. 따라서 결과적으로 보면, 섣부른 승낙 결정은 오히려 자기의 상품가치를 떨어뜨리는 꼴이다.

마케팅과 관련하여 나는 일 때문에 거래를 하는 경우에는 절대

내 쪽에서 먼저 전화하지 않는다는 원칙을 고수한다. 물론 급하거나 특수하거나 특별한 경우에는 먼저 연락을 하기도 한다. 상대방을 아쉽게 할지언정 웬만한 상황이 아니고서는 절대 먼저 손을 벌리지 않는 핸들링 기법, 그것이 대표적인 권영찬의 노하우이다. 나에게는 그러한 노하우가 몇 가지 있다. 거래나 협상을 할 때 워낙 핸들링을 잘하다보니까 어떤 분은 나와 계약할 때, 처음부터 아예 내가 원하는 조건을 단도직입적으로 말하거나 체크해보라고 제안하기도 한다. 그래서 내가 아는 선배들이나 클라이언트들 중에서는 계약에서 우위(이기는 계약)에 서기 위해 그들이 하는 중요한 협상 테이블에 나를 데려가는 경우가 가끔 있다. 그러면 나는 계약 항목에서 빠진 부분을 체크해주어 서로 좋은 조건에 협상하도록 해서 계약을 성사시킨다. 그때 필요한 건 계약에 대하여 상대가 원하는 항목이 무엇인지를 찾아내는, 상대방의 마음을 읽는 소위 '스캔 능력'이다. 권영찬이 한 눈에 속을 다 들여다보는 무릎팍 도사도 아닌데, 그 과정에서 어떻게 계약에서 양측에 필요한 항목을 읽어내는지 궁금할 것이다. 답은 간단하다. 나는 어린 시절부터 사람을 만날 때면, 도대체 상대가 '왜 저런 행동을 할까?'를 사고하며 추리하는 버릇이 있었다. 그러다보니 자연히 상대의 마음을 어느 정도는 읽을 수 있었다. 수십 년이 흐르다보니 상대의 마음을 읽는 수준이 지금은 달인급에 가깝다. 예를 들어, 전쟁에 나가는 군인이라면 어떠한 복장에 어떤 장비를 갖출까를 스스로 묻고 답하는 식이다. 호기심이 많다보니 나는 사람들의 심리 상태를 다양한 상황을 통해 읽어내는 일을 오랫동안 자연스럽게 훈련해왔다. 수영을 하러 가는 사람이 들고 있는 가방 안에는 주로 무엇이 들었을까? 시장을 보러 가는 사람은 무엇을 들고 갈까 등을 늘 생각하는 과정을 통해서 말이다. 다양한 상황을 접하고 본 사람이라면 마치 명리학의 통계학처럼 상대의 '수(마음)'를 읽을 수 있다. 물론, 당신도 할 수 있다. 사실 앞에서 소개한 몇 가지 밀당의 기법은 별로 새삼스럽지도 않고 당신도 이미 익히 들어본 이야기일 것이다. 이제라도 밀당의 요령과 기술을 터득하고 훈련해서 같은 실력이나 조건에도 '을'로만 살던 시간을 앞으로는 '갑'으로 사는, 협상에서 우위를 선점하는 기쁨을 누려보시기를 바란다.

돈 버는 일이
세상에서 제일 쉬웠어요

바둑도 못 두는 사람이 훈수는 잘 둔다는 말이 있다. 또, 교수법은 뛰어난데 정작 본인의 진짜 실력은 별로인 과외 선생도 있듯이, 권영찬 또한 다른 사람을 위한 컨설팅을 잘 한다고 해도 마케터나 재테크 전문가로서 정작 나의 마케팅 실력이 어느 정도인지가 궁금하다고 하는 분들이 가끔 있다. 그 이야기를 하자면, 나의 돈에 대한 철학이나 씀씀이, 투자 능력에 대하여 차근히 들려 드려야 할 것 같다.

공부도 연애도 관계도 일도, 사실 30대 중반까지만 해도 나는 세상에서 어렵다고 생각해본 것이 거의 없었던 것 같다. 오래 전에 가난한 집안 출신으로 사법고시 수석을 했던 누군가는 세상에서 공부가 제일 쉬웠다고 하면서 책을 내어 베스트셀러가 되기도 했는데, 만일 나에게 "권영찬 씨, 당신에게 세상에서 가장 쉬운 일은 뭐죠? 한 가지만 꼽아주신다면요?" 하고 묻는다면 외람되고도 미안하고 독자들이 나에 대하여 반감을 가질 만한 이야기이지만 나는, "돈 버는 일이 세상에서 제일 쉬웠어요."라고 자신 있게 답할 것이다. 누가 뭐라고 해도 이건 솔직한 나의 답변이다. 공부와 함께 몇 개의 알바를 동시에 하는 일이 자연스러울 만큼 나에게 돈 버는 일은 어려서부터 몸에 밴 습관이었고 일상이었다. 일하지 않으면 먹지도 말아야 하는 것을 생활철학으로 알고 자랐고, 경제 개념에 밝았고 영화처럼 살고 싶기는 해도 내 주머니 사정에 맞추어 돈을 사용할 줄 아는 타입으로, 나 스스로 생각하기에도 규모의 경제에 뛰어난 사람이다. 그리고 돈을 아끼기도 하지만 써야 할 곳에는 푹 퍼서 쓸 줄 아는, 통 큰 사람이다. 내가 가진 가장 큰 장점은 돈을 버는 만큼 쓰고, 없으면 절대로 안 쓰는 경제 습관이라고 생각한다. 요즘처럼 청소년 알바생이 흔하지 않던 그 시절에도 나는 일하면서 공부를 했다. 앞에서 언급했듯이 나는 어린 나이에도 필요하면 스스로 고물 줍기를 통해서라도 샤프를 사고, 찌라시(광고지)를 돌려 용돈을 벌었다. 힘들기는 해도 땀 흘려 일하는 재미도 알았고 필요한 곳에 돈을 사용할 때의 즐거움도 알았다. 그러다보니 자연스럽게 경제와 친했고, 나름 재테크의 귀재로 통했다.

1991년 방송에 입문하고 이후 6년 만에 지금 살고 있는 강남에 집을 사고 빚 없이 살았다. 그러다가 30대 중반에 집을 담보로 기업 인수합병에 뛰어들면서 그 후로 지금까지 약 10년 가까이 은행에 집을 맡겨 놓고 있는 상황임은 이미 앞에서 말씀드렸다. 1998년부터는 새롭게 레스토랑도 오픈하면서 창업 시장에 뛰어들었다. 친구와 함께 문을 연 레스토랑형 카페 '권영찬의 짝궁댕이'는 서울 노량진 학원가 인근의 B급 상권에 위치한 330.6㎡(약 100평 정도) 규모의 점포로, 노량진 일대에서 매우 유명한 장소로 급부상했다. 짝궁댕이는 레스토랑 선술집, 레스토랑 겸 바, 그리고 음식도 하는 주점식 레스토랑이었다. 소문이 자자할 정도로 손님들에게 인기가 높고 장사가 잘 되어 하루 매출액이 800만 원이나 되었다. 지금도 행사장이나 강연장에 가면 나에게 조용히 다가와서 '사장님, 저 기억 안 나시죠? 옛날에 짝궁댕이에 손님으로 자주 놀러 갔었어요'라고 인사말을 건네고는 하는 분들이 가끔 계실 정도로 그 일대에서 알 만한 사람은 아는 장소였다. 당시에 노량진의 짝궁댕이는 워낙 인기가 많아서 그 과정에서 인천 지역에 프랜차이즈 10군데를 낼까도 싶었다. 하지만 당시에는 준비되지 않은 프랜차이즈 사업은 사기라는 생각이 절대적이어서 친구와 몇 번을 토론한 끝에 사업을 확장하지 않기로 결론을 내렸다. 아무튼 그렇게 그 사업을 그만둔 2001년까지 경제적으로 승승장구했다.

창업 당시에 내가 성공한 이유는 바쁘게 방송 출연을 하면서도 방송이 끝나는 대로 레스토랑으로 향했고, 그곳에서는 연예인이 아닌 사장으로서 '고객의 지갑에서 돈이 나오고 싶게 해야 한다'는 생각을 늘 하면서 나만의 작은 왕국을 만들었기 때문이다. 내가 만일 그곳을 영업장으로만 생각했다면 레스토랑을 방문한 사람들은 단지 나의 고객에 지나지 않았을 것이다. 나는 군주로서 가게를 찾은 주민들의 친구가 되어주고, 때로는 그들과 함께 술 한 잔 기울이며 인생이야기를 들어주는 상담자의 역할도 마다하지 않았다. 예비부부들이 오면 100만 원 하던 결혼식 사회를 무료로 서비스 해주겠다고 약속하기도 했다. 그러면 그들은 감사의 뜻으로 결혼식 뒤풀이를 우리 가게에서 하고는 했다. 나의 이러한 경험을 토대로 볼 때, 손님을 사랑하고 고객에게 최고급으로 서비스를 하는 것, 그것이 창업에 성공하는 진정한 길이라고 생각한다.

고객을 향한 나의 부단한 관심과 노력 덕분일까? 창업 후 6개월 만에 노량진 일대에서 가장 유명한 레스토랑이 되었고, 레스토랑 운영을 계기로 나는 재테크에 더욱 눈을 뜨게 되었다. 2002년에는 오산에 주식회사 현우정보통신을 설립하고 작은형과 공동대표를 맡아 PC방 프랜차이즈 사업에 뛰어들었다. 초등학교 시절, 고철을 팔 때부터 호흡이 잘 맞았던 작은형과 나는 나이가 들어 또 다시 손잡고 동업자가 되었다.

방송 경력 14년째인 2005년에 나는 '개그맨'이라는 직함이 어울리지 않을 정도로 MBN 〈증권와이드쇼〉, KBS 〈중소기업을 살립시다!〉 등의 경제 프로그램 MC를 맡거나, KBS 〈맹대리의 영어사냥〉, EBS 〈서바이벌 잉글리시〉 등의 영어교육 프로그램 등 다양한 콘텐츠를 주제로 출연하며 폭넓게 활동하는 연예인이었다. 그런 중에 PC방 프랜차이즈 사업으로 '사업가'라는 경력을 하나더 추가했다. 오산을 시작으로 '개그개그PC방'을 오픈하여 전국에 100평 규모의 PC방 18곳을 소유한 프랜차이즈 회사의 대표가 되어 운영했다.

나는 사업을 할 때 항상 벤치마킹부터 한다. 오래 전, 최수종 하희라 씨 부부가 광고 모델을 맡았던 매직스테이션이라는 회사에서 나를 홍보이사로 스카웃했었다. 그 경험을 토대로 2002년 PC방을 운영하게 된 것이다. PC방 프랜차이즈 사업을 통해 내가 꿈꾼 건 한 가지였다. 청소년에게 유해한 환경이라는 기존 PC방의 이미지를 벗어나 본격적인 여가, 레저공간으로서의 PC방이었다. ㈜현우정보통신의 프랜차이즈 PC방인 '개그개그PC방'은 창업 지원 및 애프터서비스 업무를 본사에서 직접 해결해주기 때문에 꾸준히 수익을 올릴 구조였다. 사실 PC방 사업을 하기 전까지만 해도 나는 게임의 '기역' 자도 모르는 사람이었다. 그런데 그런 내가 어떻게 PC방 사업에 성공할 수 있었을까? 우리 형제가 했던 PC방 사업이 성공한 이유는 간단하다. 우선은 인테리어 아웃소싱팀을 따로 두어 쾌적한 실내 분위기를 연출했고, 후배 개그맨들이 직접 참석해 다양한 이벤트를 벌이는 차별화 전략이 PC방이 성장하는 데 결정적인 역할을 했다. 그리고 무엇보다 사업에 뛰어들면서 손님들이 즐겨하는 게임에 대해 내가 끊임없이 연구했기 때문에 고속 성장이 가능했다. 한 번도 온라인 게임을 해본 경험이 없어서 PC방 안에 한 평짜리 방을 마련하고 그곳에서 먹고 자고 씻을 정도였다. 나는 신나서 게임 아이템을 사들이고, 내가 산 아이템을 생일선물로 손님들에게 주기도 하고, 팀을 짜서 게임을 하기도 했다. 그렇게 나의 왕국인 PC방에서 많은 날을 밤을 새우면서도 활기차게 방송국으로 출퇴근했다. 그런 모습을 옆에서 지켜본 손님들은 대단한 '연예인 사장님'이라며 칭찬의 뜻으로 나를 향해 엄지손가락을 들어주고는 했다. 연말이면 싱글인 손님들을 위해 PC방에 초대해서 간단한 파티도 벌이고 했으니, 우리 형제의 PC방은 단순한 사업체가 아니라, 일종의 오산 지역 커뮤니티 모임이나 마찬가지였다. 그렇게 나는 PC방에 하나의 작은 문화를 만들어나갔다. 덕분에 사업이 한창 잘 될 때는 매출 순이익이 월 3,000만 원까지 올라 프랜차이즈협회에서 순수익 전국 1위를 차지하는 기록도 세웠다. 전국 1위 기록에 연예인이다보니 여기저기에서 PC방 프랜차이즈 문의를 많이 해왔다. 그러던 중에 프랜차이즈협회를 통해 성공 창업 사례 발표자로 서울시와 경기도 등에 초청받았다. 그래서 2002년부터는 창업 강연을 시작하게 되었다.

사실 PC방 사업을 하게 된 건 순전히 큰형 덕분이다. 물론 집을 살 때도 그랬다. 형은 동생들의 애절한 설득에 못 이겨 본인이 부업으로 하려던 PC방 상권을 우리에게 양보했었다. 내가 큰형을 위해 베풀기도 했지만, 덕분에 큰 혜택 또한 받았다. 그 일에 대한 고마움으로, 한번은 영화 〈택시〉에 나오는 신형 푸조 자동차를 사게 되면서, 내가 갖고 있던 신형 백색 그랜저를 어떻게 처분할까를 고민하다가 결국 큰형에게 선물한 셈이 되었다.

주식을 하면서는 크게 이익을 본 적도 있고 잃어본 경험도 있고, 두번의 상폐를 겪기도 하고 엎어지기도 했지만, 큰 사업은 아니라고 해도 '사업'을 하면서 운영을 못해서 실패해본 적은 아직까지 단 한 번도 없다. 연예인이어서 바빴을 텐데, 창업을 하고도 왜 나는 실패하지 않았을까? 내가 대중에게 이미 이름이 조금은 알려진 개그맨이어서였을까? 물론, 그 덕도 많이 보았다. 그런데 그보다 더 결정적인 이유는, 10대부터 시작해서 대학에 가서 꽃을 피운 다양한 알바 경험 덕분이었다.

내가 사업에 실패하지 않은 이유가 한 가지 더 있다. 나는 연예인이라는 특성상 일정한 시간에, 그리고 꾸준히 영업장을 지킬 수가 없다. 그래서 내가 없더라도 그 가게를 운영하며 손님에게 서비스를 지속적으로 해줄 대리인이나 역할을 분담할 친구 '한 명'을 찾아서 반드시 동업했다. 동업자가 한 명이어야 하는 이유는, 어찌되었든 나의 단점을 보충해줄 조언자 한 명은 꼭 필요한데 동업자가 세 명 이상이면 의견이 분분해서 배가 산으로 가고, 잘 되면 잘 되는 대로 쪼개지고 못 되면 못 되는 대로 말이 많은 모습을 자주 보아왔기 때문이다. 동업자가 있기는 하지만 남에게 떠맡기지는 못하는 타입이어서 내가 방송 일로 부득이하게 자리를 비울 때 빼고는 내가 할 수 있는 일을 찾아서 스스로 알아서 다 했다. 나처럼 프리랜서로서 겸업을 해야 하는 특수한 경우에는 돈을 아끼느라고 사람을 쓰지 않는 건 참 미련한 짓이고 또한 망하는 지름길이기도 하다. 연예인이라고 해서 얼굴 마담 역할만 하고 동업자에게 일을 모두 떠넘긴다면 그 또한 마찬가지다.

손만 대면 대박 내는 홈쇼핑계의 미다스, 한경희 스팀청소기를 터뜨리다

대한민국에서 10위 안에 드는, 스토리를 활용한 마케팅 전문가로서 권영찬이 마케팅을 도와주어 성공시킨 인물 중에는 또 누가 있을까? 제품 판매 시장에서의 대표적인 인물은 바로 '한경희생활과학'의 한경희 대표이다. 1999년 즈음에 시작하여 2005년 나의 법정 사건이 있기까지 한경희 청소기의 홈쇼핑 홍보를 도맡아 했다. 당시에는 많은 중소기업이 홈쇼핑채널을 통해 성장하던 시기여서 홈쇼핑방송은 커나가는 중소기업에서 보면 아주 소중한 판로였다. 한 시대의 인기를 끌었던 스팀청소기는 '걸레질을 좀 편하게 할 수는 없을까?' 하는 한경희라는 주부의 작은 고민에서부터 시작되었다. 그러한 내용을 담은 제품 소개 방송이 나가고 나서 그때 젊은 주부가 있는 집치고 한경희 스팀청소기가 없는 집이 없을 정도로 제품은 불타나게 팔렸다. 조금 겸손하게 말하자면, 이미 될 성싶은 인물인 한경희 대표와 함께 해서 나의 마케팅 실력이 더욱 빛을 본 것인지도 모른다. 밀레니엄 시대를 한 해 앞둔 1999년의 어느 날, 나는 평범한 여자 한 분과 메리어트호텔에서 첫 만남을 가졌다. 한경희 대표였다. 그녀는 비싸고 맛있는 양식으로 나에게 식사를 대접했다. 일단은 귀한 식사 대접에 나를 인정해주는 것 같아 기분이 좋았다. 왜 나를 보자고 했을까를 궁금해 하던 차에 그녀가 말문을 열었다. 한 대표는 대출을 받아 당시에 양평동에 10평 남짓한 사무실을 이제 막 오픈했다. 막상 사업에 뛰어들려고 하니 사업도 제품 판매에도 두려움이 생긴 모양이었다. 그래서 제품 판매를 앞두고 여러 분야의 홈쇼핑 대표들에게서 자문을 구하는 과정에서 나를 잡으면 판매에 성공할 확률이 높다는 말을 들었다고 하면서 자신의 사업 아이템과 사업 계획에 대해서 차근히 들려주었다. 나를 인정해주어 고맙기는 했지만, 그녀의 이야기를 듣는 중에 한편으로는 몇 가지 걱정이 앞섰다. 당시에는 한국에서 자기 이름을 건 일반인의 브랜드 사례가 희귀했다. 게다가 그녀는 대중에게 전혀 알려지지 않은 사람이었다. 또 한 가지, 판매할 제품이 스팀청소기라니 너무 생소한 아이템이었다. 대한민국에서는 그런 종류의 제품이 낯설었다. 자기 이름으로 브랜드를 만들 만큼 자부심이 있는 제품이긴 한 모양인데, 이름도 없는 일반인이 이미 대기업이 독점한 청소기 시장에 뛰어들겠다니 너무 무모하다고 판단했다. 신선한 아이템이기는 한데 여러 제품을 소개해봤지만 도무지 어떤 제품인지, 그리고 기능과 실용성 면에서 판매 가능성이 있는 제품이기는 한지, 소비자가 선호할 만한 제품인지 등 제품의 가능성에 대하여 도대체 가늠이 안 되었다. 사실 나는 그 일이 아니어도 일정이 이미 너무 바쁜 상황이었고, 판매자인 나조차도 기능을 제대로 이해하지 못한 제품이라면 모험이라는 생각이 들었다. 나도 잘 모르는 제품을 소개할 수는 없었다. 그냥 도전하다가는 100이면 100, 판매에 실패할 판이었다. 고민 끝에 일단 명함을 받아들고 헤어졌다.

한 달이 흘렀다. 한경희 대표에게서 전화가 또 왔다. 이번에도 그녀는 도움을 요청했다. 이제 막 사업에 뛰어들어 심신이 여러모로 바쁠 텐데 나를 두 번이나 찾다니…. 그 마음이 고마워서 그녀를 만나러 갔다. 하얏트호텔의 중식당이었다. 그녀는 한 끼 식사로 값나가는 북경식 털게 코스를 대접했다. 그것은 나에게 호감이 있다는 의미였다. 식사 한 끼에도 호의를 보이는 그녀의 태도가 마음에 들었다. 그녀는 그렇게 사람의 마음을 움직일 줄 알았다. 그녀가 했던 것처럼, 사업을 따내려고 하기 전에 상대를 존중하고 일 이야기를 하기보다는 먼저 상대에게 관심을 보여줄 필요가 있다. 나는 과거에 재판을 받아가며 잘못된 투자로 전 재산을 날려서 돈이 없는 중에도, 마음이 가는 상대이면 그저 5만 원이라도 지인들의 애경사를 꼬박 꼬박 챙기며 함께 웃고 울려고 했다. 그것이 사람 사이의 정(情)이고 도리라고 생각했다. 희극인실에 행사가 있을 때는 그런 마음에서 매해(가끔은 워낙 바빠서 미처 신경 쓰지 못했다) 주위에 사업하는 사장님들을 설득해서 1,000만 원에서 3,000만 원 정도의 협찬품을 받아주기도 한다. 물론 나에게는 아무 유익도, 그렇게 해야 할 의무도 없다.

"권영찬 씨, 이제는 좀 결정해주시면 안 되겠습니까? 저 정말 자신 있으니까 저 좀 도와주세요."

그녀의 부탁이 너무 간절하게 들렸다. 두 번이나 융숭하게 대접을 받고서도 나 몰라라 할 수는 없었다. 나를 인정해서 먼저 찾아주고 두 번이나 값비싼 식사를 대접한 한경희 대표. 이제는 꼼짝 없이 그녀를 도와야 했다. 그녀에게 고마운 마음이 드니까 그때부터 나의 일처럼 생각되었다.

그래서 그날부터 나는 한 대표와 동시에 소비자의 마음에서, 스팀청소기 제품을 어떻게 마케팅을 할까에 대해 고민하기 시작했다. 한경희 대표가 손수 개발한 발명품을, 그것도 대한민국에서는 처음으로 선보이게 될 한경희 스팀청소기를 띄우기 위해서는 어떻게 해야 할까? 여러 가지 생각 끝에, 링컨이 게티스버그 연설에서 선언했던 '시민의, 시민에 의한, 시민을 위한 정치'를 패러디한 새로운 슬로건을 만들어냈다. 다시 말해 그것은 '주부를 위해 주부가 만든 청소기'였다. 대한민국 주부가 힘들다는 사실은 주부가 잘 안다. 방송이 시작되고, 주어진 짧은 생방송 시간 동안에 제품의 장점을 최대한 보여주어야만 했다. 나는 방송이 나가기 직전까지 스팀청소기라는 제품을 충분히 사용해서 제품의 기능을 완벽하게 익힌 뒤에 방송을 통해 장점을 콕콕 짚어주었다. 주부의 마음을 직접 공략한 슬로건은 소비자들에게 그대로 어필했다. 좋은 평을 얻자 스팀청소기 제품은 입에서 입으로 급물살을 타며 전해졌고, 제품에 대한 인지도가 생기며 여기저기에서 수요가 생겼다. 그때부터 대박이 터지기 시작했다. 마침내 한경희 대표의 이름을 알리며 그녀는 가전업계에서에서 그 입지를 굳히게 되었다. 아귀가 딱 떨어져야만 돌아가는 톱니바퀴처럼 서로 손발이 척척 맞았기 때문에 가능했던 일이었다.

그러다가 판매율이 조금 주춤할 때 한경희 대표에게, KS 마크(공업기술수준이 아주 낮았던 시절에 제정한, 최소한의 규격기준에 맞는 제품이면 제품군의 숫자와 상관없이 정부가 주는 공산품 표준규격)와는 다르게, 각 제품군별로 으뜸이 되는 제품에 대하여 주는 '으뜸이 마크'를 획득하자고 제안했다. 으뜸이 마크는 그 제품군에서 딱 한 제품에 대해서만 인정하고, 공신력을 주기 때문에 독보적인 존재로서 경쟁력이 생기게 마련이다. 다양한 품목을 많이 판매해보니 좋은 제품인데도 막상 으뜸이 마크를 다른 브랜드에 뺏겨서 마케팅을 할 때 아쉬운 경우가 때로 있었다. 제품만 좋다면 그 영역에서 먼저 깃발을 꽂는 선점이 중요했다. 마치 상품이나 기술에 특허를 받아 유일성을 인정받는 것처럼 말이다. 그래서 한경희 스팀청소기에 빨리 으뜸이 마크를 신청하라고 제안했다. 하지만 한 대표는 마케팅 논리가 아닌 기술력으로 승부하고 싶다며 반대했다. 전문 마케터로서 강조하건데 제품이 좋지 않고서는 으뜸이 마크를 받을 수 없다. 으뜸이 마크를 받는다는 것은 단지 선점한 개발자로서 누리는 특권으로서 그 가치를 인정받을 수 있는 좋은 기회다. 나는 그 기회를 마케팅 포인트로 반영하자는 것뿐이었다. 나는 왜 으뜸이 마크를 받아야 하고, 지금 받아야 하는지에 대하여 그녀에게 그 이유를 반복해서 들려주었다. '대한민국에 하나밖에 없는 청소기니까 지금 신청하면 당연히 받을 수 있다. 시간이 지나면 다른 제품과 경쟁해야 하고, 그때는 받고 싶어도 이미 기회를 놓쳐 못 받을 가능성이 높다. 기술력은 한경희 사장이 승부를 보되, 마케팅 쪽은 나에게 맡기기로 하지 않았느냐. 지금이 기회다'라는 말로 꿈쩍도 않던 한 대표를 설득했다. 그리고 몇 달 후, 한경희 브랜드의 청소기에 으뜸이 마크를 받았다. 그다음부터 방송 마케팅 포인트는 대한민국 청소기 중에서 유일하게 으뜸이 마크를 받은 제품이라는 점이었다. 수입 청소기 중에는 통돌이라는 청소기가 있기는 하지만, 대한민국에서 스팀청소기는 하나밖에 없던 시기였다.

그러한 마케팅 과정을 거쳐 한경희 대표는 1999년에 회사를 창업한 뒤 불과 6년 만에, 스팀청소기라는 품목 하나로 매출액 1,000억 원을 돌파하며 삼성과 LG 등 그동안 대기업이 독차지하고 있던 국내 가전업계의 지형을 크게 바꾸어놓았다. 스팀청소기 하나로 한국 시장 점유율의 70%를 차지할 정도로 매출은 막강했다. 그러더니 2011년에는 한경희 스팀청소기의 총 매출액이 1,700억 원을 기록하는 쾌거를 이루었다. 이름도 없던 작은 업체에서 그러한 성공신화를 쓰게 된 이유는 한경희 사장은 대표로서, 직원들 또한 각자 맡은 역할에, 그리고 판매에 조언을 해준 나는 마케팅 전문가로서 각자가 자기 역할에 충실했기 때문이다.

사실 내가 한경희 대표를 위해서 죽을힘을 다해 돕게 된 결정적인 계기는 따로 있다. 그녀는 제품의 판매를 위해서라면 성형도 불사하지 않는 프로 정신을 보여주었다. 어느 날 그녀가 출연한 방송을 모니터한 결과, 생각보다 그녀의 코가 낮아 보여서 제품을 사려는 홈쇼핑 시청자의 눈에 믿음이 조금 덜 갈지도 모른다는 주변의 의견에 코를 높이고 출연한 것이다. 예뻐 보이고 싶어서가 아니었다. 자신과 제품과 회사에 대하여 시청자에게 조금이라도 더 믿음을 주고 싶어서였다. 그런 그녀의 모습에 감동을 받아서 나는 그때부터 그녀와 같은 심정으로 제품의 판매를 위해 맨발로 뛰었다. 내가 아는 범위에서는 '제품의 판매를 위해서' 성형수술도 마다하지 않은 사람은 그녀가 내 생애에서 유일무이했다.

그래서 요즘도 강연을 할 때면 나는, 제품의 판매를 위해서라면 자신의 얼굴을 성형할 정도로 프로 정신을 가진 한경희 사장님, 아니 한경희 누님에게서 배운 열정에 대해 청중에게 소개하면서 제품을 개발하든지 아니면 서비스 시스템을 만들어서라도 고객을 감동시키라는 말을 자주 강조한다. 내 눈에는 성형하지 않아도 정말 아름다워 보이는 프로인 한경희 대표는 미국으로 출장을 간 바쁜 와중에도 비서를 시켜서라도 잊지 않고 나의 애경사에 매번 축의금이나 조의금을 챙겨주었다. 그리고 보니 나는 한 번도 한경희 대표의 애경사에 가본 적이 없다.

"누님, 언제라도 불러주시면 달려가겠습니다! 누님의 회갑잔치 때에는 그냥 가서 사회를 봐드릴게요." 그리고 얼마 전 (주)한경희생활과학이 힘들다는 이야기를 들었다. 나는 진심으로 한경희 대표가 다시 한번 일어나서 대한민국의 대표 여성 CEO가 되기를 바란다.

작은 일에 최선을 다한 끝에 얻은
박지성 선수의 국내 CF 총괄마케팅이사

PSV 에인트호번 미드필더(MF), 퀸즈파크 레인저스 FC 미드필더(MF)였던 사람이라고 하면 누가 떠오르는가? 그렇다. 박지성 선수이다. 나는 한때, 내가 제일 좋아하는 축구 선수인 박지성 선수의 국내 CF 총괄마케팅이사로 활약하는 행운을 얻었다. 권영찬이 지금 이 세상에서 목숨을 걸고 하는 일이 무엇일까? 바로 마케팅이다. 마케팅을 위해서라면 나의 모든 것을 불살라버릴 수가 있을 정도이다. 나는 어느 날 갑자기 유명 선수의 마케팅을 담당하게 된 것이 아니다. 작은 일에 최선을 다하다보니 어느덧 박지성 선수의 총괄마케팅이사까지 되었다. 5,200만 대한민국 국민 중에서 박지성 선수의 총괄마케팅이사를 맡은 사람은 아마도 지금껏 권영찬, 본인 한 사람인 것으로 알고 있다. 그 일은 어떻게 가능했을까?

2005년 사건을 통해 회사가 부도날 지경이 되고, 그나마 남은 본사 PC방은 작은형과의 약속대로 오픈한 지 3년이 되는 시점에 작은형에게 양도했다. 그 사건으로 방송 일도 모두 끊겼을 때 내 인생의 전환점이 되어준 영역이 바로 마케팅이었다. 나는 그때 친구를 도울 겸 나 또한 먹고 살기 위해서 마케팅 일을 시작했는데, 그 친구가 아니었다면 지금처럼 마케팅 전문가로 성장하지 못했을지도 모른다. 그래서 나에게 기회를 준 김민준이라는 친구에게 지금도 무척 고맙다. 나만한 키에 항상 머리를 길게 기르고 다니는 민준이는 한때는 잘나가던 외주 프로덕션의 대표였다. IMF로 직격탄을 맞은 그 또한 회사가 부도가 나면서 자신의 선배를 도와 회사(그 회사의 자회사가 웨딩컨설팅회사인 엔블리스웨딩이었다)의 이사를 보고 있었다. 웨딩컨설팅회사를 맡고서 고전을 면치 못하던 민준이는 나에게 도움을 청해왔다. 당시에 그 회사는 경제적으로 어려웠고 마침 나는 새로운 영역을 찾던 터라 돈을 한 푼도 받지 않고, 어려운 친구를 돕는다는 마음으로 일을 시작했다. 그리고 몇 개월 후부터는 나에게 월 100만 원의 진행비가 나오기 시작했다. 나는 그 일을 통해 결혼하는 후배들을 도울 수도 있고, 다만 얼마의 돈을 받든지에 관계없이 나에게 할 일이 있다는 사실만으로도 행복하고 좋았다. 더욱이 인생의 밑바닥에 있던 시절이기에 정말 최선을 다해 일했다. 경제적으로 그 어려웠던 시기가 나에게는 마케팅에 관련된 일을 모두 배우게 되는 계기가 되었다. 지금 생각해보면 정말 전화위복이 된 셈이다. 혹 당신도 인생의 바닥을 치고 있는 시점이라면 지금이 바로 당신이 일하는 방법을 제대로 배울 최고의 순간이요, 신이 당신에게 주신 인생을 역전시킬 또 다른 기회일지도 모른다. 그 일을 시작으로 몇 년이 지나고 난 뒤에, 나는 대한민국의 스토리텔링을 활용한 최고의 마케터가 되어 있었다. 매사에 최선을 다하며 살다보니 나에게 다시 기회가 찾아왔다. 방송활동과 강의 등으로 새로운 사람들을 많이 사귀고 인지도가 높아지면서 2009년과 2010년에는 세계적인 축구스타 박지성 선수의 국내 CF를 총괄하는 마케팅이사까지 맡게 되었다. 마케터로서 박지성 선수를 홍보하는 일은 사실 어려울 게 전혀 없었다. 대중이 바라보는 그의 이미지는 항상 반듯하고 성실한 사람으로 이미 굳어 있기 때문이다.

박지성 선수는 대중에게 인기 있는 대한민국의 축구 대표선수 중에서 유일하게 스캔들이 없는 사람으로도 유명했다. 그는 오직 축구밖에 모르는 사람이었다. 그런 그가 광고 모델로서 어떻게 2009년과 2010년 사이에 30여 편도 넘는 CF를 찍게 되었을까? 설마 축구만으로도 이미 몇 십억 연봉을 버는 그가 돈을 너무 사랑해서일까? 실은 그에게는 박지성유소년축구센터 건립이라는 한 가지 분명한 꿈이 있었다. 경기도 수원에 있는 박지성유소년축구센터의 건립을 위해서는 대략 250억 원(기억이 명확하지는 않다)이라는 엄청난 돈이 필요했다. 물론 (여러) 국가나 경기도의 단체 등에서 기부를 받기도 했지만, 자신의 이름을 건만큼 박 선수 본인이 벌어들인 수익에서 일정 부분을 기부하고 싶어 했다. 그해에 박지성 선수는 영국의 맨유 소속이어서 아주 중요한 일정이 아니고는 한국에 들어올 일이 거의 없었다. 그래서 자신을 대신하여 국내에서 박지성 선수의 이미지를 잘 홍보해줄 사람이 필요했다. 이미 인지도가 높은 사람이어서 CF 출연은 따 놓은 당상이었고, 단지 선수의 이미지를 어뗗게 부각시키느냐에 따라서 CF가 얼마나 더 많이 들어오느냐가 결정될 판이었다. 박지성 측의 국내 업무를 담당한 법무법인 영진에서는 박지성 선수에 대하여 잘 홍보해줄 전문업체를 찾았다. 그러던 중에 국내 대기업과 여러 마케팅 전문업체 몇 곳에도 의뢰를 했던 것으로 기억한다. 그런데 막강한 경쟁세력을 뚫고 결국에는 내가 박지성 선수의 총괄마케팅이사를 맡게 되었다! 그것은 곧 박지성 선수의 총괄마케팅이사라는 이름으로 대한민국에서 활동할 수 있는 사람은 오직 권영찬 한 사람뿐이라는 뜻에서 나에게도 상당히 깊은 의미가 있었다.

'내로라하는' 국내의 전문업체들을 제치고, 대한민국에서는 물론 세계에서 알아주는 박지성 선수의 총괄마케팅이사를 일개 개인인 내가 맡게 된 이유는 무엇이었을까? 그 이유는 아주 간단하다. 내가 평소에 아주 작은 일에서부터 최선을 다했기 때문이다. 너무 식상한 답변으로 들리는가? 그런데 정말로 그러한 이유 때문이다. 사람들은 성공하기 위해서 때로 큰 목표만을 지향한다. 그래서 처음부터 큰 폭의 그림만 구상하려고 든다. 그러느라고 작은 일에 충실하다보면 큰 그림은 자연히 그려진다는 평범한 진리를 잊고 살 때가 생각보다 많은 것 같다. 어느 날이었다. 평소에 알고 지내던 이형철 스포츠마케팅이사에게서 전화가 걸려왔다. 방송 일을 하는 리포터 송이진에게서 권영찬 대표의 소문을 들어 연락했다고 하면서 박지성 선수와 관련된 일을 시작하려던 참이라고 했다. 이진(송이진)

이는 우리 회사가 총괄한 그녀의 결혼식을 통해서 언론의 주목을 받은 적이 있었다. 그때 이진이는 오빠의 마케팅 덕이라며 나에게 무척 고마워했다. 그때의 고마움을 잊지 못하고 아마도 나를 그 일에 적합한 마케터로 추천한 모양이었다.

그렇게 해서 의뢰를 받아 시작하게 된 박지성 선수의 마케팅 중에 하나가 박 선수의 이름을 내건 '박지성 김치유산균 비타민 제품'이었다. 이형철 이사의 소개로 나는 김치유산균을 만드는 ㈜토비코의 김상훈 대표와, 박지성 선수와 관련된 국내 업무를 모두 맡고 있는 법무법인 영진의 담당자와 함께 4자 미팅을 했다. 간단한 미팅이었지만, 나는 늘 그렇듯이 그날도 그 자리가 마지막 미팅이라는 마음으로 최선을 다해 몇 가지 아이디어를 피력했다. 그러면 상대방은 나의 그러한 열정에 감동하는 경우가 많았고, 그것이 다시 더 큰 일로 연결되고는 했다.

제품에 대한 광고를 만들 때 사람들은 보통, 박지성 선수라는 '브랜드'에만 집중한다. 하지만 나는 접근 방식이 달랐다. 박지성 선수의 김치유산균 제품과 관련하여 박지성 선수라는 브랜드가 아니라, 김치유산균이라는 내용물에 포커스를 맞추고 맨유 소속으로 활동 중인 박지성 선수에게 해당 제품을 보냈다. 그런 다음에 박지성 선수가 그 비타민 제품을 먹고 연습이며 경기를 진행하도록 했다. 제품을 자꾸 노출시키면서 제품에 포커스를 둔 듯 보였지만, 그 이면에서는 결국 박지성 선수가 찾는 제품이라는 효과를 노린 것이다. 한 기업이 추진했던 마케팅 내용이어서 더 많은 이야기는 생략하기로 한다. 아무튼 박지성 선수의 마케팅 업무와 관련하여 처음에는 그렇게, 박지성 선수의 김치유산균을 만드는 일에서 나의 역할은 그치는 것 같았다.

그 마케팅을 진행한 지 2~3개월이 지나고 브랜드 인지도가 어느 정도 높아졌다. 그러자 이번에는 박지성 선수의 국내에서의 법적인 일을 모두 대행하는 법무법인 대표가 보자고 했다. 두세 번의 미팅을 통해 몇 가지 아이디어를 제시한 뒤에 나는 2009년부터 2010년까지 2년 동안 박 선수의 국내 CF를 모두 총괄하는 총괄마케팅이사로 승격했다. 아쉽지만 지면의 부족으로 박 선수와 관련된 또 다른 마케팅 사례는 이 정도만 언급한다.

내가 하나의 마케팅 사례로 소개한 박지성 김치유산균의 예에서처럼, 당신 또한 하나의 일이 당신에게 주어졌을 때 죽을힘을 다해 그 일에 목숨을 걸어보아라. 그러면 당신도 나처럼 어느 날엔가는 박지성 선수의 국내 전체의 총괄마케팅이사를 맡게 될지도 모른다. 나는 한 사람에게 호의를 베푼 덕분에 꼬리에 꼬리를 물고 더 큰 일을 맡게 되었고, 그렇게 해서 결국에는 생각지도 못한 방법으로 우연한 기회를 통해 박지성 선수를 마케팅한 마케팅이사라는 명함을 대한민국의 방송과 강연장에서 활용할 수 있는 행운아가 되었다. 내가 특별해서가 아니다. 앞에서도 말했지만, 다만 나는 아주 작은 일에도 내가 할 수 있는 전부를 했을 뿐이다. 그러니 당신이라고 못하라는 법은 없지 않겠는가.

한때는 박 선수의 국내 마케팅을 도맡아 하던 사람이지만, 여전히 축구에 대해서는 잘 모른다. 하지만 지금도 박지성 선수가 은퇴 후에 대한민국의 청소년 축구를 위한 자선 경기를 하는 날이면 나는 박 선수의 경기를 찾아보고 밤을 새워서라도 그를 응원한다. 대한민국 국민의 한 사람으로서 한국을 대표하는 박지성 선수에게 감사하다는 뜻으로 우렁찬 응원을 보낸다.

4년 연속 대종상 영화제의
총괄마케팅이사를 맡다

대종상 영화제를 포함하여 춘사 영화제, 청룡 영화제, 백상예술대상 등 한국에는 여러 영화제가 있다. 그중에서 시작할 때부터 지금까지 정부의 지원을 받아온 영화제는 대종상 영화제뿐이다. 인생의 우여곡절을 겪은 끝에 시작한 마케팅 분야에서 업무 능력을 인정받으면서 비슷한 시기인 2009년부터 2012년까지 4년 동안, 나는 역사와 전통을 자랑하는 대종상 영화제의 총괄마케팅이사로도 활약했다. 나에게 맡겨지기 전까지만 해도 그 일은 주로 기업을 홍보 마케팅하던 대형 기획사에서 도맡아 해오던 일이었다. 워낙 큰 영화제여서 마케팅 홍보를 맡은 회사가 1년마다 바뀌게 되는 비운(?)을 겪기도 했다. 그래서 일개 방송인으로서 그 일을 맡게 된 나의 자부심은 대단했다. 그것도 박지성 선수를 마케팅한 실력을 인정받아 다시 한 단계 더 올라간 것이라고 생각하니 더욱 그럴 만했다. 그런데 그 쟁쟁한 대기업들을 물리치고 그 일이 어떻게, 왜, 권영찬이라는 개인에게 맡겨졌을까? 그것도 4년 동안이나…. 고백하자면, 처음으로 나에게 기회가 찾아온 것은 우연이었다. 그러나 4년 연속 영화제가 나에게 맡겨진 것은 단지 운이라고 볼 수만은 없었다. 나는 특유의 성실함으로 또 한 번 우연을 필연으로 이끌어냈다.

그 '우연'이란 것이 어디에서 시작되었는지를 이야기하자면 2006년으로 시간을 되돌려야 한다. 2006년 중반에 나는 '엔블리스 웨딩'의 일을 보면서 동시에, 스타일에서부터 모든 것을 관리하는 토털 케어 회사인, 청담동에 위치한 '아이리스'의 대표로 들어가게 되었다. 투자금이 부족해서 나중에는 공중분해가 되었지만, 당시에 나는 망해가는 그 회사를 어떻게든 살려보겠다고 지인들에게 모피 코트 100벌을 팔았다. 그리고 그 돈으로 40명이 넘는 직원들의 월급을 만들어주었다. 나는 연예인이라는 이유로 나 몰라라 책임을 회피하며 뒤로 빠지지도 않았고, 회사를 살리는 일이라면 어떤 행동도 창피해 하지 않았다. 회사가 월세를 밀려 임대한 건물에서 쫓겨날 위기에 처했을 때도 회장을 대신해 건물 주인을 찾아가서 무릎 꿇고 사정해서 2~3개월을 더 버티기도 했다. 회사가 잘 되기를 바라는 마음과 함께 스스로 나서서 적극적으로 회사를 도왔던 이유 중에 또 한 가지는, 방송국과 영화판에서 잘나가던 스타일리스트와 헤어메이크업 아티스트 동료와 후배들이 나 하나만 믿고 그 회사로 옮겨왔기 때문이었다. 나는 그들에 대하여 책임이 무거웠다. 그리고 지금도 그분들에게 미안할 따름이다. 그럼에도 그 회사의 일과 관련하여 지금도 후회나 미련이 없는 이유는 직접 발로 뛰며 계약을 많이 성사시켰고, 회사가 위험에 직면하고 나서까지도 회사를 세상에 알리는 일에 대표로서 최선을 다했기 때문이다.

회사는 얼마 못 가서 비록 망했지만, 그것은 또 다른 인연의 시작이었다. 그때 헤어메이크업을 맡은 실장 중에 한 명이 바로 오현주였다. 그리고 그녀의 친오빠 친구가 당시 대종상 영화제를 총괄한 이원섭 감독으로 당시에 이 감독은 제대로 된 홍보 마케팅 전문가와 회사를 찾고 있었다. 그러던 중에 오현주 실장이 '예전에 같이 일하던 회사 대표가 마케팅의 귀재인데, 신생 회사를 세상에 알리는 과정에서 모든 일을 도맡아서 하고, 회사가 망해갈 때도 어떻게든 살려보겠다고 애를 무진장 썼다'며 나를 그에게 소개한 것이다.

대종상 영화제를 어떻게 마케팅하면 좋겠느냐고 하는 이 감독의 질문에 나는 내가 생각하는 영화제 관련 마케팅에 대한 이야기를 30분 동안 들려주었다. 이야기를 다 듣고 나서 이원섭 감독은 자신이 찾는 사람이 바로 나라고 하면서 나를 대종상 영화제 사무국에 소개했다. 그리고 소개에 소개를 거쳐 나는 간단한 면접과 인터뷰를 통해서 2009년부터 대종상 영화제의 총괄마케팅이사가 된 것이다. 이 감독과의 만남, 아니 그보다 앞서 오현주 실장과의 만남은 내 인생에 또 하나의 극적인 만남으로 이어졌고, 지금은 큰 프로덕션의 대표인 이원섭 감독과는 또 하나의 소중한 인연이 되어 나와 둘도 없는 형과 동생 관계로 지내며 함께 봉사를 많이 다닌다. 다시 힘주어 말하지만, 현재 당신의 이력이나 처한 상황 등이 어떠한지는 어찌 보면 그다지 중요하지 않다. 아무리 사소해 보이는 일이라고 해도 진심을 다하면 상대방이 인정해주고, 그것을 발판으로 언젠가는 당신에게 반드시 기회가 온다는 사실을 다시 한 번 강조하고 싶을 뿐이다. 매 순간 최선을 다하는 사람에게 우연은 필연이 된다. 내가 거듭 강조하며 말하는 이유는 성실하기만 하다면 당신도 언제든 그 기회를 차지할 수 있으니 용기를 가지라는 뜻에서다.

그렇게 해서 시작하게 된 영화제 업무에서 마케팅이사로서 내가 대종상 영화제를 진행하는 과정에서 따라오는 홍보비용은 1,500만 원이었다. 나는 그 돈을 이용하여 영화제를 40일 동안 가장 효과적인 방법으로 최대한 알려야만 했다. 주어진 돈으로 최소한 열 배의 가치는 만들어내야 한다는 것이 마케팅을 하는 나의 평소 신조였다. 그러한 결과치를 내기 위해서 나는 일단 대기업 연락처를 모두 목록화해두고 해당 기업에 일일이 전화를 걸어 대종상 영화제 총괄마케팅이사라고 나 자신을 소개하며 협찬을 요청했다. 사실 나에게 처음에 주어진 직함은 이사가 아니라, 마케팅부장이었다. 하지만 한번 생각해보아라. 대기업이나 기업과 연락해야 하는데, 어느 누가 마케팅부장과 대화를 나누고 싶겠는가? 나는 대종상 영화제 측에 그러한 이유를 들어 직급을 부장에서 이사로 올려달라고 건의했다. 그해부터 대종상 영화제에서 마케팅부장이라는 자리는 없어졌다. 대신에 마케팅이사라는 직함으로 독립해서 마케팅 업무를 할 권한을 부여 받고 4년 동안 활동하게 된 것이다.

무슨 일을 하든지 별로 두려움이 없는 타입이던 나는, 마케팅이사로서도 되든지 안 되든지 일단 무조건 여기저기 두드리며 홍보에 도움을 줄 만한 대상을 물색해나갔다. 또 기존의 대종상 홍보업체는 홍보만 맡아 하느라고 영화제 안에 마케팅팀을 따로 두었다면, 나는 대기업의 협찬도 직접 따내는 방식으로 홍보와 마케팅을 혼자 일괄해서 처리했다.

또한, 영화제의 마케팅이사직을 맡게 되면서 나는 영화제를 마치 살아 있는 인격체로 보고 차별화 전략을 세웠는데, 그것을 위해 내가 제일 먼저 한 일은 '대종상 영화제 쪼개기'였다. 대중에게 대종상 영화제의 일정이며 후보작 등을 한꺼번에 기사화해서 알려주지 않고, 조금씩 쪼개서 기사를 내보내는 방법이었다. 마치 어떤 한 '인물'을 소개하듯이 의인화시켜서 대종상 영화제에 대하여 조금씩 부위별로 맛을 보여주는 식으로 대중에게 영화제의 내용을 알린 것이다. 한마디로 대중에게 궁금증을 일으키고, 그들의 호기심을 자극하는 전략이었다. 나는 이러한 마케팅의 성공 시스템을 잘 알고 있었다. 방송인으로서 개그맨 출신의 연예인이기 때문에 방송에서 어떻게 하면 좀 더 시청률을 자극하는지에 대하여 이미 훈련이 된 사람이어서 가능한 일이었다.

내가 일을 맡기 전에는, 홍보와 마케팅을 맡았던 기존의 기획사나 홍보대행사는 대체로 대종상 영화제가 열리는 대회 당일에만 신경을 써서 언론 홍보를 일회성으로 끝내는 식이었다. 게다가 기존에 기업을 홍보하던 방식으로 영화제를 일종의 사물로 바라보고 대종상 영화제도 홍보하려고 했다. 그런데 취재 열기가 뜨거운 대종상 영화제 당일에는 굳이 마케팅을 할 필요가 없다는 것은 세 살 먹은 애기도 다 아는 사실이다. 대종상 영화제 사무국에서 바라는 홍보 시점은 영화제 당일부터가 아니라, 후보작인 영화를 '심사하는 과정에서부터'였다. 영화제 측은 공평하고 엄중한 심사 상황과 시민들의 참여 사실 또한 알리고 싶어 했다. 나는 새로운 방법으로 영화제를 소개하고 싶었다. 그래서 영화제의 준비 단계부터 알리고 싶어 하는 사무국의 취지에도 맞추어 마치 특명이라도 받은 것처럼, 당시에 대종상 영화제의 홍보대사를 맡은 대한민국 최고 남녀 배우들의 근황부터 홍보하기 시작했다. 그것도 소속사보다 앞장서서 그들을 띄웠다. 그러니 해당 배우는 물론이고, 배우의 소속사 대표들이 권영찬에게 얼마나 고마웠겠는가. 그리고 나는 영화제를 비단 영화인들의 잔치로 끝내지 않았다. 한발 더 나아가 한국 영화의 역사가 존재하기까지 그 뒤에는 영화인 이상으로 영화를 사랑하는 대한민국의 시민이 있었음을 부각시키고 싶었다. 그렇게 하면 볼거리가 더욱 많은 축제의 장이요, 시민의 축제가 될 것 같았다. 그래서 홍보대사인 배우뿐만이 아니라, 일반 심사를 맡은 시민 심사위원 중에서도 이야깃거리를 찾아서 영화제를 홍보할 스토리를 다양하게 만들어냈다. 예를 들면, 쌍둥이 심사위원이나 지금까지 영화를 제일 많이 본 젊은 심사위원 등의 어딘가 특이하거나 특별한 점이 있는 사람을 선발해서 그들과 함께 한마음으로 영화제를 홍보했다.

그런 식으로, 무엇을 하든지 기존의 방식을 고집하지 않았고,

주어진 일만 하지도 않고, 늘 상대가 필요로 하는 것 이상의 가치를 창출해내려고 노력했다. 나는 맡겨진 일에 대하여 언제나 상대가 원하는 것을 뛰어넘어 1인 2역 이상을 해내려고 애썼다. 심지어 알바를 해도 나는 매사에 인정을 받았다. 그러다보면 어느새 전문가의 위치까지 올라가 있는 나 자신을 발견하고는 했다. 내가 특별해서가 아니라, 책임감을 바탕으로 한 성실함이 나를 세상에서 인정받는 자리까지 올려주었다. 나의 그러한 노력과 권영찬 식 마케팅 전략을 아마도 대종상 영화제 또한 인정해주었던 것 같다. 그래서 매년 총괄이사나 홍보회사가 바뀌던 중에도 감사하게 나는, 2009년부터 2012년까지 대종상 영화제 역사상 가장 긴 4년이라는 시간을 마케팅이사로 지낼 수가 있었다. 그것은 대종상 영화제를 무형의 존재물로 보지 않은, 무언가 새로운 것(썸띵 뉴 something new), 그러니까 이른바 '발상의 전환' 덕분이었다. 당시 대한민국의 역사가 살아 숨 쉬는 49년 역사의 대종상 영화제를 마흔아홉의 세월을 산 사람 혹은 그 나이의 영화인으로 바라본 것처럼 지금 당신이 하고 있는 일을 사물이 아닌, 하나의 인격체로 생각하고 바라보아라. 또한 그 일을 통해서 당신이 이루고 싶은 성공만을 보지 말고, 그 일이 나에게 진정으로 원하는 것이 무엇일까를 생각하고 직접 실행에 옮겨보아라. 그러면 무엇을 하든지 당신은 최고까지는 아니더라도 최소한 성공하게 되어 있었다. 그리고 적어도 그 분야에서는 최선을 다한 멋진 전문가로 남을 것이다.

결혼식을 한 번만 하라는 법이
세상에 있나요?

내가 운영하던 웨딩컨설팅업체는 웨딩 플래너와 1 대 1 상담을 통해 청첩장에서부터 메이크업, 드레스, 쥬얼리(보석), 부케, 한복, 폐백음식 등을 조언하고 관공서나 회관 웨딩홀은 물론 무료 웨딩홀 등의 웨딩홀과 허니문 섭외까지 '원스톱'으로 진행하는 네트워크를 전국적으로 갖추고 있었다. 그런데 그즈음에 한동안 웨딩시장이 너무 주춤했다. 위기를 이겨낼 돌파구를 찾아야 했다. 서양의 리마인드 웨딩이라는 개념을 한국시장에 응용해보면 어떨까 하는 생각이 들었다. '리마인드 웨딩'이란 결혼 후 짧게는 10년, 20년, 30년, 아니면 황혼식 때라도 그들이 정한 특정 해에 부부가 결혼을 기념하는 뜻에서 신혼 때처럼 웨딩 의상을 입고 치르는 서양의 전통 결혼 행사이다.

한번은 나처럼 승무원 아내를 두었던 개그맨 김대희에게 웨딩 드레스를 입고 다시 결혼사진을 찍어보고 싶지 않느냐고 제안했다. 그랬더니 김대희 부부의 반응이 좋았다.

"그래? 그럼 리마인드 웨딩 한번 하자."

"형, 그런데 저는 결혼한 지 1년밖에 안 됐는데요?"

"뭐, 어때. 10년, 30년 된 부부만 결혼을 다시 기념하라는 법 있어? 1년마다 하는 것도 색다르고 좋지 않니! 부부간에 사랑도 넘치고."

그렇게 해서 개그맨 김대희를 시작으로 리마인드 웨딩이란 걸 했는데, 윤형빈과 정경미 커플도 흥미로워했다. 이윤은 얼마 남지 않았지만, 그들의 결혼이 이슈가 되면서 당시에 리마인드 웨딩에 대한 붐이 일었다. 덕분에 웨딩드레스업계가 살아났다. 한 걸음 더 나아가 나는 웨딩시장의 부활을 통해 죽은 경제를 살려보자는 뜻에서 윤형빈·정경미 커플과는 '프러포즈 웨딩'이라는 것을 기획하고 시도했다. 반응은 기대 이상이었다. 당시에 인기를 끌었던 '리마인드 웨딩'이며 '프러포즈 웨딩'은 신랑 신부에게 재미있는 이벤트로 기억되는 것 같았다. 혹 리마인드 웨딩을 촬영하고 즐기신 분이라면, 사랑하는 부부가 결혼 후 '1년마다' 찍는 형태의 리마인드 웨딩과 연인이 찍는 '프러포즈 웨딩'을 만들고 부흥시킨 사람이 바로, 권영찬이라는 사실을 기억해주시면 좋겠다.

개그맨 부부 커플을 통한 마케팅 이후, 웨딩업계에서만이 아니라 방송 프로그램 중에도 부부가 웨딩드레스를 다시 입고 결혼식 때의 옛 추억을 되새겨보는 리마인드 웨딩과 관련된 코너들이 생겨났다. 그 과정에서 연예인 중에서도 형편이 정말 어려워 결혼식도 못한 채로 사는 부부를 몇 커플 보았다. 리마인드 웨딩에는 그러한 커플을 위한 결혼식도 들어 있었다. 참 의미 있는 기획이라는 생각이 들어서 나는 그때부터 가정 형편이 안 좋은 커플이나 장애인 부부를 위해서 일했고, 또 저소득층과 다문화 가정을 위해서도 웨딩사업을 도와주게 되었다.

SBS 드라마 〈식객〉이 한창 뜰 때, SH공사에서 나에게 웨딩사업을 요청해왔다. SH공사에서 선정한 다문화 저소득 가정의 결혼식을 앞두고, 주례 선생님으로는 〈식객〉으로 한창 인기를 끄시는 최불암 선생님을 섭외하면 좋겠다면서 그쪽에서 제시한 주례 비용이라고는 차비가 전부였다. 사회는 재능기부 차원에서 내가 보면 되지만, 그 적은 비용으로 도대체 이분을 어떻게 섭외한다는 말인가. 결혼식을 원하는 커플은 모두 일곱 쌍이었다. 국민배우, 국민의 아버지라고 불리는 최불암 선생님께서 그들을 위해 주례를 해주시기만 한다면 얼마나 좋을까. 방송인이라고는 해도 선생님께서 권영찬이라는 인물을 모르실지도 몰랐다. 하지만 나는 두려워하지 않고 KBS 개그맨 후배라고 하면서 깍듯하게 연락드렸는데, 반갑게 맞아주셨다.

"어 그래, 권 군. 웬일인가."

나는 결혼식을 원하는 300쌍 중에서 일곱 쌍이 혜택을 보게 되었고, 300쌍 전체에게 앙케트를 조사한 결과, 드라마의 영향인지 모두 선생님을 주례로 꼽았다고 했다.

"이 친구 참, 사람 섭외하는 능력이 뛰어나네. 거짓말인 줄 알지만 기분이 좋네. 내가 뭘 해주면 되나?"

선생님은 차비도 마다하시며 직접 주례를 해주셨다. 덕분에 결혼식에 참여한 커플에게는 더욱 의미 있고 즐거운 시간이 되었다. 이 훈훈한 소식이 언론에 알려지면서 이날의 결혼식은 많은 사람의 축하 속에 진행이 되었고, 국민의 아버지라는 최불암 선배님의 이미지는 더욱 부각되었다.

현재 우리 회사인 '알앤디클럽'에서는 연예인 웨딩사업으로서 웨딩드레스, 헤어 등 연예인들의 결혼 전체 스타일링을 도맡아서 관리해주는데, 1년에도 열 몇 건을 협찬받아서 그들의 결혼식을 도와준다. 물론 그중에는 잘나가는 연예인도 있지만, 생명이 짧은 방송의 생리상 한때는 인기를 끌었어도 대중에게 금세 잊힌 후배도 있고, 결혼식에 한 푼이라도 아껴야 하는 이름도 잘 들어보지 못한 무명 연예인 후배가 더 많다. 그래도 명색이 연예인인데 처가나 시댁에서 "저 사람, 정말 연예인 맞아?"라고 하기도 하고, 심지어는 결혼 상대조차도 그 사람이 연예인인지 모르는 경우도 많다. 나는 그런 후배들의 체면이나 활동의 재기를 위해 언론사의 친한 기자들에게 그들의 결혼 소식 관련 기사를 종종 부탁해서 그들을 부각시켜주고는 한다. 그러면 그중에는 결혼식 기사로 포털 사이트에서 검색어 1위를 차지하는 후배도 간혹 있었다. 그렇게 해서 인터넷 포털 사이트에 무명 연예인의 이름이 이슈화되면 그때에서야 가족 중에서 "이야, 우리 며느리가 이렇게 유명한지 몰랐네", "야, 우리 남편이 이렇게 잘나가는지 몰라 봤네"라고 치켜세워주어 후배들의 기가 팍팍 사는 모습을 보고 선배나 동료로서 무척 보람 있고 즐거웠다. 게다가 이슈화되는 과정에서 얼굴이나 이름만 알려지는 것이 아니라, 기사 덕분에 일이나 사업까지도 잘 풀리는 모습을 심심찮게 보았다. 결혼식 홍보 기사는 바로, 후배들을 향한 권영찬의 작은 결혼 선물 중 하나였다. 나는 2005년과 2007년에 인생에서 큰 변화를 겪은 후에는, 웨딩사업을 하더라도 돈을 버는 일보다는 두 남녀가 행복하고 즐거운 결혼식을 치르는 데 목적을 두었다. 사업보다는 한 사람의 일생에서 가장 중요한 한순간의 행복이 우선시되어야 하는 건 당연한 것 아닌가. 사업을 할 때는 사심을 버려야 한다. 남을 도와줄 때도 마찬가지다. 돕는다고 하면서 돈을 받는 것은 욕심이다. 상대가 행복해 하는 모습을 보면 나는 그것으로 충분하다. 내가 누군가에게 선을 베풀면 선한 행위는 돌고 돈다. 그리고 사람들 사이에 좋은 인연을 맺어준다. 남을 선한 마음으로 도우면 그 마음은 부메랑이 되어 돌아온다. 그것이 나의 성공 법칙이자 내가 제안하는 마케팅의 법칙이다.

찬란한 인생 4막

끝이 없는 행복재테크

2005년 나는 누군가가 쳐놓은 심한 덫에 걸렸다. 그리고 그때 그 사건으로 남은 인생을 덤으로 살게 되었다. 어느덧 불혹의 나이라는 마흔도 훌쩍 지났다. 40대 후반이 되면서 나는 행복한 창업과 행복재테크를 나누는 행복전도사로서, 그리고 인공수정으로 어렵게 두 아이를 얻은 늦깎이 아빠로서, 어려운 이웃을 섬기고 내 것을 함께 나누는 삶을 사는 행복한 인생 4막을 시작했다. 앞으로도 나는 하늘나라로 가기 전까지 이 땅에 건강한 사고와 행복을 전하는 긍정 바이러스가 되기를 희망한다. 당신 또한 그렇게 될 수 있다. 그리고 당신은 충분히 행복할 자격이 있다. 당신이 바로 그 기적의 주인공이다!

인생 4막

끝이 없는
행복재테크

우연을 필연으로,
꿈은 실패를 먹고 자란다

2006년에 고등법원과 대법원의 무죄 확정판결을 받고 난 뒤에 세상을 살아가는 마음 자세가 더욱 단단해졌다. 세상에 꼭 필요한 사람이 되자고 마음먹었다. 사실 2005년 사건으로 세상에서 거세당하기 전까지만 해도 나에게는 야무진 꿈이 있었다. 내 나이 마흔이 되면, 연립주택에 미혼모와 아이들 모두가 건강하게 살 미혼모 재단을 설립해서 봉사하리라고 꿈꿨다. 그래서 더욱 부지런히 살아가던 중에 그만 그 불미스러운 사건이 터진 것이다. 남들에게는 불과 3년의 짧은 기간이지만, 나에게는 내가 가진 전부를 잃어본 시간이었다. 명예와 건강과 전 재산을 모두 잃어보니 세상에서 자신을 위해 무언가를 추구한다거나 세상에 대하여 갖는 인간의 욕심이 얼마나 부질없는 것인지를 잘 알게 되었다. 당시의 사건들을 지나오면서 그 당시에는 내 모습이 하나같이 실패한 패배자 같았다. 그런데 인생 전체로 보자면 이야기가 달랐다. 소중한 것을 잃어본 시간은 나에게는 정말 큰 수업이 되었다. 그것은 인생을 제대로 배우는 시간이었고, 아픈 만큼 성숙해지는 계기가 되었다. 그 덕분에 나는 그때보다 몇 단계 더 도약한 인생을 지금 살고 있는지도 모른다. 남들을 더 이해하고, 남들의 행복에 진심으로 관심을 두게 되면서 말이다. 고난의 시간을 통해 나는 한 가지 결론을 얻었다. 지금 만족하고 현재 행복을 누리지 않는다면 미래에도 행복하기가 어렵다는 사실을 말이다.

사실 나는 자존심이 무척 센 사람이었다. 그런 내가 인생이 회복되기를 간절히 바라다보니 자존심을 죽여야만 했다. 넋 놓고 앉아 있을 때가 아니었다. TV 출연을 통해서 재기할 기회를 찾아 나서야 했다. 그래서 프로그램의 담당 작가에게 직접 전화를 걸어 출연을 자청했다. 이미 많이 겸손해진 상태여서 가능한 일이었다. 그렇게 해서 2007년 5월 가정의 달에 CBS의 〈새롭게 하소서〉라는 기독교 프로그램에 출연했다. '성폭행 무죄판결 그 후'라는 주제로 변화된 나의 인생이야기를 고백하며 세 가지 고난 끝에 간신히 방송에 복귀하는 계기가 되었다. 2005년 이후 나는 달라졌다. 아니, 다시 태어났다고 하는 편이 더 맞는 고백일 것이다. 나 자신과 가족 중심에서 주위의 소시민, 장애인, 저소득층에게 눈을 돌릴 줄도 알았고, 그들과 나누고 이웃에 봉사하기 위해 돈을 벌었다. 그렇게, 낮아진 마음으로 기회를 잡은 〈새롭게 하소서〉에 출연하면서 나는 조금씩 살아나기 시작했고, 열심히 살다보니 새로운 강연에 도전할 기회가 주어졌다. 그리고 그것은 내 인생의 전환점이 되었다!

2009년, 내가 MC를 맡고 있던 한국경제TV 〈백수잡담〉이라는 프로그램에 아나운서 양성학원으로 유명한 봄온아카데미의 성현미

원장이 출연했다. 그날의 만남을 인연으로 성 원장은 나에게 CEO 아카데미의 유머스피치 강의를 부탁했다. 통상 받아오던 연예인 행사 비용에 비하면 강의료가 너무 적었다. 내 몸값을 낮춰야 하는 상황이다 보니 어떻게 하는 것이 좋을지 잠시 고민이 되었다. 하지만 놀면 뭐 하겠는가. 일정도 비어 있고 CEO를 대상으로 언제 또 강의할 기회가 있을까 싶어 나는 곧 승낙했다. 난생 처음으로 기업 CEO들을 대상으로 'CEO를 위한 유머스피치'라는 강연을 하게 되었다. 평가가 나쁘지 않았는지 3개월 만에 또 다른 회사에 강연자로 불리어 갔다. 그리고 그냥 그 정도에서 그칠 줄만 알았다. 그런데 시간이 지나면서 권영찬의 굴곡 많은 인생 스토리와 강연 소식이 입소문이 난 모양이었다. 강연을 시작한 지 6개월이 흘렀을 즈음에는 어떤 일이 일어났을 것 같은가? 급기야 L백화점의 VVIP 고객 300명을 대상으로 유머스피치를 하게 되었다! 아주 많은 인원은 아니라지만, 그들은 국내의 돈을 쥐락펴락하는 대한민국 0.01%의 사람들이었다! 굉장한 재력가들 앞이다보니 혹시 말실수는 하지 않을까 싶어 물론 긴장해서 떨기는 했다. 2011년에는, CEO 600명을 초청한 디너쇼 행사의 MC를 맡았는데, 대한민국에서 조찬 강의를 처음 만든 인간개발연구원의 초청으로 MC 겸 강연자로서 서게 된 나는 '당신들을 위한 행복재테크'라는 내용으로 30분 동안 강연을 했다. 청중의 반응은 기대 이상으로 좋았다. 인간개발연구원과는 그날을 시작으로 인연을 맺게 되었다. 강연자로서 물꼬가 터지면서 강의를 하면 할수록 나를 찾는 곳이 점점 많아졌다. 강연 일정은 한 달 간격, 1주일 간격으로 좁혀지더니 횟수가 점점 늘었다. 이제는 나름 스타급의 전문 강연자로서 삼성전자를 비롯해서 교보생명, 신세계 그룹 등 이름을 대면 알 만한 기업이나 기관, 단체 등 이곳저곳에 불려 다니며 월 평균 10~15회의 행복재테크 강연을 꾸준히 하고 있다. 강연자로서도 겸손한 마음으로 더욱 성실하게 최선을 다해 섬기려 하다 보니 어쩌면 한 차례로 끝날 수도 있었던 우연한 기회는 그렇게 나에게 운명이 되었다. 마치 오래 전 개그맨 일을 시작할 때처럼…. 강연자로서의 삶은 나에게 재도약의 기회가 되었고, 나는 희망을 얻었다. 그 한 번의 기회가 행복재테크 전문 강사로서 살아가는 그 시작이 될 줄을 누가 알았겠는가.

지금도 연령이나 계층에 관계없이 전국에서 꾸준히 나를 초청하고 있다. 많은 기업이나 기관, 단체 등에서 잊지 않고 나를 다시 찾을 만큼 내 강의가 인기 있는 이유는 무엇일까? 아마도 내가 나누는 나의 굴곡 있는 인생 이야기 덕분이 아닌가 싶다. 물론 굴곡이 있다고 해서 모두 강사로 성공한다면 아마 내 또래의 사람 중에 성공하지 않을 사람이 없을 정도로 다들 자신만의 우여곡절 많은 인생 이야기가 적어도 책 한 권 분량쯤은 있을 것이다. 다만 나는 청중을 향해 나의 속내까지 모두 드러내며 진실하고 솔직하게 다가갔다. 그리고 내가 겪은 일련의 사연들은 누구나가 공감할 만한 내용이기도 했다. 그래서 그들은 실패한 나를 통해 위로를 얻고, 또한 재기에 성공한 삶의 이야기를 들으면서는 삶에 대하여 자신감을 얻게 되어 많은 곳에서 나를 찾는 것이 아닌가 싶다.

　나는 지금 행복전도사로서 소년원과 보육원, 그리고 강의를 듣고 싶어도 환경이 안 되는 저소득 계층 등의 소외된 이웃을 위해 행복재테크 강연을 재능기부 형식으로 진행하고 있다. 내가 강연을 하는 데는 한 가지 원칙이 있다. 일단 강연을 오케이 한 이상은 더는 강사료에 신경 쓰지 않는다는 사실이다. 그 대신 어떻게 하면 조금이라도 더 희망적이고 행복한 메시지를 전할 수 있을까를 늘 고민하며 행복 길잡이로서 오직 그 내용 전달에만 충실하려고 한다. 그동안 내가 강연해온 대상은 대학의 20대 청년층부터 퇴직한 70대 노년층까지 다양했다. 연령층은 물론이고 도박중독 관리자, 대학원생, 외식경영 전문가, 관광해설사 등 직업이나 계층에도 제한이 없다. 그들을 상대로 나는 주로 내가 사업을 하면서 갖게 된 노하우와 기업에서 필요한 자기계발 노하우를 알려준다. 또한 강의를 통해 단지 우스갯소리를 하기보다는, 꿈과 희망을 전하는 동기 부여 강사로서 내가 아팠던 경험을 들려주며 동기 부여를 많이 하려고 한다. 예를 들면, 행복한 자아존중감, 나눔과 실천의 경영자 마인드, 당신이 기적의 주인공이다, 웃다보면 행복하다, 꿈과 희망을 갖고 실천하면 웃을 수 있다, 희망을 갖고 행동하지 않으면 죽은 꿈이다 등 행복재테크와 관련된 다양한 내용들이다. 기업 CEO와 임직원들을 대상으로 하는 주제는 조금 다르다. 그들에게는 CEO를 위한 유머스피치, 유머가 경영의 힘이다, 웃는 사람이 성공할 수 있다 등의 다채로운 유머스피치 강연을 진행하고 있다. 청소년을 대상으로 강연해야 하는 곳이라면 자연히 아이들의 꿈을 먼저 생각하게 된다. 그들이 제2의 박지성이 되고, 제2의 한경희 사장이 되고, 제2의 대종상 영화제를 이끌 주역이 된다면 얼마나 행복할까를 생각하면 강의를 시작하기도 전에 이미 가슴이 벅차오를 때가 많다. 청소년단체나 소년원에서는 청소년들에게 꿈을 잊지 말라고 당부한다. 그리고 병원에 강연을 가서는 아픈 이들에게 용기를 주는 내용으로 강연한다. 전국을 누비며 세대에 관계없이 감격하며 듣는 청중의 반응을 보면서 청중 이상으로 나 또한 자주 울컥하고는 한다. 나는 내 강의를 듣고 난 뒤에 사람들이 회복되고 행복해지기를 진심으로 바란다. 그래서 나는 행복전도사로서 대중 앞에 서는 이 일이 참 좋다.

여러 사례 가운데 KT의 자회사로 강연을 가게 된 에피소드를 잠깐 소개하고 싶다. 그곳은 강사실도 따로 없는 데다가 강연 5분 전인데도 어찌된 일인지 아무도 자리에 참석하지 않았다. 난생 처음 겪는 일이었다. 아마도 직원들끼리 회의가 조금 늦어지는 모양이었다. 어느 순간, 70명의 직원이 한꺼번에 강연장으로 몰려 내려왔다. 나는 내려오는 그들을 향해 "안녕하세요? 어세오세요, 권영찬입니다. 반~갑습니다. 어서오세요"라며 반갑게 맞았다. 청중의 박수를 받고 등장해야 할 강사가 오히려 청중을 기다리며 환영해야 한다면, 솔직히 강사로서는 자존심이 상할 일일지도 모른다. 그럼에도 나는 신경 쓰지 않고 말을 이었다.

"여러분, 아시는 것처럼 저는 나이트클럽 웨이터가 아닙니다. 그런데 조금 전에 여러분을 맞으려고 나이트클럽의 웨이터라도 되는 것처럼 행동했습니다. 저의 서비스에 기분이 어떠셨어요?"라고 했더니 여기저기에서 사람들의 웃음보가 터지는 소리가 들렸다. 청중에게도 낯선 경험이었겠지만, 그날의 일은 나에게도 색다른 경험이 되었다. 나는 그날, 강사로서 입장을 바꿔 생각할 기회가 되었음을 그들에게 고백하는 것을 시작으로 청중과 마음의 벽을 허물고 내 이야기를 들려주었다. 그런 식으로 나는 레퍼토리를 상황과 대상에 따라 조금씩 바꾸어 청중에게 친밀하게 다가가려고 노력하는 편이다.

나는 지금 한 대학의 상담코칭심리학 교수로서 행복재테크 스타강사로서 행복전도사인 동시에 여러 방송 프로그램에 MC나 패널 등으로 참여하는 방송인이자 스타강사 사관학교로 유명한 권영찬닷컴의 대표, 박사과정을 밟고 있는 대학원생 등으로 왕성하게 활동하며 새로운 인생을 보내고 있다. 또한 최근에는 스타강사 40여 명이 소속된 권영찬닷컴을 운영하고 있다. 그러는 사이에 예전처럼 다시 억대 연봉을 받으면서 생활도 안정되었다. 돌이켜보면 만일 2005년 그 사건이 없었다면, 그런 끔찍한 일이 나에게 일어나지 않았다면 나는 웨딩사업도 마케팅 일에도 뛰어들지 않았을 것이다. 그 사건을 겪지 않았다면 강연도 안 했을 것이고, 설령 강연자가 되었다고 해도 이런 깊이 있는 내용으로는 전하지 못했을 것이다.

그런 위기를 겪지 않았다면 나는 마케터로서나 강연자로서 숨어 있는 나의 잠재력을 발견해내지 못했을 것이다.

　사람들은 행동의 변화를 통해 삶을 바꾸기를 원한다. 그런데 행동의 변화를 이끄는 것은 생각의 변화이다. 따라서 생각의 변화가 우선 되어야 한다. 분명히 기억해야 할 것은 우리의 목표는 사고의 변화가 아니라, 행동의 변화까지 나아가야 한다는 점이다. 역으로 생각하면 행동의 변화에 목표를 두다보면 생각의 전환은 자연히 기본으로 따라오지 않겠는가. 따라서 생각하고 고민하는 것도 중요하지만, 무엇보다 그 다음 단계인 '행동하고 실천하는 삶'을 추구하는 데까지 나아가야 할 것이다. 당신도 나처럼 삶이 정말 변화되기를 원하는가? 그렇다면 지금 실패했다고 해서 실패로 끝났다고 생각하지 마라. 실패의 경험 또한 공부하는 과정이라고 생각하라. 사건을 긍정적으로 보고 또 그렇게 행동하고 대처한다면 실패는 당신이 성장하는 데 밑거름이 되어줄 것이다. 내가 강연을 통해 그리고 이 책을 통해 당신에게 전하고 싶은 분명한 메시지 중에 하나는 바로 '꿈은 실패를 먹고 자란다, 성공 또한 실패를 먹고 자란다'는 사실이다. 어느 상황에서든지 우연을 필연으로 이끌어내려고 하면 좋겠다. 마음먹기에 따라 얼마든지, 제아무리 나쁜 우연이라고 해도 좋은 필연으로 상황을 역으로 바꿀 수 있기 때문이다. 이것이 남들이 대차다고 하는 긍정 마인드의 소유자인 권영찬의 대처법이고 셈법이다.

난임 끝에 얻은 행복,
내 사랑 도연이

완벽한 남자까지는 아니지만, 최소한 남들처럼 아버지가 될 조건은 충분한 남자라며 자부하며 살아왔다. 결혼하면 아기가 생기는 건 당연하고 자연스러운 일인 줄만 알았다. 남의 가정이나 우리 가정이나 할 것 없이 말이다. 그런데 몇 해가 지나도록 도무지 아기가 생기지 않았다. 물론, 더러 임신이 되지 않는다는 부부를 보기는 했지만, 그런 예가 아주 드문 줄만 알았고 나와는 전혀 상관없는 남의 나라 이야기 정도로 치부해 왔었다. 게다가 부부관계를 거의 안 한다는 한 후배는 스치고 지나갔는데도 아이가 생기더라는 말을 할 정도여서 한 가정에서 아내가 임신한다는 것이 정말 쉬운 일인 줄만 알았다. 하지만 그것은 막상 난임을 겪어보지 않으면 모른다. 임신을 할 수 있다는 건 누구에게나 일어나는 당연한 일이 아니라, 실은 엄청난 축복이라는 사실을….

나는 결혼을 하고 몇 년이 지나서야 아기를 갖고 싶어도 갖지 못하는 난임 부부가 꽤나 많다는 사실을 알게 되었다. 내 말이 정말 사실인지가 궁금한가? 그렇다면 시간을 내어 난임 전문병원에 한번 가보기를 권유한다. 그곳에서 얼마나 많은 부부들이 난임으로 고통을 받고 있는지를 두 눈으로 똑똑히 보게 될 것이다. 그리고 그들의 심정을 조금이나마 이해하는 시간이 되지 않을까 싶다.

최근에는 20대 후반인데도 난임 때문에 인공수정과 시험관 시술에 도전하는 젊은 부부의 모습도 쉽게 눈에 띈다. 산부인과에 가서 보면 나처럼 나이가 마흔이 훨씬 넘었는데도 아내의 손을 잡고 오는 부부가 한두 팀이 아니다. 우리 부부는 그 많고 많은 난임 부부 중에 한 커플일 뿐이라니…. 위로가 되기보다는 안타까운 마음이 더욱 컸다. 임신문제로 처음 산부인과를 찾았을 때만 해도 사실 난임이 우리만 겪는 일인 줄 알았다. 인공수정을 애타게 기다리는 부부들을 병원에서 지켜보면서 세상에는 난임으로 고통 받는 사람이 의외로 많다는 사실을 깨닫게 되었다.

나의 경우는 어쩌면 너무 오랫동안, 완벽한 아버지가 되어주지 못할 바에는 차라리 아기를 낳지 않는 편이 낫다는 마음을 가지며 살아온 탓에 아기가 안 생긴 것인지도 몰랐다. 나는 긍정 예찬론자임에도 만일 아내가 임신을 하게 된다고 해도 한 가지 사실을 늘 걱정해오던 사람이었다. 자상한 아빠가 되는 일이라면 어느 정도 자신은 있었다. 하지만 나는 보통 아이들이 원하는 동화 속에나 나오는 완벽한 아빠가 될 자신이 솔직히 전혀 없었다. 그 점에 치중하다 보니 완벽주의자인 내가 과연 아이를 잘 키울 수 있을까 하는 점이 미리부터 자꾸만 신경이 쓰였다. 추락사고를 경험한 뒤로 그다지 성치 않은 몸에 이제 나이가 제법 되다보니 체력 때문에도 갓난쟁이와 놀아줄 자신 또한 더더구나 없었다. 나는 아기를 갖기도 전부터 이런 걱정이 늘 앞섰다. 아내 영심이는 어떤지 몰라도 나 나름의 이러한 걱정 때문인지 나 자신은 아기에 대한 절실함이나 절박함이 별로 없었다. 좀 더 솔직히 이야기하자면 그런 이유로 나는 아기를 원하지 않았고, 자녀는 없이 아내와 둘이서만 잘 살면 된다는 주의에 속했다. 그런데 내가 계속 이런 고집을 부릴 수 없는 상황에 직면하고 말았다. 영심이의 동기이자 절친인 승무원 동기들 7명이 차례로 아기를 갖게 되면서 나는 자식 없이 둘이서만 행복하면 된다는 나 혼자의 계획을 더는 고집할 수 없었다. 그녀들은 대부분 나와 영심이가 결혼한 시기와 1~2년 정도 차이를 두고 결혼한 사람들이었다. 동기 중 몇 명만이 아기를 가지게 될 즈음에는 출산에 대해 그저 단순히 '스트레스'를 받아오던 영심이었다. 그런데 얼마 가지 않아 동기들이 대부분 자녀를 낳고 갖자, 자신은 아기도 못 낳는 여자라는 자격지심에 스트레스를 넘어서 '히스테리'로 발전하는 단계에까지 이르렀다. 평생을 함께 하기로 한 남편으로서 더는 아내의 고통을 그대로 지켜보면 안 될 것 같았다.

그런 아내의 심정을 이해하려고 하다보니 나 또한 그때부터 자연스럽게 아기에 대한 욕심이 생겼다. 그때만 해도 이제 마음먹고 아기를 갖자고 하면 될 일인 줄 알았다. 그런데 병원에서 우리 부부는 뜻밖의 소식을 들었다. 산부인과 진단 결과, 영심이가 다낭성 난소 증후군을 겪고 있다는 것이다. 보통은 자궁 안에 한 개의 난소만 있어야 정상인데, 영심이가 겪는 다낭성 난소 증후군은 건강하지 못한 난소가 여러 개 생기는 증상이라고 했다. 엎친 데 덮친 격으로, 나의 정액 검사 결과 또한 좋지 않았다. 탈모 방지용 약인 프로페시아를 지속적으로 너무 오래 복용한 탓일까? 정액의 양이 아주 크게 줄어들었고, 정충들이 앞으로 움직이는 방향성이 많이 떨어진다고 했다. 내 생각이 맞았다. 그렇다고 다른 사람도 아니고 방송인인데 외모의 이미지를 결정짓는 머리카락을 신경 쓰지 않을 수도 없고, 이제 와서 아이 또한 포기할 수도 없었다. 듣고 보니 난임의 원인은 아내가 아닌, 나 자신 때문이었다. 건강한 정자 형성에 영향을 미치는 결정적인 요인은 약 때문이라고는 하지만, 건강만큼은 늘 자신하던 터라 충격이 너무 컸다. 사람의 심리란 참 묘하다. 가질 수 없다거나 갖기 어렵다고 하면 괜히 욕심이 생기고 더 도전해보고 싶어진다. 나는 그 전까지만 해도 마음에도 없던 아기를 검사 결과를 듣고 나니 인위적인 힘을 빌어서라도 갖고 싶은 마음이 간절했다.

난임 부부는 보통, 난임에 대하여 이야기하기를 꺼린다. 자신들의 상처를 굳이 들추어내고 싶지 않기 때문이다. 그러나 나의 생각은 다르다. 그럴수록 같은 고민을 하는 사람들과 문제를 공유하며 그 속에서 방법을 찾아야 한다고 생각한다. 결국 우리 부부는 인공수정을 하기로 결정했다.

그런데 남자들 중에는 아기를 갖기 위해 하는 인공수정을 반대하는 경우가 종종 있다. 남자들이 인공수정을 반대하는 이유는 자신은 건강하다고 생각해서다. 정액의 활동성과 정액의 수는 남자에게 또 다른 자존심이기 때문에 남편들은 불임이나 난임의 이유를 막연하게 상대인 아내의 책임으로 떠미는 경향이 있다. 아니, 남편들 대부분은 아내에게 그 책임이 있다고 생각한다. 남자들이 인공수정을 원하지 않는 이유는 한마디로, 언제까지나 남들보다 성(性)적 기능이 우수한 남자이고 싶은 욕망, 남자가 내세우고 싶은 자존심 때문이다. 그렇지만 당신이 성적 기능이 떨어지는 남편이라고 해서 그 사실을 침묵하거나 부인할 일만은 아니다. 물론 타고난 문제일 수도 있지만, 당신의 탓만은 아니니 죄책감을 가질 필요가 없다. 불임의 이유가 여자보다 남자에게 더 많다고는 하지만, 정자의 활동성을 떨어뜨리는 요즘의 환경 호르몬 또한 그에 못지않게 크게 한몫하고 있기 때문이다. 그러니 너무 기죽거나 의기소침해할 필요가 없다.

아내인 영심이는 자궁에 다낭성 난소 증후군을 앓고 있어 '배란'이 어려웠다. 과배란 주사까지 맞아가며 인공수정을 하는 일은 아내에게는 심한 스트레스였다. 주사를 맞는다는 사실도 힘들지만, 주사를 맞고 만일 임신(착상)이 되지 않으면 과배란으로 복수가 차서 배는 불러오고 생리량이 거의 하혈 수준으로 나오는 불편함 때문에 일상생활도 어려웠다. 무엇보다, 실패했다는 상처를 다시 더듬어야 하기에 여자가 겪어야 할 고통이 이만저만이 아니었다. 그런 문제로 아내들이 힘들어 하는 이유 때문에도 인공수정을 포기하자고 남편들이 거드는 경우가 많다. 남편들에게도 인공수정의 과정은 사실 쉽지 않다. 병원이 제공한 야동(야한 동영상) 수준의 너무 질 낮은 음란 비디오를 아침 출근 전부터 보면서 억지로라도 정자를 생산해내라고 종용받기 때문이다. 아내고 남편이고 간에 인공수정을 결정한 난임 부부라면 이런 과정을 겪으면서 힘들어 한다. 생명을 잉태하고 낳는 일은 얼마나 소중한 일인가? 그런데 영상물의 수준은 왜 그런 수준인지 도대체 알다가도 모르겠다. 겪어보니 아이를 낳기 위한 과정(임신과 출산) 중에 어느 하나 소중하지 않은 것이 없었다. 그러니 부디 고귀한 생명을 잉태하는 일에 돈을 들여서라도 좀 정상적인 수준의 사랑을 담은 영상을 만들어주시기를 병원(산부인과) 측에 간곡히 요청해본다.

난임까지는 이해한다고 해도, 야속하게 우리 부부에게는 인공수정 조차도 쉽지 않았다. 이런 와중에도 다른 부부들이 한 번도 어려워하는 인공수정을 우리 부부는 여러 차례(첫째 때 2회, 둘째 때 4회) 겪어야 했다. 인공수정에 실패하자 나는 아기를 더욱 간절히 원하고, 기다렸다. 인공수정을 경험해보니 어느 집 아이고 할 것 없이 생명은 모두 고귀하다. 그래서 만일의 경우 입양도 괜찮다며 염두에 두기는 했지만, 할 수만 있다면 반드시 인공수정에 성공해서 난임 부부들에게 희망의 메시지를 전하고 싶었다. 첫 아이를 가질 때, 아내가 너무 힘들어 하는 모습을 보면서 마지막이라는 생각으로 두 번째로 인공수정을 시도했다. 이번에도 실패하면 시험관 아기라도 해야 할 참이었다. 두 번 만에 마침내 인공수정에 성공했다! 얼마나 어렵게 이 세상에 나오는지도 모르고 아기는 영심이의 뱃속에서 무럭무럭 자랐다. 그리고 드디어, 우리 가정에도 꿈에 그리던 첫 생명이 곧 태어날 예정이었다.

출산 예정일 20여 일 전, 신경이 약간 무딘 편인 아내와 나는 별생각 없이 그저 정기 검사를 받으려고 산부인과에 잠깐 들렀다. 출산용품을 준비하러 코엑스 유아박람회에 가려던 길이었다. 그런데 병원에서는 자궁이 3cm나 열렸다며 바로 입원하라고 했다. 그랬더니 아내의 답변이 더 가관이다.

"어? 안 되는데요. 저, 영유아박람회에 가야 되는데요! 다녀와서 입원하면 안돼요?"

"장난치세요? 자궁이 3cm나 열렸다니까요! 빨리 입원하세요."

그렇게 해서 아내 김영심은 몇 시간째 병원에 누워 있었다. 나는 초보 아빠답지 않게 그 길로 일터로 가서 일을 모두 마치고서 저녁 7시쯤 병원에 도착했다. 그 사이 많이 지쳤는지 아내는 기진맥진한 모습이었다. 아내가 병원에 입원한 지 아홉 시간 만인 2011년 8월 11일 오후 10시 12분, 결혼 4년 만에 두 번의 인공수정과 제왕절개 수술 끝에 아들 도연이를 어렵게 얻었다. 내 나이 마흔셋이었다.

3.14kg으로 태어난 도연이는 장인어른의 얼굴을 쏙 빼다 박았다. 딸을 기다렸던 나와는 다르게 아내는 아들이라며 더 좋아했다. 그런데 아까부터 이상한 물건이 아내의 배 위에 놓여 있었다. 혹시 무슨 문제가 있는 건 아니겠지? 궁금증은 조금 뒤에 풀렸다. 출산

과정에서 다른 아빠들은 정신이 없어서 미처 발견하지 못했다던 그것은 다름 아닌 산모의 자궁이라고 했다. 제왕절개를 하면 수박 모양의 자궁을 들어내고 거기(자궁)에서 아이를 꺼내는데 자궁이 다시 자리를 잡는 데는 2~3개월이 걸린다고 한다. 요 녀석이 엄마의 그 자궁 속에서 나온 생명체구나 생각하니 가슴이 찡했다. 이 손바닥만한 놈을 어느 세월에 키워서 장가보내고, 마음 편히 천국에 간다지? 녀석이 우렁찬 아빠 목소리에 놀랄까 싶어서 나는 피도 안 마른 그 녀석에게 수도 없이 이렇게 속삭였다. 인공수정 두 번 만에 얻은 우리 아들, 권승리(태명) 사랑해!

"어떻게 맞는 걸 아니라고 해요?, 어떻게 아닌 걸 맞다고 해요?" 하는 식으로 매사에 예스와 노가 너무 분명했던 나였다. 어떻게 보면 까칠해 보일지도 모를 내가, 아이들(특히 버릇없는 아이들)을 별로 예뻐하지 않던 내가, 내 아들 도연이를 얻고 나서는 아이들을 바라보는 시선이 완전히 달라졌다. 그때 그 사건과 아이의 아빠가 되는 사건을 통해 나에게는 더욱 인내심이 생겼다. 덕분에 나에게 아이란, 귀찮은 존재에서 귀한 존재로 승격되었다.

도연이를 얻고 나서 우리 부부는 인공수정에 대한 자신감과 함께 희망을 얻었다. 임신 전에, 딸 하나면 충분하다고 생각했던 나와는 달리 자녀 욕심이 많은 영심이를 위해서라면 그녀의 소원대로 도연이 동생 둘은 더 보아야 할 것 같았다. 그래서 둘째를 갖는 일에도 도전했다. 이번에도 인공수정이었다. 그런데 하늘이 우리에게 허락한 자녀는 오직 한 명뿐인 것인가. 좀처럼 둘째가 생기지 않았다. 2013년, 나는 아내와 함께 MBC 〈기분좋은날〉 '난임 특집' 방송에 출연해서 둘째를 갖기 위해 세 번째 인공수정에 도전했지만 실패했다고 밝혀 주위의 안타까움을 사기도 했다. 한 번 더 시도해보고 그래도 실패하면 시험관 아기라도 시도해보려고 했다. 이미 겪어본 일이어서 견뎌내기는 했지만, 그것은 정말 인고의 시간이었다. 그해 8월 초, 네 번의 인공수정 끝에 다행히 둘째가 생겼다. 그리고 드디어 2014년 봄에 또 한 생명을 가족으로 맞았다. 둘째도 아들이었다. 자라는 내내 3형제로 컸는데, 이제 두 아들까지 더하여 나는 사내들 틈바구니에서만 계속 살아야 하는 걸까…. 무척 어렵게 태어난 그 녀석도 엄청 예쁘기는 하지만, 아빠로서 공주를 보지 못한 사실에 조금 아쉬운 마음이 들었다. 아내의 원대로라면 이제 한 생명만 더 가지면 되는데, 만약에 만약에 만약에 셋째가 또 생긴다면 그때는 어여쁜 공주가 태어나서 재롱을 떨어주면 좋겠다는 것이 곧 쉰을 바라보는 아빠 권영찬의 마음이다. 그래서 생각지도 못했던 셋째(딸)에 대한 소망을 잠시 갖기도 했다. 하지만, 일이 바쁜 건 둘째치고 아무래도 나이 때문에도 셋을 키울 자신이 없다. 아무튼 참 반갑다, 우리 둘째! 무사히 아빠 엄마 곁에 와줘서 고마워….

인공수정으로 어렵게 얻은 두 아들을 통해서 나는 생명에 대한 소중함을 전보다 더욱 많이 생각하게 되었다. 내 아이가 귀하니 남의 아이도 귀해 보였다. 생명의 그 소중함을 안다면 그렇게 많은 아이들이 어떻게 소년원이나 보육원에 맡겨져 있을까? 그리고 사랑을 주면서 키우기에도 모자란 그 어린 아이들을 어떻게 학대하고, 폭행하고, 죽이려들 수 있다는 말인가! 나는 최근 우리나라는 물론이고 세계 곳곳에서 들려오는 부모가 자녀를 학대하는 각종 형태의 사건을 보면서 마음이 너무 찢어지게 아팠다. 아기가 생겨도 너무 쉽게 낙태를 시키거나 출산해놓고도 무책임하게 방치하는 사례가 너무 많은 요즘의 세태와 비교하여 자녀를 위해서라면 무엇이든 희생하시던 우리 부모 세대를 돌아보게 된다. 우리 부부처럼 만약 인공수정을 통해 아이를 어렵게 얻었다면, 자신이 기르는 아이에 대하여 그렇게 함부로 대하거나 무책임할 수 있을까? 원하는 이들에게는 아무리 노력해도 아기가 생기지 않고, 원하지 않는 그들에게는 아기가 덜컥 생긴 것인가를 생각하면 세상은 정말 불공평하다는 생각에 삶의 아이러니를 느끼는 동시에, 정말 아무리 노력해도 아동 학대 부모를 이해하지 못하겠다. 그들이 피가 섞인 부모가 아니라고 해도 마찬가지이다. 계부가 되었든 계모가 되었든, 누군가에게서 그렇게 소중하게 태어난 생명임을 뼈저리게 느낀다면 과연 그렇게 악한 행동을 할 수 있는지가 정말 의심스럽다. 부모로서 이러한 작금의 세태가 너무 속상하고 안타깝다. 융통성이라고는 없이 빡빡하게 굴던 완벽주의자인 나도 아빠가 되고 나서 관대한 사람으로 변화되려고 노력하고 있는데 말이다.

행복재테크 강사로서 나는 강연 중에 난임 부부들을 향해, 소중한 아이를 얻는 일을 끝까지 포기하지 말고 좀 더 힘을 내자며 응원한다. 어찌되었든 세상에는 아예 임신이 안 되는 불임 때문에 고통받는 사람들도 있는데, 난임이라면 그래도 희망은 있지 않은가…. 조금 더 감당할 만한 사람에게 그런 고난과 고통과 불행이 찾아가는 것이겠거니 하고 생각하니 조금은 위안이 된다. 나는 난임 문제와 인공수정을 통해 사회적 약자의 마음을 또 한 번 깨닫게 되었다. 그래서 지금도 그들 난임 부부에게 동병상련을 느끼며 아파한다. 아파본 사람만이 아픈 사람의 마음을 알 수 있다는 건 정말 사실이다. 그리고 일반인을 대상으로 하는 강연 메시지는 이와는 조금 다른 내용이다. 각 가정에서 아이들이 얼마나 소중한 존재인가에 대한 내용과 함께 우리 부모님들 또한 우리를 얼마나 소중하게 얻으셨는지를, 우리가 어떻게 태어난 인생인지를 새삼 일깨워 준다. 그 때마다 눈물 젖은 목소리로, 우리 각자가 얼마나 소중한 인생인지 깨닫기를 청중에게 호소한다. 그러한 나의 작은 노력을 통해 청중 각자의 자아존중감과 가정이 회복되기를 진심으로 바란다. 이 글을 읽는 당신 또한 마찬가지다. 당신은 아버지가 제공한 2~3억 마리의 정자 중에서 치열한 경쟁을 뚫고, 어머니가 제공한 1개의 난자와 만나서 이 세상에 태어난, 아주 귀한 존재이다. 그러니 자신감을 갖고 언제든지 당당하게 살았으면 좋겠다. 혹 지금 당신이 어떤 어려움을 겪고 좌절하고 있다면, 당신은 2~3억 대 1의 어마어마한 경쟁을 뚫고 이 세상에 태어난 존재임을 잊지 않기를 또 한 번 당부 드린다.

똥 싸게 해주셔서
감사합니다!

우리 부부에게는 아이를 갖고 낳는 일이 정말 어려웠다. 그럼에도 막상 겪어보니 임신과 출산은 키우는 일에 비하면 아무 일도 아닌 것 같은 생각이 들 정도다. 특히 늦깎이 초보 아빠에게 자녀 양육은 정말 버겁고 힘에 부치는 일이다. 잠자는 아이 얼굴을 쳐다보고 있자면 천사의 모습이 따로 없기는 한데, 잠이 들기까지 잠투정은 왜 그리 심한지, 아이가 보채고 칭얼대면 어르고 달래느라고 기운이 쏙 빠진다. 그럼에도 눈이 마주칠 때마다 한번 씩 씨익 하고 웃어주는 천사 미소에 지친 마음이 눈 녹듯이 녹는다. 그런 걸 보면 나도 어쩔 수 없는 팔불출 아빠인가보다. 생각했던 것보다 아이를 키우는 기쁨은 훨씬 더 크다. 자라면서 보니 생김새도 행동도 성격도 영락없는 권영찬 2세다. 가르친 적도 없는데, 어쩌면 그렇게 도연이는 아내만 아는 나의 버릇을 그대로 행동으로 나타내 보이는지. 그 모습이 우습기도 하고 신기하기도 하다. 아빠인 나를 닮아서인지 어느새 7살이 된 도연이도 무언가에 집중하면 입을 조금 헤 하며 벌린다. 어려서부터 나는 무엇인가에 집중하면 나도 모르게 입을 벌리는 습관이 있었다. 어린 시절, 나는 엄마를 도와 운전대용 가죽 끈을 꽈배기 꼬듯 꼬는 일을 할 때도 어느새 입이 벌어져 있고는 했다. 그러면 엄마는 입에 가죽 먼지가 들어가니까 입을 다물고 하라며 주의를 주고는 하셨다. 도연이에 대한 나의 마음 또한 그때 나를 향한 엄마의 마음과 조금도 다르지 않을 것이다. 그래서 나는 무언가에 집중하느라고 입을 벌리는 도연이의 모습을 발견하면, 어린 시절 엄마가 나에게 한 것처럼 걱정스러운 마음으로 도연이에게 "도연아, 입에 파리 들어가요. 입 다물고 해요" 하며 다정하게 이야기한다.

코 위로는 나를 더 많이 닮은 도연이는 웃고 먹는 것이나 까다로운 성격만큼은 아내 영심이를 쏙 빼닮았다. 몇 번이고 생각해봐도 아기를 갖기를 참 잘 했다. 재롱둥이 도연이가 없었다면 세상의 재미가 반의 반의 반쯤은 덜했을 것 같다. 사랑스럽기도 하고 여러모로 나와 똑같은 판박이가 있다는 사실에 아빠로서 위안을 얻는다. 아빠인 나를 쏙 빼닮은 도연이가 정말 자랑스럽다!

그런데 어느 날부터 도연이 얼굴이 누렇게 뜬다. 생후 1개월까지는 하루나 이틀에 한 번 똥을 싸더니만, 이상하게 요 며칠 똥을 안 싸더니 말로만 듣던 똥독이 오른 건가? 얼마나 힘들까 싶어 전전긍긍하다가 장 마사지를 해주었다. 아무런 변화가 없다. 한 달이 지나면 아이의 장 흡수력이 좋아져 평균 3~7일쯤 지나서 똥을 싸는 경우가 많다는 이야기를 출생한 병원에서 들었다. 도연이가 하도 보채고 울어서 대학병원 응급실을 찾아가서 관장을 했다. 말도 못하는 녀석이 끙끙대니 어찌나 짠하고 안쓰럽던지… 5일 만에 똥을 싸는 모습에 뭉클해서 감격까지 했다. 아기가 대소변을 잘 가리는 것만도 얼마나 기특한 일인지… 나는 대소변을 가려주면서 아빠의 마음을 느꼈다. 아이를 키워보니 아기를 낳아야 어른이 된다는 사실을 피부로 알게 되었다. 우리는 일상에서 먹고 자고 싸고 숨 쉬는 일 등을 너무 당연하게 생각한다. 하지만, 그 또한 감사할 일이다. 변비를 경험해본 사람은 안다. 일상에서 똥 잘 싸는 일도 당연한 일이 아니고 얼마나 감사해야 할 일인지를.

도연이가 변비로 고생하는 모습을 보면서, 나는 내가 겪었던 상황이 문득 오버랩되었다.

세트장에서의 추락사고로 나는 허리에는 갑옷을 입고 왼쪽 무릎까지 올라온 깁스를 한 채로 한 달 동안 병원에 누워 있었다. 처음에는 작은 수술인 줄 알았다. 알고 보니 5시간이 넘는 큰 수술이었다. 발의 근육과 신경이 워낙 미세하기에 근육을 헤집으며 일일이 뼈를 맞추는 수술 끝에 나는 눈을 떴다. 마취에서 깨고 나서 진통이 무척 컸지만, 왼쪽 발을 보면서는 나도 모르게 헛웃음이 나왔다. 그 사이 발이 세 배 정도는 커져 있었다. 아기 공룡 둘리의 발이 따로 없었다. 정작 문제가 된 건 수술 후 다음날부터였다. 누운 채로 밥을 먹을 수가 없어서 나는 먹기 좋은 미음을 먹었다. 그런데 혼자서는 몸을 꼼짝할 수가 없으니 화장실도 갈 수가 없었다. 소변은 소변용 용기를 사용하여 누워서라도 보면 되지만, 큰일은 도무지 스스로 해결할 방법이 없었다. 이틀이 지나고 3일이 지났다. 다리가 아픈 건 느낄 새가 없었다. 큰일을 못 보니 정말 미칠 것만 같았다. 결국 엄마의 부축을 받고 아라비아 숫자 '1' 자 자세로 휠체어에 옮겨 탄 채로 겨우 화장실에 갔지만, 1자로 누워서는 도저히 큰일을 볼 수가 없었다. 5일째 되던 날에 내 얼굴은 누렇게 뜨기 시작했다. 다급하고 답답해진 나는 나이도 체면도 창피함도 잊은 채 급기야 왕진을 온 선생님을 붙잡고 "제발, 똥 좀 싸게 해주세요!" 하고 호소하며 엉엉 울었다. 수술을 집도한 과장은 결단이라도 하듯 단호하게 말했다.

"음, 빨리 변을 봐야 되는데… 얼굴도 너무 누렇게 뜨고, 관장이라도 해야지 안 되겠네요."

그 말을 꺼내기가 무섭게 아내는 "나는 못해요!" 하더니 부리나케 도망갔다. 아내를 이해 못 하는 건 아니지만, 조금 야속하다는 생각이 들었다. 나중에 들어 보니 아내에게도 납득할 만한 이유가 있었다. 아내는 더러워서 피한 것만은 아니라고 했다. 젊은 남편의 똥, 오줌을 받아내면 아무래도 남자로서의 매력이 떨어질 것 같다는 것이 아내의 논리였다. 그래서 대신 어머니가 1회용 장갑을 끼고 관장해주셨다. 그런데 그 순간, 사람이란 참 단순하고 바보 같고 간사한 존재라는 생각이 들었다. 나는 2005년에 억울한 일로 구치소 생활을 37일 동안 하고, 1심에서 2년 6개월의 실형을 받고, 죽음의 문턱까지 갔다 온 사람이었다. 게다가 방송국에 들어가서 재테크를 하며 정말 어렵게 번 돈 30억 원을 몽땅 날리고 마침내 빚쟁이들의 독사 같은 눈길도 피해서 살아남은 사람이었다. 그런데 그렇게 인생에서 죽음의 고비를 몇 번이나 넘긴 내가, 단지 '그깟 똥 한번 못 쌌다는 이유로' 엉엉 울면서 의사에게 매달린 것이다. 이미 사고를 통해 건강의 소중함을 조금은 배운 나였지만, 그때까지 내가 미처 모르고 살았던 한 가지가 있었다. 그것은 일상에 대한 소중함과 감사였다.

관장을 하기 전에 호기심이 발동해서 항문 주위를 만져보았다. 5일째이다보니 돌처럼 딱딱하게 굳어서 입구를 막고 있었다. 마흔이나 된 아들을 위해 1회용 장갑을 낀 채로 엄마가 몸소 관장하며 장애물을 거두어주셨다. 엄마에게 미안한 마음이 들었다. 엄마는 대체 무슨 죄를 그렇게 지었기에, 억울한 아들의 구치소 뒷바라지를 하지 않나, 아들 대소변을 받지 않나, 참 기가 막힐 노릇이었다. 그러나 엄마 생각만을 할 수는 없었다. 일단 변을 보고 싶었다. 엄마가 손으로 돌덩이같이 막혀 있던 굳은 부위를 없애주자 엄청 시원했다. 그때 얼마나 속이 다 시원하던지… 나는 정말 날아갈 것만 같아서 나도 모르게 큰소리로 "똥 싸게 해주셔서 감사합니다!"라며 감사 기도까지 드렸다. 물론 이 부분이 더럽다고 할 독자도 있을지도 모른다. 하지만 화장실 일을 5일, 아니 이틀 만에라도 보게 된다면 아마 당신도 나처럼 감사합니다를 연발하게 될 것이다. 나는 그 이후로 가끔, 강연장에 가서는 "똥 싸게 해주셔서 감사합니다!"라는 강연을 할 때도 있다. 아이든 어른이든 할 것 없이 잘 먹고 잘 싸는 일이 얼마나 감사한 일인지는 겪어본 사람이 아니면 잘 모를 것이다. 예를 들면, 밥 한 끼를 먹는 일이라거나 일을 보기 위해 화장실에 가는 등의 소소한 일상 따위 말이다. 어쩌면 숨 쉬는 것만큼이나 당연한 것 같지만, 잘 싸는 일도 큰 축복 중에 하나가 아닌가 싶다. 음식을 삼킬 수 있는 것도 배설할 수 있는 것도 자고 깨고 앉고 걷고 보고 듣는 것도, 세상에는 감사할 일이 천지다. 그런데 사람들은 큰 목표만 보고, 큰 행복만 갈구하며 좇는다. 그러다가 소소한 작은 행복들을 놓치고 마는 바보 같은 짓을 반복한다. 지금 당신이 재기를 꿈꾸고 다시 성공하고 행복하기를 원한다면 같이 한번 외쳐보자. "똥 싸게 해주셔서 감사합니다!", "밥 먹게 해주셔서 감사합니다!"라고 말이다. 정말로 행복하고 싶다면 하루에 적어도 열 번은 작은 일에 감사해보자. 1주일이 되고 한 달이 지나면 아마도 당신의 눈에 세상이 아주 즐겁고 행복하게 보일 테니까.

10조 원의 자산가 잡스가 부럽지 않은 '행복한 나눔 전도사'

앞에서도 말했지만, 나는 강연의 주제나 내용을 강연을 듣는 집단의 성격이나 연령대 등 청중의 여러 가지 특성을 고려하여 현장에서 종종 바꾼다. 건강에 대해 강조해야 할 때면 고인이 된 애플의 창시자 스티브 잡스의 예를 자주 들려주고는 한다.

2011년, 그는 10조 원의 자산을 남기고 세상을 떠났다. 그는 천재적인 아이디어와 까칠한 리더십 등으로 살아서도 죽어서도 많은 세계인의 주목을 끈 사람이다. 사람들은 그의 부와 명성과 천재성을 부러워했다. 그리고 여전히 부러워하는 눈치다. 이쯤에서 한 가지 묻고 싶다. 세상과 이별하고 이미 죽음의 강을 건넌 스티브 잡스가 진짜로 부러워하는 사람은 누구일까? 바로 오늘을 살고 있는 '당신'이 아니겠는가! 할 수만 있다면, 자신의 전 재산 10조 원을 다 주고서라도 잡스가 목숨을 사지 않겠는가 말이다. 하지만 예수님이 아닌 이상 그는 절대 세상으로 돌아올 수 없다. 인류가 생겨난 이래 그분 말고는 부활했다는 사람을 여태 단 한 명도 못 봤으니까. 생명을 가진 산 자로서 이 땅에서 잡스의 유효기간은 그것으로 끝났다. 그러나 이 글을 읽는 당신은 어떠한가? 아직도 유효한 인생으로 이 땅에서 살고 있지 않은가. 혹시 좌절과 실패, 어려움으로 힘들어 하는가? 그럼에도 아직 당신은 호흡하고 있다. 행복하고 싶어도 이미 죽은 잡스에게는 방법이 없지만, 당신에게는 아직 희망이 있다. 남이 가진 것과 비교하지 말자. 남이 가진 것을 부러워 말자. 누군가를 부러워하면 지는 인생으로 살 수밖에 없고, 삶이 불행할 수밖에 없다. 지금에라도 남들에게는 없는 당신의 장점을 찾으려고 해보자. 살아 있기만 하다면, 살아 있다면, 살아 있기만 하다면, 당신이 세상을 향하여 인생을 역전시킬 기회는 얼마든지 있다!

잡스처럼은 아니지만, 나 또한 젊은 날에 소박하게나마 부와 명성을 가져보았다. 움켜쥐고 있을 때, 나는 그것이 행복인 줄로만 알았다. 그런데 세상의 밑바닥까지 체험하고 나서 보니 나누는 인생만큼 행복한 사람은 없다는 사실을 깨닫게 되었다. 요즘에는 소유물에 대하여 생각할 때 마음에 여유가 생긴다. 내가 벌어도 내 것이라고 주장하지 않고, 세상의 것을 잠시 빌려 쓰면서 살 뿐이라고 생각하니 마음이 그렇게 편할 수가 없다. 나와 가족 중심의 세계관을 이웃 중심으로 바꾸려 하다 보니 몸이 전보다 더욱 부지런해지는 건 어쩔 수 없는 것 같다.

인생에서 돈은 우리의 전부가 될 수 없다. 돈이 우리에게 전부가 되는 순간, 삶은 공허해지기 마련이다. 하지만 그렇다고 해서 아무 것도 아닌 것이라고 치부할 수 없는 존재이기도 해서 문제가 된다. 그러니까 내가 주장하고 싶은 것은 우리가 돈의 노예가 되지 말고, 돈을 노예로 부리자는 뜻이다. 돈이 우리의 노예가 된다면 돈 때문에 목 맬 필요도 없고, 돈 때문에 전전긍긍하거나 남들과 아웅다웅하며 살 필요도 없다. 한마디로 돈을 바라보는 올바른 시선에 대해서 이야기하자면, 돈을 많이 소유하는 것을 자랑이나 기쁨으로 여기기보다는 오히려 돈에서 자유로울 수 있는 마음가짐을 갖는 것이 훨씬 지혜롭고 가장 필요한 덕목이 아닌가 싶다. 그리고 돈에서 자유로우려면 돈에 대한 욕심을 버리면 되지 않을까….

　　돈에 대하여 오히려 욕심을 버리게 한, 정말 돈이 없어서 고생했던 나의 에피소드를 잠깐 들려드리고 싶다. 나는 2005년부터 2007년까지 세 번의 죽을 고비를 겪으면서 돈의 소중함을 뼈저리게 느꼈다. 잘 나가던 시절, 자동차를 굴리며 쌓아둔 주유카드의 포인트가 무려 40만 점이 넘게 쌓여 있을 때였다. 40만 점은 돈으로 환산하면 그 가치가 40만 원이었다. 돈이 한 푼도 없던 시절에도 차를 몰고 다녀야 해서 나는 그동안 저축해둔 40만 점의 포인트를 그 시절에 아끼고 아껴서 사용했다. 1만 원은커녕 5,000원 정도의 주유량을 넣은 적도 많았다. '나'라는 사람이 주유 포인트를 그렇게 귀하게 사용하게 될 날이 올 줄은 꿈에도 몰랐다. 어느 날엔가는 단골로 가던 신사동의 한 냉면집을 지나가는데 너무 배가 고팠다. 그 음식점의 냉면이 무척 먹고 싶었지만, 주머니에는 4,500원이 전부였다. 6,000원짜리 냉면을 먹기에는 1,500원이 부족했다. 옛날에는 생각지도 않았던 1,500원과 5,000원이 그렇게 소중할 수가 없었다. 그 경험을 통해 나는 가끔, 1,500원이 없어 좌절하는 누군가나 5,000원이 없어서 삶을 포기하는 사람들을 생각한다. 남의 지갑에 든 단돈 3만 원을 뺏기 위해 살인을 했다는 뉴스를 들을 때는 정말이지 마음이 너무 너무 아팠다. 그래서 나는 어려운 이웃들이 있으면 말이 아닌 행동으로, 그들에게 '지금' 그리고 '가장' 필요한 것을 '당장' 챙겨주려고 노력한다.

그중에 한 가지 방법으로 내가 모델로 출연한 외식업체의 CF 출연료(개런티) 수천만 원을 내 주머니에 챙기는 대신에 어려운 이웃을 위해 물품을 후원하는 계약으로 바꾸었다. 그래서 광고 출연료에 해당하는 만큼의 '사랑의 피자', '사람의 감자떡', '사랑의 치킨' 등의 먹거리를 내가 평소 후원하는 보육원과 소년원, 새터민 청소년쉼터, 조부모 가정 등에 2011년부터 6년 동안 보내고 있다. 또 장애인을 위해서는 몇 가지 봉사와 함께 지금은 내 월급의 30%를 시각장애인과 어려운 이웃 등에게 후원해오고 있다. 현재까지 시각장애인 열두 분에게 개안수술을 시켜드렸다. 도연이의 100일에는 백일잔치를 할 비용으로 시각장애인 두 분을 도와드리고 돌잔치 때는 돌잔치를 하고 네 분을 더 도와드렸다. 결혼 5주년을 맞이한 2012년 봄에도 두 분을 도왔다. 아직 갚아야 할 빚도 수억이 남아 있지만, 모두 100명의 시각장애인이 수술을 받아 시력을 찾고 새로운 인생을 사시도록 앞으로도 계속 도와드릴 계획이다. 그분들이 눈을 떠서 세상을 보고 행복해 하는 모습을 볼 때면 마치 보지 못했던 내가 눈을 뜨는 것 같은 마음에 나 또한 무척 행복했다. 개안수술을 통해 그분들은 감았던 눈을 뜨면서 두 눈으로 그리운 얼굴과 사랑하는 사람을 바라보며 또한 새로운 세상을 보지만, 나는 닫았던 마음의 눈을 조금씩 뜨면서 좀 더 관대한 마음과 따뜻한 눈으로 세상을 바라보게 된다. 이웃을 향한 개안수술은 두 번의 인공수정으로 아이를 얻게 된 것에 대한 감사의 마음을 사회에 환원하는 권영찬 식의 보답이다. 여전히 빚이 남아 있는 나에게도 돈은 꼭 필요하고 중요한 것이다. 그럼에도 사랑과 행복이 돈보다 더 중요하다고 믿기 때문에 가능한 일이었다. 지금은 대학원에 진학해서 석사와 박사과정을 밟을 예정이다보니 아무래도 일을 덜 하게 되고 학비도 만만치 않아서 돕는 손길이 전보다 조금은 더뎌지겠지만, 나는 개안수술의 후원을 계속해나가려고 한다. 모두 100명에게 눈을 선물하게 될 그날을 누구보다 손꼽아 기다리면서…. 그 약속을 지키고 나면 다음 차례로는 소아암으로 고생하는 소아암 어린이 환우를 후원하려고 한다. TV나 주변을 통해서 아픈 아이들의 해맑은 미소를 보면서 눈물이 날 때가 많았다. 두 아이의 부모가 되고 보니 더더욱 느끼는 사실은 아이라는 창구를 통하여 세상을 바라보면 세상이 참 아름답고 감사할 일뿐라는 점이다. 그러면서도 마음 한쪽에서는 은근히 부모로서 이 세대를 보며 걱정이 앞선다. 나의 자녀가 살아갈 세상이 어느새, 그리고 이미 폭력이 너무 난무한 시대가 되어버렸기 때문이다. 학교폭력 예비지도사를 하면서 우리 사회가 너무 폭력적이라는 사실을 느꼈다. 그리고 무엇보다, 나의 자녀들 또한 학교폭력의 가해자나 피해자가 될 수 있다는 사실을 깨닫게 되면서 마음이 편치 않고 너무 씁쓸하다. 아이를 위해서 기회가 된다면 학교폭력 예방사업이나 따뜻한 세상 만들기 캠페인을 지속적으로 해보고 싶다. 내 아이, 네 아이가 중요하지 않다. 그들은 우리 대한민국의 미래이고 우리 모두의 자녀이다. 나는 학교폭력 예방과 따뜻한 세상을 만들기 위해서 아빠로서 내가 무엇을 할 수 있는지를 실천하면서 내 아이들과 이웃 아이들에게 어려운 이웃을 섬기고 내 것을 함께 나눈다는 것이 무엇인지를 몸소 보여주고 싶다. 어떻게 보면 나눔과 강연을 통해 지금 나는, 우리 아이가 살아가기에 따뜻한 세상, 그 사랑의 기반을 조금씩 만들어가는 중인지도 모른다. 어쩌면 그것이 세상을 향한 진정한 기부가 아닐까 싶다. 그래서 현재 재단법인 청소년폭력예방재단인 청예단의 조직위원장을 맡아 다양한 학교폭력 예방에 앞장서고 있다. 이제는 아마도 내가 왜 바쁜 와중에 그런 일까지 맡아가며 홍보하고 다니는지를 이해하실 수 있을 것이다.

세상에서 모든 것이 사라진다고 해도 우리가 마지막까지 절대 양보해서는 안 되는 한 가지가 있다. 그것은 바로 '사랑'이다. 사랑은 움켜쥐지 않는다. 나누고 흘려보낸다. 흐르는 물이 썩지 않는 것처럼 소유도 사랑도 나눔도 마찬가지다. 내가 가진 것을, 내 안에 있는 것을 흘려보내야 한다. 그것이 사랑이다. 흘려보낼 때 기쁨이 넘친다. 흘려보내는 건 많이 소유한 사람만 해야 하는 의무이거나 그들만이 누리는 특권이 아니다. 사랑은 나눔이다. 소유하는 이유도 나누기 위해서다. 그것이 나눔의 미학이다. 마음만 먹는다면 언제나, 우리는 우리가 가진 소유를 누군가에게 나누고 흘려보내는 '행복 나눔 전도사'가 될 수 있다. 그래서 나는 행복한 사람이다. 건강이 허락하는 한, 나는 가난하고 소외된 이웃을 향한 행복 나눔 전도사로 계속 살고 싶다. 그리고 이런 아빠를 자랑스럽게 생각하고 두 아들 녀석 또한 평생 나눔의 삶을 살면 좋겠다. 많은 부모들이 자녀를 향해 이렇게 이야기한다.

"공부해서 남 주니?"

나는 두 아들에게 공부해서 남을 주라고 가르칠 참이다. 그것이 우리 아이들 또한 건강하게 성장하는 길이니까….

친절한 영찬 씨의
'나 하나만 수고로우면'

2011년 겨울이었다. 한 지상파 TV에서 연말 특집 프로그램으로 소아암 환자들을 다룬 방송을 내내 지켜보면서 많이 울었다. 두 번의 인공수정 끝에 도연이를 어렵게 얻은 부모여서 더욱, 아픈 아이들을 보면서 가슴이 아팠다. 방송이 끝나고 다음날 바로, 한 대학병원의 혈액내과에 전화를 걸었다. 골수를 기증하고 싶어서였다. 하지만 간호사는 골수 기증이 가능한 나이는 만으로 마흔까지라며 죄송하다고 했다. 내 나이는 그때 마흔셋이었으니 불합격이었다. 그런데 흥미로운 사실 한 가지를 알게 되었다. 골수를 기증하려는 공여자는 만 40세이지만, 골수 이식 수술은 만 64세 이하까지는 가능하다는 사실이다. 덧붙여 말하면 65세 이상도 의대 교수(의사)와 상담하고 가능한 경우라면 할 수 있다고 했다.

"일반적인 경우라면 골수 이식 수술은 만 64세 이하까지는 가능합니다. 하지만 골수 기증은 골수가 맞는 환자를 찾아야 해서 만으로 마흔까지만 신청할 수 있습니다."

골수 이식 수술이 가능한 나이가 만으로 64세까지라면 나는 20년이나 남아 있었다. 그것을 이유로 나는 억지(?)를 부리며, 골수를 기증하고 싶다는 의사를 밝혔다. 하지만 병원에서 돌아오는 답변에 더는 할 말이 없었다. 보건복지부에서 기증자(공여자) 나이 입력란을 만 40세까지만 만들어놓았다니 아무리 병원 측에서 기증자 명단에 올려주고 싶어도 컴퓨터상의 프로그램이 이미 나를 거부하는 것이다. 뭐 이런 경우가 다 있담? 골수 이식 수술은 만 64세까지라면서, 왜 기증자의 나이는 만 40세까지로 제한하는가? 앞뒤가 맞지 않는 이야기에 보건복지부에 전화를 걸어 확인했다. 그 결과, 병원의 간호사 말이 맞았다. 그럼에도 나는 담당자에게 골수 기증이 가능한 나이를 지금보다 몇 년은 더 상향 조정해달라고 간곡히 청했다. 좋은 아이디어지만 자기는 힘이 없다며 담당자는 전화를 끊었다. 나는 맥이 빠지고 속상했다. 그래서 현장에서 눈치를 보셔야 하는 공무원을 대신해 문재인 대통령님께 정중히 건의 드린다.

"최근에 불필요한 규제를 없앤다고 하신 것으로 압니다. 골수 기증이 가능한 나이를 소아암 아이들을 위해 좀 높여주시면 안 됩니까? 수술은 만 64세 이하까지 가능하다는데, 골수 기증은 만 40세까지만 가능하다는 보건복지부 규정 좀 개선해주십시오. 만일 만 40세까지 받아둔 골수만 건강해서 그 나이로 제한하신 거라면 더는 요청 드리지 않겠습니다." 조금 귀찮더라도 나 혼자만 수고하면 5,200만 국민이 행복해질 수 있다.

그것은 비단 사회에 국한되는 이야기만은 아니다. 우리 가족의 행복을 위해서도 또한 마찬가지로 적용할 수 있는 주제다.

나는 주말이면 부산이나 전라도 또는 경상도 등지의 지방에서 다양한 행사 MC와 행복재테크 강연을 진행한다. 그럴 때면 홀로 계신 어머니와, 장인 장모님 그리고 아내에 처남까지 한 차에 싣고 함께 행사장이나 강연장으로 간다. 한 차로 같이 가기 위해서 가끔은 알앤비(R&B, 리듬 앤 블루스) 가수 유리의 카니발과 내 차를 바꿔 타기도 한다. 행사장에서는 온 가족이 함께 할 수 있지만, 강연이 잡힌 날은 강연장 주변의 여행지에 먼저 가족들을 모두 내려주고 나만 홀로 강연장으로 향하고, 강연이 끝나면 다시 가족과 합류해서 즐거운 시간을 보낸다. 일을 하려고 가는 길이어서 사실 혼자 내려가는 쪽이 훨씬 편하다. 아무래도 아이를 동반하면 운전도 살살 해야 해서 시간도 더 걸리고, 차 안에 과자가루를 흘리거나 보채는 등 일이 많아져서 여러모로 당연히 번거롭기 마련이다. 또 처가 식구들을 모시고 지방에 가면 자연히 아내의 친정 친척들과 잔치가 벌어지는 일이 비일비재하다. 밥값은 누가 내는지 굳이 말해 무엇하겠는가. 당연히 방송인인데다가 잘나가는 내 몫으로 고스란히 남는다. 하지만 이 상황을 긍정적인 사고로 다르게 생각해보면, 180도로 완전히 다른 이야기가 된다. 나는 행사를 뛰기 위해 어차피 내려가는 길이다. 우선은, 일을 하러 가기 위해서 어차피 하는 운전에 행사 측에서 제공하는 딸려오는 기름값에 차에 몇 명을 더 태우고 가면 될 뿐이다. 함께 내려간 김에 식구로서 권영찬이 활동하는 모습도 함께 지켜보면 자부심과 보람과 고생하는 마음도 나눌 수 있으니 그 또한 좋고, 거기에 더하여 편백나무 숲 등 공기 좋은 곳에서 가족끼리 도란도란 이야기꽃을 피우면서 정도 쌓으니 일석 몇 조인가? 게다가 어디 그뿐인가? 남들은 명절에나 겨우 만날까 말까 한 친척들과도 심심찮게 어울려 식사하며 그간의 회포도 풀 수 있으니 얼마나 행복한 일인가!

나만 수고로우면 쉽게 해결되고 바른 결과를 얻을 수 있는 또 한 가지 예를 들자면, 증인 자격으로 사건이나 사고 현장을 지키며 고수하는 일이다. 예전에는 내가 조금 고생하면 여러 사람이 좋고 편하다는 생각에, 또한 정의감 때문에도 싸움이 난 현장을 그냥 지나치는 법이 없었다. 모르는 사람이 길에서 당하고 있어도 모두 나의 일처럼 생각되었다. 그래서 가던 길을 멈추고서라도 돌아가서 말리고, 억울한 사람 편에서 증인도 서고는 했다. 선한 의도로 행동하기는 했지만, 사건에 연루되면 제3자인데도 생각보다 귀찮은 일이 많이 생겼다. 이제는 가족이 딸린 데다 바쁘고 법정에도 불려 다녀봐서, 예전처럼 경찰서 등에 불려 다니며 증인을 서지는 않는다. 그럼에도 일단 어떤 사건이 일어난 현장을 보면 적어도 경찰서에 신고까지는 하고, 경찰이 현장에 올 때까지는 웬만하면 그 자리에 있으려고 하는 정도의 시민이기는 하다. 그것이 시민으로서 최소한의 의무라고 생각한다. 정의로운 세상을 추구하는 것이 이웃도 나도 행복해지는 길이다. 내가 길에 떨어진 휴지를 발견하면 줍는 것도 그런 이유에서다. 행복하고 싶은가? 남에게 해달라고 요청하지 말고 그 전에 내가 하면 된다. 남의 일이라는 생각을 갖고 있는데 그 일을 해야 하고 하려고 하니까 귀찮고 힘들고 불행하다는 생각이 드는 것이다. 나의 일이라고 생각하면서 하면 즐겁고 기쁘게 할 수 있다. 그리고 남이 부탁해오면 남의 일도 내 일처럼 생각하고 도와주어라. 남의 필요가 보이거든 채워주어라. 내가 조금 귀찮고 성가시면 된다. 그 때문인지 나는 나를 아는 주변 사람들 사이에서 지금도 '친절한 영찬 씨!'로 통하고 있다.

권영찬의 돈을 노린
통 큰 사나이

2005년 이후에 경험한 그런 굵직한 사건들을 겪고 나서라도, 인생이 두루마리 휴지처럼 쉽게 술술 풀리기만 한다면 얼마나 좋을까? 하지만, 나에게 또 다시 작은 어려움들이 찾아왔다. 그중에 하나가 2013년 6월에 겪은 '이수 사건'이다.

사기당할 확률이 51이라면 이길 확률은 49였다. 승률이 거의 반반인 게임에 나는 주사위를 던졌다. 다른 사람의 말을 잘 듣지 않는 나의 단점은 이 사건을 통해 또 한 번 확인되었다. 아내는 곁에서 뭔가 의심스럽지 않느냐고 하면서 "바보 아니야? 돈 떼먹힐 걸 알면서 투자를 하게?"라며 계속 투덜거리며 말렸다. 그럼에도 나는 나의 판단을 믿으며 승률 49에 베팅했다. 사람을 잘 믿지 않지만, 일단 결정하면 그 사람을 믿고 보는 것이 평소 나의 성격이다. 그래서 절대 다른 사람의 소리가 안 들리는 것 또한 나의 특징인데, 이상하게 안 좋은 일에 휘말린 전조 증상처럼 돈을 투자하고서도 내가 이수를 통해 베팅한 3,000만 원이 돌아올까를 의심하며 계속 불안해했다. 믿는 도끼에 발등을 찍힌다고 하더니 불안해하기는 했지만 사실 사기를 당하리라고는 꿈도 꾸지 않았는데, 나는 급기야 우려하던 대로 사기를 당하고야 말았다. 나에게 사기를 친 그 간 큰 사람은 방송인이자 역술인 이수였다. 나는 방송가에서도 인지 능력, 그러니까 소위 말하는 촉이 밝은 사람으로 유명했다. 그런 내가 어떻게 그에게 바보처럼 3,000만 원을 턱 하니 투자했을까? 알고 보면 나는 이수가 생각하는 것보다 훨씬 치밀한 사람이다. 아무리 같이 방송을 하는 사람이라고 해도 내가 상대방에 대해 아무 것도 알아보지 않고, 호락호락 3,000만 원을 그냥 투자했을 것 같은가? 나는 의심이 많고 무엇이든 스스로 알아보아야 직성이 풀리는 성격이기에 그에게 투자하기까지 여러 차례 포털 사이트에서 이수에 대하여 검색했다. 그런데 아무리 언론을 털어도 그가 사기꾼이라거나 그에 대한 미심쩍은 이야기, 혹은 그 밖의 다른 기사는 없고 단지 2013년에 출간했다는 책 한 권만이 기사목록에 떴다. 출판사를 통해 책까지 낸 사람이라고 하니 더 신뢰를 하게 될 뿐이었다. 전문가로서 책으로 소개하기까지 출판사도 최소한 어느 정도 검증을 했을 테니 말이다. 게다가 "설마 같이 방송하는 사람인데 사기를 치겠어…?" 하는 생각을 아주 안 하지는 않았다. 다른 사람이라면 몰라도 그는 TV에도 고정으로 출연 중인 공인이었고, 적어도 방송을 통해 알게 된 인맥이기에 그를 믿고 기다렸다. 그렇다. 부끄럽지만, 솔직하게 말하면 이번 사건은 나의 호기심이 불러서 당한 사기극이었음을 고백한다. 아내는 이수의 사기극에 당한 나를 보고 경제 전문가라는 사람이 사기꾼도 못 알아보고 당하느냐면서 여러 차례 핀잔을 주었다. 결국, 그에게 알토란 같은 내 돈 3,000만 원을 뜯기고 말았다. 물론 그에게 사기를 당한 연예인이 나쁜 만은 아니었다. 똑똑한 척 굴던 내가 그렇게 쉽게 사기를 당하다니…. 도대체 나는 무엇에 현혹된 것일까?

생각해보면 이상한 점 한 가지가 있었다. 사기 사건 즈음에 그는 나에게 너무 잘 대해주었다. 조금 이상한 생각이 들어서 '형, 나한테 왜 이렇게 잘 해주는데?' 하며 이수에게 문자를 보낼 정도였다. 어느 날이었다. 그는 주권을 발행한다면서 나의 주민등록번호를 달라고 했다. 사기와 진실이 반반이라는 생각에 긴가민가하며 아리송했지만, 이미 많은 내용을 조사한 뒤여서 미심쩍은 구석이 있는데도 그 돈을 선뜻 투자했다. 나이는 40대 중반이지만, 이미 여러 가지 별별 사건 사고 등에 더하여 탈모와 관절염까지도 겪고 있으니 나는 70대와 별반 차이 없는 인생을 살고 있다고 해도 지나치지 않은 인생이었다. 재주로 치자면 원숭이에 가까운 내가 설마 나무에서 떨어지리라고는 꿈도 꾸지 않았다. 30대 중반에 그렇게 큰일을 치르고서도 어느새 겸손함을 잃고 나 자신에 대하여 다시 자만하고 말았다. 전문가인 나도 방심하면 사기를 당하게 마련이다. 이게 다 욕심 때문이다. 어느 선에서 멈출 줄 아는 지혜가 있어야 한다. 사람들이 남의 말에 인생이 좌지우지되고는 하는데 선택은 결국 자신의 몫이다.

이수 사건으로 나처럼 사기를 당한 사람들은 그에게서 돈을 받아내겠다고 현장으로 몰려가서 싸우는 모양이었다. 그들은 나에게도, 이수에게 뜯긴 돈 중에서 1,000만 원이라도 받으려면 현장으로 오라고 했지만 어떻게 하는 것이 지혜로운 방법인가? 현장으로 오라고 연락하는 그들도 내 입장에서는 어떻게 보면 이수와 그다지 다를 게 없는 사람이 아닐까. 공인인 나를 자극하여 한시라도 빨리 내가 이수 사기 사건과 관련된 기사를 언론에 내고 고소하기를 바라는 그들 역시, 결국 이수처럼 내 마음을 이용하는 것일 뿐이다. 이런 상황에서, 내가 그 시간에 현장에 가서 무얼 할까? 그곳에 간다고 해서 달라질 것이 무엇인가? 나는 단지 그 돈을 받아야 한다는 이유만으로 현장에 가고 싶지는 않았다. 과거에 큰 소송 사건을 이미 몇 차례 겪고 보니 이제는 냉정한 시각으로 큰 그림을 보게 되는 습관이 생겼다. 당신도 한번 생각해보라. 그가 돈을 줄 사람 같으면 벌써 나에게 빚을 갚았을 것이다. 그는 사기 칠 상대를 잘못 골랐다. 딴 사람도 아니고, 이미 과거에 법정에서 심리적으로 뼈아픈 옥고를 치른 권영찬을 건드리다니. 내가 이수 사건에 대하여 직접 기사를 내고 책에도 기록하는 이유는 나 같은 피해자가 다시는 생기지 않기를 바라는 마음에서다.

"여보세요 형님, 당신 상대를 잘못 골랐어요. 나를 건드리다니!"

그는 내가 고소하겠다고 하자 합의를 해달라며 고소하지 말고 일단 기다려달라고 했다. 아마도 나를 우습게 보았든지 이 정도로 돈을 떼먹은 것으로는 소송거리가 안 된다고 생각하는 모양이었다. 그러나 뭘 잘못 생각해도 한참은 잘못 생각한 것 같다. 본의는 아니었지만, 그 옛날에 내 사건을 담당했던 검사의 옷도 벗긴 나였다. 잠시 기다려주기는 하겠지만, 하루라도 더 빨리 고소장을 쓰는 편이 낫다는 쪽으로 나는 결론을 내렸다. 내가 이수를 고소한 덕분에 나처럼 이수에게 사기당할 건수를 한 사람이라도 예방한다면 나는 그것으로 만족한다. 더 큰 사기를 예방하고 나 자신에 대한 경고 차원에서 겪은 일이라고 생각하니 그런대로 견딜 만했다. 더 큰 금액을 사기당할 수도 있었는데 손해액이 3,000만 원이어서 그나마 다행이다. 한편으로는 3,000만 원은 잃을지 몰라도 그에게 대처하는 과정에서 오히려 3억 원의 마케팅 효과를 볼 수도 있다는 생각이 들었다. 나는 이수 씨에게 이렇게 말하고 싶다.

"이거 왜 이래? 당신은 찌질하게 3,000만 원을 생각하지만, 나는 3억 원을 꿈꾸고 10억 원을 꿈꾸는 사람이야."

내가 나의 부끄러운 실수(사기 사건을 당한)를, 그것도 재테크 전문가로서 어찌 보면 손해가 될 이 내용을 굳이 책에서까지 고백하는 이유는 단 한 가지다. 전문가도 욕심이 크면 얼마든지 사기를 당한다는 사실을 보여주기 위해서이다. 사기는 누구도 피해 가지 않는다. 주의하지 않으면 경제 전문가도 당할 수 있다. 자만하지 말고 돌다리도 두드리며 가자. 지나치게 높은 수익을 보장한다고 약속하는 사람과 상대하거나 당신이 정도 이상의 고수익에 욕심을 갖는다면 반드시 사기 사건에 휘말리게 되어 있다. 그건 누구도 피해 갈 수 없는 세상의 공식이다.

럭비공 같은 아내의
"너나 잘 하세요!"

"내가 당신만 안 만났으면 재벌집 사모님이 돼 있을 텐데."

"너 같은 아내만 아니었으면 우리 가정이 이 지경은 안 됐을 거다."

어느 가정에 이렇게 다투는 부부가 있다고 치자. 결혼 전에 이들 부부에게 등을 떠밀며 결혼하라고 한 사람은 아마도 별로 없을 것이다. 연애 초창기에는 그들 또한 다른 연인들처럼 보고 있어도 또 보고 싶을 만큼 사랑한 사이였으리라. 모든 부부가 초심으로 돌아간다면 상대방의 미운 점마저도 긍휼한 마음으로 바라볼 수 있을 텐데….

아내와 내가 알아온 세월이 벌써 15년이 넘었다. '착' 하면 '척' 하고 눈치를 챌 만큼 이제는 눈만 봐도 서로 마음을 꿰뚫어보는 사이가 되었다. 권영찬의 '성폭행 혐의' 사건을 당시에 그녀가 어떻게 견디어냈을지 궁금해 하는 이들이 더러 있다. 아마도 당신 역시 궁금할지도 모르겠다. 우리 부부는 다른 듯 하면서도 서로 깜짝 놀랄 만큼 닮은 점도 참 많다. 우리는 양력 생일이 똑같고, 휴대폰에 그림을 다운받는 취향도 비슷하다. 두 사람 다 낙천적이고 긍정적이고 밝은 성격인 점도 닮았다. 흔히 하는 말로 코드가 같다. 당신들처럼 우리도 연애하던 시절에는 데이트가 끝나면 헤어지는 것을 무척 아쉬워했다. 그랬던 권영찬과 김영심이 부부가 되고 10년이나 넘게 함께 산 지금도 서로, 마냥 그저 좋기만 할까? 아쉽게도 우리라고 해서 다른 부부와 삶의 모습이 크게 다르지 않다. 비 온 뒤에 땅이 굳는 것처럼 어려운 일을 겪고 난 뒤에 결혼한 만큼 우리 부부야말로 누구보다 정말 끈끈한 사이가 될 줄로만 알았다. 세상에 우리의 사연이 공개되고 우여곡절을 겪으면서도 사랑한 만큼, 더욱 달콤하고 애틋하고 행복한 신혼생활이 될 거라고 믿었고, 우리의 결혼생활이 끝까지 헤피엔딩일 줄로만 알았다. 그런데 현실은 달.랐.다.

앞에서 밝힌 것처럼 영화 같은 삶을 좋아하는 나에게 웬만한 여자가 내 눈에 들어올 리도 찰 리도 없었다. 내가 보호하고 싶고 지켜주고 싶었던 김영심은 어디로 튈지 모르는 럭비공처럼, 재미있는 여자였다. 내가 아플 때 "오빠, 나를 사랑하면 이겨줘 이 재판!"이라며 내 곁에 끝까지 남아 있던 내 아내 김영심은 콩깍지가 쓰인 내 눈에는 매력 덩어리 그 자체였다. 연애 시절에 그녀는 나를 존경하고 절대적으로 신뢰하며 거의 신처럼 떠받들었다. 적어도 그 사건이 있기 전까지는.

그러나 그때 그 사건은 우리 각자에게 상처를 준 것은 물론이고, 뿌리 깊숙이 들어가보면 알게 모르게 우리(영심과 나)의 '관계'도 송두리째 흔들어놓았다. 서로 의지하며 나아가긴 했지만, 우리가 알지 못하는 사이에 둘 사이의 관계는 썩어 들어가고 있었던 모양이다. 성폭행 혐의 사건은 나는 물론이고 아내에게 커다란 상처로 남았다. 영심이는 아내가 되고 나서 나에 대한 태도가 많이 바뀌었다. 그렇다고 아내를 크게 나무랄 수도 없는 이유는 애인으로서 그 사건 때문에 겪은 속앓이를 살면서 두고두고 앙갚음해나가는 것 같아서이다. 사람은 상처에 대하여 어떻게 대처하고 반응하는지를 통해 그 사람의 내면을 볼 수 있다. 아마도 아내는 마음 한쪽은 슬펐겠지만, 그 전에 그녀에게 잘했던 권영찬의 모습을 떠올리며 그래도 견디려고 애썼을 것이다. 2005년에 일어난 권영찬 사건에 매여 있던 아내는 지금도 현재의 내가 아니라, 억울하게도 사건을 저지른 그 당시의 권영찬을 붙들고 살아갈 때가 간혹 있다. 마음 한쪽에서는 불쑥불쑥, 아무리 실수와 오해라지만 그렇게 믿고 따르던 오빠가 어떻게 나를 두고 그런 행동을 했다는 말인가 하는 생각이 들어 때로는 무척 분하고 괘씸해하는 것 같다. 영심이는 말했다. 그런 일이 있기 전까지는 권영찬의 행동과 모습은 그녀 자신에게 신처럼 보였다고. 그런데 그렇게 믿었던 신에게 영심이가 느꼈을 배신감은 오죽했을까. 그 때문에 결국 분을 참다못해 물건을 다 때려 부순 적도 있고, 자기식대로 나를 증오하는 단계에까지 가기도 했다. 그런 과정에서 나는 그 사람의 바닥을 보게 되었다. 이제는 그 일에 대하여 잠잠할 법도 한데 아직까지 그것에 붙들려서 나를 닦달하는 모습을 보면서 때로는 아내에게 서운하고 화가 날 때도 있지만, 그건 나의 잘못이기도

하다. 그때 그 사건이 없었더라면 아내에게 그런 잔상도 상처도 없을 테니까. 내가 그런 일에 연루되지 않았더라면 아내의 바닥을 보게 되지는 않았을 텐데…. 내 탓이 크다는 생각에 마음이 아팠다.

우리 부부라고 남들처럼 변치 말라는 법이 있을쏘냐! 아내를 이해하기로 했다. 한편으로 생각해보면 이런 생각도 든다. 일상에서 부딪히는 소소한 마찰도 없다면 부부가 무슨 재미로 살까? 그 사건 이후에 서로 부딪히거나 그녀에게 조언이나 충고 내지는 그녀를 비난하는 일이 있을 때마다 아내가 영화 〈친절한 금자 씨〉를 흉내 내서 나에게 비아냥거리듯이 자주 하는 대사가 있다.

"너나 잘 하세요, 친절한 영찬 씨!"

"나를 우습게 보지 마. 이래봬도 내가 입담 하나로 청와대의 대통령과 100대 기업 CEO 앞에서 강연도 한 사람이란 말이지…."

"그러니까 내가 당신을 우습게 보는 거야. 나라도 이렇게 하지 않으면 당신은 기고만장할 테니까."

그래, 그런 아내의 말에 나 역시 수긍한다. 귀에 딱지가 앉을 만큼 너나 잘 하라는 말을 들을 때마다 '그래, 나나 잘 하자. 나라도 잘 하자' 하며 다짐해본다. 그래도 참 씁쓸하다. 세상에서 가장 가까운 내 편이 되어야 할 아내가 너 자신을 알라는 투로 나에게 핀잔을 주다니….

그나마도 이렇게, 세상에서 나에게 유일하게 쓴 소리를 할 수 있는 사람은 아내뿐이다. 아내는 잘 해주다가도 소크라테스의 악처 아내처럼 정말 심하게 욕을 하고는 한다. 일로 바쁘다보니 행여 휴대폰을 못 받을 일이 생긴다거나, 회식 자리에서 술을 마시다 잠이 들어 전화를 못 받게 되면 아직까지도 그때의 일을 들추어내며 히스테리를 부리고는 한다. 예전에는 안 하던 걸쭉한 전라도 사투리로 하는 욕을 자주 듣게 되는 것도 모두가 내 탓이다. 강연 중에, 아내가 나에게 한 욕지거리를 그대로 흉내 내서 들려주면 청중이 정말 깜짝 놀랄 정도로 영심이는 욕 소리를 잘 했다. 연애할 때만 해도 그 모습이 귀여워 보였다. 그런데 결혼은 그야말로 삶이었다. 욕지거리 또한 예전에는 귀여운 버전이었다면, 이제는 악에 받힌 악처 버전에 가깝다. 욕에 익숙하지 않던 나에게는 그녀의 거친 욕지거리 말투가 지금도 마음에 불편하다. 그럼에도 면역이 되었다고 할지 참을성이 많이 생겨서인지 이제는 그러려니 하며 산다. 다만 교육상 두 아들이 듣지 않는 곳에서만 사용하면 좋겠다. 어쩌면 그런 아내와 살다보니 내 성격이 좋아지는 것이 아닌가 싶다. 그렇다고 그녀와의 결혼을 후회하는 건 아니다. 다만, 100% 나에게 맞는 사람이란 세상에 없다는 사실을 다시 한 번 확인했을 뿐이다. 어쨌거나 나는 설령 악처라고 해도 1부 1처제가 더 좋은 사람이다. 하물며 주스도 여러 종류를 마구잡이로 섞어 마시면 몸에 좋을 리가 없을 텐데 사람인들 오죽하랴. 한 명도 감당하기 정말 힘든데말이다.

아내에게 미안한 이야기이지만, 영심이의 장점으로 보였던 점이 시간이 지나면서 점점 단점으로 드러났다. 연애 시절에는 어디로 튈지 몰라서 재미있고 신기했던 럭비공 같은 아내가 이제는 '어디로 튈지 몰라서', 그 때문에 버겁다. '같은 내용의 이유를 가지고' 예전에는 흥미로웠던 사람이 지금은 불편하다니…. 인생에서 모든 것은 상황이 아닌, 사람의 마음에 달려 있음을 새삼 느낀다. 청계산을 떠올려봐도 그렇다. 똑같은 청계산인데도 나의 마음이 어떠한가에 따라 세상이 완전히 달라 보였으니까.

똑같은
청계산인데도

　2005년에 구치소에서 재판받을 때, 2006년을 전후해서 30억 원을 날렸을 때 나는 답답한 마음에 서울 서초구 양재동에 있는 청계산으로 갔다. 헬스클럽에 갈 돈이 없기도 하고, 자살할 마음도 있고, 어쨌든 집에 갇혀 있으면 죽을 것 같아서 일단 발걸음을 그곳으로 향했다. 인생의 바닥을 경험한 때에 찾아간 청계산은 적막하기 그지없었다. 황량하고 쓸쓸했다. 산의 초라한 모습이 더도 말고 덜도 말고 딱, 처량한 내 신세처럼 보였다. 산뿐만이 아니었다. 그곳에 온 사람의 모습도 어쩌면 그렇게 하나같이 실패한 사람들처럼 보이던지…. 망한 사람의 눈으로 보니 모두 실패하고 망한 인생으로 보였다. 그들을 보며 나 혼자 위로 아닌 위로를 했다. '저 사람도 주식 하다 망했나보구나, 저 사람도 억울한 죄로 투옥됐구나, 저 사람은 조만간에 이혼할 거야, 저 사람은 곧 자살하겠구나.' 순전히 내 상황과 마음을 그들에게 투영해서 그들을 평가하고 있었다. 그때 나는 과대망상 비슷한 증상마저 생겼는지 심지어는 말 한마디 할 수 없는 존재인 청계산이 나에게 "야, 이곳은 너 같은 놈이 올 데가 못 돼. 여기는 아무나 오는 곳이 아니라고. 네가 이 청계산을 우습게 본 모양인데, 여기는 훌륭하신 분들만 오는 곳이라고. 빨리 가. 안 갈 거야? 가, 이 새끼야"라고 하는 것만 같았다.

몇 년 후, 나는 도연이를 얻고 이미 성공한 시점에 청계산을 다시 찾았다. 이웃을 위해 땀 흘려 열심히 봉사한 뒤였다. 그랬더니 그때 간 청계산은 왜 그렇게 화창하고 맑고 밝아 보이는지, 둘러보면 모두 기쁘고 좋은 것 투성이였다. 들이쉬는 공기마저도 신선하고 좋았다. 기분이 상쾌했다. 심지어는 분명히 똑같은 산인데 이번에는 청계산이 나에게 "웬일로 여기까지 오셨어요? 설악산이나 한라산을 가셔도 되는 분이"라고 나를 띄워주며 속삭이는 것만 같았다. 나는 언제 이곳에서 내가 그렇게 슬픈 고백을 한 적이 있었냐는 듯이 사람들을 바라보며 밝고 긍정적인 생각만 했다.

"이야! 왜들 이렇게 즐겁게 웃는 거지? 다들 주식 수익률이 110%가 됐나보다. 이야, 다들 봉사를 하나보네? 얼굴이 어쩌면 저렇게 다들 밝고 착해 보일까! 다들 먹고 살기 좋은가봐. 연봉이 높은가보네? 성공했나보네?"

아무렴 유독 그날이라고 해서 마음이 기쁘고 즐거운 이들만 청계산을 찾았겠는가? 나는 그때 뼈저리게 느꼈다. 모든 것은 사람이 마음먹기에 달려 있다는 진리를. 성공도 실패도 모두 마음에 달려 있다. 마음을 지키자. 그런데 마음의 근원은 생각이다. 악하고 부정적인 마음은 생각이라는 통로를 타고 들어온다. 생각을 지키자. 나쁜 생각이 내 머릿속에 뱀처럼 똬리를 틀고 집을 짓지 않도록. 나쁜 것은 애초에 생각도 하지 말자! 당신은 행복한가, 불행한가? 사람은 자신의 신세를 어떻게 '생각'하느냐에 따라 행복하기도 하고 슬퍼하기도 한다.

토끼와 사자가
어울려 사는 법

　모든 관계의 시작은 소통이다. 그런데 아내는 대화 중에 상대에게서 본인이 정한 해답이 나오지 않으면 화를 내고 성질을 부린다. '자기 마음에 들면!' 뭐든지 다 해주는 아내는, 반면 자기 마음에 들지 않으면 해야 할 일마저도 거들떠보지도 않는다. 처음에는 당황스럽고 화도 났다. 하지만 언제인가부터, 그런 아내를 이해하기로 했다. 마치 '숟가락만 든 아내, 젓가락만 든 남편'처럼 따로국밥의 관계에서 소통하는 관계로 나아가려면 '잘 되면 남 탓, 못 되면 내 탓', '성공하면 당신 덕, 실패하면 내 잘못'이라는 자세를 훈련해야 할 것 같다. 만일 내가 그저 착하기만(?) 한 여성을 아내로 맞았다면 어땠을까? 아마도 호기심 천국인 내 삶이 지금보다 훨씬 재미없고 지루하지 않았을까? 그래서 나는, 어디로 튈지 모르는 나의 아내 영심이를 여전히 좋아한다. 그녀와 함께라면 도무지 권태기를 느낄 짬이 없으니까 말이다. 흐흐흐. 다 좋을 수는 없다. 장점만 취하면 된다. 행복하게 살고 싶다면 포기할 건 포기하고 버릴 건 버리자.

　성향이나 성격이 사자인 사람과 토끼인 사람이 있다고 하자. 그런데 우리가 아는 것처럼 토끼와 사자는 사는 법이 다르다. 서로 너무 다르지만, 콩깍지가 쓰이면 처음에는 싫어도 내색하지 않고 상대를 사랑하는 마음으로 무엇이든 견뎌주고 이겨내려고 한다. 그러다가 어느 날 토끼가 꿈에서 깨어 현실로 돌아오면 그동안 자신이 오냐 오냐 하며 사자를 받아준 사실에 갑자기 억울한 생각이 들고 짜증이 나기 시작해서 그때에서야 속내를 드러낸다. 그러면 사자는,

"너, 그동안에는 내가 주는 고기 좋다고 먹었잖아."

"나는 싫어한다니까."

"뭐? 그럼 그동안 나한테 사기 친 거야?" 하면서 어느 순간, 둘 사이에 싸움이 난다.

토끼를 사랑한다면 사자는 토끼가 좋아하는 것을 선물했어야 한다. 토끼에게 내가 좋아하는 것을 강요하며 왜 너는 내가 좋아하는 것을 싫어하느냐며 공격하지 말자. 입장을 바꾸어 생각해야 한다. 그리고 내가 토끼라면, 싫은데도 억지로 고기를 먹을 필요는 없다. 물론 고기를 먹게 되더라도 가끔은 사자에게 잘 먹었다고 이야기하는 식으로 상대의 입장을 배려할 수 있다. 반대로 사자 또한 마찬가지다. 그리고 배려하는 것도 좋지만, 상대가 오해하지 않도록 처음부터 서로에게 솔직하자. 이 예에서처럼 상대를 위해 무엇을 하기 이전에 상대가 곰인지, 토끼인지, 늑대인지, 사자인지를 먼저 알아야 한다. 그래야 상대와 제대로 소통할 수 있다.

연애 시절, 영심이에게 처음으로 꽃을 선물했을 때 아내는, 구수하고 거나한 전라도 사투리로 "아따, 오빠! 이런 거 사 오지 말아

요~"라고 했다. 아내의 말뜻은 나는 꽃보다 돈이나 상품권이 더 좋은 실속파예요 라는 뜻이었다. 나는 그 말을 집에 화병이 없다는 뜻으로 내 식대로 해석하고 이해했다. 그래서 다음번에는 화병 여러 개와 함께 꽃을 다발로 안겨주었다. 급기야 '센스가 고쟁이'라는 말을 애인에게 듣고 말았다. 낭만파 남자와 10만 원이라는 큰돈이 1주일 사이에 쓰레기로 돌변하는 모습이 너무 아까운 실속파 여자 사이에 생긴 소통의 문제였다. 그녀는 내가 준 선물이 마음에 들지 않을 때는 심지어 영수증을 챙겨가 다른 물건으로 바꾸기도 했다. 물론 서운했지만, 그녀를 이해하려고 했다. 비단 연인들 사이에서만이 아니라 직장에서도 마찬가지다. 내가 받기 원하는 모습으로 내가 바뀌려고 하고 상대를 섬겨주자. 남을 바꾸려면 100만 년이 걸려도 안 바뀌는데, 내가 바뀌면 1년이면 바뀐다. 상담학적으로 보더라도 나의 파트너나 동료의 모습이 바뀌는 건 하늘의 별따기이다. 존중받고 싶다면 상대를 먼저 배려하라. 좀 더 귀에 쏙쏙 들어오게 말한다면 이렇게 말할 수 있을 것 같다.

"너, 나(그/그녀)한테 인정받고 싶어? 그럼 나(그/그녀)를 먼저 인정해줘."

"맛있는 걸 먹고 싶으세요? 다른 사람의 입이라고 다를까요?"

그래서 나는 이렇게 외쳐본다. "잘 되면 당신(상대방) 덕, 실패하면 내(본인) 탓!", "잘 되면 아내 덕, 일을 그르치거나 망치면 내 탓!"이라고.

불행은 끝이 아니라, 행복의 시작이다!

내가 진행한 방송 중에 최장수 프로그램이었던 한국경제TV의 〈일과 사람〉을 진행하면서 나는 방송, 문화, 경제, 정치 분야 등에서 당대를 살아가는 대한민국의 성공한 사람은 대부분 만나보았다. 그들에게는 한 가지 공통점이 있었다. 그것은 무엇일까? 현재 행복해 하고 자신의 위치에서 감사할 줄 아는 마음이었다. 그래서 당신에게도 묻고 싶다. 당신은 오늘 하루 얼마나 행복한가? 당신은 지금 행복한가? 당신은 얼마나 감사하며 사는가? 강의 때마다 '행복하고 싶으세요, 불행하고 싶으세요?'라고 물으면 모두가 '행복하고 싶다'며 합창한다. 그런데 행복한 사람은 손을 들어보라고 하면 참석자 100명에 다섯 명꼴로 그것도 어색하게 손을 들 뿐이다. "당신은 언제 행복한가?"라고 물으면 사람들 대부분은 나는 내일부터 행복할 거라고 답한다. 당신도 혹시 "내일부터 행복할 거야, 성공하면 행복할 거야"라고 행복을 미루며 사는 사람인가? 나도 한때는 오늘보다 내일이 더 행복할 거라는 마음으로 살았던 사람이다. 인생에서 커다란 고난을 겪어본 사람은 삶을 대하는 자세가 달라진다. 화를 낼 일도 웬만해서는 웃어넘기려고 한다. 매사에 관대해진다고나 할까? 그리고 내일이 아닌, 오늘 하루에 충실하려고 애쓴다. 행복에 대해서도 마찬가지다. 그래서 나는 지금은 내가 맞는 오늘이 제일 행복한 날이라는 믿음으로 살아가고 있다.

2005년 6월의 사건 이후로 나는 인생에 호되게 신고식을 치르고, 지금은 행복재테크 강사로서, 그리고 1주일에 4~5개의 방송 일정을 소화하면서 인생에 다시 오지 않을 제2의 전성기를 보내고 있다. 예전처럼 웃기도 잘 하면서 그렇게 나 자신이 완전히 회복되었다고 믿고 있었다. 그런데 그러한 나의 간절한 마음과는 다르게 벌써 10년이 넘은 일인데도 지금도 문득, 무언가에 짓눌리거나 누군가에게 쫓기는 악몽을 꾸기도 한다. 다양한 경험도 좋지만, 나쁜 경험은 될 수 있으면 하지 않는 것이 좋은 것 같다. 만일 나쁜 일을 겪게 된다면 잘 이겨내야 하겠지만, 굳이 나쁜 일을 경험하기 위해 뛰어들 필요는 전혀 없다. 혹시라도 경험을 위해 뛰어들어보겠다는 분이 있다면 제발 그러지는 말라고 말리고 싶다. 사람의 기억과 상처란 생각보다 아주 깊숙이 자리하는 모양이다. 나 또한 그랬다. 구치소에서 나오고 영화 〈친절한 금자 씨〉를 보면서 내 인생의 가해자였던 Y가 떠올랐다. 〈친절한 금자 씨〉는 제목과 다르게 실은 한 여자의 복수극이다. 영화 〈친절한 금자 씨〉에서 엄마인 주인공 금자는 아이를 납치한 범인을 상대로 죽을 때까지, 끝까지 복수한다. 아이를 살려주는 조건으로 범인 대신 유괴범의 누명을 쓰고 감옥에 들어간 금자는 아이를 입양 보내야 했다. 복수의 칼날을 갈던 금자는 감방 동기에게 일부러 범인과 결혼하도록 시키고 결국엔 범인을 죽인다. 나 또한 Y에게 그렇게 끝까지 복수하겠다는 마음이 있었다. 그러나 나는 증오하는 마음을 돌이켜 상대를 용서하고, 영화에서와는 다르게 실제로 '친절한 영찬 씨'로 살아가기로 했다. 만일 그때 내가 죽음을 선택했더라면 어떻게 되었을까? 아마도 내가 태어난 삶 전부를 영원히 저주했을지도 모를 일이다. 그러나 나는 감사로 인내하며 이기는 여정을 택했다.

사람들은 불행과 좌절을 겪으면, 왜 나에게만 이런 일이 생기느냐고 반문한다. 행복과 불행은 동전의 앞뒷면이다. 불행을 뒤집으면 행복이 보인다. 그 사례를 한 가지 소개하고 싶다.

서울로 올라가는 비행기를 타려면 강연이 아무리 늦어도 오후 2시에는 끝나야 하는 어느 날이었다. 다음 스케줄을 위해 2시 40분 울산행 비행기 티켓을 이미 끊어놓은 상황이었다. 어느덧 오후 2시가 되었고 마음이 조급했다. 그런데 청중의 반응이 좋아서 도저히 자리를 박차고 나갈 수가 없었다. 결국 예매한 비행기 티켓을 포기하고 침착하게 10분을 더 강연했다. 그날 따라 심한 바람으로 항공기 운행은 연거푸 결항했다. 나를 초청한 곳의 관계자는 열정적인 강의에 고맙다며 나를 KTX 역까지 바래다주었다. 그런데 운이 좋았다. 내가 산 티켓을 끝으로 열차표는 매진되었다.

비행기가 10분 연착된 덕분에 하마터면 눈앞에서 놓칠 뻔한 비행기를 오히려 탄 적도 있었다. 만일 내가 늦었다고 포기했더라면 그 비행기를 타지 못했을 것이다. 내가 원하는 상황이 당장 눈에 보이지 않는다고 해서 쉽게 포기하거나 좌절하지 말자. 불행하게도, 경제가 어려워지면서 쉽게 인생을 포기하는 사람들이 자주 눈에 띈다. 지금 당장은 당신 앞에 있는 장벽이 도저히 넘어서지 못할 거대한 산처럼 보일지도 모른다. 하지만 멀리 떨어져서 계속 보다보면 어느 순간 만만하게 보일 것이다. 당장 눈에 보이는 부정적인 사인(sign)에 집착하지 말고 긍정적인 이유를 찾을 때까지 조금만 더 버티시기를, 그리고 매사에 죽어야 할 이유가 아닌 살아야 할 이유를 찾으시기를, 안타까운 심정으로 외쳐본다. 아무 희망이라고는 없어 보였던 나 같은 사람도 버텼고, 이겨냈고, 그랬더니 살아 있다. 그리고 이제는 불행했던 시간을 발판으로 행복을 노래하고 있지 않은가! 지금 당신에게 불어닥친 불행은 당신을 얽어매려는 족쇄가 아니다. 당신이 마음먹기에 따라 당신이 앞으로 더 잘 되려고 하는 좋은 사인(sign)임을 기억하라.

미루는 사람치고 인생에서 성공하거나 기쁨을 누리는 사람을 나는 이제까지 단 한 명도 보지 못했다. 살면서 무엇이든지 미루지 말자. 행복도 미루지 말자. 행복하고 싶다면 지금 자기 일에 최선을 다하고 오늘 감사하자. 나 권영찬은 내일은 없다고 생각하며 살아가는 사람 중에 하나다. 미래에 대하여 불안한 생각을 해서가 아니다. 내일은 오늘을 보내야 오는 날이다. 오늘 최선을 다하지 않는 인생이라면 내일이 왔다고 해서 그가 열심히 살겠는가. 오늘이 가야 내일은 온다. 오늘 최선을 다해야 내일도 최선을 다해 살게 된다. 우리의 오늘은 매일 쌓이고 있다. 다만 우리가 인식하지 못할 뿐이다. 내 강연 실력 또한 마찬가지다. 지금은 100점짜리가 아닐 수 있다. 계속해서 실력을 쌓아가는 과정이기 때문이다. 나는 매일 매일을 늘 마지막 날인 것처럼 하루를 산다. 그래서 청중에게도 이렇게 부탁한다.

"저는 마지막이라는 마음으로 강연을 합니다. 조금 더 관심 있게, 집중해서 들어주세요."

그렇게 말하고 나면 강연을 듣는 청중의 태도가 달라지고 집중도 잘한다.

어느 해인가는 추석에 K본부 〈해피선데이-남자의 자격〉을 보면서 감격하여 연신 감동의 눈물을 흘렸다. 주인공은 방송에 출연하기 2년 전 시신경에 문제가 생겨 시각장애인이 된 Y와, 그런 남자 친구의 곁을 지켜주고 싶다는 G 커플이었다. 자동차 정비사가 꿈이었던 Y는 앞을 볼 수 없게 되자 성악을 배웠고, 승무원이 꿈이었던 G는 Y를 도우려고 장애인 보조교사로 진로를 바꾸었다. 그렇게 그들의 미래는 선택이 아닌 운명이 되어버렸다. 헤어지고 싶었지만 그때마다 용기를 준 건 오히려 장애를 가진 남자 친구 Y였다. 이런 G보다 G 부모님의 마음이 더 아름다웠다. 그들은 Y를 위로하며 마음의 장애가 오히려 더 큰 장애이지 시각장애는 장애가 아니라고 했다. 시각장애인 판정을 받기까지, 그리고 그 후 2년의 시간을 함께 보내기까지 두 사람 다 얼마나 고민하고 번민했을까? 또 양쪽 부모님의 심정은 또 어떠했을까? 나는 KBS 〈사랑의 가족〉이라는 장애인을 위한 프로그램을 워낙 오래해온 사람이어서 시각장애인이 대한민국에서 할 일은 그리 많지 않다는 사실을 잘 알고 있었다. 나는 그들의 가슴 아픈 사연에 눈물이 났고, 두 사람의 눈물에 마음이 찡했다. 생각해보면, 2005년에 권영찬 구속 사건이 터졌을 때 그 소식은 영심이에게 얼마나 청천벽력 같은 이야기였을까.

인생에서 우리가 겪게 될 불행과 좌절의 모습은 참으로 셀 수 없이 많다. 그런데 내가 겪기 전까지는 그저 남의 이야기가 되고 만다. 그래서 무관심하게 지나치는 경우도 많다. 나라는 사람이, 혹은 내가 사랑하는 연인이 시각장애인이 될 확률은 얼마나 될까? 막상 본인이 그런 상황을 겪고 보면 그때에서야 그저 남의 이야기라며 치부해버린 우리 이웃인 '그들'의 고난과 아픔, 그리고 그들이 감내해야 할 여러 가지 고통을 이해하게 된다. 실은 그들의 이야기가 어느 날에는 얼마든지 나의 이야기가 될 수 있음을 우리는 모른 채 살았을 뿐이다. 만일 이것이 당신의 이야기라면 당신은 어떤 선택을 할 것인가? 감사인가, 원망인가? 극복인가, 좌절인가? 나 또한 정말 죽고 싶었다. 그런데 나는 죽을힘을 다해 오뚝이처럼 일어났다. 그리고 지금의 권영찬은 활짝 웃으며 살아간다. 성공해서 웃는 것이 아니라, 웃었기 때문에 다시 회복했다!

권영찬의 기가 찬 인생 스토리에 더하여 가수 싸이나 이승철 씨 또한 대마초 사건 이후에 재기에 성공하여 가수로서 TV 스크린과 콘서트 무대에서 동분서주하며, 가족과도 단란하게 살고 있는 모습을 본다. 특히, 딸 바보인 이승철 씨는 〈힐링 캠프〉에 출연하여 삶의 여정을 통해 이제는 성품이 많이 온유해졌다며 토크를 했는데, 따뜻한 이웃 아저씨 같은 얼굴로 입가에서 미소가 떠나지 않았다. 당신이라고 우리처럼 이겨내지 못할 이유가 무엇인가? 당신이라고 행복하지 못할 이유가 무엇인가!

　나는 그저 넋두리나 하자고 나와 남들의 지나간 상처를 시시콜콜 들추어내는 것이 아니다. 아무리 솔직 담백한 성격의 권영찬이라지만 솔직히, 과거의 실패한 이야기나 너무 속 깊은 이야기와 나의 힘든 경험을 대중 앞에서 토로하는 일이 쉽지만은 않다. 어느 때는 정말 사람들 앞에서 나 혼자 옷을 홀딱 벗고 서 있는 것인 양 몹시 부끄러울 때도 있었다. 그럼에도 내가 벌거벗은 창피함을 무릅쓰고서라도 나의 이야기를 하는 것은, 나의 힘든 경험과 회복한 이야기를 통해 다른 사람에게 희망을 주고 싶어서이다. 이 세상에 단한 사람이라고 해도 그 또한 진정으로 회복하기를 바라는 마음에서다. 그것이 내가 행복재테크 전도사로서 강연을 하는 이유다. 불행과 좌절, 실패는 누구에게든 찾아오기 마련이다. 동전을 뒤엎듯 부정적인 마음을 확 뒤집어엎고, 긍정적인 마음으로 그 장벽을 뛰어넘어라. 불행은 끝이 아니라, 행복의 시작이다! 여러분의 인생은 사랑받기에 충분하고 성공하기에 충분하다. 그 누구도 아닌 바로 당신의 삶이기 때문에 행복해야 한다. 그리고 바로 당신이, 실패와 좌절을 이겨낸 성공과 행복의 주인공이다. 행복한 인생을 살고 싶다면 지금 도전하라. 내일이 아니라 바로 지금, 잠시 후가 아니라, 바로 지금. 불행은 끝이 아니라 행복의 시작이기 때문이다. 불끝행시! 불끝행시! 불끝행시! 이 네 자를 가슴 깊이 새기는 당신이 되면 나는 참 기쁘고 좋겠다.

만학도 상담사 권영찬의
세상 감싸 안기

　　나는 누가 뭐래도 남들에 비해 인생 경험이 풍부했다. 간접적으로 들은 것도 많았지만, 내가 겪은 경험만으로도 여러 권의 책을 쓸만큼은 족히 되는 양이다. 그중에서도 대표적인 것이 앞서도 누누이 이야기한 명예, 돈, 건강에 관련된 아픔이다. 남들이 잃어본 것 이상으로 잃어봤고, 그것도 세 가지를 짧은 기간 동안에 몽땅 잃어봤다. 건강에 대해 이야기하자면, 추락사고로 수술을 한 이후 비나 눈이 올 때면 지금도 수술한 자리에 고양이 3,000마리가 할퀴는 것 같은 고통을 겪고 있다. 수술 이후 때로는 몸이 힘들기도 하지만, 장애인의 심정을 이해하는 계기가 되어서 감사한다. 이에 더하여 이수의 사기 사건으로 금전적 피해와 함께 사람에 대한 배신감을 경험하기도 했다. 나라고 돈이 소중하지 않겠는가. 그런데 나에게는 돈보다는 사람이 더 중요하다. 지금은 단돈 몇 만 원에 사람을 죽이는 세상이 되었고, 적은 고통도 잘 인내하지 못해서 여러 가지 이유로 자신을 너무 쉽게 포기하는 사람이 적지 않다. 그런 모습을 보면서 훨씬 더한 고통도 다양하게 겪어본 나로서는 너무 가슴이 아프다. 그럼에도 나는 그들의 아픔을 이해한다. 행복전도사로서 희망을 주기 위해 나는 구치소에도 간다. 내가 경험해보았기에 경험자로서 그들에게 용기를 주고 싶어서다. 또한, 인생에서 가장 중요한 시기에 놓인 아이들을 격려하고 꿈에 대한 동기를 부여하기 위해 소년원에도 자주 간다. 그들을 돌이킬 수 있는 건 그들과 같은 경험을 해본 사람이다. 그래서 그들에게 들려줄 이야기가 있는 나는, 그들을 설득하고 격려하기 위해 그곳에 간다.

2013년, 나는 행복재테크 강사로서 무척 바쁘게 지냈다. 그러던 중에 내가 정말 자기계발 강사로서 잘 하고 있는 걸까라고 스스로에게 질문하게 되었다.

"야, 권영찬! 처음에는 밤도 새우고 열심히 준비하더니 이제 박수 좀 받는다고 벌써 매너리즘에 빠진 거야? 그래, 이제 경력 3년차 스타강사라 이거지? 그런데 권영찬! 너 정말 이런 모습으로 대중 앞에 설 자신이 있는 거니? 그래도 되는 거야? 사람들한테는 하루를 열심히 살라고 하더니 이제 마흔 중반인데 넌 뭘 하는 거니?"

그래서 마흔 중반이 넘은 나이에, 10년이 훨씬 넘게 미루어온 일을 드디어 시작하게 되었다. 우리가 자주 하는 말 중에 "늦었다고 생각하는 때가 가장 빠른 때이다"라는 옛말이 있다. 경험으로 보건대 이 말은 인생의 진리이자, 성공하기 위한 전제조건이라고 생각한다. 나는 40대 중반에 다시 학생이 되어 연세대학교 연합신학대학원 상담코칭학과를 졸업하고 석사학위를 받았다. 그리고 연세대학교 상담코칭센터에서 인턴과정을 마치고 지난 2015년부터 현재까지 디지털서울문화예술대학교 상담코칭심리학과의 겸임교수로 있다. 그리고 현재는 국민대학교 문화심리사회학과에서 박사과정을 밟고 있다. 사실 30대 초반에 언론정보대학원에 가려다가 스케줄에 쫓겨 진학을 잠정적으로 미룬 상태였다. 그러다가 2005년 이후의 사건들로 진학의 꿈은 물 건너가고, 한동안은 생각도 못 했다. 대학원 진학은 나에게 더 나은 전문 강연자로서 나를 채찍질한다는 의미도 있지만, 지나온 시간을 잘 이겨낸 대견함에 대한 보상으로 내가 나에게 주는 선물이기도 하다. 그렇게, 나는 오래 전의 꿈을 현재 이루어 가고 있다.

대학원에 입학하는 과정에서 나는 잊고 있던 나 자신을 발견하고 나 자신에 대해 조금은 기특한 생각이 들었다. 입학 과정에서 대학원에 서류를 제출할 때였다. 입시용 서류를 챙기는 과정에서 나는 개그맨이 되기 전까지 대학 시절에 내가 4학기 중에 세 번을 내내 반액 장학금을 받은 사실을 알았다. 어쩌면 특별 전형으로 입학할 수 있을지도 모르지만, 나는 정신없이 바쁜 와중에도 일반 전형으로의 입학을 택했고 합격을 위해 남들처럼 부지런히 공부해야 했다. 그리고 일반 전형으로 대학원에 합격하기까지 나는 그동안 손을 놓고 살았던 영어 공부와 대학원 입시를 위한 공부를 4개월 동안 바짝 했다. 늘 대본을 외우던 사람이어서 암기는 자신 있는 일 같았지만, 추락사고의 여파로 기억력도 많이 떨어지고 정식으로 공부다운 공부를 해본 지는 꽤 되어서 입시공부를 하면서 애를 먹었다.

잘 하고 싶은 마음은 굴뚝같은데 체력도 암기력도 따라주지 않았다. 그렇게 해서 대학원에 합격해서는 공부하는 감각과 요령을 익히느라고 1학기를 생각보다 힘겹게 보냈다. 일을 모두 해가면서 학기 중에 계속되는 발제와 논문 수준의 과제까지 해내느라고 나는 숨이 막혔다. 2학기라고 크게 다르지 않았다. 첫 방학 동안 방송과 강연으로 꽉 짜인 시간을 보내다보니, 어렵게 길들인 공부하는 습관이 그 사이에 그만 망가져버려서 또 다시 애를 먹었다. 겨울방학에는 상담학 특강을 무려 4과목이나 신청하고 상담을 진행하며 다양한 상담자격증도 취득했다. 주위 사람들이 '연세대 상담코칭대학원이 만만치 않은 곳인데'라고 걱정 섞인 이야기를 했지만, 나는 연세대학교 상담코칭대학원에서 석사학위를 마치고 현재는 국민대학교 문화심리사회학 박사과정을 밟고 있다. 나는 학교 공부를 하는 중에도 내내 일을 놓지 않았다. 대학원을 다니면서도 KBS 〈무엇이든 물어보세요〉, 채널A의 〈신동엽의 돈월드〉에 게스트로 출연하고, 한국경제TV 〈일과 사람〉, C채널의 〈힐링토크 회복〉, CBS TV 〈삶의 지혜를 전해주는 솔로몬〉의 MC 등 방송과 행복재테크 강사로 바쁘게 활동했다. 일로도 충분히 바쁜 중에 대학원 과정까지 한다니까, 주변에서 걱정하는 사람도 많았다. 박사 선생님들이나 대학원 동기들은 "어떻게 그 많은 일을 다하세요! 힘들지 않으세요?"라며 놀라는 눈치다. 그러면 나는 씨익 하고 웃어준다. 그 회심의 미소는 산전수전 공중전을 다 겪어본 자가 보여주는 여유이자 내 삶

전체를 한마디로 대변하는 제스처다. '저요, 구치소도 억울하게 가보고, 병원에도 6개월 누워 있어봤고, 30억 원도 날려봤어요. 그것보다는 공부하기가 얼마나 재미있고 쉬운 일인데요?'라며 속으로 답을 해주고는 했다. 그것 말고도 동기나 박사 선생님들께 아직 할 이야기가 더 있다.

"누가 등 떠민 것도 아니고 자청해서 왔는데, 힘들다니요! 지금껏 겪어온 일들은 힘들다고 해서 피할 수 있는 일들이 별로 없었거든요. 그런데 여기(학교)는 언제든지 원하면 떠날 수 있잖아요. 그러니까 얼마나 쉬운 건가요. 부족한 저를 가르치셔야 해서 오히려 교수님들이 더 힘드시지 않을까요?"

상담코칭학이라는 학문은 다행히도 다른 학문과는 다르게 다양한 삶의 경험을 요구하기 때문에, 늦은 나이에 공부해도 참 좋은 것 같다. 40대는 20대와 30대가 모르는 인생 노하우가 있다. 가끔은 주위에서 상담코칭학 공부를 50대에 시작하는 분을 보는데, 존경스러우면서 동시에 안쓰럽다. 하지만 그들은 또한 내가 아직 살지 못한 세월의 크기만큼 인생의 연륜을 더 갖추었을 테니, 그들은 나보다 훨씬 삶에 대한 자세에 깊이가 있으리라.

인생의 풍파 끝에 마침내는 대학원에 진학했고, 그중에서도 상담학을 공부하게 되었다! 덕분에 내 인생 교과서는 엄청 두껍고 깊고 단단하고 풍부하다. 방송에 출연해서 내 인생의 풀 스토리가 공개되는 날이면 몇몇 출판사에서 자서전을 쓰자며 여러 차례 연락해

왔다. 그러한 인생의 깊이 덕분에 나는 행복재테크 강사라는 새로운 명함을 얻었다. 죽음에까지 이르는 고비는 사람을 겸손하게 만든다. 먹고 살 만해지니까 우리는 자꾸 남과 비교하며 만족하지 못하는 나쁜 습성에 젖어 버렸다. 내가 상담 전문가가 되고 싶은 이유가 바로 거기에 있다. 남과 비교하는 순간, 불행은 악마처럼 찾아와 당신에게 미소 짓는다. 사건 이후, 여전히 나는 사람들의 고민을 상담해주는 역할을 하고 있는데, 전에 비해 비교적 온유한 상담자가 되었다. 단호하고 따끔하게 의견을 제시하기보다는 상대와 함께 웃고 울어주며 응원하는 것이야말로 상대가 정말 원하는 위로임을 알았기 때문이다. 봉사를 하고 상담심리 공부를 하다보니 내가 아닌 남을 위해서 살아가야겠다는 생각이 더욱 든다.

　나에게 남들이 평생에 한 번 겪기도 어려운 위기가 없었다면, 내담자(상담을 받기 원하는 의뢰인)의 속 깊은 아픔을 내가 조금이라도 이해하고 느낄 수 있었을까? 너무 크고 깊은 아픔과 상처가 있었기에 내담자의 아픔을 누구보다 이해하고 싶은 마음이 간절하다. 아픈 만큼 성숙해지다보니 이제는 힘든 일을 겪으면 남의 일 같지 않고, 남의 아픔도 나의 아픔처럼 느껴진다. 대학원에서도 발제할 때, 나는 아팠던 경험을 동기들에게 솔직하게 다 털어놓는다. 그러면 그 전에는 자신을 노출시키지 않던 대학원 동기들도 어느새 마음을 열고 나에게 다가와 자신의 속 이야기를 꺼낸다. 흉이 될 만한 속 깊은 상처까지 모두 털어놓다보니 좀 더 친밀하게 느껴지는 모양이다.

상담을 공부해보면 상담과 코칭은 엄연히 다르다는 사실을 알게 된다. 코칭은 방법을 제시하고 상대를 가르치려 들지만, 상담은 들어주는 것이다. 그런데 상담을 해준다는 사람 중에는 간혹 이렇게 하라 저렇게 하라며 상대방의 감정을 조종(?)하려 드는 경우가 있다. 내담자들은 보통, 자신의 답을 이미 가져오는 경우가 사실 훨씬 더 많다. 그들이 원하는 건, 당신의 코칭이 아니라, 그저 자신의 이야기를 들어주는 위로자이다. 세상에는 그런 위로자가 필요한 사람이 훨씬 더 많다. 나는 죽고 싶었던 나의 과거를 떠올리며 돕는 자로 서기 위해 좀 더 체계적으로 공부해나갈 것이다. 개그맨 출신의 방송인으로서 일반인은 물론이고 특히 나와 같은 연예인의 자살 심리와 자살 방지를 위한 심리치료에 더욱 관심이 많다. 그리고 그들이 행복한 삶을 사는 데 도움을 주고 싶다. 목표한 박사과정까지 밟으려면 아직 험난한 여정이 될 지도 모르지만, 바쁜 중에도 행복한 마음으로 마무리하려고 한다.

만약에 내가 30대 초반에 하려던 대학원 과정의 공부를, 마흔이 넘어서 너무 늦었다는 핑계를 대며 포기했더라면 지금의 나는 또 어떤 모습일까? 재기하기에는 이미 늦었다고 만약 내가 그때 내 삶을 포기했다면 지금의 행복함을 맛볼 수 있을까? 뒤늦게라도 진학한 것을 난 정말 천만다행이라고 생각한다. 대학원 과정은 나를 돌아보는 시간이고, 내가 살아온 생애를 정리하며 남들을 이해하는, 내 인생에서 정말 소중한 시간이 되고 있다. 아무리 곱씹어보아도 늦었다고 생각하는 때가 가장 빠른 때라는 진리가 정말 맞는 것 같다. 뒤늦게 대학원 공부를 하면서 몸은 버겁지만, 오래 전 꿈을 이룬다는 성취감과 훨씬 더 깊어지는 생에 대한 자세에 마음은 정말 행복하다.

'인생에서 늦었다고 생각하는 때가 가장 빠른 때이다'라는 말과 함께, 아주 뼛속 깊숙이 아파보고 다쳐보고 돈과 명예도 날려보았더니 들려줄 수 있는 말이 또 있다. "왜 행복을 멀리서 찾으세요? 당신은 지금 행복한데…. 여기, 당신 옆에 붙어 있는 이놈은, 행복이 아니고 뭐예요?"라고 말이다.

행복재테크의 비법은 오늘,
지금 행복하라

이야기를 나누다보면 마케터나 행복재테크 전문가라면 몰라도 개그맨 출신인 내가 어떻게 재테크 전문가가 되었는지를 궁금해 하시는 분들이 많은 것 같다. 경제와 행복이라는 이 두 분야의 재테크 전문가로서 내가 이 길을 걷게 된 사연이 있다.

1998년에 MBN의 〈증권와이드쇼〉에서 다른 사람도 아니고 증권사 '사장'과 MC를 맡게 되었다. 더욱이 증권 프로그램의 진행자로서 주식의 '주' 자도 모르면서 대본만 달달 외워서 주식에 대한 이야기를 하는 건 나의 자존심이 허락하지 않았다. 준비 없이 출연한 진행자가 된다면 시청자에게도 미안할 노릇이었다. 그래서 재테크에 관심을 두게 되었다. 방송을 진행하면서 주식에 대해 배워가던 나는 종잣돈 3,000만 원을 시작으로 주식에 뛰어들어 코스닥 활황기를 맞이했다. 그 과정에서 주식으로 수익을 크게 올렸다. 보통 6개월에 50%~100%라는 높은 수익률을 기록했다. 수익이 좋다보니 욕심이 생기고 자연히 초심을 잃었다. 리스크가 많은 주식에도 투자하면서 상폐도 경험했다. 또 우연치 않게 소액주주 모임에 출석했다가 공인이라는 이유 하나로 소액주주 회장을 하게 되고 주주

총회도 겪다보니 경제에 대한 이해의 폭이 그만큼 넓어졌고, 재테 크에 대한 관심 또한 커졌다. 방송 프로그램의 진행을 위해 시작한 재테크가, 이제는 나에게 또 하나의 직업이 되었고 그 분야의 전문 가가 되었다.

일반적으로 사람들은 재테크라고 하면 으레 방금 언급한 경제 재테크만 떠올린다. 하지만, 권영찬이 생각하는 재테크에는 한 가 지가 더 있다. 돈이나 시간만 재테크가 가능한 것이 아니다. 벌써 몇 년 동안, 내가 전국에 강연을 다니며 누누이 이야기하는 '행복재테 크'이다. 그래서 나는 행복전도사로도 불린다. 그런데, 우리가 늘 입 에 달고 사는 희망사항인 행복하고 싶다고 할 때의 행복이란 무엇 인가? 행복이라는 단어를 사전에서 찾아보면 '삶에서 기쁨과 만족 감을 느껴 흐뭇한 상태'라고 한다. 이것은 감정적 정신적 육체적이 고 경제적인 만족감을 포함한다. 내가 만족할 만한 나만의 행복지 수를 정하고 행복을 위해 삶을 즐기고 행복을 꿈꾸어라. '행복'해지 기 위해서는 '행복'에 대하여 관심을 두고, 호기심을 가져야 한다. 예를 들면, 행복한 사람은 왜 행복할까? 나에게 가장 큰 행복은 무 엇일까 하는 식으로 행복에 대하여 고민하라는 것이다. 자신의 행 복지수를 올릴 방법은 무엇일까를 계속 고민하다보면 자신이 어떠 한 일로 어떠한 상황에 쉽게 행복해 하는지를 발견할 수 있다. 그리 고 자신만의 행복코드를 계속 발견하고 발굴해나가라. 그렇게 해나 가는 과정이 바로 행복재테크이다.

사업을 하기 위해 또는 원하는 건물이나 값진 물건을 사기 위해서 종잣돈이 필요한 것처럼 행복에도 행복해지기 위한 불씨가 필요하다. 행복도 작은 행복에서 시작해서 점점 큰 행복으로 키울 수 있다. 사람에 따라 조금씩 다르겠지만, 보통은 긍정적인 사고가 그 불씨가 될 수 있다. 긍정적인 사고와 함께 행복해지는 또 하나의 비결은 감사하는 마음이다. 당신보다 더 가진 그 사람들을 둘러보아라. 솔직히 말해서 그들이 행복해 하던가? 지금 행복하려고 하는 사람은 가진 것의 많고 적음에 마음이 흔들리지 않는다. 소유물이 자신의 족쇄가 되어버린 사람은 불행하다. 그는 소유물의 양과 질에 따라 인생이 흔들리고 행복이 좌우되는 사람이다. 당신의 소유물이 아닌 행복을 좇아 살아야 한다. 행복하기 원한다면 조건 없이, 무조건 감사하라. 남과 비교하지 말고 내가 가진 것들을 세어보자. 남을 비판하지 말고 귀하게 여겨라. 그들을 나보다 낮게 여기면, 겸손해지면 행복이 따라온다.

　강연 현장에서 많은 비즈니스맨과 사람들에게 "재테크 하시려는 목적이 무엇인가요?"라고 물으면 거의 모든 사람이 "행복을 위해서요", "우리 가족의 웃음을 위해서요", "나와 우리 가족의 미래를 위해서요"라고 이구동성으로 대답한다. 그 다음 질문으로 "재테크로 목표한 1~2억 원을 모으면 무얼 하실래요?"라고 질문하면 시원하게 대답하는 사람이 의외로 많지 않다. 그런데 당신이 '재테크의 목표'를 정했다면, 그 목표가 달성되었을 때 무엇을 할지도 미리 정해두시기를 권유한다. 많은 사람이 가족을 위해서 나의 행복을 위해서 재테크를 한다고 자신에게 몇 번이고 다짐하면서 행복을 내일로 미뤄둔다. 하지만 오늘 없던 행복이 내일이라고 내년이라고 갑자기 찾아오고 생겨나라는 법이 있을까? 오늘 웃고 오늘 행복해하는 사람은 내일도 웃고 내년에도 웃을 수 있다.

그런데 사람들은 얼마나 자주 웃고 살까? 세계적으로 성인 남자는 하루에 평균 다섯 번, 여자는 여덟 번 웃는다고 한다. 그러면 무표정하기로 유명한 한국 사람들은 얼마나 웃을까? 한국 남자는 한 주에 0.1회(즉 10주에 1회), 여자는 하루에 3회라는 통계조사 결과가 있다. 그나마도 한국 남자가 10주에 한 번 웃는 경우는 술에 만취한 상태이거나 예쁜 여성을 발견했을 때라고 하니 같은 나 또한 남자지만 그 결과에 씁쓸할 뿐이다.

당신의 삶에서 행복을 미루지 마라. 효도 또한 미루지 마라. 평소에 누리고 행해야 한다. 오늘, 지금부터 웃는 것이 중요하다. 사람들은 돈을 많이 벌어야지, 사업에 성공해야지, 주식에서 한몫해야지 하는 생각에 붙들려 일상을 보낸다. 이러한 생각을 하며 사는 당신의 오늘 하루가 정말 행복한지를 묻고 싶다. 내가 이야기하고 싶은 행복재테크란 바로 그러한 것이다. 단돈 10원에도 100원에도 1,000원에도 감사하고 만족할 줄 아는 삶, 그럼에도 내가 좀 더 풍족하게 삶을 누리고 또 남과 나누고 살기 위해서 더 많이 벌어야겠다고 생각한다면 그런 당신이라면, 어떤 상황에서도 행복할 준비가 되어 있다. 행복재테크의 조건은 감사이고 나눔이고 만족하는 삶이고 자신이나 이웃을 향해 웃어주는 밝은 미소이다. 앞에서도 말했지만, 웃다보면 행복이 찾아온다. 권영찬이 생각하는 행복재테크는 바로 그런 것이다. 그 때문에 나는 행복재테크 강사도 되었고, 전문 상담사의 길을 걸어가고 있다.

인생에는 오르막길과 내리막길이 있다. 오르막길에 있다면 내려갈 일이 생기고, 내리막길에 있다면 다시 올라갈 일만 남았다. 우리는 누구도 내일을 장담할 수 없다. 내일의 생명도, 내일의 인생이 어떻게 흘러갈지도 장담할 수 없다. 누구에게도 내일은 약속되어 있지 않다. 세월 앞에서 죽음 앞에서 부모님은 우리를 기다려주시지 않는다. 아버지를 떠나보낸 일과 함께 세 번의 고난을 겪고 나서 생활습관이 많이 바뀌었다. 이제는 나 자신에게 더는 그러한 변명이나 후회를 하고 싶지 않아서다. 오늘 하려던 일은 미루지 않고, 어떻게든 오늘 꼭 하려고 한다. 무엇이 되었든 미루지 말자. 인생이란 놈은, 시간이란 녀석은 나를 절대로 기다려주지 않는다. 부정적인 과거를 잊어라. 내일을 염려하지 마라. 그리고 날마다 오늘, 행복하라. 오늘 웃고 오늘 행복한 사람이 내일도 웃을 수 있고, 몇 년 후에도 웃을 확률이 높지 않은가. 그러므로 오늘 행복하고, 오늘 시작하고, 오늘 사랑하고, 오늘 봉사하고, 오늘 용서하자. 창업도 그렇게 오늘 하루에 성실하고 매일 성실하자.

행창성창 : 행복한 창업이
성공한 창업이다!

세상의 많은 사람이 창업을 하고 싶어 한다. 본인이 잘할 수 있고 하고 싶은 일을 하면서 누구의 간섭도 받지 않고 더 많은 돈을 벌고 싶어서이다. 어쩔 수 없이 창업을 해야 하는 사람도 있다. 회사에서 본의 아니게 퇴직을 하게 된 경우다. 회사를 퇴직한 사람 중에 퇴직금으로 제2의 인생을 설계하는 사람이 많다. 그때 많은 수가 창업을 선택한다. 창업을 한 사람 중에 많은 수가 남의 일이라고 생각할 때는 쉬워 보였는데, 막상 자신의 일이 되고 보니 창업이 생각보다 만만치 않다고들 한다. 창업을 할 때 한 가지 주의할 점이 있다. 사람들은 남이 성공하는 것을 보니 그 정도면 나도 하겠다며 창업을 너무 쉽게 생각한다. 그런 경우라면 아예 시작도 하지 않는 것이 좋다. 나에게 맞는 창업이 무엇일까를 고민하며 선택하기까지 적어도 6개월은 공을 들여야 한다. 마치 결혼 상대를 고르는 사람처럼 창업 또한 신중하게 결정해야 한다. 신중할수록 후회가 적고, 쉽게 이혼하거나 폐업하지 않을 수 있다. 그것은 곧 성공으로 가기 위한 최소한의 전제 조건이다.

창업한 이들 중에 성공하는 사람은 과연 몇이나 될까? 어떻게 해야 창업으로 성공할 수 있을까? 우리의 삶 가운데 안정된 생활을 위해 필요한 것 중에 기본이 되는 것이 돈이다. 그래서 창업을 준비하는 사람 대부분은 돈을 많이 벌고 싶어 한다. 그건 당연한 바람이다. 하지만 나는 단지 돈을 많이 버는 창업이 아니라, 한 걸음 더 나아가 '행복을 찾을 수 있는 창업'을 하라고 말씀드리고 싶다. 많은 사람이 당장 눈앞에 보이는 돈을 보고 뛰어든다. 돈을 보고 뛰어들면 잘 될 까닭이 없다. 우리가 돈을 버는 이유가 무엇인가? 좀 더 행복하기 위해서가 아닌가. 돈만 벌려고 하다가는 우리 인생에 정말 중요한 행복을 빼앗길 수 있다. 반대로 창업자가 우선 행복을 느끼며 자신과 고객들을 위해 최선을 다하다보면 어느새 돈은 저절로 따라오게 마련이다. 그것이 돌고 도는 돈의 원리이다. 그렇다면 창업해서 성공하는 노하우는 무엇인가? 당신을 행복하게 만드는 행복한 창업을 하면 성공할 수 있다.

나는 돈을 벌기 위해 일에 뛰어들면 어떻게 하면 더 효율적으로 일할지, 어떻게 하면 고객을 설득할지를 놓고 늘 고민했다. '권영찬의 짝궁뎅이'와 '권영찬의 개그개그PC방'은 나에게 즐거운 창업이었다. 웃으며 창업하라. 웃으며 창업하면 행복해진다. 웃으며 창업하면 부자가 된다. 행복한 창업은 나도 손님도 웃게 만든다.

주위의 지인이 했더니 대박이 났다는 소리에 따라 하는 귀가 얇은 사람은 틀림없이 실패하게 되어 있다. 창업에 성공하기 위해서는 체크 포인트 차트를 만들어 성공한 창업과 실패한 창업을 비교해 보아야 한다. 재취업이나 창업을 하기 원하는 사람이 만일 주부라면 특히, 더욱 꼼꼼하게 준비할 필요가 있다. 나는 일을 시작하기전에 어떤 일을 하면 돈이 될까를 궁리했다. 또한 내가 잘 하고 좋아할 일인지, 그리고 나를 행복하게 해줄 일인지를 따져보았다. 당신은 어떠한가? 당신이라면 어떤 일이 적성에 맞는가? 당신은 조용한 성격인가, 아니면 수다스러운가? 그러한 성격을 가진 당신에게 맞는 업종은 무엇이라고 생각하는가? 부자가 되기를 원한다면, 자신의 적성을 고려하여 무리하지 않는 재정 범위 안에서 창업해야 한다. 리스크(위험 요소)가 아주 적은 아이템인지와 입지 조건 등을 먼저 따져봐야 한다. 업종을 찾았다면, 당신에게 맞는 목표를 설정하라. 당신이 생각하는 행복의 목표를 세워보자. 이제 막 시작하지만, 앞으로 몇 개의 프랜차이즈 지점을 낼까 하는 행복한 상상을 하면서 말이다. 그리고 믿음으로, 간판에 '본사'라는 글자와 해당 업소의 전화번호를 적어 넣어라. 일단 창업을 했다면 조급해 하지 말자. 손님이 오면 밝은 얼굴로 자신감 있게 "오셨습니까! 감사합니다! 최고로 모시겠습니다!"라고 맞으면 자동으로 손님이 끓고, 지점이 늘어난다. 그러다보면 자연히 본점이 된다. 창업한 뒤에는 반드시 당신이 해야 할 '오늘'의 목표를 세워야 한다. 성공에는 오늘 하루가 중요하다. 목표는 크게 잡되 무리한 목표는 아예 꿈도 꾸지 마라. 애초에 실천 가능한 목표를 매일 세워봄이 어떤가.

창업한 사람이 분명히 기억해야 할 원칙이 있다. 손님은 왕이 아니라 손님은 '물주'라는 사고다. 고객은 당신이 타워팰리스, 비싼 외제차, 명품백, 성형수술, 해외여행, 대학 등록, 학원 등록, 봉사 등을 갖거나 할 수 있도록 필요한 비용을 당신에게 주는 분이다. 고객의 지갑이 넓게 열릴수록 당신에게 지불 가능한 목록이 더 늘어난다. 한마디로 고객은 당신의 스폰서이다. 당신이 사장이어서 '갑'이라고 생각하는가? 고객 앞에서 당신은 늘 '을'이라는 사고를 가져야 한다. 앞에서 예를 든 '갑'으로 사는 맛집과는 다른 차원의 이야기다. 서비스는 '을'의 입장이 되어 친절하되, 일에 대한 자부심에 대해서는 겸손한 '갑'이 되어도 좋다. 창업에 성공하고 싶다면 화려했던 당신의 과거 따위는 새까맣게 잊어라. 속으로라도 고객에게 꼬인 마음을 갖지 말아야 한다. 현실을 직시하고 주어진 현실에만 충실하자. 당신은 이제 철저하게 서비스 맨이 되어야 한다. 고객을 만족시킬 아이디어를 찾고 어떻게 하면 고객이 기뻐할까를 끊임없이 고민해보면 좋겠다. 즐겁게 해주어야 할 의무는 오직 당신에게만 있다. 고객 중에는 도저히 참아내기 어려운 싸가지 없는 손님이 더러 있다. 그때가 고비이다. 그 고비를 넘기지 못하면 당신의 사업은 금방 내리막길을 치닫게 될 가능성이 높다. 그 사람을 위해서가 아니라 당신의 꿈과, 당신이 가지고 싶고, 하고 싶은 버킷 리스트를 위해 끝까지 참아야 한다. 그러한 고객을 만나거든 그 사람을 당신이 무조건 믿고 따르는 절대적인 신이라고 생각해보면 어떨까? 당신은 당신이 따르는 신(=고객)에게 함부로 대할 수 있는가? 당신의 신(=고객)에게 무릎을 꿇어라. 한 명의 고객이 중요하다. 그 단 한 명의 고객이 당신의 사업을 흥하게도 하고 망하게도 한다. 기억하라. 당신이 배알 꼴려 하는 바로 그 고객이, 당신을 하루아침에 망하게 할 바로 그 '단 한 사람'이다. 특히 요즘 세상에는 불친절한 서비스 등을 이유로 촬영해 올린 스마트폰 동영상 한 방이면 대중에게 완전히 매장당할 수도 있다. 힘들더라도 내색하지 말고, 항상 긍정적인 사고와 밝은 웃음으로 고객을 대해야 성공할 수 있다. 늘 상대를 먼저 배려하며 '을'처럼 행동하려고 노력하자. 창업을 하려면 끊임없이 사고하고 다양한 아이디어를 즐기는 것이 좋다. 손님이 뭘 좋아할까? 어떻게 하면 성공할까? 하는 식으로 호기심을 갖고 자신에게 늘 질문해보자. 또한 끊임없는 브레인스토밍을 통해 "원숭이 엉덩이는 빨개, 빨가면 사과, 사과는 맛있어, 맛있으면 바나나, 바나나는 길어…." 하는 식으로 아이디어를 점점 확장, 발전시켜 나아가보자. 저자인 권영찬의 경우는 어떠한가? 단순한 게임만 하는 PC방에서 시작하여 여러 존(zone)으로 나누는 인테리어 PC방, 나아가 카페형 PC방, 그리고 레스토랑을 가미한 더 발전시킨 형태의 PC방으로 키워나갔다.

창업에 대하여 내가 내리는 결론은 네 자로 줄여서 행창성창!, 즉 행복한 창업이 성공한 창업이다. 성공하고 싶은가? 창업을 즐겨보자. 즐거운 창업이 되기 위해서는 누구보다도 우선 내가 즐거워야 한다. 내가 그 일을 즐기려면 우선 나 자신이 행복해야 한다. 처음에는 초심으로 열심히 하다가 아니꼽고 더럽고 치사하다는 생각이 드는 순간이 오거나 어느새 배가 좀 부르면 "흐미, 염병할! 내가 굳이 이거 안 해도 먹고 사는데. 아따 기양 가소! 돼지나 먹일랑께!"라는 생각이 드는 순간이 올지도 모른다. 그런 때조차도 머릿속에 애초에 아예 그런 생각의 둥지를 틀지 말자.

한 해가 시작되면 사람들은 올해는 담배를 꼭 끊겠다고 한다. 또 누군가는 올해는 무슨 일이 있어도 살을 빼서 다이어트에 성공하겠다고 한다. 올해는 토익 950점 이상은 받아서 취업하겠다고 하는 청년들도 있다. 몇 년 안에 1억 원을 만들겠다고도 한다. 그들은 그런 식으로 "저, 1억 모을 거예요! 나, 잘 할 거예요! 나, 성공할 거예요!"라며 큰소리를 친다. 그런데 그들이 왜 금방 실패할까? 왜 쉽게 그들의 목표를 포기할까? 막상 기회가 주어지면 행동으로는 옮기지 않고 피곤하고 지치고 귀찮다는 이유로 금세 초심을 잃고 그냥 누워 자기 때문이다. 입만 살아 있는 사람이 생각보다 참 많다. 입으로만 하자면 강남에 빌딩 몇 채를 소유할 사람이 우리 주위에는 무척 많을 것 같다. 이렇게 마음은 원이로되, 육신이 따르지 않는다. 1억 원의 적금을 부으려고 계획하는가? 오늘 당장 1만 원이라도 넣는 사람은 목표한 그날에 1억 원의 통장을 가질 수 있다. 반대로 갚아야 할 빚이 1억 원이 있는가? 그렇다면 오늘 당장 1만 원이라도 갚으려고 애써보자. 아무리 수입이 많이 들어온다고 해도 나에게 빚이 있다면 돈을 다 갚을 때까지는, 온 가족이 밥에 김치만 먹고 사는 한이 있더라도 나머지 생기는 돈은 전부 족족 빚부터 갚는다는 정신으로 허리띠를 졸라 매고 빚을 갚으려고 애써야 어느 날엔가는 당신이 진 빚을 모두 갚을 수 있다. 그것이 빚에서 헤어나는 법이다. 미루지 말고 오늘부터 당장 세 끼 식사를 김치만 먹으며 실천해보아라. 실천하려는 그 한 걸음이 목표를 이루는 시작이다.

꽈배기 인생의
힐링을 통한 '회복'

　　해가 바뀌고 어느덧 중년이 되었다. 이제 인생의 절반은 살아
온 나이다. 늦었지만 한 가정의 가장이 되었고 이제 두 아이의 아빠
가 되었다. 현재 6개 회사의 총괄마케팅이사를 맡고 있으며, 매일 3
개의 기사를 작성해서 언론사에 송출하는 일도 하고 있다. 그리고
KBS의 〈무엇이든 물어보세요〉 등 4개 프로그램의 MC나 게스트를
맡고 있으며, 월 10~15회의 행복재테크 강연을 기업과 대학원에서
진행하고 있다. 그리고 나의 인생에서 가장 중요한 국민대학교 문
화심리사회학 박사과정을 진행하고 있다. 믿음을 바탕으로 한 끊임
없는 노력과 긍정의 힘이 아니었다면 아마도 몇 번이고 대학원 과
정을 포기하고 싶었을 것이다. 특히 두 번째 학기는 1학기에 비하면
비교도 못할 만큼 시간과 과제에 대한 압박이 심했다. 아무리 밤을
새워도 코피를 흘려본 역사가 없는 나였다. 그런 강단 센 권영찬이
2학기에는 수도 없이 코피를 흘렸다면 말 다 한 것 아닌가.
　　나의 짐은, 나의 삶은 누군가가 짜잔 하고 나타나서 대신 지어
주거나 살아줄 수 없다는 사실을 나는 어려서부터 아주 일찍 깨달
았다. 어려운 역경을 이겨낸 역사 속의 인물들을 보더라도 하나같

이 힘든 일이 있을 때 남에게 그 일을 떠넘기지 않았다. 시련이 있더라도 스스로 해내지 않으면 그 고비를 넘을 수 없다. 나는 먼 미래를 계획하지 않는다. 그저 '내일 일은 난 몰라요. 하루하루 살아요'를 외치며 하루살이처럼 내 인생의 하루를 성실하고 감사하며 살려고 노력한다. 그것이 내가 인생을 회복한 방법이었고, 또 내가 살아가는 방법이기도 하다.

내가 2MC와 함께 진행했던 C채널의 〈회복〉은 이름 그대로 역경을 딛고 회복 중이거나 회복한 사람들이 초대되어 진행하는 힐링 토크 프로그램이다. 프로그램을 진행하면서 출연자들을 통해서 나 또한 힐링이 많이 되었다. 아름다운 힐링, 그것은 회복이었다. 당신도 삶의 어두운 부분에서 어서 회복되기를 바라면서 회복된 그들의 인생이야기를 잠깐 소개한다.

"엄마! 나 챔피언 먹었어."

1970년대에 한국의 국민적인 영웅으로 떠오른 불굴의 권투 선수 홍수환, 4전 5기 신화의 주인공인 그가 남긴 명언이다. 대한민국 스포츠스타와 인기 연예인 부부 1호로서 그는 가수 옥희와의 스캔들로 협회의 징계를 받고 돌연 은퇴를 선언했다. 그 후, 1982년에 미국으로 이민을 가면서 시작한 타향살이는 한마디로 눈물겨운 나날이었다. 택시 운전기사, 신발 장사, 청소원 등 닥치는 대로 일을 하며 고된 삶을 살았던 홍수환은 억울하게 '마약운반자'로 몰리는 고난을 겪었다. 가수 옥희와는 17년 만에 재결합을 하기에 이른다. 갖은 실패와 불행을 겪은 두 사람은 이제는 회복되어 옥희의 공연에 두 사람이 늘 함께 하며 친구처럼, 연인처럼 애틋하고 친밀하게 다시 사랑하며 행복한 삶을 살고 있다.

기적을 일궈낸 또 한 커플이 있다. 1990년대를 대표하는 노래, '칵테일 사랑'을 부른 그룹 마로니에다. 그룹의 멤버들 중에서 리더인 마로와 메인보컬인 파라가 '마로니에 프렌즈'라는 이름으로 타이틀곡인 '미라클'을 선보이며 17년 만에 다시 활동을 시작했다. '미라클'은 '저소득 장애인들을 위한 자선 공연'을 보고 행복해 하는 장애인들의 모습에 큰 감동을 받은 마로가 만든 곡으로 어렵고 힘든 이웃들을 위한 밝고 희망적인 메시지를 담았는데, 앨범의 수익금 중 일부를 각자 봉사활동을 하고 있는 단체에 기부하겠다고 한다. 오래 전부터 계획했던 앨범 기획이 거듭 무산된 큰 이유 중에 하나는 두 사람의 건강에 문제가 생겨서였다. 10년 전, 파라는 요추간판 탈출증으로 허리디스크를 겪으며 1년 가까이 거동이 불편했다. 설상가상으로 마로까지 맨홀뚜껑에 빠지는 추락사고를 겪으며 척추뼈가 으스러지는 아픔을 겪었다. 나 또한 추락사고를 겪고 뼈가 깨어지는 고통을 과거에 겪어봤기 때문에 마로가 얼마나 힘든 시간을 보냈을지를 십분 이해한다. 힘든 시간을 보낸 그들은 다행히 기적적으로 건강을 회복했고, 두 사람이 결혼에 골인하는 두 번의 기적을 이루어냈다. 위에서 소개한 두 커플 모두 그들이 겪었던 고난과 실패의 경험을 '더 행복한 오늘'을 사는 데 밑거름이 되는 시간이었음을 감사함으로 고백했다. 그들에게 회복은 아름다운 힐링이었고, 〈회복〉의 출연자들인 그들의 고백은 곧 나 권영찬의 고백이기도 했다.

3종 고난세트를 겪다보면 죽이고 싶을 만큼 사람도 밉고 세상이 싫어질 법도 한데 나에게는 그 쓰디쓴 고난이 감사가 되어 돌아왔다. 살아야겠다는 의지만 있다면 권영찬 같은 처지에 있는 사람도 산다. 인생은 두려워할 필요가 없다. 두려움이 있다면 전진할 수 없다. 당신이 불행한 상황에 처해 있다면, 혹은 당신이 불행하다고 생각한다면 먼저 인생에 대한 두려움을 떨쳐버려라. 그리고 남의 시선에서 자유로워야 한다. 행복하고 싶다면 '남이 나를 어떻게 볼까?'라는 생각을 버려라. 누가 뭐라고 하든 내가 만족하는 것, 그것이 진짜 행복이다.

돌아보면, 불과 몇 달이지만 어린 시절에 어머니를 도와 가죽끈으로 꽈배기를 꼬았던 경험은 훗날 내가, 어떤 일을 하든지 인내하며 집중해서 그 일을 해내는 계기가 되었다. 또한 이미 그 시절부터, 인생에서 힘들고 지칠 때마다 내가 아는 위대한 영웅이나 성경 속 인물들을 떠올리며 어려움을 이겨내려고 했다. 그리고 무엇이 되었든 일단 선택하면, 그 일을 즐겁게 하려고 한 것이 나에게 가장 큰 인생의 자산이 된 것 같다. 당신의 인생이 꽈배기처럼 꼬이고 틀어졌다고 생각하는가? 당신이 행복하기로 결심한다면, 반드시 당신은 회복될 것이다.

당신이 주인공인 영화는
언제나 해피엔딩이다!

사람들은 영화 보기를 즐긴다. 많은 사람들이 아마도 영화를 보는 가장 큰 이유는 스크린에 비친 '주인공'을 통해 대리만족을 느끼고 싶어서일 것이다. 우리는 현실에서 이루기 어려운 인생의 반전을 영화를 통해서나마 꿈꾸는지도 모르겠다. 물론 우리가 출연한 영화의 끝은 반드시 행복한 결말(해피엔딩)이기를 희망하며….

어려서부터 지금까지 내내 영화 같은 삶을 꿈꾸어온 나야말로 누구 못지않게 영화를 좋아하고 즐겼다. 지금이야 케이블 채널과 IPTV가 발전하고 스마트폰을 사용하게 되면서 집에서는 물론 언제 어디에서든지 영화를 마음껏 볼 수 있지만, 10여 년 전만 해도 영화 한 편을 보려면 일단 극장으로 발걸음을 옮겨야 했다. 나는 방송 스케줄 때문에 영화 상영시간을 맞추어 입장하기가 어려웠다. 그렇다고 영화 관람을 포기하고 싶지는 않았다. 일단 극장 직원에게 양해를 구하고, 상영시간보다 늦더라도 도착 즉시 바로 입장하는 식이었다. 그렇게 해서 들어가면 상영 도중인 장면부터, 영화를 보기 시작한다. 그런데 정말 예상하지 못했는데, '영화 상영 도중에 영화를 보는 재미'가 의외로 쏠쏠했다. 내가 놓친 영화 앞부분의 스토리를 유추해가며 결말을 지켜봐야 하기 때문에 더 몰입하면서 누구보다 흥미 있게 보았던 것 같다. 입장이 늦어져 놓친 부분은 물론 모두 챙겨서 보고 나왔다. 그때만 해도 그렇게 해서 나는 한 편의 영화를 마스터하는 식이었다. 영화를 중간부터 보면 스토리도 인물의 캐릭터 파악도 하기 어려울 텐데 이해하기 어렵지 않느냐, 또 다르게는 미리 결론을 알고 나서 나중에 앞부분을 보려면 맥 빠지지 않느냐는 질문을 하실지도 모르겠다. 하지만, 영화를 거꾸로 보면 한 장면이라도 놓치지 않으려고 바짝 긴장하고, 영화의 놓친 장면을 다시 보는 과정에서는 '아, 그래서 저런 일들이 생겼었구나!', '아, 그래서 결말이 그렇게 되었구나!' 하는 식으로 갖고 있던 의문들이 하나씩 풀린다. 그래서 마치 수수께끼를 풀듯이 탐정이 되어 오히려 영화에 더 빠져들어 관람하게 된다. 그러다보면, 머릿속에 따로 흩어져 있던 퍼즐조각이 어느새 하나로 완성되면서 마침내 의문이 풀리고, 영화가 끝나면 영화의 스토리와 감독의 제작 의도를 이해하게 된다.

이렇게 권영찬이 영화를 보는 방식처럼, 우리가 인생의 결말을 미리 안다면 어떻게 살아가게 될까? 물론 우리에게는 행복 아니면 불행이라는 두 가지 결말이 있을 것이다. 만일 인생의 결말이 행복하다면 평상시대로 살되 일상에 더 충실하면 될 것이고, 인생의 결말이 불행하다면 그러한 결말로 가지 않도록 사는 동안에 더욱 노력해야 할 것이다. 사실 사람들은 어떻게 하면 행복한지를 이미 그

답을 알고 있다. 다만 노력하기가 귀찮아서 그렇게 살지 않을 뿐이다. 만일 구치소 안에서 스트레스만 받았다면 오늘의 나는 없을 것이다. 행복에도 방법이 있다. 나는 언제 또 이런 억울한 일로 구치소에 와보겠는가 하는 심정으로 그 삶에 적응하려고 노력했다. 무언가를 받아들이고 적응하려면 일단은 즐겨야 한다. 누구도 즐기는 사람을 이길 수는 없다. 마흔 중반에 첫 아이를 얻은 늦깎이 아빠여서 아이를 보면 몸이 너무 힘들었다. 그래서 의도적으로 생각을 바꾸려고 노력했다. 도연이를 들었다 놨다 앉았다 눕혔다 하면서 아주 사랑스러운 역기를 든다고 생각하면서 아이를 안았다. 행복하려고 마음먹으니 아이를 보는 일이 덜 힘들게 느껴졌고, 덕분에 상체도 전보다는 건강해졌다.

지금도 가끔은 하기 싫은 일이 생기거나 하면 구치소에서 보낸 시간을 생각하고, 6개월 동안 병원에 누워 있던 모습을 회상한다. 그리고 아주 아주 가끔은 돈을 모두 날리고 나서 주위 사람들에게서 받았던 모멸감을 생각한다. 상대를 미워하기 위해서가 아니라, 와신상담하는 심정으로 그때 내가 느낀 감정을 생각하며 아픈 이들의 마음이 되어보려고 노력하는 것이다. 초긍정맨인 나의 경우는 힘겨웠던 지난 일을 그렇게 곱씹다보면, 잘 살아보자고 마음을 다졌던 초심으로 돌아가고는 한다.

인생에는 순방향과 역방향이 있다. 나의 장점과 단점은 무얼까? 왜 나 때문에 상대는 힘들어 했을까를 고민하고 내가 바뀌려고 하면, 다음에 실패할 확률은 더 작아지고 성공할 확률은 더 커진다. 사업도 마찬가지다. 실패했다면, 내가 실패한 이유가 무엇인지를 찾으려고 애써야 한다. 그리고 실패한 것을 고쳐나가면 된다. 마치 학교 성적이 우수한 우등생이 학교에서 중간고사나 기말고사를 치르고 나서 틀린 문제에 대하여 '오답 노트'를 만들어서 앞으로 이 문제들만큼은 다시는 틀리지 않겠다는 심정으로 그 문제들을 좔좔 외우고, 독파해버리는 것처럼 말이다. 물론 두 가지 다른 부류의 학생도 있다. 애초에 오답 노트를 아예 만들지 않는 열등생도 있고, 오답 노트를 만들기는 하되 다시 펼쳐보지는 않는, 인생으로 치자면 자신의 삶이 어디가 잘못되었는지를 따져보고 알기는 하되 개선하려고 노력하지 않는 사람 정도로 비유하면 될까…. 누구도 오답 노트 쓰기를 즐겨하고, 또 그 오답 노트를 '정답 노트'가 되도록 열심을 다하는 사람을 이길 수는 없다. 다시 말하지만, 누구도 즐기는 사람을 이길 수는 없다. "꿈을 갖고 실천하는 자가 세상을 움직인다. 당신의 드라마는 해피엔딩이다."

지금 힘들고 지치고 좌절한 분이 계시다면 이런 말을 꼭 전하고 싶다. 지금 어떠한 고난과 어려움 가운데 있더라도 좌절하지 말고 웃으면서 삶을 즐기라고, 당신이 주인공인 영화는 반드시 해피엔딩이라고. 힘든 일을 겪을 때는 이렇게 생각하면 어떻겠는가? '아, 내가 주인공인 영화에서 나의 삶을 지켜보는 관객인 주위 사람들과 대중에게 두 배의 재미와 감동을 주기 위해서 얼마 동안은 이렇게 힘든 플롯으로 전개가 되는 모양이구나!' 하고 말이다. 그러면 당신의 삶에 희망이 보일 것이다. 힘든 일이나 좌절을 겪을 때마다 당신 자신을 향해 이렇게 외쳐보면 좋겠다.

"나에게 찾아온 불행은 잠시 거쳐 가는 나그네일 뿐이다. 고난 가운데 있지만, 그럼에도 나는 지금 행복하다. 내 삶이 어떠하든지 지금 당장 나는 행복을 선택하여 걷는다. 따라서 내가 주연을 맡은 영화는 언제나 해피엔딩이다!"

당신은 이제 당신의 일대기를 담은 한 편의 영화 속 주인공으로서, 무대 위에 서 있다. 관객은 당신이 만들어나갈 인생 드라마를 숨죽이며 지켜보고 있다. 꼴깍하며 누군가의 침 삼키는 소리가 들릴 만큼 모두가 떨리는 순간이다. 연기하는 당신도, 지켜보는 관객도…. 자, 이제 당신이 당신의 각본에 따라 연기를 할 차례이다. 당신은 어떤 걸음을 뗄 것인가? 행복재테크 강사로서 행복전도사로서 당신의 행복한 한 걸음에 권영찬의 인생 전부를 걸어본다. 그렇다. 앞으로 당신의 영화는 언제나 해피엔딩이다!

행복한 인생의 빈 페이지
당신의 허물을 찢어버려라!

'인생의 장애물은 신의 선물이고, 당신을 성장하게 하는 훈련의
과정이다.'

"억울하게 손가락질을 당하고, 신용불량자가 되고, 세상 모두가
내 곁을 떠난다고 해도, 난 절대 날 포기하지 않을 거야! 나는
반드시 다시 일어설 거야."

프랑스의 비평가요 작가인 앙드레 지드는 명작 〈좁은 문〉을 썼

다. 〈좁은 문〉은 성스럽고 순결한 소녀 알리사와 그의 사촌 제롬의 사랑 이야기로 금욕주의에 대한 회의를 암시하는 소설이다. 책의 제목만큼이나 세상에 잘 알려진 소설의 한 구절이 있다. "좁은 문으로 들어가기를 힘쓰라. 멸망으로 인도하는 문은 크고 그 길이 넓어 그 길로 들어가는 자가 많고, 생명으로 인도하는 문은 작고 협착하여 찾는 이가 드무니라." 누구나 남 탓하기는 쉽다. 남 탓하는 것은 많은 사람이 가는 넓은 길이고, 넓은 문이기 때문이다. 그렇다면, 인생의 좁은 문은 무엇일까? 성공한 이유는 남에게서 찾고, 실패한 이유는 나에게서 찾는 겸손한 모습이, 또한 환경에 지지 않고 이기는 삶의 태도가 바로, 우리가 걸어가야 할 좁은 문이 아닐까?

나는 방송인, 행복재테크 강사, 사업가, 마케팅 전문가, 대학원생으로 살면서 첫 책을 내기도했다. 몇 해 전에는 '철가방 천사' 故 김우수 씨의 실화를 담은 윤학렬 감독, 최수종 주연의 영화 〈철가방 우수氏〉에서 사회복지단 팀장으로 출연하며 영화배우로도 데뷔했다. 앞으로 기회가 온다면 연기자로서도 활발하게 활동을 해보고 싶다. 그동안은 내 인생의 주인공으로서 영화 같은 삶을 살았다면, 그리고 영화제에서 배우들을 홍보하는 마케터로 살았다면, 기회가 닿는다면 이제는 정말, 영화 속의 주인공이 되어보고 싶다. 이제 나이 쉰을 바라보는 나에게는 너무 지나친 꿈일까…. 꿈인데 뭐 어떤가. 나도 레드카펫을 밟을 날이 있을까를 그려보니 상상만 해도 좋다!

방송을 진행한 지 어느덧 거의 30년 가까이 되어간다. 세 번의 큰 시련을 겪고 나서 지금도 매일 아침 나는 한 가지를 다짐한다. 매사에 초심으로 돌아가서 어떤 상황에서도 겸손하자고 말이다. 누구에게나 인생에 위기가 있고 고난이 찾아온다. 고난의 크기가 어떠하든지 간에 당사자에게는 엄청난 인생의 풍랑이고, 버거운 짐이다. 이 책은 40대 후반까지 내가 겪은 인생의 성공담과 실패담이다. 이 책의 원고를 써내려간 지난 1년은 나의 삶을 반추하는 의미 있는 여정이었다. 어쩌다보니 내 인생의 한 부분은 스펙터클 엽기 공포물이 되었다. 내가 원했던 건 이렇게 파란만장한 삶이 아니라, 로맨틱 코미디 같은 삶이었는데 말이다. 이 자전적 고백서를 쓰면서 정말 눈물을 많이 흘렸다. 힘들어서도 아니고, 내가 걸어왔던 길이 너무 험난해서도 아니다. 정확한 이유를 딱 꼬집어서 설명할 수는 없다. 그냥 눈물이 났다. 아마도 그 알 수 없는 눈물은 내 인생의 회복을 알리는 일종의 카타르시스이거나 나를 위한 힐링이 아니었을까 싶다. 그 회복의 과정을 통해 나는 진정한 행복이 무엇인지를 다시금 깨달았다.

아파본 사람만이 상대방의 고통과 아픔을 공감하고 진심으로 위로할 수 있다. 30대 중반에 큰 고난을 연거푸 세 번이나 겪으면서 40대 후반의 나는 사람들의 아픔을 공감하고, 또한 이해하려고 노력한다. 우리는 저마다 꿈을 꾸며 살아간다. 그리고 그 꿈(성공)은 실패를 먹고 자란다. 혹시, 실패한 인생이라고 생각하는가? 당신의 인생이 가치 없다고 느끼는가? 그것은 악마가 당신에게 속삭이는 거짓말이다. 인생에서 잠시 실패했다고 좌절한 당신이여! 이제 절망이 아닌 '희망'을 노래해도 좋다. 당신이 인생에서 만나는 모든 장애물은 당신에게 가르쳐줄 것이다. 당신의 꿈과 인생이, 그리고 당신의 생명이 얼마나 소중한지를…. 그것은 실패를 이기려고 애쓰는 사람만이 맛볼 수 있는 인생의 진정한 승리이다. 상담 전문가로서 한 가지 바람이 있다면, 장애물은 인생 가운데 당신을 성숙한 인간으로 더욱 연단해가기 위해 신이 허락하신, '신의 선물'임을 당신 또한 애통하는 심정으로 깨닫고, 감사하는 날이 오면 좋겠다.

책 속의 글 중에서, 전쟁 통에 적진을 뚫고 자기를 구하러 온 상사와 병사들을 향해 영화 〈라이언 일병 구하기〉의 주인공인 라이언 일병(맷 데이먼 분)이 했던 대사를 혹시 기억하는가?

"당신들이 목숨을 걸고 살려야 할 만큼 '나'는 정말, 가치 있는 삶을 산 사람입니까…?"

이러한 질문으로, 매일 당신의 삶을 돌아보기를 희망한다. 그리고 당신이 정말 대사 속의 그러한 한 사람이 되기를 기도한다.

이기는 인생을 사는 사람, 그러니까 인생의 좁은 문을 향하여 걷는 사람은 생각부터 남들과 다르다. 그들의 생각은 어떤 점에서 다른가? 그들은 오늘의 실패에서, 내일의 성공을 바라보려고 한다. 그들은 알고 있다. 고난과 위기라는 산을 넘으면 그 너머엔, 넘실대는 행복이 반갑게 손짓하며 기다리고 있다는 사실을…. 행복은 오늘도 '당신'을 기다리고 있다. 당신이 그 곁으로 오기를 말이다. 바로 당신이, 그 기적의 주인공이다!

책을 덮기 전에, 이 영원한 한 가지 진리만큼은 당신이 꼭 기억했으면 좋겠다. 당신은 누군가가 생명 다해 살려야 할 만큼 가치 있는 존재로 태어났다는 사실을 말이다. 그 사람은 당신의 부모일 수도 있고, 당신을 사랑하는 다른 누군가일 수도 있다. 당신은 그에게 소중한 존재다. 매일 당신 자신에게 이렇게 큰 소리로 적어도 열 번씩만 외치면 좋겠다.

"나는 누군가가 생명 다해 살려야 할 만큼 가치 있는 존재로 태어났다!"

강호의 도가 땅에 떨어졌도다

THE TALE OF LOVE
AND OTHER STORIES 阿弥陀佛么么哒

Published in agreement with China South Booky Culture Media Co, Ltd c/o The
Grayhawk Agency, through Danny Hong Agency.
Korean translation copyright © 2017 by Writing House.

강호의 도가 땅에 떨어졌도다

다빙 소설 | 최인애 옮김

라이팅하우스

차례

나는 작가로서 독자 여러분과 한 가지 약속을 했다. 내게 남긴 글은, 그것이 SNS든 메일이든 반드시 읽어 보겠다는 약속이었다. 그리고 지금까지 그 약속을 충실히 지켜 왔다. 즉 다 봤다는 뜻이다. 아주 사사로운 메일까지도, 전부.
내가 본 것을 여기서 자세히 말할 수는 없다. 그러나 사적인 메일 열 통 중 한 통은 반드시 인생을 원망하는 내용이었다는 점은 짚고 넘어가야겠다. 실연, 실업, 인생의 방향을 찾을 수 없다는 고민부터 직장생활, 가정생활이, 아니 인생 자체가 마음대로 풀리지 않는다는 호소까지, 하소연은 끊임없이 이어졌다. 나를 이처럼 믿고 상담할 만한 인물로 생각해 주는 점은 진심으로 감사하다. 하지만 미안하게도 나는 야생작가다. 『영혼을 위한 닭고기 수프』처럼 마음을 위로하는 따뜻한 말은 건네지 못한다는 뜻이다.
아, 솔직해지자. 닭고기 수프 따위 개나 줘 버리라지. 내가 그대들에게 줄 수 있는 것은 여기 쓰디쓴 탕국 한 그릇뿐이다.

1

2014년 8월 3일, 윈난에 지진이 발생했다. 길과 전기가 끊기고 가옥과 건물이 무너졌다. 가장 큰 피해를 입은 자오통시 루뎬현 및 차오자현 등지는 나의 형제 라오셰의 고향이기도 하다. 같은 날 밤, 1천 킬로미터는 족히 떨어진 광시 류저우의 '우연한 만남'이라는 라이브 바에서 유랑가수 라오셰가 자선공연을 열었다. 가수라고는 라오셰 한 명에 악기도 달랑 기타뿐이었지만 18평 정도 되는 가게 안이 관객으로 가득 찼다. 그리고 10만 위안에 가까운 금액이 모였다. 모금된 돈을 전부 지진 재해지역으로 보낸 뒤, 그는 수많은 매스컴의 취재 요청을 거절하고 기타를 맨 채 홀연히 사라졌다.

그리고 사라진 지 꼭 한 달째 되던 날, 그는 '다빙의 작은 집(리장에 있는 저자의 술집)' 문 앞에 나타났다. 처음에는 거지인 줄 알았다. 자세히 본 후에야 라오셰인 걸 알고 깜짝 놀랐다. 얼마나 초췌해졌던지 한눈에 못 알아본 게 당연했다. 그는 내가 내민 맥주 한 캔을 단숨에 들이켜고 꺼어어억, 긴 트림을 토해 냈다. 그러곤 천진하게 웃었다.

"역시, 이게 고향의 맛이지."

그의 고향은 윈난이었다. 조금이라도 집과 가까워지고 싶은 마음에 그는 예전에 떠날 때처럼 걸어서 고향에 돌아왔다. 떨어진 신발 밑창을 노끈으로 동여매 가며, 장장 1500킬로미터를 걸었다. 노잣돈은 거리에서 노래를 불러 마련했다. 그렇게 한 걸음 한 걸음, 류저우에서 윈난 리장까지 걸어온 것이다.

자선공연을 했던 그날 라오셰도 돈을 기부했다. 지갑뿐 아니라 통장까지 탈탈 털었다. 여행 경비는커녕 동전 한 푼 수중에 남겨 두지 않았다. 앨범도 없었다. 기부한 사람들에게 전부 나눠 줬기 때문이다. 그것이 그의 마지막 재산인 줄은 아무도 몰랐다.

"그럼 네 이상(理想)은?"

나는 안타까운 마음에 물었다. 그동안 한 고생이 얼마인데, 어쩌자고 자신을 위해 돈 한 푼 남겨 두지 않았단 말인가. 그러나 그는 천진하게 웃었다.

"괜찮아. 처음부터 다시 시작하면 되지. 난 이미 익숙해"라고 그가 말했다. 내가 안쓰럽게 바라보자 쑥스러웠는지 괜히 오른쪽 가슴을 팡팡 치며 덧붙였다.

"다빙 형, 내 걱정은 하지 마. 아무리 힘들어 봤자 밥 빌어먹기밖에 더 하겠어? 이 심장이 뛰는 한 언젠가 숨통 트일 날도 올 거야."

나는 뭐라 해야 할지 알 수 없었다. 그래서 한참을 침묵하다 겨우 이렇게 말했다.

"라오셰야, 심장은 보통 왼쪽에 있단다."

2

라오셰의 이상이 꺾였다가 다시 시작된 것이 이번이 처음은 아니었다. 이미 수많은 도시, 수많은 곳에서 그는 수없이 좌절했고 수없이 다시 시작했다. 몇 년 전 주하이에서도 그랬다.

주하이의 공베이 국경광장, 시간은 한밤중이었다. 노숙 중이던 라오셰는 불현듯 잠에서 깨어났다. 곁에 있어야 할 가방과 기타가 보이지 않았다. 누가 훔쳐간 게 분명했다. 유랑가수인 그에게 비와 바람을 피할 지붕은 없어도 되지만 기타는 아니었다. 기타는 생계수단이자 마누라이자 신발이었다. 신발도 없이 어떻게 가시밭길 같은 유랑생활을 계속하겠는가. 당황한 그는 광장 주변을 빙글빙글 돌며 기타를 찾아 헤맸다. 그러다 광장 한가운데 주저앉아 부주의한 자기 자신에게 화를 내듯 주먹으로 땅을 치며 원난 사투리로 외쳤다. "내 기타~!"

그가 보도블록을 죄다 깨부술 기세로 주먹질을 하고 있는데, 저만치서 웬 남자가 다가오더니 길쭉한 물체를 그의 앞에 불쑥 내밀었다. 라오셰는 금방이라도 울 것 같은 목소리로 외쳤다. "내 기타~!"

그는 기타를 끌어안고 한손으로 가방을 뒤집었다. CD, 공책, 노래 노트, 카포까지 모두 다 그대로였다. 다행이다, 다행이야! 그가 안도의 한숨을 쉬는데 남자가 말했다. 해변에서 기타와 가방을 주웠노라고. 사례는 됐고, 대신 노래 한 곡 불러 줄 수 있겠냐고.

한 곡뿐이랴. 라오셰는 연달아 다섯 곡을 뽑았다. 모두 그가 직접 작곡한 오리지널 포크송이었다. 두 사람은 광장에 책상다리를 하고 마주앉아 노래를 부르고 또 들었다. 바닥은 시원했고 국경 너머로는 마카오의 화려한 불빛이 반짝이고 있었다. 마치 수많은 별이 땅 위에 흩뿌려진 것 같았다. 노래를 다 듣고 난 뒤 남자가 말했다.

"형씨, 미안하지만 당신 노래는 당최 못 알아듣겠소. 진짜 좋은 노래 두 곡만 불러 주면 안 되오?"

"예를 들어 어떤……?"

그가 신청한 곡은 〈9월 9일의 술 한 잔〉과 〈유랑가〉였다.

"유랑하는 이가 당신을 그리워합니다, 사랑하는 어머니.
유랑하는 발걸음 천지를 휘돌아도 마음 둘 곳 하나 없네요.
눈송이를 켜켜이 실은 겨울바람이 내 눈물을 날리는데
유랑하는 이는 당신을 그리워합니다, 내 사랑하는 어머니."

라오셰가 노래하는 동안 남자는 눈을 감고 함께 흥얼거렸다. 후반부에 이르자 그의 흥얼거림은 점점 코맹맹이 소리로 변했다. 그러다 돌연 자리를 박차고 일어나더니 인사도 없이 어디론가 뛰어갔다.

잠시 후 남자가 바이지우(白酒) 한 병과 돼지머리 편육 반 팩을 들고 돌아왔다. 그는 라오셰 앞에 서서 잠시 쭈뼛거리더니 큰 결심이라도 한 듯 외쳤다.

"사실은 내가 기타를 훔쳤소! 하지만 당신도 정말 너무하더군. 어떻게 가방에 100위안짜리 한 장이 없을 수가 있지?"

이 근방에서는 남의 물건을 훔치는 일을 '돼지 잡기'라고 하는데, 라오셰는 말라도 너무 마른 돼지라고 했다. 또 노래를 해 줘서 고맙고 노래로 자기 마음을 힘들게 해 줘서 고맙다고 했다. 그 덕분에 양심의 가책을 느꼈다고. 그러더니 술병을 흔들며 물었다.

"어때, 나 같은 좀도둑이랑 한잔할 수 있겠소?"

라오셰는 어깨를 으쓱했다.

"못 할 거 있나요. 어쨌든 그 술이랑 고기는 당신 주머니에서 나온 돈으로 산 걸 텐데."

남자는 동베이 출신으로 크게 성공하겠다는 포부를 안고 고향을 떠나 이곳 주하이에 왔다고 했다. 하지만 제대로 시작도 못하고 밑천만 야금야금 까먹다가 눈 깜짝할 사이에 돈도 친구도 다 잃고, 이제는 면목이 없어 고향에도 돌아가지 못하는 신세가 되어 버렸다. 그러다 결국 주린 배를 채우기 위해 어쩔 수 없이 좀도둑질을 시작한 지 오늘로 한 달째라고 했다.

술 반 병이 뱃속에 들어가자 얼큰하게 취기가 오른 좀도둑이 자기를 가리키며 말했다.

"나쁜 놈이라고 해서 전부 처음부터 나쁜 놈인 건 아니야. 인생이라는 놈이 가혹하게 밀어붙여서 어쩔 수 없이 나빠진 경우도 있다고."

그러더니 갑자기 라오셰를 노려보며 힐문했다. "너 이 새끼, 혹시 날 깔보는 거 아냐?" 그러다 눈물을 쏟으며 킬킬 웃었다. "제기랄, 하긴 깔보지 못할 건 또 뭐 있겠어……."

그렇게 한참을 울고 웃다가 그는 결국 라오셰의 배를 베고 누워 잠들어 버렸다. 물론 라오셰도 못지않게 취해서 한참 전에 곯아떨어진 상태였다.

이튿날 라오셰가 깨어났을 때는 해가 이미 중천이었다. 좀 도둑은 그의 곁에서 대자로 누워 코를 골고 있었다. 손에는 반쪽짜리 돼지귀를 꼭 쥔 채로. 광장을 가로지르는 사람들은 바로 옆을 지나가면서도 그들을 못 본 체했다. 잠시 후 좀 도둑이 겨우 눈을 뜨고 부스스 일어나더니 자연스레 손에 든 돼지귀를 한 입 물어뜯었다. "여기서 바이바이 합시다, 나도 내 일 하러 가야지." 좀도둑의 말에 라오셰는 조심스레 입을 열었다.

"혹시 도둑질을 그만둘 생각은 없나요? 인생이 늘 가혹하기만 한 건 아니에요. 또 나쁜 사람이었다고 해서 다시 착한 사람이 될 수 없는 것도 아니고 말이죠."

"아, 그럼. 물론 그럴 수 있지." 좀도둑이 흔쾌히 대답했다. 그러더니 기름이 번들번들한 손을 내밀며 말했다.

"나한테 5만 위안만 준다면 당장 고향으로 돌아가서 좋은 사람이 되리다. 아, 맞다. 근데 지금 당신 10위안도 없지?"

그는 라오셰를 비웃듯 킬킬댔다. 라오셰는 입을 꾹 다물고 아무 말도 하지 않았다. 대신 좀도둑을 끌고 근처의 작은 식당을 찾아갔다.

라오셰는 유랑하는 '싱어송라이터'였다. 길거리에서 자기가 만든 노래를 부르고 앨범을 파는 쪽이지, 음식점이나 술집에서 신청곡을 받는 부류는 아니었다. 하지만 주하이에서 그는 처음으로 예외를 만들었다. 물론 '선생님, 노래 한 곡 주문하시죠'라는 말을 하기란 상상보다 훨씬 더 힘든 일이었다. 라오셰는 곁에 선 좀도둑을 한 번 쳐다본 뒤 겨우 입 밖으로 그 말을 꺼냈다. 첫 번째 테이블의 손님은 꺼지라고 응수했고 두 번째 테이블도 마찬가지였다. 다행히 이미 주흥이 거나하게 오른 세 번째 테이블의 손님이 노래를 사겠다고 했다. "당신이 잘하는 걸로 신나게 한 곡 뽑아 보쇼, 우리를 즐겁게 해 준다면 한 곡당 5위안씩 주리다." 무슨 노래를 불러야 하지? 라오셰는 좀도둑을 바라봤다. 소위 '인터넷송'이라 불리는 가볍고 흥겨운 노래가 유행하던 시기였다. 그중에도 〈쌀을 사랑한 쥐〉와 〈나비 두 마리〉가 한창 인기를 얻고 있었다. 라오셰는 함께 부르자며 좀도둑의 팔을 끌었다. 라오셰가 기타를 연주하고 좀도둑은 손뼉 치며 박자를 맞췄다. 처음에 그는 영 내켜하지 않았다. 하지만 노래를 부를수록 점점 목소리가 커지더니, 나중에는 라오셰의 목소리를 덮어 버릴 정도로 열창하기 시작했다.

30분 후 두 사람의 손에는 백 위안이 쥐어졌다. 가게를 나온 뒤에도 좀도둑은 한동안 말이 없었다. 그저 손에 들린 백 위안짜리 지폐를 멍하니 바라볼 뿐이었다. 잠시 후 그가 갑자기 고래고래 소리를 질렀다.

"이런 젠장, 이렇게 돈 버는 방법이 있는 줄 진작에 알았더라면 망할 도둑질 같은 건 안 했지! 세상에, 그동안 고생한 걸 생각하면 진짜……."

지나가던 사람들이 흘끔거렸다. 라오셰는 재빨리 그의 입을 막았다. 손을 뗐을 때 라오셰의 손바닥은 온통 눈물투성이였다.

그날부터 라오셰와 좀도둑은 한동안 같이 살았다. 함께 먹고 함께 잤으며, 잠이 오지 않는 밤이면 함께 노래를 부르고 이야기를 나눴다. 노래를 불러 돈을 버는 일도 함께했다. 음식점에서, 해변의 꼬치구이 노점에서, 음료가게 앞에서 노래를 불렀다. 그렇게 번 돈은 똑같이 반으로 나눴다. 초반에는 둘이 합창하는 식이었지만 나중에는 라오셰가 반주를 하

고 좀도둑이 노래를 도맡았다. 그는 신기할 정도로 목소리가
컸고 모든 인터넷송을 부를 줄 알았다.

그렇게 한 달이 지난 어느 날, 처음 노래를 팔았던 식당에
서 라오셰와 좀도둑은 가수 팡룽(龐龍)의 〈내 고향 동베이〉
를 불렀다. 노래가 끝난 뒤 손님이 청하지 않았는데도 좀도
둑은 같은 노래를 한 번 더 부르겠다며 고집을 부렸다.

"내 고향 동베이 쑹화강 위에는……."

그러더니 다짜고짜 손님 상 위에 있는 술잔을 낚아채서는
라오셰에게 내밀며 이렇게 외쳤다.

"나 돌아간다! 고생도 할 만큼 했고 집도 그립다. 네 녀석
이 어떻게 생각하든 내일은 집으로 돌아가련다."

라오셰는 기차역까지 그를 배웅했다. 기차를 타기 전, 그
는 라오셰의 목을 있는 힘껏 끌어안고 말했다.

"너는 내 형제야. 누가 뭐래도 진짜 내 형제."

차문이 닫히려는 순간, 라오셰는 문틈으로 종이꾸러미 하
나를 던져 넣었다. 신문지로 싼 꾸러미 위에는 이렇게 쓰여
있었다.

'나한테 5만 위안은 없고, 1만 3천7백 위안은 있다. 좋은
사람이 돼라.'

기차가 천천히 출발했다. 창문에 딱 달라붙은 좀도둑과

라오셰의 전 재산을 싣고 기차는 조금씩 멀어져 갔다.

1만 3천7백 위안은 라오셰가 거리에서 수백 번 이상 노래를 불러 번 돈이었다. 아끼고 아껴서 모은 돈이었다. 그리고 원래대로라면 그의 이상을 이루는 데 쓰일 돈이었다. 기차가 시야에서 사라질 때쯤 라오셰는 가슴 한구석이 아릿하게 아파오는 것을 느꼈다. 하지만 그는 자신을 위로했다. '괜찮아, 뭐 어때? 처음부터 다시 시작하면 되지.'

그로부터 5년 후 라오셰는 포크송 가수로 어느 정도 이름을 알리게 됐다. 여전히 거리에서 노래를 불러야 했지만 전국 순회공연을 할 정도의 자본은 마련할 수 있었다. 순회공연이라 해봤자 포크송 전문 라이브 바에서 삼사십 명 정도의 관객을 두고 소규모로 진행되는 것이었지만 라오셰는 이 정도도 매우 만족했다.

그러나 2011년 1월 14일 난징의 '고성'이라는 라이브 바에서 했던 공연은 전혀 달랐다. 관객이 무려 2백여 명이나 몰린 것이다. 자리가 전부 차 버리는 바람에 적잖은 사람이 서서 그의 노래를 들었다. 게다가 관객 모두가 이상할 정도로 열정적이었다. 그가 노래 한 곡을 끝낼 때마다 손바닥이 부르터라 박수를 쳤고, 신나는 노래든 슬픈 노래든 찢어질 듯한 함성으로 화답했다. 라오셰는 기타를 치면서 점점 긴장하기 시작했다. 대체 어찌된 일인지 알 수 없었다. 관객을 살펴보니 남자와 여자가 반반에, 넥타이를 맨 양복 차림부터 티셔츠에 금목걸이를 두른 이들까지 스타일도 다양했다. 하지만 아무리 봐도 포크송을 즐길 만한 사람들은 아니었다. 공연이 끝난 후에는 앨범마저 남김없이 팔려 나갔다. 마치 도매시장에 나온 배추마냥 이파리 하나 남지 않고 전부 팔렸다. 그뿐이 아니었다. 관객들은 벌떼처럼 그에게 달려와 사인을 부탁하고 악수를 요청했다. 그런 뒤에는 하나같이 신속하게 사라졌다.

잠시 후 무대 위에는 여전히 갈피를 잡지 못해 멍한 상태인 라오셰만 홀로 남았다. 사람들이 어찌나 세게 악수를 했던지 손이 다 얼얼할 정도였다. 문득 발치를 내려다보니 언제 누가 두고 갔는지도 모르는 물건 몇 개가 눈에 들어왔다. 두툼한 종이꾸러미 하나, 꽤 비싸 보이는 새 기타 한 대, 그리고 바이지우 한 병과 돼지머리 편육 반 팩. 종이꾸러미는 신문지로 싸여 있었다. 라오셰의 기억 속, 바로 그 낡은 신문지였다.

3

　라오셰는 두메산골에서 초등학교를 다녔다. 윈난성 차오자현의 후이룽촌이라는 곳이었다. 버스는커녕 전기도 들어오지 않는 산간벽지로 아스팔트 도로도, 전등도 없었다. 밤에는 관솔 등불을 피웠는데 죽은 소나무에 송진이 엉겨 붙은 관솔은 불이 잘 붙었지만 연기가 많이 나서 얼굴이 금세 새까매졌다.

　1994년 라오셰가 다니던 산골 초등학교는 문자 그대로 쓰러지기 일보 직전이었다. 허술한 지붕은 금방이라도 무너질 듯 위태했다. 큰 비라도 온다면 학교 전체가 쓸려나갈 판이었다. 그전에 건물을 보수하기 위해 주민들은 15킬로미터 밖에 있는 시장에서 시멘트를 이어 날랐다. 교장은 이 일에 학생들도 동원하기로 했다. 그래서 학생 한 명당 흙 1천 킬로그램씩 할당량을 부과했다. 흙은 산에서 채취하고 등에 메는 광주리로 학교까지 나르기로 했다. 물론 부모가 아이를 도와줄 수도 있었다.

　하지만 라오셰는 부모의 도움을 받을 수 없었다. 이미 오래 전에 도망갔기 때문이다. 산아제한 정책이 엄격하게 시행되던 시기였다. 감시관이 촌구석까지 파견되면서 '초과 출산'

을 한 사람들이 도망치고 가족이 생이별하는 일이 빈번히 발생했다. 라오셰의 부모 역시 뱃속의 여동생을 지키기 위해 강을 건너 쓰촨성 닝난현으로 도망쳤다. 그곳 수력발전소 뒷산에는 이족(彝族 : 중국의 소수민족) 마을이 있었다. 부모는 거기서 황무지를 개간하고 뽕나무를 심어 누에를 길렀다.

집에는 연로한 할머니와 라오셰, 여동생과 남동생만이 남았다. 남동생은 여덟 살, 마찬가지로 초등학생이었다. 이는 남동생 역시 흙 1천 킬로그램을 날라야 한다는 뜻이었다. 매일 날라야 할 흙에 책과 도시락까지 더하면 짊어지는 무게는 족히 15킬로그램은 됐다. 형제는 매일 그만큼을 어깨에 메고 학교까지 2킬로미터의 산길을 걸었다. 얼마 지나지 않아 동생은 허리가 아파 엎드려 자기 시작했다. 찢어진 내복 사이로 시퍼렇고 시뻘겋게 멍든 어깨가 보였다. 라오셰는 아홉 살 반이었지만 그런 동생이 가여워 견딜 수가 없었다. 그래서 동생 것까지 혼자 지고 나르기 시작했다. 그런다고 그를 칭찬하거나 상을 줄 사람은 없었다. 빈곤하고 척박한 산골에서 태어난 사내아이는 일찌감치 한 사람의 몫을 해야 했다. 그게 당연한 일이었기에 사람들은 라오셰의 희생도 별다르게 생각하지 않았다.

한 학기 동안 2천 킬로그램이라는 할당량을 채우기 위해

라오셰는 매일 25킬로그램을 짊어지고 2킬로미터를 걸어 다녔다. 수업 시간에는 끊임없이 머리를 긁었는데, 머리카락 사이사이에 떨어진 흙으로 간지러웠기 때문이다. 아침 등굣길에 가장 느린 학생도 그였다. 백 걸음마다 주저앉아 헉헉대느라 어쩔 수 없었다. 짐이 얼마나 무겁게 등을 짓눌렀던지 내려놓고도 반나절은 지나야 겨우 숨을 고르게 쉴 수 있었다. 그렇게 며칠을 다니다 라오셰는 한 가지 방법을 생각해냈다. 교과서를 외우면서 걷기로 한 것이다. 한 걸음에 한 글자씩 꼭꼭 새기며 걷다 보면 무거운 짐을 지고 가는 일도 한결 수월하게 느껴졌다.

그렇게 여러 날이 지난 후 그는 시조를 외우는 것이 가장 유용하다는 결론을 내렸다. 시조에는 박자와 운율이 있어서 걸으며 외우기 좋았다. 게다가 길이도 적당해서 딱 세 편을 외우고 나면 쉴 때가 됐다.

"강 위의 고기 낚는 사람은 농어의 신선함만을 좋아하네. 그대여 저 작은 배를 보시게 일렁이는 파도 따라 출몰하는 모습을."

'모습을'까지 외우고 라오셰는 멈춰서 숨을 몰아쉬며 잠시 쉬었다. 깊은 산속 사위는 적막하고 새와 벌레 우는 소리만 간간히 들려왔다. 저 멀리에서 진사강이 반짝반짝 몸을 뒤채며 고요히 흘렀다. 어떤 것들은 생의 한 순간 누구도 알지 못하는 사이에 싹을 틔운다. 무거운 짐을 지고 다시 힘껏 일어나는 순간, 무의식중에 라오셰의 입에서 튀어나온 것은 교과서에 실린 시조가 아니었다.

"산은 저리 높고 나는 이리 힘드네.
산은 자라지 않지만 나는 자라겠지.
저 산만큼 자란다면 더는 힘들지 않을 거야."

물론 아홉 살 반의 라오셰가 지은 것은 시라기보다는 문장 나열에 가까웠다. 그러나 이것은 단순한 문장이 아니었다. 유랑가수 라오셰를 만든 이상의 시작이었다.

4

학교건물이 마침내 새로 새워졌다. 교실도 학년마다 한 개씩 생겼고 나중에는 오성홍기와 붉은 삼각건(중국의 초등학생이 목에 매는 것으로 혁명 전통을 상징한다)도 도입됐다. 하지만 그때 라오셰는 이미 초등학교를 졸업한 뒤라 붉은 삼각건을 매 보지 못하고 중학교에 진학했다. 당시 중학교에 가려면 국어와 수학 두 과목을 시험 봐야 했는데, 라오셰는 178점이라는 높은 점수로 차오자현 제1중에 들어갔다. 이는 대단한 일이었다. 지난 십수 년간 온 마을을 통틀어서 중학교에 간 사람조차 몇 명 없었기 때문이다.

소식을 들은 그의 부모가 몰래 돌아왔다. 손에는 그동안 아끼고 아껴서 모은 돈 약간과 운동화 한 켤레, 체육복이 들려 있었다. 그의 아버지는 기쁨을 감추지 못했다.

"난 소학교 3년 다닌 게 고작인데, 우리 아들은 중학교까지 갔네. 셰스궈(謝世國:라오셰의 본명)야, 셰스궈야! 네게 이 이름을 지어 준 게 헛일이 아니었어. 봐라, 이름 따라 더 큰 세상으로 나가게 됐잖냐!"

타닥타닥 타오르는 희미한 관솔 등불 아래, 그의 어머니는 바늘에 실을 꿰어 새 운동화 안쪽에 작은 주머니를 달았다. 돈을 숨길 주머니였다. 그 모습을 바라보며 라오셰는 중얼거렸다.

"자애로운 어머니의 손에 들린 실, 나그네의 몸에 걸친 옷 되어……"

어머니가 고개를 들었다. "응? 뭐라고 했니?" 하지만 곧 미소를 지으며 다시 고개를 숙였다. "아, 우리 아들이 책을 외우고 있구나."

어머니는 이족이었다. 닝난의 이족마을에서 태어나 열일 곱 살이 되던 해 소 한 마리와 맞바꾸어져 아버지에게 시집 왔다. 한 번도 글을 배워 본 적이 없는 어머니는 읽을 줄도 몰랐고 시가 무엇인지도 몰랐다. 평생 그녀가 종이 위에 남긴 흔적이라곤 혼인서약서 말미에 찍은 지장이 전부였다. 작고 붉은 손도장은 '마음이 변하는 쪽이 두 배를 변상한다'는 줄 위에 동그마니 찍혀 있었다.

그날로부터 채 1년도 지나지 않아 라오셰는 아버지를 실 망시켰다.

차오자현 제1중에서 라오셰는 동급생 중 가장 작고, 가장 튼튼하고, 가장 가난했다. 한 달에 10위안인 기숙사비를 내 기 위해 그는 1년 내내 아침을 굶었고 점심과 저녁에 각각 1 위안씩만 썼다. 그와 달리 현 출신 아이들은 기숙사비와 밥 값을 제하고도 여윳돈이 남았다. 하지만 오락실에서 5위안, 10위안씩 뭉텅뭉텅 써 버리고 돈이 떨어지면 산골 출신 아 이들에게서 돈을 빼앗기 일쑤였다. 한 푼이든 닷 푼이든 있 는 대로 다 빼앗아갔다. 반항하면 두드려 맞았고 반항하지 않으면 끝도 없이 빼앗겼다. 가끔은 굴욕적인 몸수색까지 당 했다. 그러나 라오셰는 예외였다. 어려서부터 온갖 궂은 일로 몸이 다져진 덕에 몇 명이 달려들어도 혼자서 얼마든지 상대할 수 있었기 때문이었다. 몇 번 라오셰를 건드리려다 오히려 흠씬 얻어터진 후 녀석들은 더욱 그를 미워했다.

그러던 어느 날 녀석들이 교실 안에서 공책 한 권을 흔들며 소란을 피웠다. 우리 반에 시인이 다 있네? 그중 한 놈이 공책을 펼치더니 소리 내어 읽기 시작했다.

"어린 시절 나는 대문 앞에 앉아

산의 저편을 바라보았네.

그곳에는 예쁜 인형과 아름다운 공주가 있었지.

어른이 된다면 눈물을 믿지 않는 이 세상에서

외롭게 홀로 사계절을 걸어가리.

_ 작가, 셰스궈"

"작가란다, 작가. 공주는 또 뭐야? 시커먼 이족 공주인가? 그 공주는 감자를 좋아하냐, 무를 좋아하냐?"

주제도 모르는 새끼! 그들이 소리쳤다. 돼지 키우던 새끼가 시를 쓴다니 가당키나 하냐? 네가 쿤밍 출신이냐? 아님 베이징 출신이냐? 그것도 아니면 뭐, 외국인이냐? 교실 안의 모든 아이들이 와그르르 웃었다. 도시아이, 촌아이 할 것 없이 다 웃었다. 아니, 어찌된 영문인지 촌아이들이 더 큰소리로 웃었다. 라오셰는 득달같이 달려들어 공책을 빼앗아 갈기갈기 찢고 그들 중 한 놈을 잡아 코피가 나도록 두들겨 팼다. 그리고 나머지도 쫓아가 미친 듯이 때렸다. 그렇게 쫓다가 교문 밖으로 나가는 순간, 누군가에게 걸려 나동그라지고 말았다. 알고 보니 모든 것이 계획된 일이었다. 라오셰보다 몇살 더 많아 보이는 불량배들이 그를 짓누르고는 자전거 체인을 휘둘러 무지막지하게 그를 패기 시작했다.

라오셰의 아버지가 그를 찾은 것은 그로부터 두 달 뒤였다. 그 일이 있은 후 라오셰는 학교를 그만두고 철길을 따라 성도인 쿤밍까지 도망쳤다. 그리고 쿤밍의 화물역 소재지인 량팅촌이라는 곳에서 짐꾼으로 일했다. 그는 몇십 킬로그램짜리 쌀부대를 하루 종일 싣고 내린 대가로 10위안을 받았다. 원래는 20위안을 받아야 했지만 미성년자라는 이유로 반밖에 받지 못했다.

아버지가 라오셰를 찾아낸 때는 마침 점심시간이었다. 다른 짐꾼들은 마대 옆에 쭈그리고 앉아 밥을 먹고 라오셰는 마대 위에 엎드려 종이 위에 시를 쓰는 중이었다.

그때 굵은 작대기가 그의 등을 사정없이 내리쳤다. 아버지였다. 얼마나 사력을 다해 내리쳤던지 매질 한 번에 피가 터졌다. 라오셰는 정신없이 도망쳤지만 무지막지한 매질을 이기지 못하고 곧 마대 더미 위에 쓰러졌다. 그때까지도 손에 꼭 쥐고 있던 종이를 놓치지 않으려고 애쓰면서 그가 울부짖었다.

"내가 뭘 잘못했어요? 시를 쓴 게 잘못인가요?"

아버지는 아무 말 없이 그를 죽어라 팼다. 꼭 인종대청소에 나선 인종차별주의자 같았다. 라오셰의 팔은 금방 퍼렇게 변했고 감각마저 사라졌다.

구깃구깃한 종이가 사방으로 흩어졌다. 종이 위에는 이제 막 쓰기 시작한 시의 제목이 적혀 있었다. '쿤밍에서는 꿈을 꾸어도 될까요?'라는 제목이었다.

사실 어린 짐꾼 라오셰는 진짜 쿤밍에 왔다고 할 수 없었다. 비취빛 호수도, 춘청로도, 그 유명한 진마비지팡(金馬碧鶏坊)도 보지 못했기 때문이다. 그가 본 것이라고는 량팅촌의 화물열차와 끊임없이 실리고 내려지는 마대뿐이었다.

5

라오셰의 이상이 진정으로 싹트기 시작한 때는 1999년이었다. 그해에는 여러 가지 일이 있었다. 차오자현 후이룽촌이 라오셰로 인해 다시 들썩였고, 자오통교육학교가 뒤집혔으며, 아버지는 또 한 번 그에게 손찌검을 했다.

후이룽촌이 들썩인 이유는 라오셰가 자오통교육학교에 합격했기 때문이었다. 이는 마을이 생긴 이래 처음 있는 일이었다. 아버지는 필터가 있는 고급 담배를 사서 마을 입구에서 만나는 사람마다 한 개비씩 나눠 줬다. 여자는 물론 아이도 빼놓지 않았다. 사람들은 경외심을 가지고 조심스레 담배를 받아들었다. 장차 큰 인물의 아버지가 될지도 모르는 분이 주는 것이었기 때문이었다. 사실 순박한 산골 주민의 개념에는 땅 파먹고 살지 않을 수만 있어도 큰 인물이었다. 그들은 자오통교육학교가 중등전문학교에 불과하다는 것도, 졸업생의 대부분은 다시 고향으로 돌아와 평생 시골학교 선생 노릇을 한다는 것도 몰랐다.

비록 중등전문학교에 불과했어도 그곳에서의 생활은 라오셰를 놀라게 하기에 충분했다. 가장 놀라웠던 것은 연간 4500위안이라는 학비였다. 이 돈을 마련하기 위해 거의 온 식구가 단체로 가서 피를 팔아야 했다. 두 번째는 음악이었다. 고학년 중에 밴드가 있었는데 멤버 모두가 머리카락을 길게 기르고 기타를 들고 다녔다. 라오셰는 여태껏 그들처럼 세련된 사람을 본 일이 없었다. 그들이 리메이크해서 부르는 유행가도 너무 듣기 좋았다. 라오셰는 순식간에 밴드의 노래들을 전부 외워 버렸다. 산에서 살아서 그런지 목청이 크고 호흡이 좋다며 그들도 라오셰를 칭찬했다. 라오셰는 그들의 주위를 맴돌며 악기를 나르고 잡역부마냥 궂은일을 도맡아 했다. 그는 생각했다. '그들과 나는 같은 부류일지 몰라. 나는 시를 쓰고 그들은 노래를 하지만 결국 추구하는 이상은 똑같을 거야.' 라오셰는 자신도 밴드의 일원이 되어 함께 창작 활동을 할 수 있기를 간절히 바랐다. 하지만 대놓고 노트를 들이밀며 '나도 끼워 줘'라고 말할 용기는 차마 없었다. 그는 리드보컬에게 기타를 가르쳐 줄 수 없겠느냐고 물었다. 리드보컬은 흔쾌히 승낙했다. 단 조건이 하나 있었다. 자기가 사용하지 않는 중고기타를 사라는 것이었다. "300위안만 내." 리드보컬은 선심 쓰듯 말했지만 라오셰에게는 30위안이 전부였다. 결국 그는 기타 배우기를 포기했다.

　하지만 한 학기가 지난 후 라오셰는 기타를 연주하게 됐다. 심지어 리드보컬보다도 훨씬 더 잘 쳤다. 30위안으로 중고책방에서 기타교본을 사서 독학으로 익힌 거였다. 연습은 소당구장에 있는 기타로 했다. 매일 바닥 청소만 하면 얼마든지 공짜로 기타를 칠 수 있었다. 라오셰는 자신이 지은 시에 기타 반주를 입히며 노래 연습을 했다.

> "높은 산 위에 올라 크게 고함을 질러 보자.
> 그 어떤 일도 생각하고 싶지 않아.
> 바닷가로 가 뜨는 해와 부서지는 파도를 보자.
> 갈매기가 자유롭게 나는 곳에서는
> 아무것도 두렵지 않을 테지……"

그가 기타를 연주할 수 있게 된 후 밴드 멤버들은 오히려 그를 멀리했다. 그들은 긴 머리칼을 휘날리며 여학생들 앞에서 이렇게 지껄여 댔다.

"라오셰는 꼭 죽은 돼지같이 생긴 게 무슨 자신감으로 기타를 치나 몰라. 기껏해야 야매로 익힌 주제에. 게다가 스타도 아니면서 직접 노래를 만든다니 뭐 그런 주제넘은 짓을 다 한데?"

고학년이라고 해도 그들 역시 아직 어린애였다. 또 그들 눈에 자기 노래를 만들고 앨범을 낼 수 있는 사람은 스타뿐이었다.

라오셰는 깨달았다. 그들은 자신과 같은 부류가 아니었다. 아니, 천여 명에 달하는 학우 중에 그와 같은 부류는 단 한 명도 없었다. 그들에게 자신의 이상을 털어놓지 않아서 천만다행이라고 라오셰는 생각했다. 하지만 아무래도 알 수 없었다. 왜 꼭 스타만 자기 노래를 쓸 수 있다고 할까? 왜 못생기면 노래 부를 자격조차 없다고 하는 걸까? 무슨 근거로?

알 수 없는 것은 또 있었다. 장래 문제였다. 그의 앞에는 한 가지 길밖에 없는 듯했다. 얌전히 졸업하고 고향으로 돌아가 이름 없는 산골 교사로 사는 것. 물론 곡괭이 대신 펜을 들고 살 수야 있겠지만 평생 산속에서 나올 수 없다는 점은 똑같았다. 다른 사람들이 그렇듯 라오셰도 선생이라는 직업을 훌륭하다고 생각하고 또 존중했다. 하지만 앞으로 자기 인생에 단 하나의 길밖에 없다는 사실을 그는 도저히 받아들일 수가 없었다. 나라고 꼭 그렇게만 살라는 법이 어디 있단 말인가? 대체 무슨 근거로?

언젠가부터 라오셰는 학교 안 열람실에서 잡지를 보며 생각에 잠기는 때가 많아졌다. 잡지에 실린 사람들은 하나같이 아름답고 빛이 났다. 넓고 다채로운 세상으로 나갈 수 있는 기회는 정말 이런 사람들에게만 허락된 것일까? 어째서 나처럼 가난한 시골 촌놈은 평생 두메산골에 박혀 사는 게 당연하다는 걸까? 라오셰는 혼란에 빠졌다. 같은 하늘 아래 이렇게 다른 두 세계가 존재하다니. 어떤 사람은 쉽게 이상을 세우고 꿈꿀 수 있지만 어떤 사람에게 이상이란 사치였다. 시작점이 다르면 누릴 수 있는 삶의 풍성함도 달랐다.

세상이 이처럼 불공평하다는 사실을 라오셰는 그제야 알게 되었다. 그래, 가난하게 태어난 것을 어쩌겠어, 운명에 순응해야지. 이렇게 생각하다가도 가끔 한 번씩 속에서 뜨거운 것이 치밀었다. 난 왜 이렇게밖에 살 수 없다는 거지? 가난하면 꿈꿀 권리도 없다는 건가? 무슨 근거로? 내 청춘 전부를 건다 해도 안 되는 거야? 라오셰는 이를 악물었다. 꿈꿀 권리, 선택할 권리. 내가 원하는 건 그것뿐이야. 그 권리에 손이라도 한번 대볼 수 있다면 결국 실패하고 만다 해도 기쁘게 받아들이겠어!

2000년 6월의 어느 오후, 라오셰는 열람실 나무의자에서 조용히 일어나 가방을 챙겼다. 그리고 앞에 있던 책들을 조심스레 서가에 다시 꽂았다. 가벼운 발걸음으로 열람실을 나온 그는 그대로 쭉 걸어가 교문을 나섰다. 그리고 다시는 학교로 돌아가지 않았다.

라오셰의 행동은 캠퍼스에 적잖은 파장을 일으켰다. 혹자는 그를 병신이라 욕했고, 혹자는 대단하다며 엄지를 치켜세웠다. 그의 행보에 대한 의견도 분분했다. 누군가는 그가 쿤밍 청궁현의 냉동창고에서 두꺼운 야상점퍼 차림으로 눈썹에 서리를 얹은 채 야채 포장을 하는 것을 봤다고 했다. 그런가 하면 벽돌공장에서 봤다는 이도 있었다. 벽돌 굽는 가마의 뜨거운 열기 때문에 머리카락이 전부 곱슬곱슬하게 탔더라는 구체적 증언이 뒤를 이었다.

실제로 라오셰는 벽돌공장에 있었다. 벽돌이 가득 담긴 손수레 한 차를 옮기고 8푼을 받았다. 아버지가 찾아왔을 때도 그는 손수레를 밀고 있었다. 아버지는 삽부터 휘둘렀다. 하지만 이미 늙고 기력이 떨어진 탓에 금방 라오셰에게 허리를 붙들렸다. 부자는 서로 허리를 끌어안고 고함을 지르며 한바탕 몸싸움을 벌였다. 그렇게 한참을 실랑이하다 결국 둘 다 진흙바닥에 쓰러지듯 주저앉아 거칠게 숨을 몰아쉬었다. 잠시 후 라오셰가 입을 열었다.

"아버지, 저 어려서부터 지금까지 아버지한테 한 번도 대들지 않았어요. 오늘도 그럴 거예요. 많은 걸 바라는 것도 아니에요. 그냥 딱 한 번만 저 스스로 선택하게 해 주시면 안 돼요?"

아버지는 땀을 뚝뚝 흘리며 멀리 우뚝 솟은 높은 빌딩을 가리켰다.

"넌 저기서 태어난 놈이 아니다. 그런데 무슨 재주로 저길 들어가겠냐? 사람은 저마다 맞는 신발이 있는 법이야. 누구는 가죽신발이고, 넌 짚신이고 그런 게지. 네놈은 대체 왜 제 분수에 만족하고 살지를 못하냐?"

라오셰는 고개를 저었다. "저렇게 살고 싶다는 게 아니에요. 아버지, 저는…… 시인이 되고 싶어요."

그는 아버지에게 자신이 지은 시를 들려줬다. 낭독을 마친 그는 기대감에 차서 아버지를 바라봤다. 그 순간 눈앞에 별이 번쩍였다. 아버지가 두툼한 손으로 그의 뺨을 후려친 것이다. 아버지는 시인이 뭔지 몰랐다. 라오셰가 무슨 소리를 하는 것인지 이해되지도 않았고 알고 싶지도 않았다. 그래서 더 이상 아무 말도 하지 않고 그를 내버려 둔 채 고향으로 돌아갔다.

나중에 아버지는 학교에 가서 라오셰의 물건을 전부 챙겼다. 종이 한 장 남기지 않았다. 아무리 사소한 물건이라도 모두 자신의 피땀과 맞바꾸어 산 것이었기 때문이다.

설에 라오셰는 고향에 내려가는 대신 800위안을 보냈다. 그간 벽돌공장에서 피땀 흘려 번 돈이었다. 짧은 편지도 함께 동봉했다.

'아버지 어머니, 절 용서하세요. 앞으로 열심히 벌어서 두 분을 모실게요. 또 열심히 벌어서 제 이상도 이룰게요.'

아버지는 돈을 갈가리 찢어 문밖에 뿌렸다. 어머니는 돈 조각을 하나하나 주운 뒤 풀을 쑤어 한 장 한 장 붙였다. 라오셰를 향한 아버지의 화는 그 후로 10년 동안 풀리지 않았다.

6

그 10년간, 라오셰는 이상을 이루기 위해 전국을 유랑했다. 거지처럼 빌어먹은 적은 한 번도 없었다. 떳떳한 직업이 있었기 때문이다. 그는 유랑가수이자 노동자였다. 창작을 계속하기 위해 반드시 노동을 해야 했다. 일해서 돈을 벌면 창작활동에 열중했고, 돈이 떨어지면 다시 공장에 취직했다. 다행히 어려서부터 고생에는 워낙 이골이 난 터라 무슨 일이든 다 해낼 수 있었다. 선전시에는 어딜 가나 공장이 있었다. 그는 룽화, 둥관, 핑안 등지의 공장에서 일했다. 룽강구 우렌촌에서는 신발공장에서 고객센터를 통해 반품되어 돌아온 신발의 밑창을 맞추는 일을 했다. 일반공의 경우 300위안을 받았고, 잔업 추가수당은 시간당 1위안이었다. 낮에 일하고 밤에는 시와 노래를 쓰느라 그는 언제나 동료들보다 늦게 잠들었다. 조립 라인에서 일한 적도 있었는데, 수면량이 절대적으로 부족한 그곳의 일꾼들은 항상 피곤한 얼굴이었다. 라오셰도 잠이 부족하기는 마찬가지였지만 나름대로 잠 깨는 방법이 있었다. 바로 노랫말과 시구를 생각하는 것이었다. 바쁘게 손을 놀리면서 머릿속으로 시를 생각하면 언제 그랬냐는 듯 졸음이 달아났다.

가장 좋은 일은 공장 경비였다. 야간 근무시간에 마음대로 기타도 치고 시도 쓸 수 있다는 점이 제일 좋았다. 한번은 시계공장에서 정문 출입을 통제하는 야간경비로 일했는데 그만두기 전에 먼저 잘리고 말았다. 공장 사장이 한밤중에 갑자기 차를 몰고 공장에 나타났는데 기타 연주에 너무 심취한 나머지 한 박자 늦게 반응했기 때문이다. 푸젠 출신인 사장은 걸쭉한 민난 사투리로 욕을 퍼부으며 꺼지라고 삿대질을 해댔다. 결국 라오셰는 그 자리에서 경비복을 벗고 맨몸으로 쫓겨났다.

다소 생뚱맞지만 희한한 계기로 소규모 유랑극단에 들어간 적도 있었다. 유랑극단은 주로 영화관을 통째로 빌려 공연했는데, 라오셰는 빠듯한 형편에도 가끔 표를 사서 보러갔다. 그것은 그가 즐길 수 있는 유일한 문화 활동이었다.

그날은 무대에 오른 메인 연기자가 매우 적극적이었다. 분위기를 띄우기 위해 공중제비를 획획 돌기도 하고, 스피커 위에 거꾸로 물구나무를 서서 노래를 부르기도 했다. 그러다 마침내는 물구나무를 선 채 무대 아래 관중을 향해 외쳤다.

"여기 올라와서 저를 도와 반주해 주실 분 없나요? 기타를 쳐도 되고, 드럼을 두드려도 좋습니다! 용감히 올라오는 분께 맥주 한 병을 드리지요!"

라오셰는 벌떡 일어나 무대 위로 올라갔다. 그리고 기타를 치며 탕레이(唐磊)의 〈라일락꽃〉을 불렀다. 노래를 다 부른 후 무대에서 내려오자마자 단장이 다짜고짜 그를 붙들었다. 그러더니 같이 일해 보지 않겠냐며 그를 꼬드겼다. 그날 라오셰는 단장과 훠궈를 실컷 먹고 영화관에서 잤다.

유랑단원 사이에는 계급이 있었고 계급마다 잠자리가 달랐다. 가장 높은 계급인 단장과 메인 연기자는 분장실, 낮은 계급인 라오셰는 무대에서 잤다. 원래 라오셰가 할 일은 기타 반주였지만 힘이 좋다는 사실이 밝혀진 후에는 장비를 나르는 등 온갖 힘쓰는 일까지 도맡게 됐다.

라오셰만큼 낮은 계급으로는 스트리퍼가 있었다. 다들 어디서 왔는지 알 수 없는 젊은 여자들이었다. 춤추지 않을 때는 대개 한쪽 구석에 웅크리고 앉아 휴대폰만 들여다봤다. 그들은 아무도 신경 쓰지 않고 아무도 바라보지 않았다.

유랑극단은 작은 현의 영화관만을 골라 다녔다. 때때로 그 지역 불량배들이 몰려와서 이것저것 괜한 트집을 잡으면 단장은 스트리퍼 중 한 명을 끌고 그들에게 가서 무어라고 은밀히 속삭였다. 그러고 나면 불량배들은 여자를 데리고 어디론가 사라졌다.

하루는 여자아이라고 해도 좋을 스트리퍼 하나가 라오셰 앞에 쪼그려 앉아 말을 걸었다.

"너 중등전문학교 다녔다면서? 나도 다녔었는데. 듣자 하니 시도 쓴다며? 한번 말해 봐. 시라는 게 뭐야?"

라오셰는 잠시 고민하다 대답했다.

"시는 아름답지 않은 세상 속에 숨겨진 아름다움을 발견하려 노력하는 거야. 예를 들어 선량함이나 이상, 사랑 같은……."

여자아이가 갑자기 자기 앞자락을 휙 헤집어 열었다. 새하얀 앙가슴 위로 손가락 모양의 시커먼 멍이 보였다. 그녀는 라오셰를 향해 소리 질렀다.

"무슨 아름다움! 이 병신 같은 돼지 새끼야!"

그녀는 윗도리를 벗고 무대로 뛰어올라가더니 바지까지 벗었다. 춤을 추고 옷을 벗으면서 욕했다. "얼어죽을 아름다움! 씹할 놈의 세상!"

금세 알몸이 된 그녀는 무대 위를 돌며 춤을 췄다. 눈물과 콧물이 비 오듯 떨어졌다. 곁에서 구경하던 사람들은 히죽거리며 휘파람을 불었다.

여자아이는 완전히 미쳐 버렸다. 단장이 어딘가로 데려갔는데, 어디로 갔는지는 알 수 없었다. 라오셰는 그녀의 행적을 따져 물으러 갔다가 오히려 흠씬 두들겨 맞고 극단에서 쫓겨났다. 6개월 치 임금도 받지 못했다. 짐을 싸서 나가는 그의 뒤에 대고 단장은 욕을 퍼부었다.

"시인 좋아하네! 그딴 개소리를 지껄이는 걸 보니 너도 머지않아 돌아 버릴 게 분명하구나!"

아무도 라오셰의 이상을 존중하지 않았다. 기회가 하늘에서 뚝 떨어지지도 않았다. 하지만 그는 익숙했다. 어차피 자신이 품은 이상 때문에 세상이 자신을 존중해 주기를 바란 적도 없었다.

하지만 얼마 후 기회가 왔다. 옛 학교 친구에게서 전화가 온 것이다. 사스가 한창이던 2003년의 일이었다. 연락한 사람은 자오퉁교육학교에서 만났던 그 밴드의 리드보컬이었다. 그는 광저우에서 한창 잘나간다고 했다. 어느 사교클럽에서 매니저를 맡고 있는데 꽤 높은 직위라는 말도 덧붙였다.

"라오셰, 동기 중에 진짜 사회에 나온 건 우리 둘뿐이야. 나머지는 졸업하자마자 죄다 고향으로 돌아가 선생이 됐다니까. 그러니까 옛날 일은 다 잊고 서로 의지하고 도우며 지내

자. 예전에 무슨 이상을 꿈꾸고 있다고 하지 않았어? 여전하지? 그럼 빨리 날 찾아와. 내가 그 꿈을 이루도록 도와줄게."

당시 라오셰는 악기 판매점에서 아르바이트를 하고 있었다. 낮에는 기타를 연습하며 가게를 보고 밤에는 피아노 밑 플라스틱 깔판에 누워 시를 쓰고 잠을 잤다. 판매점 사장은 그가 물건을 훔쳐 도망갈까 봐 겁이 났는지 매일 장사가 끝나면 바깥에서 가게 문을 잠그고 가 버렸다. 그 덕에 라오셰는 큰 볼일이든 작은 볼일이든 전부 빈 깡통에 해결해야 했다. 이런 상황에서 꿈을 이루도록 도와주겠다는 옛 학교 친구의 말은 한줄기 찬란한 빛과 다름없었다. 라오셰는 즉시 일을 때려치우고 그 빛을 따라 광저우시 판위구의 성중촌(城中村:급격한 도시화로 인해 과거 농촌이었던 지역이 도시의 중심지가 된 곳을 가리킴. 일반적으로 슬럼화가 진행되어 사회문제가 되고 있음)으로 달려갔다.

리드보컬이 속해 있다는 회사는 묘한 곳이었다. 회사 사람들은 하나같이 이상할 정도로 열정적이었다. 사무실이 아니라 일반 주택을 빌려 쓴다는 점도 이상했다. 게다가 안에는 사무용 책상 대신 간이침구가 바닥에 한가득 깔려 있었다. 소위 직원들은 모두 양복에 넥타이까지 맨 차림으로 간이침구 위에 눕거나 앉아 있었다. 가장 이상한 점은, 이곳에서는 모두가 서로를 '매니저'라고 부른다는 것이었다.

라오셰는 옛 친구를 보자마자 흥분해서 그동안 쓴 시와 가사가 담긴 두꺼운 노트부터 내밀었다. 왕년의 밴드 리드보컬은 그가 건넨 '이상'을 슬며시 한쪽으로 밀어내며 그의 어깨를 팡팡 쳤다.

"서두를 것 없어. 이상을 실현하기 전에 밥부터 먹자고!"

밥은 회사에서 직접 지어 먹었다. 간이침구를 한편으로 대충 치워 드러난 맨바닥을 밥상 삼아 모두가 둘러앉아 함께 먹었다. 거친 현미밥에 반찬은 고기가 약간 들어간 양배추볶음이 전부였다. 라오셰는 밥그릇을 들고 입에 몇 숟가락 욱여넣었다. 하지만 아무래도 흥분이 가라앉지 않아서 밥을 급하게 삼키고는 리드보컬에게 말했다.

"내가 쓴 시를 읊어 줄게. 먹으면서 한번 들어 봐."

그는 공장에서 쓴 시를, 경비를 보면서 쓴 시를 읊었다. 그가 시 한 편을 마칠 때마다 사람들은 열렬히 박수를 치며 칭찬 세례를 퍼부었다. 엄청난 호응이었다. 여태껏 살면서 그렇게 많은 칭찬을 들어 본 것도, 그렇게 많은 응원을 받은 것도 처음이었다. 다들 어찌나 띄워 주는지 라오셰는 금방이라도 하늘로 날아갈 것만 같았다.

하지만 리드보컬의 반응은 달랐다. 처음엔 그도 다른 사람과 마찬가지로 잘한다며 신나게 손뼉을 쳤다. 그런데 갈수록 얼굴이 점점 창백해지더니 중국에는 젓가락질도 멈추고 라오셰를 뚫어져라 바라봤다. 이마에는 땀까지 송골송골 맺혀 있었다.

식사가 끝난 후 라오셰는 늘 들고 다니던 기타를 꺼내들었다. 기분이 너무 좋아서 노래라도 한 곡 하지 않고는 배길 수가 없었다. 기타는 그가 돈을 벌어 산 것이었다. 예전에 리드보컬이 그에게 팔려고 했던 중고기타와 같은 브랜드였다. 처음에 리드보컬은 기타를 망연히 쳐다보다가 노래가 시작되자 다시 라오셰를 멍하니 바라봤다. 노래가 후렴구에 이르렀을 때는 아예 눈을 질끈 감아 버렸다. 그러더니 노래가 끝나자마자 갑자기 입을 열었다.

"라오셰, 우리 내려가서 담배 한 대 피우자."

순간 일동의 얼굴에서 웃음기가 사라졌다. 누군가 말했다. 안에서 피워도 괜찮아요. 리드보컬의 표정도 긴장한 듯 굳어졌지만 곧 너털웃음을 지으며 말했다.

"워낙 오랜만에 만난 동창이라, 둘이 옛날 얘기나 좀 하면서 회포를 풀려고 그래요. 우리 회사의 기업문화에 대해서도 따로 자세히 알려 주고……."

사람들이 하나둘씩 일어나더니 천천히 둘을 둘러쌌다. 밥도 다 먹었는데 그냥 여기서 얘기해요. 우리가 설명도 도와 줄게요. 어떤 사람이 목소리를 높여 한마디 덧붙였다.

"얘기는 무슨 얘기, 어차피 좀 있다 교육도 시작하잖아요. 교육 먼저 받고 얘기하도록 해요."

그제야 라오셰도 이상한 낌새를 챘다. 교육이라니 무슨 소리지?

리드보컬은 더 이상 고집을 부리지 않았다. 대신 라오셰를 창가로 데려가서 바지주머니를 한참 뒤지더니 '광저우만'이라는 담배 한 갑을 꺼내 내밀었다. 새것이었다. 라오셰가 뜯으려 하자 그는 뜯는 척만 하라며 손짓했다. 그러더니 갑자기 둘만 알아들을 수 있는 윈난 사투리로 이렇게 말했다.

"지금 내가 가진 건 그거뿐이야. 라오셰, 옛날 일은 미안하다. 그리고 오늘도……. 일단 아무 말 말고 내가 하자는 대로 해."

그는 갑자기 이유 없이 킥킥 웃으면서 라오셰의 어깨를 친근하게 토닥였다. 조금 떨어진 곳에서 귀를 쫑긋 세우고 두 사람의 동향을 살피던 사람들은 그제야 안심했다는 듯 관심을 거두고 각자 일에 열중했다. 리드보컬이 다시 속삭였다.

"라오셰, 너 체육 잘했지? 달리기도 빠르고. 널 창가로 데려온 건 문이 가까워서야. 내가 신호를 하면 무조건 뛰어. 뒤도 돌아보지 말고, 무슨 일이 벌어져도 앞만 보고 뛰어 가. 날 믿어. 그래야 오늘 여기서 무사히 빠져나갈 수 있어. 날 꼭 믿어야 해."

라오셰의 가슴이 쿵쾅쿵쾅 뛰기 시작했다. 어찌된 상황인지 알 수가 없었다. 리드보컬은 복잡한 눈빛으로 잠시 그를 바라보다가 조용히 말했다.

"우린 둘 다 가난한 촌놈인데 이렇게 다르구나. 이상을 가진 네가 부럽다."

그러더니 돌연 라오셰를 문 쪽으로 밀며 날카롭게 외쳤다. 뛰어!

문은 라오셰가 나오자마자 닫혔다. 리드보컬이 문을 막아선 듯, 금방 열리지는 않았다. 뒤에서 쏟아지는 무시무시한 욕설과 고함소리를 들으며 라오셰는 구르듯이 계단을 뛰어내려갔다.

그는 겁에 질려 정신없이 뛰었다. 건물을 빠져나오고 골목을 지나 계속 달렸다. 성중촌을 지나고 달려서 판위구를 빠져나갈 기세였다. 그렇게 한참을 달리다 거의 쓰러질 지경이 되어서 길가에 주저앉았다. 그제야 기타를 두고 온 것이 생각났다. 그는 머리를 쥐어뜯었지만 다시 그곳으로 돌아갈 엄두는 나지 않았다. 리드보컬이 그더러 도망치라고 한 이유도 여전히 오리무중이었다.

그날 이후 리드보컬과는 연락이 되지 않았다. 꼭 실종된 사람 같았다. 그러다 몇 년이나 지난 후에 다른 동창에게서 그의 소식을 들었다. 어쩌다 장애인이 된 후 고향으로 돌아가 산골 학교에서 대리교사를 하고 있다는 소식이었다. 오른쪽 팔과 다리가 부러졌는데 접합이 잘못되는 바람에 밥그릇은커녕 젓가락도 제대로 못 드는 신세가 됐다고 했다. 수업할 때도 판서가 힘들어서 애를 먹는다고 했다. 왕년에 밴드 리드보컬이었던 그가 이제는 기타도 치지 못한다고 했다.

라오셰는 그가 준 '광저우만' 담배를 뜯지 않았다. 몇 년이고 계속 그대로 두었다.

7

라오셰가 광저우에서 목숨 걸고 도망친 일은 그날 한 번만이 아니었다. 두 번째는 정말 죽음 직전까지 갔다.

당시 라오셰는 기차역 근처 한 과일 노점 옆에서 노래를 불렀다. 행인들은 동전을 던져 줬고, 과일장수는 수박 한 조각을 건네줬다. 광저우에서는 광둥어로 노래를 부르는 게 좋지 않겠냐고 조언해 준 마음씨 좋은 중년부인도 있었다. 그가 노래하는 시를 알아듣지는 못했지만 사람들은 그에게 모두 친절했다.

그중에서도 가장 기억에 남는 사람은 폐지 줍는 노인이었다. 백발이 성성한 그는 5위안짜리 지폐를 기타 케이스에 내려놓으며 가만히 중얼거렸다.

"우리 아들 나이도 이 정도일 텐데……."

라오셰는 기타를 챙겨 들고 노인을 뒤쫓아 갔다. 5위안을 돌려주기 위해서였다. 노인을 따라가다 보니 어느새 기차역 뒤쪽의 허름한 건물에 이르렀다. 그곳은 폐지 줍는 일을 하는 사람들이 모이는 곳이었다. 그들은 여기저기 흩어져서 각자 술을 마시거나 주워 온 음식을 먹거나 꽁초를 피우고 있었다. 몸이 불편하거나 지능이 부족한 사람은 하나도 없었고 다들 지극히 정상이었다. 다만 모두가 노인이었다. 그곳에 있는 사람들의 나이를 모두 합치면 천 살은 훌쩍 넘을 터였다. 또 그들의 고향을 지도에 모두 표시하면 그대로 중국 지도가 될 판이었다.

그러나 그들에게는 공통점이 하나 있었다. 돌아갈 곳이 없다는 것이었다. 일찍 아내를 잃고 자식이 없는 사람도 있지만 자식에게 버림받은 사람도 있었다. 그들이 드넓은 중국 대륙에서도 광저우를 선택한 이유는 단 하나, 따뜻한 기후 덕에 길에서 얼어 죽을 걱정이 없었기 때문이었다. 한 노인이 말했다. "이제 우리한테는 죽을 일밖에 남지 않았어. 그나마 광저우는 날씨가 좋으니 여기라면 조금이나마 늦게 죽을 수 있겠지." 그리고 곁에 있는 다른 이들을 가리키며 웃었다. "다 같이 죽으면 외롭진 않을 거야."

노인이 다시 입을 열었다. "젊은이, 가게나. 우리 같은 늙은 것들과 같이 있지 마. 우린 너무 불길해. 너무 불길한 존재들이야."

비가 내리기 시작했다. 라오셰는 그곳에서 걸어 나왔다. 불과 몇십 미터 떨어진 곳에 고층건물이 즐비한 광저우가 펼쳐졌다.

광저우의 여름은 거의 매일 비가 내렸다. 하늘에 구멍이 뚫렸는지 의심스러울 정도로 많은 비가 한꺼번에 내렸다. 그 탓에 거리에서 노래를 부르지 못하는 날이 계속 됐다. 결국 라오셰는 다른 곳에서 노래할 수 있는 일을 구하기 위해 군구(軍區:군단 몇을 포함한 지역군 개념)에 인접한 샤허챠오의 직업소개소를 찾아갔다. 기본적인 서류와 자료를 작성하고 신분증을 복사한 뒤 상담을 받았다. 소개소 사람은 어떤 일이든 다 구할 수 있다며 큰소리쳤다. 노래를 하고 싶다고 하자 술집이나 라이브 바의 가수 자리를 찾느냐며, 이 역시 문제 없다고 호언장담했다. 그러면서 슬쩍 덧붙였다. "광저우 시내 쪽 말고 주변 현이나 시는 어때요?"

기타는 그들이 맡아 두겠다고 했다. 소개소 매니저 말에 따르면 보증금 같은 개념이란다. 나중에 소개비를 다 정산하면 돌려줄 테니 걱정 말라는 말에 라오셰는 한참 망설이다가 결국 기타를 넘겨주었다.

잠시 후, 옆구리에 가죽가방을 낀 중년남자가 들어왔다. 그는 장시 말투로 시간이 없으니 어서 차에 타라고 재촉했다. 라오셰는 얼결에 커다란 승합차에 올라탔다. 창문이 온통 까맣게 칠해진 차 안에는 이미 나이도 성별도 다양한 사람들이 십여 명쯤 타고 있었다. 그중에는 엄청난 덩치를 자랑하는 대머리 남자가 몇몇 섞여 있었다. 다들 아무 말이 없었다. 그저 차가 흔들리는 대로 흔들릴 뿐이었다. 얼마 안 가 대부분의 사람들이 잠이 들었고 라오셰도 까무룩 잠에 빠져들었다.

라오셰는 차가 크게 흔들리는 느낌에 눈을 떴다. 창문이 검은 탓에 차 안은 칠흑같이 어두웠다. 그는 환기라도 시킬 겸 창문을 열었다가 깜짝 놀라고 말았다. 벌써 날이 저물고 있었기 때문이다. 대체 어디로 가고 있단 말인가. 창밖에는 건물 하나 보이지 않고 나무만 스쳐 지나갔다. 산골 출신인 그가 산길을 몰라볼 리 없었다. 차는 확실히 산으로 들어가고 있었다. 그것도 깊고 깊은 산골짜기로.

라오셰는 혼란에 빠졌다. 분명히 술집이나 라이브 바를 찾는다고 했는데, 어째서 깊은 산속으로 들어가는 걸까. 그는 대머리 덩치들에게 지금 어디로 가고 있는 거냐고 물었다. 그러자 그중 한 명이 위협하듯 낮게 으르렁댔다. "쉿! 입 다물고 잠이나 자." 라오셰는 눈을 감고 생각했다. '속았구나.' 산중에 자리한 불법 공장 같은 곳에 팔려 가는 게 분명했다. 가면 불법 간벌이나 유독한 석유 정제 작업 따위를 하게 되겠지, 노예처럼 혹사당하면서!

목적지에 가까워졌는지 차의 속도가 느려지기 시작했다. 사람들은 아직 자고 있었지만 대머리 덩치들은 전부 일어나 부스럭거렸다. 라오셰는 살짝 실눈을 떴다가 그만 아연실색하고 말았다. 덩치들이 허리춤에서 짧은 곤봉과 칼을 꺼내들었기 때문이다. '도망쳐야 해, 무조건 도망쳐야 한다고!' 라오셰는 마른침을 삼키며 몰래 주위를 돌아봤다. 다른 사람들은 엄청난 위기가 목전에 닥친 것도 모르고 숙면 중이었다.

마침내 차가 멈추고 문이 열렸다. 덩치 두 명이 먼저 내리고, 나머지 세 명은 몸을 일으키며 살기등등한 얼굴로 고함을 질렀다. "전부 일어나! 얌전하게 줄을 서서 차에서 내린다, 실시!" 그 순간 라오셰는 몸을 숙였다가 반동을 이용해서 총알처럼 차 밖으로 튀어 나갔다. 그리고 럭비선수가 태클을 걸 듯 밖에 서 있던 덩치 두 명을 한꺼번에 넘어뜨렸다. 그는 아주 잠깐 고민하다가 고개를 돌려 차 안을 향해 소리쳤다. "도망쳐요!"

그 잠깐을 지체하는 사이에 넘어졌던 덩치들이 일어서서 곤봉을 빼들고 달려들었다. 라오셰는 재빨리 몸을 돌렸다. 빡 소리와 함께 곤봉이 등으로 날아들었다. 이 정도쯤이야 아무것도 아니야. 그는 이를 악물었다. 아홉 살 때부터 2천 킬로그램을 지고 나른 등이라고! 아버지한테 작대기로 얻어맞았을 때가 훨씬 더 아팠어! 안 그래도 하루 종일 차 안에 처박혀 있느라 허리가 아팠는데 오히려 시원하고 좋네! 그렇게 생각하는 순간, 신기하게도 아픔이 사라졌다. 라오셰는 다시 한 번 덩치들에게 달려들어 그들을 자빠뜨리고 코뿔소처럼 산 아래로 돌진했다. 곤봉과 칼, 돌멩이가 등 뒤에서 살벌하게 날아왔다. 하지만 라오셰의 머릿속에는 오직 도망쳐야 한다는 생각뿐이었다.

'여기서 이렇게 노예로 살 수는 없어, 난 자유롭게 살아야 해, 내겐 이뤄야 할 이상이 있다고! 찢어지게 가난한 산골 생활도 나를 가로막지 못했고, 차오자중학교 시절 동급생의 비웃음도 날 막지 못했어. 교육학교의 높은 담벼락도, 공장의 조립라인도 날 주저앉히지 못했어. 세상이 아무리 추악하다 한들, 고생길이 아무리 첩첩산중이라 한들 내 이상은 꺾지 못해. 그러니까 달려! 죽을힘을 다해 도망치란 말이야!'

라오셰는 속으로 외치면서 계속 달렸다. 달리면서 저도 모르게 오열하기 시작했다. 너무나 가슴이 아팠다. 하늘은 어째서 개미나 다름없는 작디작은 자신에게 기회 한 번을 주지 않는 것일까. 잘 살도록 도와주지는 못할망정 왜 가만히 내버려 두지도 않는 것일까. 그는 주먹으로 눈물을 닦았다. 아냐, 울면 안 돼. 울면 빨리 뛸 수가 없어! 문득 폐지 줍는 노인들이 떠올랐다. 그래, 앉아서 죽기만 기다릴 수는 없어. 난 아직 젊어. 게다가 내게는 이상이 있잖아!

라오셰는 산길을 뛰고 논길을 달렸다. 도무지 뛸 수 없을 지경이 되자 걸었고, 더 이상 걸을 수도 없게 되자 고가도로 밑 배수로에 몸을 숨겼다. 그가 팔려간 곳은 광둥성 광닝현이었다. 그는 그곳에서 한달음에 스후이까지 도망친 후 다시 싼수이를 거쳐 푸산으로 향했다.

나흘 후, 라오셰는 마침내 광저우로 돌아왔다. 샤허챠오의 직업소개소 매니저는 그를 보자마자 너무 놀라 마시던 차를 뿜었다.

"아니, 어떻게 돌아온 거야?"

그 다음에 벌어진 상황은 라오셰를 더 놀라게 했다. 매니저가 자리에서 벌떡 일어나 그의 손을 덥석 잡더니 감격했다는 듯 이렇게 외쳤기 때문이다.

"인재군, 인재야! 우린 자네 같은 인재가 필요했어. 우리랑 같이 일하세. 다음에도 자네를 2천 위안에 팔겠네. 그리고 오늘처럼 다시 돌아오면 반을 떼어 주지. 어떤가?"

라오셰는 대답했다.

"당장 내 기타나 돌려줘요."

8

내가 라오셰를 처음 만난 것은 베이징의 한 라이브 바였다. 그는 전국을 유랑하다 베이징에 세 번째 온 참이었다. 당시 라오셰는 촨즈(川子)가 운영하는 라이브 바에서 머물며 노래를 했다. 수염이 덥수룩한 촨즈는 〈이번 생의 인연〉과 〈네 이름은 정쳰화(鄭錢花:돈을 많이 벌어 쓴다는 이름의 정씨)〉라는 노래로 유명한 포크가수로, 한 번에 옌징맥주 일고여덟 병쯤은 목축임 정도로 해치울 만큼 호탕한 사내다. 문제는 남한

테도 자기 기준을 들이댄다는 데 있지만.

어쨌든 그날도 촨즈는 내 입에 술을 들이붓게 만들었다. 나는 술에 익사할 것 같은 위기감에 허덕이면서 그에게 물었다.

"형님, 지금 무대에서 노래하는 저 뚱보는 누구요? 꼭 소도둑놈처럼 생겼네."

내가 그에게 관심을 가진 이유는 그의 노래가 이상했기 때문이다. 그것은 뭐라 말할 수 없는 이상함이었다. 분명히 평범한 포크송인데 듣고 나면 마치 에세이나 시 한 편을 읽은 듯한 느낌이 들었다. 게다가 별다른 기교 없이 담백하게 연주하고 노래하는데도 묘하게 사람의 마음을 건드려서 탄식하게 만드는 힘이 있었다.

하루는 가오샤오쑹(高曉松:영화감독 겸 음악제작자)이 동석했는데, 그 역시 라오셰의 노래가 비범하게 느껴졌는지 일부러 그를 불러서 이렇게 말했다.

"자네 노래는 너무 슬퍼. 조금만 더 즐겁게 써 보면 어때? 요즘 시대에 필요한 건 즐거운 노래니까."

나는 옆 테이블에 앉아 그들이 대화하는 모습을 지켜보았다. 이야기를 듣는 내내 라오셰는 입을 헤벌리고 천진하게 웃기만 했다. 그러더니 한참 후에야 겨우 한마디 했다. "감사합니다, 선생님."

그때까지만 해도 나는 라오셰를 평범한 가수로만 생각했다. 그가 오십여 개가 넘는 도시를 유랑했고 줄곧 노래로 생계를 유지해 왔다는 사실도, 가슴속에 원대한 이상을 품고 있다는 것도 알지 못했다.

앞서 말한 엄청난 사건들 외에도 그는 전국을 떠돌면서 참으로 많은 일들을 겪었다. 구이양시 중심의 분수대 옆에서는 눈을 감고 노래를 부르다 눈을 뜨니 도시미화 관리원이 그의 기타 케이스를 들고 있었다. 보통 때라면 기타까지 압수해 갈 상황이었지만 어쩐 일인지 그 도시미화 관리원은 노래 한 곡을 더 청했다. "노래가 정말 듣기 좋네요"라면서. 라오셰가 노래를 불러 주자 그는 기타 케이스를 내려놓고 사라졌다. 쿤밍의 난핑가에서는 어떤 사람이 노래도 듣지 않고 1위안짜리 동전을 기타 케이스에 던져 넣고 가서 그를 쫓아가 돈을 돌려주었다.

난닝의 차오양광장 백화점 앞에서는 어떤 남자가 그의 앞에 주저앉아 한참 동안 마케팅사이언스에 대해 강의하기도 했다. 라오셰는 참을성 있게 끝까지 들은 후 그에게 말했다.

"혹시 외롭지 않으세요? 제 앨범을 한 장 드릴게요. 힘들 때 한 번 들어보세요."

앨범이라고 해 봤자 피시방에서 컴퓨터 마이크로 녹음해서 한 장 한 장 구운 것이었지만 그 사람은 고맙다며 허리를 깊이 숙여 인사했다.

난징 신지에커우의 지하도에서는 이런 일도 있었다. 한창 노래를 하는데 어디선가 의족을 한 장애인이 나타나 스피커 연결선을 잡아 뽑더니 자기 자리라며 텃세를 부리기 시작했다. 라오셰는 그와 실랑이하는 대신 같이 노래하지 않겠냐고 물었다. 결국 두 사람은 몇 시간 동안 함께 노래를 불렀다. 그리고 라오셰는 그날 번 돈을 모두 장애인에게 주고 빈손으로 떠났다. 잠시 후, 장애인이 쫓아와서 사과 한 알을 그의 손에 쥐어 주었다.

어느 늦은 밤에는 골목을 지나다가 누님뻘 되는 동베이 여자에게 붙들렸다. 그녀는 그를 좁은 가게로 끌고 가더니 다짜고짜 아가씨를 고르라고 했다. 당황한 그가 나는 가수이지 아가씨를 사러 온 사람이 아니라고 하자 그녀는 깔깔 웃으며 말했다. 세상에나 만상에나, 내가 예술가를 끌어들였네. 가게 안의 아가씨들도 전부 까르르 웃음을 터뜨렸다. 라오셰는 머쓱함을 감추기 위해 노래 한곡을 부르겠다고 제안했다. 그가 노래를 마치자 한 아가씨가 눈물을 닦으며 말했다. "아, 갑자기 집 생각이 나네."

베이징 중관촌의 쇼핑 밀집지역인 하이디엔황장에서 공연할 때는 분위기가 꽤 좋았다. 많은 사람이 계단에 앉아 그의 노래를 들었고, 이따금 박수소리도 들렸다. 그런데 갑자기 자칭 중관촌 지킴이라는 남자가 나타나더니 역시 텃세를 부리며 그를 쫓아내려 했다. 자기 팬들은 자기 노래를 더 듣고 싶어 한다면서 말이다. 라오셰는 웃으며 짐을 쌌다. 외려 다른 사람들이 나서서 편을 들었지만 고개를 저으며 이렇게 말했다. "괜찮아요, 다들 힘든 때잖아요."

내가 라오셰를 베이징에서 만났을 때 그에게는 두 명의 파트너가 있었다. 한 명은 궈동(郭棟:포크송 가수), 다른 한 명은 왕야웨이(王亞偉:포크송 가수)였다. 여담이지만 왕야웨이는 원래 꼬치구이 장사를 했더랬다. 아무튼 어느 날인가 라오셰는 왕야웨이와 냐오차오(鳥巢:베이징 올림픽 주경기장)에 노래를 부르러 갔다가 당시 숙소가 있던 리우자야오까지 장장 여덟 시간을 걸었다. 이유는 하나, 차비를 아끼기 위해서였다. 구로우를 지날 무렵 두 사람은 돈을 모아 돼지내장탕 한 그릇을 사서 반만 먹었다. 반은 궈동에게 가져다줄 생각이었다. 하지만 결국 허기를 참지 못하고 가는 길에 나머지를 다 먹어치웠다. 다행히 궈동이 국가 이미지 홍보물에 출연할 정도로 잘됐기에 망정이지, 아니었으면 한참이나 미안했을 기억이라나.

냐오차오 근처에서 노래할 때는 한 아가씨가 자기 결혼반지를 라오셰의 앨범과 바꿔 간 일도 있었다. "이 반지는 이제 내게 아무 의미도 없어요. 4년이나 사귄 남자친구가 다른 여자랑 바람이 났거든요." 그녀는 울먹거리며 반지를 라오셰에게 떠넘기듯 쥐어 주고 바람처럼 사라졌다. 하지만 그로부터 일주일 후 그녀는 바람처럼 다시 나타나 남자친구와 화해했다며 환하게 웃었다. 라오셰는 그들의 결혼식에서 축가를 불러 주고, 반지를 건네주는 역할까지 완벽하게 수행했다.

창사, 우한, 항저우, 상하이, 정저우 등 그가 거친 곳은 수없이 많았다. 오십여 개의 도시를 유랑하면서 그는 매 도시마다 이야기를 남겼고 그 보답으로 시와 노래를 얻었다.

나는 라오셰와 술을 마시면서 그의 이야기들을 하나씩 듣게 됐다. 술은 모두 리장에서 마셨다. 라오셰는 '다빙의 작은 집'을 잠시 방문했고 나와 대화한 끝에 결국 남아서 무대에 서기로 했다. 물론 계속 머물 계획은 아니었다. 어쨌든 그의 본질은 유랑가수이니 언젠가는 다시 길을 떠날 것이다.

사실 다빙의 작은 집은 유랑가수들의 요람이라 해도 과언이 아니다. 마땅한 무대가 없는 유랑가수에게 무대를 제공하고 자력갱생할 수 있는 기회를 주는 게 다빙의 작은 집이 존재하는 궁극적인 목적이기 때문이다. 하지만 라오셰는 월급을 받지 않겠다고 했다. 앨범을 판 수입이면 충분하다는 이유였다. 그는 이곳에서도 거리에서 노래를 부르던 것처럼 노래했다. 한없이 소박하고 천진하게, 그러나 절대 굽히지도 꺾이지도 않는 강인함으로. 나는 그의 선택을 존중했다. 장장 15년 동안 가시밭 같은 세상을 홀로 떠돌면서도 꿋꿋하게 이상을 지켜 온 그에게 잠시나마 피난처를 제공할 수 있다는 사실만으로도 기뻤다.

유랑가수 라오셰의 이상은 시인이 되는 것이다. 시인이 되어서 자신의 시집을 내는 것이다.

라오셰는 시커멓고 촌스럽게 생겼지만 속은 결코 천박하지 않다. 그는 늘 자신의 이상은 시 안에 숨겨져 있고 자신의 시는 노래 안에 숨겨져 있다고 말한다. 그렇기에 그는 오로지 노래와 음악에 의지해서 이상을 위해 돈을 번다. 이상이 시를 만들고, 시가 노래를 탄생시키고, 노래가 또다시 이상을 위한 돈을 벌어 주는 것. 이것이야말로 이상을 위한 최적의 선순환이라고 그는 생각한다.

라오셰의 이상은 끊임없이 성장했고, 끊임없이 좌절했으며, 끊임없이 처음부터 다시 시작했다. 그중 반은 다른 사람 때문이었지만 나머지 반은 그가 자초한 것이었다. 원난에 지진이 일어났을 때 자신의 모든 재산을 기부하고 또다시 빈털

터리가 되는 것을 선택한 것처럼 말이다. 나는 그런 그가 너무나 안타까웠다. 여태껏 겪어온 고생과 그의 이상을 알기에 더욱 가슴 아팠다. 그래서 어떤 식으로든 그를 돕고 싶었다. 하지만 라오셰는 거절했다.

"형은 작가고 재능과 인맥이 있지. 돈도 나보다 많고. 나도 알아. 하지만 괜찮아. 마음만 고맙게 받을게."

나는 탄식했다. "어째서 이렇게 융통성이 없는 게냐, 좀 편한 길로 갈 수도 있잖아." 그는 다 마신 맥주 캔을 우그러뜨리며 예의 천진한 미소를 지어 보였다.

"괜찮아. 처음부터 다시 시작하면 되지. 난 이미 익숙해."

그때 라오셰는 류저우에서 1500킬로미터를 걸어서 리장까지 온 참이었다. 우리는 다빙의 작은 집 문 앞에 앉아 있었다. 나는 멍하니 그를 바라봤다. 그러자 그는 쑥스러움을 감추려는 듯 오른쪽 가슴을 탕탕 치며 말했다.

"다빙 형, 내 걱정은 하지 마. 아무리 힘들어 봤자 밥 빌어먹기밖에 더 하겠어? 이 심장이 뛰는 한은 언젠가 숨통 트일 날도 오는 법이야. 끝까지 포기하지만 않으면 돼. 내 힘으로 내 이상을 이루지 못하라는 법 있어? 무슨 근거로?"

그런 그에게, 내가 무슨 말을 할 수 있겠는가. 나는 한참 침묵을 지키다 겨우 입을 열었다.

"라오셰야, 심장은 보통 왼쪽에 있단다."

9

라오셰는 지금 다빙의 작은 집에서 지내고 있다. 낮에는 책을 읽거나 시를 쓰고, 밤에는 무대에서 노래를 한다. 가끔 앨범도 팔면서. 그는 그렇게 자신의 이상에 조금씩 가까워지고 있다.

사실 전문성 측면에서 봤을 때 라오셰의 시는 아주 훌륭하다고 할 수 없을지 모른다. 이름난 시인이 되리라는 보장도 없다. 그러나 어쨌든 그는 진정한 시인이 될 것이다. 아니, 내게는 이미 진정한 시인이다.

하지만 그가 앞으로 얼마나 많이 '처음부터 다시 시작'해야 할지는 알 수 없다. 운명은 그를 향한 시험을 멈추지 않을 생각인 것 같기 때문이다. 지난달에 라오셰의 어머니가 돼지 줄 풀을 베다 다치셨다. 오른손 손가락 세 개가 나란히 잘려 나갔다고 했다. 어머니에게 수술비를 보내고 라오셰는 또다시 무일푼이 됐다. 시집을 낼 날도 또다시 요원해졌다. 그러나 라오셰는 아직 아무것도 포기하지 않았다.

꿈이 있는 사람은 누구나 존중받아 마땅하다는 말이 있다. 하지만 나는 남에게 존중받는 것 못지않게 자기가 자신을 존중할 수 있어야 한다고 생각한다. 진정한 존중은 장애물과 넘어질 것을 두려워하지 않고, 용감하게 이상을 향해 전진하는 사람의 것이다.

꿈은 이상과 다르다. 상상하고 꿈꾸기만 할 뿐 행동으로 옮기지 않는 것은 꿈이다. 그러나 그것을 향해 용감하게 달려가는 순간, 꿈은 이상이 된다. 내 주변에서는 라오셰가 바로 꿈을 이상으로 만든 사람이다.

아마 당신 곁에도 그런 사람이 있을 것이다. 이상을 원동력 삼아 어디에서든 평안하게 거할 수 있는 능력을 지닌 사람 말이다.

우리 곁에 있는 라오셰 같은 사람들을 한심하고 불행한 이상주의자로 섣불리 깎아내리지 말기를 바란다. 인생이 불행한 이유는 꿈을 이루지 못해서가 아니라 꿈을 이상으로 만들지 못하고 쉽게 포기하기 때문이니까.

자, 이야기는 여기까지다. 사실 이야기라기보다는 인생의 맛이 담긴 한 그릇의 탕국이라는 편이 나을 것이다. 몸서리쳐질 만큼 쓴맛이 났다면 오히려 좋겠다. 당신이나 나나, 지금까지 너무 달콤하게만 살아왔는지도 모르니까 말이다.

강호의 도가
땅에 떨어졌도다

결국 어떤 친구는 인맥도 아니고 기브앤테이크 관계도 아닌 그저 '친구'로 남는 법이다. 이런 친구는 내 사회적 지위에 따라 나를 멀리하거나 가까이하지 않는다. 내가 가난하든 부유하든, 성공하든 실패하든 늘 변함없는 미소로 나를 바라본다. 내가 지나치게 들뜨면 일깨워 주고, 날뛰면 품어 주며, 외로울 땐 담배 한 개비를 건네준다. 그리고 내가 어려움에 처하면 조용히 손을 내밀어 도와주면서도 아무런 대가를 바라지 않는다.

당신은 이런 친구를 몇이나 얻었는가? 혹은, 몇이나 잃어버렸는가?

1

내게는 '희소'라는 오랜 친구가 있다. 사회에서 만난 친구이며 물론 희소는 본명이 아니다. 그의 진짜 이름은 밝힐 수 없다. 아직 때가 되지 않았다. 사실 그에 대해 쓰기로 결심한 지금도 확신이 서질 않는다. 어쩌면 이 글 한 편이 엄청난 파장을 불러일으킬 수도 있기 때문이다. 혹시 내가 잘못 쓰기라도 한다면? 내 글로 인해 희소가 수많은 사람의 손가락질을 받는다면? 그래서 내가 그의 남은 인생을 망친다면? 그러면 어찌한단 말인가?

"괜찮아. 써."

희소가 말했다. 늦은 저녁 바람이 얼굴을 스치고 귓가에 파도 소리가 들려오는 남중국해 해변의 나무 벤치에서였다. 어스름밤, 담뱃불이 깜박거렸다. 그는 담배를 눌러 끄며 한마디 덧붙였다.

"넌 내 형제야. 난 널 믿어."

하지만 희소, 내가 네 형제가 될 자격이 있을까? 천근 같은 부끄러움이 손을 짓누르지만, 그날 베이징 구로우둥거리 작은 식당에서의 기억을 한 글자 한 글자 힘겹게 적어 본다.

어쩌면 그날 나는 인세를 받았다는 이유로 네게 술을 사지 말았어야 했다. 아니면 그 독한 바이지우를 반 잔만 덜 마셨어야 했다. 그랬다면 그렇게 미친놈처럼 취하진 않았을 것이다. 미친놈처럼 취하지만 않았더라면 술잔을 들고 탁자 위로 뛰어올라가 목울대를 긁어 대며 고래고래 노래를 부르지도 않았을 것이다. 고래고래 부르던 노래가 자오레이의 〈남방아가씨〉만 아니었다면, 나는 네게 그 망할 질문을 던지지 않았을 것이다. 하지만 나는 바보같이 잔뜩 꼬인 혀로 묻고 말았다.

"희소, 우리가 알고 지낸 게 얼마인데 여자친구 얘기를 한 번도 안 했다는 게 말이 되냐? 대체 여자친구가 누구야? 혹시 남방아가씨 아냐?"

너는 침묵했다. 만약 내가 조금만 덜 취했더라면, 그래서 사리 분별할 정신이 조금만 남아 있었다면 네 침묵을 억지로 찢어 내지 않았을 것이다. 하지만 그날 나는 작은 식당의 탁자 위에 버티고 서서 기세등등하게 으르렁댔다.

"말해 봐! 그 아가씨 이름이 뭐야? 미녀야, 추녀야?"

너는 화장실을 다녀오겠다며 몸을 일으키더니 비틀거리며 밖으로 나갔다. 나는 왜 탁자에서 뛰어내려 너의 뒤를 쫓았을까. 대체 왜 너의 앞을 막고 그녀의 사진을 봐야겠다며 부득부득 네 핸드폰을 빼앗았을까. 제발 이러지 말라는 간절한 네 눈빛을 보고도 왜 끝까지 빼앗은 핸드폰을 놓지 않았을까. 너는 핏기가 가신 얼굴로 하얗게 질린 입술을 떨며 내게 물었다.

"다빙, 우리는 형제지?"

"쓸데없기는! 뭔 소리를 하려고 그래?"

"그러면 부탁할게. 다신 아무것도 묻지 마. 제발."

설마 스타의 스캔들거리라도 된단 말인가. 그렇지 않고서야 네가 그렇게까지 긴장할 이유를 나는 알지 못했다. 결국 호기심만 더 달구어진 나는 너를 억지로 의자에 눌러 앉히고 모든 것을 털어놓으라며 몰아세웠다. 너의 왼 손목을 꽉 틀어쥐고, 히죽히죽 웃으며, 바보같이.

네 목소리가 들렸다. "형제, 정말 다 알아야겠어?"

나는 대답했다. "물론이지! 누군지 알아야 되겠어! 같이 밥도 먹고 술도 마시고 놀기도 해야겠어! 두 사람 결혼식도 꼭 가야겠어! 그뿐이야? 결혼식 사회는 내가 볼 거야, 꼭!"

네 얼굴에 설핏 감동이 스쳤다. "그 말, 정말이야?"

너는 조심스레 다시 확인했다. "형제, 정말 내 결혼식 사회를 봐 줄 거야?"

2

희소는 나를 각별하게 생각했다. 그래서 예전부터 '형제'라고 불렀다. 그와 내가 처음 만났을 때 그는 이미 중천에 뜬 태양 같은 스타였고 나는 이름마저 생소한 신인이었다. 보통 이렇게 한쪽이 기우는 우정은 오래가지 못한다. 배분할 수 있는 자원이 서로 달라 평등한 친구가 되기 어렵기 때문이다. 게다가 나는 전갈자리라 예민하고 강직하다. 희소는 그런 나를 이해하고, 언제나 조심스레 내 자존심을 지켜 주며 우정을 이어왔다. 마치 형처럼 말이다.

한번은 그와 함께 어느 연회에 참석한 적이 있었다. 주최자는 유명인을 대우하는 차원에서 그에게 메인테이블의 상석을 권했다. 하지만 그는 거절하고 굳이 구석진 테이블의 말석에 있는 내 옆에 앉았다. 내가 찬밥 취급을 당할까 봐 신경을 쓴 것이다. 그 마음을 알고 또 고마우면서도 한편으로는 젊은 치기와 자존심 때문에 나는 오히려 그의 배려에 반감을 느꼈다. 그래서 팔짱을 끼고 낮은 소리로 중얼거렸다.

"이럴 필요 없어, 난 괜찮아."

그는 내게 눈길도 주지 않고 열심히 냅킨을 펴 깔면서 역시 낮은 소리로 답했다.

"네가 괜찮아도 내가 안 괜찮아. 넌 내 형제니까."

그러더니 잠시 후엔 종업원이 테이블로 음식을 나르면서 자꾸 내 어깨를 건드리는 것을 보고 조용히 손을 흔들며 이렇게 말했다.

"실례합니다만, 제 쪽으로 음식을 날라 주시겠어요? 감사합니다."

나는 괜한 짜증을 내며 불쑥 내뱉었다. "아, 좀. 적당히 하지?" 그래도 그는 가벼운 한숨과 함께 고개를 흔들며 웃을 뿐이었다.

수년 동안 나는 희소를 늘 이름으로 불렀지, 한 번도 '형'이라 한 적이 없다. 하지만 그는 늘 큰형 노릇을 자처하며 나를 대했다. 사실 그에게 그런 대우를 받은 사람은 나뿐이 아니었다. 남자든 여자든, 낯설든 친숙하든 그는 자기보다 어린 사람을 모두 그렇게 돌봤다.

당신 주변에도 그런 사람이 있지 않은가? 여럿이 모인 자리에서 화제를 주도하지는 않지만 분위기가 썰렁해졌을 때 말 한마디로 좌중을 즐겁게 만드는 그런 사람 말이다. 이런 사람은 절대 '나'라는 단어로 입을 열지 않으며 '내가 이러저러했다'고 말하지 않는다. 또한 다른 사람의 감정을 먼저 생각하고 늘 자신을 낮추며 말한다. 희소가 바로 그런 사람이다. 자기 자신을 바보로 만들어서 남을 높여 주는, 다른 사람이 자신을 놀리고 농담거리로 삼아도 재밌다는 듯 킬킬 웃고 마는. 아무리 지나친 농담이라도 너그러이 웃으며 받아줄 뿐, 나는 그가 자기 체면을 내세우는 모습을 한 번도 보지 못했다.

때때로 인간관계가 짜증스럽게 느껴지는 이유는 대개 자신에게 없는 우수한 덕목을 마치 가진 것처럼 애써 포장하기 때문이다. 겹겹이 포장을 두르고 있으니 자연히 피곤하지 않겠는가. 하지만 희소가 있는 곳에서는 피곤할 일이 없었다. 분위기도 이상할 정도로 화목하다. 그가 커다란 테이블보마냥 모두를 감싸 안기 때문이다. 그 덕에 사람들은 긴장을 풀고 경계를 내려놓는다. 그와 있으면 다른 이의 비위를 맞추는 일도, 자기 자신을 과대포장하는 일도 잊을 수 있다.

희소는 인간관계나 자기 수양뿐만 아니라 사업적으로도 성공한 사람이다. 게다가 사회적 명성도 자자하다. 물론 기업계, 정관계, 사교계를 막론하고 모든 면에 완벽하게 보이는 사람은 많다. 그러나 희소가 그들과 다른 점은 겉만 진실하게 보이는 것이 아니라 뼛속까지 진실하다는 것이다. 그런 그를 보며 나는 종종 생각했다. 어쩌면 희소는 현대를 살아가는 부처일지도 모른다고.

3

처음 문단에 발을 들여놓았을 때 나는 꽤 힘들었다. 아니, 고통스러웠다. 내 원고를 받아 주는 출판사가 하나도 없었기 때문이다. 신인작가의 첫 번째 책이니 당연한 일이었다. 심장을 토해 내는 심정으로 쓰고 또 버리며 수만 자의 글자들을 써냈지만 어느 곳에서도 받아들여지지 못하고 집에서 먼지만 켜켜이 쌓여 갔다. 결국 나는 부끄러움을 무릅쓰고 지인들에게 도와달라는 전화를 돌렸다. 그러나 전화번호부의 마지막 장에 이를 때까지도 나를 진심으로 응원하는 사람은 없었다. 다들 입으로는 열심히 해보라고 하면서도 무성의했다. 평소 아무리 친했던 사이라도 마찬가지였다. 아마 지난 30년 동안 내내 못 미더웠던 놈이 이제 와서, 그것도 험난하기 이루 말할 데 없는 문학계에서 무슨 성과를 내겠나 싶었던 모양이다. 물론 이렇게 말하는 사람은 많았다.

"아, 내 친구 아무개가 그쪽 업계에 있으니까 다음에 물어볼게. 나중에 한번 연락할 수 있게 다리도 놔 주고⋯⋯."

정말로 함께 갈 마음이 있다면 5리를 가자 해도 10리를 가 주는 법이다. 정말로 도와줄 마음이 있다면 오늘 당장 움직였을 거라는 말이다. 무엇하러 다음이며 나중을 찾는단 말인가.

세상만사와 인간관계에서 가장 큰 걸림돌을 꼽으라면 단연 '다음'과 '나중'일 것이다. 일단 다음이라는 말이 나오면 감감무소식이 되고 나중이라는 말 뒤에는 후속 진행사항 없음이 뒤따른다. 아니다, 좋다. 자고로 친구 사이란 서로 빚만 지지 않아도 성공한 것 아니겠는가. 게다가 그들에게 나를 도와줘야 할 의무가 있는 것도 아니다. 또 달리 생각하면 다들 진짜 나를 위하느라 그런 것일 수도 있다. 내가 이 일에 성공하지 못하리라고 굳게 믿고, 내가 쓸데없이 정력과 시간을 낭비하지 않게 하려고.

어쨌든 결국 출판은 됐다. 도무지 영문은 알 수 없으나 어느 유명한 편집자가 직접 나를 찾아와서 몇 차례 간단한 회의 후에 출판계약서에 사인을 하자고 한 것이다. 책은 놀랄 정도로 잘 팔려 나갔다. 예약판매 기간에 이미 각 대형서점 순위 차트를 휩쓸어서 '다크호스'라고 불릴 정도였다. 물론 기뻤으나 한편으로는 조금 우울했다. 그래서 예전에 전화를 걸어 도움을 청했던 친구들은 출판기념회에 초대하지 않았다. 내가 속이 좁아서 그런 게 아니다. 다만 그런 자리에서 만나는 것이 피차간에 난처한 일이 될 듯했기 때문이다. 다들 내 친구이고, 앞으로도 계속 친구일 터였다. 한때 나를 업신여기고 도와주지 않았다고 해서 원망할 마음은 없었다. 또 내가 그들의 예상과 달리 성공했다고 해서 잘난 척 위세를 떨며 너희들이 틀렸었다고 지적하고 싶지도 않았다.

하지만 출판기념회 당일, 그 친구들 중 한 사람이 그 자리에 나타났다. 희소였다. 초대하지도 않았는데 어떻게 알고 왔는지 입구 근처에 서서 나를 향해 웃고 있었다.

"너 이 자식, 어떻게 전화 한 번을 안 하냐. 내가 소식통이기에 망정이지."

마침 지나던 사람이 그를 알아보고 사인을 요청하자 그는 재빨리 사인을 해 준 후 내 팔을 잡아끌고 홀 안쪽 별실로 몸을 숨겼다.

"기껏 여기까지 와 놓고 숨기는 왜 숨어?"

내가 묻자 그는 고개를 저으며 대답했다.

"오늘은 네가 주인공이잖아. 난 그저 너를 축하해 주러 온 거야. 무대 위에서 축하 연설 같은 걸 하러 온 게 아니라고."

머리 위에서 선풍기가 돌아가며 윙윙 바람을 불어 대는 가운데, 그가 무협영화의 한 장면처럼 엄숙한 표정으로 두 손을 모아 가슴께로 끌어당기며 인사했다.

"책을 참 잘 썼소이다. 앞으로도 계속 정진하시오, 형제."

하필 그때 기념회가 시작됐고, 그 바람에 나는 그에게 고맙다는 말 한마디 제대로 하지 못한 채 다른 사람의 손에 이끌려 나왔다. 출판기념회는 매우 순조롭게 진행됐다. 행사가 끝나고 사람들이 흩어진 뒤, 나는 희소를 찾아 어슬렁어슬렁 별실로 향했다. 이렇게 더운 날, 좁은 방 안에 한두 시간 넘게 혼자 갇혀 있었을 희소를 생각하니 딱하기 그지없었다. 심지어 다들 바빠서 아무에게도 그를 챙겨 달라고 부탁하지 못했으니 아마 콜라 한 잔 얻어 마시지 못했을 게 분명했다.

별실 앞에 이른 나는 발걸음을 멈췄다. 내 이름을 언급하는 소리가 들렸기 때문이다. 안에서는 희소와 내 편집장이 대화를 하는 중이었다. 빠끔히 열린 문틈으로 편집장의 목소리가 흘러나왔다.

"희소 형님 덕에 좋은 작가를 발굴했습니다. 그때 추천해 주지 않으셨더라면 큰일 날 뻔했어요."

"아니, 아닙니다. 제가 추천하지 않았어도 누군가는 했을 거예요. 저 녀석이 성질 있고 좀 오만하고 얄미운 구석도 있지만 확실히 재능은 있거든요. 앞으로도 잘 부탁드립니다. 부디 성질은 좀 이해해 주시고, 재능을 높이 봐 주세요."

출판기념회 직후 열린 피로연은 많은 사람들로 북적였지만 그중에 희소는 보이지 않았다. 급한 일이 있어 먼저 간다며 미안해하더라고 편집장이 대신 전해 주었다. 나중에 안 일이지만 그때 그는 일 때문에 아주 멀리 떨어진 도시에 체류 중이었다. 그런데 오로지 나를 축하해 주겠다고 2천 킬로미터나 날아온 것이다. 그래 놓고 비행기에서 내리자마자 달려온 기념회장에서 아주 잠깐 나를 만나고, 작은 방에 몇 시간 동안 혼자 앉아 있다가 또 그 먼 길을 되짚어 돌아간 것이다. 쫄쫄 굶은 상태로, 다시 비행기를 타고.

그가 이 고생을 한 이유는 단 하나, '계속 정진하시오, 형제'라는 말 한마디를 하기 위해서였다. 문자 한 통으로도 충분할 그 말을 내게 직접 해 주기 위해 4천 킬로미터를 왕복한 셈이다.

나는 아직까지도 희소에게 고맙다고 말하지 못했다. 어떻게 말문을 열어야 할지 모르겠다. 때로는 친한 사람일수록 더 말하기가 어렵고, 내게 잘해 주는 사람일수록 어떻게 감사해야 할지 더 알 수 없는 법이다. 하지만 내가 평생 고맙다는 말을 하지 않아도 희소는 뭐라 하지 않을 것이다. 그는 나를, 아니 세상의 거의 모든 것을 포용하는 사람이기 때문이다.

희소도 자신이 도와줬다는 말을 내게 하지 않았다. 아마 그는 내가 그 일을 전혀 모르는 줄 알 것이다. 나를 축하해 주기 위해 4천 킬로미터를 왕복한 일 역시 단 한 번도 언급하지 않았다. 마치 비행기가 아니라 택시를 타고 오간 것처럼, 그것도 기본요금만 나오는 거리를 왔다 간 것처럼.

희소는 대가를 바라고 은혜를 베푸는 사람이 아니다. 그는 누구보다도 세상사에 훤하지만 결코 세속에 물들지 않고 타고난 고귀한 성품을 지닌 사람이다. 나중에 그를 아는 친구들과 대화를 나누다가 그가 내게 한 것과 비슷한 일을 다른 많은 이에게도 해 주었다는 사실을 알았다. 그는 우리 모두를 도와주었지만 우리 중 단 한 명도 힘들게 한 적이 없다.

희소, 너는 나의 친구이고 형이며 은인이다. 우리는 피를 나누지 않은 형제다. 맹세컨대 네게 무슨 일이 생긴다면 나는 망설임 없이 두 어깨에 칼을 짊어지고 어떤 위험에라도 뛰어들 것이다.

하지만 너를 위해 칼을 짊어지고 위험에 뛰어들기는커녕,

나는 그 칼로 너를 먼저 찔러 버렸다. 인세를 받은 그날 밤, 나는 네게 술을 샀고 여자친구가 누구인지 밝히라며 몰아세웠다. 잔뜩 혀 꼬인 소리로, 그녀가 누구인지 알아야 함은 물론 같이 밥 먹고 술 먹고 놀아야겠다며 고집을 부렸다. 결혼식도 가고, 사회는 꼭 내가 보겠노라며 큰소리쳤다. 그 말에 너는 감동한 얼굴로 조심스레 물었다. 진심이냐고, 정말 내 결혼식에서 사회를 봐 주겠냐고. 그러더니 한참을 망설이다 핸드폰을 켜고 사진 한 장을 띄워 내게 내밀며 약간 부끄럽다는 듯 말했다.

"이 사람이 내 애인이야."

사진 속 두 사람의 형체가 흐릿하게 흔들리다가 점차 선명해졌다. 처음에는 내 눈을 믿을 수가 없었다. 열심히 힘주어 다시 보고 또 보고 난 뒤에야 비로소 내 눈을 믿을 수 있었다. 믿고 난 뒤에는 술이 다 깨 버렸다.

사진 속의 저 낯선 남자가, 네 애인이라고?

머리가 뎅, 하고 울렸다. 나는 빛보다 빠른 속도로 네 손목을 잡고 있던 손을 거두었다. 그리고 멍하니 너를 쳐다봤다. 어찌 된 일인지 알 수 없었다. 솔직히 그 순간 너는 내게 낯선 사람이었다. 아니, 낯선 생물이었다.

희소. 놀라움을 감추지 못한 나를, 차마 아무 말 못하고 당황해 버린 나를 부디 용서해 다오.

나는 네 얼굴에 떠올랐던 미소가 딱딱하게 굳는 것을 보았다. 한참 뒤, 네가 애써 아무렇지도 않은 척 묻는 소리가 들렸다.

"다빙, 아직도 나를 형제라고 생각해?"

나는 네 눈빛을 피해 고개를 숙였다. 나도 모르게 몸을 움직여 네게서 조금 멀찍이 앉았다. 술을 따르는 소리가 들리고, 네 손에 들린 술잔이 내 앞에 내밀어진 것을 보았다. 너는 아무 말도 하지 않았다. 그저 술 한 잔을 건네주었을 뿐이다. 네 손에 가시가 돋은 것도 아니고 술에 독이 든 것도 아니었다. 그런데 나는 왜 그 술잔을 받아 들지 못했던가.

술기운이 밀려갔다 밀려왔다. 그리고 점점 머리로 기어올랐다. 먼저는 혀가 굳고 다음은 뺨이 굳더니 곧 온 뇌가 굳어 버렸다. 어렴풋이 네가 한숨처럼 나를 부르는 소리가 먼 곳에서 들렸다. 형제…….

잠시 후 정신을 차렸을 때, 작은 가게 안에는 나뿐이었다. 온통 텅 비어 있었다. 탁자 위는 어지러이 흩어진 잔과 접시로, 밟혀서 깨진 도자기 숟가락의 파편과 시커먼 발자국들로 가득했다. 그 가운데 술이 가득 채워진 술잔 하나가 오롯이 놓여 있었다.

나는 천만금을 주어도 얻을 수 없는 친구를 잃어 버렸다. 친구로부터 경멸의 눈빛을 받는 것만큼 가슴 아픈 일도 없을진대, 나는 희소에게 상처를 주고 말았다. 나는 네 친구라 할 자격이 없다. 그때 나는 대체 무슨 생각이었던가. 왜 생전 처음 보는 생물을 대하듯 본능적으로 반감을 느끼고, 왜 네 손을 놓고 네가 '형제'라고 부르는 소리에 아무 대답도 하지 못했던가. 지금까지 너는 나를 세심하게 감싸 주고 품어 주었는데 왜 나는 네게 똑같이 해 주지 못했나. 갈라지는 제 마음 하나 다스리지 못하다니, 수년 동안 부처님을 믿어 온 것이 다 무슨 소용이란 말인가.

　내가 이만큼 생각을 가다듬고 깊은 후회와 자괴감에서 빠져 나오기까지는 무려 7개월이 걸렸다. 그동안 우리는 단 한 번도 연락을 하지 않았다. 결국 이렇게 서로 잊힌 존재가 되고 마는 것일까? 아니, 그럴 수는 없었다. 그렇다고 너를 찾아가 사과하기에는 너무 면목이 없었다. 그래서 글을 썼다. 제목은 '미안해'였다. 이야기에는 마침내 철이 든 아이와 떠돌이개 차우차우, 그리고 갖은 차별과 멸시를 받던 오빠가 등장한다. 나는 이 글에 모든 생명은 가치 있고 평등하다는 내용과 함께 내 진심을 담았다. 듣기로는 많은 사람이 이 이야기를 읽고 울었다고 한다. 글의 말미에 나는 이렇게 썼다.

다른 사람에게든 자기 자신에게든, 얼마나 많은 '미안함'을 빚지셨나요? 인정사정없기로 따지자면 시간이 일등입니다. 시간은 당신이 설령 아이라고 해도 봐주지 않습니다. 조금만 망설여도, 혹은 잠시만 지체해도 곧 당신을 대신해 이야기를 끝내 버립니다. 당신이 빚진 미안함을 채 갚을 새도 없이, '미안하다'는 말을 할 기회마저 영영 가져가 버립니다.

이 글이 실린 새 책의 견본판이 나오자마자 나는 해당 페이지를 접어서 다른 사람 편에 부탁해 네게 보냈다. 그리고 나흘 뒤 중국 대륙 최남단으로 날아갔다. 새 책이 막 출간된 중요한 시기에 꼭 가야 하느냐고 말하는 출판사 사람들에게 나는 이렇게 설명했다. 그 사람이 도와주지 않았다면 내가 '작가'라는 호칭을 얻기까지 더 많은 시간이 필요했을 것이라고. 만약 지금 그를 만나지 못한다면 작가가 된 것도 내게는 아무런 의미가 없다고.

그들은 그가 대체 누구냐고 물었지만 나는 네 이름을 말하지 않았다. 그저 잃었다 다시 찾은 친구, 오직 이번 생에만 허락된 소중한 형제라고 했다. 그리고 이렇게 말했다. 지금 그는 해변의 긴 나무 벤치 위에 독한 술을 올려 두고, 낭비해 버린 세월을 나와 함께 벌충하기만을 기다리고 있다고 말이다.

4

파도 소리가 끊임없이 들려왔다. 바닷바람이 얼굴을 스치고 물보라가 발등을 적셨다. 칠흑 같은 해안선을 따라 늘어선 불빛들이 금줄같이 반짝였다. 동이 트기 직전이고 술병은 바닥을 드러낸 지 이미 오래인데 우리의 이야기는 끝날 줄을 몰랐다.

"희소, 결혼식 사회를 보겠다는 약속 꼭 지킬게. 날은 언제로 잡을 생각이야?"

그는 고개를 저었다.

"형제, 말만으로도 고마워. 하지만 결혼이라니 내게 그건 꿈이야. 절대 실현될 수 없는."

그리고 씁쓸하게 웃으며 한마디 덧붙였다.

"게다가 어쩌면 결혼에 있어서는 평생 쓸 운을 이미 다 써버렸는지도 모르지."

그렇게 듣게 된 희소의 사연은 상상 이상으로 기구했다.

사실 그는 결혼한 적이 있었다. 그것도 두 번이나. 물론 이 사실을 아는 사람은 없었다. 또한 두 번의 결혼 중 그 자신을 위한 것은 한 번도 없었다. 모두 남을 위한 결혼이었다.

첫 번째 결혼은 베이징 차오양에서 이뤄졌고, 한 생명을 구했다. 한 여성이 메신저로 그에게 남긴 글이 발단이었다.

'희소, 나 지금 엄청난 곤경에 처했어. 제발 도와줘.'

그녀는 희소의 대학 동기였다. 그의 비밀을 알고 있는 몇 안 되는 사람 중 하나이기도 했다. 얼마 전 그녀는 자동차 사고로 남자친구를 잃었다. 그리고 깊은 고통과 슬픔 속에 빠져 있다가 겨우 헤어나올 때쯤, 자신의 배 속에 이미 몇 달 된 아기가 있음을 알았다. 그녀는 몸이 약했고 유산 경력도 있었다. 만약 그 아이를 지운다면 다시는 아이를 갖지 못할 수도 있다고 의사가 말했다. 물론 그녀는 아이를 낳을 생각이었다. 이미 적지 않은 나이였고, 앞으로 또 다른 사람을 이미 세상을 떠난 아이의 아빠만큼 사랑할 일도 없다고 생각했다. 아니, 사랑하고 싶지도 않았다. 그저 떳떳하게, 안정적으로 일하며 혼자서도 아이를 잘 기르는 것이 그녀의 가장 큰 바람이었다.

문제는 그녀가 몸담고 있는 언론계가 엄격한 규율과 잣대를 들이대는 곳이라는 점이었다. 만약 미혼모임이 밝혀진다면 이유를 막론하고 해고될 것이 뻔했다. 시스템 안의 수많은 규정들은 냉혹했다. 그녀에게 남겨진 선택지는 둘뿐이었다. 아이를 지우든가, 아니면 당당하게 출생신고를 할 수 있도록 하루라도 빨리 누군가와 결혼하든가.

그녀는 한 달 내내 그 누군가를 찾아 헤맸지만 결국 아무도 찾지 못했다. 그사이 배는 점점 불러서 더 이상 헐렁한 옷으로 감춰지지 않는 지경에 이르렀다. 시간이 없었다. 결국 그녀는 실낱같은 희망을 붙들고 마지막으로 희소에게 연락을 했다.

"희소, 옛 우정을 생각해서 제발……."

그가 대답했다. "알았어. 일단 당장 혼인신고 하러 가자."

민정국(民政局) 앞에서 그녀는 희소에게 통장 하나를 내밀었다. "내가 줄 수 있는 돈은 이게 전부야. 받아 줘."

그녀가 임신부가 아니었다면 아마 희소는 화를 냈을 것이다. 그는 최대한 단호한 태도로 통장을 다시 집어넣게 한 뒤 불뚝 솟은 배를 가리키며 말했다.

"정신 차려. 그 돈이 필요한 사람은 내가 아니라 바로 네 아이야."

그녀는 그를 끌어안고 눈물을 터뜨렸다. "희소, 넌 대체 왜 이리 착한 거니. 너한테 어떻게 보답해야 좋을지 모르겠다. 다음 생엔 소든 말이든 뭐든 돼서 네 은혜를 갚을게……."

"그만 울어, 아기 놀랄라." 그는 그녀를 달랬다. "친구끼리 보답은 무슨 보답이야."

싱거울 정도로 간단하게 신고를 마친 후, 그녀가 말했다.

"한 달 후에 바로 이혼해 줄게. 그러니 걱정하지 마."

희소는 그녀의 팔을 붙들고 오히려 그녀를 나무랐다.

"바보 같은 소리! 이 상태로 혼자 어떻게 지내려고? 기왕 나한테 도와 달라고 손을 내밀었으면 끝까지 도울 수 있게 해 줘야지."

물론 그는 그녀와 동거하지는 않았다. 그러나 그녀가 해산하기까지 몇 달 동안 보모처럼 또 남편처럼 곁을 지켰다. 식사를 챙겨 주고 대신 청소를 하고 함께 태교를 했다. 막달이 가까워 올수록 그녀의 배는 거동하기도 불편할 정도로 부풀어 올랐다. 혼자 몸을 씻고 옷을 갈아입는 것조차 어려워지자 그녀는 거의 모든 일을 희소에게 의지하게 되었다. 그러던 어느 날 그녀가 희소에게 물었다.

"희소, 왜 나 옷 갈아입는 거 도와줄 때마다 눈을 감는 거야? 너 여자 안 좋아하는 거 아니었어?"

그가 멋쩍게 웃자 그녀는 눈물을 글썽이며 말했다.

"날 존중해 주는 거였구나. 정말 고마워, 희소."

아이는 샤오시뎬 근처의 산부인과 병원에서 태어났다. 그날 병원 대기실에서 있던 사람은 까만 선글라스와 마스크를 쓴 희소뿐이었다. 누군가에게 사진이 찍힐지도 모른다는 위험을 무릅쓴 채, 그는 초조하게 소식을 기다렸다. 그리고 잠시 후 간호사가 소리쳤다.

"산모와 아이 모두 건강합니다. 축하드려요, 아들이에요!"

아기의 첫 대변을 보고 희소는 깜짝 놀라 허둥댔다.

"벼, 변이 녹색인데 괜찮은 건가요?"

간호사는 웃으며 그를 초보 아빠라고 놀렸다. "원래 녹색이에요."

그가 아기를 안고 아이 엄마를 보러 갔을 때, 그녀는 희소의 손을 꼭 붙잡고 눈물로 베갯잇을 적셨다.

"이렇게 큰 위험까지 감수하게 만들고…… 대체 이 은혜를 어찌 갚으면 좋겠니."

그는 몸을 굽혀 그녀의 귓가에 가만히 속삭였다.

"기억나? 예전에 넌 내 비밀을 알고 난 뒤에도 날 변함없이 대해 줬어. 다른 사람들이 날 괴물 취급하며 피해 다닐 때, 너만은 날 위로해 줬잖아. 잊은 거야? 그러니 걱정 마. 은혜 같은 거 갚지 않아도 돼."

그는 포대기에 싸여 곤히 잠든 아기를 잠시 바라보다가 그녀에게 시선을 옮겼다.

"아기가 태어나자마자 이혼하면 너도 직장에서 곤란해질 테고, 나중에 아이한테 설명하기도 힘들 거야. 그러니 우리 이혼 얘기는 좀 더 있다가 하자."

그녀는 눈을 질끈 감은 채 하염없이 눈물을 흘리며 그의 이름을 불렀다. 희소, 희소……. 그는 가만히 눈물을 닦아 주며 그녀를 달랬다.

"괜찮아. 나는 걱정하지 마. 다 알아서 할 테니까, 괜찮아."

그들은 4년을 꽉 채운 뒤에 이혼했다. 이혼 수속을 하러 간 날, 민정국 직원은 이해할 수 없다는 듯 말했다.

"이혼하러 와서 이렇게 사이좋은 부부는 처음 봤네요. 두 분 서로 아직 좋아하는 것 같은데 다시 생각해 보시는 게 어때요?"

탁자 밑으로 그녀가 희소의 손을 잡았다. 그런 뒤 조용히 고개를 흔들며 말했다.

"아뇨. 이 사람은 제게 이미 충분히 많은 걸 해 줬어요."

5

희소의 첫 번째 결혼은 한 아이와 싱글맘을 구했다. 그리고 두 번째 결혼은 두 가정을 구했다.

당시 그는 이미 서른을 훌쩍 넘긴 독신남이었다. 부모님은 그를 볼 때마다 깊은 한숨으로 상처를 남겼다. 평범한 직장인으로 한평생 성실하게 살아온 희소의 부모님은 어느 한구석 빠지는 데가 없는 아들이 왜 아직도 혼자인지 도무지 이해하지 못했다. 그는 잠시 커밍아웃을 할까 고민했지만 그럴 수 없었다. 진실을 아는 순간, 부모님은 미쳐 버릴 게 분명했다. 친척과 친구, 그들을 아는 모든 사람들의 시선에 압사당할 게 분명했다. 그렇다고 평생 혼자 살 수도 없었다. 희소는 외동아들이었다. 결혼해서 가정을 이룸으로써 연로한 부모를 안심시키는 것은 그의 의무이자 책임이었다.

결국 희소는 일시적이지만 유일한 방법을 선택했다. 일이 바쁘다는 핑계를 대며 되도록 고향에 가지 않은 것이다. 마침 그의 사업 반경이 갑자기 커지는 바람에 장기간 해외 출장을 가는 일이 종종 생겼다. 그러나 그곳에서도 늘 자신을 걱정하는 부모님을 생각했다.

폭음하는 습관은 아마도 그때 생긴 것이리라. 일이 없는 날이면 그는 분재된 나무마냥 호텔 바에 뿌리박고 앉아서 연달아 브랜디를 들이켰다. 동남아의 어느 척박한 작은 나라, 하지만 술값은 기이할 만큼 비쌌다. 그러던 어느 날 우연히 현지 동료가 술자리에 동석했다. 피부가 가무잡잡한 여자였다. 희소는 평소처럼 술을 마셨고, 마실수록 그의 얼굴은 점점 더 쓸쓸해져 갔다. 그런 그를 본 여자 동료가 물었다.

"무슨 큰일이라도 났어요? 기분이 왜 그리 엉망이에요?"

그는 아무 말도 하지 않았다. 그녀는 도무지 이해할 수 없다는 표정이었다.

"대체 뭐가 문제예요? 당신은 건강하고, 이렇게 비싼 술도 얼마든지 마실 수 있어요. 당신 나라에서 존경도 받는다면서요. 그런데 이렇게 죽을상을 지을 일이 대체 뭐냐고요?"

그녀는 예쁘장한 얼굴을 치켜들며 그에게 말했다.

"일어나요. 내가 당신에게 다른 세상을 보여 줄게요. 먼저 그걸 본 뒤에, 그 엉망진창인 기분 속에 계속 머물러 있을지 말지를 결정하도록 해요."

그들은 택시를 잡아탔다. 곧이어 작은 시내버스로 갈아타고, 또다시 흔들거리는 삼륜차에 몸을 실었다. 그렇게 달리는 사이 길은 사라지고 쓰레기로 가득한 작은 골목이 나타났다. 마침내 골목을 빠져나오자 그들 앞에 끝이 보이지 않는 빈민촌이 펼쳐졌다.

겨우 몇 걸음 걸었을 뿐인데 반짝이던 구두는 진흙으로 뒤덮였다. 공기 중에는 열대지방 특유의 꿉꿉한 가죽 냄새와 썩은 과일 냄새가 떠돌았다. 거리 여기저기에 웃통을 벗어젖힌 사람들이 삼삼오오 모여 서서 멍하니 그들을 바라봤다. 그녀는 그를 이끌고 녹슨 슬레이트와 다 깨진 석면타일로 지어진 허름한 집으로 들어갔다. 집 안에 있던 사람들이 당황한 듯 엉거주춤 일어났지만 그녀는 아랑곳하지 않고 그를 침대 앞으로 끌고 갔다. 그러곤 침대에 누워 있는 병색이 완연한 늙은 여인을 가리키며 말했다.

"이 사람의 아들, 얼마 전에 맞아 죽었어요."

그녀는 옆에 서 있던 여덟아홉 살쯤 된 아이를 홱 끌어당겼다.

"이 아이의 아빠, 얼마 전에 맞아 죽었어요."

마지막으로 자기 자신을 가리키며 말했다.

"이 여자의 오빠, 얼마 전에 맞아 죽었어요."

그녀는 울고 있었다. 집 안의 모든 사람이 울고 있었다.

워낙 빈곤하고 위험하기로 이름난 나라였다. 그녀의 오빠는 조직폭력배와 손잡은 어느 경찰의 눈 밖에 났고, 결국 길거리에서 머리에 총을 맞았다. 집에서 겨우 500미터 떨어진 곳에서 일어난 일이었다. 법에 호소해 봤지만 소용없었다. 상대방은 소송을 했다는 이유만으로 이들 가족을 협박했다. 가족들도 죽여 버리겠다며 공공연하게 떠들고 다녔다. 당장 머리에 겨눠진 총구보다 앞으로 다가올 총구가 더 두려운 법. 이들은 공포에 떨었다. 도망가려 해도 손바닥만큼 작은 나라 안에서는 숨을 곳이 없었다. 설령 있다 해도 도망갈 돈이 없었다. 가족 중 돈을 버는 사람은 그녀가 유일했다. 그리고 그녀의 수입으로는 그 많은 식구들의 찻삯과 뱃삯을 감당할 수 없었다.

그녀는 희소의 하얀 셔츠 깃을 붙들고 울었다.

"당신이 마신 그 술 한 잔 값이면 쌀을 몇 파운드나 살 수 있는지 알아요? 이 셔츠 한 벌 값으로 차표를 사면 얼마나 멀리까지 갈 수 있는지 아냐고요. 당신이 얼마나 행운아인 줄 모르죠? 다른 사람이 얼마나 비참한지 모르는 것처럼요. 자, 어때요? 이제 좀 기뻐할 마음이 들어요?"

희소는 호텔로 돌아왔다. 그리고 밤새 홀로 술을 마셨다.

다음 날 그는 그녀를 찾아가 말했다.

"나한테 계획이 있어요."

그의 계획은 간단했다. 자신과 결혼한 척 혼인신고를 하고 새로운 국적을 얻으라는 것이었다.

"당신은 젊고 능력 있고, 또 중국어도 할 줄 아니까 열심히 노력하기만 하면 가족을 모두 중국으로 데려갈 수 있을 거예요. 하루라도 빨리 그렇게 합시다."

그녀는 아무 말도 하지 않았다. 대신 그를 다짜고짜 엘리베이터 앞으로 끌고 갔다. 그가 왜 그러냐고 묻자 그녀는 고개를 숙인 채 중얼거렸다.

"당신 방으로 가요. 아시다시피 전 빈털터리라 줄 수 있는 게 저 자신밖에 없어요. 중국에서 일해 봐서 중국 사람들이 뭘 좋아하는지도 알아요. 걱정 마세요, 저 처녀니까."

희소는 그녀에게 잡힌 손을 억지로 빼내고 쓴웃음을 지으며 말했다.

"이러지 않아도 돼요. 내게 고마워할 필요도 없고요. 오히려 내가 감사해야 하는걸요."

얼마 후 희소는 또다시 결혼을 했다. 식은 고향집에서 비밀리에 치러졌다. 가족과 가까운 친구만 모인, 작고 조촐한 예식이었다. 구경꾼도 매스컴도 없었다. 외부 세계는 그의 결혼을 전혀 알지 못했다.

부모님이 그처럼 기뻐하는 모습을 희소는 처음 보았다. 외국인 사돈과 말 한마디 통하지 않았지만 끊임없이 음식을 집어 주며 세심히 챙겼고, 사돈 가족의 건강을 돌봐야 한다며 한의사까지 찾아갈 계획도 세웠다. 그들은 연신 눈물을 닦으면서 희소를 향해 환하게 미소 지었다.

"고맙구나, 아들아. 우린 네가 정말 총각귀신이 되는 줄 알았는데, 알고 보니 눈이 높은 거였구나."

희소는 잔뜩 취해 버렸다. 그는 부모 앞에 무릎 꿇고 머리를 땅에 찧었다.

"아버지, 어머니. 그동안 마음고생 하시게 해서 정말 죄송합니다⋯⋯."

그는 차갑고 축축한 땅바닥에 한참이나 엎드려 있었다. 옆에서 사람들이 아무리 끌어당겨도 절대 일어서지 않았다.

몇 년 후, 희소는 다시 이혼했다. 사실 결혼식 이후로 희소는 그녀와 거의 만난 적도 없었다. 몇 달에 한 번, 그녀가 일하는 광저우로 날아가 고향의 부모님께 안부인사 겸 보낼 사진을 함께 찍은 것이 전부였다. 처음에 그녀는 이혼하자는 희소의 말에 반대했다. 자신의 가족 전부를 구해 줬으니, 평생 서류상의 아내로 살아도 좋다고 했다. 그러나 희소는 고개를 저었다.

"이미 국적도 얻었고 가족들도 모두 안전해졌잖아요. 그러니 내 말 들어요. 헤어집시다. 울지 마요. 울지 말라니까. 이런, 여자들은 세상 어디나 다 똑같네요. 왜들 이렇게 잘 우는지⋯⋯ 당신은 아직 젊어요. 자기 인생에 책임을 져야죠. 세상은 넓어요. 이제 가서 진짜로 사랑하는 사람을 찾아요."

"하지만 희소, 당신 부모님은 어떡해요? 앞으로 어쩌려고요."

"그건 내가 알아서 할게요. 걱정 마요. 그리고 기억해요. 당신은 내게 절대 빚지지 않았어요, 알았죠?"

그녀는 결국 희소의 뜻을 꺾지 못했고 두 사람은 그렇게 헤어졌다. 하지만 그 후로도 한동안 그녀는 부모님께 보낼 사진을 찍어 주겠다며 몇 달에 한 번씩 그를 찾아왔다. 희소가 아무리 피하고 숨어도 소용없었다. 사진 덕분에 그의 부모님은 아무것도 모를 수 있었다.

수년이 흐른 후, 그녀가 한 잘생긴 프랑스 남자의 손을 잡고 찾아왔다. 그녀는 희소의 목을 끌어안고 울며 말했다.

"희소 오빠, 저 사랑하는 사람을 만났어요. 저, 결혼해요."

6

희소, 그의 사랑은 어찌 되었을까? 그 역시 사랑을 했었고, 지금도 사랑하고 있다. 사랑하는 사람과 평생을 함께할 결심도 했다. 하지만 아직 때가 이르지 않았기에, 이에 대해서는 자세히 밝히지 못함을 용서하길 바란다.

두 번의 결혼은 모두 다른 사람을 위한 것이었다. 그렇다면 희소는 언제쯤에나 자기 자신을 위한 결혼을 할 수 있을까? 하지만 그의 결혼은 혼인신고를 할 수도, 인정받을 수도 없다. 이 나라의 헌법 4조 138항과 혼인법 6조 51항 모두, 아직까지는 같은 성끼리의 혼인을 인정해 주지 않는다. 어쩌면 희소 본인이 말한 대로 그에게 결혼이란 손에 넣을 수 없는 사치스런 꿈일지도 모른다. 아니, 친한 친구들에게 그 꿈을 솔직히 말하고 공유하는 것조차 사치일지 모른다.

부끄럽다. 나는 내가 부끄럽다. 너무 부끄러워서 식은땀이 줄줄 날 정도다. 할 수만 있다면 그날 밤으로 다시 돌아가 구로우동거리의 그 작은 식당 문을 박차고 들어간 다음 경솔하고 비겁한 나 자신을 통렬히 꾸짖고 싶다.

"희소가 네게 상처 준 적 있어? 널 배신한 적 있느냐고? 한 번쯤은 네가 그를 품어 주면 안 되냐? 그는 널 늘 진심을 다해 대해 줬는데, 그를 이렇게 상처 주다니! 그러고도 네가 친구라 할 수 있느냔 말이다!"

희소, 너를 위해 난 무엇을 할 수 있을까? 당당히 커밍아웃하라고 할까? 네게는 연로하신 부모님이 있고 사업이 있고 미래가 있다. 또한 차마 말로 다 할 수 없는 고민들이 있다. 그렇기에 아직은 그렇게 할 수 없음을 안다. 이 세상은 모든 생명의 가치가 평등한 낙원이 결코 아니다. 강호의 도는 땅에 떨어졌고, 냉혹한 법칙만이 지배하는 정글이다. 네게 이런 정글에서 위험을 무릅쓰라고 말할 권리가 내게는 없다.

그렇다면 상상해 보라면 어떨까? 네 미래의 결혼식을 마음껏 그려 보는 것이다. 무엇을 떠올려도 좋다. 상상은 죄가 아니니까.

네 결혼식은 꼭 공기가 맑고 깨끗한 곳에서 네가 가장 좋아하는 계절인 가을에 하자. 아마 연미복을 입어야 하겠지. 너와 네 사랑하는 사람이 나란히 연미복을 입고 푸른 정원 한복판에 놓인 작은 무대 위에 오르면 그 멋진 모습에 모두가 압도될 거다. 혼인증명서도 잊지 말아야지. 사진도 확실히 직인도 확실히, 서류까지 제대로 갖춘 혼인증명서를 받도록 하자. 오스카 시상식마냥 레드카펫을 깔면 어떨까? 한껏 차려입은 하객들이 그 위로 걸어온다면 그야말로 축제 분위기일 게다. 네 결혼식에는 분명 엄청나게 많은 사람이 올 테다. 그만큼 네가 많은 사람들에게 도움을 베풀었으니 말이다.

그래, 축의금 대신 진심 어린 축하를 해 달라고 당부하자. 네게 가장 필요한 건 바로 그것이니까. 그리고 무엇보다도, 네 부모님께 축복을 빌어 달라고 하자. 예전에 네가 말했었지. 사랑하는 사람과 함께 부모님을 모시고 한 집에 사는 것이 자신의 가장 사치스런 꿈이라고. 네 말대로 그 꿈은 이루기 어려울지도 모른다. 하지만 희소, 부모라면 누구나 자신의 자식을 가장 사랑하기 마련이다. 너의 부모님도 결국은 너를 이해하고 품어 주실 것이다. 현명하고 슬기롭게, 마음을 지키며 그날이 오기를 조용히 기다리자. '지성이면 감천'이고, '낙숫물이 바위를 뚫는다'고 하지 않나. 나는 그 말을 믿는다.

잠깐, 사회도 잊지 말아야지. 네 결혼식의 사회는 꼭 내가 볼 거다. 1년이든 2년이든, 10년이 안 되면 20년이라도 나는 기다릴 것이다. 너와 나의 머리카락이 하얗게 세어 버린다 해도 그날이 오기를 기다리고 또 기다릴 것이다.

네가 어떤 사람이라도 상관없다. 희소, 너는 다른 누구이기 이전에 내 형제다.

7

희소가 대체 누구냐고 물어도 나는 대답할 수 없다. 죽어도 말할 수 없다. 낙숫물이 바위를 뚫고 구름이 열려 산이 보이는 날, 희소가 말한 대로 머나먼 미래에 마침내 결혼식을 올리는 날, 그날이 오면 모두가 자연히 알게 될 것이다. 그때는 놀라 소리치든 뒤로 넘어지든, 무릎을 탁 치며 깨닫든 각자 좋을 대로 해도 상관없다. 하지만 그날이 오기 전까지는 제발, 명탐정 코난이라도 된 양 희소의 정체를 파헤치려 들지 말아 주길 모두에게 부탁하는 바다. 그 대신 열린 마음을 가지고 주변을 둘러봐 주길 바란다. 선입견과 편견을 버린다면, 희소는 바로 당신 곁에도 있을 수 있다.

작가란 마땅히 각 사회의 양심이 되어야 한다. 그러나 시대에 따라 어떤 사안에 대해서는 보통사람만큼의 용기도 내지 못하는 것이 작가이기도 하다. 그러니 부디 이 글을 쓴 사람은 무슨 대단한 작가가 아니라 그저 평범한 보통사람임을 모두 알아주길 바란다. 문장에 지나치게 힘이 들어가고 다듬어지지 못한 점, 사과드린다. 물론 때려죽여도 고칠 생각은 없으니 염려 놓으시라.

나는 이 글을 언젠가 치러질 희소의 결혼식에서 낭독할 생각이다. 그러려면 보통사람인 당신의 도움이 필요하다. 글의 마무리를 당신에게 맡기려 한다. 희소의 결혼을 기꺼이 축복해 줄 마음이 있다면, 우리 주변의 수많은 희소에게 선량한 미소 한 가닥을 건넬 생각이 있다면, 공백으로 남겨둔 다음 페이지에 하고 싶은 말을 적어 주길 바란다. 한 바닥 가득 적어서 잘 간직하고 있다가 어느 해 어느 달 어느 날, 내 블로그에 결혼 축하 메시지를 받기 위한 주소가 올라오면 그리로 보내 주길 부탁한다. 그것이 바로 내가 쏘아 올리는 신호탄이다.

그날이 오면 희소는 얼마나 많은 축복을 받게 될까? 할 수 있다면 그가 백만 개의 축복을 받기를 바라본다.

이 세상에 정해진 운명 같은 것은 없다. 당신이 과거와 현재에 선택한 의미 있는, 혹은 의미 없는 결정들이 모여서 운명을 만들 뿐이다. 어떠한 의도든 간에 결국 의도에 따라 결과가 정해진다. 또한 결과에 따라 의도가 생긴다. 세상의 모든 법이 다 사라진다 해도 인과의 법은 결코 사라지지 않는다. 그만큼 인과의 법은 지엄하다. 그러나 인과도 결국은 일종의 선택에 불과하다. 사실 세상의 모든 일은 마음이 결정한다. 자신의 마음만 확실하다면 어떠한 선택을 하든 운명적으로 좋은 인과관계를 얻게 된다.

하지만 이 글은 인과관계나 선택에 관한 이야기가 아니다. 이 글은 방울에 관한 이야기다. 그리고 또 하나, 은에 관한 이야기다.

1

『우공(禹貢:서경 중 한 편으로 중국의 지리를 서술한 고대지리서)』
에서는 대표적인 세 가지 금속으로 금과 은, 동을 꼽았다. 이
이야기에도 금속이 나온다. 은과 은, 그리고 은이다. 그리고
또 다른 세 가지가 나온다. 금속이 아닌, 마음에 관한 세 가
지다. 어떤 것인지는 끝까지 읽으면 자연히 깨닫게 될 것이다.

이야기의 배경은 작은 은공예점이다. 당시 나는 풋내기 도
제였다. 나의 스승은 나이가 많았다. 전통 기술로 은을 다루
며 같은 자리를 지킨 지 벌써 몇십 년째인 장인이었다. 오래
된 거리, 오래된 골목만큼이나 은공예점은 오래 되었다.

공예점이 있던 작은 마을은 사계절 대신 건기와 우기가
뚜렷했다. 우기가 되면 어디선가 한기가 스멀스멀 기어 올라
와 소매와 옷깃을 서늘하게 적셨다. 한기는 갑작스런 재채기
처럼 대비할 틈도 없이 몰려들었다. 거리에는 인적이 끊기고

축축하게 젖은 개들만이 절뚝이며 뛰어갔다. 나무벽 틈에는 정체를 알 수 없는 버섯 무리가 갓을 활짝 펼치고 피어났다. 벽뿐만 아니라 기둥도 나무였다. 온 마을이 나무로 지어진 곳이었다. 그래서 우기가 되면 마을은 오래된 나무에서 피어오르는 옅은 곰팡이냄새로 가득 찼다. 마치 낡은 책으로 가득한 도서관에 들어선 느낌이었다. 늙은 스승의 몸에서도 같은 냄새가 났다.

공예점은 길가에 있었다. 스승은 고양이처럼 허리를 구부리고 문간에 놓인 나뭇등걸에 걸터앉아 있었다. 불꽃은 선홍색으로 타올랐고 스승의 손바닥은 늘 거무튀튀한 회색이었다. 돌이 깔린 길바닥은 차고, 하루 종일 물기가 흥건했다. 때때로 짐을 실은 말이 그 길 위를 느릿느릿 지나갔다. 말을 모는 덥수룩한 수염의 사내들은 손에 술병을 든 채 안장 위에서 휘청댔다. 그때마다 말에 달아 놓은 방울이 딸랑딸랑 울렸다. 나귀보다도 작은 윈난의 말은 보폭이 좁아서 잰걸음을 걸었다. 자연히 방울 소리도 꽤나 경박하게 울렸는데, 소리가 크지 않아서 기껏해야 골목 안을 울릴 뿐 멀리 논밭이 있는 곳까지는 퍼지지 않았다.

딸랑이는 방울 소리가 멀어지면 은 두드리는 소리가 귓가를 울렸다. 땅땅, 땅땅. 동은 둔탁한 소리를 내지만 은은 맑고 또렷한 소리를 냈다. 스승은 망치질할 때 서두르지 않았다. 그래서인지 두드리고 난 후의 여운이 오래도록 울리며 천천히 하늘로 솟았다. 검은방울새가 지저귀며 구름을 뚫고 올라가는 것 같았다. 나는 손을 멈추고 눈을 가늘게 뜬 채 귀를 기울였다. 너무도 아름답고 듣기 좋았다. 귀로 들어와서 마음의 온갖 생각을 밀어내는 소리였다. 어딘가 사람을 홀리는 힘이 있는 소리였다.

불쑥, 잎담배 한 개가 손에 쥐어졌다. 스승이 반달눈으로 웃으며 나를 보고 있었다. 나는 그제야 정신을 차리고 황급히 턱을 닦았다. 아, 부끄럽다. 정신을 놓으려면 곱게 놓을 것이지, 침은 왜 흘렸담? 나는 재빨리 담배를 귀에 꽂고 두 손을 공손히 모으며 말했다.

"죄송합니다, 아저씨. 제가 또 게으름을 부렸네요."

스승은 손을 저으며 여전히 웃는 낯으로 물었다. "감자는 먹을 만한가?"

그럼요, 그럼요. 저는 제자인데 아저씨가 드시는 것은 뭐든 따라 먹어야죠. 그가 또 물었다. 고기가 좀 당기지? 나는 손사래를 쳤다. 아니요, 전혀요. 전 제자이니 아저씨가 드시는 대로 먹는다니까요. 그는 고개를 끄덕이며 또다시 반달눈을 지었다.

"제자가 되는 건 그리 중요하지 않네. 중요한 건 하루라도 빨리 스스로 벌어먹고 살 수 있게끔 더 많은 기술을 익히는 거야. 그래야 먹고 싶은 것을 마음대로 먹을 수 있지 않겠나."

나는 알 수 없는 이유로 그곳에 머물기로 했고, 도제가 되기로 했다. 젊은 치기로 작은 화구상자와 커다란 배낭을 짊어지고 전국을 돌아다니던 시절이었다. 가방의 절반은 물감이었고, 절반은 전병과 마늘이었다. 소매는 테레빈유에 절었고 손가락 사이마다 시커면 흙때가 가득 끼었다. 청바지는 무릎 부분이 닳아 반질거렸고 여기저기 물감이 튀어서 알록달록했다. 거기에 비쩍 마르고 수염과 머리카락까지 덥수룩했으니…… 그래, 아무리 좋게 봐 줘도 거지꼴은 면치 못했다.

대학 시절 나는 풍경 유화를 전공했는데, 그때부터 편벽한 시골 풍경 그리기를 좋아했다. 졸업 후에도 그 버릇을 버리지 못하고 일부러 오지마을을 찾아가 며칠씩 머물며 낡은 집과 오래된 거리를 그렸다. 스승도 그림을 그리다가 만났다. 그가 은을 두드리는 모습을 내 화폭에 담았던 것이다. 그는 잠시도 손을 쉬지 않았지만 가끔씩 고개를 들어 나를 보며 웃었다. 나 역시 계속 붓을 놀리며 마주 웃었다.

밥때가 되었기에 길가에 주저앉아 전병과 마늘을 꺼냈다. 내가 전병을 베어 먹고 마늘을 씹는 모습을, 그는 밥그릇을

든 채 머리를 내밀고 바라보았다. 그러다 나와 눈이 마주치자 씩 웃었다. 나도 씩 웃었다. 나는 그림을 돌려 그에게 보여주며 물었다. 어떤 것 같으세요? 그는 감탄했다. 이야, 정말 똑같군. 꼭 사진 같아. 자네 그림 꽤 비싼 값에 팔리겠는걸. 나는 전병을 들어 보이며 장난스럽게 투덜댔다. 비싼 값에 팔렸으면 여기 쭈그리고 앉아 전병이나 씹고 있겠어요? 그는 밥그릇을 들고 가까이 오더니 반달눈으로 웃으며 나와 전병을 번갈아 보았다. 그걸로 배가 차겠나? 꼭 종잇장처럼 얇구먼. 나는 호기롭게 손을 흔들었다. 사양 말고 드셔 보세요, 생각보다 괜찮아요.

그렇게 대화를 나누며 서로 익숙해질 즈음, 나는 그곳에 남기로 했다. 스승이 나를 은공예 도제로 '주워 준' 것이다. 젊은 시절에는 자신도 그림 그리기를 좋아했노라고 스승은 말했다. 문에 붙이는 신도 그려 봤고, 서예도 해 봤다고 했다. 『개자원화보(芥子園畵譜: 청나라 초 화보)』를 베껴 그린 것도 몇 권이나 된다고 했다. 그러나 가난한 시골에서 그림으로 먹고 살 길은 없었다. 그래서 결국 기술을 배웠다.

"일단 며칠만 있게. 적어도 내 집에 머물면 끼마다 따뜻한 밥을 먹을 수 있고, 또 기술도 배울 수 있다네. 자넨 손재주가 있어 보이니 금방 배울 걸세. 어쩌면 이걸로 밥벌이를 하게 될지도 몰라."

기술을 배우라는 구실을 댔지만, 사실 그는 내가 실의에 빠져 방황하는 줄로 오해하고 나를 도와주려고 했다. 당시 나는 늦되고 구속받기 싫어하는 방종한 젊은이였다. 하지만 그때만큼은 냉큼 그의 호의를 받아들였다. 이유는 단순했다. 은공예 장인이라니, 꽤 멋지지 않은가. 나는 그에게 스승으로 모시게 된 기념으로 당장 돼지머리 편육을 사서 대접하려 했다. 하지만 그는 한사코 사양했다.

"됐네, 됐어. 자네같이 창창한 젊은이가 내 집에 잠시나마 머물러 준다는데 오히려 내가 고맙지. 그거면 충분하다네. 게다가 공예가에게는 공예가만의 규칙이 있어. 어떤 일들은 단순히 재미로 할 수는 없는 법이지."

그가 덧붙였다. 자신을 진짜 스승으로 모시면 최소 3년은 성실하게 기술을 배워야 하는데, 그나마 제대로 배우려면 3년 가지고는 어림도 없다는 것이다. 벌써 몇 대째 전해져 내려오는 전통 기술이었다. 제대로 배우면 충분히 생계는 이어갈 수 있지만 요즘 젊은 사람이 배우기엔 쉽지 않다고도 했다. "여태껏 이 기술을 진지하게 배우겠다는 사람은 없었네. 그러니 자네도 재미 삼아 배우게나. 수업료는 안 내도 돼."

"그럼 그냥 아저씨 집에 얹혀살면서 공짜 밥을 먹으란 말

쏨이세요? 그건 좀······."

스승은 나를 아래위로 훑어보며 말했다.

"아미타불. 설마 자네가 나를 거덜 낼 정도로 먹기야 하겠
는가?"

좋습니다, 아저씨. 그럼 오늘은 뭘 먹죠?

2

기껏해야 삼사일 정도 머물 생각이었다. 그랬던 것이 설마
우기 내내 머물게 될 줄은 생각도 못했다.

스승의 집에 머문 뒤로 나는 더 이상 전병을 먹지 않았
다. 대신 버섯과 녹두묵, 감자를 먹었다. 감자는 거의 주식이
나 다름없었다. 튀겨 먹고 구워 먹고 채 쳐서 먹고 편으로 썰
어서 먹었다. 이곳의 감자는 가운데가 붉었고 생으로 먹으면
사과 같은 향이 났다. 물론 익혀 먹으면 맛이 더 끝내줬다.
감자 반찬만으로 밥을 몇 공기나 비울 정도였다. 게다가 매
끼 먹어도 물리지 않았다.

공예점은 작고 비좁았다. 그래서 따로 식탁을 두지 않고
카운터에서 식사를 했다. 스승이 가운데에 앉고, 양쪽으로

나와 사저(師姐:같은 스승을 둔 손위 여자)가 비스듬히 기대 앉아 밥을 먹었다. 젓가락은 흑단이고 밥그릇은 커다랗고 투박한 사기그릇이었다. 불자인 스승이 차려 낸 밥상은 고기가 적고 나물과 채소가 많았는데, 그럼에도 기이할 정도로 맛이 있었다. 나는 땅을 파헤치는 두더지마냥 부지런히 젓가락을 놀리며 후루룩 쩝쩝 정신없이 먹어 댔다. 사저는 나와 달랐다. 고개를 약간 숙이고 밥그릇을 공손히 받친 채로 천천히 씹어서 조용히 삼켰다.

그렇다. 이 은공예방에는 수려한 미모의 사저도 있었다. 중간 키에 늘 검은색 긴 오리털 점퍼를 입었다. 소매도 길어서 손등을 덮었다. 그 해 북쪽 지방 여자들 사이에서는 긴 머리카락을 틀어 올려 비녀를 꽂는 스타일이 유행했는데, 그녀 역시 정수리에 비녀를 꽂고 있었다. 영락없는 쪽머리였는데 나중에 알고 보니 '당고머리'라는 명칭이 따로 있다고 했다. 원래는 귀엽고 세련된 스타일이라지만 그녀가 하니 왠지 버림받은 궁녀 같은 음울함이 풍겼다. 혹은 귀신을 불러내는 무당 같기도…… 나는 그녀를 힐끔힐끔 보며 그런 생각을 했다.

식사를 마치고 내가 그릇과 접시를 치우려고 하면 그녀는 가만히 내 손을 밀어내며 말했다. 제가 할게요. 그런 뒤 뒤뜰의 작은 우물가에 쪼그리고 앉아 설거지를 했다. 동작이 어찌나 부드럽고 가벼운지, 아무 소리도 들리지 않았다.

사저 역시 외지인이었다. 나이는 나보다 조금 많았고, 입문한 것은 나보다 겨우 며칠 먼저였다. 스승은 눈을 가늘게 뜨고 웃으며 말했다. 저 아이도 자네처럼 주워 왔다네. 나처럼 주워 왔다니, 그럼 혹시 그녀도 길가에서 전병에 마을을 싸 먹고 있었단 말인가. 나는 피식 웃으며 고개를 저었다. 아저씨, 저 놀리시는 거죠? 저렇게 예쁜 아가씨가? 아무리 봐도 강호를 떠돌 타입으로는 보이지 않는걸요. 그녀는 이름도 출신도 베일에 가려 있었다. 스승 역시 모른다고 했다.

"작은 마을이긴 하지만 오가는 외지인은 꽤 많다네. 그냥 떠나 버려도 될 텐데 내게 기술을 배우겠다며 기꺼이 남아 주었으니, 그것만으로 고마운 일 아닌가. 그러니 괜히 이것저것 따져 물을 필요 없다네. 누구든지 간에 수배범만 아니면 얼마든지 원하는 만큼 내 집에 있어도 상관없어."

나는 실실 웃었다. "그런데 알고 봤더니 수배범이면요?"

스승은 나를 위아래로 빠르게 훑더니 한숨을 쉬며 중얼거렸다. 아미타불…….

아니 저기요, 뭘 자꾸 훑어보세요? 이것 참 상처 될라 그러네.

사저는 이상한 점이 많았다. 추위를 병적으로 싫어하는지

겨울이 되기 한참 전부터 오리털 점퍼를 껴입었다. 답답하지도 않은 모양이었다. 또 힘든 것도 병적으로 싫어했다. 겨우 골목 밖 시장에 장을 보러 가면서도 언제나 금방 쓰러질 것 같은 얼굴을 했다. 어깨에 짊어진 것이 대나무 바구니가 아니라 물이 가득 든 항아리라도 되는 양 비틀거리기도 했다.

엉뚱한 데 정신 팔기는 나도 둘째가라면 서러울 정도지만 그녀는 나보다 한 수 위였다. 밥을 먹다가도 멍해져서 젓가락질을 멈추고, 행주로 상을 닦다가도 금세 생각에 빠져서 빙글빙글 원을 그리며 같은 곳을 계속 닦았다. 나는 몰래 스승에게 물었다. 무슨 고민이 있는 것 같은데, 제가 가서 얘기 좀 해 볼까요? 스승은 고개를 저었다. 그냥 두게. 처음 올 때부터 저랬어. 하루 이틀 일이 아니라네. 그녀는 종종 아주 오랫동안 멍하니 시간을 보냈다. 비가 내리는 오후면 팔짱을 끼고 문간에 기대서서 처마 끝에서 떨어지는 물방울을 하염없이 바라봤다. 신발이 축축하게 젖어들어도 석고상처럼 미동조차 하지 않았다. 그녀는 대체 무슨 일을 겪었을까? 실업? 아니면 실연? 알 수 없었다. 그녀의 사연이 궁금했지만 물어본들 대답이 돌아올 것 같지도 않았기에 그만두었다.

그럴 때 정적을 깨는 사람은 늘 스승이었다. 헛기침을 한 번 한 뒤 망치를 들어 올리며 우리를 불렀다. 자자, 이리 와서 한번 보게나. 그가 보라는 것은 물론 은을 두드리는 법이었다. 기술을 가르치면서 그는 한 번도 '가르친다'는 말을 쓰지 않았다. 언제나 '와서 보라'고 할 뿐이었다. 그는 두꺼운 은판에서 길게 한 덩이를 잘라 내서 예리한 칼로 꽃무늬를 아로새기고 가장자리를 가지런히 베어 냈다. 한 번 두 번 망치질을 하자 은은 부추 잎처럼 얇아졌고, 세 번 네 번 내려치자 초승달처럼 둥글게 휘어졌다. 다음으로 가죽 풀무를 밟아 작은 가마에 불길을 돋웠다. 풀무는 균일하게 밟아야 했다. 그래야 바람이 잘 들어가 불길이 단숨에 타올랐기 때문이다. 불이 충분히 뜨거워지면 은을 넣고 달군 뒤 망치질을 해서 모양을 잡고 또 달궜다. 은이 눈처럼 순백의 빛을 내기까지 기다렸다가 물에 넣자 치이익 소리와 함께 하얀 연기가 피어올랐다. 잠시 후, 우리 눈앞에 아름다운 은팔찌가 모습을 드러냈다. 스승은 그것을 사저에게 건넸다. 자, 한번 껴 보게. 순백색의 은팔찌는 사저의 새하얀 손목 위에서 더욱 찬란하게 빛났다. 스승은 반달눈으로 웃으며 말했다.

"은이란 건 말이지, 망치질도 뜨거운 불도 두려워하지 않아. 또 순수한 은은 불에 달굴수록 더 희어진다네. 그래서 설화은(雪花銀)이라는 말이 나온 게야."

나는 무릎을 쳤다. 은을 화폐로 쓰던 건륭 시절, 관공서

창고에 은을 들이기 전에 불에 넣어 진위 여부를 가렸다는 이야기가 떠올랐기 때문이다. 그러고 보니 생각할수록 재미있었다. 삼년청치부(三年清治府)면 십만설화은(十萬雪花銀)이라는 옛말이 있다. 부지사(府知事) 3년이면 설화은 10만 냥을 만질 수 있다는 뜻이다. 10만 냥을 위안화로 환산하면 약 2천만 위안 정도다. 부지사는 지금의 시장(市長)에 해당하니까, 건륭 왕조가 얼마나 부패했는지를 알 수 있다. 시장 노릇 3년 만에 2천만 위안에 달하는 비자금을 형성할 수 있었다는 뜻이니까! 하지만 역사적으로 따져 봐서 관리가 부패하지 않았던 시대가 과연 있었는가 하면…… 이런, 또 삼천포로 빠져 버렸네. 조금만 더 갔으면 돌아오지 못할 뻔했어.

아무튼 옛날에는 은이 곧 돈이었다. 여기까지 생각이 미치자 괜히 웃음이 나고 들떴다. 그 새하얀 팔찌를 나도 꼭 껴보고 싶다는 마음이 모락모락 일었다. 하지만 짐승 발처럼 두툼한 내 손이 통과하기에는 팔찌가 너무 작았다. 그럼에도 포기하지 못하고 억지로 밀어 넣다가 그만 팔찌가 휘어지고 말았다. 황당한 듯 바라보는 두 사람을 짐짓 외면하며, 나는 팔찌를 괜히 던졌다 받으며 딴청을 부렸다. 그러고 보니 그리 크지 않은데도 꽤 묵직했다. 순은이라 그런 모양이었다. 무협 소설을 보면 툭하면 은 200냥씩 지녔다는 말이 나오는데, 그럼 못해도 몇십 근쯤은 우습게 들고 다녔다는 소리 아닌가. 강호인은 참으로 대단한 사람들이었던 셈이다. 피곤하지도 않았나? 생각할수록 재미있었다. 뭐, 몇십 근은 무리고 일단 반 근짜리 팔찌라도 실컷 들어 봐야지. 나는 히죽이며 팔찌를 만지작거렸다.

내가 제일 처음 은으로 만들려고 한 것은 무협소설에 나오는 암기인 바늘 모양 표창이었다. 앞으로 다시 떠돌이 생활을 할 때 든든한 무기 하나쯤 있으면 좋겠다고 생각했기 때문이다. 하지만 망치질을 할수록 은은 원래의 원대한 계획과 점점 다른 모양새로 변해 갔다. 곧고 날씬한 표창이 아니라 구불구불 휘어진 홍당무가 된 것이다. 한쪽은 두껍고 다른 한쪽으로 갈수록 얇아지는 것이 영락없는 홍당무였다. 하지만 나는 포기하지 않고 은 덩어리를 또 집어 들었다. 그리고 심혈을 기울여 다시 뚱땅뚱땅 두드리기 시작했다. 잠시 후, 은으로 만든 홍당무 한 개가 또 탄생했다.

위대한 산둥황가예술학원 미술학과 98학번의 수재였던 내가, 과 수석으로 입학했던 내가, 남자기숙사에서 손재주로 따지자면 당할 자가 없었던 내가 홍당무라니! 세밀화부터 템페라화, 크로키, 도예, 조각, 전각에 이르기까지 못하는 게 없던 내가, 심지어 뜨개질과 학생증 위조까지 완벽하게 해냈던 내가 홍당무라니! 대충 만들었다면 모르지만 진심으로 심혈을 기울였기에, 그럼에도 홍당무를 탄생시켰다는 자괴감이 더욱 컸다. 나는 한나절 내내 홍당무를 곧게 펴는 데 매달렸지만 결국 포기하고 말았다. 그렇게 나의 은공예 처녀작은 실패로 돌아갔다.

스승은 은을 두드릴 때의 망치질은 못을 박을 때와 다르다며 먼저 망치를 제대로 다루는 법부터 연습해야 한다고 했다.

"게다가 자네 정도면 잘하는 편이네. 첫 작품부터 제대로 된 젓가락 한 쌍을 만들지 않았나."

젓가락이라니요. 저렇게 굵은 젓가락 보셨어요? 게다가 원래 만들려던 건 날렵한 표창이었다고요. 하지만 나는 아무 말도 하지 않았다. 그저 처음부터 그럴 작정이었던 것처럼 고개만 주억거렸다. 그래. 이왕 이렇게 됐으니 소협, 저 젓가락으로 밥을 먹겠습니다. 겸허하게, 무공을 닦는 심정으로!

그날 저녁식사 때 나의 젓가락은 한 쌍의 홍당무였다. 스승은 자존심을 구긴 내가 안쓰러웠던지, 격려 차원에서 평소보다 더 많은 반찬을 내놓았다. 두부와 달걀이 추가된 것이다. 사 온 사람은 스승이었고 요리한 사람은 사저였다. 늘 그랬듯 스승이 가운데 앉고 나와 사저가 양쪽에 앉았다. 그녀는 평소처럼 어딘가에 정신이 팔린 채 소리 없이 밥그릇을 받쳐 들었다. 여기까지는 평소와 다르지 않았다. 그때까지만 해도 나는 이 평범한 저녁식사가 곧 소리 없는 암투의 현장이 될 줄은, 꿈에도 생각하지 못했다.

3

홍당무 젓가락은 무겁고 두꺼워서 쓰기가 불편했다. 자연히 밥 먹는 속도도 평소와 비교할 수 없이 늦어졌다. 그렇게 겨우 반 정도 먹었을 때, 나는 흠칫 놀라고 말았다. 젓가락 끝이 까맣게 변해 있었다. 독이다! 음식에 독이 들었어! 그 생각이 든 순간 힘겹지만 부지런히 놀리던 젓가락질이 저도 모르게 딱 멈췄다. 손이 굳어 오는 느낌이었다.

나처럼 1980년대 태어나 내륙에서 청소년기를 보낸 사람이라면 청소년기를 온전히 홍콩 무협영화와 함께 보냈다고 해도 과언이 아니다. 홍콩 무협영화가 아니었다면 우리가 무슨 수로 성에 대해 알며, 평생 써도 다 못 쓸 귀중하고 잡다한 지식들을 얻었겠는가. 예를 들어 환관은 다 악당이라든가, 마당 쓰는 스님은 다 무공이 엄청나다든가, 주인공이기만

하면 천 길 낭떠러지에서 떨어져도 죽지 않는다든가 하는 것들 말이다. 그렇게 얻은 지식 중 하나가 바로 은이 독에 닿으면 검게 변한다는 사실이었다. 나는 침을 꿀꺽 삼키며 검게 변한 은 젓가락 끝을 뚫어져라 바라봤다. 음식에 독이 든 것이 분명했다.

진정하자, 진정해. 호랑이한테 물려 가도 정신만 차리면 산다고 했어. 게다가 누가 범인인지 아직 모르잖아. 나는 몰래 스승의 안색을 살폈다. 그는 한없이 자애롭고 평화로운 얼굴로 입을 오물거리고 있었다. 독살이라는 무서운 흉계를 꾸밀 사람으로는 보이지 않았다. 아, 하지만 악당일수록 겉모습은 좋은 사람 같던데. 영화 보면 다 그렇잖아. 그런데 아저씨가 날 죽일 이유가 뭐 있지? 아무 이득도 없는데. 설마 내 배낭 속의 먹다 만 전병을 빼앗으려고 그러겠어? 그렇다면…… 나는 다시 몰래 사저를 힐끔거렸다. 그녀는 또 예의 그 멍한 표정이었다. 상 위에 멍하니 시선을 고정한 채, 느릿느릿 젓가락을 움직여 1분에 밥알 하나씩 집어 먹고 있었다. 그 순간 나는 어떤 사실 하나를 깨달았다. 온몸에 소름이 돋았다. 그러고 보니 지금까지 사저는 반찬을 단 한 젓가락도 먹지 않았어!

내 불찰이다. 그녀가 정상이 아님을 진즉에 알아차렸어야 했다. 그 우울함과 그 음습함이라니, 분명히 사회에 불만을 품은 정신이상자인 게 확실했다. 자신에게 조금만 잘못해도 목숨 걸고 달려들어 복수하는, 그런 정신이상자. 아아, 정말 무서운 여자다. 나같이 죄 없는 선량한 시민에게까지 마수를 뻗다니! 사건의 전말을 깨닫는 순간, 위가 조금씩 뒤틀리듯 아파왔다. 독이 퍼지기 시작한 게 틀림없었다. 순간, 영화에서 본 장면들이 눈앞을 획획 스쳐 갔다. 곧 온몸의 구멍에서 피를 쏟으며 쓰러지겠지. 이 얼마나 끔찍한 일인가!

　하지만 당장 상을 뒤엎는 것은 나의 품격과 어울리지 않았다. 그보다는 적이 스스로의 간계에 빠져 정체를 드러내게 하는 편이 훨씬 나았다. 나는 떨리는 손으로 두부를 집어서 곧장 사저의 밥 위로 날랐다. 그리고 잇새로 쥐어짜듯 말했다. 사저, 반찬 좀 먹어요. 그녀는 여전히 멍한 표정으로 천천히 두부를 입 속에 넣고 씹었다. 흠, 두부는 아닌 모양이군. 하긴, 흰 두부에 독을 넣었다면 금방 들켰겠지. 나는 재빨리 상 위를 훑어본 뒤 달걀을 집어 들고 의심스럽게 바라봤다. 노른자가 지나치게 노랗게 보였다. 비정상적일 정도로 말이다. 나는 젓가락에 든 달걀을 그대로 사저의 밥그릇 위로 옮겼다. 젓가락을 벌리자 툭, 하는 소리와 함께 달걀이 밥그릇으로 떨어졌다. 사저, 달걀도 드세요. 나는 손에 든 젓가락을 쳐다봤다. 확실히 더 검게 변해 있었다. 역시, 달걀에 독을 넣었군. 이번에는 사저도 놀랐는지 홀연히 나를 바라봤다. 아…… 그녀의 입에서 감탄사인지 신음인지 알 수 없는 소리 가 흘러나왔다. 그리고 다음 순간, 그녀는 달걀을 집어 먹었 다. 냠냠냠, 맛있게도 먹었다. 저렇게 잘 먹다니, 달걀도 아닌 가? 나는 고개를 갸우뚱했다. 하지만 너무 노랬는데. 생각해 보니 이 동네 닭들은 모두 자연적으로 방사되어 풀을 먹고 자랐다. 물도 산에서 흘러내려온 시냇물을 마셨다. 그렇게 키 운 닭이 낳은 달걀의 노른자는 비교적 선명한 노란색이라는 말이 그제야 떠올랐다. 나는 포기하지 않고 이번에는 감자볶 음을 그녀의 밥그릇에 올려 주었다. 감자가 불긋불긋한 것이 아무리 봐도 문제가 있어 보였기 때문이다. 하지만 그녀는 감 자도 아무렇지 않게 먹었다. 이것도 아니네. 아, 여기 감자는 원래 가운데가 빨갛지. 나는 괜히 머쓱해졌다.

다음은 버섯이었고, 그 다음은 양배추였다. 상 위의 모든 반찬을 한 젓가락씩 집어 그녀에게 날라 주었다. 그녀는 그 때마다 조금도 망설이지 않고 모두 먹었다. 심지어 작게 '고 맙다'는 말까지 했다. 혼란스러웠다. 이제 남은 것은 하나뿐 이었다. 나는 한참 망설이다가 내 밥그릇에서 밥 한 젓가락 을 퍼서 조심스레 그녀에게 건넸다.

그녀는 침착하게 나를 한번 보고는 그것마저 받아먹었다.

나는 젓가락을 코 앞까지 들어 올리고 자세히 봤다. 분명히 검게 변색되어 있었다. 분명히 독이 있다는 뜻인데……. 그때, 옆에 앉은 스승이 감탄하며 말했다. 정말 좋구나! 한 지붕 아래 사는 사람끼리 서로 이토록 챙겨 주다니. 식탁 위로 훈훈하고 따스한 기운이 퍼졌다. 스승은 세상의 모든 기쁨을 얻은 사람처럼 웃었고, 사저까지도 예전과 비교할 수 없을 만큼 다정한 눈빛으로 나를 바라봤다. 그들은 내가 동문 간의 우애를 몸소 실천하고 있다고 생각한 모양이었다. 그렇지 않으면 이 화목한 분위기를 뭐라고 설명하겠는가!

식사를 마칠 때까지 내 몸 어느 구멍에서도 피가 터져 나오지 않았다. 위의 통증도 어느 결에 사라졌다. 나는 울적한 기분으로 검게 변한 젓가락을 노려보다가 식후 끽연을 빌미로 스승을 밖으로 유인했다. 평소와 마찬가지로 사저는 소리 없이 설거지 중이었다. 밖으로 나온 스승은 마침 생각났다는 듯 내 손에 들린 젓가락을 가리켰다. "자네 젓가락 말이야."

"네?"

스승이 무심하게 말했다.

"은은 달걀노른자에 닿으면 검게 변한다네. 큰 문제는 아니고, 치약으로 잘 문질러 닦으면 돼."

잠시 변명을 하자면 나는 미술학도이고, 화학은 언제나 낙

제점이었다.

다음날, 알음알음으로 소개받은 이과 우등생과 메신저로 대화를 나누면서 그 원리를 알게 됐다. 노른자가 익으면 황화수소라는 물질이 생기는데, 이 물질이 순은과 만나면 반응해서 황화은이 된다는 것이다. 바로 그 황화은이 검은색이라고 했다. 은으로 독이 있는지 여부를 알아낼 수 있지 않느냐는 내 물음에 대한 우등생의 답은 이러했다.

우등생: 고대 중국 민간에는 화학비료나 농약, 쥐약, 보툴리눔 독 같은 게 없었어요. 단장초(斷腸草) 같은 독초도 보통 사람은 구하기 힘들었죠. 그래서 당시 가장 흔하게 쓰이던 독은 비소였어요. 그런데 비소 생산 기술이 부족하다 보니까 어떻게 해도 항상 소량의 황이나 황화물이 섞일 수밖에 없었거든요? 그래서 은이 비소에 닿으면 그 안의 황과 반응해서 검게 변했죠. 그걸 본 사람들은 자연히 은침으로 독을 판별할 수 있다고 생각한 거예요.

나: 그럼 지금은요? 지금도 은이 독을 검출해 내는 도구로 쓰일 수 있나요?'

우등생: 요즘은 비소를 만드는 기술이 발달해서 은을 검게 만들지 않아요. 게다가 현대에 흔하게 쓰이는 시안화물 같은 독은 은과 만나도 아무런 반응을 일으키지 않죠.

나: 정말 재미있네요. 그럼 은을 검게 변색시키는 독은 어떤 것이 있나요? 가장 은밀하게 쓸 수 있는 독은 또 뭐고요? 독에 대한 지식을 좀 더 가르쳐 주실 수 없나요?

우등생은 잠시 침묵했다. 그런 지식은 알아서 뭐하시게요? 그 말을 끝으로 갑자기 경계심이 들었는지 대화창을 나가 버렸다. 그리고 나를 차단했다. 하긴, 주링(朱令)과 같은 학교 출신인 점을 고려하면 그의 반응도 응당 이해가 됐다. 주링이 누구냐고? 각자 검색해 보시길. (1994년 발생한 여대생 독극물 사건의 피해자. 칭화대학교에 재학 중이던 주링은 누군가에 의해 탈륨 중독에 빠졌고, 시각과 언어능력을 거의 잃고 지능에 손상을 입는 등 현재까지도 심각한 후유증을 겪고 있다.)

물론 이번 '독극물 사건'이 본인의 피해망상에서 비롯된 해프닝이었다는 점에 대해서는 얼굴을 들지 못할 정도로 부끄럽게 생각하는 바다. 다행히 스승과 사저는 나의 내면에서 일어난 암투를 전혀 알지 못했다. 연달아 반찬을 집어 준 기이한 행동 역시 그저 우애를 돈독히 하기 위한 노력으로 여겼다. 상황이 이 지경에 이르니 어쩔 도리가 없었다. 결국 그 뒤로 나는 식사 때마다 종종 그들에게 반찬을 집어 주었다. 처음에는 억지춘향으로 시작한 일이었지만 신기하게도 묘한 화학반응이 일어났다. 나와 사저의 관계가 조금씩 변하기 시작한 것이다. 간단히 말해서 거리감이 확 줄어들었다. 그녀에게 말을 걸었을 때 대답이 돌아오는 횟수도 늘었고, 길이도 확연히 길어졌다. 예를 들어 예전에는 '사저, 설거지 좀 도와줄까요'라고 물으면 '됐어요, 내가 할게요'라고 했지만 요새는 '됐어요, 앉아 있어요, 내가 할게요'라고 대답한다.

보라, 확실히 한마디 더 늘지 않았는가.

4

우기를 맞은 작은 마을은 고요했다. 은공예점에는 TV가 없었다. 있는 것이라고는 치직거리는 낡은 라디오 한 대뿐이었다. 그 소리가 듣기 싫었던 나는 종종 사저에게 아무 말이나 주워섬겼다. 사저는 정말로 훌륭한 청중이었다. 내가 무슨 헛소리를 하건 진지하게 들었기 때문이다. 최소한 그렇게 보였다. 아니, 자세히 보아도 그랬다. 진지했다. 정말 진지하게 '멍 때리고' 있었다. 이 정도면 단순히 멍 때리기가 아니라 명상에 빠진 수준이었다. 하지만 얼마 안 가 그녀의 '명상'에 익숙해진 나는 그러든 말든 계속 수다를 떨었다. 그녀는 그녀대로 딴생각을 하고, 나는 나대로 잔뜩 허풍을 떨고 있으면 어느 순간 스승이 우리를 불렀다. 자자, 이리 와서 한번 보게나. 언제나 그렇듯 그는 가르친다고 하지 않고 그저 보라고 했다.

　나는 곧 팔찌를 만들 수 있게 되었다. 게다가 내가 만든 팔찌는 유별나게 예뻤다. 적어도 내가 보기엔 그랬다. 사람이 똑똑하고, 심미관이 있고, 손재주도 있으니 가능한 일이었다. 적어도 내 생각엔 그렇다. 하지만 스승의 말에 의하면 팔찌는 난이도 하였다. 진짜 만들기 어려운 것은 방울이라고 했다. 둥근 은방울을 만들 수 있게 되면 그 즉시 하산해도 된다나. 당시 나는 자신의 능력을 검증해 보이고 싶어서 안달난 젊은이였다. 스스로 재능도, 실력도 있다고 자부했다. 그래서 단숨에 목표를 '방울 만들기'로 정했다. 아무리 어렵다한들 못할 일이 무엇이랴! 나는 그렇게 야심찬 도전을 시작했다.

　아, 그런데, 정말로, 그 정도로 어려울 줄은 몰랐다. 방울을 만들려면 먼저 은을 얇고 균일하게 두드려 펴서 은판을 만들어야 했다. 균일하지 않으면 고대 중동에서 쓰던 동전처럼 되어 버렸기 때문에 이리저리 살펴 가며 두드리고 또 두드려야 했다. 망치를 쥔 손에 물집이 잡힐 만큼 두드려야 간신히 균일해 보이는 은판 몇 개가 탄생했다. 이 과정에만 꼬박 하루가 걸렸다. 다음은 은판을 구부려서 속이 빈 반구 형태를 만들어야 했는데, 이 역시 만만치 않았다. 아무리 주의하며 두드려도 아차 하는 순간에 푹 찌그러지거나 구멍이 뚫렸기 때문이다. 연거푸 실패하자 할 수만 있다면, 가능하기만 하다면 이 반구 형태를 생으로 우적우적 씹어 먹어 버리고 싶다는 분노가 무럭무럭 일어났다. 어쨌든 성질머리를 꾹꾹 눌러가며 간신히 반구 두 개를 만들어 낸 나는 떨리는 마음으로 맞대어 보았다. 울고 싶었다. 하나는 M사이즈고 다른 하나는 L사이즈였다. 사이즈가 다른데 방울이 될 리가 있나…… 은판 만들기부터 다시 시작하는 수밖에.

또다시 하루를 꼬박 들인 끝에 겨우 크기가 같은 반구 두 개를 만들어 냈다. 완벽한 원인지, 제대로 된 구인지는 일단 따지지 말자. 어쨌든 같은 크기로 만들었다는 게 중요하다. 나는 손을 부들부들 떨며 두 반구를 빈틈없이 마주 붙였다. 그런 뒤 깨달았다. 하하, 내 정신 좀 봐. 틈을 내고 안에 구슬을 넣어야 소리가 나지, 참. 어찌나 정성껏 붙였던지 한 번 붙은 반구는 아무리 해도 떨어지지 않았다. 나는 눈물을 머금고 또다시 은을 두드렸다. 속에서는 열불이 났지만 묵묵히 같은 과정을 처음부터 반복했다. 이번에는 실수하지 않으리라 결심하며 틈도 내고 구슬도 넣었다. 그런데 소리가 나지 않았다. 알고 보니 은방울에는 은구슬이 아니라 동구슬을 넣어야 소리가 난다고 했다. 이번에도 방울을 억지로 떼어 내려다 그만 우그러뜨리고 말았다.

똑같은 과정을 처음부터 몇 번이나 반복했는지 모른다. 횟수를 기억할 수 없는 때가 되어서야 비로소 방울이 완성됐다. 운전면허를 딸 때보다 더 힘들고 고생스러운 나날이었다. 마음고생, 몸고생을 어찌나 했던지 심지어 흰머리까지 생겼다. 나는 조심스레 방울을 들고 스승에게 가서 검사를 받았다. 그는 두 손가락으로 그것을 집어 들더니 놀랐다는 듯 혀를 찼다. 나는 자못 으쓱해하며 말했다. 아저씨, 솔직하게 말씀하셔도 돼요. 칭찬이든 비판이든 다 겸허하게 들을게요. 물론 칭찬하시겠지만.

스승이 한참 만에 입을 열었다. "…… 강낭콩?"

나는 충격에 휩싸였다. 아니, 솔직히 좀 납작하긴 하지만 강낭콩이라니! 귀 기울여 자세히 들어 보세요. 소리가 나잖아요!

정말 미칠 노릇이었다. 표창은 홍당무가 되고 방울은 강낭콩이 되다니. 대체 나는 은 장인이 되겠다는 것인가, 농사꾼이 되겠다는 것인가. 나는 힘껏 방울을 흔들며 항변했다.

"특이하지 않아요? 의외로 이런 게 팔릴 수도 있어요. 어쨌든 울리긴 하니까 방울 맞잖아요!"

스승은 고개를 갸웃거리다 말했다. "……아냐, 아냐. 이거
안 팔려."

역시 나이가 많으셔서 신문물을 받아들이기 힘드신 게야.
하지만 사저는 젊은 사람이니까 다르겠지. 사저, 사저! 이것
좀 봐 줘요. 내가 만든 것 어때요? 나는 멍하니 생각에 잠긴
사저를 흔들어 깨우며 방울을 그녀의 손에 쥐어 주었다. 그녀
는 흩어졌던 시선을 모아 힐끗 보더니 무심하게 중얼거렸다.

"어머, 강낭콩이네. 정말 예뻐요."

나는 눈물을 삼켰다. 강낭콩이면 어때. 붉은 줄에 매달아
서 평생 목에 걸고 있다가 대대손손 가보로 물려줄 테다.

내가 방울을 들고 고뇌에 빠져 있을 때 사저는 은에 꽃무
늬를 새기고 있었다. 여자는 손길이 섬세하고 차분해서 수놓
기를 잘한다네. 은에 무늬를 새기는 일도 마찬가지야. 스승은
그렇게 말했다. 확실히 사저는 차분하게 칼을 놀리며 멋지게
무늬를 아로새길 줄 알았다. 방울의 정체성에 대한 고민은
잠시 미뤄 놓고, 나는 그녀가 무늬 새기는 모습을 가만히 바
라보았다. 그 모습은 마치, 마치…… 기계 같았다. 기계니까
당연히 차분할 밖에. 기계가 화내거나 동요할 리 없잖은가.

기계인간 사저는 조금의 미동도 없이 득득득득 꽃무늬를

새겨 나갔다. 그러나 자세히 살펴본 결과, 끊임없이 손을 움직이고 있었지만 눈빛은 여전히 멍했다. 나는 남몰래 탄식했다. 아미타불, 이건 그저 멍 때리는 방식이 달라졌을 뿐이네.

5

나는 사저가 원래부터 타인에게 관심이 없는 줄 알았다. 자기 세계 속에 갇혀 사는 그런 사람이라고 생각했다. 그러나 예기치 않게 달의 이면을 보게 되었으니, 바로 '은공예점 방어사건'이다.

그날, 간소한 차림의 젊은 연인이 공예점을 찾아왔다. 건너편 은가게에서 산 커플반지에 자신들의 이름 약자를 새겨 달라고 온 것이었다. 사저가 카운터에 앉아 글씨 새길 준비를 하는 동안 연인은 문간에 기대앉아 서로 이야기를 나눴다. 작게 속삭이는 수준이었지만 가게가 워낙 작은 탓에 한 마디 한 마디가 자연히 귀에 들려왔다.

"다른 사람은 차랑 집을 모두 갖추고 결혼한다지? 결혼반지도 다이아몬드로 해 주고 말이야. 그런데 난 기껏 은반지밖에 못 사 주네. 너한테는 늘 미안해."

남자의 말에 여자가 그의 귀를 만지작거리며 말했다.

"바보, 우리가 함께 보낸 세월이 얼마인데 아직도 나를 몰라? 내가 결혼하고 싶은 건 자기지 다이아몬드가 아냐. 게다가 순은 반지만으로도 나는 충분히 만족해."

순은 반지? 사저의 손이 멈췄다. 사부와 나도 망치질을 멈추고 서로 바라봤다.

당시 중국에는 옛 풍취가 남은 시골을 여행하는 것이 유행이었다. 유명한 관광지보다는 일부러 이곳처럼 작은 시골 마을을 찾는 사람이 점점 늘어나던 때였다. 여행객이 많아지자 자연히 여행객만 상대하는 가게도 하나둘씩 생겼다. 이런 가게들은 겨우 몇 주 전에 문을 열어 놓고 버젓이 '백년고점(百年古店)'이라는 간판을 내걸기 일쑤였다. 그런 가게 중에 은 제품을 파는 곳도 있었다. 물론 직접 만드는 것은 아니고 기성품을 팔았다. 온갖 종류의 제품을 가득 늘어놓고 파는 통에 보기만 해도 눈이 어지러웠다. 대체 어디서 그런 물건들을 가져오는지는 알 수 없으나 어쨌든 종류는 다양했다. 대부분 티베트은이나 묘은, 네팔은처럼 다른 금속과 섞이거나 유색인 은을 팔고 순은은 은을 잘 아는 사람에게만 내놓았다. 모름지기 순은이라고 하면 순도가 92.5퍼센트 이상이어야 했는데 네팔은은 순도가 떨어졌다. 묘은도 순은은 아니었다. 백동(白銅)에 얇게 은도금을 입힌 것이기 때문이다. 티베트은도 마찬가지다. 전통적인 티베트은은 은 30퍼센트에 동이나 니켈을 70퍼센트 섞어 만든다. 그러니 엄연히 말하면 백동이나 다름없다.

젊은 연인이 가져온 반지는 순은이 아니었다. 속은 것이다. 이름을 새겨 결혼반지로 삼고, 보물처럼 소중히 여기며 평생 약지에 끼고 있을 요량으로 큰맘 먹고 산 순은반지가 사실은 싸구려 백동이라니. 건너편 가게 주인이 무슨 생각을 했을지는 뻔했다. 중국의 수많은 양심불량 상인들이 그렇듯, 이 젊은 연인이 다시 올 손님이 아님을 알고 사기를 친 게다. 설혹 나중에 반지가 가짜임을 알아도 그 먼 길을 다시 날아와 따질 가능성이 희박하다는 점도 염두에 뒀을 테고. 결국은 젊은 연인만 가엾게 된 상황이었다.

나는 그들에게 사실을 알려줄 요량으로 망치를 내려놓고 일어섰다. 그러나 스승이 내 소맷부리를 잡더니, 가만히 고개를 가로저었다. 들리는 소문에 건너편 가게는 마을에서 힘깨나 쓴다는 가문의 소유라고 했다. 괜히 긁어 부스럼 만들지 마라. 스승의 소리 없는 고갯짓은 내게 그렇게 말하고 있었다. 나는 미간을 잔뜩 찌푸리고 스승을 바라봤다. 허리를 구부리고 은을 두드리는 그의 미간 역시 잔뜩 굳어 있었다. 그래, 됐다. 어차피 알지도 못하는 사람들인데, 뭐. 모르는 사람 때문에 스승님을 괴롭게 만들 필요는 없지. 관두자, 관둬. 그때 사저가 갑자기 입을 열었다.

"두 분 곧 결혼하시나요?"

정말 보기 드문 일이었다. 사저가 먼저 다른 사람에게 말을 걸다니, 그것도 처음 본 사람에게! 두 연인은 수줍게 서로 시선을 교환하더니 방긋 웃으며 고개를 끄덕였다.

평범한 회사원인 두 사람은 몇 년 만에 처음 휴가를 내서 여행에 나선 참이었다. 둘은 같은 동네에서 나고 자랐으며 같은 대학을 졸업했고 같은 도시에 일자리를 구했다. 가정환경도, 수입도 넉넉지 않아 늘 궁핍했지만 6, 7년 넘게 연애하는 동안 한 번도 서로 얼굴을 붉힌 적이 없었다. 결혼식은 연말이었는데 두 사람은 말리부나 사이판으로 신혼여행을 가는 대신 고향에 머물며 양쪽 부모님과 함께 새해를 맞이하기로 했다. 그러자고 여자가 주장했다. 사랑하는 남자에게 경제적 부담을 주고 싶지 않았던 것이다. 남자도 마찬가지로 마음속 깊이 여자를 사랑했다. 그래서 일부러 결혼 전에 선물로 이번 여행을 준비했다. 물론 경비가 적게 드는 배낭여행이지만, 보통사람에게는 보통사람만의 낭만이 있는 법이다. 서로 손을 잡고 중국 대륙을 가로지르는 동안 두 사람은 행복한 시간을 보냈다. 그리고 마지막 여행지로 이곳에 들른 참이었다.

여자는 구형 필름사진기를 들어 보이며 자랑스럽게 말했다.

"사진을 정말 많이 찍었어요. 집 계약금도 거의 다 모았으니까, 신혼집에 들어가면 이번 여행에서 찍은 사진으로 한쪽 벽을 꾸미려고 해요."

두 사람만 여행한 적은 이번이 처음이라고 했다. 도시에 사는 일은 쉽지 않다. 아마 신혼집을 마련하기 위해 두 사람은 분명히 대출을 많이 받았을 것이다. 그 돈을 다 갚으려면 앞으로 또 언제 둘만의 오붓한 여행을 할 수 있을지 알 수 없었다. 그만큼 소중한 이번 여행의 종착지로 그들은 이 마을을 선택했고, 그 은가게에 들어가 없는 주머니를 탈탈 털어 '순은' 반지를 샀다. 이번 여행의 기념품이자 결혼식 때 서로 교환할 믿음의 증표로.

나는 스승을 바라봤다. 그는 허리를 더욱 깊이 수그리고 끊임없이 망치를 두드렸다. 사저는 두 연인을 뚫어져라 보고 있었다. 또 멍 때리기 시작했구먼. 나는 속으로 혀를 찼다. 그런데 그 순간, 사저가 몸을 돌리더니 스승에게 말했다.

"아저씨, 반지가 너무 가늘어서 글자를 못 새기겠어요. 우리 가게 은으로 폭이 좀 더 넓은 반지를 새로 만들면 안 될까요? 말을 하는 동안 그녀는 줄곧 눈을 내리깔고 있었다. 스승을 보지도 않았다. 목소리도 이상했다. 왠지 간청하는 듯했고, 목이 멘 것처럼 들렸다. 두 연인은 당황한 기색이 역력했다. 여자가 벌떡 일어나며 몇 번이고 사양했다.

"아뇨, 괜찮아요. 새길 수 없으면 새기지 않아도 돼요. 다시 만들 필요는 없어요. 저희는 이제 돈도 없고……."

그녀는 우리를 향해 열심히 손을 내저으며 남자친구에게 도리질 쳤다. 하지만 사저는 그녀의 말을 못 들은 척, 여전히 목 메인 소리로 스승에게 다시 한 번 말했다. 아저씨, 이 분들한테 반지 한 쌍을 다시 만들어 드려요, 네? 스승은 아무 말 없이 천천히 몸을 일으키더니 카운터에서 반지를 가져갔다. 그리고 새 은판을 꺼내 두드리기 시작했다. 여자가 안쪽을 바라보며 다급하게 외쳤다. 저희는 필요 없다고 했는데요. 스승은 그녀에게 앉으라고 손짓하며 어린아이를 달래듯 부드럽게 말했다. 걱정 말아요, 돈은 받지 않을 테니까.

스승은 역시 스승이었다. 새롭게 만든 반지는 원래의 것과 구분할 수 없을 만큼 똑같았다. 사저는 그 반지 위에 두 연인의 이름을 전부 새겨 주었고, 나는 반지가 더욱 반짝이도록 광을 냈다. 남자가 지갑을 꺼내 돈을 내려 했지만 받지 않았다. 원래 샀던 '순은' 반지로 교환하겠다고 했지만 그 역시 받

지 않았다. 젊은 연인은 감사 인사를 하고 영문을 알 수 없
다는 표정으로 사라졌다. 그들이 떠나기 전, 사저가 남자에
게 말했다.

"결혼반지는 한 쌍으로 충분하니까 그 반지는 샀던 곳에
가서 무르세요. 돈도 아낄 겸."

그리고 여자를 향해 방긋 웃어 보였다. 그녀를 바라보는
사저의 눈가가 발갛게 달아올랐다. 무어라 말할 것처럼 입을
벌렸지만, 아무 말도 하지 못하고 고개를 돌렸다. 스승은 손
을 찬찬히 문지르며 그런 사저와 여자를 번갈아 보았다. 그
역시 잠시 망설이는 듯했지만 결국 아무 말도 하지 않았다.

몇 시간 후, 나는 이 일이 스승에게 얼마나 큰 불편을 초
래했는지 알게 됐다. 웬 사람들이 씩씩거리며 공예점으로 들
이닥친 것이다. 남자 여자 합쳐서 도합 네댓 명 정도였는데,
맨 앞에 선 남자는 노기가 탱천한 상태였다. 흉흉하게 가게
안으로 밀고 들어온 그들은 스승에게 마구 손가락질을 해대
며 욕을 퍼부었다.

"이 늙은이가 대체 어쩌자는 거야? 엉? 자기 장사나 잘할
것이지, 왜 남이 판 물건에 참견을 해?"

스승은 별다른 반응을 보이지 않았다. 그저 미간에 깊이
주름을 잡고 망치질을 계속할 뿐이었다. 그들은 거기서 그치

은방울   135

지 않고 더 심한 말을 퍼부었다.

"그만큼 나이를 처먹어 놓고 하는 짓이 그 모양이니 여태껏 독방 늙은이 신세로 혼자 살지!"

이번에는 다른 사람이 추임새 넣듯 이죽거렸다. "그러게! 쓸데없이 참견이나 하고 말이야. 당신이 어떤 인간인지 우리가 모를 줄 알아? 좋은 사람인 척하긴, 늙은 도둑 주제에!"

더 이상 참을 수가 없었다. 나는 쏜살같이 달려들어 그 말을 한 남자의 멱살을 낚아챘다. 그리고 한 방 먹이려는 찰나 스승이 내 손을 붙들고 끌어당겼다. 이거 놓으세요! 내가 외치자 스승은 목소리를 낮춰 말했다.

"하지 말거라, 애야. 폭력을 쓰면 안 돼!"

그는 말하면서 동시에 나를 뒤뜰 쪽으로 질질 끌고 갔다. 그 작은 키에서 어떻게 그런 힘이 나오는지, 나는 팔을 잡힌 채 속수무책으로 끌려갔다. 기세가 등등해진 그치들은 여전히 입을 나불댔다.

"지가 도둑이니 키우는 것도 도둑이네! 어디 한번 덤벼들게 돼 보지 그래! 그 작은 도둑놈이 주먹은 제대로 쓸 줄 아나 보게!"

나는 예의를 중시하는 산둥 사람답게 욕을 잘하지 못했다. 어려서부터 지금까지 주먹질은 남부럽지 않게 해 봤지만 입싸움은 전력이 없었다. 그랬기에 화가 치밀어 올라 터질 것 같은 그 상황에서도 말 한 마디 되받아치지 못하고 몸만 부들부들 떨었다. 하지만 그들은 거기서 만족하지 못하고 사저에게까지 대거리질을 하기 시작했다.

"이년도 보아하니 똑같은 쓰레기구만!"

사저는 아무 소리도 내지 않았다. 문발에 가려져 내가 선 곳에서는 그녀의 표정이 보이지 않았다.

"네년도 조심해! 또 한 번만 우리 장사하는 데 이러쿵저러쿵 해댔다간 걸레 같은 네년의 몸뚱이를……."

진심으로 더 이상 참을 수 없었다. 참아서도 안 됐다. 내 저 배워 먹지 못한 놈들을 죄다 땅에 내다 꽂고 말리라! 하지만 미처 뛰쳐나가기도 전에 몸이 휙 들리더니, 어느새 하늘을 보고 누운 자세가 됐다. 스승이 발을 걸어 나를 땅에 눕힌 것이다. 그래 놓고 자신은 번개처럼 문 쪽으로 뛰어갔다. 그의 손에는 어느새 가장 큰 작업 망치가 들려 있었다.

스승이 망치를 들고 득달같이 뛰어가자 그치들은 주춤주춤 뒤로 물러났다. 그대로 쭉 자기들 가게 앞까지 도망치더니 결국 황급히 안으로 들어가 문을 잠갔다. 하지만 잠긴 문 뒤에서도 계속 욕을 해 댔다. 늙은 도둑, 작은 도둑, 걸레 같은 년! 귀를 씻어 내고 싶을 만큼 더러운 말들이 무차별적으로 쏟아져 나왔다. 스승은 잠자코 망치를 치켜들었다. 그리고 '백년고점'이라고 적힌 간판을 힘껏 내리쳤다. 쩍, 하는 소리와 함께 간판에 균열이 생겼다. 또 한 번 내리치자 그제야 문 너머가 쥐죽은 듯 조용해졌다. 스승은 수염과 머리카락을 나풀거리며 큰대자로 버티고 서서 무섭게 소리쳤다.

"날 욕하는 건 용서해도 내 아이들을 욕하는 건 용서 못 해! 또 한 번만 걸레니 뭐니 지껄여 대면 이 망치로 네놈들 대갈빡을 부숴 놓을 테다!"

이 얼마나 위풍당당한 모습인가! 늘 허리가 굽은 노인으로만 알았는데, 알고 보니 화가 나면 당할 이가 없는 우두머리 야크였구나!

'은공예점 방어사건'은 이렇게 5분 만에 일단락됐다. 맞은편 은가게 사람들도 자기 대갈빡이 소중하긴 했는지 더 이상 문제를 일으키지 않았다. 간판을 수리해 달라거나 변상해 달라고도 하지 않았다. 그런데 몇 차례 비를 맞고 나더니 갈라진 틈에 빗물이 스미면서 간판이 외려 더욱 그럴듯하게 변했다. 정말 백년은 훌쩍 넘은 간판처럼 보였다. 그 바람에 맞은편 가게는 장사가 더 잘되기 시작했다.

그 젊은 연인은 분명히 반지를 무르지 않았을 것이다. 사실 어찌했든 상관없다. 그저 그들이 결혼식에서 우리가 준 진짜 순은 반지를 교환했기를 바랄 뿐이다.

그날 저녁, 작은 도둑은 늙은 도둑에게 감자볶음을 한 젓
가락 크게 집어 주었다. 사저도 웬일로 반찬을 얹어 주었다.
작은 도둑은 사저에게도 감자볶음을 집어 주었다. 사저 역시
작은 도둑에게 감자볶음을 얹어 주었다. 스승이 갑자기 입을
열었다. 사실 예전에 감옥살이한 적이 있네……. 사저가 말했
다. 응, 알아요. 내가 말했다. 아, 그랬구나.

창밖에는 보슬비가 소리 없이 내렸다. 따스한 주황빛 등불
아래 세 사람은 조용히 밥을 먹었다. 아무도 말이 없었다. 아
무 말도 필요치 않았다. 서로를 지켜주며 몇십 년을 함께 살
아온 가족처럼 우리는 말없이 함께 밥을 먹었다.

6

이렇게 맺어진 가족의 연이 그렇게 빨리 끝나리라고는 생
각하지 못했다.

'은공예점 방어사건'이 벌어진 다음날 아침, 사저가 설거
지를 도와달라며 나를 뒤뜰로 불러냈다. 그날 그녀는 입맛이
없다며 아침식사를 거른 참이었다. 우물가에 앉아 찬물에

손을 담그고 천천히 그릇을 씻는 모습이 평소처럼 어딘가 정신이 팔린 듯했다. 어차피 하루 이틀 일도 아니었기에 나는 그녀를 방해하지 않고 내 할 일을 했다. 하지만 내가 다 씻은 그릇이 가득 담긴 소쿠리를 들고 일어날 때까지 그녀는 여전히 찬물에 손을 담근 채 미동도 없이 그릇을 꽉 쥐고 있었다. 어찌나 꽉 쥐었는지, 벌겋게 얼어붙은 손에서 손가락만 하얗게 변해 있었다. 나는 사저를 툭툭 쳤다. 어이, 정신 차려요. 그녀는 순간 부르르 떨더니 비틀거리며 일어났다. 그제야 뭔가 이상하다는 것을 깨달았다. 사저는 평소와 달리 눈에 핏발이 가득 서 있었고, 눈빛도 훨씬 불안해 보였다. 방금 악몽에서 깬 아이 같았다. 그녀는 물이 뚝뚝 떨어지는 손을 늘어뜨리고 멍하니 걸음을 옮겼다. 몸이 휘청휘청 흔들려서 금방이라도 넘어질 것처럼 위태했다. 내가 얼른 다가가서 부축하려는데, 그녀가 먼저 손을 뻗어 내 팔뚝을 잡았다. 그러더니 거친 숨을 몰아쉬며 내뱉듯 외쳤다.

"나 좀, 나 좀 병원에 데려다 줘요!"

흡사 노인처럼 갈라진 목소리였다. 갑자기 병원이라니, 대체 이게 무슨 일이란 말인가. 사저는 그 이상은 말하지 않고 내 팔뚝만 죽어라 붙들었다. 허리를 구부리고 겨우 심호흡을 하는 게 뭔지는 몰라도 심각해 보였다. 나는 황급히 그녀를 부축하며 안쪽을 향해 소리쳤다.

"아저씨! 빨리 나와 보세요! 사저가 이상해요!"

가장 가까운 병원은 차로 한 시간 거리였다. 버스를 타고 가는 내내 사저는 맨 뒷자리에 앉아 두 손으로 얼굴을 가린 채 탈진한 사람처럼 몸을 웅크리고 있었다. 병원에 데려가 달라고 한 뒤로는 입을 꾹 다문 상태였다. 자그만 시내버스는 가다 서다를 반복했고, 그때마다 사람들이 끊임없이 타고 내렸다. 한 시간이 참으로 더디게 흘렀다. 가끔 스승과 눈이 마주칠 때마다 나는 의혹이 가득 어린 눈길로 사저를 돌아봤다. 스승 역시 알 수 없다는 표정이었지만 나를 안심시키려는 듯 손을 내밀어 무릎을 토닥였다.

버스 정류장에서 병원으로 가려면 널찍한 차도를 건너야 했다. 횡단보도 중간쯤 이르렀을까. 사저가 돌연 얼어붙은 듯 멈춰 섰다. 식은땀에 머리카락이 잔뜩 들러붙은 그녀의 얼굴은 명백한 공포에 휩싸여 있었다. 그녀는 또다시 밭은 숨을 몰아쉬기 시작했다. 마치 바로 앞에 잔뜩 날선 칼날이 가득 깔려 있기라도 한 듯, 한 걸음 내딛기조차 두려워하는 모습이었다. 내가 끌어당겼지만 그녀는 꼼짝도 하지 않았다. 가녀린 몸 어디서 그런 힘이 나오는지, 아무리 당겨도 미동조차 안 했다. 대체 도로 한복판에 서서 뭐하자는 거야! 나는 더 이상 참지 못하고 그녀의 허리를 끌어안고 들쳐 맸다. 그리고 우리 모두 차에 치이기 전에 가까스로 반대편에 이르렀다. 뒤에서 시끄러운 경적 소리와 함께 온갖 욕설이 쏟아졌다. 젠장, 대체 뭘 어쩌자는 거야? 위험을 벗어나자 벌컥 화가 났다. 스승은 내게 눈을 부릅뜨며 그만 두라는 듯 고개를 저었다. 하지만 한번 일어난 화는 쉬이 가라앉지 않았다. 나는 고개를 빳빳이 세우고 으르렁댔다.

"아픈 데가 있으면 치료 받으면 되지 이게 그렇게 겁먹을 일입니까? 이상한 여자인 건 진즉에 알았지만 정말 너무하잖아요!"

스승은 한숨을 쉬며 나를 달랬다. 같은 지붕 아래 사는 사람끼리 그렇게 말하지 말게, 그러지 말아…….

하지만 내 말을 들었는지, 그녀는 어느새 스스로 병원에 들어가고 없었다. 나와 스승은 입구에서 기다렸다. 처음엔 서 있었고, 나중엔 쪼그리고 앉았다. 구급차가 경광등을 번쩍이며 바쁘게 오갔다. 눈 깜짝할 사이에 점심때가 지났지만 사저는 나오지 않았다. 대체 어디가 아프기에 이렇게 오래 걸리는 것일까? 우리는 들어가서 그녀를 찾아보기로 했다.

대기실이며 진찰실 복도, 화장실 근처까지 다 돌아봤지만 사저의 모습은 보이지 않았다. 결국 접수실의 중년여인에게 물어보았다.

"아, 그 표준말 쓰는 아가씨 맞죠? 혼자 왔던. 2층으로 올라가서 왼쪽으로 가 보세요."

그런 뒤 혼잣말처럼 중얼거렸다. 에그, 가엾기도 하지.

무엇이 가엾다는 것일까. 아가씨 혼자 병원에 와서? 아니면 그녀가 2층으로 올라가야 해서? 2층으로 가야 하는 게 왜 가여운 일이란 말인가?

2층으로 올라가자마자 복도의 긴 의자에 앉아 진료를 기다리고 있는 사저가 보였다. 대기 중인 다른 환자들은 여자든 남자든 전부 동행이 있었다. 혼자인 사람은 그녀뿐이었다. 순서를 보아하니 한 사람만 더 기다리면 사저의 차례였다. 그녀는 여전히 멍했다. 가까이 가서 어깨를 두드리니 그제야 꿈에서 깨어난 듯 우리를 바라봤다. 손에는 진단서로 보이는 종이가 들려 있었다. 내가 보여 달라고 하자 그녀는 당황해하며 종이를 등 뒤에 숨겼다. 나는 억지로 그것을 빼앗아 스승에게 주고 함께 재빨리 훑어봤다. 순간 가슴이 철렁 내려앉았다.

스승이 사저를 의자에서 붙들어 일으키며 물었다.

"얘야, 이렇게 큰일을 혼자 결정한 게냐? 정말 잘 생각해 본 게 맞아?"

그녀는 힘껏 고개를 끄덕였다. 입술은 앙다물고 있었지만 속눈썹이 파르르 떨렸다. 곧 굵은 눈물방울이 뚝뚝 떨어졌다. 나와 스승은 아무 말도 못하고 그녀를 바라보기만 했다. 침묵을 깬 사람은 나였다. 나도 모르게 거친 소리가 나왔다.

"울긴 왜 울어!"

젊은 간호사가 황급히 달려와 내 등을 밀었다.

"여기서 왜들 이러세요? 싸우려면 나가세요! 여기 병원인 거 몰라요?"

나는 간호사의 손에 끌려가면서도 사저에게 고래고래 소리를 질렀다. 말해 봐! 울긴 왜 우냐고! 이게 정말 네가 원하는 일 맞아? 정말 원하는 거면 대체 왜 우는 건데! 스승도 내 허리를 잡고 나를 그녀에게서 최대한 멀리 떼어 놓으려 애썼다. 그러면서 고개를 돌려 사저에게 떨리는 목소리로 계속 물었다. 얘야, 정말 잘 생각한 거 맞니? 정말 맞아?

사저는 벽에 기대서 허리를 구부린 채 머리카락을 쥐어뜯었다. 목 졸린 사람처럼 얼굴이 점점 붉어지더니 곧 보랏빛으로 변했다. 그렇게 억누르고 억누르다 마침내 울음이 터져 나왔다. 서럽고, 히스테릭한 울음이었다. 그녀는 몸을 벽에 짓이기듯 붙이고 울며 말했다.

"아저씨, 전 대체 어쩌면 좋아요?"

7

그녀가 어찌 하면 좋을지 아무도 몰랐다.

그녀의 사정을 이해하려면 먼저 모 대학교 신입생 환영회부터 이야기해야 한다.

환영회의 절정은 한 신입생의 마술공연이었다. 그는 흰 셔츠에 검은 연미복, 번쩍이는 구두까지 제대로 차려입고 멋진 마술을 선보였다. 공중에 손을 한 번 휘두르자 마법지팡이가 나타났고, 또 한 번 휘두르자 노란 장미가 나타났다. 그의 두 눈은 별처럼 반짝였으며 손짓 하나, 몸짓 하나에 잘생김이 흘러넘쳤다. 여학생들은 황홀경에 빠져서 새된 비명을 올렸다. 꺅! 펑더룬(馮德倫: 잘생긴 것으로 유명한 홍콩 배우) 같아! 아냐, 펑더룬보다 더 멋져!

전국의 공부벌레들이 다 모인다는 명문대학이었다. 기름진 머리, 목이 다 늘어난 라운드 티셔츠가 남학생의 기본 모습이었다. 그런 곳에 이토록 세련되고 잘생긴 남자가 나타나다니, 때 아닌 눈 호강에 여학생들이 자지러지는 것도 당연했다. 하지만 곧 더욱 자지러질 일이 벌어졌다. 그가 꽃을 들어 올리더니 무대 아래로 던질 태세를 취한 것이다. 여학생들이 동시에 소리를 지르며 손을 뻗었다. 맨 앞줄에 앉은 몇몇은 무의식적으로 일어서기까지 했다. 지난한 대학입시와 지루한 방학을 갓 통과한 청춘들은 잔뜩 억눌린 스프링이었다. 대학이라는 자유의 공간에 들어섰으니, 이제 마음껏 튀어오를 일만 남은 터. 개중에 대담한 여학생들은 그 욕망을 거침없이 분출하며 의자 위로 뛰어올라가 미친 듯 손을 흔들었다. 그 꽃 나한테 줘요! 핸드폰 번호도 줘요! 하지만 그는 씩 웃으며 꽃을 등 뒤에 숨기더니 가볍게 고개를 저었다. 아쉬움과 경탄이 뒤섞인 탄식이 곳곳에서 터져 나왔다. 뒤이어 한바탕 난리가 났다. 그가 꽃을 입에 물고 무대에서 뛰어내리더니, 바지 주머니에 손을 꽂은 채 곧장 관중석 사이로 걸어 들어갔기 때문이다. 여학생들의 심장이 일시에 쿵쿵쿵 뛰기 시작했다. 어머, 낭만적이야. 직접 주려나 봐. 누구한테 주려는 걸까? 혹시 나? 누군가는 빨갛게 달아오른 얼굴을 감싸고, 누군가는 떨리는 가슴을 부여잡았으며, 또 누군가는 옆에 앉은 친구의 어깨를 꼭 잡고 앞뒤로 몸을 흔들며 '아아아' 하고 앓는 소리를 냈다. 흡사 난산이라도 겪는 모양새였다. 그러던 중 한 여학생이 갑자기 일어서더니 황급히 뒷줄로 도망쳤다. 그러나 채 몇 발자국 가기 전에 그에게 손을 붙잡혔다. 그는 그녀의 앞으로 돌아가 서서 눈썹을 치켜올리며 웃었다.

"나, 고3 때 1반이었는데. 기억나지? 사실 너랑 같이 있고 싶어서 일부러 이 대학에 왔어. 이 마술도 이번 방학 내내 연습한 거야. 부디 네가 좋아해 주길 바라면서."

그가 꽃을 살며시 그녀의 머리칼 사이에 꽂아 주었다. 그녀가 손을 들어 꽃을 빼려고 했지만 그곳은 이미 비어 있었다. 깜짝 놀라 그를 바라보자 그가 눈을 찡긋거리며 손목을 빙그르르 돌렸다. 그러자 노란 장미가 빨간 장미로 변해서 그녀의 눈앞에 나타났다.

"내 여자친구가 되어 주겠니?"

엄청난 함성이 장내를 가득 채웠다. 커다란 유리창이 흔들릴 정도였다. 이번에는 여학생뿐 아니라 남학생들도 미친 듯이 소리를 질러 댔다. 고백했다는 사실보다는 고백을 한 방법이 그들의 마음을 뜨겁게 만든 것이다. 한창 호르몬이 왕성하게 분비될 시기라 그런지 감동을 표현하는 방식도 격정적이었다. 소리 지르고, 휘파람 불고, 심지어 일부 남학생은 의자 위로 뛰어 올라가 엄지손가락을 치켜들며 목청껏 외쳤다. 짱이야!

더 놀라운 장면은 그 다음에 벌어졌다. 여자가 수줍게 장미꽃을 받아들더니, 미끄러지듯 다가가 그의 뺨에 키스를 한 것이다. 아직 사춘기 소녀티를 벗지 못한 여자의 허영심은 작은 잔처럼 쉽게 채워진다. 그의 고백은 그런 데다 아예 고압 분사기를 쏘아 버린 형국이었다. 넘어오지 않을 여자가 어디 있겠는가.

안타깝게도 이 여성은 사저가 아니었다. 사저는 그녀의 바로 뒷줄에 앉아 있었다. 남자가 무대에서 뛰어내려와 다가오는 동안 사저의 심장도 쿵쾅쿵쾅 뛰었다. 기대감이 고무줄처럼 늘어났다. 그리고 마침내 끊어지기 직전까지 늘어났을 때, 그녀 바로 앞줄의 여자가 붉게 변한 장미를 받았다. 늘어났던 고무줄이 매섭게 돌아와 그녀의 마음을 따갑게 때렸다.

너는 그녀 때문에 이 학교에 왔구나. 재미있네. 나는, 너 때문에 이 학교에 왔는데.

그녀의 사정은 아주 흔했다. 이미 몇백 번, 몇천 번 반복된 이야기였다. 사저는 그를 좋아했다. 고등학교 시절 내내 짝사랑했다. 왜 좋아하느냐고 묻는 것은 의미가 없었다. 십대 소녀가 누군가를 좋아하는 데 무슨 이유가 필요하겠는가. 사저는 전교에서 대학지원서를 가장 늦게 쓴 학생이었다. 그가 어느 대학에 지원했는지 알아내기 위해, 열일곱 살의 소녀는 친구들을 통해 최대한 정보를 모으고 선생님에게 찾아가 슬쩍 떠보는 등 온갖 수를 다 썼다. 그리고 마침내 그와 같은 대학교에 합격한 후에는 고등학교에서의 마지막 여름방학을 하루가 1년 같은 심정으로 보냈다. 하지만 그는 그녀의 존재도 몰랐다. 사실, 많은 사람이 그녀의 존재를 몰랐다.

사저는 사생아였다. 어려서 위탁가정에 맡겨졌지만 가족의 정을 느낀 적은 한 번도 없었다. 그녀는 언제나 손님이었지, 가족이 아니었다. 사랑이 결핍된 채 자라서일까. 커서도 다른 사람과 친밀한 관계를 맺지 못했다. 그녀는 언제나 지극히 예의바른 투명인간이었다. 물론 그의 앞에서도 그랬다. 신입생 환영회에서도, 장미가 내밀어지던 그 순간에도 그랬다. 이치대로라면 이 평범한 짝사랑 스토리는 여기서 끝났어야 했다. 한번 꽃 피워 보지도 못하고 소리 소문 없이 조용히 스러졌어야 했다. 그러나 어찌된 일인지 투명인간 사저는 이 이야기를 그 후로 4년이나 더 끌어갔다.

대학 4년 동안 사저는 계속 짝사랑을 이어갔다. 4년간 그녀는 그의 여자친구보다도 더 많은 시간을 그와 함께 했다. 그녀는 그의 강의 시간표를 그 자신보다도 더 잘 알았고, 그가 듣는 교양강의는 무조건 들었다. 그가 무심코 고개를 돌릴 때마다 그녀는 고개를 숙였다. 계단식 강의실에서도, 학생식당에서도 그랬다. 그녀는 입맛도 점차 그를 닮아 갔다. 그가 먹는 대로 먹은 탓이었다. 그가 어떤 음식을 선택하는지 알기란 어렵지 않았다. 매일 점심시간이 되기 전 학생식당에 미리 가 있다가 네댓 사람 정도 거리를 두고 그의 뒤에 줄을 서기만 하면 됐다. 그러면 목을 옆으로 조금만 빼도 그가 고르는 음식이 다 보였다. 남들이 그녀의 시선을 알아챌까 걱정할 일도 없었다. 눈이 거의 가려지는 길고 무거운 뱅 헤어를 고수한 덕이었다. 커튼처럼 늘어진 앞머리카락 사이로 그녀는 그가 여자친구와 운동장에서 산책하는 모습을 보았고, 그들이 강의동 그림자에 숨어 열정적으로 키스하는 모습을 보았다. 그녀가 운동장 끝 쪽에 멀찍이 앉아 귀에 이어폰을 꽂고 앨범 하나를 다 듣도록 그들은 그림자 속에서 나오지 않았다. 사저는 지금 그와 그림자 속에 숨어 있는 사람이 자신이라고 상상해 보았다. 그는 어떻게 키스할까. 귀를 살짝 깨물까? 아니면 아랫입술을 쓰다듬으려나? 그리고 또 무얼 할까……. 바람이 텅 빈 운동장을 스치고 지나갔다. 그 결에 그녀의 머리카락이 휘날렸고, 간간이 그들이 소리 높여 웃는 소리가 실려 왔다. 그의 여자친구가 새된 소리로 외쳤다. 너 정말 못됐어, 미워. 그녀는 이어폰의 음량을 키웠다. 그 소리가 들리지 않도록, 황망하게 떨리는 자신의 심장소리가 들리지 않도록.

그녀는 그의 블로그와 SNS를 섭렵했다. 그가 교내 게시판에 남기는 흔적도 모조리 읽었다. 한 번도 댓글이나 메시지를 보내지는 않았지만 매일 습관처럼 들여다보았다. 매일 챙겨 보는 것은 또 있었다. 별자리 운세였다. 물론 그의 별자리만 봤다. 그리고 전문적인 심리분석가처럼 그날의 운세를 꼼꼼히 분석해서 오늘 그의 기분이 어떨지 추측했다. 그가 기분이 좋으면 그녀도 덩달아 들떴다. 기분이 나쁘다고 나오면 하루 종일 먹구름에 싸여 지냈다. 그녀는 SNS에 올라온 그의 사진을 전부 저장했다. 따로 전용 폴더를 만들고, 비밀번호를 걸어서 D드라이브에 숨겨 놓았다. 그와 대화를 나눠 본 적은 없지만 그녀는 그에 대해 누구보다도 잘 알았다.

여름방학 동안 그는 피자가게에서 아르바이트를 했다. 사저도 몰래 아르바이트 면접을 보러 갔다. 피자헛에서 일하려면 건강증명서가 있어야 했다. 신체검사 항목 중에 채혈이 있었는데, 암홍색 혈액이 주사기를 통해 빨려 나오는 것을 보면서 그녀는 아찔한 어지럼증을 느꼈다. 아, 나는 피를 보면 어지럽구나. 검사실 앞 긴 의자에 앉아 팔뚝에 남은 불그레한 주사바늘 자국을 만지작거리며 그녀는 그가 채혈하는 모습을 상상했다. 그는 팔뚝에 털이 많으니까, 어쩌면 주사바늘이 들어가는 것도 안 보일 거야. 또 자신이 의사가 되어 마스크를 하고 큰바늘을 그의 팔뚝에 꽂아 피를 뽑는 광경도 상상해 보았다. 턱을 괴고 이런 저런 상상을 하며 그녀는 저도 모르게 미소 지었다. 나 참, 팔에 어쩜 그렇게 털이 많담.

아르바이트에 채용되기는 했지만 결과적으로는 아무 소용도 없었다. 주방에 배정됐기 때문이다. 잘생기고 호감형인 그는 당연히 홀 서빙을 맡았다. 근무시간이 다를 때도 많았다. 일이 끝나자마자 정신없이 옷을 갈아입고 서둘러 뛰어나가 봐야 저 멀리 점이 되어 사라지는 그의 뒷모습만 겨우 볼 뿐이었다. 그래도 그녀는 원망하지 않았다. 그와 같은 시간, 같은 공간에 있는 것만으로 충분했다. 가끔 주방에서 바쁘게 일하다가도 얇은 벽 너머 가까운 거리에 그가 있다는 사실을 떠올리기만 하면 행복해졌다. 심지어 그와 이미 반평생을 함께 산 듯한 애틋함마저 느껴졌다.

평범한 여대생이라면 한두 번쯤은 남자에게 고백을 받기 마련이다. 사저에게도 호감을 표시하는 남자가 있었다. 가끔은 도무지 거절할 수가 없어서 같이 식사를 하기도 했다. 그럴 때면 늘 가시방석에 앉은 듯 불편하고 불안했다. 꼭 그를 배신한 기분이었다. 그래서 매번 제대로 만나 보지도 않고 도중에 그만뒀다. 자신도 어쩔 수 없었다. 마음이 이미 한 사람으로 가득 차 있는데 다른 사람을 들여놓을 수 있을 리 없잖은가. 그런 일이 몇 번 반복되자 더 이상 아무도 그녀에게 호감을 보이지 않았다. 남자들은 그녀가 너무 콧대 높다고 생각했고, 여자들은 그녀를 '레즈'가 아닌지 의심했다.

대학 시절, 마지막으로 남자에게 '호감 표시'를 받은 것은 학습도우미(중국 대학에만 있는 독특한 제도로 학생의 학습 및 교내생활을 지도하는 사람) 사무실에서였다. 상대는 중년남자였다. 그는 술에 취해 게슴츠레한 눈으로 그녀를 위아래로 훑으며 말했다. 듣자하니 젊은 남자는 별로 안 좋아한다지? 그럼 성숙한 남자가 네 취향인가 보군. 그의 손이 다짜고짜 그녀의 부드러운 가슴을 움켜쥐었다. 그녀는 수염이 듬성듬성 돋은 남자의 얼굴을 죽을힘을 다해 밀치고 간신히 밖으로 도망쳐 나왔다. 한참을 정신없이 달리다 멈춰 선 곳은, 희한하게도 남자기숙사 앞이었다. 사저는 3층 왼쪽 창문을 올려다보았다. 그의 방이었다. 손가락을 비틀어 보았지만 터져 나오는 오열을 막을 수는 없었다. 그가 자기 대신 화를 내는 모습을 상상했다. 그녀를 데리고 함께 놈에게 복수하러 가는 모습을 상상했다. 단단한 주먹을 그 더러운 면상에 꽂고, 자신을 넓은 품 안에 안아 주는 광경을 상상했다. 사실 그 정도로 잘해 줄 필요도 없었다. 그저 눈빛 한 번이면 충분했다. 그가 자신을 따스한 눈빛으로 바라봐 주기만 한다면 아무리 심한 굴욕과 수치심도 단번에 사라질 터였다. 그러나 그는 그녀를 몰랐다. 그녀가 존재한다는 사실조차 몰랐다. 그래, 좋

아. 그럼 창가에 잠시 나타나기라도 해 줘. 그녀는 간절히 빌었다. 지금 그의 그림자만이라도 볼 수 있다면 이렇게 힘들지도, 이렇게 괴롭지도 않을 것 같았다. 그녀는 한참 동안 남자 기숙사 앞에서 서성였다. 눈물이 바람에 다 마를 때까지 기다렸지만 그는 끝내 나타나지 않았다.

당시 그는 여자친구를 세 번째 바꾼 참이었다. 물론 갈수록 더 예쁜 여자를 만났다. 가끔 그가 여자친구를 끌어안고 캠퍼스의 짙은 나무그늘에 앉아 속닥거리는 광경을 볼 때면, 사저는 그 여자가 부러워 죽을 지경이었다. 하지만 질투하지는 않았다. 그의 여자친구들은 모두 아름다웠고, 그와 정말 잘 어울렸기 때문이다.

그녀는 단 한번 기숙사 룸메이트에게 화를 냈는데, 역시 그가 이유였다. 여자끼리 수다를 떨 때 빠질 수 없는 화제가 바로 다양한 스캔들이다. 문제는 그 스캔들의 주인공으로 종종 그가 등장한다는 점이었다. 한번은 룸메이트들이 다리털 제모를 하며 그의 여성편력에 대해 이러쿵저러쿵 흥을 봤다. 엄청난 바람둥이라는 둥 저번 여자친구를 사귈 때 이미 지금 여자친구를 만나고 있었다는 둥, 험담의 수위는 점점 높아져만 갔다. 결국 사저는 이층침대에서 뛰어내려와 보온컵을 내던지며 소리쳤다. 왜 이리 시끄러워! 잠을 잘 수가 없잖아! 룸메이트들은 깜짝 놀라 모두 입을 다물었다. 평소 말이 없고 조용하던 그녀가 화를 냈다는 사실 자체에 놀란 모양이었다.

물론 그녀도 그를 둘러싼 소문들을 알고 있었다. 사실 룸메이트들보다 더 잘 알았다. 하지만 그의 바람기를 원망하지 않았다. 자신은 영원히 그 소문들의 주인공이 될 수 없다는 사실을 원망하지도 않았다. 솔직히 룸메이트에게 화가 난 것도 아니었다. 그럼 대체 왜 이렇게 화가 날까. 그녀 자신도 알 수 없었다. 이불을 머리끝까지 끌어올리고 이어폰을 꼈다. 옛 노래가 천천히 흘러나왔다. '어디서 그렇게 좋은 사람을 찾을까요, 내 빛나는 청춘과 어울릴 만한. 어디서 그렇게 좋은 사람을 찾을까요, 나와 함께 험난한 여행길을 함께 갈 만한.'

내가 너무 바보인 것은 아닐까. 스스로에게 물었다. 하지만 곧 고개를 저었다. 바보면 어때, 상관없어. 그녀는 혼곤히 잠에 빠져들었다. 잠에서 깬 이후에도 멍한 기운이 가시지 않았다. 그를 사랑하는 것은 그녀에겐 이미 너무나 당연한 일이었다. 끝도 보이지 않고 출구도 보이지 않는, 그래서 계속 걸어갈 수밖에 없는 단 하나의 길이었다.

꼭 한 번 용기를 낸 적이 있다. 스무 살 생일을 맞았을 때였다. 그날을 위해 그녀는 생전 처음으로 립스틱을 샀다. 예쁜 원피스도 한 벌 마련했다. 원피스를 반듯하게 다려 놓고 서툴게 립스틱을 발랐다. 그런 뒤 스스로 앞머리를 잘랐다. 시간을 들여 조금씩, 한 가닥 한 가닥 가위질을 했다. 마치 한번 자를 때마다 그만큼 예뻐지기라도 하는 것처럼 정성을 기울였다. 스무 살 생일은 아무리 평범한 여자아이라도 온 세상의 사랑과 예쁨을 받을 자격이 있는 날이다. 그녀에게 온 세상은 필요 없었다. 특별한 날, 그가 한 번만이라도 자신을 예쁘게 봐 준다면 충분했다. 그래서 그녀는 선물을 포장하듯 공들여 자신을 치장했다.

생일날 그녀는 룸메이트들을 초청해 케이크를 잘랐다. 케이크는 그녀가 주문한 것이었다. 새하얀 생크림으로 덮인 분홍색 삼단 케이크였다. 그녀는 서둘러 촛불을 끄고 첫 번째로 잘라낸 조각을 조심스레 따로 담았다. 마음이 급해서 소원을 비는 일도 잊고 말았다. 매일 저녁 7시, 그는 자습실에 있었다. 그 시간에 맞춰야 했기에 서두르지 않을 수 없었다. 얼굴을 보고 직접 줄까, 아니면 그가 늘 앉는 자리에 몰래 두고 올까. 총총히 달려가며 그녀는 고민하고 또 고민했다. 달콤한 생크림 향기가 바람을 타고 코를 간질였다. 스무 살 생일, 케이크를 들고 가는 발걸음이 폭신한 솜사탕을 밟는 것처럼 한없이 들떠 올랐다. 그녀는 그에게 할 말을 조그 많게 소리 내어 연습해 보았다. 오늘 내 생일이야, 케이크 좀 먹어 볼래. 생일 케이크를 나눠 주려고 왔어, 고맙긴 뭘, 괜찮아. 고개를 도리도리 저었다. 이거나 저거나 어색하고 이상했다. 최대한 태연하고 자연스러우면서도 호감을 살 만한 말이 필요했다. 뭐라고 하면 좋을까?

마침내 도서관 앞에 이르렀다. 그녀는 잠시 걸음을 멈추고 유리문에 비친 자신의 모습을 꼼꼼히 점검했다. 진분홍빛 입술이 눈에 설었고, 원피스는 약간 작은 듯했다. 정성 들인 앞머리도 이제 보니 그다지 가지런하지 않았다. 그래도 스무 해 동안 자신이 오늘처럼 예뻐 보인 날은 없었다. 너무 예뻐서 낯설 지경이었다. 그녀는 기뻐서, 또 긴장해서 울음이 날 것 같았다. 오늘은 그녀의 생일이었고, 생애 가장 예쁜 날이었다. 앞으로 20년, 아니 30년의 운과 용기를 다 써도 좋으니 제발 오늘만큼은 그의 앞에 설 수 있게 해 주세요. 그녀는 간절히 기도한 뒤 크게 심호흡을 하고 결연한 걸음으로 계단을 올랐다. 마치 수만 명이 바라보는 무대 위에 올라가는 기분이었다. 이제 몇 미터만 더 가면 그가 있을 터였다. 반쯤 열린 자습실 문 사이로 책장 넘기는 소리와 낮은 이야기 소리가 흘러나왔다. 그녀는 케이크를 든 채 문 밖에 얼어붙었다. 들어가야지, 생각했지만 아무리 해도 손의 떨림이 멈추지 않왔다.

그때 갑자기 문이 열렸다. 그녀는 깜짝 놀라 비켜섰지만, 휘파람을 불며 나오는 어떤 남학생과 그만 어깨를 부딪치고 말았다. 순간 손에 힘이 풀리면서 케이크가 바닥에 털썩 떨어졌다. 남학생은 슬쩍 돌아보며 무심하게 중얼거렸다. 아, 떨어졌다. 마치 자기 탓이 아니라는 듯한 말투였다. 그는 형식적으로 눈길을 준 뒤 유유히 멀어져 갔다. 그녀는 그의 뒷모습을 멀거니 바라보다 다시 케이크로 시선을 돌렸다. 주울수도 없을 만큼 엉망으로 뭉개져 있었다.

그녀는 몽유병 환자처럼 비틀거리며 기숙사로 돌아왔다. 오자마자 침대로 파고들어 두 눈을 꼭 감았다. 몸이 한없이 가라앉았다. 바로 누워 보고 모로도 누워 봤지만 계속 가라앉기만 했다. 이리저리 뒤척이는 바람에 분홍색 립스틱이 베갯잇과 원피스 목 주변에 묻어났다. 마치 붉은 핏자국 같았다. 텅 빈 기숙사 방 안에 낡은 형광등만이 지직거렸다. 그녀의 영혼이 상처받은 것을 아무도 몰랐다. 그녀의 스무 살 생일 소원은 그에게 예쁘다는 칭찬 한마디를 듣는 것이었다. 그러나 그녀의 마음을 가득 채웠던 이 사치스런 바람은 케이크와 함께 무참히 짓이겨졌다. 여기저기 립스틱이 묻은 원피스는 깨끗이 빨고 다림질한 뒤 스무 살 생일과 함께 옷장에 집어넣었다. 그리고 졸업할 때까지 단 한 번도 꺼내지 않았다.

4년간의 대학생활은 열 달의 임신 과정과 비슷했다. 졸업을 분만에 비유하자면 순산하든 제왕절개를 하든, 모태에서 벗어나 사회라는 더 거대한 모태로 옮겨가야 했다. 그래서 졸업파티는 늘 아기가 갓 태어난 현장처럼 감격이 넘쳐흘렀다. 더불어 술과 눈물과 엄청난 고백도 함께 넘쳐났다. 사회로의 입성을 앞둔 졸업생들은 어깨동무하고 마시고, 목을 껴안고 마시고, 서로 이마를 맞대고 눈물을 흘리며 마셨다. 자유롭게 일탈을 즐기고 진심 어린 속말을 할 수 있는, 그야말로 마지막 기회였다. 잘못한 일도, 몰래한 사랑도 지금이 아니면 평생 고백하지 못할 터였다. 무슨 말을 하든 무슨 말을 듣든 모두 용서됐다. 전부 술기운에 취해 이뤄졌기 때문이었다.

4년 내내 유명인사였던 그는 졸업파티에서도 단연 최고의 인기를 누렸다. 그에게 건배를 제의하는 사람이 줄줄이사탕처럼 이어졌다. 소주, 맥주, 포도주, 종류도 다양한 술을 단숨에 들이켜고 나서 서로 뜨겁게 포옹하기를 수도 없이 반복했다. 당연히 그는 금세 눈도 제대로 뜨지 못할 만큼 취했다. 비틀거리며 술집에서 학교로 돌아오는 길, 그는 계단턱에 걸려 금방이라도 넘어질 듯 휘청댔다. 다행히 가느다란 팔이 마치 기다렸다는 듯 그를 붙잡아준 덕에 머리가 깨지는 불상사를 면했다. 하지만 술에 녹신해진 그의 몸을 지탱하기엔 가녀린 팔의 힘이 턱없이 부족했다. 결국 그는 자신을 부축해 준 사람과 함께 나동그라지고 말았다. 무거운 머리를 흔들며 그는 열심히 생각했다. 여자친구와는 이미 헤어졌고…… 이 여자는 누구지? 낯선 여자는 아무 말도 없이 그를 붙들어 일으키고 학교 후문을 지나 남자 기숙사 쪽으로 이끌었다. 누구냐고 묻고 싶었지만, 혀가 술에 절었는지 제대로 움직이질 않았다. 가로등이 어둡고 머리가 어지러운 탓에 그녀의 얼굴도 제대로 보지 못했다. 사실 걷기조차 힘들었다. 결국 그는 계단참에 주저앉아 머리를 수그린 채 흔들거렸다. 정체 모를 아가씨는 그의 앞에 웅크리고 앉았다. 의식이 오락가락하는 가운데, 그는 그녀가 길게 한숨 쉬는 소리를 들었다. 한숨의 끝자락이 가볍게 떨렸다. 대체 누구인지 얼굴이라도 봐야겠다는 생각에 그는 억지로 목에 힘을 주어 고개를 들어 올렸다. 그 순간 욕지기가 치밀었다. 결국 그는 웩 소리와 함께 그녀의 옷에 전부 토했다. 거기서 그치지 않고, 자기 토사물 냄새에 속이 뒤집어져서 또 한 번 쏟아 냈다.

그가 정신을 차린 것은 다음날 오후였다. 터질 듯이 지끈거리는 머리를 부여잡고, 자기 기숙사 방 침대에서 일어났다. 그 시각, 바로 옆 여자 기숙사에서는 뜬눈으로 밤을 지새운 사저가 무릎을 끌어안고 침대 위에 앉아 있었다. 맨몸에 이불을 둘둘 만 채 멍하니 허공을 바라보고 있었다. 침대 옆 세숫대야에 담가둔 원피스에서 술 냄새가 풀풀 풍겼다. 물론 그는 이 모든 사실을 전혀 알지 못했다.

졸업과 함께 동기들은 뿔뿔이 흩어져 제 갈 길로 갔다. 그와 그녀만 빼고 말이다. 그는 어느 대기업에 입사하여 베이징에 입성했다. 걱정할 가족도, 친구도 없는 사저 역시 베이징으로 향했다. 회사도 그와 같았다. 물론 우연은 아니었다. 과거 그가 지원한 대학을 알아봤을 때와 같은 식으로 이번에는 그가 지원한 회사를 미리 알아본 덕이었다. 두 사람은 면접도 같이 봤다. 사저는 대여섯 명 정도 차이를 두고 그의 뒤에 있었다. 대학 시절, 학생식당에서 그랬던 것처럼. 고등학교 3년, 대학교 4년 동안 그는 항성이었고 그녀는 이름 없는 소행성이었다. 그녀는 줄곧 짝사랑이라는 궤도를 따라 그의 주위를 맴돌았다. 그리고 그의 인력에 끌려 대학에 간 것도 모자라 이제 낯선 도시까지 가게 된 것이다. 사무실에서도 그들의 자리는 벽 하나를 사이에 두고 있었다. 피자가게에서의 상황과 같았다. 그녀를 도와주려는 것인지 망치려는 것인지 알 수 없지만, 운명은 항상 이렇게 그녀를 그의 옆자리에 두고 벽 하나로 갈라놓았다.

환경이 변하자 상황도 변했다. 대학 4년 내내 두각을 드러냈던 그는 별안간 자신이 더 이상 그런 인물이 아니라는 사실을 깨달았다. 학생 시절, 그를 집중해서 비추던 조명이 일시에 꺼져 버리고 '현실'이라는 불온한 연기가 그 자리를 채우기 시작했다. 회사는 전쟁터였고 사무실은 참호였으며 각자의 자리는 토치카였다. 모든 전화벨은 고객을 향해 진격하라는 전진 나팔이었다. 그와 같은 초짜 신병은 매순간 잔뜩 신경을 곤두세우고 있어야 겨우 대부대의 행군에 맞출 수 있었다. 조금만 뒤쳐져도 금방 낙오자가 됐다. 낙오되면 끝이었다. 사회라는 전쟁터에는 독전대만 있을 뿐 위생병도, 낙오자를 수습하는 후발대도 없었다. 문제는 4년간의 대학생활이 그를 응석받이에 속빈 강정으로 만들어 놨단 점이다. 눈만 높고 실력이 부족한 탓에 일을 할 때 실수나 빠뜨리는 것이 많았다. 그렇다고 그에게 기댈 언덕이나 든든한 배경이 있지도 않았다. 잘생긴 외모는 점수를 따기는커녕 그의 결점을 더욱 도드라져 보이게 하는 역효과를 냈다. 거기에 대학 시절부터 몸에 밴 거들먹거리는 태도와 말투까지 더해지면서 그는 갈수록 동료들의 반감을 샀다.

직장은 타고난 속성보다는 사회적으로 연마된 속성이 더

중요한 곳이었다. 상사는 시키고 부려먹을 뿐 가르쳐 주지는 않았다. 그를 너그럽게 감싸줄 리는 더더욱 없었다. 그는 사람들이 보는 앞에서 상사에게 자주 혼쭐나고 책망받았다. 어쩌다 대학 시절을 스타로 보내서 그렇지, 사실은 그도 평범한 가정에서 자란 평범한 사람이었다. 중심 업무지구에 자리한 이 대기업에 들어온 것도 능력이 있었다기보다는 운이 좋아서였다. 그랬기에 상사에게 온갖 모욕을 당해도 그저 머리를 조아릴 수밖에 다른 수가 없었다. 이직은 꿈도 꾸지 않았다. 이만큼 좋은 회사에 들어갈 운이 또 오리라고 보장할 수 없었기 때문이다.

상사뿐 아니라 선배와 동료들도 그를 탐탁지 않게 봤다. 높고 웅장한 빌딩일수록 정글의 법칙이 강하게 작용하고, 사무실에 사람이 많을수록 공공연한 괴롭힘이 쉽게 묵인되는 법이다. 이런 상황에서 먹이사슬의 최하층인 초식동물로 찍힌다면 그야말로 사무실의 '완충재'이자 '공공재'로 전락하게 된다. 인간관계가 있는 곳에서는 언제나 이런 희생 제물이 나오기 마련이다. 그래야 나머지 사람들이 안전하다는 느낌을 가질 수 있으니까. 또한 공인된 초식동물이 나타나면 서로 마음 놓고 찧고 까불 수 있는 공통 화제가 생긴다는 장점도 있다. 직장에서 동료에게 상사 험담을 하는 것은 절대 금기다. 언제 뒤통수를 맞을지 모르기 때문이다. 마찬가지 이유로 동료의 험담도 함부로 할 수 없다. 그러나 모두가 우습게 보는 초식동물은 예외다. 오히려 한 대상에 대해 같은 의견을 공유함으로써 다 같이 화합하는 효과까지 누릴 수 있다. 이러한 직장 내 힘의 원리와 그 자신의 특수성이 결합하면서 결국 그는 180센티미터짜리 욕받이가 되었다. 상사건 동료건 구별 없이 모두가 무시하는 초식동물로 낙점된 것이다. 공인된 욕받이를 존중해 주는 사람은 없었다. 동료들은 그를 뒤에서 욕했고 앞에서 비웃었다. 물론 듣기 거북하거나 저열한 단어를 쓰지는 않았다. 배운 사람답게 영어로 했다. 예의바르게 웃으며 이 사이로 짧은 문장들을 내뱉었다. 하나하나 따로 떼어 놓고 보면 모두 흠 없이 우아했지만 그 의미를 종합해 보면 얼굴에 가래침을 뱉은 것이나 다름없었다. 그는 피하지도 못하고 그것을 다 맞았다.

몇 달 동안 이런 취급을 받는 사이, 그의 자존심은 땅바닥에 처박혔다. 대학 시절, 찬란하게 빛나던 사람은 이미 사라지고 없었다. 그는 시종일관 다른 이의 눈치를 보며 전전긍긍했다. 어떻게든 잘 보이려는 생각에 자진해서 동료들에게 차를 따라주고, 사무실 책상을 닦고, 포장음식을 사왔다. 1층에 내려가 특송으로 온 물건을 받는 일도 그가 했다. 의도는 좋았지만 멍청한 방법이었다. 그가 그럴수록 사람들은 더욱 그를 하찮게 여겼기 때문이다.

　같은 신입이었지만 사저의 상황은 전혀 달랐다. 무슨 운명의 장난인지는 몰라도 이곳에서 그녀는 모든 사람에게 환영받는 인재가 되었다. 한순간 모두가 무시하는 존재에서 모두에게 주목받는 존재로 급부상한 것이다. 공교롭게도 오랜 세월 짝사랑을 해 오며 자연스레 굳어진 과묵함과 인내심은 회사가 요구하는 덕목과 정확히 일치했다. 남자 상사는 그녀가 못난 편이 아니고, 빠릿빠릿하며, 신중하다는 이유로 호감을 보였다. 여자 상사는 그녀가 신중하고, 빠릿빠릿하며, 그렇게 예쁘지 않다는 이유로 마음에 들어 했다. 특히 말수가 적고 조심스런 성격은 엄청난 플러스 요인이 됐다. 사람들은 그녀의 어수룩함을 눈여겨보지 않았다. 대신 적절한 때 침묵할 줄 아는 점과 무슨 생각을 하는지 알 수 없다는 점을 높이 사며 그녀를 전도유망하며 신뢰할 만한 신입으로 평가했다. 시간이 갈수록 모두가 눈독 들이는 기회가 그녀 앞에 펼쳐지는 일이 점점 더 많아졌다.

　아마도 신은 그동안 그녀가 받지 못했던 관심을 한꺼번에 주려고 작정한 모양이었다. 겨우 1, 2년 만에 회사라는 정글에서 가장 많은 기대를 받는 유망주로 우뚝 선 것을 보면 말이다. 마치 어느 봄날 갑자기 땅을 뚫고 솟은 죽순마냥 그녀는 사람들의 주목을 받았다. 언제 피었는지도 모를 버섯처럼 간신히 들러붙어서 밥그릇을 놓치지 않기 위해 전전긍긍하는 그와는 사뭇 다른 변화였다. 벽 하나를 사이에 두고 사저의 책상은 점점 넓어졌지만 그의 책상은 점점 구석으로 밀려났다. 종국에는 탕비실 바로 옆이 그의 자리가 되었다.

비록 부서는 달랐지만 같은 회사였기에 둘은 엘리베이터에서 종종 마주쳤다. 대학 때 그랬듯이 그녀는 최대한 그가 나타날 만한 시간에 맞춰 엘리베이터를 탔고 같이 탔을 경우에는 최대한 그의 뒤쪽에 서려고 노력했다. 만약 그것이 여의치 않은 경우에는 뒤통수의 감각을 레이더 삼아 뒤에 서 있을 그의 기척에 온 신경을 집중했다. 귀로는 그의 호흡수를 세며, 코로는 그의 숨결을 맡았다. 그러면 오늘 그가 아침으로 무엇을 먹고 왔는지까지 알 수 있었다. 가끔은 서로 너무 가까이 선 탓에 그가 내뱉은 숨이 목덜미에 닿으면, 목 뒤가 뻐근하게 긴장되고 머리끝부터 발끝까지 솜털이 오스스 일어났다. 그녀는 엘리베이터에서 내리고 나서야 비로소 크게 심호흡을 했다. 그리고 또각또각 빠른 걸음으로 그 자리를 벗어났다. 마음속에는 아무도 모르는 기쁨과 희열을 가득 품은 채. 매일 아침 출근길, 그와 엘리베이터에서 마주칠 때마다 그녀는 고된 하루를 살아 낼 힘을 얻었다. 그것은 그녀만의 독특하고 비밀스러운 충전 방식이었다. 물론 그에게 직접 호감을 표시할 용기는 여전히 없었기에 그 역시 여전히 아무것도 알지 못했다. 남극과 북극이 휙 돌아 바뀌었을 뿐, 그들은 여전히 자석의 양극단이었다.

우리가 사는 차원에서는 모든 것에 끝이 있다. 뱅글뱅글 돌아서 가든, 길게 포물선을 그리며 가든 모든 사물과 일은 결국 끝을 향해 간다. 영원한 정상도 영원한 계곡도 없다. 세상사가 이러하고 운명도 그러하며 사랑 또한 예외가 아니다. 연애든 짝사랑이든 결국 마침표가 찍히는 날이 오기 마련이다. 사저의 짝사랑이 멈춘 것은 직장 생활을 시작한 지 3년째가 되던 해였다. 그해에 그녀의 운명은 엄청난 전환점을 맞았다.

시작은 회사 송년회 만찬 파티였다. 대학 신입생 환영회와 마찬가지로 이런 자리에 구성원들의 장기자랑이 빠질 수는 없었다. 각 부서의 엄선된 인재들이 무대에 올라 그동안 갈고닦은 장기를 선보였고, 엄청난 환호와 갈채를 받으며 화려하게 퇴장했다. 그런 뒤 만족스럽게 축배를 들며 즐거운 대화를 이어갔다. 한창 분위기가 무르익던 중, 사저는 자신의 귀를 의심했다. 사회자가 그의 이름을 호명한 것이다.

그가 무대 위로 올라왔다. 대학 신입생 환영회 때처럼 하얀 셔츠에 연미복을 입고 반짝반짝 빛나는 검은 구두를 신고 있었다. 공중에 손을 한 번 흔들자 마법지팡이가 나타났고, 또 한 번 흔들자 노란 장미가 나타났다. 그의 마술 실력은 여전하였으나 관중의 반응은 그때와 같지 않았다. 이곳은 대학 강당이 아니었고 관중 또한 열아홉 살 여학생들이 아니었다. 당연히 그가 기대했을 박수갈채도, 환호성도 없었다. 몇몇 사람이 예의상 손뼉을 칠 뿐이었다. 공연이 계속될수록 사람들은 그나마 보이던 흥미도 거두고, 옆 사람과 이야기를 하기 시작했다. 서로 술을 권하고 음식을 먹고 웨이터를 불렀다. 웅성거리는 소리가 점점 커지더니 마침내 배경음악까지 덮어 버렸다. 무대 위에 선 그는 영락없는 어릿광대였다.

송년회 만찬 파티의 무대는 그 사람의 현재 위치를 가늠할 수 있는 바로미터였다. 관중의 반응을 보면 다들 그를 어떻게 생각하는지가 바로 나왔다. 그는 상사에게 천시받고 동료에게 멸시받았다. 모두가 우습게 보는 직장 내 최약체였다. 그의 체면을 세워 주려는 사람은 없었지만 대놓고 면박을 주고 싶어 하는 사람은 한가득이었다. 잘생긴 외모는 오히려 대중의 파괴 욕구를 더욱 자극했다. 미안함이나 죄책감을 느끼는 이는 없었다. 여기는 강자만이 존중받는 어른의 세계였다. 이런 곳에서 유치한 마술 공연 따위를 감행하다니, 그 스스로 곤경을 자초했다는 것이 장내를 메운 사람들의 공통된 인식이었다. 모든 상황이 그의 예상과 달랐다. 강한 무대조명에 눈을 끔뻑이며 그는 점점 더 창백해졌다. 입가에는 딱딱하게 굳은 미소가 간신히 매달려 있었다.

사저는 가슴이 찢어지는 것 같았다. 이 이상 그가 곤경에 처하는 모습은 보고 싶지 않았다. 그래서 마음속으로 간절히 빌었다. 무대에서 내려오지 마, 제발. 제발 그때처럼 장미를 들고 무대에서 뛰어내리는 일만은 하지 말아 줘. 할 수만 있다면 당장 무대 위로 올라가 그의 발목을 잡고 싶었다. 상황은 이미 최악이었다. 지금 그가 무대에서 뛰어내린다면 아예 회복할 수 없을 지경에 이를 게 분명했다.

그러나 그녀의 간절한 바람을 무시하고, 그는 무대에서 풀쩍 뛰어내렸다. 그의 짧은 인생 경력 중 대학 신입생 환영회는 영원히 빛날 최고의 순간이었다. 모두가 그를 위해 환호성을 질렀고, 모두가 그를 좋아했다. 단 한 번의 공연으로 그는 4년 동안 황금기를 누렸다. 오늘 바로 이 순간, 바로 이 자리에서 그때의 그 행운이 다시 재현되지 말라는 법은 없었다. 따돌림 당하고 공격 받는 일은 이제 신물이 났다. 눈에 띄는 성과를 올리지는 못했지만 이대로 말석에 처박혀 도태되고 싶은 마음도 없었다. 어떻게든 기회를 잡아 자신을 드러내고,

증명하고, 만인으로 하여금 자신을 재평가하도록 만들어야 했다. 이를 위해 몇 달치 월급을 비싼 마술도구를 사는 데 쏟아부었고, 자존심을 구겨가며 장기자랑 담당자에게 몇 번이고 굽실댔다. 그렇게 간신히 얻은 귀한 역전의 기회를 이렇게 허무하게 날려 버릴 수는 없었다. 기어코 반전을 이뤄 내야만 했다.

하지만 기회라고 생각한 것은 그의 착각이었다. 두 발이 무대 아래 닿는 순간, 그는 이미 후회하고 있었다. 여기저기서 코웃음 소리가 들려왔다. 그리 크지 않았지만 바보라도 알 수 있을 만큼 분명했다. 그것은 비웃음이었다. 환호도 손뼉도 들리지 않았다. 감동하는 사람은 더더욱 없었다. 다들 하나같이 싸늘한 눈빛으로 그를 훑어볼 뿐이었다. 마치 음식 부스러기를 얻어먹으러 난입한 애완견을 보는 듯한 시선이었다. 아니, 애완견은 귀엽다며 쓰다듬어 줄 사람이라도 있을 터였다. 그는 개만도 못했다. 그는 앞을 향해 천천히 걸어갔다. 양쪽 다리가 납추를 단 것처럼 무거웠다. 무거운 다리를 억지로 끌며 조금씩 나아갔다. 그 순간, 자신에게 경탄과 박수갈채가 쏟아졌던 그날의 광경이 눈앞에 어른거렸다. 그때와는 너무도 다른 지금의 처지에 입이 쓰고, 가슴이 서늘하게 내려앉았다. 그는 노란 장미를 손에 꽉 쥐고 기계적으로 몇 발자국 더 걸었다. 사람들은 저마다 음식을 먹거나 서로 이야기를 나눴다. 다들 그에게서 관심을 거둔 지 오래였다. 일평생 겪을 당혹감이 한꺼번에 몰려와 그의 발밑을 무너뜨렸다. 역전? 자신을 증명해? 모두 물 건너간 얘기였다. 이젠 누군가 선의를 발휘해 이 장미를 받아 주기만을, 그래서 이 수치스런 공연을 끝낼 수 있게 도와주기만을 바랄 뿐이었다. 그렇지 않다면 아무리 그라 해도 더 이상 회사에 붙어 있을 낯이 없었다. '루저'라는 단어가 그의 머릿속을 가득 채웠다. 그는 장미를 들고 한 테이블, 또 한 테이블을 지나쳤다. 여전히 그에게 눈길을 주는 사람은 없었다. 갑자기 분노가 치밀었다. 이 장미를 날카로운 칼로 바꿀 수만 있다면 수명에서 당장 10년을 뚝 떼어 줄 수도 있을 것 같았다. 지금 손에 칼이 들린다면, 여기 있는 사람들의 머리를 전부 난도질할 수 있을 것 같았다. 침이 마르고 눈앞이 아찔했다. 그는 입속으로 끊임없이 중얼거렸다. 망했다, 망했다, 망했다······.

그때, 누군가 자리에서 일어나더니 그를 향해 손을 내밀었다. 사저였다. 주위의 시선이 일시에 집중됐지만 그녀는 아랑곳하지 않았다. 원래대로라면 노란 장미가 붉게 변하는 순서가 하나 더 있음을 알고 있지만 그럴 기회를 주지 않고 빼앗듯이 장미를 가져왔다. 그리고 그만이 들을 수 있는 작은 소리로 말했다. 이거면 됐어요. 꽃, 고마워요. 사람들은 별 반응을 보이지 않았다. 그저 마음씨 착한 그녀가 동정심을 발휘했다고 여길 뿐이었다. 이 희한한 에피소드는 곧이어 벌어진 경품 추첨에 금방 묻혀 버렸다. 사저는 몰래 장미꽃잎 한 장을 떼어 내 손에 쥐고 가만히 쓰다듬었다. 지금 이 순간처럼 그를 사랑하고, 또 가슴 아파 본 적이 없었다. 그러나 겉모습은 평소와 다름없이 침착하고 냉정했기에 아무도 그녀의 속마음을 눈치채지 못했다.

자리가 파하고 집으로 돌아가는 길, 사저가 막 잡아탄 택시를 누군가 가로막았다. 그였다. 흔들리는 차창을 사이에 두고 그는 진지한 얼굴로 그녀에게 악수를 청했다.

"팀장님, 정말 감사합니다. 이 은혜를 어떻게 갚아야 할지 모르겠네요. 염치없지만 앞으로도 잘 부탁드립니다."

그와 맞잡은 손에서 시작된 전율이 온몸을 내달렸다. 사저는 애써 침착하게 대답했다.

"별말씀을. 대학 동문인데 당연히 서로 도와야지요."

그가 눈썹을 치켜올리며 반색했다. "아, 저랑 같은 대학 나오셨어요? 무슨 과이셨는데요?"

그는 허리를 구부리고 한 손을 차 위에 얹은 자세로 신이 나서 말을 이었다. 동문이셨구나, 그럼 앞으로 더욱 더 잘 부탁드려요. 많이 도와주시고……. 그는 같은 말을 몇 번이나 반복했다. 어지러웠다. 숨결이 느껴질 만큼 가까운 거리에 밤낮으로 그리워하던 바로 그 얼굴이 있었기 때문이다. 몇 마디 대답했지만 뭐라고 했는지 기억나지 않았다. 그러다 택시가 출발하고 나서야 비로소 쓴웃음이 났다. 넌, 내가 같은 과였던 것도 모르는구나. 하지만 그녀는 그를 조금도 원망하지 않았다. 집에 돌아와서는 평소처럼 화장을 지우고 목욕을 하고 잠옷을 입은 뒤 침대에 누웠다. 캄캄한 방, 부드럽고 따스한 시트를 몸에 감고 그녀는 이리저리 뒤척였다. 그리고 그와 맞잡았던 오른손을 머리 밑에 받치고 옆으로 누웠다. 갑자기 기쁨이 샘물처럼 솟구쳤다. 근원은 오른손이었다. 주체할 수 없는 기쁨이 오른손에서 흘러나와 그녀의 온몸을 충만하게 채웠다.

그 다음부터 모든 것이 바뀌었다. 8년 동안 심지를 태운 끝에 마침내 행복이라는 다이너마이트가 엄청난 굉음과 함께 터졌다. 두 사람은 연인이 됐다. 먼저 고백한 사람은 그였다. 그녀와 그 사이를 항상 갈라놓았던 보이지 않는 벽이 무너지고, 기나긴 짝사랑에 마침표가 찍혔다.

물론 비밀 연애였다. 회사는 사칙으로 사내 연애를 엄격히 금했다. 만약 들킬 경우, 둘 중 하나는 회사를 그만둬야 했다.

그래도 괜찮았다. 그녀의 사랑을 온 세상이 다 알지 못한대도 상관없었다. 수년간 품어 왔던 꿈이 현실이 됐다는 사실만으로도 그녀는 이미 충분히 행복했다.

그와 보낸 첫날 밤, 그녀는 눈물을 흘렸다. 아이처럼 소리 내어 울었다. 그가 헐떡이며 물었다. "왜, 내가 아프게 했어?"

그녀는 그의 등을 꼭 껴안고 매달렸다. 손가락이 그의 맨살을 파고들었다. 그는 여전히 헐떡이며 말했다. "왜 그러는데…… 너 설마, 처음이야?"

그는 그녀가 여태껏 처녀였다는 사실을 이상하게 생각했다. 하지만 그녀가 자신만을 생각하며 지금까지 소중히 지켜 왔음은 끝까지 알지 못했다. 그녀가 그에게 말하지 않은 것은 이뿐이 아니었다. 밤늦게 자습이 끝나고 몰래 그를 따라 걷던 길, 교문에서 그가 나타나기를 기다렸던 새벽, 대학 지원서를 쓸 때 느꼈던 불안, 신입생 환영회에서 산산이 깨어진 마음, 피자가게 신체검사 때 피를 보고 느낀 어지럼증, 땅에 떨어져 버린 생일케이크, 술 냄새 풍기는 원피스, 오직 한 사람만 바라보고 결정한 상경…… 이 모든 것을, 그녀는 그에게 단 한 마디도 하지 않았다. 괜한 모험을 할 필요는 없었다. 그와 연인이 된 것은 다 된 밥에서 벼가 자라난 것과 같은 기적이었다. 그녀는 가까스로 얻은 이 기적적인 행복을 단 한 톨도 놓치고 싶지 않았다.

사저는 원래부터 집에 있기를 좋아했지만 그와 만난 이후로 집에 머무는 시간이 더 길어졌다. 매일 퇴근하자마자 쏜살같이 집으로 돌아와 밥을 안치고 반찬을 만들고, 깨끗이 씻고 다시 화장한 뒤 그가 벨을 누르기만을 기다렸다. 오랜 세월 짝사랑만 해온 탓에 그녀는 의식적으로 애교를 부릴 줄은 몰랐다. 그러나 천성적으로 애교가 있었는지 아니면 그동안 억눌려 온 마음이 튀어나왔는지, 그가 문간에 나타나기만 하면 소녀처럼 폴짝 뛰어올라 그의 목에 매달렸다. 그리고 그의 체취를 한껏 들이마시며 기쁨과 안도감에 눈물을 흘렸다.

계절상으로는 봄이라 아파트 난방이 중단됐으나 아직은 꽃샘추위 때문에 실내에서도 꽤 쌀쌀했다. 하지만 그녀는 달랑 흰 셔츠만 걸친 채 줄곧 맨다리로 지냈다. 여자가 두꺼운 내의를 입고 있는 모습이 보기 싫다고 그가 말했기 때문이다. 그래도 전혀 추위를 느끼지 못했다. 그와 함께 있는 작은 아파트 안은 언제나 꽃이 활짝 핀 봄이요, 수목이 우거진 여름이었다. 온통 행복과 기쁨으로 가득해서 그 안에 있는 한은 추위도 슬픔도 괴로움도 그녀를 건드리지 못했다. 심장에서 시작된 불꽃이 온몸을 덥히고, 입술과 손바닥까지 열이

나는 것처럼 뜨거웠다. 그야말로 그녀 인생 최고의 황금시대였다. 사저는 온 마음과 온 힘을 다해 그에게 헌신했다. 이미 8년 전에 간파한 그의 입맛에 맞춰 메뉴와 식재료를 골랐다. 요리를 하면서도 건넌방에서 PC 게임을 하는 그의 기척을 듣기 위해 귀를 쫑긋 세웠다. 그러다 결국 참지 못하고 고개를 빼꼼히 내밀고 그의 뒷모습을 훔쳐보았다. 작은 국자, 아담한 앞치마, 파란 불꽃이 일렁이는 가스레인지, 그리고 부엌을 가득 채운 구수한 밥 끓는 냄새까지. 모든 것이 꿈결인 듯 환상인 듯, 비현실적으로 행복했다.

그는 저녁을 먹으러 자주 왔지만 자고 가는 일은 드물었다. 나름대로 이유는 있었다. 이틀 연속 같은 셔츠를 입고 출근하면 괜한 입방아에 오를 수 있다는 것이다. 물론 다른 이유도 있었다. 바로 자존심 문제였다. 그는 그녀만큼 월급이 많지 않았다. 그의 처지에 이런 고급 아파트는 당연히 언감생심이었고 여러 사람과 공동생활을 하는 기숙사형 주택이 최선이었다. 상황이 어려울수록 남자는 자존심을 세운다. 자존심 하나에 의지해 버틴다. 더구나 다른 사람이 다 자신을 우습게 봐도 자기 여자에게만큼은 우습게 보이고 싶지 않은 게 남자의 솔직한 심정이다. 여자친구의 지위가 자신보다 높다면 더더욱 그렇다. 그녀의 집에서 자지 않는 것은 그가 자존심을 지키는 마지막 보루였다. 그녀 역시 그 사실을 잘 알고 있었다. 그래서 더욱 모든 것을 그에게 의지했다. 그녀는 그에게 아무것도 요구하지 않았지만 그가 요구하는 것은 무엇이든 받아들였다. 밖에서는 손을 잡지 마라, 회사에서 말 걸지 마라, 자기 집에 찾아오지 마라, 심지어 침대에 커버를 씌우지 말라는 요구까지 전부 수용했다.

그들이 다니는 회사는 업무량이 많기로 유명했다. 그렇다 보니 집까지 일거리를 들고 오는 일이 종종 생겼는데, 그때마다 사저는 적극적으로 그를 도왔다. 그를 대신해서 표를 고치고 보고서를 수정하고 기획안을 정리했다. 또한 개인자산이나 다름없는 고객 정보도 그와 아낌없이 공유했다. 하지만 그는 그녀가 도와주는 것을 늘 탐탁지 않아 했다. "나 혼자 할 수 있다니까."

물론 그녀도 그가 혼자 할 수 있다고 믿었다. 그가 얼마나 뛰어나고 완벽한지 그녀만큼 잘 아는 사람도 없었다. 다만 그는 지금 적당한 때를 만나지 못했을 뿐이었다. 하지만 이런 사실을 그녀 혼자만 알고 있을 수는 없었다. 주변의 모든 사람이 보고, 또 알아야 했다. 그래서 은밀하게 물 밑 작업을 벌이기 시작했다. 상사들 앞에서는 알게 모르게 그의 칭찬을 계속 했고, 동료들 곁에서는 은연중에 그에 대해 좋은 평가를 내렸다. 그가 걸려 넘어질 만한 장애물이 발견되면 그 즉시 치워 버렸고, 그가 가야 하는 길을 반듯하게 정리했다. 그러나 정작 그에게는 자신이 그를 위해 얼마나 노력하고 있는지 단 한 번도 내색하지 않았다.

그녀의 내조와 물 밑 작업이 효과를 발휘한 덕에 그의 상황은 갈수록 나아졌다. 더 나아가 1년 만에 업무 실적이 상위권에 드는 성과를 올렸다. 그는 뛸 듯이 기뻐했다. 자신이 마침내 밑바닥을 딛고 상승하기 시작했다고 믿었다. 드디어 운의 흐름이 변한 것이라 생각했다. 그는 여태껏 잘 참고 견딘 자기 자신에게 모든 공을 돌렸다. 일이 잘 풀리자 마음도 한결 편해지고 여유도 생겼다. 언젠가부터 그가 그녀의 아파트에서 자고 가는 날이 많아졌다. 아예 갈아입을 옷을 가져다 놓기도 했다. 저녁 식사 후에 둘이 소파에 나란히 앉아 TV를 보고 있노라면 꼭 신혼부부가 된 기분이었다. 그는 사저의 어깨를 감싸 안고 손가락으로 그녀의 머리카락을 부드럽게 만졌다. 사저는 이렇게 행복해도 될까 싶을 정도로 충만한 기쁨에 취했다. 그러다 물었다. 자기야, 평생 지금처럼 이렇게 날 안아 줄 거야? 그는 TV에 시선을 빼앗긴 채 대답했다. 물론이지, 네가 평생 지금처럼 나한테 잘한다면야.

그날, 한밤중에 잠에서 깬 사저는 오르락내리락하는 그

의 가슴에 기대어 심장소리를 들었다. 그리고 조용히 속삭였
다. 난 항상 잘해 줬는걸. 그녀는 손을 뻗어 그의 얼굴을 더
듬었다. 곧게 뻗은 코, 까슬까슬한 수염……. 그가 잠결에 웅
얼거리며 그녀의 몸에 팔과 다리를 턱 걸쳤다. 그녀는 손을
가슴 앞에 모으고 그의 품에 파고들었다. 그가 잠에서 깰까
가만히 숨죽이고 그의 체중을 고스란히 느끼며 기도했다. 천
지신명님, 저에게 그를 허락해 주셔서 감사합니다. 이미 충분
히 행복하고 감사하지만, 괜찮으시다면 욕심 많다 나무라지
마시고 소원 한 가지만 더 들어주세요. 제발, 제발 그가 저를
아내로 맞이하게 해 주세요.

　값비싼 웨딩드레스도 다이아 반지도 필요 없었다. 그의 주
머니 사정은 그녀가 더 잘 알았다. 게다가 이런 대도시에서
살려면 기본적으로 돈이 많이 드니까 나중을 생각해서라도
되도록 아끼는 게 좋았다. 드레스야 빌리면 그만이었고 반지
는 은으로 하면 충분했다. 그래, 순은 반지가 좋겠다. 우리 두
사람의 이름을 새긴 것으로. 그녀는 살포시 미소 지었다. 그
가 언제 어디에서 프러포즈를 할까. 뽐내길 좋아하는 성격이
니 어쩌면 '더 플레이스'의 대형스크린을 이용할지도 몰라. 그
녀는 음악이 울려 퍼지면서 스크린 위에 그가 고백하는 영
상이 나타나는 것을 상상했다. 휘파람을 불며 환호하는 사

람들을 헤치고, 노란 장미 한 다발을 안은 그가 다가오는 장면을 상상했다. 그의 손짓 한 번이면 노란 장미가 전부 붉은 장미로 변하겠지……. 그녀는 곧 고개를 저었다. 아냐, 안 돼. 대형스크린을 빌리는 건 돈이 너무 많이 들어. 낭비는 금물이지. 처음에는 좀 어려워도 둘이 힘을 합쳐 열심히 벌고 모으면, 어쩌면 언젠가 이 도시에 작은 아파트를 마련할 수도 있을 거야. 큰 방 하나, 작은 방 하나에 거실이 딸린 소박한 집. 작은 방은 알록달록하게 꾸미고 봉제인형으로 가득 채운 뒤, 자그마한 아기침대를 놓아야지. 이런 저런 생각을 하며 그녀는 시나브로 잠에 빠져들었다.

다음날 아침, 치카치카 소리에 눈을 떠 보니 그가 침대 곁에 서서 이를 닦고 있었다. 그녀와 눈이 마주치자 그는 웃으며 훈계조로 말했다.

"꿈에서 뭘 그렇게 맛있게 먹었기에 내 티셔츠를 죄다 침으로 적셔 놨어?"

그러고 보니 그의 가슴팍에 커다란 타원형의 젖은 자국이 지도처럼 떡하니 찍혀 있었다. 사저는 이불을 머리끝까지 끌어올리고 몸을 둥그렇게 만 채 킥킥댔다. 그러자 그가 이불을 획 젖히더니 칫솔을 내던지고 사악하게 웃어 보였다. "자, 아침운동 해야지? 이리 와 봐!"

때로는 몇몇 찰나의 순간이 운명의 방향을 결정짓는다. 서로 죽고 못 사는 연인답게 뜨거운 사랑을 나눈 그날 아침, 사저의 인생이 너무나 쉽게 뒤집혀 버린 것처럼.

테스터기에 선명한 두 줄이 떴다. 다시 해 봐도 결과는 마찬가지였다. 심장이 쿵쾅거렸다. 내가 엄마가 된다고? 그와 나의 아기가 생긴다는 거야? 몸 안 깊은 곳에서 펑, 하는 소리가 들리는 듯했다. 배에서부터 시작된 따스한 느낌이 그녀의 심장을 덥히고 온몸을 덥혔다. 그녀는 이미 이 어린 생명을 사랑하고 있었다. 얼굴 한 번 보지 못한 아이지만 의심할 여지없이 사랑했다. 갑자기 과거와 미래의 모든 것이 의미를 갖기 시작했다. 이 아이가 바로 그녀가 존재한 이유였다. 여자라면 누구나 일생 중 한 번쯤은 휩쓸리게 되는 모성애의 파도가 그녀를 덮었다. 어느새 아이라는 봄비가 그녀의 온 세계를 촉촉하게 적셨다. 사저는 차가운 화장실 벽에 이마를 대고 기쁨의 눈물을 흘렸다. 남자아이일까, 여자아이일까? 눈동자는 어떻게 생겼을까? 누구를 더 닮았을까? 한시라도 빨리 이 소식을 그에게 알리고 싶었다. 함께 이 기쁨을 나누고 싶었다. 그녀는 그의 전화번호를 눌렀지만 신호가 가기도 전에 종료버튼을 눌렀다. 그러곤 혼자 휴대폰을 들고 바보처럼 벙싯거렸다. 그녀는 결국 전화 대신 문자를 보냈다. '자기가 꼭 알아야 할 좋은 소식이 있어.' 곧장 답장이 왔다. '벌써 알아. 저녁에 맛있는 거 먹으러 가자. 축하해야지.' 그녀가 미처 답장을 보내기 전에 두 번째 문자가 도착했다. '여보, 저녁까지 못 기다리겠다. 우리 점심 먹자.'

벌써 알고 있다고? 정말 신기한 일이었다. 대체 어떻게 안 것일까? 휴대폰을 꼭 쥐고 그의 문자를 한 글자 한 글자 곱씹던 사저는 한 단어에서 한참 동안 시선을 떼지 못했다. 그가 '여보'라고 부른 것은 이번이 처음이었다. 자꾸 웃음이 났다. 그녀는 옷장을 뒤져서 대학 시절의 바로 그 원피스를 찾아 꺼냈다. 그리고 스무 살 생일날 그랬던 것처럼 주름 한 점 보이지 않게 정성껏 다렸다. 원피스는 다행히 몸에 맞춘 듯 꼭 맞았다. 그녀가 스물 살 적과 다름없이 여전히 날씬한 덕이었다.

그는 만나자마자 그녀를 와락 끌어안았다. 한낮의 대로변, 이렇게 사람이 많은 곳에서 포옹을 한 것도 이번이 처음이었다. 사저는 부끄러움에 얼굴을 붉히며 밀어내려고 했지만 그는 그녀를 더 꼭 끌어안으며 귓가에 속삭였다. 드디어 고생 끝이야. 내일부터는 아무도 나를 우습게 보지 못할 거라고!

세상이라도 얻은 듯 기뻐하는 그의 모습을, 그녀는 얼떨떨하게 바라보았다.

"팀장한테 그 소식을 듣자마자 자기한테 문자가 오더라. 야, 어떻게 알았어? 자긴 정말 소식통이라니까."

그는 사저가 임신했다는 사실을 몰랐다. 그가 축하하자고 한 일은 바로 자신의 승진이었다. 이 사람은 자기가 아빠가 된다는 것을 아직 모르는구나. 그 생각을 하는 순간, 왠지 모를 실망감과 함께 긴장감이 사저를 엄습했다. 그녀의 마음 따위 알 리 없는 그는 의기양양하게 호텔 레스토랑 회전문을 밀고 들어섰다. 사저는 몰래 심호흡을 했다. 이 엄청난 소식을 어떻게 말하면 좋을지 그의 반응은 어떨지, 생각만 해도 가슴이 터질 것 같았다.

그는 호기롭게 음식을 주문했다. 전부 평소 먹어 보지 못한 비싼 것들이었다. 그녀가 너무 많다며 다 못 먹는다고 만류하자 그가 웃으며 말했다.

"괜찮아, 다 먹을 수 있어. 이제 돈 걱정할 일도 없고. 게다가 자기는 아무리 많이 먹어도 살찌지 않잖아?"

그는 눈을 빛내며 그녀의 가느다란 허리를 팡팡 두드렸다. 곧이어 그녀의 뺨을 살짝 꼬집었다.

"자긴 마르긴 했어도 참 복스러운 관상인가 봐. 왜, 남편 성공시킨다는 관상 있잖아. 생각해 보면 나도 자기랑 만나고 나서 운이 트였다니까."

은방울 183

남편을 성공시키는 관상이라고? 그녀는 달아오른 얼굴을 가만히 쓰다듬었다. 그는 오늘 처음 그녀를 '여보'라고 불렀고, 처음으로 다른 사람이 있는 곳에서 그녀를 끌어안았으며, 또 남편을 성공시킬 관상이라고 했다. 하지만 한 번 더 확인하고 싶은 마음에 사저는 지나가듯 물었다.

"그럼 승진해도 날 계속 좋아해 줄 거야?"

그는 껄껄 웃으며 그녀더러 바보라고 했다. 승진하는 거랑 널 좋아하는 거랑 무슨 상관이 있어? 그가 장난스럽게 그녀의 말투를 따라하며 되물었다. "그럼 밥 다 먹고 나서도 날 계속 좋아해 줄 거야?"

그녀는 대답하지 않았다. 마지막 확인을 하려는 참이었기 때문이다. 사저는 그의 눈을 똑바로 바라보며 떨리는 목소리로 물었다.

"그럼 자기, 나 사랑해?"

'사랑'은 1년 넘게 동거하면서도 두 사람 사이에 한 번도 나오지 않았던 단어였다. 그만큼 지금까지는 조심하고 망설였지만 이제 묻지 않을 수 없었다. 그녀는 열일곱 살의 자신을 대신해서, 현재의 자신을 대신해서, 그리고 뱃속의 아이를 대신해서 물었다. 모든 과거와 미래를 위해 물었다. 그는 그녀의 눈빛을 온전히 마주하며 천천히 고개를 끄덕였다. 응, 물론이지.

가슴이 뜨거워졌다. 더 이상 주저할 이유가 없었다. 입을 열자 목구멍에 걸려 있던 말들이 알아서 쏟아져 나갔다. 사저가 정신을 차렸을 때는 해야 할 말을 모두 다 한 뒤였다. 그녀는 기대에 가득 차서 그를 바라봤다. 그가 기쁨의 환호성을 지르기를, 그녀에게 달려들어 미친 듯 키스를 퍼붓기를, 그리고 마침내 청혼하기를 기다렸다.

하지만 아무 일도 일어나지 않았다. 환호성도, 뜨거운 키스도 없었다. 그는 굳어진 듯 그녀를 쳐다보기만 했다. 얼굴에는 아무 표정도 없었다.

"나, 장난치는 거 아냐."

순간 당황한 사저는 그런 말을 주워섬기며 테스터기를 꺼내어 두 손으로 그에게 내밀었다. 그는 두 줄이 선명한 테스터기를 보고도 아무 말이 없었다. 그렇게 얼마나 지났을까. 그가 담뱃갑을 꺼내더니 한 개비를 입에 꼬나물었다. 종업원이 다가와 금연이라고 알리자 갑자기 인상을 확 찌푸리며 무섭게 소리 질렀다. "알았다고! 아직 불도 안 붙였잖아!"

이건 대체 무슨 반응일까. 발밑이 아득하게 꺼져 내리는 것 같았다. 돌연 공중에 매달리기라도 한 양 가슴이 불안함으로 요동쳤다. 숨이 가빠오고, 온몸의 피가 굳어지는 듯했

은방울

다. 그는 손안의 담배를 짓이기다가 마침내 입을 열었다.

"그 괄시와 천대를 받다가 이제야 겨우 자리 잡기 시작했어. 그런데 그 짓을 다시 처음부터 시작하라고?"

그는 손바닥의 담배가루를 뚫어져라 바라보며 말을 이었다.

"당신도 회사 사칙 알 거 아냐. 우리 둘 사이가 알려지면 한 사람은 퇴사해야 한다고."

그녀가 황급히 대답했다. "자기한테 영향 안 가게 할게. 내가 내일 당장 사직서를……"

그가 눈을 부라리며 주먹으로 테이블을 쾅 내리쳤다. "지금 내 월급으로 세 사람을 먹여 살리라는 말이야?"

그녀는 깜짝 놀라 떨리는 목소리로 말했다. "나 저축해 놓은 돈 조금 있어. 이번 해 방값도 이미 다 냈고…… 아이가 태어나면 곧바로 취직할게. 나도 돈 벌면 우리 세 식구 충분히 살 수 있을 거야."

하지만 그는 아무 대답도 하지 않았다. 그저 미간을 잔뜩 찌푸린 채 고개를 돌리고 창밖만 바라봤다. 사저는 몸 안의 피가 전부 빠져나가는 기분이었다. 불식간에 그의 입에서 한 마디가 떨어져 나오더니 테이블에 부딪쳐 튀어올라 그녀에게 꽂혔다.

"네가 그렇게 헤픈데, 내 애인지 아닌지는 또 어떻게 알아."

순간 온 레스토랑이 빙그르르 돌았다. 산소가 싹 사라지기라도 한 듯, 아무리 애써도 숨이 쉬어지질 않았다. 사저는 가까스로 목소리를 쥐어짜냈다.

"무슨 말이 그래. 사람 놀라게 하는 것도 정도가 있지. 그렇게 말하지 마. 우리, 앞으로도 같이 살아야 하잖아."

그가 말허리를 잘랐다. "같이 살아? 뭘 같이 살아? 아직 정신 못 차렸어? 이건 생활이 아니라 생존이 걸린 문제야!" 창밖에 즐비한 빌딩숲을 가리키며 그가 섬뜩이 내뱉었다. "여긴 베이징이야. 여기서 살아남는다는 게 뭔지 네가 알아?"

"그럼 어쩌자는 얘기인데?" 사저가 떨리는 목소리로 물었다. 그의 옆얼굴이 너무나도 차갑게 보였다.

"어쩌긴, 빨리 병원에 가서 처리해야지. 다른 사람은 모르게, 특히 회사에는 절대 알려지지 않게 하고. 알았어?"

처리해? 다른 사람은 모르게? 사저는 홀린 듯 고개를 끄덕이다가 그 자세 그대로 굳어 버렸다. 눈썹 끝에 매달렸던 눈물이 뚝뚝 떨어져 테이블보를 적셨다. 자신의 온 청춘을 다 바쳐 사랑한 그 소년과 눈앞의 이 남자가 같은 사람이라는 게 믿기지 않았다. 그녀는 어린아이처럼 손등으로 눈물을 문질러 닦았다. 소매가 촉촉이 젖어들었다. 어쩜 이렇담. 사저는 원피스를 내려다보며 생각했다. 이 옷을 입을 때마다 가슴 아픈 일이 생기네. 휴대용 화장지를 내밀며 그가 성가시다는 듯 말했다. "다른 데 가서 울어라. 넌 애가 왜 이렇게 생각이 없냐?"

주문한 음식이 나왔지만 그는 오후에 있을 회의를 준비해야 한다며 손도 대지 않고 가 버렸다. 떠나기 전, 자기가 문자를 보낼 때까지는 절대 먼저 전화하지 말라고 몇 번이나 신신당부했다. 그가 나가면서 계산을 하지 않은 바람에 사저가 먹지도 않은 음식값을 전부 지불해야 했다. 얼마나 비싼 음식만 시켰던지, 지니고 있던 현금을 탈탈 털어 계산하고 나니 지하철 표 한 장 살 돈도 남지 않았다. 결국 그녀는 걸어서 집으로 향했다.

처음 임신 사실을 알았을 때의 기쁨은 날카로운 고통으로 변한 지 오래였다. 화살처럼 가슴을 관통한 고통 때문에, 그녀는 걸음을 옮길 때마다 불에 덴 듯한 통증을 느꼈다. 그렇게 비틀거리며 걷는 동안 오후가 저물고 어느새 저녁 어스름이 내려앉기 시작했다. 그즈음 그에게서 문자가 왔다. 달랑 시간과 교외의 어느 산부인과 진료소 주소만 적혀 있었다. 간결하지만 의미가 분명한 문자였다. 집까지는 아직도 한참을 걸어야 했다. 그녀는 무심결에 왼손으로 아랫배를 가만히 눌렀다. 손바닥의 흥건한 땀이 금세 원피스를 적셨다. 축축한 느낌이 꼭 끈적이는 피를 만지는 것 같았다.

집에 도착해서도 그녀는 선뜻 안방에 들어가지 못했다. 침대에는 아직도 그의 체취가 남아 있었다. 대신 부엌으로 들어가 한쪽 구석에 무릎을 끌어안고 쪼그려 앉았다. 날이 저물고 날이 밝고, 또다시 황혼이 드리울 때까지 그 자리에 그대로 앉아 있었다. 하루를 꼬박 굶었지만 배고픔도 느껴지지 않았다. 아무것도 보이지 않고, 아무것도 들리지 않았다. 눈앞은 온통 혼돈뿐이었다.

그녀를 혼돈 속에서 이끌어 낸 것은 끈질기게 울려대는 벨소리였다. 더듬더듬 휴대폰의 통화 버튼을 누르자 저편에서 그의 화난 목소리가 튀어나왔다.

"병원 앞에서 꼬박 한나절을 기다렸어! 너, 이게 대체 무슨 뜻이야? 숨어서 뭘 어쩌자고? 그래, 이참에 우리 아예 관두자. 더 이상 보지 말자고!"

그녀는 잠시 멍하게 있다가 그의 말뜻을 겨우 깨달았다. 지금, 헤어지자는 거야? 혼미한 정신을 간신히 그러모으며 그녀가 황급히 외쳤다.

"시간을 조금만 더 줘, 조금이면 돼. 지금은 너무 혼란스러워서 그래. 걱정하지 마, 내가 잘 처리할게. 자기 힘들게 만들지 않을게. 귀찮게 하지도 않을게. 정말이야. 믿어 줘. 그러니까 제발 나를 싫다고 하지 마……."

어느새 그녀는 저도 모르게 오열하며 애원했다.

"아무도 모르는 곳에 가서 애를 낳으면 안 될까? 혼자 키우다가 나중에 상황이 괜찮아지면 그때 돌아올게. 약속해, 아무도 모르게 할게……. 그러니 제발 날 버리지 마. 제발, 이 아이를 버리지 말아 줘."

수화기 저편에서 그가 악을 썼다.

"내가 빌고 싶다, 내가! 제발 부탁이니까 나 좀 살려 주라, 응? 이건 나뿐만 아니라 네 인생도 망치는 일이야. 우리 둘 다 성인이잖아. 책임감을 가지고 어른답게 굴라고!"

"하지만 우리 아기잖아. 당신과 나의 아기잖아. 제발 나를, 이 아이를 버리지 마."

그녀는 같은 말을 몇 번이고 반복하며 흐느꼈다. 애처로운 울음소리가 아파트 안에 공허하게 울렸다. 그녀의 말은 들리지도 않는지, 그는 혼잣말처럼 중얼거리고 있었다. 베이징에서 수술 받는 게 싫으면 고향으로 돌아가서 해. 회사에는 휴가든 병가든, 아무튼 다른 사람이 의심하지 않도록 잘 말해 두고. 알아보니까 시기가 중요하다고 하더라. 때를 놓치면 중절 수술도 못하고, 유도분만을 해야 된대. 너 똑똑하니까 한 번 잘 생각해 봐. 그리고 오늘 출근 안 한 건 어떻게 둘러댈

지도 잘 생각하고. 제발 약속한 대로 해. 쓸데없는 골칫거리 만들지 말자.

전화는 거기서 끊겼다. 다시 걸어 봤지만 곧 끊어졌다. 또 해 봐도 마찬가지였다. 사저는 떨리는 손으로 문자를 보냈다. '내가 아이를 지우면, 그럼 우린 함께할 수 있는 거야?' 발송 버튼을 누르자마자 그녀는 후회했다.

사저는 비틀거리며 화장실로 들어가 샤워기를 틀었다. 섬뜩하도록 차가운 물줄기가 뜨거운 머리 위로 쏟아졌다. 거울 속에 비친 여자는 귀신처럼 초췌했다. 그녀는 자기 입을 때렸다. 입가가 발갛게 부어오르고 코피가 터질 때까지 때리고 꼬집었다. 그리고 거울 속 자신을 향해 침을 뱉었다.

"비겁해!"

거울에 튄 코피가 흘러내려 하얀 타일을 붉게 물들였다. 청춘을 다 바쳐 기다린 결과가 이토록 잔인한 선택지 앞에 서는 것이라니. 그녀는 옷을 걷어올리고 희뿌연 아랫배를 쳐다보았다. 아가, 나의 아가. 내가 뭘 잘못한 걸까? 하늘은 왜 너를 주어서 나를 이토록 막다른 길로 몰아붙이는 것일까?

다음날, 사저는 베이징을 떠났다. 혼자였다. 그녀는 남쪽으로 향하는 기차를 타고 하나하나 역을 스쳐 지났다. 고향 역에 도착해서도 내리지 않았다. 본래 사생아였던 자신을 거두어 준 양부모에게 또다시 의탁할 마음은 없었다. 그들에게는 자신을 도와줄 의무도 없었다. 결국 그녀는 기차가 이끄는 대로 낯선 종착역을 향해 달려갔다. 종착역에 도착하면 기차를 갈아타고 또 다른 종착역으로 향했다. 이것이 도망인지, 아니면 무언가를 늦추려는 것인지는 그녀 자신도 알지 못했다. 그저 갈피를 잡지 못하고 앞으로, 또 앞으로 나아갈 뿐이었다. 그의 전화번호는 삭제한 지 오래였다. 그녀는 바람에 날리는 비닐봉투처럼 위태롭게 나부끼며 중국 대륙을 가로질렀다. 그리고 마침내 지칠 대로 지친 몸으로 우기가 찾아온 이 작은 마을에 내려앉은 것이었다.

8

기나긴 이야기를 전부 듣고 난 이후에도 내 머리는 여전히 쓸모가 없었다. 지금 당장 사저에게 뭐라고 해야 할지 알 수 없었다. 아이를 지우지 못하게 막아야 할지, 그냥 두어야 할지조차 알 수 없었다. 사저는 이야기를 하면서 그나마 있던 기력마저 전부 써버렸는지 두 손과 두발을 가지런히 모은 채 목각인형처럼 멍하니 앉아 있었다. 그러다 갑자기 희미하게 웃으며 말했다.

"다 털어놓으니까 마음은 좀 편하네요."

입은 웃고 있었지만 눈에서는 눈물이 떨어졌다.

대체 어쩌면 좋을까? 그런 꼴을 당해도 싸다며 사저를 욕할까? 일이 이 지경이 된 마당에 그녀의 어리석음을 욕한들 무슨 소용이 있을까? 한 지붕 아래 그렇게 오래 같이 지냈으면서 막상 이 상황에서는 어떻게 그녀를 도와주어야 할지 감도 오지 않았다. 아이를 지우라고도, 낳으라고도 할 수 없었다. 입만 벙긋거리다 삼켜 버리기를 몇 차례, 마침내 머리가 아파 오기 시작했다. 이미 깊은 밤, 한기가 문틈으로 파고들어와 발을 감싸고 무릎으로 기어올랐다. 짙고 무거운 침묵이 집안을 꽉 채운 가운데 시간만 속절없이 흘러갔다. 한참 만에 스승이 길게 한숨을 내쉬었다.

"임신한 것도 모르고 맨날 감자만 먹였구나. 미안하다."

늘 침착하던 모습은 오간 데 없이 목소리마저 가늘게 떨리고 있었다.

"내가 나이를 헛먹었어. 도대체 너한테 무슨 말을 해 줘야 할지도 알 수 없으니……."

스승은 하염없이 눈물을 닦았다. 젊은 사람들처럼 훌쩍이지도, 목 메인 소리를 내지도 않았다. 그저 슬쩍슬쩍 눈가를 훔치며 연이어 장탄식을 할 뿐이었다. 시간이 갈수록 탄식은 점점 잦아들었지만 눈물은 점점 더 많이 흘러내렸다. 여태 헛살았어, 쓸모없는 늙은이 같으니, 무슨 말을 할지도 모르고……. 그는 눈물을 닦으며 끊임없이 중얼거렸다. 나는 그의 입이 열렸다 닫혔다 하는 모습을, 얼굴에 새겨진 주름이 고통스럽게 일그러지는 모습을 멍하니 바라보았다. 눈물을 흘릴 것까지는 없잖아요, 아저씨. 나도 모르게 말이 튀어나왔다.

"그렇잖아요? 아저씨, 울 것 없어요. 우리 세 사람 솔직히 서로 이름도 모르잖아요. 아저씨가 잘못한 건 없어요."

스승은 후, 하고 숨을 내쉬며 힘껏 얼굴을 문질렀다.

"그래, 그렇지. 하지만 정말 힘들구나. 젊은 녀석들이 무슨 고생을 그렇게 하는지……. 그냥 좀 잘 살면 얼마나 좋으냐."

사저가 천천히 몸을 일으켰다. 그녀는 잠시 망설이다 스승 앞에 무릎을 꿇고 앉았다. 그러더니 가만히 손을 들어 그의 눈물을 닦아 주었다.

"지금까지 누군가 저를 위해 눈물을 흘려 준 건 이번이 처음이에요. 아저씨, 아저씨는 저한테 정말 잘해 주셨어요. 저, 꼭 기억할게요. 그리고 죄송해요. 저 때문에 힘드시게 해서 정말 죄송해요……."

사저는 스승의 무릎에 머리를 기대고 조용히 속삭였다.

"이건 제가 자초한 일이니 혼자 해결할게요. 절 거두어 주신 것만으로도 이미 충분히 감사해요. 저, 이제 떠날게요."

스승이 그녀의 손을 꽉 붙들었다. "가긴 어딜 간단 말이냐? 얘야, 바보 같은 소리 하지 마라!"

하지만 사저는 가냘프게 웃는 얼굴로 스승과 나를 번갈아 바라보며 말했다.

"제가 여기에 무슨 낯으로 남아 있겠어요. 부탁이니 제발 절 잡지 마세요. 잡아 두실 수도 없어요. 절 가게 해 주세요."

답답한 마음에 나도 모르게 거친 소리가 나갔다. "가긴 어딜 갈 건데? 갈 데나 있어?"

그녀는 이마를 스승의 무릎에 대고 간청했다. 제발, 날 힘들게 하지 마세요. 제발, 멀리 떠나게 놔두세요. 제발, 아무도 나를 모르는 곳에 가서 어떻게 해야 할지 혼자 생각할 수 있게 해 주세요……. 소리가 점점 커져서 마지막에는 거의 비명처럼 들렸다. 그녀는 엎드러진 채 몸을 떨며 흐느꼈다. 숨을 할딱이며 금방이라도 무너질 듯 오열했다.

다음날 사저는 마을을 떠났다. 스승은 평소처럼 밥을 차려 놓고 정작 자신은 방에서 나오지 않았다. 나는 사저와 함께 밥을 먹었다. 평소처럼 반찬을 집어 주었다. 감자볶음 한 젓가락, 두부 한 젓가락, 달걀 한 젓가락. 홍당무처럼 생긴 은 젓가락을 무겁게 놀려 계속 반찬을 집어 날랐다. 그러다 무심히 중얼거렸다. "사저, 이것 봐. 젓가락이 검게 변했네."

나는 그녀에게 낡은 철제 차통을 건넸다. 뚜껑이 녹슬어서 그녀의 힘으로는 아무리 해도 열리지 않았다. 결국 내가 다시 건네받아 한참을 낑낑댄 끝에 겨우 뚜껑을 열었다. 차통 안은 고무줄로 묶은 붉고 푸른 지폐 뭉치가 가득 들어 있었다. 아저씨가 주신 거야. 나는 그녀에게 말했다.

"네가 어떤 선택을 하든 돈이 필요할 거라고 하셨어. 가진 돈이 충분해도 그냥 받아. 그래야 아저씨 마음이 편하실 거야. 나이 들고 혼자 사는 노인네 마음 불편하게 만드는 거 아냐. 그러니까 거절하지 말고, 받아."

나는 사저를 바라보며 덧붙였다. "앞으로 어쩌면 다시는 만나지 못할 수도 있으니까……. 더 이상 마음 아프게 해드리지 말자."

그녀는 아무 말 없이 차통을 받아 들었다. 얼굴에는 익히 보아 온 멍한 표정이 너울졌다.

"솔직히 나도 뭐라고 해야 할지 모르겠어. 용감하게 싱글맘이 되라고도 못하겠고, 과감하게 수술을 하라고도 못하겠고. 둘 다 너무 바보 같잖아. 하지만 헤어지는 마당에 아무 말도 하지 않는 건 더 바보 같겠지. 예전에는 복을 빌어 주겠

다는 말이 너무 허무하다고 생각했는데 지금은 그것밖에 해
줄 말이 없는 것 같네."

나는 예의 그 강낭콩 은방울을 꺼내서 그녀의 목에 걸어
주었다.

"이건 내가 주는 부적이야. 부디 사저의 앞날에 축복이 있
기를 빌게. 그리고 어쩌면, 두 모자의 앞날에도."

사저는 돌길을 따라 따박따박 걸어갔다. 그날은 보기 드물
게 맑은 날이었다. 그녀의 발아래 돌길이 눈부시게 빛났고,
그녀의 목께에서 은방울이 딸랑거렸다. 그녀가 골목을 돌아
나가자 그 소리도 더 이상 들리지 않았다.

그녀가 어디로 갔는지, 결국 어떤 선택을 했는지 나는 알
지 못한다. 사저가 떠난 후에도 은공예방은 평소처럼 돌아갔
다. 망치 소리도 여전했고, 빗물도 같은 모양으로 떨어졌다.
하루는 저녁 반찬으로 돼지고기를 볶았는데 기름기가 자르
르 흐르고 구수한 냄새가 코를 자극하는 것이 보기만 해도
군침이 돌았다. 나는 고기를 한 젓가락 크게 집어 스승의 밥
그릇 위에 올렸다. 하지만 스승은 고기를 몇 번 씹지도 못하
고 밥그릇을 내려놓았다.

"임신한 것도 모르고…… 만날 감자만 먹었어……."

나도 젓가락을 멈췄다.

"어떻게, 사저한테 전화라도 넣어 볼까요?"

"그래, 네가 걸어 보려무나."

"싫어요, 아저씨가 거세요."

결국 그날은 아무도 전화를 걸지 않았다. 아니, 그날 이후로는 나도 스승도 사저 이야기를 꺼내지 않았다. 그때 그 은방울 소리처럼, 사저는 그렇게 사라져 버렸다.

9

우기가 끝났다. 나도 작은 마을을 떠났다. 그리고 수년간 돌아가지 않았다. 스승에게는 한 해에 한두 번, 명절에 맞춰 전화를 걸어 안부를 물었다. 나의 다른 직업이 무엇인지, 어떤 일을 해서 먹고사는지 말하지 않았기에 그는 내가 아직도 낡은 화구를 둘러메고 전국을 떠돌아다니며 그림을 팔아 먹고사는 줄 알았다. 결혼은 했는지, 차나 집은 마련했는지, 잘 지내고 있는지. 전화를 걸 때마다 그는 똑같은 질문을 했고 나도 늘 똑같이 대답했다. 그럼요, 잘 지내요. 다 좋아요, 엄청 좋아요. 그러면 그는 전화기 저편에서 이렇게 중얼댔다. 떠돌이 생활이 좋기는 뭐가 좋아……. 나이를 먹어 귀가 어두운 스승은 자신이 중얼거리는 소리를 내가 듣지 못할 것이라고 생각했다. 전화를 끊을 때면 그는 내게 늘 이렇게 말했다.

"사는 게 영 맘 같지 않거들랑 돌아와서 며칠 묵었다 가거라."

그때마다 나는 이렇게 대답했다. 봐서요, 정말 괜찮다니까요, 걱정하지 마세요, 네? 그러면 스승은 또 이렇게 말했다.

"그럼 시간 날 때 나 보러 한 번 오든가."

그때마다 나는 내년에요, 라고 말했다. 그렇게 내년, 또 내년 해가며 한 해 두 해 시간을 흘려보냈다. 스승이 세상을 떠날 때까지 말이다.

소식을 늦게 들은 탓에 내가 중국을 횡단해 날아갔을 때는 이미 입관한 지 여러 날이 지난 뒤였다. 듣기로는 아주 편안하게 가셨고, 장례식에도 많은 사람이 왔다고 했다. 나 말고도 뒤늦게 달려온 사람이 네댓 명쯤 있었는데 모두 외지 사람이었다. 이야기를 해보니 모두 그에게 은공예 기술을 배웠다는 공통점이 있었다. 그를 정식으로 스승으로 모시지 못했다는 점도 같았다. 비 내리는 밤, 낯선 사람들과 은공예점 앞을 서성이며 술잔을 나눴다. 말하는 사람은 적었고, 담뱃불만 깜박이며 말을 했다. 모두가 스승에게 거두어진 사람이었다. 모두가 스승이 '길에서 주운' 사람이었다.

스승의 과거가 어떠했는지는 더 이상 알 방도가 없었다. 그저 장년시절에 옥살이를 했다는 것밖에 몰랐다. 그 이유도 불명했다. 그는 평생 혼자였고 자식도 없었다. 나이든 장인이 대부분 그러하듯, 생전에나 사후에나 무명으로 남았다. 스승은 세상을 떠나면서 전통적인 공예기술도 가지고 가 버렸다. 그가 평생 정식으로 제자를 들인 적이 있었는지 알 수가 없으니, 아마 그 기술은 사라졌다고 해도 무방할 것이다.

이 글에서 나는 작은 마을의 명칭을 밝히지 않았다. 스승의 본적과 이름, 그가 어디에 묻혔는지 또한 숨겼다. 세간의 섣부른 추측과 소문들로 이미 영면에 든 그를 귀찮게 하고 싶지 않았기 때문이다.

세월은 참으로 무심하고 가차없는 것이다. 스승이 떠난 후 눈 깜짝할 사이에 벌써 몇 년이나 지났다. 그동안 나는 바쁘게 살았고 가끔 멈춰 설 때마다 여행을 거듭하며 수많은 역을 지나쳤다. 희한한 일은 최근 들어 우기가 온 작은 마을에서 보낸 시간들이 문득문득 떠오를 때가 많아졌다는 점이다. 나이가 들어서일까. 그 시절을 향한 그리움이 점점 더 짙어진다. 묵직하게 울리는 망치 소리, 빗물에 젖어 반짝이는 돌길, 오래된 나무벽에서 풍겨나는 곰팡이 내음과 스승의 회색빛 손바닥…… 뎅뎅거리는 소리와 함께 되살아나는 그 시절, 그 마을의 풍경.

우기가 내린 작은 마을, 말방울 소리가 은은히 멀어지던 그때 스승은 내게 잎담배를 내밀며 말했었다. 열심히 배우게, 얼른 기술을 배워야 스스로 벌어먹고 살지. 그래야 먹고 싶은 것도 마음대로 먹고. 그는 아마도 많은 일을 겪었을 것이다. 인생의 쓴맛 단맛도 다 보았겠지. 고단한 인생길을, 오로지 두 손에 의지해 힘겹게 헤쳐 나간 끝에 마침내 안식에 이르렀을 것이다.

아저씨, 걱정 마세요. 아저씨의 기술은 사라지지 않았어요. 바로 여기, 제게 남아 있으니까요.

10

사저에 대해 이야기해야 할 때다.

시일이 한참 흐른 후에 그녀가 몸담았던 회사와 같이 일을 한 적이 있다. 프로젝트를 마치고 뒤풀이 겸 가진 술자리에서 은근슬쩍 이야기를 꺼내자 담당자는 그녀를 기억한다며 반색했다. 굉장히 일을 잘하던 친구였는데 갑자기 회사를 그만둬서 의아했다고 했다. 그 후로는 어떻게 사는지 소식도

안 들리더라고요. 그가 덧붙였다. 사저의 그 남자에 대해서
는 묻지 않았다. 그저 승진 잘 하고 돈 많이 벌어서 만수무
강 잘 살기를 바라고 말았다.

그날 자리가 파한 뒤 나는 베이징의 더 플레이스 동문에
서서 휴대폰 깊숙이 저장되어 있던 사저의 번호를 찾아 전
화를 걸었다. 없는 번호라는 메시지가 흘러나왔다. 당연한 일
이었다. 2G에서 3G로 변한 게 언제인데 아직까지 그 번호를
쓰고 있을 리 만무했다. 머리 위 커다란 스크린에는 온갖 화
려한 장면이 어지러이 펼쳐졌다. 그 아이는 결국 세상을 보
게 되었을까. 당시의 무력감을 떠올리면 수년이 지났음에도
여전히 마음이 쓰렸다. 하지만 같은 상황이 또 벌어진대도
나는 여전히 침묵할 수밖에 없을 것이다. 아무 행동도 하지
못할 것이다. 그 사실에서 비롯된 무력감이 내 마음을 더욱
쓰리게 했다. 만약 당신이었다면, 그녀를 어떻게 도와주었겠
는가? 그녀를 생각해서 아이를 지우라고 했을까? 하나의 생
명이 눈앞에서 사라지는 것을 보고만 있었을까? 사람이라면
누구나 인정이 있고, 인정이 있는 한 생명을 아낄 수밖에 없
다. 또한 생명은 하늘이 주관하는 것이다. 자신의 인생과 교
차되어 관련이 생겨 버린 하나의 생명이 바로 눈앞에서 사라
질 위기에 처했을 때, 선뜻 칼을 건넬 수 있는 사람이 과연

몇이나 될까? 3개월 정도면 이미 사람이라고 할 만큼 형태가 생긴 뒤라고 한다. 그런 생명을 어떻게 쉽게 떼어 버리라고 할 수 있겠는가. 게다가 그녀에게 자기 손으로, 자신의 전부나 다름없는 아이를 죽이라고 하는 것은 너무 잔인한 일이었다. 그 죄악감을 안고 다시 인생을 시작하라 조언하는 것은 너무도 무책임하다.

그렇다고 아이 입장에 서서 무조건 낳으라고 할 수도 없었다. 자신의 도덕적 만족을 위해, 아무 연고도 없는 젊은 여인에게 절대적인 희생을 강요하는 일은 비겁하다. 그녀에게 무기징역을 내리는 것과 뭐가 다르냐는 말이다. 시간이 약이라는 둥, 시련을 통해 마음이 강해질 수 있다는 둥 하는 말은 전부 허울 좋은 헛소리에 불과하다. 마음이 강해지기 전에 그녀가 이 잔혹한 세상 속에 절망해 버릴 공산이 더 크기 때문이다. 사람들은 쉽게 정죄하고, 판단하고, 선입견을 갖는다. 그녀를 향한 수많은 눈길 중 어쩌다 선의 어린 시선이 있다 해도 대개는 연민과 동정, 방관일 것이다. 이 나라의 주류사회에서 싱글맘은 언제나 기준에 벗어난 주변인일 수밖에 없다. 정도의 차이가 있을 뿐, 어딜 가든 배척받고 따돌림당할 수밖에 없는 약자다. 요즘 세상은 안 그렇다느니, 시민의식이 많이 성장해서 그런 일은 없다느니 하는 말은 하지 마시라.

솔직히 말하면 이 모든 게 입에 발린 소리라는 것을 당신도 나도 잘 알고 있다. 물론 이 세상에는 행복한 싱글맘도 많다. 하지만 그녀들에게든, 아니면 사저처럼 기댈 곳 하나 없는 바보 같은 여자에게든 당신과 내가 도덕적으로 우월한 위치에 서서 이래라 저래라 해댈 권리는 없다. 당장 내일 자신에게 무슨 일이 벌어질지도 모르면서 한 사람의 인생에 관여해 이러쿵저러쿵 입방아를 찧을 수는 없는 일이다.

만약 그날 사저 앞에 있던 사람이 당신이었다면 뭐라고 했겠는가? 아이를 희생하라고? 아니면 그녀 자신을 희생하라고? 만약 당신이 사저라면 어떤 선택을 했겠는가? 아이를 희생했을까, 아니면 자신을 희생했을까? 과연 어느 쪽을 선택해야 당신의 마음이 편안할 수 있을까?

11

이야기는 아직 끝나지 않았다. 이 자리를 빌려 뒷이야기를 끝까지 쓸 수 있도록 해 준 옛 친구에게 감사하는 바다.

수많은 세월이 덧없이 흐르고 오랫동안 강호를 떠돈 끝에 나는 마침내 펜을 들었고, 작가가 되었다. 그리고 2013년 12월

31일, 자정을 앞두고 상하이 푸저우의 한 서점에서 새해맞이 사인회를 가졌다. 여러 작가가 함께 참여한 행사였기 때문에 사인을 받으러 온 사람도 많았다. 내가 간식을 좋아한다는 사실을 기억한 독자들은 직접 만든 쿠키나 케이크를 들고 나를 보러 왔다. 달달한 간식을 먹으며 사인을 하는 내 기분은, 그야말로 최고였다.

새해를 알리는 종이 울리기 전, 깜짝 놀랄 만큼 잘생긴 남자아이가 내 책을 소중히 받쳐 들고 사인을 해 달라며 내밀었다. 까만 눈썹에 둥그스름한 머리통이 인상적인 아이였다. 등에 짊어진 커다란 배낭을 봐서는 다른 지역에서 온 듯했다. 교복 어깨에 선명한 붉은 두 줄을 보아하니 학교에서도 꽤나 모범생임이 분명했다. 나는 손을 뻗어 아이의 까슬까슬한 머리를 쓰다듬으며 말했다.

"이렇게 어린데 내 책을 읽다니, 부디 아저씨 닮지 말고 훌륭하게 잘 커다오."

주변에 선 사람들이 와그르르 웃음을 터뜨렸다. 아이도 목을 움츠리며 웃고는 고개를 끄덕였다. 내 농담을 받아 주다니, 어른스럽기까지 한 아이로구먼. 나는 내심 흐뭇해하며 쿠키 한 개를 아이에게 건네주고 책에 사인을 했다. 하는 김에 곁에 통통한 토끼도 그려 주었다.

사인을 받은 후에도 아이는 떠나지 않고 쿠키를 우물거리며 테이블 주변을 서성였다.

"쿠키 더 줄까? 이거 한 통 다 가져가도 괜찮아."

내가 쿠키통을 내밀자 아이는 수줍게 받아들며 웃었다.

"사실 아저씨를 찾아온 이유가 하나 더 있어요."

아이는 주머니에서 뭔가를 열심히 찾더니 얇은 붉은색 줄을 끌어냈다. 그 줄을 잡아당기며 아이가 말했다.

"엄마가 아저씨한테 이걸 보여드리라고 했거든요."

붉은 줄 끝에서 뭔가가 반짝이며 딸랑거렸다. 독특한 생김의 새하얀 은방울이었다. 정확히 말하면 강낭콩 모양이었다. 강낭콩 은방울 너머로 새까맣고 또록또록한 눈동자가 나를 바라봤다.

"아저씨, 혹시 우리 엄마를 아세요?"

나는 일어서서 테이블을 돌아 아이 앞에 천천히 무릎을 꿇었다. 그리고 그를 가만히 품에 안았다.

아이야, 나는 네 엄마도 알고 너도 안단다.

네가 겨우 이 은방울만 한 크기였을 때부터, 나는 너를 알았단다.

인도네시아 코모도왕도마뱀을 몽둥이 하나로 쫓아내고, 킨타
나로오주 밀림에서 반 달 넘게 비를 맞아가며 아메리카악어가
나타나길 기다리라면 당신은 어떻게 하겠는가? 내비게이션
이 고장 난 배를 타고 토네이도가 몰아치는 파나마 해역을 표
류하며 세 차례나 벼락을 맞으라면? 달랑 피켈 하나만 가지고
고산지대의 얼음폭포를 등반하는 일은 어떤가? 그뿐이 아니
다. 남아메리카 해역에서 자유롭게 잠수하며 작살만으로 맹
독성 어류인 쏠베감펭을 잡고, 배가 뒤집힐 위험을 무릅쓴 채
교미기의 흑등고래를 촬영하며, 황소상어 괭이상어 백상아리
를 근접거리에서 찍는 일. 청새리상어를 바로 코앞에서 포착
하고 작은수염상어 두 마리를 얼러 잠재우는 일. 솔직히 나는
이 수많은 일 중 단 하나도 해낼 용기가 없다. 하지만 내 친구
샤오윈도는, 이 모든 일을 해냈다.

1

샤오원도는 내가 아는 사람 중 가장 터프한 여자다. 모험심도 대단하고 겁도 없다. 그래서 아주 오래 전부터 그녀에 대한 나의 평가는 언제나 '진짜 사나이다운 아가씨'였다. 그런가 하면 '임대옥(『홍루몽』의 등장인물로 청순하고 병약한 미인의 대명사)처럼 생긴 손이랑(『수호지』의 등장인물로 인육주점의 여주인, 엄마 야차라는 별명이 있다)'이라든가 '남자친구를 소개해 주기 겁날 정도로 예쁜 여자'라는 평도 있다. 전자는 영화감독인 펑샤오강(馮小剛), 후자는 여배우 안젤라베이비의 말이다.

그녀는 배우도 아니고 연기 경험도 없지만 인생 자체가 웬만한 영화나 드라마보다 더 스펙터클하다. 굳이 장르를 따지자면 액션 공포물, 혹은 막장 드라마랄까. 한번은 북유럽으로 여행을 간 그녀에게서 전화가 온 적이 있다. 그런데 안부 인사를 주고받는 내내 그녀는 묘하게 숨을 몰아쉬었다. 저절로 이상한 광경이 상상되는, 거친 숨소리였다. 결국 난 그녀에게 정중히 요청했다. 혹시 지금 누군가와 지극히 개인적인 용무를 보고 있는 중이라면 부탁건대 예의 바르게 전화를 끊어달라고. 우리의 우정과, 또 오랫동안 여자라고는 구경도 못한 이 솔로남의 사정을 좀 존중해 달라고. 그러자 수화기 너머에서 그녀가 원저우 사투리로 한바탕 욕을 퍼부었다. 방송이었다면 '삐삐삐삐' 소리로 처리되었을 욕을 반나절 넘게 해댄 뒤에, 그녀는 다시 거친 숨을 몰아쉬며 빽 소리 질렀다.

"이 누님께서 방금 강도를 잡아서 얘기해 주려고 친히 전화했더니만, 무슨 헛소리를 하는 거야?"

일의 경위는 이러했다. 샤오윈도는 노르웨이의 수도 오슬로에서 해적박물관을 찾아 헤매고 있었다. 한낮의 오슬로는 황량하기가 유령도시 뺨치는 수준이고 인적도 드물었다. 그러다 우여곡절 끝에 후드티를 입은 청년과 마주쳐 도움을 받게 됐다. 키 크고 잘생긴 데다 친절하기까지 한 이 청년은 매우 적극적으로 길을 알려주고 그녀의 국적, 별자리, 향후 여정 및 동행인의 여부까지 관심 있게 물어봤다. 그러더니 다음 순간 주머니칼을 꺼내 매우 적극적인 태도로 그녀의 목에 들이댔다. 강도로 변한 청년은 샤오윈도의 가방을 요구했고 그녀는 순순히 내줬다. 헤어지기 전, 두 사람은 서로 예의 바르게 인사까지 나누었다. 그녀는 여행 경험이 풍부했다. 거의 지구 한 바퀴를 돌았다 해도 과언이 아니었다. 그랬기에 이런 상황에는 무엇보다 몸의 안전을 지키는 것이 중요하다는 사실을 잘 알고 있었다. 어차피 가방에 든 돈도 얼마 되지 않으니 그냥 불우이웃에게 기부한 셈 치면 그만이었다. 그렇게 생각하고 발걸음을 떼는데 퍼뜩 그녀의 뇌리를 스치는 것이 있었다. 젠장, 카메라 메모리카드가 가방 속에 있잖아!

돈은 상관없지만 세계 각지를 돌며 찍은 수천 장의 사진은 절대 잃어버릴 수 없었다. 그 생각이 든 순간 샤오윈도는 튕기듯 방향을 전환하여 강도를 쫓았다. 나루토처럼 양팔을 쫙 펼치고, 광속으로 달리며, 목이 터져라 소리를 질렀다. 가방, 가방, 가방, 가방! 하도 다급하니 영어가 아닌 중국어가 튀어나왔다. 저만치 가던 강도는 흠칫 놀라 그녀를 보더니 귀신이라도 본 양 혼비백산해서 죽어라 뛰기 시작했다. 당시 상황을 좀 더 생생하게 전하기 위해 부연설명을 하자면, 원저우에서는 가방을 '바오'가 아니라 '보'라고 한다. 노르웨이에서 중국어로 '보'를 연달아 외쳤을 때 대체 어떤 효과가 났을지는 각자의 상상에 맡기는 바다.

추격전은 길을 건너고 작은 골목을 지나 담을 넘고 난간을 뛰어오르며 계속 됐다. 그리고 내게 전화를 걸어 승전보

를 알렸을 때, 샤오원도는 땅에 엎드린 강도의 머리를 밟고
있었다. 그녀는 인사나 하라며 강도에게 전화를 바꿔 줬다.
영어 실력이 일천한 나는 가까스로 머리를 짜내어 한 마디
했다.

"How are you?"

그리고 곧 후회했다. 아무리 영어를 못해도 그렇지, 이건
상대의 처지를 전혀 배려하지 않은 인사가 아닌가. 3월이면
북유럽엔 아직도 눈이 쌓여 있을 텐데 얼굴이 얼마나 시릴
까……. 그도 지금쯤은 이 중국 아가씨를 건드린 일을 땅을
치며 후회하고 있을 게 분명했다. 설마 겉모습은 한없이 어린
그녀가 중국 남방무술인 남권(南拳)의 고수일 줄은 꿈에도
몰랐겠지. 남권은 연달아 짧게 끊어치는 것이 특징이다. 작
은 힘으로 큰 힘을 넘어뜨리고 정교함으로 조잡함을 물리치
며 빠름으로 느림을 제압한다. 낮고 안정된 자세의 보법을 자
랑하며, 큰소리로 기세를 북돋는다. 심지어 직접 권법을 수련
하고 검무를 추는 장면이 홍보영상으로 제작돼 CCTV에 방
영될 정도의 고수일 줄은, 죽었다 깨어나도 알 수가 없었으리
라. 이쯤 되자 영문도 모른 채 그녀에게 훈계를 들으며 얻어
맞았을 강도가 왠지 불쌍하게 느껴졌다.

신고를 받은 경찰이 도착했을 때, 강도의 얼굴은 거의 땅

바닥에 붙어 있었다. 폭포수처럼 흘러내린 눈물과 콧물이 얼어서 땅에 들러붙은 것이다.

샤오윈도는 노르웨이 강도를 용감하게 때려잡은 업적과 인증샷을 그날 바로 SNS에 올렸다. 하지만 얼마 후, 글과 사진을 돌연 지워 버렸다. 나는 메신저로 그렇게 귀중한 자료를 왜 지웠느냐고 물었다. 반나절은 족히 지난 후에야 답이 왔다.

'걱정시키기 싫은 사람이 있어서……'

그게 누구인데? 하지만 이번에는 답이 오지 않았다. 아마 지구 어느 구석에서 모험이니 어쩌니 하며 또다시 자기 목숨을 달달 볶고 있으리라. 나는 그렇게 짐작했다.

2

샤오윈도는 담이 크고 마음이 섬세하며 됨됨이가 좋다. 가슴도 담만큼 크고 허리는 마음처럼 섬세하며 피부는 됨됨이와 같이 좋다. 그녀와 함께하면 언제나 즐겁고 유쾌하다. 게다가 친구가 그렇게 많으면서도 한 사람 한 사람 세심하게 챙기고 배려할 줄 안다. 그러니 다들 그녀를 사랑하지 않을 수가 없다.

예전에 상하이에서 샤오윈도를 비롯한 몇몇 지인과 만난 적이 있다. 나는 그날 처음 보는 얼굴도 있었는데, 어쨌든 다 같이 의기투합하여 상하이에서 제일 좋다는 노래방에 몰려가서 신나게 놀았다. 그런데 어찌된 일인지 베이징에서 왔다는 한 아가씨는 시종일관 우울한 표정이었다. 샤오윈도가 그녀 곁에 앉아 목을 끌어안고 한참을 달래는 것 같더니 갑자기 나를 불러 이렇게 소개했다.

"자기야, 이쪽은 다빙이야. 연애, 결혼, 감정 등등 하여간 남녀관계를 전문적으로 다루는 작가지. 이래봬도 아는 것 많고 상담경험도 많으니까, 혼자서만 고민하지 말고 뭐든 물어봐."

나는 질겁해서 재빨리 탈출을 시도했다. 누굴 잡지 연애상담 칼럼리스트로 아나, 남녀관계 전문작가라니 이게 무슨 헛소리야! 난 엄연한 '야생작가(저자가 스스로에게 붙인 칭호)'라고! 그러나 나의 탈출 시도는 무위로 돌아갔다. 샤오윈도가 엄청난 힘으로 내 목덜미를 붙잡아 원래 자리에 주저앉힌 것이다. 난 언제 도망치려 했냐는 듯 진지하게 자세를 잡고 앉아 베이징 아가씨의 말에 귀를 기울였다. 역시나 흔한 연애 고민이었다. 남자친구와 성격이 맞지 않고 생활방식도 다르다 보니 같이 있는 게 점점 더 힘들게 느껴지는데 대체 어찌해야 할지 모르겠다는 것. 그녀는 신의 계시를 기다리는 신자처럼 간절한 기대가 담긴 얼굴로 나를 바라봤다. 하지만 솔직히 당황스러울 뿐이었다. 오늘 처음 만나서 잘 알지도 못하는 아가씨에게, 마찬가지로 어떤 사람인지 전혀 알 수 없는 남자친구와의 관계에 대해 내가 대체 무슨 충고를 해 줄 수 있단 말인가. 나는 입을 굳게 다물었다. 잠시 후, 서늘한 느낌이 목덜미를 휘감았다. 샤오원도가 팔로 내 목을 감고, 웃으면서 조이기 시작한 것이다. 암벽 및 빙벽 등반으로 단련한 덕에 그녀의 팔 힘은 무시무시했다. 조만간 목이 부러질지도 모른다는 생명의 위협을 느낀 순간, 저절로 입이 열리고 말이 쏟아져 나왔다.

"여자는 남자를 볼 때 보통 그의 사회적 속성을 봐요. 남자는 반대로 여자의 자연적 속성을 보고요. 일반적으로 이것은 남녀관계의 가장 기본적인 법칙이에요. 하지만 무조건 이 두 가지 속성에 기초해서 남녀관계를 대했다가는 오히려 그것 때문에 문제가 생길 수 있어요. 같은 원리로, 두 가지 속성 사이에 도무지 해결할 수 없는 문제가 생기면 두 사람의 인연도 결국은 끝날 수밖에 없고……."

베이징 아가씨가 갑자기 눈을 반짝이며 고개를 끄덕이더니 잘 알겠다고 했다. 아니 대체 뭘 알겠는데? 나도 내가 무슨 말을 하는지 모르겠구먼!

몇 달 후, 나는 인터넷에서 그 아가씨의 사진과 함께 '국민 남편'인 왕쓰총(王思聰: 중국 최대 부호인 다롄완다그룹 창업자 왕젠린의 아들이자 프로메테우스캐피탈 대표이사)이 결별했다는 기사를 보았다. 잠시 번외로 이 지면을 빌려 정중히 선언하건대, 나는 그 일과 아무 관계도 없고 할 말도 없으니 SNS로 찾아와 악플을 다는 일은 삼가 달라. 아무튼 그 기사를 보자마자 당장 샤오윈도에게 전화를 했다.

"야, 이게 뭐야? 그 아가씨가 누구인지 그때 왜 말 안 했어? 배경을 확실히 설명해 줬어야지!"

샤오윈도는 이상하다는 듯 반문했다.

"배경이 뭐가 중요해? 그때 그녀는 다른 사람의 관심과 도움이 필요한 평범한 아가씨였어. 그리고 무엇보다 내 친구고. 친구는 친구일 뿐이야. 친구끼리 서로 돕고 걱정해 주는 데 배경이 무슨 상관있어?"

나는 반박하지 못했다. 그녀의 말이 구구절절 옳았기 때문이다. 어쨌든 다시 한 번 정중히 선언한다. 나는 왕쓰총의 결별과 아무 관계도 없고 할 말도 없으니, 내 SNS에 악플 테러를 하는 일은 제발 삼가 주시라!

3

샤오윈도는 친구라는 명칭에 가장 걸맞은 친구다. 즐거움을 함께 나누기 좋아한다는 점에서 특히 그렇다. 그녀는 거의 1년 내내 세계 각지를 돌며 여행하는데, 새로운 곳에 갈 때마다 내게 직접 찍은 사진을 보내준다. 각종 잡다한 일에 얽매여서 해외 구경할 기회가 많지 않은 나를 배려한 것이다. 그녀 덕분에 나는 여러 가지 보기 드문 아름다운 광경을 마음껏 감상할 수 있었다. 날카로운 검광을 연상케 하는 북극의 오로라, 남극의 살아 움직이는 QQ캐릭터(QQ캐릭터는 펭귄이다), 동아프리카 초원에서 오줌 싸는 코끼리, 몸길이가 15미터에 달하는 통가의 고래, 일본 시부야의 베이글녀, 마추픽추의 일출까지. 이처럼 진귀한 사진들을 아낌없이 공유해 준 덕에 한동안은 컴퓨터 화면보호기 사진을 며칠 만에 한 번씩 바꾸기도 했다.

그녀는 인물 촬영도 수준급으로 해냈다. 그중에서도 내가 가장 좋아하는 것은 한 무리의 아이들을 담은 사진이다. 그녀는 중국의 한 산골벽지 초등학교에 도서관을 기획하던 시기에 이 사진을 찍었다. 여담이지만 그녀는 이 도서관을 위해 매년 정기적으로 직접 책을 짊어지고 산에 들어갔다. 무려 5년 동안이나 말이다.

하지만 그녀의 재능이 가장 빛을 발한 분야는 수중촬영이었다. 중국에 돌아다니는 상어 및 고래 사진 대부분이 그녀 작품이라고 해도 과언이 아니다. 적어도 가장 훌륭하고, 가장 최신인 사진은 반드시 그녀 것이다. 하여간 틈만 나면 온 세계 바다 속을 헤집고 다니며 셔터를 눌렀으니. 그녀가 여태껏 상어에게 잡아먹히거나 고래의 꼬리에 얻어맞아 죽지 않은 것만 해도 참 기적이다.

결론적으로 그녀를 한 마디로 정의하자면 다섯 가지 '독'을 갖춘 여인이라 하겠다. 독립적인 세계관과 가치관, 독립적인 판단 사고능력, 독특한 캐릭터와 매력, 독특한 생활방식, 거기에 엄청난 독서량까지. 나는 예전부터 그녀에게 글을 써보라고 여러 번 권했다. 그냥 묻어 두기에는 그녀의 경험이 너무 아까웠기 때문이다. 사람들은 날더러 여행의 달인이라고 하지만 그녀에 비하면 나는 새발의 피 수준이다. 조금의 과장도 덧붙이지 않고 단언하건대 샤오윈도가 자신의 경험을 책으로 써낸다면 중국 당대의 모든 여행서적은 그날로 진열대에서 내려오게 될 것이다. 하지만 그녀는 그저 웃기만 했다.

"내가 지금까지 여행에서 얻은 경험은 지극히 개인적이야. 게다가 아직 새파랗게 젊은데 무슨 자격으로 인생이 이러니,

저러니 말할 수 있겠어? 그건 나 자신과 독자 모두에게 무책임한 짓이라고. 혹시 사람들한테 엉뚱한 생각이라도 심어 주게 되면 어떡해? 뭐, 불혹의 나이라는 마흔쯤 되면 책 쓸 생각이 들지도 모르지만 어쨌든 지금은 때가 아냐."

"꼭 그렇진 않지. 봐, 너보다 젊은 사람도 겨우 유럽이며 미국 한번 다녀와서, 혹은 네팔이나 인도 동남아 등지 몇 번 다녀온 후에 인생을 깨달았다느니 어쩌니 하면서 장황하게 책을 써내잖아. 그래도 욕을 안 먹어요. 그 어떤 독자도 이게 웬 어림 반 푼어치도 없는 소리냐, 하질 않아. 왜냐? 비록 영양가는 없지만 그렇다고 그리 나쁠 것도 없으니까 그런 거야."

"그게 나랑 무슨 상관이야? 그 사람들이 글을 쓰든 말든 욕을 먹든 말든, 나랑 무슨 상관있냐고."

그녀는 그 말을 하면서 내 쪽을 힐끔 보더니 갑자기 무서운 얼굴로 돌변해 내게 말했다.

"다빙, 안전벨트 매. 어서."

이 대화를 나눌 때 우리는 차 안에 있었다. 장소는 상하이, 조금 전까지 길거리 노점에서 꼬치를 배 터지게 흡입하고 그녀가 나를 집까지 태워다 주는 중이었다. 배가 너무 부른 탓에 답답해서 안전벨트를 하지 않고 있었는데, 그걸 지적한 것이다. 나는 손을 내저었다.

"겨우 몇 킬로미터인데 뭘. 이 정도 거리는 벨트 안 하고 가도 괜찮아."

하지만 그녀는 강경했다. 벨트를 하지 않으면 차를 세우 겠다고 할 정도였다. 그녀는 미간을 한껏 찌푸리고 딱딱하게 말했다.

"안전이 제일이야. 당장 벨트 매!"

나는 벨트를 매는 척하다 슬쩍 다시 풀었다. 그러자 그녀 가 갑자기 길가에 차를 세우더니 다짜고짜 주먹으로 내 머 리에 꿀밤을 먹이는 것이 아닌가. 하도 억울해서 눈물이 찔 끔 났다. 고작 안전벨트 가지고 이렇게 흉포하게 굴다니. 이럴 것까지는 없잖아! 하지만 그녀는 한없이 진지했다.

"안전벨트 안 했다가 사고가 나면 어쩔 거야? 죽으면 어쩔 거냐고!"

한밤중 상하이의 도로는 차 한 대 보기 힘들 정도로 썰렁 했다. 한참 만에 마주친 차는 심지어 거북이로 착각할 정도 로 서행 중이었다. 즉, 아무리 봐도 사고가 날 만한 곳은 아 니었다는 말이다.

"샤오윈도, 너답지 않게 왜 이래? 정작 자기는 이보다 더 위험한 상황에도 마구 뛰어들었으면서, 대체 뭘 걱정하는 거야?"

그녀는 대답하지 않았다. 그래서 농담처럼 몇 마디 덧붙였다.

"게다가 넌 친구도 엄청나게 많잖아. 나 하나 없어지면 어때? 죽으면 죽는 거지 뭐. 자, 얼른 출발하자. 괜한 걱정 말고. 응?"

무심코 그녀를 돌아본 나는 깜짝 놀라고 말았다. 방금까지도 멀쩡하던 사람이 텅 빈 얼굴로 하염없이 눈물을 흘리고 있었다. 대체 어찌된 일일까?

4

그녀는 아예 운전대에 엎드려 버렸다. 투명한 눈물이 날렵한 턱을 따라 흘러내렸다. 한 방울 두 방울, 뚝뚝 떨어졌다. 도무지 어째야 할지 알 수 없었다. 이런 그녀의 모습은 처음이었다. 내가 무슨 말실수라도 한 건가? 나는 덮어놓고 무조건 빌기 시작했다.

"샤오원도, 내가 뭔가 잘못 말했다면 사과할게. 그만 울어. 사람 놀라게 왜 이래. 어이, 이봐, 뭐라고 말 좀 해 봐, 응?"

그녀는 한참 뒤에야 입을 열었다.

"예전에 노르웨이에서 강도 잡았던 일을 SNS에 올렸다 지운 적 있었잖아. 그때 왜 그러냐고 물었었지. 내가 했던 대답 기억나? 걱정시키기 싫은 사람이 있다던 말. 사실 그 글을 지웠을 때 나 장례식장에 있었어."

5

샤오윈도는 비보를 듣자마자 노르웨이에서 비행기를 타고 중국 광시로 날아갔다. 목적지는 광시 난닝의 한 승화장이었다. 왼쪽에서 첫 번째 빈소에 안장된 이는 노인이었다. 두 번째 역시 그랬다. 세 번째 빈소에는 이제 겨우 서른이 됐을까 싶은 젊은 남자의 영정이 놓여 있었다. 그는 샤오윈도의 친구였다. 잠수 파트너였으니, 잠수 친구였다. 조문객이 고인을 볼 수 있도록 유리로 덮인 냉동관 위에 반쯤 술이 찬 투명한 플라스틱 잔이 올려져 있었다. 멍하니 서 있는 샤오윈도에게 누군가 다가와 말했다.

"다시 한 번 너와 술을 마시고 싶다고 계속 얘기했었어. 이젠 너무 늦어 버렸지만……."

그녀는 아무 말도 없이 잔을 들었다. 울지도 않았다. 그 저 멍하니, 정장 입은 모습은 처음 보네, 라고 생각했다. 양 복을 말끔히 차려입은 그는 조금 살이 찐 것 같았다. 하지만 곧 살이 찐 게 아니라 부은 것이라는 사실을 깨달았다. 물이 너무 깊었다고 했다. 수압도 너무 컸다고 했다. 온전히 남아 있는 장기가 없었다고 했다. 끊임없이 피가 역류하는 바람에 물에서 꺼낸 후에는 어쩔 수 없이 후두를 절개해서 피를 빼 냈다고 했다. 보타이를 그렇게 높이 맨 까닭이 이해됐다. 그 녀는 냉동관 주위를 한 바퀴 돌았다. 그는 편안하게 잠든 사 람 같았다. 화장한 얼굴이 어색했다. 입술에 뭐 저리 어울리 지 않는 색을 발랐담. 그녀는 생각했다. 그의 뺨에는 물방울 이 은은히 맺혀 있었다. 샤오윈도는 손을 뻗어 냉동관을 가 만히 두드렸다. 이 행동이 무슨 의미인지 그녀 자신도 몰랐 다. 그더러 빨리 일어나라고 재촉하는 것 같기도 했다. 갑자 기 걷잡을 수 없는 눈물이 쏟아졌다. 생전 처음 느껴보는 고 통이, 아픔이 그녀를 무너뜨렸다. 그녀는 관 위에 엎드려서 목 놓아 울며 물었다.

"이게 어떻게 된 거야, 왜 조심하지 않았어? 넌 동굴 다이 빙의 고수잖아. 그 동굴도 처음 가 봤던 게 아니잖아. 그런데 왜 그렇게 깊이 내려갔어? 대체 왜 그랬던 거야?"

그가 흐려졌다. 샤오윈도는 힘껏 눈물을 닦았다. 그의 모습이 잠시 명료해졌다 흐려지고, 흐려졌다 명료해졌다. 빈소 안에는 음악이 흐르고 있었다. 누군가 핸드폰으로 튼 모양이었다. 그가 생전에 가장 좋아했던 그룹인 메이하오야오뎬(美好藥店)이 부른 〈기물(奇物)의 장례식〉이었다.

샤오윈도는 꿈속을 걷듯 비틀대며 관 뒤를 따랐다. 고인이 마지막으로 유족 및 친구들과 인사를 할 고별회장으로 옮기는 중이었다. 그녀는 텅 빈 눈으로 사람들이 바쁘게 사진을 교환하고 만련(죽은 이를 애도하는 글을 쓴 대련)을 바꿔 다는 모습을 바라봤다. 누가 애도문을 읽는지도 모르고, 그저 듣기만 했다. 고별회는 금세 끝났다. 장례식장 직원들이 그의 관을 밀고 나갈 때서야 비로소 정신을 차린 그녀는 겹겹이 선 사람들을 헤치고 앞으로 달려갔다. 마지막으로 그의 얼굴을 보기 위해서였다. 그러나 직원들이 그녀를 막았다. 시신에 눈물을 떨어뜨리면 안 돼요! 고인을 편히 쉬게 해 주세요.

그녀는 화장로 앞에 주저앉아 울었다. 매캐하고 이상한 냄새가 코를 자극했지만 개의치 않았다. 그때 낯선 사람이 다가와 말을 걸었다. 샤오윈도 씨, 맞죠?

"저도 그와 같이 다이빙을 하던 친구입니다. 그에게 샤오윈도 씨 얘기를 많이 들었어요. 정말 좋은 친구라고 칭찬을 많이 했어요. 꼭 친동생 같다고도 했고요. 그런데 도무지 말을 안 듣고 자꾸 위험한 일만 골라 한다고 많이 걱정하더군요."

그의 친구라는 낯선 이는 그녀의 어깨를 토닥이며 부드럽게 말했다.

"안전이 제일이니까 부디 몸조심해요. 그가 더 이상 걱정하지 않도록 말이죠."

6

샤오원도는 마이애미에서 재호흡기 다이빙을 배울 때 그를 처음 만났다. 처음부터 마음이 잘 맞았던 두 사람은 금세 환상의 짝꿍이 되었다. 뤄난 출신인 그는 둥글둥글한 성격에 웃기를 잘했다. 웃음소리도 독특했는데, 툭하면 그 희한한 소리를 내며 실눈이 되도록 웃었다.

십여 년 전 농촌벽지에서 선전으로 상경한 그는 말단 영업부터 시작해서 십수 개의 체인점을 일궈 낸 입지전적 인물이었다. 샤오원도가 삶을 사랑하는 것처럼 그도 삶을 사랑했다. 보드와 스키를 사랑했으며 잠수, 특히 동굴 다이빙을 사랑했다. 그는 WUD(중국테크니컬다이버협회:동굴 다이빙을 핵심으로 함)의 수석 멤버였으며 2014년에는 동굴 다이빙 중국 최고 기록을 갱신하기도 했다.

그는 또한 친구를 아낄 줄 아는 사람이었다. 샤오윈도가 그를 비롯한 친구 여럿과 함께 남미로 여행을 갔을 때의 일이다. 어느 저녁, 그녀는 흥에 취하고 술에 취한 끝에 마침내 완벽한 주사를 선보였다. 쿠바의 밤거리를 질주한 것이다. 그것도 맨발로, 신나게 노래까지 부르면서. 짜고 습한 바닷바람이 부는 가운데 쇠락한 바로크양식 건물들 사이로 묘령의 동양 아가씨가 깔깔 웃으며 미친 듯이 달리는 해괴한 광경이 벌어졌다. 그렇게 지칠 때까지 달리고 나서야 샤오윈도는 포석이 깔린 길 위에 주저앉았다. 곧 저만치 뒤에서 온통 땀범벅이 된 그가 샤오윈도의 하이힐을 들고 허겁지겁 달려왔다. 그는 그녀가 차에 치여 죽지 않고 무사한 것을 보고 나서야 비로소 안도의 한숨을 쉬었다. 꼭 딸을 걱정하는 아버지 같았다.

그와 함께 멕시코에 동굴 다이빙 자격증을 따러 갔을 때도 그랬다. 당시 멕시코는 치안이 좋지 않았고, 또 직전에 머리가 없는 시신 마흔아홉 구가 발견된 일로 매스컴이 떠들썩한 상태였다. 그녀의 안전이 걱정됐던 그는 저녁 외출 때마다 마치 경호원처럼 그녀 곁을 지켰다. 샤오윈도는 눈에 띄는 미인인지라 길을 걷다 보면 현지인들이 휘파람을 불거나 짓궂은 농담을 던지는 경우가 잦았다. 문제는 그녀가 스페인어를 알아듣는다는 점이었다. 웬만한 농담이야 무시한다지만 성희롱에 가까울 만큼 수위가 높아지면 그녀도 욱할 수밖에 없었다. 하지만 그는 그녀의 전투력이 상승할라치면 죽을힘을 다해 그녀를 끌어당겨 그 자리를 벗어났다. 화가 난 그녀가 무서운 얼굴로 노려볼 때마다 그는 사람 좋은 웃음으로 방어하며 이렇게 말했다.

"아가씨, 여행할 때는 안전이 제일이야."

그는 샤오윈도를 좋아했다. 친오빠 같은 감정이었다. 종종 너처럼 똑똑하고 예쁘고 재주 많은 여동생이 있었으면 좋겠다고 했다. 물론 '가끔 미친 사람으로 돌변하는 것만 빼고'라는 조건이 따라붙었다. 하지만 미치기로 따지자면 그도 못지않았다. 한번은 그가 스리랑카 얄라국립공원에서 표범을 촬영하고 있다는 소식을 듣고 샤오윈도가 찾아간 적이 있었다. 마침 다이빙을 하려고 스리랑카에 와 있던 참이라 술이라도 한잔 하자는 생각에 간 것이다. 그와 그의 동료들은 야생동물원 구역의 공터에 머무는 중이었다. 열악한 환경에 날씨는 무덥고 습했다. 벌레를 쫓는다는 나뭇잎으로 모닥불을 태우고 있었지만 주위에는 여전히 온갖 곤충이 웽웽대며 날고 있었다. 그런 와중에 샤오원도가 도착하자 몇몇은 해먹에 늘어져 대롱대롱 흔들리고 있다가 환호성을 지르며 일어났다. 물론 가장 반가워한 사람은 그였다. 그는 기쁜 마음을 표현하기 위해 〈여동생아 나를 보러 올 때는〉이라는 노래에 그녀의 이름을 넣어 부름으로써 모두를 배꼽 빠지게 웃겼다.

'샤오원도야 나를 보러 올 때는 걸어오지 말거라, 길에 돌부리가 많아 넘어질까 겁난다 / 샤오원도야 나를 보러 올 때는 버스를 타지 말거라, 버스에는 변태가 많아 누가 건드릴까 겁난다 / 샤오원도야 나를 보러 올 때는 절대 물길로 오지 말거라, 바다에 풍랑이 불어 물에 빠질까 겁난다 / 샤오원도야 나를 보러 올 때는 절대 하늘길로 오지 말거라, 비행기에서 외국인을 만나 그를 따라 딴 나라 갈까 겁난다……'

그는 술병을 들고 노래하며 춤까지 췄다. 춤신이 강림한 듯한 격한 춤사위에 나무 위에서 곤히 자던 새들이 놀라 푸드덕푸드덕 날아갔다. 마침내 사태의 심각성을 깨달은 일행들이 그에게 달려들었고, 한참을 실랑이한 끝에 겨우 그를 해먹에 눕혔다. 하지만 엄청나게 취한 그는 해먹을 그네 타듯 좌우로 흔들며 밤새 고래고래 노래를 불렀다.

다음날, 잠에서 깬 그는 모두를 돌아보며 이상하다는 듯 물었다.

"저기, 얘들아? 내가 왜 묶여 있는 거야? 다들 왜 이리 다 크써클이 심해? 응?"

한바탕 소동이 있긴 했지만 샤오윈도의 방문이 그들에게 행운을 가져다 준 것은 분명했다. 그녀가 온 뒤 표범들이 교미를 했기 때문이다. 공원 관리자는 지난 5년 동안 표범이 교미하는 모습이 포착된 것은 딱 두 번뿐이었다며, 진귀한 장면이니 어서 찍으라고 재촉했다. 샤오윈도도 재빨리 카메라를 꺼내 들었지만 렌즈 길이가 짧아서 아무리 해도 제대로 된 컷이 나오지 않았다. 찰칵찰칵, 다른 일행들이 셔터를 누르는 소리에 마음이 급해진 그녀는 다짜고짜 그의 카메라를 빼앗았다. 그는 어쩔 수 없이 카메라를 내어 주고는 동생에게 장난감을 뺏긴 오빠처럼 곁에 서서 그녀가 정신없이 찍는 모습을 애타게 바라봤다. 그러다 결국 안달이 났는지 머리를 쑥 들이밀며 참견을 했다.

"찍어, 찍어! 잘 찍어서 동물계의 천관시(陳冠希)가 되는 거야! 저장이랑 인터넷 유포는 내가 해 줄게."

그녀가 빽 소리를 질렀다. "저리 비켜! 렌즈를 가리고 있잖아!"

샤오윈도는 호되게 사이드킥을 날려 그를 물리치고는 다

시 셔터 누르기에 열중했다. 너무 열중한 나머지 자신이 조금씩 표범들에게 가까이 다가가고 있다는 것조차 몰랐다. 자칫 위험한 거리까지 들어가려는 찰나, 그가 번개같이 달려와 그녀를 뒤로 끌어당겼다. 그러곤 작은 소리로 속삭였다.

"안전이 제일이야. 안전!"

저 멀리 있던 표범이 귀를 쫑긋 세웠다.

샤오원도는 스리랑카를 떠날 때 그 카메라의 메모리카드를 챙겼다. 황금빛 표범 사진으로 가득한 메모리카드는 여행 내내 그녀의 가방에 담겨 있었다. 노르웨이에서 잠시 잃어버릴 뻔한 적도 있지만 곧 다시 되찾았다. 그때까지만 해도 그녀는 스리랑카에서의 만남이 그와의 마지막일 줄은 꿈에도 생각지 못했다.

장소는 광시 두안현 따싱의 지우둔 동굴이었다. 그의 시신은 수심 120미터 지점에서 발견됐다. 주 공기통에는 기체가 조금도 남아 있지 않았고 헬시온 1단계 호흡기는 강한 외부 충격으로 손상되어 내부에 돌이 가득 껴 있었다. 아무도 예상치 못한 사고였다. 늘 친오빠처럼 그녀를 돌봐 주던 남자는 이제 더 이상 이 세상에 없었다. 향년 34세, 너무도 젊은 나이였다.

7

깊은 밤, 고요한 상하이의 거리 위로 노란 가로등 불빛이 반짝였다. 우리는 여전히 차 안이었고 나는 샤오윈도에게 휴대용 화장지를 뜯어 건네주고 있었다. 벌써 두 팩째였다. 나는 잠시 망설이다 겨우 입을 열었다.

"샤오윈도, 나도 네 심정 이해해. 비슷한 일을 몇 번 겪었거든. 설산에서 잘못된 친구도 있고, 계곡에서 목숨을 잃은 녀석도……."

그녀는 창문에 머리를 댄 채 고개를 저었다. 눈물이 창에 흘러내려 선명한 자국을 남겼다. 그는 단순한 친구가 아니었어. 흐느낌을 참으며 그녀가 말했다. 어떻게 그를 단순히 친구라고 할 수 있겠어. 그녀는 잔뜩 젖은 눈으로 창밖을 바라보며 힘들게 숨을 내쉬었다.

"만약 그가 단순한 친구였다면 지금쯤 난 죽었을 거야."

8

샤오윈도는 홍해에서 죽었어야 했다.

그녀는 그를 비롯한 동료 네다섯 명과 수중촬영을 하기 위해 북아프리카 수단의 홍해를 찾았다. 배에 오른 그들은 엄청난 기대감에 잔뜩 흥분한 상태였다. 이번에 계획한 잠수 코스가 중국인 최초로 시도하는 코스였기 때문이다. 그런데 출항한 뒤에야 준비된 잠수 장비에 다소 문제가 있음이 발견됐다. 공기통의 밀폐장치가 노후했던 것이다. 그들은 잠시 고민했다. 하지만 이제 와 배를 돌리기에는 눈앞의 홍해가 너무 아름다웠고, 한시라도 빨리 그 안의 절경을 찍고 싶다는 생각도 간절했다. 한번 시위를 떠난 화살은 다시 되돌릴 수 없는 법. 게다가 하나같이 모험을 즐기는 사람만 모여 있었다. 결국 진지한 회의를 거친 후 그들은 원래 계획을 고수하기로 결정했다.

첫째 날과 둘째 날은 아무 일 없이 지나갔다. 역시, 그렇게 위험하진 않네. 잠수 전에 장비 점검만 제대로 하면 사고 날 일이 없다니까. 다들 두런두런 이야기를 나누며 자신들의 선택이 옳았음을 확신했다. 샤오원도로 말할 것 같으면 관심이 온통 촬영에만 쏠려 있었다. 그래서 물에서 나올 때마다 그에게 무섭게 소리 질렀다.

"너 이리 와 봐! 왜 자꾸 나한테 가깝게 붙는 거야? 너 때문에 내 촬영구도가 계속 엉망이 되잖아!"

그는 아무 변명도 하지 않았다. 그저 사람 좋게 웃으며 잠자코 구박을 받았다.

사고는 3일째 되던 날 터졌다. 시작은 평소와 같았다. 첨벙, 하는 소리와 함께 물에 뛰어든 샤오윈도는 수심 30미터 지점까지 잠수해 촬영을 시작했다. 여기까지는 모든 것이 순조로웠다. 그렇게 한참 신나게 셔터를 눌러 대고 있는데, 갑자기 귓가에 이상한 소리가 들리더니 점점 커지기 시작했다. 덜컥 가슴이 내려앉은 샤오윈도는 재빨리 고개를 들었다. 머리 위로 공기 방울이 무수하게 올라가고 있었다. 점점 빨리, 점점 많이 올라가는 모습이 꼭 끓는 물 같았다. 공기통에 문제가 생긴 게 분명했다. 이런 젠장! 그녀는 자신을 저주했다. 잠수 전 장비 점검을 잊었던 것이다.

수심 30미터 아래에서 공기통이 터지는 상황만큼 두려운 일이 또 있을까. 그녀는 무의식적으로 수중 압력계를 확인했다. 기압이 60bar에서 50, 40bar로 급격히 떨어지고 있었다. 이대로라면 30초 안에 공기가 바닥날 터였다. 눈부시게 아름다웠던 홍해의 바다 속이 갑자기 거대하고 고요한 묘지처럼 보였다. 엄청난 공포가 밀려왔다.

어떻게든 이 상황을 벗어나야 해. 공포에 이성이 마비된 샤오윈도는 마지막으로 심호흡을 한 뒤 긴급상승을 하기로 결심했다. 긴급상승을 하면 백퍼센트의 확률로 잠수병이 발생하고, 심하면 죽을 수도 있었다. 그러나 상승하지 않으면 당장 죽은 목숨이었다. 기왕이면 조금이라도 살 확률이 높은 쪽에 걸어야 했다. 그녀는 폐 속의 공기를 최대한 토해 내며 긴급상승을 준비했다. 당장이라도 질식할 것 같은 두려움에 휩싸였지만 어쩔 수 없었다. 매 수심마다 적응하는 시간이 없이 급하게 수면으로 올라가면 수압 변화 때문에 폐 속에 남은 공기가 팽창하여 폭발할 수도 있었다. 하지만 공기 없이 수면까지 무사히 올라갈 수 있을지도 알 수 없었다. 이렇게 하든 저렇게 하든, 결국 그녀 앞에는 죽는 길밖에 없는 듯했다.

절체절명의 순간, 그녀의 오른쪽에서 그림자가 나타났다. 그림자는 그녀가 미처 반응할 새도 없이 어깨를 잡아 돌리고 그녀의 입에 거칠게 호흡기를 물렸다. 그였다. 그를 보자마자 샤오원도는 거짓말처럼 마음이 차분해졌다. 그는 그녀를 안듯이 부축하고 힘껏 자맥질을 하여 위로 올라가기 시작했다. 두 사람은 호흡기를 번갈아 물며 10미터 가량 상승했다. 하지만 곧 다시 한계에 봉착했다. 호흡이 어려워진 것이다. 샤오원도는 그의 압력계를 보고 또 잔뜩 얼어붙었다. 계기판 눈금이 10bar를 가리키고 있었다. 이 정도 공기로는 수면까지 한 사람이 올라가기에도 빠듯했다. 그녀의 머릿속에 홀연히 영화 〈생텀〉 속 한 장면이 떠올랐다. 두 사람이 호흡기 하나에 의지해 함께 상승하다가 공기가 모자라게 된 상황이 지금과 똑같았다. 영화는 어땠더라. 공포에 질린 여자가 호흡기를 빼앗으려 달려들고, 남자는 어쩔 수 없이 그녀를 차 버렸다. 그렇다고 남자를 비난할 수는 없다. 구조 잠수의 첫 번째 원칙이 '자신의 안전이 보장되지 않는 상황에서는 구조를 포기할 수 있다'니까. 그녀는 덜덜 떨면서도 가까스로 생각했다.

'평소 나한테 잘해 주긴 했지만, 결국 우리는 공통의 취미를 가진 놀이친구에 불과해. 게다가 여긴 육지가 아니라 깊은 바다 속, 심해에서는 심해의 생존법칙이 우선이야. 그가 날 위해 목숨을 걸어야 할 이유는 없어. 그래, 괜한 사람까지 위험에 빠뜨리지 말자. 내가 먼저 손을 놔야 해.'

하지만 혼자 바다 속으로 가라앉을 상상을 하니 두려움에 등이 빳빳하게 굳었다. 빛 한 줄기 들지 않는 바다 밑바닥은 춥고 캄캄하겠지……. 그때 그와 잡고 있던 손이 풀렸다. 그녀가 미처 손을 놓기 전에 그가 먼저 놓은 것이다. 심장이 미친 듯 뛰었다. 그래, 너도 나를 포기하기로 했구나. 포기하는 건 좋지만 걷어차지는 마.

샤오윈도는 마스크 속 그의 눈을, 그의 행동을 뚫어져라 바라봤다. 그는 호흡기를 입에 물고 힘껏 숨을 들이마셨다. 그 모습이 참 탐욕스럽다고 생각하는 순간, 예상치 못한 일이 벌어졌다. 그가 호흡기를 그녀의 입에 밀어 넣은 것이다. 샤오윈도는 아연했다. 혼자 도망치려던 게 아니었어? 왜 나한테 호흡기를 주는 거야? 맑고 투명한 바닷물을 사이에 두고 그녀는 그의 수신호를 읽었다. 공기를 토하며 상승한다. 그는 남은 공기를 그녀에게 다 주고, 자신은 긴급상승하겠다고 말하고 있었다.

바보, 멍청이, 병신! 그의 뒤를 따라 천천히 올라가며 그녀는 끊임없이 욕을 퍼부었다. 욕을 퍼부으며 끊임없이 눈물을 흘렸다. 짜디짠 눈물은 금세 바닷물에 녹아들었다. 죽으려고 작정한 거야, 뭐야? 내가 너한테 그 정도로 중요해? 여긴 수단이야, 전 세계에서 가장 가난한 나라 중 하나라고. 감압실도 없고, 감압병 치료도 못해. 치료할 수 있다고 해도 당장 어디서 헬기를 불러서 병원까지 갈 거야? 백번 양보해서 헬기를 구할 수 있다고 해도 그래. 잠수 직후 18시간까지는 비행기를 타면 안 된다는 걸 몰라?

안전하게 배 위에 올라왔을 때, 샤오윈도는 너무 울어서 눈도 제대로 뜨지 못하는 상태였다. 그는 갑판 위에 축 늘어져 있었다. 순간 그가 죽었다고 생각한 그녀는 득달같이 달려가 주먹으로 그의 가슴을 때리며 또다시 욕을 퍼부었다.

"아, 아파. 잠 좀 자려 했더니 시끄럽게 그러냐. 욕 좀 그만
해."

그가 중얼거리는 소리에 그녀는 깜짝 놀라 손을 멈췄다.
다행히 그는 살아 있었다. 가벼운 잠수병 증상만 있을 뿐이
었다. 체격 조건이 좋았던 덕도 있지만, 무엇보다 홍해가 그
의 목숨을 살려 주기로 한 것 같았다. 그는 힘겹게 손을 뻗
어 샤오원도의 머리에 꿀밤을 먹였다.

"내가 안전이 제일이라고 했지. 사람 걱정 좀 그만 시켜라."

그녀가 눈물을 그치지 않자 그가 속삭이듯 말했다.

"왜 그렇게 울어. 넌 내 친구니까, 다 괜찮아."

그는 곧 쌕쌕 깊은 숨을 쉬며 곤히 잠들었다. 샤오원도는
그의 곁에 무릎을 끌어안고 앉아 한참 동안 훌쩍였다. 배는
푸른 파도가 일렁이는 잔잔한 홍해 위에서 가볍게 흔들렸고
머리 위에는 북아프리카의 태양이 찬란하게 빛났다.

두 사람은 연인도, 가족도 아니었다. 다만 죽음의 위기에
서 함께 빠져나온 친구였다.

9

"그가 그리워?"

내 물음에 그녀는 한참 침묵하다 고개를 끄덕였다.

"앞으로도 계속 촬영여행 다니고, 계속 모험할 생각이야?"

그녀는 그렁그렁한 눈으로 고개를 끄덕였다.

"응, 계속 할 거야. 나는 예전의 내가 어떤 사람이었는지 잘 알아. 앞으로 어떤 사람이 될지, 어떤 방식으로 살아갈지에 대한 확신도 있어. 하지만 앞으로는 무슨 일을 하던 간에 안전을 최우선으로 생각할 거야. 그를 또다시 걱정시키고 싶지는 않으니까…… 또 주변 사람들을 걱정시키기 싫으니까."

그녀는 잠시 말을 멈추고 눈물을 닦았다.

"이 세상에서 가장 고마운 일이 뭔지, 난 지구를 반 바퀴나 돈 이후에야 알았어."

그게 무어냐고 묻자 차분한 대답이 돌아왔다. "남이 나를 걱정해 주는 것."

차에 시동을 걸며 그녀가 말을 이었다.

"만나기는 쉬워도 진짜 마음을 나누기는 어렵다는 말이 있지. 사실 관심이 없으면 마음을 나눌 수도 없어. 사람 간의 관계는 상호적이야. 서로 성격이 얼마나 다르든, 처한 환경이 얼마나 차이가 지든 간에 일단 친구가 됐다면 서로 진심을 다해 걱정하고 관심을 가져야 해. 그렇지 않으면 친구라고 할 수 없어. 그렇지 않아?"

나는 그녀를 안아 주었다.

"무슨 말인지 알겠어. 너랑 친구라는 게 정말 기쁘다. 샤오원도, 난 앞으로도 널 걱정할 거야. 사실 노르웨이에서 강도 당했다고 했을 때 정말 많이 걱정했어. 요렇게 작고 가냘픈 네가 혹시 다치기라도 했으면 어쩔까 싶어서……."

그녀는 나를 휙 밀어냈다. 그러곤 내 코앞에서 손가락질을 하며 강한 원저우 사투리로 으르렁댔다.

"헛소리 작작하고 안전띠나 매!"

10

이 글을 마무리하는 지금은 새벽이다. 나는 윈난 리장에, 샤오원도는 북태평양 위에 있다. 어느 촬영팀에 합류했는데 듣기로는 길이 80미터, 무게 50톤에 달하는 대왕갑오징어를 심해에서 수면으로 유인해 촬영할 계획이라고 한다. 나는 그녀가 심해의 거대한 폭군에게 잡아먹힐까 봐 심히 걱정스럽다. 꼬치 마니아인 우리가 그동안 먹어 치운 수많은 갑오징어를 생각하면 더더욱.

생사 확인을 위해 방금 그녀에게 전화를 걸어보았다. 전화가 연결되자마자 저편에서 사납기 이루 말할 데 없는 목소리가 튀어나왔다. 거기 지금 몇 시야? 새벽 아냐? 이 시간까지 안 자는 건 자살행위인 거 알아, 몰라? 너 급사하고 싶냐?

나는 꿀꺽 침을 삼키고, 최대한 사근사근한 목소리로 지구 반대편에 있는 그녀에게 말했다.

"알았어, 알았다고. 걱정하지 마……"

어떠한 삶의 방식이든 처음부터 잘못된 것은 없다. 그러나 아무런 선택도 하지 않고 같은 방식의 삶을 오랫동안 고수하는 것은 스스로에게 죄를 짓는 일이다. 여러 가지를 선택할 권리가 있음을 알고도 그 권리를 주장하지 않는 것은 더욱 큰 죄다. 정해진 시간에 출근하고 퇴근하는 샐러리맨으로 살며 차 사고 집 사는 인생에 전력을 다하면 어떤가? 직장이나 학교를 때려치우고 남극에서 북극까지 유랑하는 인생에 전력을 다하면 또 어떤가? 인생은 간단히 흑백으로 나눌 수 있는 것이 아니다. 사실 정말 대단한 것은 한 가지 시각으로만 세상을 보지 않고, 툭하면 포기해 버리지 않고, 이성적으로 용감하게 삶의 균형을 맞춰 가는 일이다. 균형 잡힌 삶이야말로 추구할 만한 가치가 있는 것이다.

이 세상에 누군가는 당신이 원하는 인생을 정말로 살고 있음을 믿기 바란다. 그것이 9 to 5의 생활이든, 세상을 유랑하는 삶이든 간에.

1

오후 1시, 다빙의 작은 집. 대문을 사이에 두고 우리는 반 나절째 눈싸움 중이었다. 사뭇 긴장된 분위기 속에 결국 더 참지 못하고 내가 먼저 입을 열었다.

"뭘 그렇게 봐요? 뭐하러 왔어요?"

그는 등에 멘 기타를 추스르며 한없이 진지한 얼굴로 말했다.

"전 세상을 유랑하는 청년입니다. 그래서 들려드릴 이야기가 아주 많아요. 술, 있으시죠?"

이야기 좋아하네. 나는 속으로 이죽거렸다. 또 무슨 문학청년이네, 유명 블로거네 하면서 공짜밥에 공짜술을 얻어먹으려는 거겠지. 얼른 문이나 닫아야겠다!

하지만 내가 한발 늦었다. 채 문을 닫기 전에 그쪽에서 발을 먼저 들이민 것이다. 그는 발을 시작으로 몸 반쪽, 얼굴

반쪽을 힘겹게 문틈으로 밀어 넣고는 낑낑 버둥댔다.

"자, 잠깐! 잠깐만요! 저 가수예요! 여기서 일하려고 왔어요. 인터넷으로 절 뽑으셨잖아요!"

나는 여전히 온몸으로 문을 밀어대며 생각이 변했다고, 당신의 첫마디를 듣자마자 마음이 변했다고 외쳤다. 그러나 그는 물러서지 않았다.

"정말이에요! 전 진짜 이야기가 있는 사람이라고요. 한번 들어나 보세요!"

웃기는 소리. 이제 갓 스무 살을 넘김직한 새파란 애송이가 인생을 겪어 봤자 얼마나 겪어 봤겠어? 가라, 가. 애들은 가!

"일단 제 이야기부터 듣고 나서 절 보낼지 어쩔지 결정하세요. 아니면 여기까지 오느라 쓴 경비를 계산해 주시든지. 그럼 바로 갈게요. 어쨌든 그쪽이 절 채용한 건 맞잖아요."

그는 둘 중 하나를 선택하라면서 주머니를 한참 뒤적이더니 탑승권 한 장을 꺼내 내밀었다. 출발지는 뉴질랜드 오클랜드 국제공항……

나에게도 나만의 원칙이 있다고. 이렇게 물러설까 봐? 난 당당히 말했다.

"자, 그럼 이야기부터 들어 볼까요."

2

S는 청두 출신으로 차오탕 초등학교와 슈더중학교를 졸업했다. 진니우구 잉먼커우 잉푸항에서 자란, 쓰촨 사투리로 표현하자면 '궁둥이 파란 애송이'다.

음악 측면에서 보면 청두는 중국의 뉴올리언스다. 푸난강에 음표가 떠다닌다 해도 과언이 아니다. S는 어려서부터 강가에서 기타를 연습했으며 용돈을 받는 족족 CD와 카세트테이프를 사는 데 썼다. 그의 장래희망은 물론 뮤지션이었다. 그러나 부모는 이를 달가워하지 않았고, 그가 대학에 갈 시기가 되자 토목과를 선택하라고 강권했다. '건축이야말로 가장 견고한 음악'이라는 이유를 대면서. 효심이 지극했던 S는 결국 부모의 뜻에 따라 뮤지션 대신 젊은 건축가가 되어서 안전모를 쓰고 설계도를 옆에 끼고 건축 현장을 누볐다. 그를 아는 이들은 하나같이 그를 집 짓는 사람 중 가장 노래를 잘하는 사람이라고 평했다. 심지어 공사 현장에서조차 걸음걸이에 리듬이 느껴진다고 했다.

그는 열심히 일했다. 수입도 안정적이었고, 인정도 받았다. 그야말로 '錢(전)도유망'했다. 이제 남은 일은 결혼하고 자식을 낳고 집을 사는 것이었다. 평화롭고 등 따뜻하고 배부른 삶이 바로 코앞에 있었다. 그래서 그는 도망쳤다. 이유는 단순했다. '내 인생이 꼭 그렇게만 흘러가야 한다는 법이 어디 있어?'였다.

때마침 뉴질랜드에서 중국 대륙을 대상으로 워킹홀리데이 비자를 개방했다. 정원은 천 명, 그도 그중 한 명이었다. 물론 가족들은 반대했다. 심지어 아버지는 '혼자 먼 타향에 가서 밑바닥부터 다시 시작하겠다니 골통에 구멍이라도 뚫렸느냐'며 거세게 나무랐다. 그는 가족들을 설득했다. 외국에 나가서 부랑자가 되겠다는 게 아니다, 다만 여행과 일을 동시에 할 수 있는지 시험해 보고 싶을 뿐이다, 또 내 자신이 어디까지 갈 수 있는지 스스로의 기량과 능력을 가늠해 보고 싶다⋯⋯.

"무조건 포기하겠다는 게 아녜요. 2년 동안 열심히 돈도 벌 거예요. 부모님이 계획해 주신 인생을 열심히 살아 봤으니, 이젠 다른 인생도 살아 보게 해 주세요. 저 아직 젊어요. 늦기 전에 좀 더 넓은 세상을 겪어 보고 싶어요. 물론 인생을 낭비할 생각은 없어요. 제 인생은 제가 책임져야 하니까요. 먼저 겪어 본 후에 스스로 책임감 있는 선택을 할게요."

결국은 부모도 허락하고 말았다. 혼자 떠나는 아들이 못내 걱정됐던지, 공항으로 배웅을 나온 그의 아버지는 눈물을 훔치며 탄식했다. "그짝에 가면 훠궈는 맛도 못 볼끼다, 이 맹한 넘아."

뉴질랜드에서의 대망의 첫 끼는 양다래였다. 사실 처음 다섯 끼 전부 양다래였다. S는 그것을 고향에서 들고 온 '양엄마'라는 상표의 고추기름장에 찍어 먹었다. 그리고 가족과 통화하면서 이렇게 말했다.

"제 걱정은 하지 마세요. 친엄마 대신 양엄마가 제 곁을 지켜 주고 있으니까요."

그 밖에 몇 가지 새로 알게 된 사실을 전했다. 양다래의 원산지는 중국이지만 오히려 뉴질랜드에서 각광받고 있다는 것, 여기서는 양다래를 키위라고 하는데 크고 달고 싸다는 것, 또 뉴질랜드 사람들은 스스로를 키위라 부른다는 것……

"그러니까 중국인은 용의 후예이고, 뉴질랜드인은 키위인인 거죠."

S는 키위를 우물거리며 오클랜드에서 첫 번째 일을 구했다. 항구도시인 오클랜드는 돛배의 도시라는 별칭에 걸맞게 포구마다 파도에 넘실대는 흰 돛배가 가득했다. 그리고 이 도시의 가장 번화한 거리에는 거리예술가가 가득했다. 수준들도 어쩌나 대단한지, 당장 무대에 올려도 손색이 없을 정도

였다. S는 키위를 씹으며 키위인의 공연을 보았다. 귀와 손가락이 간질거려서 한참이나 자리를 뜨지 못했다.

하지만 귀와 손가락이 아무리 간질거려도 일은 해야 했다. 뉴질랜드의 생활비는 청두의 다섯 배 수준이었다. 물론 그동안 저축해 둔 돈을 가져오긴 했지만 그 돈에 손을 대고 싶지는 않았다. 그래서 그는 오클랜드 시내 중심가의 한 음식점에 일자리를 구했고, 첫날에만 무려 열 시간을 일했다. 풍부한 먹을거리와 다양한 미식으로 유명한 청두에서 나고 자란 덕에 S는 미각이 예민하고 섬세했다. 거기에 토목학 학사 출신 특유의 엄청난 학습 유전자가 더해지면서 그는 오전에 스시 만드는 법을, 오후에 스테이크 굽는 법을 완벽하게 배우는 기염을 토했다. 그의 빠른 습득력에 놀란 주방장이 이렇게 말할 정도였다.

"자네, 조만간 내 밥그릇까지 뺏겠구만!"

어쩌면 또 한 명의 천재 셰프가 탄생할 수도 있었겠지만 아쉽게도 S는 하루 만에 일을 그만두고 말았다. 말레이시아 화교인 식당 주인이 S가 '뉴비(newbie:신참)'라는 이유로 시급을 6NZD(뉴질랜드달러)밖에 주지 않았던 것이다. 뉴질랜드 법률에 따르면 아무리 수습생이라도 법정 최저시급인 14.25NZD를 받아야 했다.

다른 중국인 같았으면 참았겠지만 S는 참지 않았다. 대개 쓰촨 사람은 점잖은 줄로만 아는데 모르는 소리다. 알고 보면 한번 맘먹으면 상대를 눈물콧물 쏙 빼게 만들 정도로 아주 매운 구석이 있다. 거기에 S는 IELTS에서 7점을 받을 만큼 영어도 잘했다. 이렇듯 쓰촨 출신의 매운 성질과 유창한 영어 실력이 결합된 결과, 그는 웃는 얼굴로 조곤조곤 이치를 따져 가며 화교 주인장을 주방에서 홀까지 맹렬하게 밀어붙였다. 안 되겠다 싶었던지 같이 일하던 중국인들이 그를 말리고 나섰다. 됐다, 그만해라, 몇 푼이나 한다고, 양놈들 앞에서 중국인끼리 싸우다니 부끄럽지도 않냐⋯⋯. S는 코웃음을 쳤다.

"부끄러울 게 뭐가 있어? 일한 만큼 정당한 대가를 받겠다는데 그게 부끄러운 일인가? 부끄러워질 게 겁나서 자기 존엄성을 저버리는 건 부끄러운 일이 아니고?"

결국 꼬리를 내린 주인장이 울며 겨자 먹기로 돈을 내어 주며 말했다.

"S, 너처럼 따지기 좋아하는 중국인은 처음 봤다."

S가 반문했다.

"중국인은 따지면 안 됩니까? 그럼 중국인이니까, 중국인은 뭘 모르니까 괜찮다고 생각해서 절 부당하게 대한 겁니까?"

나중에 들려온 소식에 따르면 얼마 후 그 식당의 중국인 직원 전부가 법정 최저시급을 보장받게 되었다고 한다. 모두, 마치 누군가 S의 업적을 기리는 것처럼 그의 이름을 주방 벽에 써 놓은 덕분이었다. 그것도 간장으로, 아주 진하게.

3

S가 두 번째로 일을 구한 곳은 뉴질랜드 수도인 바람의 도시, 웰링턴이었다. 웰링턴은 세계에서 가장 남쪽에 자리한 수도이며 영화 〈반지의 제왕〉의 주요 촬영지이기도 하다. 그 덕인지 이곳에서는 영화관을 지키는 간달프와 공항 내부를 점령한 거대한 골룸을 만날 수 있으며 곳곳에서 영화 〈호빗〉의 포스터를 볼 수 있다. 저녁 6시, 시내에 인적이 뚝 끊기고 온통 새 우짖는 소리밖에 들리지 않으면 마치 금방이라도 반인반수의 군대가 들이닥칠 것 같은 묘한 분위기마저 감돈다. 신비하고 기이한 환상의 세계, 이것이 바로 대부분 방문객의 눈에 비친 웰링턴의 모습일 것이다.

그러나 S가 본 웰링턴은 달랐다. 그에게 웰링턴이란 끝도 없이 펼쳐진 올리브 빛깔의 녹색이었다. 이는 그가 뉴질랜드에서 두 번째로 갖게 된 직업과 관련 있었다. 웰링턴 교외의 포도농장에서 잎 속아 내기 작업을 하게 됐기 때문이다. 포도송이에 햇빛과 바람이 잘 통하도록 주위의 오래되고 두꺼워진 이파리를 정리하는 아주 중요한 작업이었다.

남반구 여름의 태양은 지독히 뜨거웠다. 그토록 자외선이 넘쳐흐르는 햇빛이라니. 습기와 안개로 가득한 분지에서 나고 자란 그로서는 처음 겪는 것이었다. 덕분에 S는 난생처음 자외선 차단제를 발랐다. 철로처럼 늘어선 포도나무들은 끝이 보이지 않았다. 바람의 도시라는 웰링턴의 별칭에 맞게 큰 바람이 불 때면 이파리가 몸을 뒤집으며 쇄쇄 소리를 냈다. 이곳이 포도밭인지, 숲 한가운데인지 알 수 없을 만큼 정신이 아득해지는 풍경이었다.

작업은 마오리인 감독의 지휘에 따라 진행됐다. 감독은 일꾼들에게 끊임없이 경고를 해 댔다. 좋아, 다들 잘하고 있어. 하지만 속도를 더 내야겠는걸. 지금 속도는 시급 7.5달러짜리밖에 안 돼. 우리가 주는 돈이 14.25달러잖아. 자네들이 하루에 아홉 시간 일한다고 치면, 우린 60달러 가까이 손해 보는 셈이라고……. 일하는 내내 빨리, 좀 더 빨리, 라는 감독의 외침이 귓가에 끝없이 울렸다. 그의 기준대로라면 한 그루의 잎을 속아 내는 값이 0.25달러라고 했다. 최저시급인 14.25달러치의 일을 하려면 한 시간에 68그루를 처리해야 하니까 한 그루당 채 1분도 주어지지 않는 셈이었다. 3일 후, 일꾼의 절반이 너무 느리다는 이유로 해고됐다. 몇 주 후엔 대대적으로 물갈이가 됐다. 처음 일을 시작했던 사람 중 남아 있는 이는 S뿐이었다.

S는 워킹홀리데이를 자신의 존엄성을 지키며 하는 여행이라 생각했다. 또 어떠한 상황에서든 열심히 일하는 것이야말로 스스로를 최고로 존중하는 길이라고 믿었다. 열심히 일하는 사람은 자연히 다른 사람에게도 존중받는 법이다. 그래서 그는 열심히, 최선을 다해 일했다. 중국에서 오랫동안 건설업에 종사한 까닭에 육체노동이라면 이골이 나 있는 것도 도움이 됐다. 하지만 그 사실을 알 리 없는 농장 감독들은 그가 일하는 모습을 보고 놀라움을 금치 못했다. 그들은 틈만 나면 그를 모범 일꾼으로 치켜세우며 칭찬 세례를 퍼부었다.

"S, 자네는 정말 민첩하게 움직이는구먼. 꼭 원숭이 같아. 혹시 중국 무술을 배워서 그런 건가? 맞지? 그런 거지? 혹시 우리에게도 좀 가르쳐 줄 수 있겠어?"

S는 엄숙한 표정으로 고개를 끄덕인 뒤, 포도나무 아래에서 그들에게 한 수 가르쳐 주었다. 그가 가르친 것은 다름 아닌 '국민체조'였다.

훗날, 그가 농장을 떠나고 많은 세월이 흐른 뒤에도 웰링턴의 포도농장 사이에는 일명 '중국 교정 권법'이라는 수련법이 유행했다. 전해지는 바에 따르면 그 권법에서도 가장 신묘한 수는 바로 '노젓기 운동'이었다나 뭐라나.

웰링턴을 떠난 S는 여행과 유랑, 그 사이 어딘가를 떠돌며 쿡 해협을 건너 남섬으로 향했다. 여행 경비는 포도농장에서 일할 때 번 것으로 충당했다. 중국에서 가져온 돈은 한 푼도 건드리지 않았다. 이곳에서 땀 흘려 번 돈을 써야 마음이 편하고 가벼웠다.

남섬에 도착할 때쯤 돈도 바닥이 났다. 자주 다녀 발에 익숙해진 길을 가듯 그는 또다시 농장에서 일을 찾았다. 이번에는 포도잎이 아니라 커다란 앵두, 즉 체리를 땄다.

체리농장은 크롬웰에 있었다. 설산 발치에 자리한 크롬웰은 과일천국으로 불리는 뉴질랜드 최대의 과일 생산지였다. 농장에서의 첫날, S는 미칠 듯이 흥분했다. 중국에서 한 근에 무려 일, 이백 위안을 호가하는 값비싼 체리를 마음대로 따먹을 수 있었기 때문이다. 체리가 아니라 돈을 먹는 셈이었다. 이런 기회가 언제 또 있으랴! 먹다가 설사를 하고 코피를 흘리는 한이 있어도 먹고 또 먹어야 하지 않겠는가! 그래서 S는 열심히 먹었다. 손으로는 쉴 새 없이 체리를 따 입에 넣으면서 눈으로는 멀지 않은 곳에 우뚝 솟은 설산을 바라봤다. 이게 무슨 노동이란 말인가. 이것은 천상의 휴가였다.

그는 체리를 양껏 먹은 다음 일을 시작했다. 열심히 먹은 만큼 열심히 땄다. 작업 시간이 끝나고 쉬어도 된다는 말을 들었지만 손을 멈추지 않았다. 잔업을 해서라도 자신이 먹어치운 체리만큼은 채워 넣을 생각이었다. 얼마나 열심히 땄는지, 나중에는 팔이 시큰거리고 다리가 덜덜 떨렸다. 일을 마치고 숙소로 돌아온 그는 자리에 누워 오늘 먹은 체리를 국내 가격으로 환산하면 얼마나 될지 꼼꼼하게 따져 봤다. 그리고 씩 웃었다. 비록 몸은 고됐지만 어쨌든 이득이었다.

다음날 새벽, S는 깜짝 놀라 잠에서 깼다. 마치 바로 옆에서 헬리콥터가 이륙하는 것처럼 프로펠러 돌아가는 굉음이 들리고 엄청난 바람이 불어닥쳤기 때문이다. 어찌나 바람이 센지, 덮고 있던 이불이 미친 듯이 펄럭여서 잠을 수도 없을 정도였다. 당황해서 뛰쳐나온 그를 본 농장 주인 가족이 웃으며 말했다.

"진정해, S. 지금 스크루로 체리나무 잎에 맺힌 이슬을 말리는 중이야."

초보 농장 일꾼인 S는 심히 감동했다. 감동한 나머지, 분신처럼 가지고 다니던 기타를 꺼내어 그 자리에서 노래를 만들어 그들에게 불러 주었다.

"뉴질랜드의 농장은 참말로 스마트하고, 뉴질랜드의 농민은 참말로 대단한 부자라네……."

S도 곧 부자가 되었다. 적어도 자신은 그렇게 생각했다. 차를 샀기 때문이다. 인생의 첫 차, 체리를 따서 산 차였다. 뉴질랜드에서는 중고차가 매우 저렴해서 체리농장에서 한 달만 일해도 한 대를 살 수 있었다. 중국에서 아이폰을 사는 것과 다르지 않았다. 게다가 뉴질랜드에서는 거의 모두가 중고차를 탔다. 다들 차를 교통수단으로만 여기기 때문이었다. 중국에서 유학 온 재벌 2세나 고급관료 자제가 아니고서는 다른 사람이 마이바흐를 타든, 페라리를 타든 아무도 신경 쓰지 않았다. 부자 S군의 차는 도요타의 1990년형 컨버터블로 그와 동갑이었다. 그는 이 차를 '체리'라고 명명했다.

'체리'는 S를 태우고 남반구의 시리도록 푸른 바다와 하늘 사이를 가로질러 뉴질랜드의 좁고 긴 해안도로를 따라 남쪽으로 달렸다. 본격적인 여행의 시작이었다. S는 작고 낡은 차를 타고 다음 장소로 이동해 새로운 일을 찾았다. 그리고 어느 정도 경비가 모이면 다시 길을 떠났다.

뉴질랜드에서의 첫 1년 동안 그는 식당 주방보조, 포도농장 일꾼, 체리농장 일꾼을 거쳐 세탁공장 직원, 술집 서버, 현지 여행가이드, 커뮤니티칼리지 비정규직, 여행사 리셉션 직원까지 총 아홉 가지 직업을 가졌다. 또한 오클랜드, 웰링턴, 쿡 해협, 픽턴, 블레넘, 카이코우라, 크라이스트처치, 레이크테카포, 더니든, 인버카길, 블러프 등 수많은 곳을 가 보았다. 불과 1년 전만 해도 그는 단순히 건축설계사였고, 청두 톈푸 광장에서 슈앙리우 공항까지가 제일 멀리 이동해 본 거리였다.

우물 안 개구리 건축설계사에서 진정한 유랑자로 거듭난 S는 '체리'를 몰고 1번 고속도로를 달려 남섬의 최남단으로 향했다. 그리고 마침내 퀸스타운에 진입했음을 알리는 거대한 표지판이 나타났다. 그때까지만 해도 S는 이곳에서 자신의 인생이 어떻게 변할지 전혀 알지 못했다. 그가 스물다섯이 되던 해, 열 번째 직업이 퀸스타운에서 그를 기다리고 있었다.

4

남극과 가장 가까운 도시, 퀸스타운은 남알프스 산맥과 와카티푸 호수 사이에 폭 싸여 안겨 있었다. 세상에서 가장 아름다운 도시라는 혹자의 평가가 무색하지 않은 풍경이었다. 신이 이 도시를 만들 때 가장 심혈을 기울였다는 말도, 인간에게 주어진 지상의 천국이라는 칭찬도 적절했다. 호수 위로는 먹이를 찾는 갈매기가 날아다니고 수면 위에는 회색 오리들이 장난을 쳤다. 그 가운데 거리는 세계 각지에서 몰려든 거리 예술가로 북적였다. 그야말로 기가 막히게 멋진 곳이었다. S는 첫눈에 이 작은 도시와 사랑에 빠졌다.

그가 퀸스타운에 도착한 6월은 남반구에서 겨울이었다. 차를 타고 도시를 한 바퀴 둘러본 후, S는 기타를 메고 홀로 와카티푸 호수 주위를 걸었다. 비취처럼 푸른 호수 표면이 꼭 커다란 블루베리 젤리 같았다.

그때, 어디선가 피아노 선율이 바람을 타고 은은하게 들려왔다. 소리를 따라가 보니 호수 옆에 놓인 피아노 한 대와 장발의 남자가 나타났다. 음악은 그의 손가락 끝에서 흘러나오고 있었다. 중고품이 분명해 보이는 낡은 피아노, 색 바랜 옷, 마구잡이로 돋은 수염에 두서없이 휘날리는 머리칼, 그럼에도 영롱하고 온화하게 빛나는 눈빛은 그를 현실 속에 나타난 요정 왕자처럼 보이게 했다.

그리고 음악. 아, 이 얼마나 아름다운 곡이란 말인가. 음표 하나하나가 마음을 두드렸다. 이토록 다채롭고 신비로운 피아노곡은 생전 처음이었다. 아마도 그가 직접 지은 것이 분명했다. S는 걷는 법을 잊은 사람처럼 피아노 곁에 멍하니 서서 시간 가는 줄도 모르고 연주에 귀를 기울였다.

이윽고 장발의 남자가 연주를 멈췄다. 그는 차갑게 곱은 손가락을 문지르며 미소 띤 얼굴로 S를 바라봤다. S가 춥지 않느냐고 묻자 그가 아이처럼 웃었다.

"물론 춥지요. 하지만 옆에서 들어 주는 사람이 있으니 마음은 따뜻하네요."

그는 호수의 피아니스트로 퀸스타운에서는 이미 유명인사였다. 매일 석양이 질 무렵이면 그는 중고 피아노를 밀며 시내에서 호숫가까지 걸어갔다. 마치 산책이라도 하듯 가벼운 걸음으로. 그러고는 호수를 바라보며 피아노를 두드렸다. 거인처럼 버티고 선 설산과 어지러이 흩어진 구름 사이로 기울어지는 석양을 향해 연주했다. 피아노 위에는 맥주가 올려져 있고, 피아노 곁에는 오리지널 CD가 놓여 있었다. 하지만 그는 CD를 팔거나 사람들의 시선을 끌려고 노력하지 않았다. 연주를 듣고 마음이 끌린 사람들이 알아서 돈을 놓고 CD를 가져가는 식이었다. 그는 오로지 피아노에만 집중했다.

S가 등에 기타를 메고 있었던 것이 마음에 들었던지 그는 맥주 한 병을 S에게 건넸다. 그리고 담담하게 자신의 이야기를 하기 시작했다.

마흔 살이 되기 전까지 그에게는 두 개의 사랑이 있었다. 하나는 피아노, 다른 하나는 마리아였다. 세 살부터 배우기 시작한 피아노는 수많은 악기를 배운 뒤에도 여전히 그가 가장 사랑하는 악기였다. 그리고 스물세 살에 만난 마리아는 그와 함께 세계 각지를 다닌 유일한 사랑이었다. 그들은 함께 은하수를 보았고, 폭포를 맞았으며, 수많은 해변 위를 걸었다. 여행길에서 시작된 두 사람의 사랑은 산과 강, 호수와 바다에서 찬란하게 꽃피었다.

어느 날 두 사람은 함께 암벽등반에 나섰다. 그런데 한순간 마리아의 발이 미끄러졌고, 그녀는 바닥이 보이지 않는 심연 속으로 떨어져 버렸다. 그는 절벽 위에 서서 그의 유일한 사랑이 사라지는 모습을 바보같이 바라볼 수밖에 없었다. 그날 이후 그는 웃음을 잃었다. 세상도 잊고 자신도 잊었다. 깰 수 없는 악몽 속을 영원히 헤매는 기분이었다. 그렇게, 10년이 흘렀다.

10년 후, 이리저리 떠돌던 그의 발길이 남섬 북쪽에 있는 모투카라카에 닿았다. 그곳의 한 중고 가게 앞에서 그는 낡은 피아노 한 대를 보았다. 쏟아지는 빗속에서도 꿋꿋하게 무릎 꿇고 앉은 모습이 마치 누군가를 고집스레 기다리고 있는 것처럼 보였다. 순간 가슴이 뛰었다. 그는 홀린 듯 가게로 들어가 그 피아노를 사 버렸다.

그날부터 그는 마리아를 향한 그리움을 음악으로 만들었다. 한동안 검은 건반과 흰 건반 사이를 미친 듯이 유영하고 다녔다. 그러는 사이 우울함이 사라지고 손가락이 가벼워지기 시작했다.

그는 퀸스타운에 머무는 동안 매일 호숫가로 나와 피아노를 연주했다. 연인을 위해, 그리고 자신을 위해. 피아노를 가리키며 그가 말했다.

"마리아가 돌아온 거예요. 이 피아노로 변해서. 나더러 이 세상을 다시 한 번 사랑해 보라고 돌아온 거지요."

그는 마리아를 데리고 전 세계를 여행할 것이라고 했다. 연주를 하며 길을 걸을 것이라 했다. 그렇게 늙어가고, 그렇게 죽을 것이라 했다.

"인생은 끊임없이 목적지를 수정해 가는 여행이에요. 어떤 사람은 일, 어떤 사람은 신앙, 어떤 사람은 사랑으로 방향을 잡을 뿐이죠. 방향 없이 여행할 수 있는 사람은 없어요."

그가 S에게 물었다.

"이봐요, 젊은 청년. 당신은 어디로 향하고 있나요?"

5

머칠 후, 퀸스타운의 거리 예술가 사이에 동양인 한 명이 끼어들었다.

호숫가 피아니스트의 말에 자극을 받아서일까, 아니면 잊고 있던 어린 시절의 꿈이 되살아났기 때문일까. 어쨌든 S는 열 번째 직업으로 퀸스타운 최초의 중국인 유랑가수가 되기로 했다.

직업에는 귀천이 없고 예술은 더더욱 그러하다. 서구의 거리 예술가들은 그래서 떳떳하다. 사람들 역시 그들을 당당한 직업인으로 여긴다. 자신의 재능과 능력에 의지해 대중을 위한 공연을 펼치기 때문이다. 그렇기에 공연 장소가 설령 거리라 할지라도 당연히 정당한 보수와 존중을 받아야 한다고 믿는다.

S가 만난 거리 예술가도 모두 존중받는 데 익숙했다. 그들은 중국에서 자신과 같은 거리 예술가들은 도시 정비라는 명목으로 관리와 제한을 받는다는 사실을 알지 못했다. 그래서 처음 거리로 나선 날, S가 죄지은 사람마냥 잔뜩 주눅이 들어서 이리저리 눈치 보며 모기 같은 목소리로 노래하자 다들 괜찮으냐고 물었다. 사실 S는 자신이 지나치게 눈에 띨까

봐, 그래서 도시미화 관리원이 나타나 기타를 빼앗아갈까 봐
속으로 전전긍긍하고 있었다.

노래를 부른 지 반나절쯤 됐을까. 도시미화 관리원 대신
경찰이 나타나 그에게 다가왔다. S는 저도 모르게 목소리가
갈라졌다. 맙소사, 불법 공연이라고 잡혀가는 것 아냐? 공공
질서 문란죄로 체포라도 하면 어쩌지? 혹시 강제 추방이라도
당하면? 머릿속으로 오만 가지 생각을 하는 동안 경찰은 점
점 더 가까워졌다. 그의 허리춤에는 푸르게 빛나는 권총이,
까맣게 빛나는 경찰봉이, 하얗게 빛나는 수갑이 덜렁거렸다.
경찰은 S의 앞에 멈춰 서서 팔짱을 끼고 그를 바라봤다. S의
목소리가 새끼양처럼 바들바들 떨리기 시작했다. 이윽고 경
찰이 손을 뻗더니…… 총 대신 카메라를 들이댔다. 그는 곰
같이 커다란 덩치에 어울리지 않게 선량한 미소를 지으며 S
에게 말했다.

"사진 한 방 찍어도 될까요?"

경찰은 S의 사진을 찍은 뒤 그에게 거리 예술가 면허증을
발급해 주었다. 신고서를 작성하고 면허를 발급받는 모든 과
정이 거리에서 이뤄졌다. 그런 뒤 그는 기대에 가득 찬 표정
으로 한쪽에 비켜서서 S가 부르는 중국노래를 감상했다. S가
노래를 마치자 손이 부러져라 박수도 쳐 줬다. S는 울 것만

같았다. 모든 것이 말이 되지 않았다. 적어도 중국 기준으로 는 그랬다.

그보다 더욱 말이 되지 않는 것은 길 가는 사람들이 그에 게 보이는 반응이었다. 하나같이 미소 띤 얼굴로 엄지를 치 켜세웠다. 그를 못 본 체하거나 무심하게 지나치는 사람은 단 한 명도 없었다. 다들 잠시라도 걸음을 멈추고 그의 노래를 듣다가 지갑을 꺼내 돈을 건넸다.

수입은 더더욱 말이 안 됐다. 거리 예술가가 되기로 결심 한 뒤 밥 굶을 각오까지 했건만, 첫날 벌어들인 돈을 보고 그 만 멍해져 버렸다. 상상도 못한 금액이었기 때문이다. 그로 부터 한 달 동안 그는 하루 평균 200달러를 벌었다. 당시 환 율로 따지면 자그마치 천 위안에 달하는 액수였다. 그렇다고 그가 하루 종일 노래를 한 것도 아니었다. 매일 저녁 두 시 간씩 부른 게 고작이었다. 그런데도 시간당 법정 최저시급의 다섯 배가 넘는 돈을 벌어들인 셈이었다. 중국에서 건축설 계사를 할 때와 비교하면 무려 여섯 배였다. 하루에 천 위안 이라니! S는 망치에 뒤통수를 얻어맞은 기분이었다. 청두에 서라면 매일 피가 튀기게 마작을 해도 벌 수 없는 돈이 아닌 가.

아무리 많은 액수라 해도 정당한 노동의 대가로 번 것이기에 한 점 부끄러움이 없었다. 그가 처음부터 추구했던 존엄성 있는 여행이라는 목적에도 부합했다. 애초에 자신의 능력으로 어디까지 갈 수 있을지 가늠해 보고 싶어 시작한 일이 아니었던가. 만일 계속 이렇게만 할 수 있다면 상상한 것보다 훨씬 멀리까지 갈 수 있을 게 분명했다. 여기까지 생각이 이르자 S는 신이 나서 입을 다물 수가 없었다.

거리에 서는 날이 계속되면서 S는 더욱 자신감을 얻었다. 저도 모르게 싱글싱글 웃음이 지어졌다. 그렇게 웃는 그의 얼굴은 —원래도 못생긴 편은 아니었지만— 누가 봐도 미남이라고 할 만큼 환하게 빛나고 있었다.

6

S는 퀸스타운에서 유일한 동양인 거리 예술가였기에 단연 이목을 끌었다. 사람들은 특히 그의 지극히 동양적인 미소에 매료됐다. 심지어 한 번은 아름답고 우아한 숙녀가 다가와 '웃는 얼굴이 참 사랑스럽네요.'라며 자연스럽게 그의 얼굴을 쓰다듬은 적도 있었다. 키스를 한 것도 아니고 그저 쓰다듬었을 뿐이니 별일 아니라면 아니겠지만, 이런 일에 면역력이

없는 S는 금세 얼굴을 붉히고 말았다.

온 얼굴에 문신을 한 마오리족 남자가 S의 얼굴을 붉어지게 만들기도 했다. 그의 노래를 듣다 흥이 돋았는지, 다짜고짜 S의 뒷목을 끌어당겨 힘껏 얼굴을 박은 것이다. 알고 보니 서로 코를 맞대는 마오리족 전통 인사법을 시도한 것이었지만 상대의 코가 지나치게 길었던 탓에 S는 꼼짝없이 코에 '찔린' 형국이 되고 말았다.

퀸스타운은 사랑스러운 도시였다. 외지인을 배척하지 않는 분위기 덕에 세계 각지에서 온 이민자 모두가 이곳의 주인이라는 자부심을 가졌고, 손님을 좋아하는 원래 주인들은 새로 온 주인들을 따뜻하게 환대했다. S는 서로 어울리며 기쁨을 얻는 퀸스타운 사람들에게서 영감을 얻어 재미있는 아이디어를 냈다. 일곱 색깔 동그라미 스티커에 웃는 얼굴을 그린 후 기타 표면에 반원형으로 붙여 무지개를 만든 것이다. 그의 기타에 뜬 웃는 얼굴 무지개를 본 사람들은 하나같이 기분 좋은 미소를 지었다. S에게 스티커를 달라고 해서 어깨에 붙이는 사람도 있었다. 왠지 그 웃는 얼굴이 행운을 가져다줄 것 같다는 이유였다. 한동안 퀸스타운 거리가 온통 웃는 얼굴 스티커로 도배되기도 했다. 모두 S가 그린 것이었다.

거리 예술가에게 가장 중요한 것은 독창성이다. 독특하고 창의적이기만 한다면 사람들은 얼마든지 돈을 지불했다. S의 아이디어는 확실히 독창성이 있었고, 사람들의 흥미를 샀다. 그 결과 그의 '사업'은 나날이 번창했다. 언젠가부터 그가 기타를 들고 거리에 서기만 해도 인파가 모였다. 노래를 부르기도 전에 미리 돈을 내고 악수를 청하는 사람도 있었다. 그를 자신의 행운의 별이라고 하는 사람도 있었다. 그들 어깨에는 하나같이 오색빛깔 웃는 얼굴 스티커가 붙어 있었다.

사실 퀸스타운에서 가장 독창적인 거리 예술가는 따로 있었다. 바로 '투명인간'이었다. 나무상자 위에 플립플랍 한 켤레를 올려놓은 것이 전부지만, 자세히 보면 상자에 엄청난 마법의 주문이 쓰여 있었다.

'난 투명인간입니다. 감사합니다.'

그의 상자에는 끊임없이 돈이 들어왔다. S도 감탄하며 돈을 넣었다. 그리고 환히 웃으며 소리쳤다.

"투명인간, 난 당신을 믿어요. 암요!"

고개를 돌리자 '투명인간' 거리 예술가가 노천 테이블에 앉아 커피를 마시며 셰익스피어의 『맥베스』를 읽는 모습이 눈에 들어왔다.

퀸스타운은 관중도 독창적이었다. S 역시 매우 독창적인 노신사 관중을 만난 적이 있다. 양복과 가죽구두로 말쑥하게 꾸민 그는 S의 노래가 끝나자 허리를 90도로 굽혀 인사하며 S의 라이프스타일을 매우 존중하고 존경한다고 말했다. 쑥스러워진 S는 장난처럼 중얼거렸다.

"하긴, 바다 건너 먼 나라에서 여기까지 와서 노래를 부르는 것도 쉬운 일은 아니겠지요."

노신사는 빙긋 웃었다. 그리고 떠나기 전에 먼저 다가와 악수를 청했다. 노신사의 손을 맞잡은 순간, S는 감전이라도 된 것처럼 온몸이 찌릿해졌다. 그와 사랑에 빠졌다든가 한 것은 당연히 아니었다. 악수를 하는 척하면서 노신사가 작은 종이뭉치를 건넸기 때문이다. 돈이었다. 이처럼 퀸스타운의 관중은 존중을 표현하는 방법조차 창의적이었다.

7

거리 예술을 하면서 S는 재미있는 일을 자주 겪었다. 노래를 듣던 관중이 사과나 사탕 따위를 주는 일은 예사고, 너무 신이 난 나머지 손에 들고 있던 햄버거를 억지로 S에게 먹인 사람도 있었다. 가장 재밌었던 때는 핼러윈데이였다. 사람들이 기괴한 분장을 하고 거리로 쏟아져 나오는 밤, S도 분위기에 맞춰 중국 강시로 분장하고 공연에 나섰다. 한 무리의 아이들이 "사탕을 안 주면 장난칠 거예요" 하고 시끄럽게 외치며 그의 앞에 달려왔다가 생전 처음 보는 괴물에 놀라 비명을 지르며 도망쳤다. 다음에는 해적단이 나타나 보물지도를 흔들며 그를 위협했다.

"이봐! 보물의 위치를 순순히 분다면 목숨만은 살려주겠어!"

S 역시 적절하게 무서운 척하며 한 방향을 가리켰다. 그러자 해적들은 만족한 듯 도끼며 검을 어깨에 둘러메고 신나게 보물을 찾아 나섰다. S가 가리킨 곳은 경찰서였다.

핼러윈데이보다 더, 더 재미있었던 경험은 한 가정이 탄생하는 자리에 증인으로 선 일이었다. 어느 밤, 한 쌍의 남녀가 S 앞에 서더니 다짜고짜 그에게 주례가 되어 달라고 했다. 지금 당장 결혼하기로 했는데 날이 저물어서 교회가 문을 닫았다는 것이다. 하지만 일분일초도 더 기다릴 수 없었던 두 사람은 제일 처음 만나는 사람에게 주례를 부탁해 결혼하기로 했고, 그 사람이 바로 S였다. S는 1분 만에 신부님으로 변신해서 결혼식을 진행했다.

"두 사람은 서로를 배우자로 맞아 평생을 함께하시겠습니까?"

"네. 그렇게 하겠습니다." 남자가 먼저 대답하고 뒤이어 여자가 대답했다. "네." S는 엄숙하게 말했다.

"자, 이제 서로에게 키스하세요."

서약이 끝난 후, 두 남녀는 S의 기타 연주에 맞춰 부부로서의 첫 춤을 췄다. 신부이자 연주가인 S가 그들을 위해 부른 노래는 대만가수 타오저(陶喆)의 〈오늘 나와 결혼해요〉였다. 노래가 끝나자 이 사랑스러운 신혼부부는 춤을 멈추고 뜨거운 키스를 나눴다. S는 눈물을 머금고 그 모습을 지켜보았다.

피로연도 매우 성대하게 치러졌다. 장소는 제일 가까운 술집, 참석한 사람은 신랑과 신부, 그리고 주례를 맡았던 S 세 사람이었다. 신랑은 술을 정말 잘 마셨다. 한 잔에 8달러나 하는 독일 흑맥주를 혼자서 열일곱 잔이나 해치웠다. 주례 S는, 역시나 눈물을 머금고 계산을 했다.

8

거리 예술가의 삶에서 가장 매력적인 부분은 언제 어떤 이야기를 만나게 될지 전혀 알 수 없다는 점이다.

S는 공연할 때 주로 직접 만든 중국노래를 불렀지만 영어 노래도 했다. 서비스 차원에서 일부러 관중이 좋아하는 노래를 골라 부르기도 했는데 그럴 때면 특히 호응이 좋았다. 하루는 스무 살쯤 되어 보이는 뉴질랜드 청년이 상기된 얼굴로 뛰어와 그에게 말했다.

"당신 노래는 정말 멋져요! 꼭 응원하고 싶은데, 지금 돈이 없네요. 혹시 근처에 ATM 기기가 어디 있는지 아시나요?"

S는 괜찮다며 손사래를 쳤다. 청년은 잠시 망설이다가 이내 어디론가 달려갔다. 그러더니 불과 몇 분 만에 돌아와서는 그의 기타 케이스에 20달러를 넣었다. S는 내심 놀랐다. 제일 가까운 ATM기가 무려 두 블록 밖에 있었기 때문이다. 왕복 1킬로미터가 넘는 거리를 그렇게 빨리 뛰어갔다 오다니, S가 오히려 미안할 지경이었다.

기타를 멘 소년을 만난 일도 잊을 수 없는 기억이었다. 쌀쌀한 어느 겨울 저녁, 소년은 여동생의 손을 잡고 S의 앞에 나타났다. 여덟아홉 살 정도 됐을까. 여자아이는 이제 겨우 대여섯 살 남짓 되어 보였다. 여동생의 손에 들린 지갑에서 동전이 부딪쳐 짤랑거리는 소리가 어렴풋이 들려왔다. 공연을 마치고 집으로 돌아가는 어린 거리 예술가인 듯했다. 뉴질랜드에서는 자녀에게 어려서부터 독립심을 길러 주기 위해 용돈 정도는 스스로 벌도록 가르치는 풍토가 있었다. 이들도 아마 용돈벌이 겸 거리 공연에 나선 것이리라. 소년은 S 앞에 멈춰 서더니 천진하게 물었다.

"아저씨, 오늘 수입은 좀 어때요?"

S는 아이를 놀릴 요량으로 절레절레 고개를 저으며 말했다. 오늘은 공쳤어, 사람이 통 없네. 소년은 연민이 가득 담긴 눈빛으로 잠시 그를 바라보다가 이윽고 무언가 결심한 듯 동생의 손을 잡고 길가에 쭈그려 앉았다. 두 아이는 머리를 맞댄 채 지갑에서 동전을 꺼내어 하나하나 헤아렸다. 잠시 후, 소년이 S의 기타 케이스에 5달러어치 동전을 조심스레 넣었다.

"아저씨, 오늘은 일찍 들어가세요. 춥잖아요."

차가운 겨울밤, 두 명의 작은 천사가 S를 올려다보고 있었다.

S는 5달러를 남매에게 돌려줬다. 그리고 아이스크림을 사서 내밀었다. 세 사람은 길가에 앉아 하얀 입김을 내뱉으며 함께 아이스크림을 먹었다. 소년은 손짓발짓을 해가며 신나게 말했다.

"오늘은 거리 공연으로 이만큼 벌었고, 며칠 있다가는 우리집 닭이 낳은 달걀을 시장에 가져다가 팔 생각이에요. 그럼 돈을 더 많이 벌 수 있겠죠?"

"돈을 많이 벌어서 뭐하려고?"

S의 질문에 소년은 여동생의 목을 끌어안고 뺨에 쪽 입을 맞췄다.

"자전거를 살려고요. 우리 둘 다 자전거 타는 걸 엄청 좋아하거든요. 동생 한 대, 나 한 대 타고 다니면 진짜 멋질 거예요!"

두 남매는 작은 턱을 치켜들고 의기양양하게 아이스크림을 한입 베어 물었다. 그러곤 하아, 소리를 내며 하얀 입김을 내뿜었다.

다음 날, 한 남자가 S에게 오더니 정성스레 포장된 달걀 샌드위치를 내밀었다. 남매의 아버지였다. 놀랍게도 그는 중국어를 할 줄 알았다.

"어제 저희 아이들에게 아이스크림도 사 주시고 함께 재미있는 시간을 보내 주셔서 감사합니다. 이 샌드위치는 아이들이 키운 닭이 낳은 달걀로 만든 거예요, 한번 드셔 보세요."

S에게는 아주 매력적인 이웃이 있었다. 길 하나를 사이에 두고 그와 마주 보고 있는 거리 예술가 동료였는데, 소년이라고 해도 될 만큼 젊었다. 그런데 하는 일이 좀 독특했다. 손해 보는 장사를 하고 있었기 때문이다. 호주 출신이라는 그는

다음처럼 쓰인 커다란 판지를 세워놓고 사람들을 기다렸다.

'이야기 하나에 1달러를 드리겠습니다.'

이상한 장사였지만 호응은 매우 좋아서 꽤 많은 사람이 그에게 이야기를 써 주고 1달러를 받았다. 그리고 그중 꽤 많은 수가 길을 건너와 S의 기타 케이스에 그 돈을 다시 넣었다.

한번은 S가 왜 이야기를 수집하느냐고, 소설을 쓸 소재라도 모으는 것이냐고 물었다. 그는 고개를 저으며 대답했다.

"난 내 나름의 방식으로 이 세상을 기록하고 있는 중이에요. 이 거리를 오가는 사람들은 모두 평범해 보이지만 누구나 자기만의 이야기를 가지고 있거든요. 그 이야기들은 전부 기록되고 기억될 만한 가치가 있어요.

그는 S에게 그동안 자신이 모아온 이야기를 보여 주었다. 백과사전 두께의 큼지막한 노트였다. 페이지를 넘기던 중, 뜻밖에 중국어가 눈에 띄었다. 의미는 대강 이러했다.

'나는 내 인생을 후회한다. 나는 개자식이다. 길을 벗어나지 말았어야 했다. 더러운 관리가 되지 말았어야 했다.'

노트 안에는 배 한 척도 있었다. 그가 종이를 자르고 붙여서 직접 만든 것이었다. 노트 한가운데를 펼치면 커다란 함선이 입체로 우뚝 솟아올랐다. 마치 운명을 가득 실은 노아의 방주 같은 모습이었다.

9

    S가 거리 예술을 하면서 겪은 수만 가지 일은 대개 따스하고 훈훈했다. 그러나 어디서나 예외는 있는 법. 특히 취객이 문제였다. 한번은 취객이 우르르 몰려와 성가시게 시비 거는 통에 기타를 들고 이리저리 도망쳐 다니기도 했다. 다행히 그날은 맞은편 술집 직원들이 두 팔을 걷어붙이고 달려와 줘서 무사히 위기를 벗어날 수 있었다.

    가장 지독한 경험은 인종차별주의자 술주정꾼을 만난 일이었다. 그는 S가 공연하는 내내 노란 원숭이라는 둥, 아시아로 꺼지라는 둥 각종 인종차별적 언사를 끊임없이 퍼부었다. 하지만 S가 직접 맞대응하지는 않았다. 그러기 전에 다른 사람들이 먼저 나서서 말리고, 대신 사과했기 때문이다. 많은 이가 진심 어린 위로를 건넸다. 모두가 생면부지의, 그와 무관한 사람들이었다.

    하지만 이런 질 나쁜 취객을 만나는 경우는 극히 드물었다. 대부분의 취객은 귀엽고 사랑스러웠다. 기껏 해 봤자 기타 케이스에서 몰래 동전 하나를 집어 들고 신나게 도망가는 게 전부였다. 깔깔 웃으며 비틀비틀 뛰어가는 모습이 꼭 철없는 아이들 같았다.

중국 여행객이 전 세계를 '점령'했다는 명성에 걸맞게 퀸스타운에서도 심심찮게 중국인과 마주쳤다. 이역만리에서 같은 중국인이 노래를 부르는 모습을 본 그들은 굉장한 친근감을 보였다. 특히 S의 엄마뻘 되는 아주머니들은 그를 보면 고향에 두고 온 아들 생각이 나는 모양이었다. 다들 어머니로 변하여 스스럼없이 그를 끌어안고 도닥이며 이런저런 당부를 쏟아 냈다. 타향에서 혼자 지내면 스스로 잘 돌봐야 한다, 매끼 잘 챙겨 먹어라, 때맞춰 씻고 다녀라, 추운데 내복 입는 것 잊지 말아라…….

같은 고향인 쓰촨 출신을 만났을 때는 S도 신이 나서 훠궈를 먹으러 가자고 의기투합했다. 그러다 족히 반나절은 헤매고 나서야 퀸스타운에는 훠궈 파는 곳이 없다는 사실을 깨달았다. 고향사람이 안쓰럽다는 듯 그를 바라보며 말했다. 아따, 여거는 참말로 못 살 동네네요, 훠궈 먹을 데도 없고.

꼭 반가운 동포만 있는 것은 아니었다. 괴짜도 있었다. 한 번은 한 중국인이 그에게 다가와 담배를 권하며 은근하게 물었다.

"어이, 잘생긴 청년. 퀸스타운 어디를 가면 아가씨를 만날 수 있는지 아쇼? 가슴 크고 이쁘장한 타입으로다가……."

뉴질랜드에서는 성매매가 합법이라지만, 기껏 여기까지 여행 온 이유가 단지 그것뿐이란 말인가? 정말로?

타이완 동포를 만난 적도 있었다. 굉장히 나이 들어 보이는 퇴역 군인이었는데 평생을 권촌(眷村: 국공내전 때 중국 본토에서 옮겨온 국민당 군인과 가족들이 거주하던 마을)에서 살았다고 했다. 지팡이를 짚고 나타난 그는 S에게 어디서 왔느냐고 묻더니, 혼잣말처럼 뇌까렸다.

"하, 거리 예술가라. 유랑가수인 셈이군. 유랑이란 말이지……."

그는 '유랑'이라는 단어를 몇 번 중얼대다가 갑자기 눈물을 주르륵 흘렸다. 주름진 얼굴 골골이 눈물이 맺혔다. "젊은이," 그가 콧물을 훔치며 말했다. "자네 같은 젊은이가 바라는 낭만이 뭔지 나도 잘 안다네. 하지만 얼마나 멀리까지 유랑하든 간에 집에 돌아가는 것을 잊지 말게."

10

뜨거운 태양과 모래사장, 그리고 비키니. 남반구의 크리스마스는 여름 냄새가 물씬 풍긴다. 퀸스타운은 비교적 추운 편이라 그런 것과는 거리가 있지만 여전히 하얗게 눈이 쌓인 풍경을 보기란 어렵다. 그래서 사람들은 조명으로 설경을 만들어 크리스마스 기분을 한껏 돋운다. S가 노래를 부르는 곳 뒤편에 있는 백화점도 크리스마스를 맞아 화려하고 성대하게 꾸며졌다. 하지만 S의 마음을 더욱 들뜨게 한 것은 따로 있었다. 뉴질랜드에서의 매일이 행복하길 바란다는 메시지와 함께 그에게 커다란 크리스마스 선물 보따리가 전해진 것이다. 선물에는 이렇게 쓰인 쪽지 몇 장이 동봉되어 있었다.

'중국인 거리 예술가에게 축복을 전해 주세요. 노래로 우리의 마음을 즐겁게 해 준 것에 고마움을 표시하고 싶어요. 메리 크리스마스!'

쪽지를 쓴 사람은 모두 평소 그의 노래를 즐겨 듣는 단골들이었다. 그를 기억하고 크리스마스 선물을 보내온 것이다.

그즈음 퀸스타운에서 S는 이미 유명인사였다. 사람들은 그를 사랑하고, 그의 노래를 사랑했다. 젊은이들은 그를 퀸스타운의 아시아 버전 저스틴 비버라고 불렀다. S에게 저스틴 비버도 한때는 거리 예술가였다는 사실을 알려 준 것 역시 그들이었다.

그해 크리스마스에 거리에 나온 예술가는 S가 유일했다. 돈을 벌기 위해서가 아니었다. 그날만큼은 아무에게도 돈을 받지 않았다. 이유는 간단했다. 성탄절 밤, 집으로 돌아가는 모든 이에게 잠시나마 친구이자 동행이 되어 주고 싶었기 때문이다. 길 가던 사람들은 그에게 고맙다며 인사했고, 그는 그들에게 직접 엮은 작은 중국식 매듭을 선물하며 자신이 오히려 고맙다고 말했다. 그렇게 오가는 사람들과 정겨운 대화를 나누다가 그는 문득 처음 퀸스타운에 왔던 때, 호수의 피아니스트가 했던 말을 떠올렸다. 자신이 곁에 서서 연주를 들어 주니 마음이 따뜻해졌다던 그 말을.

그런 뒤 S는 세상에서 가장 아름다운 스카이라인을 볼 수 있다는 봅스힐 정상의 레스토랑에서 홀로 크리스마스 만찬을 가졌다. 하지만 종업원이 음식을 가져왔을 때 그는 울고 있었다. 이마를 유리창에 대고 소리 죽여 오열하고 있었다. 그는 발아래 색색의 불빛들로 반짝이는 퀸스타운을 가리키며 속삭였다. 저것 봐, 저것 보라고…… 저기서부터 머리, 몸통, 현, 완벽한 기타 모양이잖아. 그랬다. 높은 곳에서 바라본 퀸스타운의 야경은 놀랍게도 기타, 그 자체였다. 말로 다 할 수 없는 수만 가지 생각과 감정이 그를 어지럽게 훑고 지나갔다. 그러나 성탄절 밤의 퀸스타운이 그에게 보여준 바는 분명했다. 그가 마음속에 품고 있던 방향이 마침내 모습을 드러냈다.

퀸스타운, 퀸스타운. 그는 소리 없이 외쳤다. 산 넘고 물 건너 구름처럼 까마득하게 먼 길을 지나 처음 왔을 때는 그저 낯선 땅이었건만, 이제는 나의 또 다른 고향이 되었구나. 이 생에 내가 선택한 고향이 되었구나. 퀸스타운, 너의 진실함과 아름다움에 감사한다. 나에게 진실함과 아름다움을 가르쳐 준 것에 감사한다. 사랑과 용기만 있다면 얼마든지 보답을 받을 수 있다는 사실을 알게 해 주어서 고맙다. 내게 너는 더 이상 단순한 지명이 아니라 하나의 방향이다. 그리고 이 세상에는 분명히 더 많은 퀸스타운이 존재하겠지. 그러니 이제 작별하자. 세상은 거대하니까 어딘가에서 너와 다시 만날 것이 분명하다. 아직은 젊으니 살아 있는 동안 그 모든 퀸스타운을 열심히 느끼고, 탐험하고, 또 만들어 나가기 위해 떠나야겠다. 안녕, 나의 퀸스타운.

다음 날, S는 퀸스타운을 떠났다. 체리를 몰고 다시금 유랑에 나섰다. 떠나기 전, 그는 카페에 제일 비싼 커피 백 잔을 주문했다. 그리고 만나는 사람 모두에게 한 잔씩 건네며 작별인사를 했다. 사람들도 헤어짐을 아쉬워했다. 그러다 갑자기 누군가 외쳤다.

"S! 고개 좀 들어 봐! 저것 봐!"

늘 노래를 부르던 그곳에서 그는 고개를 들었다. 남위 45도쯤 되는 상공에 하트 모양의 구름이 펼쳐져 있었다. 우연일 수도, 혹은 기이한 현상일 수도 있었다. 어쩌면 세상만사 모두가 마음이 만들어 낸 풍경인지도 몰랐다. 마음을 가득 채운 것에 따라 느끼고 또 보이니 말이다.

11

S가 청두에서 가져간 돈은 2만 위안이었다. 2년 후, 뉴질랜드에서 돌아올 때 그의 수중에는 한 푼도 쓰지 않은 2만 위안 외에 21만 위안이 더 있었다. 그곳에서의 생활을 통해 S는 자신이 좋아하는 일을 하면서 돈도 벌 수 있다는, 이런 삶도 가능하다는 사실을 알았다. 그리고 그것이 가장 행복한 삶이라는 것도 깨달았다. 그는 다빙의 작은 집 문간에 앉아 기타를 끌어안은 채 말했다. 이제 앞으로 제 삶의 방향은 확실해요.

S의 선택은 하나의 사례에 불과하다. 그의 이야기를 무조건 받아들이거나 따라해야 하는 것은 아니다. 어쨌든지 잘못 이해하는 일은 없길 바란다. 나는 수년 간 여행을 업으로 삼아 온 사람이지만 무조건 떠도는 것은 명백히 반대한다. 여행이 만병통치약이라고 생각하지도 않고, 즉흥적으로 떠나

는 맹목적 여행을 부추긴 적도 없다. 하지만 S의 여행과 유랑 과정은 전혀 맹목적이거나 삶과 동떨어지지 않았다. 또한 끝까지 존엄성을 지켰다. 그랬기에 아무런 거리낌 없이 상세하게 그의 이야기를 기록할 수 있었다. 돈 한 푼 쓰지 않고 공짜로 얻어먹고 얻어 타는 무전여행을 대단하다고 생각하는 사람들이 많다. 하지만 자신의 능력과 기량이 이끄는 대로 최대한 멀리까지 가는 여행이야말로 정말 대단한 것이다.

세계는 크고 넓다. 그렇기에 한 번쯤은 나가서 제대로 보아야 한다. 그러나 어디를 얼마큼 가든지 자신의 존엄성을 잊지 말아야 한다. 또한 다 보고 난 뒤에는 집으로 돌아가는 것도 잊지 말아야 한다.

한 가지만 더 덧붙여 보자. 나는 분명 S의 생각과 행동에 일부분 동의한다. 그러나 나의 얄팍한 가치관을 조금 내세우자면, 이렇게 생각한다. 온전한 인생이란 무릇 여러 가지를 고려하고 선택할 수 있는 다원화된 인생이다. 그렇기에 먼저 진지하게 체험하고 책임감 있게 선택해야 한다. 어떠한 삶의 방식이든 처음부터 잘못된 것은 없다. 그러나 오랫동안 똑같은 방식의 삶을 고수하는 것은 스스로에게 죄를 짓는 일이다. 여러 가지를 선택할 권리가 있음을 알고도 그 권리를 주장하지 않는 것은 더욱 큰 죄다.

정해진 시간에 출근하고 퇴근하는 샐러리맨으로 살며 차 사고 집 사는 인생에 전력을 다하면 어떤가? 직장이나 학교를 때려치우고 남극에서 북극까지 유랑하는 인생에 전력을 다하면 또 어떤가? 인생은 흑백으로 나눌 수 있는, 그런 간단한 것이 아니다. 행복도 그렇다. 물질적인 조건이 채워진다고 행복해지는 것은 아니지만 풍족한 물질이 정신적인 만족감을 얻는 데 좋은 토양이 되는 것도 사실이다. 그러니 두 가지를 모두 균형 있게 추구해야 하지 않겠는가? 사실 정말 대단한 것은 한 가지 시각만으로 세상을 보지 않고, 툭하면 포기해 버리지 않고, 이성적으로 용감하게 삶의 균형을 맞춰 가는 일이다. 우리에게는 9 to 5의 인생을 살 권리도, 온 세상을 유랑하며 살 권리도 있다.

그 이후 S는 어떻게 됐을까. 나 개인적으로는 돈이 그렇게 많으면서 내게 경비를 계산해 내라 한 부분이 꽤나 괘씸했다. 그래서 경비를 계산해 주는 대신 다빙의 작은 집에 머물며 가수로서 갱생된 인생을 살 기회를 줬다. 술도 마음대로 마시게 해 줬다. 물론 그를 남겨둔 이유가 또 있다. 그의 말대로 그에게는 이야기가 있었다. 그리고 그 이야기는 지금도 진행 중이다.

세계는 커다랗고 이야기 있는 사람은 많다. 또 이야기 있

는 사람에게는 공통점이 있다. 그들에게는 삶이 있다. 외람
되나 한 말씀 묻고자 한다. 그대는 이 별에 온 지 얼마나 되
었는가? 그리고 어느 때쯤이나 당당하게 말할 수 있겠는가?
'난 이야기가 있는데, 당신 술 있어요?'라고 말이다.

작가의 글

이번 책을 탈고한 후 나는 늘 그랬듯 기타를 메고 북에서 남으로 여행하면서 약 한 달에 걸쳐 책에 등장한 옛 친구들을 방문했다.

공항까지 마중 나온 희소는 멀리서부터 손을 흔들며 외쳤다. "형제!"

사저와는 함께 스승의 묘를 다녀왔다. 그녀는 스승의 무덤 앞에서 곁에 선 아이의 잘생긴 머리를 쓰다듬으며 말했다. "인사해, 할아버지시란다."

샤오원도는 북태평양에서 대왕오징어를 찾는 중이다. 요즘도 종종 새벽에 사진을 보내온다.

S는 다빙의 집에서 새로운 곡을 많이 썼다. 그가 언제 떠날 생각인지는 아직 모른다. 어쩌면 내일일 수도 있다.

라오셰는 현재 시집을 준비하고 있다. 이 세상에는 굳이 돈이 아니어도 해결할 수 있는 일이 있다는 것을 깨달았기 때문이다. 내가 그의 편집장이 되어 주기로 했다.

그들은 모두 각자의 자리에서 여전히 정진 중이며 끊임없이 성장 중이다. 그들 모두에게 평안이 깃들길 기도한다.

살다 보면 직접 부딪치고 깨지고서야 깨닫는 일들이 있다. 그럴 때는 다른 사람의 경험이 내 인생에 아무런 영향도 주지 못한다. 같은 이유로 내가 쓴 이야기는 그대가 지금 발 딛고 선 현재와 아무 접점이 없을 수도 있다. 만약 그렇다면 스스로 시도해 보고 나서 선택하라는 조언을 하고 싶다. 일단 먼저 해 보고, 그 다음에 선택하라. 두려워하지 말고 담대하게 첫발을 내딛기만 해도 된다. 다른 사람의 발자취를 따라갈 필요도, 다른 사람에게 보여 주기 위해 뛸 이유도 없다. 비록 느릴지라도 스스로 떳떳하기만 하면 된다. 내가 잘 보여야 할 대상은 나 자신뿐이다.

넘어질까? 그럴 것이다. 게다가 한 번만 넘어지진 않을 것이다. 실패할까? 반드시 그럴 것이다. 실패 역시 한 번에 그치지는 않을 것이다. 그렇다면 왜 계속 나아가야 하는 것일까?

왜냐하면 삶은 직접 체험하고 발견하는 것이며, 우리 모두는 죽기 전까지 끊임없이 배우고 성장하는 아이이기 때문이다. 시도와 선택은 젊은 그대가 당연히 누려야 할 권리이기 때문이다. 차라리 부딪혀서 아픈 편이 인생을 무료하게 마감하며 후회하는 것보다 훨씬 낫기 때문이다. 청춘에게는 열심히 그리고 성실히 '시행착오'를 겪는 것보다 더 멋있고 의미 있는 일이 없기 때문이다.

그대를 둘러싼 세상이 뜻대로 되지 않는다고 해도 주저앉지 말라. 그대 안의 끓는 피, 뜨거운 심장 소리에 귀를 기울이고 신발끈을 질끈 묶고 다시 길을 나서라. 자기 자신과 솔직하게 대면하며, 내면의 힘을 기르는 데 집중하라. 자신이 정말로 원하는 길을 가고 있는지 늘 스스로에게 질문하라. 부디, 아는 것과 행하는 것이 일치하는 그대가 되길 빈다. 부디, 그대의 마음이 늘 평안하길 기도한다.

마지막으로 내 책을 사 주고 끝까지 참을성 있게 읽어 준 데 감사를 표한다. 독자 여러분들과 함께 성장할 수 있게 해 줘서, 또 기꺼이 나와 함께 동시대를 살며 나이 들어 가 줘서 감사하다. 어디에든 짧게나마 책을 읽은 소감을 남겨 주었으면 좋겠다. 개인 블로그도 좋고, 인터넷서점 서평란도 좋다. 언제, 어디서 이 책을 읽었는지도 알려 주었으면 좋겠다. 잠 못 드는 밤이었는지 늘어지는 오후였는지, 기차 안이었는지 지하철 안이었는지, 침대 맡에 기대고 보았는지 아니면 햇살 쏟아지는 책상에서 보았는지. 나는 궁금하다. 이 책을 읽는 그대가 너무 궁금하다.

그대가 누구건 이 책이 자기 자신을 찾는 고독한 여정에서 조금이나마 도움이 되기를 바란다. 그리고 숱한 이방인들 속에서 마침내 동족을 만난 듯한 기쁨을 느낄 수 있기를…… 나를 따스하게 해 줬던 것들이 그대에게도 따스하게 전해질 수 있기를…… 이 세상과 자기 자신을 좀 더 선의를 가지고 대할 수 있게 되기를 진심으로 바란다. 그리고 마침내 가장 가벼운 짐과 가장 충만해진 내면으로 인생을 여행할 수 있기를 바란다.

사람들은 흔히 '한 배를 탄다'는 표현을 쓴다. 그대와 내가 책을 통해 이어지는 것도 역시 한 배를 탄 것이리라. 그리고 지금, 우리가 탄 배가 또다시 기슭에 닿았다. 자, 이제 헤어질 시간이다. 날은 아직 밝지 않았고 앞으로 갈 길은 머니 서두르자. 이제 각자의 길로 흩어지고 언제 다시 만날지 알 수 없으나, 먼 훗날 재회하게 되면 또다시 함께 배를 탈 수 있기를 바라고 또 바라는 바다. 그대의 앞길이 부디 평안하길. 다시 만날 그날에는 지금보다 더 행복하길.

2015년 여름, 신장 나라티초원에서 다빙 씀

옮긴이의 글

다빙은 참 특이한 사람이다. 일단 정체부터가 종잡을 수 없다. 책을 여러 권, 그것도 베스트셀러를 여러 권 쓴 것을 보면 분명 작가인데 그의 인물 소개란은 단순히 '베스트셀러 작가'라는 한 줄로 끝나지 않는다. 얼추 나열된 직업만 봐도 일고여덟 개가 넘는다. 야생작가(그렇다, 그는 스스로에게 야생작가라는 생소한 명칭을 부여했다), 방송 사회자, 포크송 가수, 타악기 연주자, 유화 화가, 아마추어 은공예 장인, 아마추어 가죽공예 장인, 술집 사장, 게다가 (이것도 직업이라고 할 수 있을지 모르겠지만) '왼쪽 얼굴 미남'에 '선종 임제 제자'까지.

복잡하고 산만한 그의 인물 소개는 한편으로 다빙이라는 사람의 정체성을 단적으로 설명해 준다. 그는 형식에 얽매이지 않는 사람이다. 그는 자신이 원하는 바에 항상 충실한 사람이다. 그는 늘 꿈꾸고 도전하는 사람이다. 게다가 그는 자신이 꿈꾸던 것들 중 상당수를 실제로 이뤄 냈다. 그래서 중국에서도 다빙은 늘 신기하고 독특하며 궁금한 인물로 평가받는다. 이런 평가는 그가 책을 내면서 더욱 강해졌다.

다빙은 거리에서 버스킹을 하며 대륙을 떠돌던 시절에 만났던 사람들의 이야기를 모아 2014년부터 매년 한 권씩 발표했고 이 작품들은 '강호삼부작'이라는 애칭으로 불리며 수백만 권이 팔려나갔다. 『강호의 도가 땅에 떨어졌도다』는 다빙이 2015년 발표한 작품으로 『당신에게 고양이를 선물할게요』와 한 쌍을 이루는 작품이다. 강호삼부작에는 공통된 특징이 있다. 전부 실화 소설이라는 점이다. 다시 말해서 책에 등장하는 모든 인물은 실존인물이다. 그들은 모두 다빙과 많든 적든 인연을 나눈 사람들이며, 다빙에게는 소중한 친구들이다. 다빙은 그들의 삶을 기억하고 남기기 위해 책을 썼다고 말한다. 그런데 그 삶이라는 것이 좀 독특하다. 평범하지가 않다. 전 세계를 돌아다니며 가장 거칠고 위험한 모험만 골라 몸을 던지는 절세미모의 여인도 있고, 안정된 직장과 보장된 미래를 때려치우고 혈혈단신으로 타국으로 떠났다가 길거리 가수가 되어 돌아온 청년도 있다. 수천 킬로미터를 유랑하며 노래만으로 먹고 사는 시인도 있고, 미련할 정도로 한 남자만 사랑하다가 결국 혼자 남겨져 버린 바보 같은 소녀도 있다. 저자는 그가 실제로 만났던 사람들의 이야기라고 하지만, 모두 실화라고 하기엔 어딘가 믿기 힘들고, '정말 이런 일이 있었다고?'라고 고개를 갸우뚱하게 되는 이야기들이다. 그래서일까. 중국에서도 다빙의 책은 분류가 모호하다. 서점에서도 소설 서가에 꽂혀 있을 때도 있고 에세이 쪽에 가 있을 때도 있다. 별별 인생 별별 사람이 다 있다는 대륙에서조차 그의 이야기는 진위 여부를 묻게 되는 논란의 대상인 것이다.

결론부터 말하자면 다빙의 이야기는 모두 진짜다. 실화라는 말이다. 『강호의 도가 땅에 떨어졌도다』에 등장하는 인물은 모두 실존하고 있다. 어떻게 그렇게 확신하느냐고? 번역을 하면서 역자인 나부터가 의심 많은 독자가 되어 온갖 포털 사이트와 SNS를 샅샅이 뒤져 보고 확인했기 때문이다. 도저히 믿을 수 없는 이야기의 주인공을 실제 사진으로 보고, 그들의 노래를 들었다. 설마 이런 일이 정말 있었을까 의심했던 에피소드의 광경 역시 생생한 사진으로 확인했다. 그 과정을 거치면서 다빙에게 품었던 나의 비딱한 시선 역시 제자리를 찾았다. 그렇게 '거짓이 아닐까'라는 의구심이 사라지고 나자, 은은하지만 묵직한 감동이 그 자리를 채웠다. 이야기 속 주인공들의 삶이 전하는 진실한 목소리가 마음을 울렸다. 그들의 인생을 때론 담담히, 때론 재치 있게, 때론 애정 어린 시선으로 전달하는 다빙이 믿음직해졌다. 그가 쓴 다른 이야기도 읽어 보고 싶어졌다. 일로써가 아니라 순수하게 나의 즐거움을 위해서 말이다.

다빙은 타고난 이야기꾼이다. 그의 책이 수많은 사람들에게 사랑받은 까닭은 담긴 내용이 워낙 독특하고 인상적인 덕도 있지만, 이야기를 풀어 가는 다빙의 뛰어난 전달력도 한몫했을 것이다. 이 책을 우리말로 옮길 때에도 다빙의 그 해학적이면서도 세련된 어투를 살리고자 많이 노력했다. 노력이 얼마나 결실을 맺었는지는 모르겠다. 그래도 번역하는 동안 내내 즐겁고 행복했으며 가슴이 따뜻했으니 그것만으로도 족하다는 생각이 든다. 내가 그의 이야기를 읽으면서 받았던 감동과 위로를, 이 책을 읽는 독자들 역시 동일하게 받을 수 있으면 좋겠다고 감히 바라본다.

옮긴이 최인애

강호의 도가
땅에 떨어졌도다

초판 1쇄 인쇄 2017년 4월 1일
초판 1쇄 발행 2017년 4월 5일

지 은 이 | 다빙
옮 긴 이 | 최인애
펴 낸 이 | 정상우

인쇄·제본 | 두성 P&L
용　　지 | 진영지업사(주)
펴 낸 곳 | 라이팅하우스
출판신고 | 제2014-000184호(2012년 5월 23일)
주　　소 | 서울시 마포구 월드컵북로 400 문화콘텐츠센터 5층 10호
주문전화 | 070-7542-8070
팩　　스 | 0505-116-8965
이 메 일 | book@writinghouse.co.kr
홈페이지 | www.writinghouse.co.kr

한국어출판권 ⓒ 라이팅하우스, 2017
ISBN 978-89-98075-36-1　03820